FEDERHERZ
VERLAG

CLEA
CARTER

fearless HEART

ER WIRD DICH
BESCHÜTZEN

FEARLESS HEART
Er wird dich beschützen

Bildmaterial: Shutterstock, Freepik, Rawpixel
Korrektorat: Anika Lorenz-Damschke

Bestellung und Vertrieb: Nova MD GmbH, Vachendorf

ISBN: 978-3-98595-703-3

Druckerei Smilkov Print Ltd
Pokrovnishko shose
2700, Blagoevgrad

Federherz Verlag
Süntelstraße 70
31848 Bad Münder
www.federherzshop.de
Instagram: @federherz.verlag

Enrico
Triggerwarnung!

Rubén
Dein verschissener Beschützerinstinkt nervt.

Enrico
Wenn die Leserin zu uns nach Mexiko kommt, soll sie wissen, worauf sie sich einlässt.

Rubén
Das Babe sollte unvoreingenommen an die Seiten rangehen.

Enrico
Und dann geschockt das Buch zuklappen, weil sie eine Hinrichtung beobachten muss oder öfter mal ein paar Kugeln durch die Luft fliegen?

Fernando
Enrico, sag bloß, wir haben hier einen Gruppenchat mit unserem Erzfeind?! Was zum Teufel hast du eingeworfen, Boss?

Enrico
Es geht um den Schutz der Kleinen, die uns kennenlernen will.

Sofía
Ähm, euch ist klar, dass in unser Land nicht nur Frauen reisen?

Rubén
Sorry, aber für meine Pläne kommen nur Chicas infrage.

Enrico
Im Grunde genommen ist mir das Geschlecht egal, ich akzeptiere jeden so, wie er ist.

Sofía
🩶

Fernando
Sofía, Süße, was machst du hier? Das ist der falsche Chat! Wir sind hier eine reine Männerrunde mit entsprechenden Themen, von denen ich nicht möchte, dass du sie ungefiltert mitliest.

Sofía
Macho!

Fernando
Ich will nur dein Bestes.

Enrico
Zurück zum Thema bitte …

Fernando
Por supuesto – natürlich. Also, was kann ich sagen? Es wird definitiv ein paar Tote sowie echt heftige Schicksalsschläge geben.

Sofía
Aber auch Romantik und vor allem heißen, ›expliziten‹ Sex.

Fernando
Fuck, du bist immer noch hier.

Sofía
Ich habe nicht behauptet, dass er mit mir ist.

Fernando
Das wäre ja umso schöner.

Sofía
Willst du mir etwas sagen?

Enrico
Genug ihr zwei. Hier geht es wie gesagt um den Leserschutz, nicht um euch.

Rubén
Das Babe kann unbesorgt kommen. Ich weiß, wie man mit einer Frau umgeht.

Sofía
…

Enrico
…

Fernando
Das hat er nicht ernsthaft gesagt, oder?!

Enrico
Wir klären das unter uns. Kleine, wenn Du das hier liest und Lust auf ein Abenteuer hast – nur zu. Ich werde mein Bestes geben, damit Dir nichts passiert.

Fernando
Amen.

Sofía
Scherzkeks. Aber im Ernst: Bienvenido a México. Ich freue mich auf Deinen Besuch 🙂

Prolog

Amira

Dank meiner Familie stehe ich kurz davor, ein übles Verbrechen zu begehen. Mein Zielobjekt: ein mexikanisches Kartellmitglied, das etwas älter als ich und darüber hinaus erschreckend durchtrainiert und irgendwie auch verboten attraktiv ist. Papa hatte von einem Gefallen gesprochen, meine Brüder von einer nicht diskutierbaren Pflicht. Als Tochter eines gefürchteten italienischen Mafiabosses sagt man weder zum einen noch zum anderen Nein. Erst recht nicht, wenn man bislang eher eine Last war und mehr dafür gesorgt hat, das Familienvermögen auszugeben, anstatt es zu vermehren. Nur zu gut habe ich in den letzten Monaten gespürt, wie der Unmut mir gegenüber gewachsen ist und ich mit meiner Trauer, den schier endlosen Ängsten und dem psychisch bedingten Hygienetick zunehmend einem unerwünschten Gast glich.

Es war klar, dass sie mich auf unserem Anwesen nicht endlos dahinvegetieren lassen würden. Die Zeit für eine Entscheidung war längst überfällig, doch dass sie, anstatt mir woanders weitere Hilfe zu organisieren, mich komplett unvorbereitet an die Front schicken, damit hätte ich in meinen kühnsten Träumen nicht gerechnet. Der skrupellose Auftrag, den sie mir gegeben haben, kommt für jemanden wie mich einem Selbstmordkommando gleich. Noch nie in meinem Leben zuvor musste ich mich derart in Gefahr begeben – geschweige denn willentlich jemandem Leid zufügen. Werde ich mir nach den nächsten drei Wochen im Spiegel weiterhin in die Augen sehen können? Vermutlich nicht. Denn als unbedarfte Studentin ohne jegliches kriminelle Know-how werde ich hundertpro beim ersten Versuch, die geforderte Straftat zu begehen, das Zeitliche segnen.

Bei dem Gedanken daran beginnt mein Herz zu rasen. In spätestens fünf Minuten werde ich wahrscheinlich schweißüberströmt sein und verzweifelt beten, dass keine weiteren Symptome dazukommen, die meinen Zustand gravierend verschlimmern. Seit mir der *Don* vor wenigen Stunden den Umschlag mit den Eckdaten der Mission überreicht hat, befinde ich mich mental auf einer Achterbahnfahrt. Mal bin ich wie in Trance, mal glaube ich an einen schlechten Traum oder an einen verspäteten Aprilscherz. Und in ganz düsteren Momenten lasse ich die Panik ihre Finger nach mir ausstrecken und mich regelrecht verschlingen.

Mir meiner labilen Verfassung leider nur zu gut bewusst, schreite ich als eine der letzten Passagiere langsam die abschüssige Gangway hinab und zücke an der Tür des Fliegers das Ticket, das mich in eine der gefährlichsten Städte der Welt bringen wird: Ciudad de México.

Ohne Bodyguard, ohne Waffe.

Nicht, dass ich im echten Leben jemals eine in der Hand gehabt hätte und wüsste, wie man damit umgeht.

»*Bienvenido.* Herzlich willkommen an Bord.« Die hochgewachsene dunkelhaarige Stewardess begrüßt mich mit einem strahlenden Lächeln und macht anschließend eine Handbewegung in Richtung Economyclass.

Nachdem ich mich höflich bedankt habe, setze ich meinen Weg aufgrund der Passagierschlange in den Gängen mit Minischritten fort. Platz 38 E. Als ich ihn endlich erreiche, stelle ich fest, dass er sich in der mittleren Reihe befindet und zudem ein Sandwich-Sitz ist. *Große Klasse.*

Jetzt fehlen nur noch zwei Wrestlingbrüder, die mich die nächsten Stunden allein schon mit ihrer Präsenz davon abhalten, die Toilette aufzusuchen.

Ich seufze und versuche tapfer, das Beste aus der Situation zu machen und nicht in Selbstmitleid zu versinken oder gar der aufkeimenden Panikattacke mehr Raum zu geben.

Zur Ablenkung ziehe ich daher aus meiner Jackentasche eins der einzeln verpackten Reinigungstücher aus der Airport-Drogerie hervor. Es dürfte bereits das dritte sein, das ich benutze. Als ich feststellen musste, dass meine Familie mir im Reisegepäck nichts dergleichen zugestanden hat, habe ich mir sofort einen Vorrat gekauft. Doch, ob dieser für den Flug, geschweige denn meinen Aufenthalt ausreicht, wage ich mittlerweile zu bezweifeln.

Angeekelt starre ich auf das dunkle Display am Sitz vor mir. Unzählige Fingerabdrücke zeugen von der intensiven Benutzung des vorherigen Fluggasts. Während ich für die Säuberung des Bildschirms das nächste Reinigungstuch opfere, denke ich an die Begründung meines Bruders zur Sitzplatzwahl. ›Wir wollen keine Aufmerksamkeit erregen‹, hat er gesagt und damit wohl eher auf das knappe Auftragsbudget angespielt. Sein Blick hat mir deutlich zu verstehen gegeben, dass ich sie schon genug gekostet habe.

Wenigstens ist der Zugriff auf das Bord-Entertainment im Preis inbegriffen. Ein geringer Trost, da ich kaum glaube, dass die zahlreichen Hollywoodstreifen ausreichen, um mich von meiner Mission und den Gründen, die dahinterstehen, abzulenken.

Instinktiv halte ich beruhigend meine Hand unter die linke Brust. Mein Herzschlag ist nach wie vor viel zu schnell. Die erwartete Hitzewallung lässt jedoch noch auf sich warten. *Oh Dio, womit habe ich das verdient?* Ich kann nicht einmal sagen, was mir neben der akuten Lebensgefahr am meisten zu schaffen macht. Ist es der Fakt, dass mich meine eigene Familie loswerden will? Dass ich gezwungenermaßen eingewilligt habe, ein Verbrechen zu begehen und damit das Schicksal eines fremden Mannes maßgeblich beeinflusse? Oder dass ich zu allem Überfluss in ein Land reise, dessen dringendste Hinweise zur Reisesicherheit ganze Romane füllen könnten? Von häufigen Naturkatastrophen wie Erdbeben, ausbrechenden Vulkanen oder Hurrikans, über Krankheiten, von denen ich geglaubt habe, dass sie längst ausgerottet wären, bis hin zu Drogenschmuggel und der allerorts dominierenden Gewalt, ist alles dabei, was man während einer Reise nicht gebrauchen kann.

»Bitte stellen Sie Ihren Sitz in eine aufrechte Position und legen Sie den Gurt an. Wir beginnen in Kürze mit der Sicherheitsunterweisung.«

Froh mich erst mal auf etwas anderes konzentrieren zu können, komme ich der Lautsprecheransage nach und spähe nach vorne. Soweit ich das überblicken kann, betreten keine neuen Passagiere mehr das Flugzeug. Die Plätze neben mir bleiben somit frei. *Wenigstens etwas Glück, das mir vergönnt ist.*

Eins

12 Stunden zuvor

Amira

Eine neue Nachricht ploppt auf:

Kill the lead. Ich werde mich um den Rest kümmern.

Schmunzelnd bestätige ich *ElGatos* Vorschlag und wähle eine geeignete Waffe aus. Konzentriert pirsche ich mich mit der Beretta an der Hauswand entlang. Durch das eingeschlagene Fenster im Erdgeschoss luge ich vorsichtig in den Raum. Bis auf die zugedeckten Möbel ist er leer. Keine Spur von dem besagten Anführer. Ich wechsle in die Vogelperspektive. Die Feuergefechte drei Straßen weiter lenken mich einen Moment ab. *ElGato* hat wirklich ein Wahnsinnstalent. Im Alleingang erfolgreich vier Gegner mit hohem Score auszuschalten, erfordert viel Erfahrung und eine Prise Glück. Auch wenn ich ein weiteres Jahr praktisch nur am Rechner verbringe, hätte ich keine Chance gegen so eine feindliche Übermacht. Dass *ElGato* mich als Spielpartner akzeptiert hat, muss eine Fügung des Schicksals sein. Als Anfängerin hatte ich nichts außer der täglichen Präsenz im Gaming-Universum zu bieten. Von ihm konnte ich mir schnell ein paar Tricks abschauen und einiges an Punkten sammeln. Ich würde sogar behaupten, dass ich mich ganz gut anstelle. Klar, wenn einer der Top-Player ihn um eine Partie bittet, sagt *ElGato* nicht Nein und vertröstet mich aufs nächste *Game*. Bislang begrüßt er mich aber trotzdem täglich und findet öfter sogar noch Zeit für einen längeren Plausch.

Schläfst du? Er ist direkt vor deiner Nase.

Huch! Ich beiße mir unbewusst auf die Unterlippe und umfasse die Maus fester. Konzentriert weiche ich einem Frontalschuss aus und eröffne dann das Gegenfeuer. Das war knapp. Mich vor *ElGato* zu blamieren, ist das Letzte, was ich will.

In den nächsten Sekunden strenge ich mich daher besonders an, den Anführer zu besiegen und meinem Gaming-Mentor keinen Anlass zu geben, in den Zweikampf einzusteigen. Zu meiner Freude dauert es nicht lang, bis der Gegner zerfetzt den Boden ziert und das Spiel somit leider schon beendet ist.

Seufzend lehne ich mich auf meinem Stuhl zurück. Der Nachmittag ist wieder mal viel zu schnell vergangen.

Schade, dass *ElGato* zu Beginn bereits geschrieben hat, später keine Zeit mehr zu haben.

Wehmütig rufe ich zur Verabschiedung unseren Chat auf und lächle, als ich sein Lob lese.

Gut gemacht.

Du auch.

Nächstes Wochenende kommt ein neues Spiel raus. Ist mit Wikingern und wird hier in Mexiko total gehypt. Interessiert?

Auf jeden Fall.

Cool, dann hören wir uns auch mal.

Macht gleich noch mehr Spaß!

Bedeutet, wir müssten für das Game die Voice-Funktion nutzen?

Angespannt wippe ich mit dem rechten Fuß. Bislang hatten wir unsere Mikrofone immer auf stumm. Die Spiele, die wir uns vorgenommen haben, ließen sich prima mit dem Chat begleiten, die Sprechfunktion war nie nötig. Als meine Frage bejaht wird, stoße ich frustriert die Luft aus und schreibe eine Absage. Die Antwort darauf folgt sofort.

Hey, godfather22, du bist doch sonst nicht so schüchtern! Warum willst du nicht mit mir sprechen?

Weil du dann wüsstest, dass ich kein Kerl bin. Seufzend tippe ich meine Standardausrede ein:

Weil mein Spanisch nur für den Chat ausreicht 😟

Ohne Übung wird das auch nicht besser.

Ich schwöre, ich lache nicht.

Außer es ist echt zum Wegschmeißen 😂

Haha, sehr ermutigend.

Keine Sorge, wir kriegen das hin! Sonst alles cool bei dir? Warst du mal draußen? Habe gehört, dass in Italien ebenfalls Sommer ist …

Lachend lasse ich ihn wissen, dass er da gut informiert ist und dass ich diese Woche selbstverständlich meinen Keller für ein paar Einkäufe verlassen habe.

Zur Entgegennahme deiner Food-Bestellungen?

Mist. Ich hätte ihm niemals von dem neuen Lieferservice, der mich zwischen den festen Mahlzeiten heimlich mit Snacks und kalorienreichen Getränken versorgt, erzählen sollen. Oder den Gründen, warum ich am liebsten daheimbleibe.

Okay, okay. Ich gelobe Besserung. Nächste Woche werde ich ein bisschen frische Luft schnappen. Zufrieden?

Erst wenn du dein Versprechen tatsächlich einhältst. Ich will nicht, dass mein bester Spielpartner aus Bewegungs- und Vitamin-D-Mangel abkratzt.

Bester Spielpartner. Meine Mundwinkel heben sich erneut, nur um beim Klang von Papas tiefer Stimme eine Sekunde später einzufrieren.

»Amira! Bist du schon wieder am Zocken?« Er klingt verärgert. Wie so oft in letzter Zeit.

Während er mit großen Schritten zum Fenster eilt und energisch die Vorhänge aufzieht, um die letzten Sonnenstrahlen des Tages hereinzulassen, verabschiede ich mich schnell von *ElGato* und schalte den Rechner aus. Dann erst traue ich mich, meinen Vater anzusehen. Wider Erwarten drückt seine Mimik weder Missbilligung noch Enttäuschung aus.

»War nur kurz«, beteuere ich und streiche nicht vorhandene Falten auf meiner Stoffhose glatt. Dieses Pokerface, das er da gerade an den Tag legt, behält er, soweit ich weiß, sonst seinen illoyalen Geschäftspartnern vor. Dass er mich damit bedenkt, kann nur bedeuten, dass etwas ganz und gar nicht in Ordnung ist.

»Zieh dich um, das Abendessen wird gleich aufgetragen und da will ich dich nicht im Pyjama sehen«, sagt er.

»Das ist kein Schlafanzug«, wage ich es, leise zu widersprechen. Es stößt auf taube Ohren, denn stattdessen kündigt er an, etwas Wichtiges besprechen zu wollen.

Der bedeutungsvolle Blick, den er mir zuwirft, ehe er aus dem Zimmer geht, lässt mich instinktiv frösteln. Es kommt nicht oft vor, dass er mir gegenüber solch eine Ankündigung macht. Das letzte Mal ist bereits ein Weilchen her, damals ging es um meinen langjährigen Nachhilfelehrer Domenico. Ich war in der Oberstufe und mit den Gedanken bei Themen, die eindeutig nicht auf dem Lehrplan standen. Die Noten rauschten in den Keller und verbesserten sich trotz weiterer Extrastunden nicht wirklich. Zwei Tage nachdem ich darüber informiert worden war, einen neuen Nachhilfelehrer zu bekommen, erfuhr ich, dass Domenico Suizid begangen hat. Da es hieß, dass er seit Wochen Antidepressiva nahm, konnte ich nicht zu hundert Prozent sicher sein, dass meine Familie hier ihre Finger im Spiel hatte. Doch es schien mir wahrscheinlich. Um eine mögliche Wiederholung einer solchen Aktion auszuschließen, saß ich Tag und Nacht über meinen Büchern und wurde letzten Endes Jahrgangsbeste. Mit dem Abschluss standen mir alle Türen offen, doch in Gedenken an Domenico entschied ich mich für ein Dolmetscher-Studium. Menschen helfen, sich zu verständigen, war seine große Leidenschaft gewesen. Ehrenamtlich war er für einen sozialen Verein tätig gewesen und die Stunden, die wir mit Englisch und Spanisch verbracht hatten, waren eindeutig seine liebsten gewesen.

»*Signorina* Amira, ich helfe Ihnen etwas Passendes rauszusuchen.«

Ich zucke zusammen. Unser neuestes Dienstmädchen steht im Türrahmen und lächelt mich zaghaft an. Wieder im Hier und Jetzt angekommen verscheuche ich die Erinnerung an die letzten Schuljahre und versuche mich ganz auf Giovanna zu konzentrieren. Oder war ihr Name Giulia? Ich mache mir längst nicht mehr die

Mühe, mir Namen zu merken oder gar eine Beziehung aufzubauen. Den fordernden Blicken meiner Brüder nach zu urteilen, sind die Tage der Neuen bei uns sowieso gezählt. Der Verschleiß, den wir dieses Jahr an weiblichen Angestellten haben, ist enorm.

Und es ist mir egal.

Früher hätte ich mich deswegen fürchterlich gefühlt und mich zurecht einen Snob geschimpft. Mittlerweile kenne ich nur noch dieses eine Gefühl, das seit zwölf Monaten mein Innerstes beherrscht und mich immer mehr wie ein Roboter wirken lässt.

Die Therapeuten, die mich besuchen, sprachen zunächst von depressiver Verstimmung, später, als sie mehr über den *Vorfall* mit meiner Mutter und meinem Tick erfahren haben, von einer ernstzunehmenden posttraumatischen Belastungsstörung. Was den aktuellen Stand betrifft, bin ich längst nicht mehr im Bilde. Nach der wöchentlichen Sitzung eilen sie meist auf direktem Wege in Papas Büro und erstatten ihm Bericht. Ein Wunder, dass sie mir noch keine starken Medikamente verschrieben haben, das wäre dann definitiv der Punkt, an dem es für meine Familie peinlich werden würde.

»... *signorina*?«

»Wie bitte?«

»Ich sagte, dass die neue Kollektion aus Mailand eingetroffen ist. Die Outfits sind ein Traum.«

»Aha«, mache ich und folge ihr in mein Ankleidezimmer. Auf der gepolsterten Sitzbank gegenüber dem überdimensionierten Spiegel nehme ich Platz und beobachte, wie Giulia in das angrenzende Zimmer tänzelt, um dort zwischen den Kleiderstangen und Schuhregalen meine Dinnergarderobe zusammenzustellen.

So begeistert, wie sie über die Stoffe der verschiedenen Teile streicht, kann ich mir gut vorstellen, dass sie in Gedanken ganz woanders ist. Vielleicht bei einem Leben, das ihr in einer perfekten Welt ebenfalls einen solchen Lifestyle ermöglicht. Wobei sie sich vermutlich nur die glänzende Medaillenseite vorstellt. Die mit den Bediensteten, dem pompösen Anwesen und den exklusiven Designerstücken, für die ich nicht einmal das Haus verlassen muss. Denn pro Quartal kommt eine Personal Shopperin mit einer Auswahl der angesagtesten Klamotten und sortiert die älteren Modelle bei der Gelegenheit direkt aus. Dabei ist es unerheblich, ob ich sie tatsächlich getragen habe. In den letzten Monaten dürfte ich allenfalls einen Bruchteil der Sachen angehabt haben. Wenn ich nicht zu einem gemeinsamen Dinner eingekleidet oder gezwungen werde, auf einem Empfang Präsenz zu zeigen, habe ich keinerlei Anlass, mich aufzubrezeln. Vor meinem Rechner genügt schließlich auch eine einfache Stoffhose.

»Das ist hübsch, wollen wir es anprobieren?« Die junge Frau hält mir ein weißes Chiffonkleid hin. Blau-lila Schmetterlinge, deren zarte Flügel bestimmt in stundenlanger Handarbeit sorgsam angenäht wurden, bevölkern den Rock und sind in der Tat schön anzusehen. Nickend erteile ich ihr mein Einverständnis und erhebe mich.

Wenig später stehe ich in Unterwäsche vor ihr und lasse mir das Kleid überstülpen. An meinem Oberkörper sitzt es eng wie eine zweite Haut, während der Stoff ab der Hüfte locker um meine Beine schwingt.

Nachdenklich betrachte ich mich im Spiegel und stelle mir einmal mehr die Frage, die mich nun schon einen ganzen Monat lang beschäftigt. Angenommen, *El-Gato* würde mich jetzt sehen, was würde er denken, wie reagieren? Wäre ich fortan seine Wichsvorlage? Oder würde er mich weiter ernst nehmen und wie seinen besten Kumpel behandeln? Wir haben beide kein Foto eingestellt, noch uns über Alter, Beruf oder dergleichen ausgetauscht. Stattdessen hat es sich so entwickelt, dass ich im Schutz der Anonymität nebenbei Dinge preisgegeben habe, von denen nicht einmal die Therapeuten wissen. Unser Verhältnis ist für mich daher viel tiefer und wichtiger, als dass ich es jemals riskieren könnte, ihn über mein Geschlecht aufzuklären. Wenn ich meinen virtuellen Kumpel nicht hätte, dann wäre ich ein totales Wrack. Und trotzdem drängt ein Teil in mir darauf, ihm zu zeigen, wer ich bin. Denn wäre dann unsere Freundschaft nicht erst ... komplett?

»Möchten Sie die Haare offen tragen?«

Ich werfe einen Blick auf die Wanduhr. Wir haben nicht mehr viel Zeit, sollte ich unpünktlich sein, wird es sowohl für mich als auch für Giulia, oder wie sie eben heißen mag, unangenehme Konsequenzen geben. »Ja, bloß keine aufwendige Frisur und das Make-up bitte nur ganz dezent.«

»Natürlich. Sie sehen selbst ohne alles fantastisch aus.« Ein unverständliches Brummen entfährt mir und ich laufe zum Schminktisch hinüber. Mir wurde oft gesagt, dass ich meiner Mutter wie aus dem Gesicht geschnitten sei. Seit ihrer Beerdigung habe ich stets versucht, die Haare kurz zu tragen, damit Papa nicht zu sehr an sie erinnert wird. Abgelenkt durch meine neue Gaming-Leidenschaft habe ich diese Gewohnheit jedoch schleifen lassen, sodass sie mir nun bis knapp über die Schulter reichen.

»Einen Zopf im Nacken wäre glaube ich doch besser«, entscheide ich mich um.

»Auch eine gute Wahl«, kommt es von dem Dienstmädchen, das sich umgehend daran macht, meine Frisur zu richten und das Make-up aufzutragen.

Fünfzehn Minuten später laufe ich auf himmelblauen Pumps durch den Flügel hin zu unserem Speisezimmer.

Als ich die vorgelagerte Galerie mit den Porträts meiner Ahnen quere, werde ich trotz der knappen Zeit immer langsamer.

Ich schwitze. Die Handflächen habe ich mir bereits zweimal am Kleid abgewischt. Alles in mir sträubt sich, durch die letzte Tür zu gehen. Niemand hatte mich vorgewarnt, dass für heute ein Dinner mit Papa angesetzt war. Was will er bloß Wichtiges besprechen? Da er sogar persönlich gekommen ist, um mir Bescheid zu geben, wird es bestimmt etwas mit mir zu tun haben. Eine Regelverschärfung? Wird er mir den Rechner wegnehmen und mich bei einer Universität hier in der Gegend einschreiben? Aktuell wären diese beiden Szenarien die schlimmsten für mich. Kein Zocken bedeutet, keine Zeit mehr mit *ElGato* verbringen zu können. Keine Fernuni bedeutet, dass ich rausgehen muss. Täglich. Und das ... schaffe ich nicht.

»Amira, komm doch rein, wir warten nur auf dich«, ertönt es dumpf durch die Tür, von der ich erschrocken einen Schritt wegtaumle. Dass das Klackern der Absätze auf dem Parkett bereits mein Kommen angekündigt haben muss, habe ich komplett ausgeblendet.

Die Tür öffnet sich. Gabriele, mein ältester Bruder, starrt mich wortlos an und bedeutet mir mit einer unwirschen Geste, ihm in den Raum zu folgen.

An der langen Holztafel, an deren einem Ende Papa mit undurchdringlicher Miene thront, sitzen bereits Dante und Matteo, meine zwei anderen Brüder. Schweigend verfolgen sie mit ihren Blicken, wie ich näher stöckle. Zu meiner Überraschung weist mir Gabriele den Platz links neben unserem Familienoberhaupt zu, ehe er sich mir gegenüber niederlässt.

Es ist das erste Mal, dass ich dort sitze, wo meine Mutter immer gesessen hat. Doch anstatt mich geehrt zu fühlen, werde ich das Gefühl nicht los, dass mein Leben mit dem neuen Platz nicht leichter wird. Als *Don* hat mein Vater keinen Grund, mich zu belohnen. Die Hintergedanken, die er bei dem Platzwechsel hegt, müssen daher das Gegenteil bedeuten.

Enrico

Düster starre ich aus dem halb geöffneten Autofenster und kämpfe gegen qualvolle Erinnerungsfetzen an. Baracke um Baracke fällt es mir schwerer, dem rücksichtslosen Sog der Vergangenheit standzuhalten. Bei dem Gestank nach Pisse, der mir unentwegt ins Gesicht peitscht, kein Wunder. So hat es hier schon immer gerochen. In Kombination mit dem dahinfaulenden Abfall, der an den Straßenecken sehnsüchtig auf seine Abholung wartet, ein Aroma des puren Elends.

Fuck, wie sehr ich es hier gehasst habe.

Mittlerweile wurden einige Fassaden von talentierten Graffitikünstlern aufgehübscht, doch die bunten Bildchen täuschen nur bedingt über die vielen Einschusslöcher und die damit verbundene bittere Wahrheit hinweg. Das hier ist kein schönes *barrio*. Kein Viertel, in dem man leben, geschweige aufwachsen sollte.

»Wir sind gleich da.« *Ach, echt?* Ich kenne jedes Schlagloch, jede verkackte Kreuzung, erzähl mir was Neues!

Der Blick, den ich Fernando daher zuwerfe, könnte nicht unheilvoller sein.

Als meine rechte Hand lässt er sich davon jedoch nicht aus der Ruhe bringen. Seine verkniffene Mimik lockert sogar ein wenig auf. »Pastor Alvas hat dafür gesorgt, dass du ungestört bist. Er wird seinen Posten nicht verlassen. Selbst wenn die Jungfrau Maria käme, um ihn zu verführen, so seine Worte, würde er das Tor auf Teufel komm raus verteidigen«, informiert er mich zwar zögerlich, aber durchaus belustigt. Vermutlich spielt er auf die neuesten Anschaffungen des Geistlichen an. Soweit ich weiß, hat Pastor Alvas einen uns unbekannten Waffenlieferanten ausprobiert. *Mal sehen, ob der seine Pesos wert war.*

Mit einem Brummen quittiere ich den Versuch, meine angespannte Stimmung aufzulockern. Ein Pastor mit schwerem Geschütz ist eine Rarität und wäre es nicht Alvas, würde mich der Gedanke tatsächlich ein wenig aufheitern. Aber dieser Wurm könnte mir nicht verhasster sein. Bereits nach dem Aufstehen sank, bei dem Wissen, ihn später gegenüberstehen zu müssen, meine Laune ins Bodenlose. Meine Männer sind den Vormittag auf Zehenspitzen um mich herumgeschlichen und haben jeglichen Blickkontakt vermieden. Mich an einem Tag wie heute nicht unnötig anzupissen, hat schon Tradition. Alle wissen darüber Bescheid, selbst die Frischlinge. Wenn wir nachher zurückkommen, werde ich vermutlich metertief in Finsternis versackt und ungenießbar sein. Nicht, dass ich sonst pausenlos den Clown raushängen lasse oder mit Einhornpupsen die Luft aufwerte. Ich bin depressiv, phasenweise besonders aggressiv und generell nur selten gut aufgelegt.

Kurz muss ich an die kleine Zock-Einheit vorhin mit *godfather22* denken. Unwillkürlich zuckt mein rechter Mundwinkel nach oben. *Meine persönliche Wunderpille.* Er hat es in den letzten Monaten immer wieder geschafft, mich auf einem erträglichen Level zu halten. Ich konnte einigermaßen besonnen dem Business nachgehen, war vergleichsweise entspannt und habe mich weitgehend nicht von ungesunden Emotionen leiten lassen. Wüsste er von seiner therapeutischen Wirkung auf mich, würde er garantiert den Spieß umdrehen und mich mit den Frotzeleien, die er sich regelmäßig gefallen lassen muss, aufziehen.

Jetzt grinse ich sogar. Ohne Scheiß, der Kerl verdient einen Orden. Dass wir beide uns gefunden haben, ist ein absoluter Glücksfall. *Tú y yo*, du und ich, gegen die verfickten Dämonen, die mir die Hölle auf Erden bereiten. Tschakka!

Okay, genug Bromance-Vibes. Denn selbst einem *godfather22* habe ich es an so einem speziellen Tag nicht zugetraut, mich auf Kurs zu halten. Die Kleine, die ich mir deswegen nach dem Einloggen herbestellt hatte, war der beste Beweis dafür. Der Blowjob, mit dem sie mich während des Zockens verwöhnt hat, war eine zusätzliche Ablenkung, bei der ich allerdings nicht weiß, ob sie wirklich so schlau war. In dem Moment, in dem das Spiel gewonnen war, hat sie mich kommen lassen. Das krass gute Timing war extrem berauschend. Ich könnte süchtig danach werden. Nur, wenn ich mich nicht am Riemen reiße, wird auf lange Sicht ein simpler Chat mit meinem italienischen *amigo*, nicht mehr ausreichen, um mein Seelenheil zu wahren, sodass ich komplett verloren sein werde. Und das kann keiner der Penner in meinem Distrikt gebrauchen.

»*Perfecto*«, murmelt Fernando neben mir. Seine Augen huschen konzentriert über eine Nachricht auf seiner Smartwatch.

»Um was geht es?«, knurre ich, wobei ich insgeheim froh bin, dass er wieder das Wort ergreift. Nichts ist bei dem aufziehenden, hässlichen Gewitter in meinem Kopf schlimmer als Stille. Ohne Umgebungsgeräusche gerät das Gedankenkarussell schließlich erst so richtig in Schwung.

»Och, nichts«, wiegelt der Mann, der mir vor genau vier Jahren Treue bis in den Tod geschworen hat, ab.

Ich ziehe die Augenbraue hoch. Was kann an einem Tag wie diesem *perfecto* sein? Er muss etwas wirklich Bedeutsames in petto haben, andernfalls würde auch er sich nicht trauen, mich potentiell zu reizen.

»Sind die *Cruentos Perros* endlich eingeknickt?«, rate ich ins Blaue hinein.

»Hä?« Es dauert zwei Sekunden, bis er den Bogen zu der nervtötenden Gang schlägt und vergnügt verneint. »Noch besser.« Er trällert beinahe.

»Ich höre …«

»Ist eine Überraschung.«

Der hat Nerven. »Du weißt, ich hasse Überraschungen.«

»Diese nicht«, erwidert er selbstbewusst. »Glaub mir, du wirst mich später dafür abknutschen.«

Meine Augenbraue dürfte den Haaransatz erreicht haben.

»Du meinst wohl eher abknallen«, kommentiere ich trocken und schaue ihn warnend an. Jeder andere meiner Männer würde spätestens jetzt auspacken, um nicht unnötig auf der Intensivstation zu landen.

»Abwarten.« Fernando scheint etwas hinzufügen zu wollen, bleibt dann aber still. Habe ich schon mal erwähnt, dass es mir auf den Sack geht, wenn er die Freundschaftskarte ausspielt?

Frustriert stoße ich den Atem hörbar aus und starre wieder aus dem Fenster. *Nicht künstlich aufregen, es einfach drauf bewenden lassen!* … Ist das pinke Kreuz-Graffiti dort vorne nicht wunderschön? Ein wahres Kunstwerk, das da auf den bröckligen Backsteinen verewigt wurde ... und so schnell wieder aus meinem Sichtfeld verschwunden ist wie mein Unmut. Also fast. Ich bin kein Meister der Verdrängung, ich suhle mich lieber in negativen Gedanken und verfolge obsessiv meine Rachegelüste. Aber genug davon. Fernando meint es ja nur gut, schließlich bin ich nicht der Einzige, der einmal im Jahr in ein besonders tiefes Loch fällt und unerträgliche Qualen durchleidet. Jedoch hat sein verspätetes Geständnis, Valeria geliebt zu haben, mir nicht im entferntesten Trost gespendet. Im Gegenteil, ich habe ihn innerlich verflucht. Warum hatte er damals nicht die Eier, dazu zu stehen? Wären die beiden ein Paar geworden, würden wir jetzt alle ein normales Leben führen. Ohne dieses abgefuckte Business und ohne diesen grenzenlosen Hass, der in uns brennt. Statt Boss eines stetig wachsenden und allseits gefürchteten Kartells zu sein, wäre ich irgendein Bürohengst, der von neun bis fünf Uhr Stunden schreibt und danach zu seiner Familie eilt, um den Abend geruhsam ausklingen zu lassen.

Wunschdenken, mein Feierabend beginnt, wenn ich die Augen schließe und hoffe, von Albträumen verschont zu bleiben. Und das kann manchmal erst verdammt früh morgens der Fall sein.

Wie sehr verfluche ich den Tag, an dem Rubén Estrada meiner Schwester begegnet ist. All die Dates, die Herzchen in ihren Augen, die unendlich große Hoffnung, dass nun alles besser wird. Dabei sind wir nur von einer Hölle in die nächste geschlittert. *Mierda.*

An einer mir verhassten Adresse, einem unscheinbaren Haus mit grauem Rolltor, halten wir kurz darauf an.

Sofort scanne ich die Umgebung nach Gefahren ab, doch es scheint ruhig zu sein. Die flüchtige, aber erwartete Bewegung am Fenster im Erdgeschoss ist das einzige

Zeichen, dass jemand in der Nähe ist. Scheppernd erwacht das Rolltor zum Leben. Sobald es hoch genug ist, fahren wir hindurch auf einen großen Innenhof. Als wir aussteigen, kommt uns der Mann des Hauses entgegen. Pastor Alvas. *Wo ist bitte meine Kotztüte?*

Gemessen an seinem weltlichen Look kann ich den Titel heute getrost in der Pfeife rauchen. Fucking Alvas passt sowieso besser. Kurz mustere ich die blankpolierte Maschinenpistole, die er sich lässig vor die Brust geschnallt hat. Eine US-Militär-Waffe, die offensichtlich vom Laster gefallen ist … hm. Vielleicht sollten wir dem Lieferanten ebenfalls mal einen Besuch abstatten?

Dann wandert mein Blick zu seinem tätowierten Hals. Der schwarze Totenkopf samt Krone und zwei Pistolen unterhalb des Schädels ist neu. Eigentlich ganz hübsch, aber ich werde mich hüten, ihm ein Kompliment zu machen.

»Willkommen, mein Sohn.«

Sohn. Meine Augen verengen sich bei der Begrüßung zu engen Schlitzen. Würde er jeden Besucher seines Gottesdienstes so ansprechen, wäre es … nicht ganz so wild, sondern nur ein kleines, hinnehmbares Übel, statt eine verschissene Duldung, bei der ich Magengeschwüre bekomme. Zufällig weiß ich nämlich, dass nur mir die Ehre gebührt und sein Ansehen im *barrio* durch unsere scheinbar enge Beziehung maßgeblich davon profitiert. Dabei sind wir nicht verwandt. Was uns verbindet, ist seine Freundschaft zu meinem verstorbenen Vater. Und genau die ist auch der Grund, weswegen ich ihm aus Respekt gegenüber meinem alten Herrn bislang keinen Riegel vorgeschoben habe.

Fucking Alvas verbeugt sich beflissen. Hätte ich bei unseren ersten Gehversuchen im Business ganz konservativ auf einen fetten Siegelring mit meinen Initialen bestanden, würde er ihn nun zusätzlich küssen. Allein mir vorzustellen, wie seine wulstigen Lippen meine Finger streifen, jagt mir eine Gänsehaut der übelsten Sorte über den Rücken. Zur Hölle, als ob ich ihm jemals seine Respektbezeugungen abkaufen werde! Die regelmäßigen Züchtigungen, die ich im ersten Jahr nach Vaters Beerdigung von ihm über mich ergehen lassen musste, sind mir noch viel zu gut im Gedächtnis. Kinder schlägt man nicht!

»Wie ist die Lage?«, presse ich hervor.

»Ruhig, alles *perfecto*.«

Perfecto ... die stecken, doch beide unter einer Decke. Noch dazu diese begeisterte Betonung und der schnelle Blick zu Fernando, der sich einen Meter hinter mir aufgebaut hat ...

»Kommt.« Alvas bedeutet uns, ihm zu folgen. Mit raschen Schritten queren wir gemeinsam den Innenhof und betreten durch eine überdachte Tür das gegenüberliegende Gebäude. Dort laufen wir durch ein wahres Labyrinth an verzweigten Gängen, ehe wir die kleine Kapelle erreichen und uns kurz die Zeit nehmen, um vor dem Schrein der Todesgöttin *Santa Muerte* zu verharren. *Hast du mich vermisst, meine Teuerste? Meine unzähligen Fürbitten sind auch ohne persönliches Vorbeischauen bei dir angekommen, oder?*

Nachdem wir ihr den nötigen Respekt gezollt haben, öffnet Alvas eine versteckte Seitentür.

»Ich lass euch dann mal alleine. Nehmt euch die Zeit, die ihr braucht«, sagt er mit angemessen belegter Stimme. Erneut verbeugt er sich.

Schnaubend gehe ich an ihm vorbei und betrete den gut gepflegten Friedhof. An der Südseite grenzt er direkt an das Gebäude, während die anderen Seiten durch einen weitläufigen Hang geschützt sind. Valeria hat es hier gefallen. Oft saß sie nahe dem Abgrund auf einer der Bänke und genoss die Aussicht. Vielleicht nicht direkt auf das, was sich landschaftlich vor ihr erstreckte, aber auf das, was am Horizont stets verheißungsvoll schimmerte, allemal: *ein besseres Leben.* Fern von Gewalt, Einsamkeit und Armut. Dass sich bis auf Letzteres nichts geändert hat, ist ein mieser Arschtritt des Schicksals. Und hätte sie damals gewusst, welcher Preis mit ihrer neuen Liebe sowie insbesondere dem einstigen Reichtum der Estrada-Familie einhergeht, hätte sie sicher auf den sozialen Aufstieg verzichtet.

Langsam biegen wir in die Reihe mit ihrem Grab ein. Drei Kerle stehen davor. Gonzo und Prem gehören zu meinen fähigsten und loyalsten Männern. Der gefesselte Typ zwischen ihnen hat allerdings einem anderen Boss seine Treue geschworen.

»Ist das die Überraschung?«, grolle ich.

Einträchtig wird genickt. Sie sind unverkennbar stolz. Und verdammt, das können sie auch sein. Die Nummer zwei auf meiner liebevoll betreuten Hass-Liste einzukassieren, hat sich in den letzten Jahren als schwieriger als gedacht herausgestellt. Miguél Gutierrez. Wie oft habe ich mich danach gesehnt, ihn endlich in die Finger zu bekommen? Die rechte Hand von Rubén Estrada, seines Zeichens einziger Sohn des ehemals mächtigsten Kartellbosses in Mexiko-Stadt und meine unangefochtene Nummer eins auf besagter Liste, glich bisher einem Schatten. Zwar war er irgendwie ständig präsent, aber nie wirklich greifbar.

»So sieht man sich also wieder«, sage ich leise.

»Enrico Vásquez.« Miguél beginnt zu lachen. Es hat einen irren Klang.

Das Klappmesser, das mir Fernando reicht, ist mit

einer kleinen Schleife versehen. Feierlich löse ich sie und lasse die scharfe Klinge herausschnellen.

»Irgendwelche letzten Worte?«, komme ich gleich zum Punkt. Im Grunde ist es mir egal, nein, korrigiere ... im Grunde will ich echtes Bedauern hören. Eine Entschuldigung, die ihm selbstverständlich nichts bringen würde, aber ... schön wäre es trotzdem.

»Fahr zur Hölle.« Er spuckt mir vor die Füße, wankt dabei minimal. *Interessant*.

»Ich bin froh, dass wir uns heute hier treffen. Es ist einfach *perfecto*«, sage ich und verziehe den Mund zu einem gequälten Grinsen. Blumen, Cola, Valerias Lieblingsessen – welches Geschenk wäre geeigneter, als einen ihrer Peiniger am Sockel ihres Grabsteins ins Jenseits zu befördern?

»Das waren die letzten Minuten mit deiner Schwester auch«, kontert der Abschaum feixend.

Von jetzt auf gleich beschleunigt sich meine Atmung. Ein Zittern durchrollt mich, widerliche Bilder und Geräusche schnellen in mir empor – sie sind aus einer Zeit, als ich noch nicht der war, der ich heute bin. Als ich noch naiv war und keine Ahnung von Waffen hatte: Abenddämmerung, zwei Personen, eine röchelnd, eine stöhnend. Es war auf der Dachterrasse eines verlassenen Hauses unweit meiner damaligen Bleibe. Nachdem sein Boss vollends mit ihr fertig gewesen war, hatte Miguél sie dorthin gebracht und sich anschließend an ihr vergangen.

Ein unverständlicher Laut dringt mir über die Lippen, als ich mich erinnere, wie mich der Motherfucker angegrinst hat, ehe er sich eilig aus ihr herauszog und auf mich losging. Ich kam viel zu spät. Hatte viel zu spät mitbekommen, dass generell etwas nicht stimmte. Dass sie in ihrer Ehe mit Rubén täglich litt, statt weiterhin die fröhliche Frau zu sein, die sie mir vorspielte.

Ich packe das Messer fester. »Löst die Fesseln«, befehle ich. Niemand soll im Nachhinein behaupten können, ich hätte Estradas verfickten Knecht feige abgestochen.

Im Kampfmodus beäugen wir einander wachsam. Dann prescht mein Kontrahent nach vorn. Früher hätte er mir so etwas anhaben können, aber inzwischen habe ich hart an mir gearbeitet. Stundenlanges Sparring mit verschiedenen Mixed-Martial-Arts-Profis haben sich ausgezahlt.

Geschickt weiche ich ihm aus und lande mit der Faust einen Schlag an seiner Schläfe. Er taumelt. Die Überraschung steht ihm ins Gesicht geschrieben. Ohne den Moment gebührend auszukosten, mache ich einen Schritt auf ihn zu und stoße die Klinge in seinen Bauch. *Nimm das, du dreckiger Hund!*

Vor Schmerz brüllt er auf, hält sich aber wacker auf den Füßen. »Du bist nichts. Hörst du? Nichts, ein Niemand«, flucht Miguél und presst eine Hand auf die Wunde. Dass er sich nicht wie andere arme Schlucker vor Angst einscheißt oder um sein beschissenes Leben fleht, ist ungewohnt, bei unserer Vergangenheit jedoch leider nicht überraschend.

Bevor diese ganze Scheiße mit Valeria passiert ist, war ich ja auch eine echte Pussy. Ungelogen.

»Sagt ausgerechnet der, dessen Arsch von Boss fast alle Gebiete an mich verloren hat und dessen Hauptvilla in Konsequenz seit Monaten zum Verkauf steht«, höhne ich. Unser bisheriger Vergeltungszug kann sich echt sehen lassen. Fast könnte man meinen, mir liege das unbarmherzige Business im Blut. Spielhöllen, Drogen, Nutten – wir mischen überall erfolgreich mit. Vom Underdog bis an die Spitze. Nach dem Kill dieses Flachwichsers vor mir fehlt nur eine Sprosse zum finalen Sieg: Rubén.

»Denkst du echt, das bleibt so?« *Redet der immer noch mit mir?* »Die Tage des Estrada-Kartells sind nicht vorbei, kapiert? Du bist ein Niemand! Sobald die Familie wieder am Zug ist, wird sich kein Schwein mehr an dich erinnern.« Für einen Todeskandidaten klingt er ekelhaft arrogant.

»Wenn es deinem Seelenfrieden hilft, belüg dich gern weiter«, erwidere ich trocken.

»Ich lüge nicht, wirst schon sehen.« Mit einer unkoordinierten Bewegung versucht er sich erneut an einer Attacke, doch auch diese kann ich gekonnt parieren. *Es ist viel zu leicht.*

Ob Gonzo und Prem bereits ihren Spaß mit ihm hatten? Die getrockneten dunklen Flecken auf seiner Hose könnten von einer ausgiebigen Session in unserem Folterkeller stammen. Aus einer Eingebung heraus steche ich ihm als Nächstes in seine mickrigen *cojones*.

Ein kollektives ›Aouh‹ geht durch unsere Zuschauer. Den grellen Schmerzensschrei des Bastards übertönen sie dabei aber nicht. Die Hände in den Schritt gepresst, sackt er wimmernd zu Boden.

»Dir ist klar, dass Valerias Todeskampf über eine Stunde ging und ich dir dieses Vergnügen nicht vorenthalten möchte?« Endlich blitzt die mir von anderen Pennern so vertraute Panik in seinen Augen auf. *Jetzt kann der Spaß beginnen.*

Mitleidslos füge ich ihm in den nächsten sechzig Minuten eine Verletzung nach der anderen zu. Keine davon tödlich und trotzdem ist schnell abzusehen, dass er nicht viel länger durchhält. Immer wieder muss ich unterbrechen und ihm Wasser in die Fresse schütten lassen, damit er nicht geistig abhaut. Am Ende ist er zu einem verkümmerten Schlappschwanz mutiert, der nach Lehrbuch von mir abgeschlachtet wird. Als ich schließlich das Messer in seine Kehle ramme, habe ich einen steifen Nacken. Mich davon abhalten, ihm grinsend in die weit aufgerissenen Augen zu starren, tut dieser aber nicht, denn die Sache ist es mehr als wert. Ich bin wie im Rausch. Rieche Blut, Schweiß, Angst und fühle mich wie der Höllenfürst höchstpersönlich. *Fuck, der Trip ist unbezahlbar.* An meinen blutbesudelten Fingern wird es ein letztes Mal warm. Die Sauerei abzuschrubben, wird eine Weile dauern. Doch hätte ich es von vornherein sauber gewollt, wäre meine Smith & Wesson das Mittel der Wahl gewesen. Ein Schuss zwischen die Augen und die Sache wäre direkt erledigt gewesen. Aber das hier ist persönlich. In seinen verbleibenden dreißig Sekunden möchte ich, dass es mein Gesicht ist, das er als Letztes sieht. Ich will, dass auch er bis zum bitteren Ende leidet. Ja, mehr noch: Ich will es fühlen, muss es fühlen. Jeder meiner Sinne soll es mir bestätigen, dass der Spacko seine Lektion gelernt hat. Ich halte also unsere Verbindung, bis sein Körper nichts weiter als eine leere, stinkende Hülle ist. Vor allem der metallische Blutgeruch setzt Glücksgefühle in mir frei. Schon lange habe ich mich nicht mehr so gut gefühlt, und das an dem Tag, den ich wie sonst nichts auf der Welt fürchte: den Todestag meiner geliebten Schwester.

Santísima Muerte, danke, dass du meine Gebete erhört hast.

Zwei

Amira

Sie wollen mich loswerden. *Loswerden*, dröhnt es in meinem Kopf, während meine Sicht verschwimmt und ich mich so kraftlos fühle, als würde ich jeden Moment umkippen. Angestrengt halte ich den Blick starr auf die Tischmitte gerichtet und bemühe mich um eine gleichmäßige Atmung.

Bloß nichts anmerken lassen.

Dabei wissen sie ganz genau, dass ich das schwächste Glied der Familie bin, sonst wären sie niemals mit dieser Selbstmordmission ums Eck gekommen. Wie sehr sie mich verachten müssen, sodass ... dass ... noch nicht einmal ein schneller Tod mit einer Knarre infrage kommt!

»Amira?« Auch jetzt nach den drei exquisiten Gängen, die hinter uns liegen, ist Papas Mimik unverändert. Keine Regung gibt Aufschluss über sein Gefühlsleben. Kein einziger Muskel zuckt. Ich hoffe nur, dass mein Gesichtsausdruck nichts von meiner Angst preisgibt.

»Hast du verstanden, worum es geht?« Aus den Augenwinkeln nehme ich wahr, wie er sich leicht nach vorne beugt. Instinktiv weiche ich bis zur Stuhllehne zurück. Verdammt. Bloß keine Angst zeigen, ich darf keine Angst zeigen!

Mein ›Ja‹ will mir jedoch kaum über die Lippen. Ich räuspere mich und versuche es erneut. »Ja«, wispere ich, ehe ich den Kopf senke.

Es geht um meine ausgelagerte Hinrichtung.

Um mein Versagen als Tochter.

»Gut, und wirst du uns helfen, unserem Feind eine Lektion zu erteilen?«

»Natürlich.« Welche Wahl habe ich schon? Meinem Leben in der Badewanne ein Ende zu setzen, dafür bin ich viel zu feige. Außerdem will ich ja leben. Ich möchte ... ich möchte, dass alles so wie früher ist. Als meine Mutter noch bei uns war und ich Papas größter Schatz. Als ich keine Sorge haben musste, gegen irgendeine Regel zu verstoßen und seinen Zorn auf mich zu ziehen.

»Hier ist alles drin, was du wissen musst. Lies es dir sorgfältig durch und gehe zeitig zu Bett. Um fünf Uhr in der Früh musst du zum Flughafen aufbrechen.«

Der braune DIN-A4-Umschlag, den er mir nun hinüberschiebt, macht den Auftrag vollends greifbar. Die unbewusste Hoffnung, ihn in den vergangenen Minuten missverstanden zu haben oder all das nur zu träumen, rauscht gemeinsam mit meinem Blutdruck soeben in den Keller.

»Mexiko wird dir bestimmt gefallen.« Die unüberhörbar mitschwingende Begeisterung ist kaum zu ertragen. *Oh Dio*, ich bin doch trotzdem noch sein Fleisch und Blut. Jedem normalen Vater würde so eine Aktion niemals in den Sinn kommen. Die schlimmste Strafe gegenüber dem Nachwuchs wäre ein Vor-die-Tür-setzen und sämtliche Finanzspritzen auf Eis zu legen.

Langsam wende ich den Kopf und ignoriere dabei tapfer, die weißen Punkte, die auf einmal in meinem

Sichtfeld schwirren. Ihm komplett in die Augen zu schauen, bringe ich nicht zustande, das kurze Zucken an seinem rechten Mundwinkel, ehe seine Miene wieder versteinert, entgeht mir jedoch nicht.

Hier sitzt kein liebender Vater, sondern ein kaltblütiger Mafiaboss, der soeben die Tür in seine Welt aufgestoßen hat und bequem darauf wartet, dass ich in mein Verderben stolpere.

Eine Gänsehaut überzieht meine Arme. Warum glaubt er nicht mehr an mich? Wie kann er mich nur derart aufgeben?

»Viel Erfolg«, wünscht er, ehe er aufsteht, mir tatsächlich für drei Sekunden sachte die Schulter tätschelt und sich dann abrupt abwendet. Mit ihm verlassen Dante und Matteo das Esszimmer, sodass lediglich Gabriele mitbekommt, wie ich zusammensacke und wild gegen die Feuchtigkeit in den Augen anblinzle.

Wenn alles nach ihren Plänen läuft, werde ich weder meine Brüder noch Papa jemals wiedersehen. Dass das ein Abschied für immer sein soll, kann ... ist ... unfassbar. Die ganze Situation ist kaum zu glauben.

»Das ist deine Chance, *sorellina – Schwesterherz*«, betont mein ältester Bruder und schreitet langsam auf mich zu. »Wenn du den Auftrag vergeigst, brauchst du nicht wiederzukommen«, fügt er drohend hinzu.

»Verstanden«, hauche ich.

Wenn ich es nicht schaffe, brauche ich nicht wiederkommen. Innerlich lache ich trocken auf. Als ob mir das nicht klar gewesen wäre. Ich bin kein ausgebildeter Geheimagent, kein Söldner, kein durchtriebener Gangster. Verbrechen kenne ich nur vom Hörensagen. Das Familienbusiness hat stets hinter geschlossenen Türen stattgefunden. Ich bin die Tochter eines *Dons*, doch könnte ich genauso gut in einem Kloster aufgewachsen sein. Kurz um, ich bringe null kriminelle Energie oder gar Erfahrung für die geforderte Straftat mit. Ich werde haushoch versagen und dabei jede Menge schlechte Karmapunkte sammeln.

»Gabriele, warum ausgerechnet ich und ... was passiert, wenn ich es mir doch anders überlege?«, wispere ich, ungläubig, die Fragen tatsächlich laut ausgesprochen zu haben.

»Dann setzen wir Plan B um und schicken einen Auftragskiller. Um ehrlich zu sein, würdest du durch seine Entführung sein Leben retten und ihn damit endgültig von der Abschussliste streichen. Es liegt in deiner Verantwortung. Mir persönlich ist es ja egal, was mit ihm passiert, doch bedenke, dass wir hier von einem Auftrag des *Dons* sprechen. Es ist deine Pflicht, ihn bestmöglich zu erfüllen und deinen Nutzen für die Familie zu beweisen. Dante, Matteo und ich können schließlich nicht alles übernehmen. Und aktuell sind unsere Kapazitäten sowieso erschöpft.« *Ihr Terminkalender ist voll?!* Hätten sie sich nicht eine plausiblere Begründung einfallen lassen können? Oder es gleich mit der Wahrheit versuchen? Amira, du bist unseres Familiennamens nicht mehr würdig. Psychisch krank bist du nichts wert und nur Ballast. Bitte kümmere dich um dein eigenes Ende und mute uns nicht zu, uns auch noch damit befassen zu müssen.

Doch ich behalte meine Gedanken für mich.

»Ist der Mann, um den es geht, unschuldig?«, erkundige ich mich lediglich.

»Spielt das eine Rolle? Es geht um ein Menschenleben, Amira«, er sagt es, als wäre er der heilige Messias und nicht der gewissenlose *Consigliere* eines Mafiaoberhauptes. Trotzdem komme ich mir direkt schäbig vor, kurz darüber nachgedacht zu haben, ob die Zielperson es überhaupt verdient hat, gerettet zu werden.

»Dann ist er gefährlich?«

»Rubén Estrada ist der Sohn eines Kartellbosses und natürlich in das Familiengeschäft involviert. Aber noch mal, egal wie stark oder schwach er auch sein mag, vor einem Scharfschützen oder einem Giftanschlag kann sich niemand auf Dauer schützen. Wenn du ihn nicht von der Bildfläche verschwinden lässt, wird er sterben. Wenn du die Polizei mit reinziehst, wird er sterben. Wenn er dir entwischt, wird er sterben ... und wenn du ihn warnst und er verschwindet, dann wirst du ...« Er bricht ab, lässt den Rest unausgesprochen zwischen uns stehen. Ist es Scham, die ihn hindert, Tacheles zu reden?

»Wie soll ich es schaffen, einen erwachsenen Mann in meine Gewalt zu bringen?«

Gabriele nimmt den Umschlag vom Tisch und öffnet ihn. Eine Sekunde später hält er mir eine Blisterpackung mit winzigen Pillen hin. Zwischen ihnen sind Pfeile, über ihnen abgekürzt die Wochentage abgedruckt.

Mir klappt die Kinnlade herunter. Wie konnte ich vor einer Sekunde noch annehmen, dass er ein Schamgefühl besäße?

»Frage beantwortet?«

»Sind die ... sind die zum ...«, ich schaffe es kaum, es auszusprechen, »zum Verhüten?!«, krächze ich fassungslos.

»Korrekt.«

»Ich soll ihn also ... verführen?« Hysterisch kichere ich auf. *Das wird ja immer besser*.

»Da du ihm körperlich unterlegen und im Umgang mit einer Waffe nicht geübt bist, ist das die erfolgversprechendste Strategie«, begründet er mit gleichgültiger Stimme. Als wäre ich nicht seine gottverdammte Schwester und als hätte ich zumindest in Sachen Verführung gewisse Skills, die den Auftrag realisierbar werden lassen. Denn dass mein Aussehen allein nicht reichen wird, wird mir in dem Moment klar, in dem Gabriele Rubéns Foto hervorzieht. Es ist zwar nur eine herangezoomte Aufnahme, doch trotz der leichten Unschärfe ist seine Attraktivität deutlich zu erkennen. So ein Mann wird hübsche Frauen gewohnt sein. Ihm schöne Augen zu machen, wird alles andere als ein Kinderspiel werden.

»Unsere Partner haben ihn hier vor der *Zona Roja* erwischt. Das ist ein altes Übungsgelände mit Schießständen und Hindernisparcours. Übermorgen steht von sechzehn bis achtzehn Uhr seine nächste Trainingseinheit an. In den Unterlagen steht noch der Termin fürs Wochenende, der ist aber schon wieder hinfällig. Also vergiss es nicht und schau zu, dass du dann vor Ort bist, ehe die Trainingseinheit wieder verlegt wird. Innerhalb einer Woche muss er verschwinden. Eine weitere Gelegenheit, ihm bis dahin näherzukommen, ist tags darauf in seinem Stammbistro. Um alle möglichen Treffen danach musst du dich selbst kümmern …«

Ich stoße einen zustimmenden Laut aus, der sich eher nach einem kläglichen Wimmern anhört.

»… genau wie um eine Unterkunft. Die haben wir für dich nur für die ersten Nächte organisiert.«

Diesmal nicke ich nur. *Das kann doch alles nicht wahr sein!*

»Nach der Entführung wird es ein Bekennerschreiben, aber keine Lösegeldforderung geben. Nach drei Wochen kannst du ihn daher einfach laufen lassen. Ist so weit alles klar?«

Erneut nicke ich, dabei ist gar nichts klar … außer, dass ich skrupellos auf ein Selbstmordkommando geschickt werde. Himmel, womit habe ich das verdient?

»Nur unsere Partner wissen Bescheid und werden ein Auge auf dich haben.« Gabriele hält einen Moment lang inne, damit die unterschwellige Botschaft auch auf jeden Fall ankommt. Ich werde also unter Beobachtung stehen, jedoch nicht zu meinem Schutz.

»Wenn etwas schiefläuft …«

»Es wird nichts schiefgehen«, murmle ich und erkenne an seiner Mimik, dass wir beide vom Gegenteil ausgehen.

»Amira«, sein plötzlich sanfter Tonfall ist der reinste Tränentreiber. Ich fühle die Überreste unserer tiefen Verbindung, die wir in unserer Kindheit miteinander hatten, und es bricht mir das Herz.

»Ich habe Angst«, vertraue ich ihm spontan an und kann ein verzweifeltes Aufschluchzen nicht verhindern. Als ich jedoch seine strenge Mimik sehe, presse ich mir den Handballen auf den Mund. Wie konnte ich mich gerade so gehen lassen? Gabriele ist schon längst nicht mehr der Junge, der mich auf Händen getragen hat. Er ist in den vergangenen Monaten vielmehr zu einem Schatten Papas geworden. Kalt, fordernd und unberechenbar.

Ich bin auf mich allein gestellt.

Vor dem Essen war meine größte Sorge, dass man mir den Computer wegnimmt oder mich an einer anderen Universität einschreibt. Jetzt steht plötzlich mein Leben sowie das dieses Kartellmitglieds auf dem Spiel.

Enrico

In der Ferne höre ich vereinzeltes Hundegebell, ansonsten herrscht eine angenehme Stille. Seit ich Miguél niedergemetzelt habe, sind Stunden vergangen, doch nach wie vor befinde ich mich auf dem Friedhof. Sitze auf einer Bank und blicke zufrieden auf die verarmten Wohnviertel unter mir. Der Großteil liegt in Dunkelheit. Nur wenige Häuser am äußersten Rand werden noch von der untergehenden Sonne in ein warmes Licht getaucht. In unserer Jugend bedeutete die einsetzende Dämmerung, rasch nach Hause zu kommen. Mit Einbruch der Nacht war es auf den ohnehin unsicheren Straßen viel zu gefährlich. Mehrmals im Monat hörten wir Schüsse aus nächster Nähe, oft begleitet durch wütendes Gebrüll, panische Schreie und ganz selten: Sirenen. Auch heutzutage sind die Einsätze der Polizei rar. Sicherer ist es also bei Weitem nicht geworden.

Alvas liegt mir seit Monaten damit in den Ohren, im *barrio* für Ordnung zu sorgen. Den ein oder anderen Mann könnte ich doch locker abzweigen, um dem Chaos, das durch den Kleinkrieg unbedeutender Banden verursacht wird, Herr zu werden. Aber ich bin kein Heiliger. Solange die Straßenzüge nicht durch das Estrada-Kartell kontrolliert werden, interessiert es mich einen Scheiß, wenn hier alles wie gewohnt läuft. Bleiben wollte ich ebenfalls nie. Hauptsache weg. Verbundenheit, Heimatgefühl – völlige Fremdwörter für mich. Die schönsten Erinnerungen habe ich nicht an einen Ort, sondern mit einem Menschen.

Valeria.

Automatisch seufze ich auf und drehe mich zu ihrem Grab. Auf der einfachen Steinplatte liegen ein paar Gaben meiner Männer sowie eine flackernde Kerze, ansonsten wurde bereits sorgfältig aufgeräumt. Weder Miguéls verfickte Leiche noch sein Blut zeugen von unserer letzten Unterhaltung. In der Zwischenzeit haben mir Gonzo und Prem gestanden, ihn tatsächlich schon in der Mangel gehabt zu haben. Selbstverständlich nur, um ihn über Nacht ›bändigen‹ zu können. Die Schnitte, die sie ihm an seinem Schwanz zugefügt haben, hätten ihn schließlich niemals getötet. Der stramme Verband hat verlässlich sein Verbluten verhindert und ihn so bloß ›minimal‹ geschwächt.

Beim Gedanken an Prems Beteuerungen schnaube ich auf. Aber egal, in dieser Sache will ich nicht kleinlich sein. Er war noch am Leben, hatte genügend Kraft, mich sowohl mit seinen Fäusten als auch mit seiner großen Klappe attackieren zu können.

Apropos. Wie ich mir von Fernando bestätigen lassen musste, könnte an der großspurigen Vision eines erneuten Aufstiegs der Estradas, die Miguél geäußert hat, zumindest zu einem kleinen Teil etwas dran sein. Einer vertrauenswürdigen Quelle zufolge plant Rubén, den europäischen Markt zu erschließen. Nachdem er wegen meiner neuen Bündnisse die Routen nach Südamerika sowie in die USA vergessen kann, ist der Seeweg nach Europa die einzige Option, noch irgendetwas im Drogengeschäft zu reißen. Da ihm jedoch die nötigen Ressourcen und Beziehungen fehlen, hat der Plan etwas von einer Verzweiflungstat. Ebenso wie die Aktion, die seine rechte Hand beging, indem sie versuchte, den Betreiber einer unserer Spielhöllen für sich zu gewinnen. Dass der Kerl loyaler war als manch einer aus ihren ehemaligen Truppen, hatten sie wohl nicht bedacht. Gemeinsam mit Gonzo und Prem hat er den Wichser nach dem Erstkontakt in die Falle gelockt und sich damit eine saftige Belohnung verdient.

Wie Rubén wohl die Nachricht vom Tod seines engsten Vertrauten aufgenommen hat? Zu gern hätte ich sein Gesicht dabei gesehen …

Ihm ebenfalls alles, was ihm wichtig ist, zu nehmen, hatte ich mir damals bei der Beerdigung meiner Schwester geschworen. Es ist zu meiner Lebensaufgabe geworden, ihm so lange Schmerzen zuzufügen, bis er nach Jahren voller Qualen und Schmach schließlich selbst sein Leben – idealerweise durch mich – verliert.

Ich wende mich wieder dem Sonnenuntergang zu. Ein Drittel der Sonne ist noch zu sehen. Symbolisch zu der Macht meines Erzfeindes. Dafür zu sorgen, dass dieser letzte Teil ebenfalls sinkt und der Untergang nicht durch einen unverhofften Siegeszug in Europa verhindert wird, ist in den nächsten Monaten mein einziger Job. Um möglichst viele Informationen über sein Vorhaben zu erhalten, habe ich Fernando angewiesen, seine Fühler auszustrecken und jedes Detail herauszufinden. Laut seiner Nachricht von vor ein paar Minuten, ist er sogar bereits fündig geworden.

Ein Tag voller positiver Entwicklungen.

Ich sollte mit den Männern durch die Clubs ziehen. Mich zu den Beats der verbotenen *Narcocorrido*-Bands durch die Nacht treiben lassen und feiern, dass ich an Valerias Todestag die Kurve gekriegt und nicht mental abgestürzt bin.

Als ich aufstehe, um mich endlich auf den Rückweg zu begeben, klingelt mein Handy.

»Gute Arbeit heute. Wenn du mir jetzt tatsächlich schon den ausgearbeiteten Plan von dem Bastard nennen kannst, knutsch ich dich wirklich«, begrüße ich Fernando.

Ein verlegenes Räuspern tönt durch die Leitung.

Grinsend laufe ich über den Friedhof.

»Also den Plan habe ich ausgecheckt. Hat mich 'ne Stange Geld und ein paar miese Versprechen gekostet, aber …« Er hält inne, sodass ich alarmiert stehen bleibe.

»Schieß los«, fordere ich ihn ungeduldig auf.

»Er wird dir nicht gefallen und würde die Zeit nicht drängen, hätte ich dich erst morgen informiert. Ja, ich weiß, ich bin ein verfickter Spacko, spar dir deinen Einlauf und … hör nur zu.« Mein Vertrauter atmet tief durch.

»Es geht um eine Frau. Der Hurensohn will wieder heiraten. Sein Alter hat anscheinend Beziehungen zu einer einflussreichen italienischen Mafiafamilie. Eine Hochzeit mit der Tochter des dortigen *Dons* soll den Geschäften Sicherheit geben.«

Ich fahre mir durch die Frisur und setze einen stillen Fluch ab. Weniger, weil die Estradas wohl ein Ass im Ärmel haben, vielmehr weil es um eine Frau geht ... *und damit um das mir abgenommene Versprechen, auf das Valeria mit ihrem letzten Atemzug bestanden hat:* Solange ich lebe, darf Rubén Estrada keiner Frau mehr ernsthaft näherkommen. Nie wieder darf er die Gelegenheit haben, eine Frau zu misshandeln oder gar zu töten.

»Wann soll die Trauung sein?«

»Tja, also das wird jetzt ein bisschen komplizierter.«

»Ich höre ...«

»Die Kleine hat davon keine Ahnung. Sie denkt, sie hat hier in Mexiko einen Job zu erledigen. Ist wohl eine Art Verkupplungsplan, den die beiden Bosse da ausgetüftelt haben. Sie soll Rubén entführen und dabei seinem Charme erliegen.« Fernando lacht gequält auf. »Danach Blitzhochzeit und du weißt schon was ...«

Kinder. Sofern das nicht klappt, Tod.

»Ihr Flieger landet morgen Nachmittag.«

»Wie bitte?«

»Ja, meinte doch, die Zeit drängt.«

»Also haben wir einen Abend lang Zeit, zu überlegen, wie wir am besten dazwischenfunken können und einen halben Tag, um unseren Plan umzusetzen«, bringe ich es auf den Punkt.

»Korrekt. Und noch etwas, es heißt, sie hat ’nen leichten Knacks.«

»Haben wir den nicht alle?«

»Mag sein, wollte es nur nicht unerwähnt lassen. Ihr

Daddy greift hier anscheinend nach dem letzten Strohhalm. Wenn er sie schon vor Ort nicht an den Mann bringt …«

»Ist das jetzt eine Vermutung oder Tatsache?«, frage ich gereizt. Die Anspannung, die mich in den letzten Gesprächsminuten erfasst hat, lässt mich den heutigen Triumph beinahe vergessen. Droht morgen schon eine Wiederholung der Tragödie?

»Reine Spekulation, sorry, Chef.«

Valerias letzter Wille. Wird es mir gelingen, mein Versprechen zu halten?

Drei

Amira

M*amma mia*, ich habe es geschafft. Nach dem planmäßigen Zwischenstopp in Paris saß ich insgesamt fast fünfzehn Stunden am Stück im Flieger und fühle mich infolgedessen so verspannt und steif wie lange nicht. Zum Glück musste ich am Gepäckband nur kurz auf meinen großen Reiserucksack warten. Das in die Jahre gekommene Modell, das man für mich nicht nur ausgesucht, sondern auch stellvertretend gepackt hat, purzelte direkt hinter den ersten zwei Koffern aus dem Schacht.

Beeinträchtigt durch das ungewohnte Gewicht auf den Schultern sowie die starren Gliedmaßen verlasse ich schwerfällig das Terminal. Geblendet von der Sonne, die trotz späten Nachmittags munter vom Himmel strahlt, kneife ich die Augen zusammen – nur um gleichzeitig den Trubel, der um mich herum herrscht, noch viel intensiver wahrzunehmen. Reiseleiter, die ihren Gruppen lautstark Anweisungen geben, bedrohlich brummende Motoren der wartenden Taxen sowie tiefe Männerstimmen, die auf Spanisch versuchen, den ankommenden Touristen irgendwelche Services aufzuschwatzen.

Apropos Männer. Automatisch atme ich zischend die abgasgetränkte Luft ein. Mich sträubt es am ganzen Körper zu einem Fremden ins Taxi zu steigen. *Ohne Schutz. Ohne im Ernstfall …*

Erneut hole ich tief Atem und zwinge mich dazu, die Augen komplett zu öffnen. Vielleicht entdecke ich in der langen Warteschlange der anrollenden Taxen wenigstens eine sympathisch wirkende Frau am Steuer? Doch nachdem ich fast zehn Minuten habe verstreichen lassen und mir jetzt ein älterer Mann mit gelber Warnweste zu verstehen gibt, dass ich die anstehenden Leute hinter mir unnötig aufhalte, beiße ich gezwungenermaßen die Zähne zusammen. Was soll auch schon passieren? Ein bisschen Stau, ein bisschen Small-Talk – wenn überhaupt. Mit den einfachen Klamotten und dem Reiserucksack sehe ich wie eine mittellose Studentin aus. Sofern die Kartelle hier nicht über meine Ankunft Bescheid wissen, werde ich bestimmt nicht Opfer einer Gelegenheitsentführung. Ich werde in einer halben Stunde nicht abgestochen auf einer einsamen Seitenstraße liegen, sondern in mein Bett fallen und mich endlich richtig ausruhen können.

»*Hola, bienvenido a México*«, begrüßt mich der mir nun vom Warnwestentyp zugewiesene Taxifahrer. »Wohin kann ich Sie fahren, *señorita*?« Der Mann dürfte Mitte zwanzig sein und ist in etwa so groß wie ich. Er hat freundliche Augen und wirkt gut aufgelegt. Nachdem er den Wagen umrundet hat, öffnet er galant die hintere Tür und wiederholt seine Frage.

Möglichst leise, sodass ringsherum niemand etwas mitbekommt, bitte ich ihn auf Spanisch, mich zu der

Adresse der Pension, in die mich meine Familie einquartiert hat, zu fahren.

»Ah, ich weiß, wo das ist! Sehr schönes Viertel, wirklich sehr schön, kommen Sie, ich leg Ihr Gepäck in den Kofferraum, nehmen Sie einfach schon mal Platz.«

Ich lasse mir von ihm den Rucksack abnehmen und sinke einen Moment später auf den an mehreren Stellen rissigen Ledersitz. Er ist ziemlich warm. Ob vom vorherigen Fahrgast oder der unfassbaren Hitze, die in der mexikanischen Hauptstadt herrscht, vermag ich nicht zu sagen. Den Kopf über die Schulter gedreht, beobachte ich, wie der Fahrer den Kofferraum schließt und nach vorne läuft. Er sieht nett aus. *Ungefährlich.*

Einigermaßen beruhigt konzentriere ich mich daher auf die Apparatur zwischen den Sitzen vor mir. Da die landestypischen Klänge aus dem Radio zwar nett anzuhören, aber viel zu laut sind, suche ich mit den Augen nach dem passenden Regler. Letzten Endes scheue ich mich allerdings davor, mich vorzulehnen und irgendetwas anzufassen. Nicht, dass ich mir irgendwelche schlimmen Krankheitserreger einhandle. So verdreckt, wie es hier aussieht, ist die Grundreinigung sicher schon ein Weilchen her.

Als der Fahrer sich hinters Lenkrad klemmt und schließlich losfährt, erledigt sich das Lautstärkethema zum Glück von allein. Mit den, wegen der fehlenden Klimaanlage, heruntergelassenen Fenstern gleicht das Unterhaltungsprogramm eher einer angenehmen Hintergrundbeschallung.

»Sind Sie zum ersten Mal in Mexiko?«

Zögernd nicke ich. Zu viele Informationen über mich preiszugeben, und sei es nur einem unbeteiligten Dritten gegenüber, ist nicht ratsam. Seine zwei weiteren Fragen zum Flug und woher ich denn komme, beantworte ich daher einsilbig, sodass er schließlich aufgibt und sich auf den zunehmenden Verkehr konzentriert. Wegen seines plötzlichen Fahrstilwechsels bin ich nach wenigen Minuten jedoch versucht, das Gespräch wieder aufzunehmen. Meine Güte, er fährt, als wären zig Mafiosi hinter ihm her. In jede noch so kleine Lücke prescht er hinein, hupt sich rigoros den Weg frei und macht in Richtung der anderen Autofahrer hier und da nicht jugendfreie Handzeichen.

Ich schiele auf das, was ich vom Tacho erkennen kann und schätze die Geschwindigkeit. Sind wir schon bei hundert Sachen? Bei der nächsten Kurve kralle ich mich am Gurt fest, bevor ich ihn Sekunden später wie von der Tarantel gestochen loslasse und die Handflächen direkt an meiner Hose abwische.

»Ist sauber«, kommentiert der Fahrer stirnrunzelnd die übertriebenen Wischbewegungen.

Ich nicke bloß. Ihn über meinen Hygienetick aufzuklären, spare ich mir.

Schweigend verbringen wir die nächste halbe Stunde, mal auf kleineren Nebenstraßen, mal auf breit angelegten Schnellstraßen. Als wir schließlich in eine gepflasterte Allee einbiegen, werden wir etwas langsamer. Im Vergleich zu den vorherigen Straßenzügen sind die Häuser hier deutlich niedriger. Maximal drei Stockwerke, wobei die Fenster im Erdgeschoss immer mit Gittern versehen sind. Die farbigen Anstriche lassen sie trotzdem freundlich und einladend wirken. Auf den zum Teil maroden Gehsteigen schlendern Pärchen sowie Mütter mit ihren fröhlich umherhüpfenden Kindern. Ab und an sehe ich jemanden an einen Baumstamm gelehnt sitzen, zu Füßen ein großes ausgebreitetes Tuch mit allerhand Krimskrams darauf, der zum Verkauf steht.

Hier scheint alles friedlich zu sein. Nicht wie in meiner albtraumartigen Vorstellung, mit der ich mich im Flieger gequält habe: An jeder Straßenkreuzung sah ich schwere SUVs mit bewaffneten Kartellmitgliedern, die bei geplatzten Drogendeals sofort einschritten und sich am helllichten Tag blutige Gefechte lieferten. Nichts dergleichen ist weit und breit zu sehen. Das muss demnach ein sicheres Viertel sein. Bei jedem erneuten Abbiegen hoffe ich daher sehnlichst, gleich am Ziel zu sein, statt in einen anderen Stadtteil zu fahren, der womöglich eher meinen Befürchtungen entspricht.

Fünf Minuten später zeigt sich, dass meine Gebete erhört wurden. Wir halten vor einem gelb gestrichenen Haus. Neben dem breiten Tor ist ein kleines Schild befestigt, das mir beweist, an der richtigen Adresse zu sein: *Casa Donají.*

Vor Erleichterung stoße ich einen großen Seufzer aus und kann es kaum erwarten, das Taxi zu verlassen. Aus meiner flachen Reise-Gürteltasche zähle ich die erforderlichen Scheine der hiesigen Währung zusammen und überreiche sie dem Mann. Dann steige ich aus.

Wie sich drei Sekunden später herausstellt, ein gravierender Fehler. Denn, statt nun den Kofferraum zu öffnen, winkt der Fahrer mir nur zu und düst davon.

»Hey, mein Rucksack!«, rufe ich ihm hinterher und schwenke dabei wie wild den Arm. Langsamer wird er dadurch nicht. *Verdammt.*

Ich spüre, wie meine Beine weich werden, höre, wie mein Herzschlag gewaltigen Paukenschlägen gleich in meinen Ohren dröhnt und sehe vor meinen Augen, wie weiße Punkte anfangen Salsa zu tanzen.

Reiß dich zusammen. Sofort!

Mein Atem geht viel zu schnell. Auch wenn mir

theoretisch klar ist, dass ich in einer weitaus schlimmeren Situation sein könnte, sitzt der Schock tief.

»*Hola*, bist du Amira?« Eine junge Frau steht plötzlich im Tor und lächelt mich breit an. Ihre großen Augen, die mich eingerahmt von dichten schwarzen Wimpern fragend ansehen, lassen sie in Kombination mit dem Rouge auf ihren Wangen und der wallenden dunklen Mähne puppenhaft wirken. Eine hübsche Puppe, wie man sie sich als Kind zum Geburtstag gewünscht hat. Ausstaffiert mit dem süßen, blumengemusterten Kleid sieht sie ... viel zu nett und vertrauenserweckend aus. Ein Umstand, der mich in höchste Alarmbereitschaft versetzt. Der Taxifahrer wirkte schließlich ebenfalls sympathisch.

»Alles in Ordnung? Du bist so blass, als hättest du einen Geist gesehen.« Sie streicht über meinen Arm, ehe sie leicht meine Hände drückt.

»Mein Gepäck ... er hat mein Gepäck einfach mitgenommen«, stoße ich hervor.

»Oh, das tut mir leid! Das kann hier in Mexiko schon mal vorkommen. Lass uns doch drinnen die Polizei rufen.«

»Polizei?«, wiederhole ich wie ein Idiot – kurz bevor ich bekräftigend nicke und dann panisch den Kopf schüttle. Oje, habe ich gerade ernsthaft in Erwägung gezogen, die Gesetzeshüter um Beistand zu bitten?

»Wir können auch erst mal abwarten, vielleicht merkt der Taxifahrer noch, dass er da was vergessen hat, und kommt zurück ... Auch das passiert gelegentlich«, schließt sie aufmunternd und zieht mich dann einfach mit sich.

Als ich ihr auf wackligen Beinen durch einen begrünten Innenhof folge, denke ich wieder an diese Sympathiesache. Ich kann ihr auf keinen Fall vertrauen. Ich muss beständig auf der Hut sein und streng genommen sollte ich auf dem Absatz kehrtmachen.

Doch wohin kann ich sonst gehen? Das Geld in meiner Gürteltasche ist begrenzt und Klamotten zum Wechseln oder die Briefingunterlagen ... Mist, was, wenn die Infos und vor allem Rubéns Foto in die falschen Hände gelangen? Der Taxifahrer weiß, in welcher Unterkunft ich bin, so gesehen muss ich hier weg. Andererseits, wenn es tatsächlich nur ein Versehen war, und er zurückkommt, ich aber vom Erdboden verschluckt bin, dann schneide ich mir damit ins eigene Fleisch.

»Hattest du einen guten Flug? Ich bin übrigens Sofía.«

»Nein ... ja ... Ich muss ...«

»Aufs Klo?«

Nein, hier weg. Doch ich nicke, wegen meiner Periode müsste ich sowieso mal wieder auf dem stillen Örtchen vorbeischauen und ehrlich gesagt, weiß ich nicht, wie lange ich mich generell noch auf den Beinen halten kann. Mein Atem hat sich zwar normalisiert und die Punkte vor meinen Augen sind ebenfalls verschwunden, aber die ganze Situation ist einfach zu viel für mich. Die Gedankenspiralen schaffen mich. Was ist zu tun? Was sollte ich lassen? Ich weiß es nicht, ich weiß ...

»Amira?«

»Wie bitte?«

»Füllst du mir noch kurz das Formular aus, dann bringe ich dich auf dein Zimmer. Bei der Toilette im Eingangsbereich funktioniert nämlich die Spülung aktuell nicht.«

Ohne dass ich es mitbekommen habe, stehe ich vor einer Rezeptionstheke, über die mir die junge Frau nun geduldig einen Stift reicht.

Ich nehme ihn entgegen und starre auf das erwähnte Formular. Es ist bereits mit meiner Adresse und meinem

Namen ausgefüllt. Das Einzige, was ich noch ergänze, sind mein Geburtsdatum und meine Unterschrift.

»Woher wusstest du, dass ich es bin? Beziehungsweise da draußen stand?«, frage ich, als ich ihr das Blatt Papier hinüberschiebe und im Gegenzug einen Schlüssel erhalte.

»Für die Uhrzeit bist du der einzige Gast, den ich erwartet habe, deswegen habe ich ab und zu einen Blick auf unsere Überwachungskamera geworfen.«

Sie deutet auf einen kleinen Monitor, der neben einem Laptop steht und den Eingangsbereich zeigt.

»Die Straße ist nicht zu sehen«, kommentiere ich enttäuscht. Einen Wimpernschlag später rufe ich mich selbst zur Vernunft. Als ob ich mit der Aufnahme des Autokennzeichens sowie des Fahrers bei der Polizei vorstellig werden würde. *Ich muss mich hier so unauffällig wie möglich verhalten!*

»Leider nicht, aber mach dir keinen Kopf. Wir haben für solche Notfälle auch einen Gästepyjama und ein Verlegenheitsoutfit zum Wechseln. Ich bring dir gleich beides hoch.« Perplex nicke ich. So ein Gepäckdiebstahl kommt wohl tatsächlich öfter vor.

Wenig später bin ich endlich in meinem Zimmer. Es ist im ersten Stock, hat einen vorgelagerten Miniflur sowie ein Fenster, dessen Ausblick sich als nicht vorhanden erweist. Statt auf die Allee zu sehen, lacht mich die bröckelnde Fassade des Nachbarhauses an. Nun gut, so kann theoretisch kein Scharfschütze meinen Versuch, ein Verbrechen zu begehen, vorab vereiteln, indem er mich im Schlaf erledigt.

Seufzend nehme ich nach einem Aufenthalt im Bad die einfach wirkende Ausstattung in Augenschein. Ein Bett, ein Schrank und ein Stuhl mit Tisch. Alles wirkt sauber, auch wenn ich nicht den Maßstab von zu Hause ansetzen kann und am liebsten mit einem Desinfektionsspray über alle Flächen gehen würde.

Tief hole ich Luft und lasse sie möglichst langsam entweichen. Ich muss das Beste aus der Situation machen. Für diesen Rubén und für mich. Mit diesem Gedanken sinke ich geschafft aufs Bett und schließe die Augen.

Vier

Enrico

Stirnrunzelnd rufe ich zum wiederholten Male den Chat auf. Wo zum Henker bleibt *godfather22*? Ist er angepisst, weil ich mich gestern nicht gemeldet habe? Die Vorbereitungen für unsere Rettungsmission haben mich komplett in Beschlag genommen, sodass ich zu nichts anderem gekommen bin.

Zu meinen Füßen wird sich unruhig bewegt. Die Kleine mit den fantastischen Blowjob-Künsten gibt seit einer geschlagenen Dreiviertelstunde ihr Bestes, meine Latte stramm zu halten. Dabei hat das *Game* nicht einmal begonnen. Also das eigentliche. Auch wenn mein Spielpartner vergleichsweise mies spielt, so sind die Runden mit ihm deutlich unterhaltsamer als die mit den Top-Playern. Bei der öden Shootersimulation mit dem fremden Zocker eben hat sich das nur wieder bestätigt. Durch den Chat mit dem Italiener kann ich richtig abschalten, fühle mich zeitweise sogar ... *normal*.

Was ich im jetzigen Augenblick nicht von mir behaupten kann. Das leise Keuchen unter der Tischplatte macht es all zu deutlich. Wegen der Neuigkeit mit Estradas Braut ist mein Stresspegel so hoch, dass ich nicht umhinkam, wieder auf eine zusätzliche Entspannungs- beziehungsweise Ablenkungsmethode zu setzen.

Frustriert schließe ich die Anwendung und rolle mit dem Stuhl etwas nach hinten. Krabbelnd folgt mir die Frau. Ihr Mund ist leicht geschwollen, in ihren Augen funkelt die pure Lust. Das Kissen, das ich ihr gegeben habe, lehnt unbenutzt am Tischbein.

»Nimm mich«, verlangt sie und zieht unaufgefordert ihr Top aus. Ihre prallen Brüste recken sich mir verheißungsvoll entgegen. Die Nippel sind hart und werden kaum von dem dünnen Stofffetzen, der sich BH schimpft, verdeckt.

Ich ziehe eine Augenbraue in die Höhe.

»Bitte«, schiebt sie nun hinterher, ehe sie den Blick senkt und abwägt, ob sie eine Grenze überschritten hat.

»Und warum sollte ich das?«

»Weil das Spiel nicht befriedigend war?«, fragt sie keck. Wie es aussieht, ist sie sich keiner Schuld bewusst. Mühsam unterdrücke ich ein Schmunzeln. Die Zeit unter der schützenden Aufsicht meines Kartells tut ihr eindeutig gut. Vor fünf Monaten unmittelbar nach unserer Übernahme von Rubéns brutal geführten *Lobolove*-Bordells hätte sie sich jetzt nämlich kreidebleich verabschiedet.

»Da hast du verdammt noch mal recht«, meine ich daher nur und befördere ein Kondom aus der Schreibtischschublade. Während sie sich ihres Minirocks und des Slips entledigt, stülpe ich das Gummi über meinen Schaft. Dann weise ich sie an, sich mit ihrem Oberkörper auf die Tischplatte zu legen.

Kurz darauf dringe ich in ihr warmes Fleisch ein. Auf meine tiefen Stöße reagiert sie mit einem genießerischen Stöhnen. Selbst, als ich sie etwas ruppiger nehme und unvermittelt den Eingang wechsle, gibt sie nur Laute von sich, die mir verdeutlichen, dass ich gut daran tat, der Kleinen eine Chance zu geben und sie nicht zu ihrem Glück in einer ihr fremden Branche gezwungen habe.

Eng umschließen mich ihre Muskeln und entlocken auch mir ein erstes leises Keuchen – bis mein Handy klingelt. Als ich auf dem Display sehe, dass es Fernando ist, halte ich seufzend das Becken still und befördere stattdessen das Gerät auf den Rücken meiner ... *Angestellten.*

»Ich will jetzt nichts von dir hören, okay?«

»Ja«, haucht sie, sodass ich den Call annehme und die Freisprechfunktion aktiviere.

»Fernando, was gibts?«

»Weiterhin keine Anzeichen, dass das Mädel gecheckt hat, in der falschen Unterkunft zu sein. Sofía meinte, sie wäre etwas mitgenommen gewesen, aber beim Frühstück hätte ihr Zustand schon deutlich besser ausgesehen. Vor allem als sie ihr Gepäck entgegengenommen hat. Im Reiserucksack haben wir lediglich einen GPS-Tracker vernäht gefunden und ihn mit einem von unseren ausgetauscht. Den ursprünglichen haben wir zur Täuschung zur richtigen *Casa Donají* gebracht. Und von den Infos, die sie über Estrada hat, habe ich Fotos gemacht, genau wie gestern von ihr, sende ich dir gleich zu ... Ach, und, soweit ich das richtig deute, wird das erste Aufeinandertreffen in Rubéns Stammbistro *Pío N°1* sein.«

»Wann?«

»Morgen Mittag.«

»Gut, dann müssen wir den Bastard zu der Zeit anderweitig beschäftigen. Was ist mit ihrem Handy?« Während mir versichert wird, dass es selbstverständlich einbehalten wurde, drücke ich mich wieder tief in den Arsch der Kleinen vor mir. Ihr entschlüpft ein leises Japsen, das ich mit einem warnenden Klaps auf ihre rechte Pobacke ahnde.

»Gute Arbeit. Was ist mit dem verdeckten Bodyguard sowie Rubéns Männern, die du auf der Fahrt abhängen musstest?«

»Der Typ war 'ne Lachnummer. Pedro hat ihn in seiner Gewalt und dafür gesorgt, dass der *Don* in Italien wegen ihm glaubt, es wäre alles okay. So wie ich das verstanden habe, endete sein Job aber eh mit Verlassen des Flughafens, weil dann die Estrada-Familie übernommen hätte. Was natürlich nicht gelungen ist, weil Gonzo und Prem die Kerle letztendlich ausgeschaltet haben. Es ist ausgeschlossen, dass sie ihrem Boss noch Bescheid geben konnten.«

Grinsend ziehe ich meinen Schwanz zur Hälfte raus, packe die Hüften der Frau und fange an, sie in einem immer schneller werdenden Rhythmus zu penetrieren. Um ja keinen Ton von sich zu geben, presst sie sich eine Faust vor den Mund. Gelingt ihr nicht wirklich. Sowohl das leise Stöhnen als vermutlich auch das Aneinanderklatschen unserer blanken Haut provozieren Fernando zu einem missmutigen Grollen.

»Ich frag mich, wann wohl mir mal wieder etwas Spaß vergönnt ist.«

»Hattest du die Tage nicht sogar etwas von einem richtigen Date erzählt?«, frage ich schnaufend und lehne den Kopf in den Nacken. Ich merke, wie sich ihr Körper verkrampft und höre einen spitzen Aufschrei der Entzückung.

»Nach der Beleidigung meiner Kutsche ist meine Stimmung eben wieder beschissen.«

»Welche Beleidigung?«, frage ich aus Höflichkeit, bereue es aber direkt, als ich merke, wie mein Schwanz bei seiner Erklärung erschlafft. Irgendetwas davon, dass Estradas Braut seinen Wagen wie ein Drecksloch behandelt hätte, obwohl er doch die Woche zuvor in der Reinigung gewesen wäre.

»Die ist eben nur Limousinen gewöhnt, nimms nicht persönlich«, brumme ich zur Erwiderung und lege dann auf. Wüsste ich nicht, dass ihn mit dem ehemaligen Auto seines ermordeten Bruders eine lange Geschichte verbindet, hätte der Tonfall für ihn Konsequenzen gehabt. Dass Fernando ohne zu murren sein O. K. gegeben hat, den Wagen kurzfristig zum Taxi umlackieren zu lassen, weil wir, ohne Aufmerksamkeit zu erregen, nicht genügend echte Taxen klarmachen konnten, rechne ich ihm hoch an.

»Enrico?«, kommt es nun zögerlich von unten.

»Hm?« Hat sie gemerkt, dass er plötzlich nicht mehr so stramm ist?

»Willst du mich noch in einer anderen Stellung ficken?«

Will ich überhaupt noch, ist vielleicht die passendere Frage. Gedankenverloren streiche ich über die weiche Haut ihres Hinterns. Würde ich nicht so dicht an ihr stehen, wäre mein bestes Stück vermutlich längst rausgerutscht.

Die Frustration vom Anfang macht sich wieder bemerkbar, sodass ich gerade einen Schlussstrich ziehen will, als ich auf dem Handydisplay sehe, dass Fernando mir eine Bilddatei gesendet hat. Automatisch öffne ich sie.

»Amira?«, murmle ich stirnrunzelnd.

»Camilla«, verbessert mich die Kleine belustigt. Ich ignoriere sie.

Verdammt, ist uns gestern ein Fehler unterlaufen? Wieso sieht die Frau auf dem Foto so scharf aus? Okay, falscher Ausdruck, sie sieht streng genommen fix und fertig aus. Und ihr ängstlicher Blick aus diesen unfassbar großen faszinierend blauen Augen, der förmlich nach Hilfe schreit und ... mich unpassenderweise gerade ziemlich hart werden lässt.

Fuck, wir haben bestimmt die falsche Frau mitgenommen! Das Immatrikulationsfoto, das wir ausgegraben hatten, sieht dem hier nicht im Entferntesten ähnlich.

»Also neue Stellung?«

»Wer sagt denn, dass ich hier schon fertig bin?«, erwidere ich unbeherrscht. Das Gefühl, das sich gerade in mir ausbreitet, kann ich nur schwer einordnen. Einerseits bin ich besorgt, dass die richtige Amira bereits mit Rubén Bekanntschaft gemacht hat. Schließlich wäre sie dann deutlich schwieriger zu retten als zuvor. Andererseits ist da diese heftige Lust, die mich Sekunde um Sekunde kaum mehr klar denken lässt.

Und statt Schadensbegrenzung zu betreiben und sofort bei Fernando durchzuklingeln, überlasse ich meinem Trieb die Zügel. Immer wieder aktiviere ich das Bild auf dem Display und komme mir zeitweilen wie ein Perverser vor. Doch ich kann nicht anders. Den Blick starr auf die fremde Frau gerichtet, stoße ich ohne Unterlass in Camillas heißen Körper. Als ich nach wenigen Minuten in ihr abspritze, habe ich nicht nur den Tisch an seine Belastungsgrenzen gebracht. Da ich aber weiß, dass sie viel Härteres gewohnt ist, bedanke ich mich nur kurz und bedeute ihr dann, den Raum zu verlassen.

Vollkommen entrückt sinke ich danach auf den Stuhl. *Wer zum Teufel bist du?* Und seit wann stehe ich auf ängstlich aufgerissene Augen? Ist mir noch zu helfen?

Amira

»*Señorita?* Sie müssen hier aussteigen, da vorne rechts abbiegen und an der nächsten Kreuzung noch mal nach rechts, dann können Sie die *Zona Roja* schon sehen.« Der Busfahrer gestikuliert in die entsprechende Richtung und öffnet mir die Tür.

»Danke schön«, sage ich beim Aussteigen. Lächelnd winke ich zum Abschied, ehe die Tür geschlossen wird und der Bus losfährt. Als er aus meinem Sichtfeld verschwindet, lasse ich mich erschöpft in die Hocke fallen.

Am liebsten wäre ich wieder im Bett, mit der Decke über dem Kopf und in Gedanken in einer anderen, heilen Welt. Die Fahrt hierher war nach den gestrigen Strapazen richtig anstrengend. Der Motivationsschub, den ich nach Erhalt meines Rucksacks verspürt habe, ist längst verpufft. Ich fühle mich hilflos, verletzlich und alles andere als stark. Es ist mir peinlich, auf offener Straße zusammenzuklappen und die Hände permanent an der Stoffhose abwischen zu wollen. Der Bus war sicher eine Bakterienschleuder. Die Sitze übersät mit Flecken, die Haltestangen glänzend vor Fett. Nur ein Glück, dass die insgesamt vier Busse, in denen ich auf dem Weg hierher saß, recht leer waren.

Hätte ich bei der Fahrt vom Flughafen nicht den Zwischenfall mit dem Taxi gehabt, hätte ich mir eins rufen und mich bequem kutschieren lassen. Dann wäre ich jetzt vermutlich auch nicht so verschwitzt.

Rund drei Stunden war ich unterwegs, viel länger als gedacht. Rubéns Training wird jeden Moment enden. Um ihn nicht zu verfehlen, sollte ich also schnurstracks zu dieser Schießbude laufen. Denn, wenn ich ihn gleich verpasse, hätte ich genauso gut im Zimmer bleiben können.

Schwer seufzend stemme ich mich hoch.

›Du packst das. Sieh nur, wie weit du schon gekommen bist. Die paar Meter schaffst du auch noch‹, feuert mich eine innere Stimme an, sodass ich schließlich vorwärts schleiche.

Gleich werde ich ein gefährliches Kartellmitglied treffen. Und obwohl ich nun genügend Zeit gehabt hätte, mir ein paar Sätze zurechtzulegen, wollte sich mein Verstand partout nicht damit befassen.

Es ist und bleibt eine Selbstmordmission.

Nie und nimmer werde ich es hinbekommen, dass ich ihn um den Finger wickle, ehe er den Braten riecht und mich ... überwältigt. Nicht, dass ich früher Jungs gegenüber schüchtern gewesen wäre, aber die harmlosen Flirts aus meiner Schulzeit sind kein Vergleich zu dem hier. Ich denke an die bereits begonnene Anti-Babypillen-Packung und merke, wie mir dabei die Hitze ins Gesicht steigt. Es mit einem fremden, möglicherweise brutalen Mann zu tun, nur um ihn in meine Gewalt zu bekommen, ist furchteinflößend.

Aber hey, vielleicht kommt es dazu gar nicht, weil ich mit den einfachen No-Name-Klamotten, die in dem Rucksack bestimmt nicht grundlos lagen, sowieso zu unscheinbar bin. Meine Haare sind zwar offen und liegen gut, aber ich trage aufgrund fehlender Übung noch nicht einmal ein aufwendiges Make-up oder habe ein vielversprechendes Dekolleté, das mich optisch weniger blass wirken ließe.

Nur, ehrlich gesagt, weiß ich nicht, ob ich darüber wirklich froh sein kann. Wenn ich die Mission versaue, wird er sterben. Und anders als bei ... dem Vorfall mit meiner Mutter, kann ich diesmal aktiv dafür sorgen, dass niemand zu Tode kommt. *Theoretisch.*

Mit diesen Gedanken im Hinterkopf quäle ich mich

durch die Straßen, bis ich geschätzte hundert Meter vor mir ein Gebäude sehe, welches in einem dunklen Rotton gestrichen ist. Das muss es sein: *Zona Roja*, die rote Zone. Links und rechts ist jeweils bis zum Nachbargrundstück ein mindestens zwei Meter hoher blickdichter Zaun gezogen. Die dumpfen Geräusche, die ich dahinter vernehme, erinnern an Feuerwerkskörper, nur dass am blauen Himmel keine bunten Funken zu sehen sind.

Direkt vor dem Eingang der Trainingsanlage stehen mehrere schwarze Kombis. Soweit ich das von hier aus erkennen kann, sitzt in mindestens einem Wagen ein Mann. Ein Chauffeur? Ein Bodyguard? Rubén, der kurz vorm Losfahren ist?

Aus der Reise-Gürteltasche, in die eigentlich kaum mehr als mein Ausweis sowie ein paar Scheine passen, ziehe ich das geknickte Foto meines Zielobjekts hervor.

Gestylte, kurze Haare, markante Gesichtszüge und dunkle Augen. Unter anderen Umständen locker eine acht von zehn. Wenn in der *Zona Roja* nicht gerade eine Versammlung von männlichen Top-Models stattfindet, werde ich ihn problemlos identifizieren können.

Ich packe das Bild wieder ein. Mehrmals atme ich tief durch. Dann kratze ich all meinen verbliebenen Mut zusammen und marschiere möglichst selbstbewusst zum Eingang. Als ich an dem Wagen mit dem Fahrer vorbeikomme, werfe ich einen kurzen, unbeteiligten Blick durch die Scheibe. Der Typ sieht Gott sei Dank nicht auf, sondern starrt weiterhin auf das Display seines Handys. Seine Haare sind raspelkurz. Sofern Rubén nicht zwischenzeitlich beim Friseur war, kann das daher nicht mein Mann sein.

Mit durchgedrückten Schultern betrete ich kurz darauf das rote Gebäude. Es ist ein dunkler Gang, der hinter der Tür liegt und nur von der grünen Exit-Lampe über mir beschienen wird.

Habe ich schon mal erwähnt, dass ich am liebsten im Bett wäre? Stattdessen laufe ich auf leisen Sohlen diesen gruseligen Flur entlang und frage mich, ob diese Schießbude überhaupt für jedermann gedacht ist? Oder war es vielleicht nur Zufall, dass die Tür unverschlossen war, und es handelt sich hier eher um einen exklusiven Club?

Nach einer scharfen Linksbiegung stehe ich plötzlich vor einem schweren Vorhang. Vorsichtig zupfe ich an einem Ende den Stoff zur Seite. Ein großer Raum mit mehreren Sesseln nebst Beistelltischchen, drei Türen, zwei Vitrinen sowie einer unbesetzten Theke erstreckt sich vor mir.

Zögerlich gehe ich hinein.

»Hallo?«, rufe ich. Doch die Theke, hinter der ein großes Regal mit alkoholischen Getränken hängt, bleibt verwaist. Nicht wissend, was nun das Beste ist, schaue ich mir erst mal die Vitrinen an. Sie sind penibel geputzt und präsentieren, statt Pokalen, verschiedene Waffenmodelle, von denen jedes so bedrohlich aussieht, dass ich automatisch einen Schritt zurücktrete. Warum kann Rubén nicht Mitglied im Golfclub sein? Warum muss er ausgerechnet der Sohn eines Kartellbosses sein? Mein Leben wäre sicher um einiges einfacher, wenn ich es mit einem unsportlichen Bürohengst zu tun hätte.

Ein erneutes Seufzen unterdrückend nähere ich mich der nächstgelegenen Tür.

Okay, das ist eindeutig eine Umkleide. Im hinteren Eck sehe ich einen gekachelten Raum, bei dem ich spontan auf die Duschen tippe. Alle Kleiderspinde sind geschlossen, auf den zwei langen Bänken liegen durchgehend Männerklamotten. Behutsam schließe ich die Tür und widme mich der nächsten. Sie ist abgeschlossen.

Möglicherweise liegt dahinter die Waffenkammer. Oder es ist die Frauenumkleide. Wobei das wohl eher Wunschdenken ist, da ich mittlerweile die Vermutung hege, dass es sich hier um einen reinen Männerverein handelt. Als Frau werde ich in Konsequenz sicher auffallen. Soll ich wirklich die letzte Tür öffnen? Dort geht es bestimmt auf die Anlage.

Was, wenn ich gleich mehr oder weniger aus Versehen erschossen werde?

Ich beiße mir auf die Unterlippe. Wäre es nicht vernünftiger, in einem der Sessel Platz zu nehmen und auf meine Zielperson zu warten? Oder auf der Straße neben den geparkten Wagen? Um ins Gespräch zu kommen, könnte ich ihn nach dem Weg zum nächsten Supermarkt fragen. Ja, das klingt gut!

Ich will gerade meinen Plan in die Tat umsetzen, da fällt die Eingangstür mit einem überraschenden Knall zu. Ein Mann lacht, während ein anderer ihm irgendetwas erzählt. Viel zu schnell höre ich ihre Schritte näher kommen.

Wild donnert mein Herz in der Brust. Wie werden sie reagieren, wenn sie mich entdecken? Soll ich vorgeben, eine neue Aushilfe an der Bar zu sein? Um hinter die Theke zu gelangen, müsste ich gute vier Meter überwinden. Die Tür zur Anlage dagegen wäre deutlich schneller zu erreichen. Ich entscheide mich im Bruchteil einer Sekunde für die einfachere Wahl. Sie führt mich erneut durch einen nur spärlich beleuchteten Flur. Je näher ich dessen Ende komme, desto lauter und öfter vernehme ich Schüsse und desto mehr bereue ich den Entschluss. Meine Handflächen sind feucht. Alles in mir drängt nach draußen, zurück zur Bushaltestelle, zurück in die sicheren Wände der Pension.

Er wird sterben, wenn ich das hier nicht durchziehe.

Ich muss weiter. Nur dann kann ich mir nichts vorwerfen. Einfach weitergehen, alles wird gut.

Zwei Türen tauchen vor mir auf. Ich wähle die, unter der ein hauchdünner Lichtstrahl zu sehen ist. Langsam drücke ich sie auf und muss sofort blinzeln. Sonnenstrahlen blenden mich. Bis ich meine Umgebung vernünftig wahrnehmen kann, vergehen ein paar Sekunden, in denen ich wie angewurzelt auf der Schwelle stehe. Als die Tür gegen meinen Rücken drückt, zucke ich zusammen und stolpere nach draußen. Vor mir erstreckt sich eine riesige Fläche. Rechts gibt es eine Art Parcours mit Möglichkeiten zum Verschanzen, bestehend aus Sandsäcken, Autoreifen sowie rötlichen Steinen – alle Elemente sind voller bunter Farbkleckse. Hier dürfte also nicht scharf geschossen werden. Im Gegensatz zu der anderen Seite, aus der es immer mal wieder heftig knallt. Die nackten Schaufensterpuppen, die links in der Nähe des Zaunes in rund fünfzig Metern Entfernung platziert wurden, wackeln mit jedem Schuss kurz nach hinten. Zwei Männer stehen an einer Linie und heben abwechselnd ihre Waffe. Sie tragen eine sperrige Schutzweste, einen dickgepolsterten Gehörschutz sowie eine schwarzumrandete Schutzbrille. Und obwohl ich sie nur schräg von der Seite sehe, weiß ich instinktiv, dass ich den Estrada-Spross gefunden habe. Die gefährliche Ausstrahlung, die ihn umgibt, und die unterwürfige Körpersprache des Mitschützens ihm gegenüber sprechen für sich. Stramm wie ein Soldat steht mein Entführungsopfer da, visiert konzentriert sein Ziel an und drückt mit einem leichten Lächeln auf den Lippen den Abzug seiner Knarre.

Meine Kehle wird trocken.

Er müsste sich nur umdrehen, in mir den Feind erkennen und ...

»Hey, Kleine, du hast hier nichts verloren. Was machst du hier?«

Erneut zucke ich zusammen. Mit aufgerissenen Augen wende ich mich dem Kerl rechts neben mir zu. Er trägt eine Paintball-Waffe sowie einen strahlend weißen Maleranzug, auf dem an der Hüfte als auch am Oberarm frische, pinke Farbe prangt.

»Ich … tut mir leid … ich … ich muss los«, stammle ich und hetze zur Tür. In dem Moment, in dem ich meine Hand auf die Klinke legen will, springt sie auf und ein Typ in ähnlicher Montur wie Rubén sie trägt, versperrt mir den Weg. Unwillkürlich werfe ich einen Blick über die Schulter. Beide Männer haben ihre Übung abgebrochen und schauen zu uns. Schnell fokussiere ich mich wieder auf die zwei Typen in meiner unmittelbaren Umgebung. Kurz sehen sie in Richtung des Schießstands und nicken dann kaum merklich.

Bevor ich jedoch noch einmal angesprochen oder gar festgehalten werde, drücke ich mich an dem massigen Körper vor mir vorbei und renne den Flur entlang. In Erwartung, jeden Augenblick von Kugeln niedergestreckt zu werden, sprinte ich quasi blind zurück zum Barbereich.

»Nanu, wer bist …?« Ein Mann erhebt sich dort aus einem der Sessel, doch bis er entschieden hat, wie er mit mir umgehen soll, bin ich wieder im ersten Flur und kurz darauf aus dem Gebäude gelaufen.

Laut keuchend eile ich zur Bushaltestelle. Als ich schließlich hinter mich blicke, sehe ich niemanden, der mir folgt. Habe ich sie abgehängt? Hat Rubén mein Gesicht gesehen? Habe ich es nun für die Zukunft verbockt? Weiß er, wer ich bin? Was haben die Männer gedacht, als sie mich entdeckt haben? Wann kommt der Bus? Wie lange kann ich hier warten, ehe sie mich finden? Sind sie mir überhaupt hinterhergelaufen?

Panisch scanne ich meine Umgebung. Doch es bleibt ruhig, keine Männer, aber auch keine möglichen Verstecke – dafür ein Bus, in den ich eine Minute später einsteige, ohne zu wissen, ob es der richtige ist.

Gegen 21 Uhr trudle ich an meinem Ausgangspunkt ein. Hätte der Busfahrer nicht mehrfach betont, dass es sich hier um den *Jardín Centenario* handelt, wäre ich mir unsicher gewesen. Die Dunkelheit nimmt mir jegliche Orientierung. Gaukelt mir Schatten vor, die beim zweiten Hinsehen verschwunden sind, und raubt mir somit den letzten Nerv. Ich lechze nach Wasser, nach etwas zu essen und nach der Sicherheit meines Zimmers. Hinzukommt das fiese Stechen an meiner Schläfe. Ächzend reibe ich sie. Sie fühlt sich extrem warm an. Habe ich etwa einen Sonnenstich? Während ich auf die verschiedenen Buslinien gewartet habe, hätte ich viel öfter einen Unterstand suchen sollen. Zusätzlich zu meinen Problemen wäre, körperlich ausgeknockt zu sein, der Super-GAU.

Leicht zittrig sinke ich auf die nächstbeste Parkbank. Ich bin mir sicher, dass ich vor wenigen Minuten bereits hier vorbeigelaufen bin. Wenn ich noch vor Mitternacht in der *Casa Donají* sein will, muss ich mich demnächst aufraffen und jemanden ansprechen, um nach dem Weg zu fragen. Etwas, das ich schon den ganzen Tag gemacht habe, und mir daher leichtfallen sollte. Doch mit dem Gefühl, beobachtet zu werden, ist das eine völlig andere Hausnummer. Wenn ich den Falschen um Auskunft bitte, könnte ich schließlich nachts noch ungebetenen Besuch bekommen. Wäre mir doch bloß nicht das Handy gestohlen worden. Dann hätte ich gleich zu Beginn einen Stadtplan runtergeladen, sodass ich mir nun offline einfach die Route hätte anzeigen lassen können.

Ein Schauder überkommt mich, als ich mir vorstelle, wie der Rucksack durchsucht worden sein muss. Wobei ... die Kleidung war ordentlich gefaltet gewesen und das Smartphone recht gut zugänglich in dem oberen Innenbeutel. Vielleicht hat der Taxifahrer nur das Handy gegriffen und keinen zweiten Blick auf die scheinbar wertlosen Sachen im Hauptfach verschwendet? Wenn ich Glück habe, sind ihm die Briefingunterlagen, die ich bis auf das Foto vorhin zur Sicherheit zerrissen und weggeschmissen habe, nicht aufgefallen. Zudem waren sie ja auf Italienisch. Nur die Namen und die Orte könnten jemandem aus der ... Branche durchaus bekannt vorkommen. *Verflucht*.

Ich stehe auf, zwinge mich, weiterzulaufen. Mich daran zu erinnern, wie ich zu der Bushaltestelle gefunden habe. War ich da vorne abgebogen? Was hatte ich auf dem Hinweg alles gesehen? Sicher nicht den Mann, der auf der anderen Straßenseite reglos wie eine Statue steht und zur mir herüber starrt. Und auch nicht den Kerl hinter mir, der sich jedes Mal ertappt umdreht, wenn ich stehen bleibe und einen Blick zurückwerfe.

Sind das die Männer aus der *Zona Roja*?

Das Adrenalin pulsiert durch meine Adern und ich verfalle in einen leichten Trab.

Gute zehn Minuten später erreiche ich mit Tränen in den Augen endlich die Pension. Niemand hat mich angehalten oder gar angegriffen. Bis auf meine schmerzende Lunge, die steifen Beine und gepeinigten Muskeln, die – ich gebe es zu – vorher schon nicht belastbar waren, bin ich den Umständen entsprechend wohlauf. Hektisch spähe ich die Straße hinunter, kann meine Verfolger aber nicht mehr ausmachen. Dann betrete ich das Grundstück. Fest verschließe ich das Tor hinter mir und atme auf. Kurz darauf öffne ich bereits meine Zimmertür.

Einen Moment lang bleibe ich in dem Miniflur stehen und lausche angestrengt in die Dunkelheit. Ist jemand hier? Es vergeht sicher eine Minute, ehe ich vorsichtig ins Schlafzimmer luge. Viel mehr als vage Umrisse kann ich nicht erkennen. Mit zusammengepressten Lippen und weit aufgerissenen Augen knipse ich also in einer raschen Bewegung das Deckenlicht an und hebe danach zum Schutz direkt die Arme.

Nichts passiert. Auf den ersten Blick ist niemand zu sehen. Doch erst nachdem ich unter dem Bett, im Schrank und im Bad nachgeschaut habe, bin ich mir sicher. In einem letzten Kraftakt wuchte ich den Stuhl in den Miniflur und positioniere ihn unter der Türklinke – wohl wissend, dass er ein erbärmliches Hindernis darstellt und ich, sollten meine Verfolger hineinwollen, geliefert bin.

Fünf

Amira

Die Nacht war alles andere als erholsam. Zwar ist niemand in mein Zimmer eingedrungen, doch die Monster, die mich dafür in meinen Träumen heimgesucht haben, hätten nicht schlimmer sein können. Wann hatte ich zuletzt von damals geträumt? Diese Todesangst, die mich direkt nach dem Vorfall einst regelmäßig aus dem Schlaf riss, war zu Hause in den letzten Wochen abgeklungen. Die guten Tage hatten definitiv überwogen. Ich war in Sicherheit und durch die Spielsessions mit *ElGato* genügend abgelenkt gewesen. Ich hatte nichts zu befürchten, außer dass mein Mentor sich eventuell einen anderen Schützling sucht. Was er wohl von meinem abschiedslosen Verschwinden hält? Ob er mich vermisst? Oder sich Sorgen macht?

Ich seufze auf, rufe mich aber direkt zur Ordnung. Daran darf ich nicht denken! Hier in Mexiko sollte ich mich ausschließlich auf die Mission konzentrieren. Meine Dämonen und mein virtueller Freund haben an der Stelle nichts in meinem Kopf zu suchen. Ich muss stark sein, stark werden. Und auf keinen Fall darf ich versagen.

Entschlossen atme ich tief durch, drücke die Schultern herunter und tackere mir ein Lächeln auf die Lippen. Das hier darf nicht schiefgehen!

»*Bienvenido* – herzlich willkommen, *señorita*. Ein Tisch für eine Person?« Der Kellner des *Píos N°1* verbeugt sich leicht und macht eine einladende Geste in das Innere des Bistros. Es ist eindeutig eine gehobene Küche, die die Gäste hier erwartet. Das Mobiliar ist schick, die Gespräche an den Tischen gedämpft. Um meine Nerven und Schweißdrüsen zu schonen, habe ich mir von Sofía ein Taxi ihres Vertrauens rufen lassen und bin binnen einer halben Stunde unverschwitzt vor dem Stammbistro meines … Entführungsopfers gelandet.

Kopfschüttelnd verneine ich nun die Frage. »Ich bin mit Rubén Estrada verabredet. Ich bin seine neue Assistentin«, lüge ich und zwinge mich, den Augenkontakt nicht zu unterbrechen.

Hinter mir fällt die Tür lediglich mit einem leisen Plopp zu, trotzdem zucke ich unweigerlich zusammen. Herrje, so schreckhaft, wie ich rüberkomme, wird er mir sicherlich nicht abnehmen, für das Kartell zu arbeiten.

»Verstehe, bitte nehmen Sie doch dort drüben Platz.«

Froh, nicht enttarnt worden zu sein, folge ich dem älteren Mann zu einem abgeschirmten Zweiertisch.

Die Idee, mich als Assistentin auszugeben, kam mir während des Frühstücks. Zwischen zwei Tassen Kaffee, Rührei und frittierten Tortillas durchtränkt mit einer leckeren roten Soße habe ich mir einen Plan zurechtgelegt. Mich als Assistenz bei ihm vorzustellen und um einen Job zu bitten, erschien mir realisierbarer, als ihn in einem Club erfolgreich abzuschleppen. Bleibt zu hoffen, dass er gestern mein Gesicht nicht deutlich gesehen hat. Und wenn doch, dann ... habe ich mich zu dem Zeitpunkt einfach noch nicht getraut, ihn anzusprechen.

Ich schaffe das. Etwas anderes kommt schlichtweg nicht infrage.

Ich zupfe an der weißen Bluse herum, die als einziges schickeres Outfit im Rucksack lag und aller Wahrscheinlichkeit nach genau für die Bistrobegegnung gedacht war. Da die Stoffhose von gestern Spuren meines Ausflugs aufweist, musste ich stattdessen eine der Hotpants anziehen. In Kombination mit den braunen Riemchensandalen und dem hellen, züchtigen Oberteil ist das beige, kurze Stück Stoff gerade noch so passabel für eine Lokalität wie diese.

Als ich einen weiteren Blick durch den Raum werfen will, spricht mich ein erheblich jüngerer Kellner an.

»Verzeihung, habe ich das eben richtig mitbekommen, Sie sind die Assistentin von Rubén Estrada?«

Bejahend setze ich mich etwas aufrechter hin.

»Sie sollten vielleicht Ihre Nachrichten checken.« Er wirkt nervös.

»Hä?«, mache ich einfallslos.

»*Señor* Estrada hat Ihnen sicherlich eine Nachricht oder Mail geschickt.« Jetzt schaut er beinahe ungeduldig zwischen mir und den anderen Gästen hin und her.

»Oh ... ich ... ich habe mein Handy leider vergessen«, rede ich mich heraus. Aufgewühlt fahre ich mir durch die offenen Haare. Eben sah doch alles so vielversprechend aus ...

»Aha, dann informiere ich Sie.« Mit gedämpfter Stimme erzählt er mir, dass mein ›Boss‹ soeben angerufen und die Reservierung gecancelt hat, weil er im *Mercado Xochitl* dringend etwas mit den Rozales klären muss.

»Den Rozales ...«, wiederhole ich langsam, während ich mich kurz wundere, wie eng Rubén mit dem Bistro sein muss, dass er so detailliert Auskunft gibt.

»Na, die mit dem Enchiladastand am anderen Ende der Halle. Ist nicht zu verfehlen.« Seine hochgezogene Augenbraue lässt mich schnell zustimmen.

»Ach, *die* Rozales! Okay, ich bin noch neu und kurz verwirrt gewesen, ähm, vielen Dank für die Info, dann mache ich mich wohl mal auf den Weg.«

Der Kellner nickt und schiebt, nachdem ich aufgestanden bin, den Stuhl wieder zurecht. Anschließend geleitet er mich in einem Tempo nach draußen, bei dem ich keine Gelegenheit mehr habe, ihn zu fragen, wie ich zu diesem *Mercado* gelange.

Zum Glück treffe ich um die Ecke direkt auf ein Taxi, in das ich mich aufgrund des Zeitdrucks und meiner Ortsunkenntnis zwinge einzusteigen. Innerhalb weniger Minuten fährt es mich zu einer alten Markthalle.

Als ich das sperrangelweit offene Tor passiere, schlägt mir der Gestank von Schweiß, gemischt mit der strengen Note gefakter Kunststoff- und Lederwaren entgegen. Aufgehängt an bis zu zwei Metern hohen Gitterwänden reihen sich Markenturnschuhe, Designertaschen sowie trendige Portemonnaies aneinander. Gepaart mit den Beats mexikanischer Rapper dringen dazu fröhliches Gelächter und hitzige Diskussionen an meine Ohren.

Halbwegs souverän eile ich durch die Gänge Richtung Food-Area und schüttle dabei in einer Tour den Kopf, um aufdringlichen Verkäufern auszuweichen. Speziell die Händler an den Ständen mit buntbemalten Totenköpfen und unheimlichen Skelettfiguren, die wildgemusterte Kleider und Hüte tragen, legen sich besonders ins Zeug, ihre Ware anzupreisen. Aus einer Reisebroschüre im Flugzeug weiß ich, dass die Figuren gerade bei den Feierlichkeiten zum Tag der Toten eine wichtige Symbolik haben. Generell scheint der Tod an sich eine nicht unerhebliche Rolle in der mexikanischen

Kultur einzunehmen. Es gibt sogar eine Todesgöttin namens *Santa Muerte*, die hingebungsvoll verehrt wird.

»Zwei *Catrinas* zum Preis von einer. Jetzt zuschlagen!«, ruft einer der Verkäufer und wedelt mit einem besonders grausigen Skelett-Exemplar durch die Luft.

Ehe er sich vor mir aufbauen kann, husche ich in einen Nebengang und bin froh, weiter vorne den ersten Essensstand zu sehen. Erleichtert, meinem Ziel näher zu kommen, beschleunige ich die Schritte.

»Vorsicht!«, brüllt es wenige Sekunden später in meinem Rücken. Verdutzt bleibe ich stehen, mindestens zwei Leute schreien warnend auf. Als ich die Gefahr schräg hinter mir erkenne, erstarre ich. Wie in Zeitlupe sehe ich, dass eine Schubkarre, überladen mit über dreißig aufeinandergestapelten und zusammengeschnürten Plastikkanistern, auf mich zu kippt.

Im nächsten Moment werde ich schwungvoll zur Seite gerissen und wirble um die eigene Achse. Ich höre das Poltern der leeren Kanister, weitere Schreie und meinen wummernden Herzschlag. Steif wie ein Brett stehe ich etwas abseits des Chaos.

Meine Stirn drückt gegen einen warmen und vor allem gutriechenden Stoff. Ein Hemd. Genauer gesagt eines, das sich um einen extrem durchtrainierten Oberkörper spannt.

Ich will mich lösen, bemerke dabei, wie jeweils eine fremde Hand am Hinterkopf sowie am Rücken sanften Druck ausübt. Es fühlt sich schön an. Sicher. Wann habe ich mich zuletzt so … behütet gefühlt? Jemand hält mich. Jemand hat mich gerettet. Vor Dankbarkeit werden meine Augen beinahe feucht.

»Ist alles in Ordnung?« Die Männerstimme ist tief, ruhig und irgendwie sexy. Okay, die letzte Eigenschaft sollte ich direkt wieder aus meinem Wortschatz streichen.

Mit der Mission auf der Agenda darf ich mich ausschließlich auf …

»Rubén!«, murmle ich tonlos und starre den Mann an, der seinen Griff nun gelockert hat und mich aus einer Armlänge Entfernung besorgt mustert.

»Kleine, geht es dir gut? Bist du verletzt?«

»Mir … mir geht es … gut«, stammle ich. Mein Atem beschleunigt sich. Ein Mix unterschiedlichster Gedanken rauscht mir durch den Kopf. Hat er einen Kanister abbekommen? Habe ich ihn bei einem wichtigen Deal unterbrochen? Seine markanten Wangenknochen ziert ein gepflegter Fünftagebart, er sieht damit vielmehr aus, als wäre er kurz zuvor auf einem Werbedreh gewesen, statt in einer finsteren Ecke Kartellgeschäften nachzugehen. Die gerade Nase, die unfassbar dunklen Augen sowie die Frisur, bei der ihm die vorderen Haare gestylt halb in die Stirn fallen, während die kürzeren Seiten seine ovale Gesichtsform betonen, lassen ihn in echt wie eine zehn von zehn wirken.

»Bist du … sind Sie okay?«, erkundige ich mich schließlich schüchtern. Ich habe ihn gefunden – genauso wie die endgültige Gewissheit, keine Chance zu haben.

Enrico

Amira Cattaneo. Es fällt mir unglaublich schwer, sie nicht pausenlos anzustarren. Ihre herrlich geweiteten, blauen Augen setzen Fantasien in mir frei, deren Umsetzung ihr sicher lange im Gedächtnis bleiben würden. Noch dazu kommt diese unanständige Freude, tatsächlich die richtige Frau am Flughafen abgepasst zu haben. Am liebsten würde ich sie hinter den nächstbesten Stand ziehen und …

Blinzelnd löse ich mich aus ihrem Bann.

»Mir ist nichts passiert«, beruhige ich sie und verschweige ihr, dass ich, um sie zu schützen, mit mindestens drei dieser verfickten Kanister auf Tuchfühlung gegangen bin.

»Das ist gut.« Verlegen blickt sie kurz auf ihre Schuhe, ehe sie eine störrische Haarsträhne hinters Ohr streicht. Sie ist ein wenig blass um die süße Stupsnase. Der Schreck sitzt ihr deutlich in den Knochen.

»Darf ich dich zur Beruhigung der Nerven auf einen Tee oder etwas Stärkeres einladen?« Ich deute zur Food-Area.

»Das wäre nett, aber ich möchte Sie ... dich nicht aufhalten. Wie ... wie wäre es, wenn ich dich stattdessen zum Dank für die Rettung zum«, sie schluckt schwer, ehe sie ihre Lippen mit der Zunge befeuchtet, »Abendessen einlade?«

Überrascht erwidere ich einen Moment nichts. Es ist ewig her, dass man mir einen Wunsch abgeschlagen hat. Aber ich bin einverstanden. In einem von uns kontrollierten Restaurant ist es auch wesentlich sicherer, als in einer unübersichtlichen Markthalle zu sitzen.

»Dann treffen wir uns um achtzehn Uhr im *Icno*. Das Essen dort wird dir sicher schmecken.«

»Klasse, ich bin übrigens Amira.« Lächelnd hält sie mir ihre Hand hin.

Gentlemanlike nehme ich sie und hauche einen Kuss auf den Handrücken. Das zarte Rosa, welches sich nun auf ihren Wangen ausbreitet, lässt mich ebenfalls die Mundwinkel nach oben ziehen. Meine Güte, ist die Kleine hübsch. Innerlich beglückwünsche ich mich zu meiner Schnapsidee, sie nicht nur vor ihrem grausamen Bräutigam verstecken zu wollen, sondern mir den Spaß zu gönnen, auch seinen Platz einzunehmen. Der Last-minute-Besuch beim Friseur sowie der bislang betriebene Aufwand, bei dem man meinen könnte, dass es um eine gefährdete Drogenlieferung in Millionenhöhe geht, hat sich definitiv gelohnt.

»Ich heiße Rubén. Rubén Estrada«, bestätige ich, was sie bereits vermutet haben dürfte.

»Freut mich … also dann … bis später?«

Ich nicke und bin selten so zufrieden gewesen, dem Bastard ähnlicher zu sehen, als mir sonst lieb ist.

Gute zehn Meter lasse ich sie sich von mir entfernen, ehe ich ihr langsam folge. Neugierig beobachte ich, wie sie an einem Stand mit Drogerieartikeln stoppt und sich mit Sonnencreme, After-sun, Desinfektionsgels und Unmengen an Reinigungstüchern eindeckt. Durch das helle Outfit ist es ein Leichtes, sie im Blick zu behalten. Trotzdem hoffe ich, dass sie gleich zur Pension aufbricht und auf dem Weg dorthin keine Umwege riskiert. Dass wir sie gestern den ganzen Tag aus den Augen verloren und erst spätabends in Parknähe gefunden haben, hat mich extrem nervös gemacht. Wo zum Teufel war sie? Hat sie Vorbereitungen für die Entführung getroffen? Sich vielleicht mit irgendwelchen zwielichtigen Gangstern ausgetauscht? Gar eine Waffe besorgt und im Zielunterschlupf versteckt? Einen Rucksack oder Tasche hatte sie nicht bei sich …

Oh Mann, am Ende war sie lediglich Sightseeing.

Schmunzelnd winke ich Fernando in seinem wieder umlackierten Wagen zu. Er nickt und deutet auf Pedros Fake-Taxi, in das Amira zögernd einsteigt. Wie es aussieht, endet hier mein Einsatz. Der schweigsame Kolumbianer wird sie sicher zur Pension fahren, wo dann Sofía wieder übernimmt.

»Wie liefs?«, begrüßt mich meine rechte Hand, als ich mich in seine Kiste schwinge.

»Wir haben abends ein Date im *Icno*«, lasse ich ihn grinsend wissen.

»Das ging flott.«

Ich zucke die Schultern und bedeute ihm, loszufahren.

»Fürs Protokoll, die Kellner aus Rubéns Stammbistro sind im Krankenhaus, da der Hurensohn von Amiras erneutem Verschwinden ziemlich angepisst war. Gut, dass wir das Risiko eingegangen sind und Ramón als Aushilfskellner eingeschleust haben. Das geplante Ablenkungsmanöver an einem seiner verbliebenen Bordelle hat ihn nämlich kaum gejuckt und nicht nennenswert aufgehalten.«

»Ist Ramón mit heiler Haut davongekommen?«

»Ja, der Junge hat sich rechtzeitig vom Acker gemacht.«

»Gut«, brumme ich. Zufrieden lehne ich mich zurück und lasse die flüchtige Begegnung mit Amira im Geiste Revue passieren.

Ich hatte sie bereits kurz zuvor entdeckt. Die enganliegende Bluse, die ihre weiblichen Rundungen genau richtig betonte, hatte mich nicht losgelassen. Oder waren es ihre schlanken, nackten Beine, die mich gedanklich abdriften und somit beinahe den Typen mit der Karre übersehen ließen? Dabei war die ›Wand‹, die er vor sich hergeschoben hat, nicht gerade unauffällig. In letzter Sekunde war ich bei ihr und habe sie in meine Arme gezogen. Ihr weicher Körper hat sich perfekt an meinen geschmiegt, sie loszulassen, glich einem unerwarteten Kraftakt. Nicht nur, weil sie sich so gut angefühlt hat. Sie hat nach Sonnencreme und Vanille gerochen. Ein Duft, der sofort Erinnerungen weckte. *La reina de las especias* – die Königin der Gewürze. Valeria war ein Fan von Pflegeprodukten mit Vanille-Essenz. Sie ...

»... das will mir irgendwie nicht einleuchten.«

Irritiert sehe ich zu meinem Kumpel. Er hat die Stirn gefurcht und trommelt nachdenklich mit dem Finger auf das Lenkrad.

»Worum gehts?«

»Es ist doch ein Verkupplungsplan mit Ziel einer Hochzeit, um das Europageschäft zu besiegeln.«

Ich nicke.

»Das Mädel ist untrainiert. Und damit meine ich nicht nur ihre Fitness, sondern auch hinsichtlich des Business. Sie ist unaufmerksam und macht einen schwachen Eindruck.«

Wieder nicke ich. *Wir haben verdammt gut daran getan, sie am Airport einzusammeln.*

»Das Einzige, was sie kann, ist, hübsch auszusehen«, fährt Fernando fort.

»Das klingt hart«, kommentiere ich und bin irgendwie angesäuert.

»Ich will damit ja auch nur sagen, dass es für sie bloß eine Möglichkeit gibt, einen erwachsenen Kerl zu entführen.«

»Verführung«, schließe ich trocken.

»Korrekt, die Waffen einer Frau. Heißt, alles, was sie macht, ist wohlkalkuliert.«

Also hat sie mich vielleicht ebenfalls schon früher bemerkt und sich bewusst der Gefahr ausgesetzt, um als Frau in Not niedere Instinkte anzusprechen. *Gerissen.*

»Jedenfalls will mir nicht ganz in den Kopf, warum in dem Reiserucksack Anti-Babypillen waren. Eigentlich sollten die Bosse ja froh sein, wenn sie während des Trips schwanger wird. Das würde ihr gegenüber die Hochzeit im Nachgang plausibel machen und die Familien enger aneinanderschweißen.«

»Dann sind es ihre und ihr Alter hat davon keine Ahnung.«

»Möglich. Nur warum war die Packung innerhalb des Umschlags mit den ganzen Infos über Estrada?«

Wir starren einander kurz an, ehe seine Aufmerksamkeit wieder der Straße gilt.

»Gib Bescheid, wenn du draufkommst«, brumme ich schließlich und hülle mich den Rest der Fahrt in Schweigen. Ich habe keine Ahnung, was ich von der Sache halten soll. Meinen die Cattaneos es doch nicht ernst? Was übersehen wir?

Am Nachmittag widme ich mich den guten Performance-Berichten unserer Spielhöllen, ehe ich mich einer Eingebung folgend selbst nochmals in die virtuelle Spielwelt begebe. In Italien ist es nun kurz vor Mitternacht. Bevor ich zur Markthalle aufgebrochen bin, hatte ich *godfather22* eine knappe Nachricht geschrieben. Doch wie sich herausstellt, ist er in der Zwischenzeit nicht online gewesen. Meine Frage, ob alles in Ordnung bei ihm sei, steht weiterhin auf ungelesen.

Missmutig grunze ich auf. Was ist mit dem Kerl los? Für gewöhnlich lässt er sich keine Partie entgehen. Oder hat er Sorge, dass ich ernst mache und auf die Wikinger inklusive Sprechfunktion bestehe? Meine Güte, er nimmt doch sonst kein Blatt vor den Mund und sagt mir klar seine Meinung. Erziehungsspielchen, um mich vom Kurs abzubringen, sind nicht sein Stil. Ob er krank ist? Aber hätte er dann nicht wenigstens kurz gesagt, was Sache ist? Es sei denn, er liegt im Krankenhaus.

Ich stütze die Arme auf die Tischplatte und das Kinn auf die Hände. Zu dumm, dass wir nicht in derselben Stadt wohnen und darauf verzichtet haben, weitere Kontaktdaten auszutauschen. Er ist schließlich weit mehr als ein Gelegenheitskontakt. Scheiße Mann, er ist mein persönlicher Stimmungsaufheller. Eine Droge, die mir eine heile Welt vorgaukelt und mich im Daily Business entspannt. Rächt sich jetzt eine höhere Gewalt, weil ich die letzten Male on top noch Camillas Dienste in Anspruch genommen habe?

Wie soll ich nun mit dem Braut-Projekt um die Ohren vernünftig relaxen? Täglich eine der Nutten zu mir bitten und hoffen, dass ich mental nicht wieder da lande, wo ich kurz nach Valerias Tod war?

»Fuck!« Ich donnere eine Faust auf die Tischplatte und komme mir dabei vor wie ein Junkie, der den drohenden Entzug fürchtet.

Okay, positive Gedanken: *godfather22* geht es gut und er wird sich bald wieder melden. Und wenn nicht, findet sich irgendwann ein anderer, der mir unbewusst meinen Ballast abnimmt! Im Grunde genommen werde ich demnächst sowieso nicht zocken können. Wenn ich es durchziehe und mich zum Spaß von der Kleinen entführen, beziehungsweise verführen lasse, werde ich vermutlich keine Gelegenheit haben, mich an einem Rechner einzuwählen.

Statt also immer verzweifelter klingende Nachrichten zu verfassen, setze ich ihn knapp darüber in Kenntnis, dass ich wegen einer Geschäftsreise die nächste Zeit verhindert bin.

Sechs

Amira

Ich starre in den Spiegel meines kleinen Bads. Top ausgeleuchtet wie zu Hause ist der provisorische Schminkplatz natürlich nicht. Auf der Ablage liegen auch längst nicht alle Utensilien, welche die Dienstmädchen zur Hand haben, wenn sie mich für ein Familiendinner oder einen auswärtigen Termin zurechtmachten. Durch meine fehlende Routine hätte allerdings selbst das Gegenteil keinen Unterschied gemacht.

Mein Mund ist viel zu rot. Er wird denken, dass ich nur auf das Eine aus bin!

Einen Moment später schüttle ich den Kopf. Oh Mann, ich bin auf das EINE aus. Also theoretisch, wenn es nach Plan ginge. Und es muss nach diesem verdammten Plan gehen, sonst sterben Rubén und ich.

Unglücklich verziehe ich die Lippen. Sicher ist es halb so wild. Er ist attraktiv. Sehr sogar. Wäre er kein begnadeter Schütze, der für ein Kartell arbeitet, sondern bloß ein Kommilitone mit harmlosen Familienbackground, läge die Sache aber anders.

Wie treiben es die Männer eines mexikanischen Syn-

dikats wohl? High, mit Knarre neben dem Kopfkissen und ... Amira, andere Gedanken, sofort! Ich seufze unglücklich und begutachte meine geröteten Wangen im Spiegel.

Heute Abend darf und wird er mich nicht in seinem Bett haben! Nicht nach nur einem Dinner. Er soll lediglich ein bisschen heiß werden. Wenn ich ihm vorschlage, mich auf einen verlängerten Wochenendausflug zu begleiten, soll er, ohne nachzudenken, direkt mit Ja antworten. Gemessen an meinem straffen Zeitplan kommt ein Nein nämlich schlichtweg nicht infrage, und das wäre, sollte er zu früh Sex mit mir haben, sicher der Fall.

In wenigen Tagen verliere ich das Zimmer in der *Casa Donají* und bis dahin muss ich Vorbereitungen treffen sowie einen Plan aushecken, wie ich Rubén, wo hinschaffe.

Ich nicke mir aufmunternd zu. Der erste Schritt ist immerhin gemeistert. Obwohl ich gedanklich bereits kapituliert hatte, hat mein Überlebenswille den letzten Funken Mut zusammengekratzt und Mister Zehn-von-Zehn zum Abendessen eingeladen. Den Rest bekomme ich daher auch noch irgendwie hin!

Nur was, wenn er nicht auftaucht? Es wäre um einiges schlauer gewesen, auf seinen Vorschlag, mir ein Getränk spendieren zu wollen, einzugehen und ihn an einem Imbissstand schon mal ein wenig neugierig auf mich zu machen. Doch in dem Augenblick konnte ich kaum mehr klar denken. Er stand ja wirklich sehr nah. Seine muskulösen Arme waren überaus beeindruckend. Wahrscheinlich bräuchte er noch nicht einmal eine Waffe, um jemanden kaltzumachen.

Schnaubend wende ich mich vom Spiegel ab und tapse in den Miniflur. Das Paar Sandaletten, das man mir eingepackt hat, steht bereits neben der Tür. Wäre ich eine abgebrühte Agentin, würden die sechs Zentimeter Absatz bestimmt ebenfalls ausreichen, um einen Gegner auszuschalten.

Ich ziehe sie an und versuche dabei diesen einen absolut unangebrachten Gedanken, der mir trotz aller Vernunft immer wieder durch den Kopf spukt, wenn ich an seine Arme denke, zu verdrängen. Leider klappt es nicht.

Die Kraft mit der er mich gehalten hat, die Sicherheit, die ich verspürte ... *ich hätte ewig so dastehen können und hatte mir insgeheim gewünscht, dass die Zeit einfriert.* Beschämt ziehe ich eine Grimasse. Um mich abzulenken, prüfe ich, ob genügend Geld in der Gürteltasche ist und man sie samt des eingeschweißten Reinigungstuches unter dem knielangen Rock erkennen kann – was zum Glück nicht der Fall ist. Da ich ungern den Verdacht aufkommen lassen wollte, mir mit der Garderobe keine Mühe gegeben zu haben, konnte ich ihn leider nicht mit der weißen Bluse kombinieren. Stattdessen habe ich ein, für meine Verhältnisse, weit ausgeschnittenes Top und eine leichte Stoffjacke gewählt. Es ist das beste Mata-Hari-Outfit, das der Rucksack hergab.

Nachdem ich sorgfältig mein Zimmer abgesperrt habe, lasse ich mir an der Rezeption den Weg zum Restaurant beschreiben. Glücklicherweise liegt es im gleichen Viertel, sodass ich nicht extra Geld für ein Taxi ausgeben muss.

Fünfzehn Minuten später jedoch bereue ich die Entscheidung, einen auf Sparfuchs gemacht zu haben. An den Zehen drücken die Schuhe unangenehm und an der Ferse dauert es gewiss nicht mehr lange, bis die erste Blase entstanden ist.

Tapfer stolziere ich dennoch am Park, kleineren Geschäften sowie einem heruntergekommenen Internetcafé vorbei. Ich will schon die nächste Straße überqueren, da gehe ich schnell noch mal die paar Schritte zurück und luge durch das vergitterte Ladenfenster. Zwei Reihen mit jeweils fünf Rechnern sind im Raum aufgebaut. Insgesamt zähle ich drei Kunden. Perfekt. Statt Sofía nach einem Tipp für eine Unterkunft im Umland zu fragen und somit unnötig Anhaltspunkte zu hinterlassen, werde ich morgen einfach hier nach einem bestmöglichen Versteck recherchieren.

Aufgeregt setze ich meinen Weg fort. Wenn ich fündig geworden bin, könnte ich an einer der Telefonanlagen am Parkrand die Buchung vornehmen, sodass es wirklich schwierig werden dürfte, mir auf die Spur zu kommen. Zumal ich bislang immer bar bezahlt habe und das natürlich so beibehalten werde.

»Du siehst hübsch aus.« Es ist das Erste, was Rubén zu mir sagt. Das Lächeln, das er daraufhin folgen lässt, beschert mir ungewollt weiche Knie.

Ich schlucke schwer und mache ihm für sein schwarzes Hemd ebenfalls ein Kompliment. Kavaliersmäßig rückt er den Stuhl für mich zurecht und nimmt dann mir gegenüber wieder Platz.

»Wartest du schon lange?«, erkundige ich mich.

»Nicht wirklich.«

Beruhigt falte ich die Hände im Schoß. Zwischen uns flackert eine kleine Kerze auf dem Tisch. Sie sieht frisch angezündet aus, was mich erleichtert. Er ist also tatsächlich erst kürzlich eingetroffen.

»Hast du gut hierher gefunden?«, fragt er.

»Ja, war kein Problem. Und du? Bist du öfter hier?«

»Gelegentlich.«

Ich nicke und lasse verlegen meinen Blick durchs Restaurant gleiten. Es ist leer und relativ dunkel, sodass ich von draußen zunächst befürchtet habe, außerhalb der Öffnungszeiten gekommen zu sein. Doch dann hat ein Kellner plötzlich die Tür aufgerissen und mich gefragt, ob ich gerne etwas essen möchte.

»Ich habe mir erlaubt, schon für uns zu bestellen«, informiert Rubén mich nun.

»Das trifft sich gut, mir sagen die mexikanischen Gerichte alle nichts. Ich hoffe nur, dass es lecker ist.«

»Es wird scharf«, kündigt er leise an.

Sofort überzieht eine Gänsehaut meine Arme. War das gerade eine Anspielung auf ein eventuelles ›Später‹?

»Ich ... ich kann es kaum erwarten«, erwidere ich ebenso leise. Seine Augen verengen sich einen Moment. *Oh Dio, das war tatsächlich zweideutig gemeint!*

Wie weit kann ich es wagen, mich flirttechnisch aus dem Fenster zu lehnen?

»Wir wünschen einen angenehmen Abend.« Zwei Kellner sind wie aus dem Nichts an unserem Tisch aufgetaucht und stellen uns zwei Körbchen mit Brot, verschiedene Dips sowie eine Karaffe mit Wasser hin.

»Bedien dich«, fordert mich mein Date auf und greift selbst zu.

Froh, erst mal etwas zur Ruhe zu kommen, strecke auch ich, nach einer schnellen Reinigung, meine Finger zum Brot. Zwei Bissen später ist die vermeintliche Verschnaufpause allerdings vorüber.

»Verrätst du mir, warum du alleine unterwegs bist?«

»Urlaub. Ich wollte schon immer mal nach Mexiko«, lüge ich.

»Das beantwortet nicht meine Frage.« Er beugt sich vor, stützt die Arme auf den Tisch.

»Wie bitte?«

Seine Stirn runzelt sich, was mich nervös an der Unterlippe nagen lässt.

»Mich interessiert, warum dein Freund dich unbegleitet in ein gefährliches Land reisen lässt.«

Er checkt ab, ob ich vergeben bin!

»Ah, ich ... ich bin single«, gebe ich gezwungenermaßen Auskunft. Meine Güte, er will bestimmt nachher mit aufs Zimmer – ist es tatsächlich so einfach, ihn spitz zu machen? Oder liegt es weniger an meinem Verführungstalent, als vielmehr an dem Umstand, dass ich allein und leichte Beute bin?

»Woran denkst du?«

»Dass der Dip sehr lecker ist.«

»Echt?« Belustigt senkt er kurz den Kopf. »Sah eher nach dem Gegenteil aus.«

»Nein, wirklich. Es schmeckt hervorragend«, beteuere ich und tunke zum Beweis das Brot extra tief in das Schälchen. Als ich schließlich davon abbeiße, schießen mir die Tränen in die Augen. *Verdammt, ist das scharf!* Rubén macht ein Handzeichen. Sofort wird mir ein Glas mit Milch gebracht.

»Das war wohl etwas zu viel«, entschuldige ich mich kurz darauf und tupfe mit der Serviette meine Augenwinkel trocken. Noch einmal gestatte ich mir einen wohltuenden Schluck Milch.

»Ich bin übrigens auch nicht vergeben«, knüpft er an unser vorheriges Thema an. Sein fester Blick bringt mich fast zum Husten.

Er hat das hier eindeutig besser drauf als ich.

»Interessant«, erwidere ich nach einer Weile möglichst lässig.

»Interessant?«, wiederholt er.

»Wie kommts, dass ein attraktiver Typ wie du nicht in festen Händen ist?«

Erneut packt er dieses Lächeln aus, das eindeutig beweist, dass er im Umgang mit Frauen mehr als nur geübt ist. Unbewusst starre ich auf seinen Mund, während ich blind zum Brotkorb taste und ihn peinlicherweise gleich zweimal verfehle.

»Arbeit«, sagt er schließlich, zum Glück, ohne meine missglückten Griffe zu kommentieren.

Dankbar dafür hake ich nach: »Was machst du beruflich?«

»Ich bin Logistik-Unternehmer. Wir kümmern uns um Import, Export und alles, was den Kunden eben glücklich macht. Wenn ich hier aber ins Detail gehe, fürchte ich, dass du mir vor Langeweile einschläfst.«

»Mein Leben ist auch nicht sonderlich aufregend.«

Seine kurz hochgezogene Augenbraue verdeutlicht mir, eventuell in ein Fettnäpfchen getreten zu sein.

»Also, damit wollte ich nicht sagen, dass deins nicht …«

»Kein Thema, das habe ich mir schon gedacht. Ich war nur verblüfft, dass jemand, der alleine nach Mexiko reist, kein spannendes Leben haben soll.«

»Ah, ähm, nun ja. Ich gehe noch zur Uni. Es ist ein Dolmetscher-Studium mit Schwerpunkt Englisch und Spanisch.«

»Kein Wunder, dass du so gut unsere Sprache sprichst. Hast du Hobbys?«

Ich schüttle den Kopf, schiebe dann aber ein unverfängliches ›Lesen‹ hinterher. Dass ich dem Zocken verfallen bin, klingt vermutlich etwas unsexy.

»Und du?«

Rubén zuckt die Schultern. »Alles, was Spaß macht, schätze ich.« Er nickt jemandem hinter mir zu.

Kurz darauf wird die Vorspeise abgeräumt und durch ein Reisgericht ersetzt. Obendrein wird hausgemachte Limonade als auch eine Flasche Wein aufgetragen.

»*El arroz de amor* – Der Reis der Liebe, unsere Spezialität. Euch erwartet eine wahre Gefühls…«, der Kellner zwinkert mir unverblümt zu, ehe er fortfährt, »Verzeihung, Geschmacksexplosion. Wir haben hier Paprika, Mais, verschiedene Chilisorten, Tomaten, Ziegenkäse, frische Kräuter, Kidneybohnen, Zwiebeln sowie eine geheime Soße verarbeitet. Guten Appetit!« Jetzt strahlt er uns an, als hätte er seit Wochen nur auf unseren Besuch gewartet. Im Nu hat er uns den Wein eingeschenkt und verschwindet anschließend mit einer leichten Verbeugung.

Schüchtern stoße ich mit meiner Begleitung an und versenke dann die Gabel in den üppig gefüllten Teller. Nach dem ersten Bissen entfährt mir ein beeindruckter Laut.

»Wow, das ist wirklich eine Geschmacksexplosion.« Ich schiebe drei Bissen hinterher, ehe ich kauend aufsehe und merke, dass Rubén selbst noch gar nicht begonnen hat. Stattdessen ruht sein Blick auf mir und meinem vollen Mund.

»Freut mich, dass es dir schmeckt«, gibt er zufrieden von sich und startet endlich ebenfalls mit dem Essen.

Ich nicke. Danach nippe ich erneut am Wein, beschließe jedoch recht schnell, mich lieber auf die Limo zu konzentrieren. Mir vom Alkohol den Verstand vernebeln zu lassen, ist bei der Wichtigkeit des Dinners sicher nicht ratsam. Als Gelegenheitstrinker ist mir das Risiko einer gelösten Zunge einfach zu hoch.

In den nächsten Minuten sind wir beide mit dem Reisgericht und belanglosem Smalltalk beschäftigt. Erst als die Nachspeise, ein gezuckertes Gebäck mit Vanilleeis und Erdbeeren, aufgetragen wird, und Rubén mir mit seiner Frage, was mich an Mexiko denn gereizt hätte, eine prima Vorlage liefert, lenke ich das Gespräch zu meinem wahren Beweggrund des Dankesdinners.

»Die Kultur, die Menschen, die Natur. Vor allem die Natur. Die Bilder, die Google zu bieten hat, waren einfach zu traumhaft, um länger im unspektakulären Europa zu sitzen.«

Er lacht, fühlt sich aber bei der Lobeshymne auf die mexikanische Flora und Fauna sichtlich geschmeichelt. »Kannst du mir vielleicht einen besonderen Ort empfehlen?«, frage ich ihn.

»Da säße ich vermutlich morgen noch hier. Je nachdem, ob du auf Strand, Natur oder Kultur stehst, gibt es überall im Land mehrere Highlights. Ich persönlich finde es aber in Veracruz am schönsten. Da hast du praktisch alles vereint.«

»Das hört sich an, als wärst du der perfekte Guide ... Hast du zufällig Lust auf ein verlängertes Wochenende in Veracruz ... mit mir?« Meine Stimme ist vor Aufregung gegen Ende ziemlich dünn geworden. War das zu aufdringlich? Hätte ich es geschickter formulieren können? Er schmunzelt, sagt jedoch nichts. Ich glaube, ich bin zu allem Überfluss sogar rot angelaufen.

»Wenn nicht, finde ich sicher jemand anderen, der mich begleitet und mir die Gegend zeigt. Ich wollte dich mit der Frage jetzt nicht überfallen.«

»Jemand anderen?«

»Hm.« Fleißig schaufle ich mir den Rest Eis auf den Löffel.

»Du redest von diesem Wochenende?« Ich bestätige. »Dann brauchst du keinen anderen. Ich kann mir kurzfristig freinehmen, habe Lust und zufällig ein Apartment in Puerto de Veracruz.«

Vor Erleichterung würde ich am liebsten aufspringen und im Kreis tanzen. Er will mich tatsächlich begleiten!

Natürlich ist es ausgeschlossen, dass wir in seine Ferienwohnung gehen, schließlich könnte man ihn da zuerst suchen. Aber mir fällt schon eine Lösung ein, wichtig ist jetzt nur, dass er angebissen hat. Um alles Weitere, wie beispielsweise einen Plan, wie ich ihm eine Verlängerung des Trips schmackhaft mache, kümmere ich mich später.

Wir bereden kurz den Treffpunkt und die Uhrzeit, ehe er fortfährt, mir von den Vorzügen Veracruz' vorzuschwärmen, und dabei richtig fröhlich wirkt.

Als die Kellner das leere Geschirr abräumen, erkundigt er sich, ob ich noch etwas bestellen möchte.

»Ich fürchte, bei mir passt nichts mehr rein«, erwidere ich bedauernd. Wobei ich nicht weiß, warum ich gerade so empfinde. Ist es wirklich, weil es superlecker war und ich nichts mehr essen kann, oder ist es, weil ich in den letzten Minuten den Fokus verloren habe und selbst begeistert den Trip vor Augen hatte – und zwar so, als wäre es ein harmloser Ausflug unter befreundeten Reiselustigen?!

Rubén zückt sein Portemonnaie.

»Oh, ich übernehme natürlich. Ich habe dich ja eingeladen«, rufe ich schnell und mache mich meinerseits unauffällig am Rockbund zu schaffen, um darunter ein paar Scheine aus der Gürteltasche zu ziehen.

»Keine Chance, Amira.« Er sagt es mit einem Lächeln, doch der dominante Tonfall, deutet an, dass er nicht mit sich reden lassen wird.

Ich probiere es trotzdem. »Aber es ist ein Dankesdinner für die Rettung in der Markthalle, du ...«, setze ich an, werde allerdings unterbrochen.

»Deine Anwesenheit war Dank genug. Ich hatte einen schönen Abend mit einer schönen Frau, was will man da mehr?« Entschieden winkt er einem der Kellner zu und drückt diesem mehrere Scheine in die Hand. Bei der Summe und dem nach wie vor leeren Restaurant kommt mir der Verdacht, dass er es vielleicht der Privatsphäre halber komplett gebucht hat.

Überrumpelt bedanke ich mich bei ihm, ehe ich den Kellnern gegenüber erneut das Essen lobe und Rubén schließlich nach draußen folge.

»Ich begleite dich noch zu deiner Unterkunft«, lässt er mich sogleich wissen.

»Wenn ich dich nicht davon abhalte, deinen ... Geschäften nachzugehen?« Will ich wirklich, dass er weiß, wo er mich finden kann?

»So spät am Abend? Sei dir versichert: Du hältst mich nicht davon ab«, erwidert er schmunzelnd. »Also, wo hast du dich einquartiert?«

Mein Date macht nicht den Eindruck, es sich anders zu überlegen. Ich glaube, er ist generell kein Mann, der locker lässt, wenn er sich etwas in den Kopf gesetzt hat.

»*Casa Donají*, das ist in der Nähe des Parks.«

»Kenne ich. Liegt in einem guten Viertel.«

Gut für ihn als Kartellmitglied oder gut für den unbescholtenen Bürger?

Höflich lächle ich und setze mich dann in Bewegung. Zwei Schritte weiter bin ich kurz irritiert, dass er anscheinend stehen geblieben ist, doch ehe ich meinen Kopf komplett über rechts nach hinten drehen kann, spüre ich eine leichte Berührung am linken Arm. Er hat also lediglich die Seite gewechselt, sodass nun er derjenige ist, der direkt an der Straße läuft. Ist das einfach nur Machogehabe oder macht er das, um mir einen potenziellen Fluchtweg abzuschneiden?

Aber warum sollte Mata-Hari-Amira flüchten? Wenn ich meinen Job gut gemacht habe, sollte er nach dem Abend denken, dass ich an ihm interessiert bin.

Nachdenklich laufe ich neben ihm in Richtung der Pension. Innerhalb weniger Sekunden hat er sich meinem vor Schmerz an den Fersen verlangsamten Schritttempo angepasst, sodass ich mich sogar darauf konzentrieren kann, auf den hohen Hacken nicht im löchrigen Asphalt hängen zu bleiben. So dunkel wie es an manchen Stellen des Gehsteigs mittlerweile ist, eine wahre Herausforderung. Denn obwohl jede Straßenlaterne funktioniert, gibt es Leuchten, die nicht mit voller Kraft scheinen.

In der Nähe höre ich Hundegebell, vereinzelt rauscht ein Auto an uns vorbei, das sich durch die beschränkte Sicht nicht beeindrucken lässt. Vielmehr scheint es, als würden die Fahrer den geringen Verkehr ausnutzen, um mal ordentlich aufs Gaspedal zu treten.

Schon bald queren wir die letzte Kreuzung vor meiner Unterkunft. Seit dem Verlassen des Restaurants haben wir kein Wort mehr miteinander gesprochen. Die Stimmung zwischen uns ist entspannt. Es ist kein unangenehmes Schweigen. Jeder hängt seinen Gedanken nach und ...

»Möchtest du, dass ich noch mit reinkomme?«

»Wie bitte?«, rutscht es mir heraus, ehe ich zurück in den Verführungsmodus schalte und ein »Ist Vorfreude nicht die schönste Freude?« säusle.

Rubén lacht. Als er mir erklärt, damit eigentlich nur angeboten zu haben, nach dem Rechten zu sehen, komme ich mir schäbig vor. Wie peinlich!

»Hattest du nicht gesagt, dass es ein gutes Viertel ist?«

»Stimmt, aber als Tourist kann man nie vorsichtig genug sein«, argumentiert er.

Darauf habe ich keine schlagfertige Antwort. Als wir schließlich am Eingang der Pension stehen, schlendert er wie selbstverständlich an mir vorbei und hält mir das ungesicherte Tor auf. Bei meinem Zimmer angekommen, setze ich nervös den Schlüssel an, verfehle aber mehrmals das Loch. Verdammt, mich auf den letzten Minuten eines erfolgreichen Abends als Angsthase zu outen, war so nicht geplant. Warum konnte ich mich unten nicht durchsetzen und seine Bedenken schmunzelnd beiseite wischen? Weil ich insgeheim froh war, dass er den Kontrollpart übernimmt und sicherstellt, dass nirgends jemand auf der Lauer liegt? Oder, weil ich Sorge hatte, dass er es doch so meinte, wie ich es zunächst verstanden hatte, und ich ihn als große Verführerin nicht vor den Kopf stoßen kann?

Da, endlich!

Der Schlüssel steckt. Schnell drehe ich ihn um und öffne die Zimmertür. Bevor ich einen Fuß über die Schwelle setzen kann, hält mich Rubén mit einer Armbewegung davon ab. Während ich also einen Schritt zurücksetze, tastet er nach dem Lichtschalter und verschwindet dann im Inneren.

Gespannt spitze ich die Ohren. Außer meinem wild schlagenden Herzen höre ich nichts. Ehe die Tür zufällt, blockiere ich sie mit meiner Hüfte.

Zehn Sekunden später taucht Rubén wieder auf.

»Alles okay«, sagt er und ergänzt recht distanziert: »Danke, dass ich mich umsehen durfte.«

Nickend tausche ich mit ihm den Platz. Jetzt steht er im Etagenflur, wohingegen ich mich in meinem Mini-Flur befinde.

»Ich hatte einen schönen Abend«, wiederholt er seine Worte von vorhin.

»Ja, ich auch. Es ... es hat mich gefreut, dich kennenzulernen und dass wir bald mehr Zeit miteinander verbringen ... Ähm ... hast du es von hier aus noch weit?«

»Nein.«

»Toll.« *Toll ...?!* Warum fällt mir nichts Geistreiches

ein? Muss ich ihm so sehr auf die Nase binden, dass ich in dem hier keine Übung habe?

»Dann gehe ich jetzt wohl …«

Wieder nicke ich und wünsche ihm eine sichere Heimfahrt. Als er sich abwendet, habe ich das Gefühl, etwas vergessen zu haben. Sein Blick war nicht mehr so entspannt wie ein paar Minuten zuvor. Findet er mich in irgendeiner Weise unhöflich oder langweilig? Waren seine Aussagen, einen schönen Abend gehabt zu haben, nur reine Floskeln? Bereut er es schon, mit mir auf einen ›Wochenendtrip‹ zu gehen?

Verflucht, zu riskieren, dass er einen Rückzieher macht, kann ich mir nicht leisten!

»Warte«, rufe ich spontan.

Mit einem leichten Stirnrunzeln dreht er sich um. Fix stelle ich sicher, dass mein Schlüssel nach wie vor von außen im Schloss steckt, und laufe dann die paar Schritte zu ihm hin.

»Ich habe mich noch gar nicht richtig verabschiedet, bitte verzeih«, nuschle ich aufgeregt. Ehe ich es mir anders überlegen kann, beuge ich mich vor, um ihm ein Abschiedsküsschen auf die Wange zu geben. Daran hätte ich wesentlich früher denken müssen. Ich hätte gleich … *Oh Dio!*

Vor Schreck zucke ich weg. Durch seine unerwartete Kopfdrehung landete ich direkt auf seinen Lippen.

»*Scusa*, ich meine, entschuldige«, stammle ich. Verlegen will ich den Rückzug antreten, werde jedoch von ihm ausgebremst. Genauer gesagt von seinem Mund, der ebenso plötzlich erneut auf meinem liegt.

Mein Herzschlag gerät aus dem Takt. Er fühlt sich so weich an, so warm und so erstaunlich … gut. Wie selbstverständlich geben meine Lippen nach. Meine Augenlider fallen zu und ich bin für eine Millisekunde eine andere Person. Ein Genießer, jemand, der keinerlei Sorgen oder Ängste kennt, der ein normales Dasein führt und die kleinen Freuden des Lebens bereitwillig willkommen heißt.

Dann spüre ich sein beharrliches Vordringen und bin maßlos überfordert. Nicht, dass mich noch nie ein Junge geküsst hätte. Ich weiß, wie das ist – dachte, es zu wissen. Doch die verstohlenen Küsse, die ich als Teenager erhalten habe, sind kein Vergleich zu dem hier. Sie waren keine ... *Naturgewalt.* Sie haben mich nicht vergessen lassen, wie man atmet. Sie haben nicht dazu geführt, dass meine Beine immer wackliger werden und ich mich irgendwie ... auflöse.

Sein Kuss ist fordernd, hungrig. Ein gefährliches Raubtier, das sich die Beute munden lässt.

Grelle Blitze ziehen an meinen Augen vorbei. Ein Poltern dröhnt regelmäßig an meine Ohren. Es muss mein Herzschlag sein, der außer Rand und Band ist.

Amira, reiß dich zusammen. Beende es oder zeig ihm, wie sehr es dir gefällt!

Gefällt?

Ich kann nicht mehr klar denken, brauche Sauerstoff, brauche Energie, brauche ... Mut.

Bevor ich allerdings in irgendeiner Weise aktiv werden kann, ist es vorbei. Rubén zieht sich zurück. In seinem Blick spiegelt sich eine Zufriedenheit, die ich nie zuvor so gesehen habe. Er sagt nichts. Kommentiert weder mein hektisches Einatmen noch mein minimales Hin- und Herschwanken. Eine Weile beobachtet er mich lediglich, dann macht er auf dem Absatz kehrt und verschwindet im Treppenhaus.

Perplex sehe ich ihm nach. Ich fühle mich fix und fertig, aber auch seltsam high.

Enrico

Estradas Braut zu entführen und Rubéns Platz in dem Verkupplungsplan einzunehmen, war die beste Idee, die ich seit Langem hatte.

Grinsend setze ich den Blinker und biege von der Hauptstraße ab. Wenn der Verkehr nicht zunimmt, bin ich in dreißig Minuten zu Hause. Ob die Kleine dann schon eingeschlafen ist? Oder wird sie nach unserem Kuss erst mal kein Auge zudrücken?

Kurz runzle ich die Stirn. Ich darf nicht vergessen, dass es auch für sie nur eine Mission ist. Jeder verführerische Blick von ihr zielt bloß darauf ab, mich in ihre Gewalt zu bekommen. Mir einzubilden, dass sie ebenfalls dieses Feuerwerk gespürt hat, ist sicher ein Trugschluss.

›Ich habe mich noch gar nicht richtig verabschiedet, bitte verzeih‹, höre ich sie in Gedanken heiser flüstern. Die Gänsehaut, die ich bekommen habe, als sie mit ihren großen blauen Augen scheinbar unsicher auf mich zu gestolpert kam, war ungewohnt. Verflucht, sie hat mich innerhalb von Sekunden zu einer Marionette meines Triebs gemacht. Hätte ich es nicht irgendwann geschafft, die Kontrolle über mein Verhalten wiederzuerlangen, wäre ich ihr willenlos ins Zimmer gefolgt und hätte damit bewiesen, wie machtlos ich im Grunde genommen bin.

Kopfschüttelnd versuche ich, den imaginären Bildern von ihr und mir in diesem Einzelbett gar nicht erst Raum zu geben. Natürlich erfolglos.

Während ich an der nächsten Ampel auf Grünschaltung warte, stelle ich mir vor, wie sie in ein Handtuch geschlungen aus der Dusche kommt. In Jungfraumanier würde sie zunächst einmal verlegen auf der Unterlippe nagen, ehe sie zögerlich den Frotteestoff zu Boden segeln lässt …

In meiner Hose wird es eng. Als wäre ich ein Teenager, der bereits bei einer keuschen Berührung seines Schwarms steilgeht.

Grün. Ich gebe Gas, kräftiger als nötig.

Wenn mein Kartell wüsste, wie spitz ich wegen Amira bin, dann ... würde sich schnell rumsprechen, mit was man mich *lenken* könnte.

Apropos, inwiefern sich wohl die Italienerin im Bett lenken lässt? Wenn sie auf ihre bisherige Masche setzt, wird sie mir vermutlich freie Hand lassen. Mich dabei unschuldig aus weit aufgerissenen Augen anstarren, überrascht nach Luft schnappen und ...

Okay, genug fantasiert, es reicht!

Unter größter Willensanstrengung konzentriere ich mich auf die Straße und gestatte mir nur noch einmal kurz einen gedanklichen Schwenk in das kleine Pensionszimmer. Eigentlich war es total unnötig, es zu überprüfen, schließlich kann ich mich auf Sofía verlassen. Die vereinbarten Sicherheitsvorkehrungen sind auf einem hohen Niveau und der Zimmerservice beschränkt sich nicht nur auf die Reinigung. Nein, er versorgt mich zudem mit allerlei Infos, die sich irgendwann nützlich erweisen und mich nicht wirklich zu einem Stalker machen. Dass ich also darauf bestanden habe, mit hochzukommen, war schlicht und ergreifend ... *pubertär.* Ich wollte, dass der Abend noch nicht endet.

Scheiße, sie hat mich echt in ihrem Bann. Sie ... es knallt. Glas zerbirst. Vor Schreck reiße ich das Lenkrad herum. Im Rückspiegel sehe ich, dass meine Heckscheibe zu Bruch gegangen ist. Der schwarze Wagen, den ich erst jetzt bemerke, könnte nicht ungelegener kommen.

Rubén Estrada höchstpersönlich. Soweit ich es erkennen kann, ist er allein und er sieht furchtbar wütend aus. Gemessen an dem Verlust, den er zu beklagen hat, nicht überraschend. Eigentlich hätte ich mir denken können, dass er sich rächen wird, nur dachte ich, ich hätte noch Zeit. Sollte er schließlich nicht mit der Suche nach seiner Braut und der Vertuschung ihres Verschwindens gegenüber ihrer Familie beschäftigt sein?

Fuck, was, wenn er mich schon in der Nähe der *Casa Donají* entdeckt hat und seine Männer in eben diesen Sekunden Amiras Zimmer stürmen?

Erneut knallt es. Instinktiv ducke ich mich und merke, wie ich im nächsten Moment die Kontrolle über den Wagen verliere. Der Bastard muss einen der Reifen getroffen haben. Hektisch versuche ich meine Möglichkeiten abzuwägen. In etwa einem Kilometer wird die Straße breiter. Statt eng aneinanderstehender Häuser folgen weitläufige Lagerhallen. Wenn ich es zu Fuß heil in eine solche schaffe, steigen meine Chancen, nicht kaltgemacht zu werden, enorm. Die Situation wäre ausgeglichener, denn schließlich wäre Rubén gezwungen, das Auto stehen zu lassen, um mir nachzusetzen.

Eine andere Option wäre, als Erster in die nächste Straße abzubiegen, anzuhalten, mir die Smith & Wesson aus dem Handschuhfach zu schnappen und ihm das Magazin in die Visage zu ballern.

Ich schaue auf den Tacho. Trotz durchgedrückten Gaspedals sinkt die feine Nadel stetig nach links. Es ist fraglich, ob ich überhaupt bis zur ersten Lagerhalle komme. Scharf nehme ich daher an der nächsten Kreuzung die Kurve nach rechts. Zu meinem Leidwesen ist die Straße nicht ganz so verlassen, wie ich es gerne hätte. Ich bremse hart, beuge mich in Windeseile zum Handschuhfach, greife nach der Waffe und spüre eine Sekunde später eine heftige Druckwelle durch meinen Körper walzen. Schmerzhaft ruckt mein Kopf nach vorn und zurück, ehe die Airbags aufgehen und mir die Sicht versperren.

Der Wichser hat mich gerammt.

Dumpf feuert er einen weiteren Schuss ab. Das Beifahrerluftkissen zerplatzt. Verflucht! Er ist viel zu nah.

Blind schieße ich in die Richtung, in der ich ihn vermute. Einmal, zweimal. Dann richte ich mich auf. Es schmerzt, aber ich ignoriere es. Genau wie die sich langsam ausbreitende Unschärfe in meinem Sichtfeld. Reifen quietschen. Die Fahrer am anderen Ende der Straße suchen wohl das Weite. *Und das sollte ich ebenfalls tun.*

Ich muss hier verschwinden. Ihn bestenfalls erledigen. Auch wenn es sich falsch anfühlt. Sein Leiden war noch nicht lange genug, nicht qualvoll genug. Heute einen schnellen Tod durch eine Kugel zu finden, hat er nicht verdient – ich aber genauso wenig.

Mit einem lauten Aufstöhnen drehe ich mich weiter nach hinten und visiere angestrengt seine Frontscheibe. Wertvolle Sekunden verstreichen, doch es nützt nichts. Meine Sicht wird nicht schärfer. Der Mann hinter dem Steuer gleicht weiter einem dunklen Schemen. Durch das Fahrerfenster blitzt es auf, ehe ich einen unangenehmen Luftzug an meinem Gesicht spüre. *Verdammt war das knapp.*

Ich schieße. Nichts passiert. Das gibts ja nicht! Schieße ich so sehr daneben oder hat er seinen Wagen mit kugelsicherem Glas aufgerüstet?

Bevor mir die Munition ausgeht, muss ich umdenken. Mit dem stechenden Schmerz im Hinterkopf und diesem lähmenden Gefühl in der Brust nicht einfach. *Angst.*

Etwas, das ich seit Valerias Tod nicht mehr verspürt habe. *Santísima Muerte, ich bin noch nicht bereit.*

Bitte gib mir Kraft.

Ich darf nicht sterben.

Nicht heute, nicht so.

In der Ferne meine ich Sirenen zu hören.

»Wenn ich mit dir fertig bin, massakrier ich jeden deiner Männer und hol mir alles zurück, was du mir gestohlen hast!«, brüllt mein verschissener Kontrahent.

Amira. Er weiß also Bescheid.

»Die Casinos, die Routen, die Waschsalons, die Nutten, die ... fuck, die Liste ist endlos.« Er lacht und klingt komplett durchgedreht – ein bisschen so, als wäre er mir mit der Mafiaprinzessin doch nicht auf die Schliche gekommen. *Wenn ich Glück habe ...*

Er verlässt seine Festung, glaubt mich womöglich schon verletzt im Gurt hängend.

Gut. Obwohl es zugegebenermaßen zutreffend ist.

Ich lasse ihn kommen. Durch die vielen Schatten sieht er hoffentlich nicht rechtzeitig, dass ich ihn im Blick habe und auf ihn ziele.

»Soll ich dir verraten, was dir gleich blüht? Ich schieß dir in die Eier, dann wirst du ohnmächtig. Wenn du wieder aufwachst, werden wir an einem besonderen Ort sein.« Erneut lacht er wie von Sinnen. »Was denkst du, wie viele Tage du durchhältst, bis du mich anflehst, dich endlich zu erlösen?«

Noch einen Schritt. Ich kneife ein letztes Mal die Augen zusammen, drücke ab. Der zornige Schrei bestätigt mir, getroffen zu haben. *Santa Muerte sei Dank!*

Die Sirenen sind nun deutlich zu hören. Das Blaulicht schon zu sehen.

Ich schnalle mich ab, torkle mit der Waffe im Anschlag hinaus. Rubéns Knarre liegt am Boden, er hält sich fluchend den Arm. *Wenigstens eine Fleischwunde ... besser als nichts.*

Ich kicke seine Heckler & Koch weg und falle dabei

fast vornüber. Noch einmal schieße ich, weiß aber bereits in der Sekunde, in der ich abdrücke, dass die Kugel danebengeht. Ehe ich mich wieder angreifbar mache oder von den Bullen eingebuchtet werde, verschwinde ich wankend in den nächsten Hinterhof.

»Du bist unglaublich.« Ungehalten schüttelt Fernando den Kopf. »Es ist ein unnötiges Risiko. Lass uns zu Plan B übergehen. Ich habe keine Lust, das nächste Mal deine Überreste zusammenzukratzen, statt dich nur«, er setzt mit seinen Fingern zwei Anführungszeichen in die Luft, »zum Arzt zu schleifen.«

»Das bisschen Kopfweh wird mich nicht umbringen«, beharre ich stur.

»Eine Gehirnerschütterung ist kein Spaß, Enrico. Du solltest das nicht auf die leichte Schulter nehmen.« Wüsste er, wie oft ich mich in den letzten 48 Stunden übergeben musste oder von meiner sich nur langsam verbessernden Sicht, würde er mich zu meinem Besten mit Sicherheit hier einsperren.

»Sieh es einfach als kleinen Urlaubstrip. Wann war ich denn zuletzt mal weg? Gönn mir doch die Entspannung, okay? Und was mein Apartment in Puerto de Veracruz betrifft: Es ist bestens gesichert, wenn er mich da holen kommt, bin ich vorbereitet.«

»Er weiß mittlerweile, dass wir seine Braut haben. Was denkst du, wie lange es dauert, bis er euch auf die Spur kommt und …«

»Du musst mir einen Wagen mit Panzerglas besorgen.«

»Schick ein paar Männer, die die Kleine in der Pension auflesen und sie außer Landes schaffen. In den

Staaten habe ich einen Kontakt, auf dessen Anwesen wir sie erst mal parken könnten.«

»Sie kommt mit mir«, knurre ich. Unter keinen Umständen verzichte ich auf die Gelegenheit, mich von Amira nach allen Regeln der Kunst verführen zu lassen.

Ich will sie in meinen Armen. Sie spüren. Hören.

»Enrico, sei vernünftig.«

Ja, ich bin eine triebgesteuerte Marionette. Na und? Steht mir denn kein Spaß, keine Auszeit zu?

»Ihr ist nicht geholfen, wenn du geschwächt bist«, schiebt meine rechte Hand nun hinterher.

Ein Punkt, den ich schnaubend beiseite wische. »Vorbereitung ist alles und morgen bin ich wieder fit. Ich sehe da kein Problem.« Das war das letzte Mal, dass mich der Bastard eiskalt überrascht, so viel steht fest!

Fernando seufzt geschlagen auf. »Also gut, wie du meinst. Ich besorg dir den Wagen und stell sicher, dass ihr beim Verlassen der Stadt keinen Schatten habt. Zufrieden?«

Ich grunze nur und erkundige mich anschließend, ob er noch mal etwas von den Bullen gehört hat, schließlich war der Wagen, den ich bei der Schießerei gefahren habe, auf mich zugelassen.

»Negativ. Unsere Investition in die städtische Polizei war hoch genug, um deinen Namen aus sämtlichen Berichten rauszuhalten.«

»Gut, ich sehe schon, du hast alles im Griff.«

Jetzt ist es an Fernando, aufzugrunzen. Er mimt weiterhin den Skeptiker. Doch ich sehe es an dem Funkeln in seinen Augen, dass er sich eigentlich freut. In den nächsten Wochen die Geschäfte für mich im Blick behalten zu dürfen und das Kartell vertretungsweise zu leiten, ist etwas, das ihm zweifelsfrei Spaß machen wird.

Wir bereden noch ein paar Details zu anstehenden

Entscheidungen und weiteren Vorkehrungen für meine Zeit mit Amira, ehe er sich zurückzieht und ich mich mit geschlossenen Augen auf dem Bürostuhl nach hinten lehne.

Scheiße, war das anstrengend. Am liebsten würde ich mich jetzt wieder hinlegen. Doch das kommt nicht infrage. Jedenfalls nicht, bevor ich mich erneut bei Sofía versichert habe, dass in der Pension weiterhin alles in Ordnung ist.

»Enrico, wie geht es dir heute?«, begrüßt sie mich.

»Bestens. Wie geht es unserem Gast?«

»Nicht angespannter oder schreckhafter als sonst. Sie war gestern unerwartet noch mal draußen, ungefähr …«

Ich reiße die Augen auf, balle die linke Hand zur Faust. »Warum weiß ich davon nichts?«, fahre ich sie scharf an.

Die junge Frau lässt sich nicht beirren. Ruhig fährt sie fort. »Ungefähr für eine Stunde. Ich habe in der Zeit ein Auge auf sie gehabt. Waren nur ein paar Besorgungen im Viertel, niemand dürfte sie gesehen haben.«

»Das war unverantwortlich. Hatte ich nicht gesagt, dass sie drinnen bleiben soll?« *Das darf doch wohl nicht wahr sein!*

»Tut mir leid, ich habe es erst gemerkt, als sie schon durchs Tor war. Ich dachte, dass mein Hinweis auf die Schießerei im Nachbarviertel ausreichend gewesen wäre, sie im Zimmer zu behalten«, kommt es nun angemessen zerknirscht durch die Leitung.

Wortlos lege ich auf.

Als ich vom Unfallort geflohen bin, galt mein erster Anruf der *Casa Donají*, danach erst habe ich Fernando herbestellt und bin hinter einem Müllcontainer zusammengebrochen. Dass Rubén zu dem Zeitpunkt noch nicht wusste, dass wir Amira in unserer Hand haben, war riesiges Glück. Es nun so leichtfertig auf die Probe zu stellen, schürt die Wut, die ich seit seiner Attacke habe, ins Unermessliche.

Ich hätte viel achtsamer sein müssen.

Was ist los mit dir, Enrico? Du hättest ... ach verdammt! Stöhnend stütze ich die Ellenbogen auf den Schreibtisch und vergrabe den Kopf in den Händen. Ist ja noch mal alles gut gegangen. Und wird in Zukunft ebenfalls gut gehen. Wir werden eine schöne Zeit haben. Uns entspannt näher kennenlernen, Spaß haben und in erster Linie in Sicherheit sein. Alles andere steht schlichtweg nicht zur Debatte.

Ich tue das Richtige. Wer wäre auch motivierter, sie zu beschützen, als ich?

Sieben

Amira

Oh Himmel hilf! Ich müsste mich jetzt eigentlich auf dem Weg zum Treffpunkt begeben, stattdessen stehe ich mit geschlossenen Augen im begrünten Innenhof der *Casa Donají* und versuche seit Minuten vergeblich, mich zu beruhigen. Sämtliche Schreckensszenarien ziehen seit dem Aufwachen am laufenden Band vor meinem inneren Auge vorbei: Rubén versetzt mich. Es kommen überraschenderweise zwei Bodyguards oder Kartell-Kumpels mit. Ich schaffe es unterwegs nicht, ungesehen sein Handy zu entsorgen und werde gewaltsam zur Rede gestellt …

»*Hola,* Amira, alles klar?«

Ich zucke zusammen. Vor mir steht mein Entführungsopfer. Er trägt Jeans kombiniert mit einem schwarzen T-Shirt, unter dem sein durchtrainiertes Sixpack bestens zu erkennen ist. Hatte ich erwähnt, wie gefährlich, aber auch wahnsinnig attraktiv er aussieht? Ob er mich zur Begrüßung wieder küssen will?

»Was machst du … du bist … schon da?«, stottere ich

wenig verführerisch und schaffe es nur mit Ach und Krach, nicht auf seine Lippen zu schauen.

»Hab mir sagen lassen, dass Europäer auf Pünktlichkeit stehen.« Er zwinkert mir zu und fordert mich auf, ihm meinen Reiserucksack zu geben.

Hat er den Kuss bereits wieder vergessen? War es für ihn lediglich so etwas wie Händeschütteln zur Verabschiedung? Oder küsst er immer derart … intensiv?

»Ja, also, ähm …« Um was ging es gerade? Ah, mein Rucksack! »Ist nicht schwer, den kann ich selbst tragen oder hast du weiter weg geparkt?«

Eigentlich war doch abgemacht, dass wir uns am *Jardín Centenario* treffen …

»Wenn ich dich das Gepäck tragen lasse, komme ich mir überflüssig vor. Erweist du mir also den Gefallen?« Er verpackt die Frage in einem halben Grinsen, sein Blick allerdings verdeutlicht mir, dass weitere Widerworte unerwünscht sind. *Macho!*

Ich überreiche ihm folglich meinen Rucksack, den er stirnrunzelnd schultert. *Bitte frag nicht, was ich da eingepackt habe!* Das verräterische und ganz und gar nicht leichte Gewicht macht ihn sicher stutzig, aber als ich neben seinen ausladenden Schritten auf die Straße tripple, muss ich mich zum Glück keinen argwöhnischen Rückfragen stellen.

Sobald das Tor hinter uns zufällt, bekomme ich dafür fast einen Herzinfarkt und habe damit den unüblichen Gepäckinhalt direkt vergessen. Auf der gegenüberliegenden Seite steht zwischen klapprigen Pick-ups und älteren Kombi-Modellen ein brandneuer, schwarzer SUV. Er entspricht eins zu eins meiner Vorstellung einer bis auf die Zähne bewaffneten Kartell-Kutsche. Reflexartig will ich mich schon hinter das nächste Auto ducken. Als aber im selben Moment Rubén seinen Schlüssel betätigt und die Lichter des Wagens aufleuchten, bin ich einigermaßen beruhigt – wenn auch nur kurz.

Meine Güte, noch auffälliger könnte der Schlitten nicht sein. Von dem Gedanken, harmonisch mit dem Verkehr zu verschmelzen oder ohne Aufmerksamkeit durch die Dörfer zu gurken, kann ich mich getrost verabschieden. Ich hätte definitiv irgendwoher eine Rostlaube klarmachen müssen. Der einzige Vorteil ist, dass es innen eindeutig sauberer ist als damals in dem Airporttaxi. Darüber hinaus ist Rubén allein gekommen. *Wenigstens das!*

Während er meinen Rucksack im Kofferraum verstaut, schnalle ich mich auf dem Beifahrersitz an. Ob seine Kartellzugehörigkeit sich ebenfalls in seinem Reisegepäck widerspiegelt? Sprich, führt er eine Schusswaffe mit sich? *Oh Dio*, ehrlich gesagt, habe ich daran noch gar nicht gedacht.

Nervös kaue ich auf der Unterlippe. Soll ich fix einen Blick ins Handschuhfach werfen? Aber, was dann? Vorausgesetzt dort ist tatsächlich eine: Weder in meinem Top noch in dem knielangen Sommerrock ist Platz genug, eine Pistole erfolgreich zu verstecken. Und während der Fahrt ruhigen Blutes neben ihm zu sitzen, wäre mit dem Wissen ein Ding der Unmöglichkeit. Ich bin ja jetzt schon nicht gerade entspannt.

»Bereit?« Erneut zucke ich zusammen. Himmel, der Typ beherrscht es, sich auf leisen Sohlen anzuschleichen!

»Natürlich, auf gehts«, sage ich betont fröhlich.

Er lässt den Motor an und fädelt sich wenige Sekunden später geschickt in den Straßenverkehr ein.

»Ich habe mir gedacht, wir machen als Erstes einen Stopp in Córdoba. Es gibt dort in der Nähe einen sehenswerten Wasserfall, den ich dir zeigen will. Danach ist es nicht mehr weit nach Puerto de Veracruz.«

»Wo dein Ferienapartment ist.« *Wenn alles nach Plan*

läuft, werden wir dort aber heute Abend bestimmt nicht landen.

»Korrekt. Es hat übrigens eine uneinsehbare Dachterrasse mit einem Pool. Wir werden garantiert viel ... Spaß haben.«

»Absolut, klingt gut.« Vergnügt nicke ich und denke an die einfache Hütte, die ich uns telefonisch für drei Wochen gebucht habe. Irgendwie muss ich es später schaffen, dass wir nach dem Zwischenstopp die falsche Abzweigung nehmen. Mir muss es gelingen, das Steuer zu übernehmen und ihn so weit abzulenken, dass er erst mal gar nicht checkt, wie ich mich ›verfahre‹.

Die nächsten drei Stunden bin jedoch ich diejenige, die von der Landschaft um uns herum kaum etwas mitbekommt. Das sanfte Schnurren des Motors gepaart mit der tiefen, melodischen Männerstimme aus Rubéns Hörbuch sorgt dafür, dass ich immer mal wieder vor mich hin döse. Vor Nervosität habe ich heute Nacht kaum ein Auge zugetan. Dass ich nun ratzfatz mein Adrenalin abgebaut habe und entspannt neben einem Gangster ein Nickerchen halte, ist sicherlich nicht normal. Und wo wir schon dabei sind: ein Hörbuch einer Unterhaltung mit einem Date vorzuziehen, ist gewiss ebenfalls unüblich. Was sagt das über uns beide aus? Dass er mich für ein Bunny hält, bei dem er sich keine Mühe geben braucht, weil es sowieso später die Beine breitmachen wird? Oder andere Theorie: Er ist schüchtern.

Ich gluckse auf. *Das wirds ganz sicher sein.*

»*Señorita?* Was ist so lustig?«, herrscht mich jemand an, der nicht Rubén ist. Schnell lenke ich meinen Fokus ins Hier und Jetzt und spähe zum Fahrersitz.

Wir haben angehalten. Das Fenster an der Fahrerseite ist hinuntergelassen, ein älterer Mann in Uniform beugt sich zu uns rein. Die Polizei?!

»Nichts. Es tut mir leid, ich war in Gedanken«, beteuere ich krächzend. Oh Mann, wie konnte das denn nur passieren? Dass mich ein Polizist mit dem bald vermissten Estrada-Spross sieht, fehlt mir gerade noch.

»Meine Freundin ist eine Träumerin. Entschuldigen Sie sie bitte.«

»Beleidigungen muss ich ahnden.« Ich reiße die Augen auf. Meint der das etwa ernst? Fassungslos schaue ich zwischen Rubén und ihm hin und her.

Mein Begleiter scheint gelassen.

»Ihr Ausweis bitte!« Perplex starre ich ihn an. Der Mann klopft zweimal auf den unteren Fensterrahmen. »Oder wollen wir das auf der Wache klären?«, fragt er ungeduldig.

»Wir haben heute noch viel auf unserem Sightseeingplan stehen«, teilt Rubén jedoch unerschrocken mit. Sein Blick lässt den des Polizisten nicht los.

»Wir könnten das Ganze auch beschleunigen ...«, sagt dieser nun, woraufhin, statt meines Ausweises, ein Bündel Scheine nach draußen gereicht wird.

»Du hast uns heute also nicht gesehen, sind wir uns einig?«

Okay, das Sümmchen muss extrem hoch sein, sonst hätte er sich den scharfen Tonfall bestimmt verkniffen. Gespannt sehe ich zu dem Gesetzeshüter, der andächtig seine Einnahmen zählt und schweigend nickt.

Zufrieden fährt Rubén die Glasscheibe wieder hoch und gibt Gas. »Alles in Ordnung bei dir?«

»Ja.« *Ging mir nie besser.*

»Einen Bullen auszulachen ... Hätte ich dir gar nicht zugetraut.«

»Ich habe ihn nicht ausgelacht«, stelle ich empört klar. Doch das Zucken an seinem Mundwinkel zeigt mir, dass er mich nur auf den Arm genommen hat.

»Warum hat er uns denn überhaupt angehalten?«

»Langeweile, schätze ich«, erwidert er schulterzuckend.

»Du bist nicht zu schnell gefahren?«

»Haben wir es denn eilig?« *Ja.*

»Nein. Ich wollte einfach nur ... ach, ist ja auch egal. Danke jedenfalls, dass du das geregelt hast. Ich ... revanchiere mich bei Gelegenheit.«

»Darauf habe ich spekuliert«, entgegnet er frech. Seine dunklen Augen bohren sich in meine. Automatisch spüre ich, wie meine Wangen warm werden.

»Sind wir denn bald am Wasserfall?«, frage ich, um uns beide von etwas abzulenken, das später mit großer Gewissheit nicht stattfinden wird.

»Ja, ist nicht mehr weit«, versichert er und deutet auf das Straßenschild, das die Attraktion der Region in fünf Kilometern ankündigt.

Enrico

Verstohlen mustere ich Amira aus den Augenwinkeln. Ihre Mimik strahlt eine täuschend echte Gelassenheit aus. Nichtsdestotrotz umschließen ihre Finger verkrampft das Steuer und ihre Atmung ist viel zu schnell und viel zu flach. Sie so nervös zu erleben, zeigt mir, dass ich von vornherein richtig entschieden habe. Sie würde auf keinen Fall mit Rubén zurechtkommen. Wäre nicht in der Lage, ihm Paroli zu bieten, geschweige denn vor seinen Fäusten zu bestehen. Mafiaprinzessin hin oder her, die Gute wurde eindeutig nicht fürs Geschäft ausgebildet. Wäre ich auf der Plattform vor dem Wasserfall nicht auf ihr Spiel eingegangen, würde sie jetzt nicht fälschlicherweise davon ausgehen, mich von der Außenwelt abgeschnitten zu haben. Zunächst hatte ich ihr gestattet, mit meinem Handy Fotos von uns zu schießen, ehe ich zuließ, dass sie es anschließend ungeschickt ins Wasser hat fallen lassen.

Einzig und allein der Vorfall an der Treppe hoch zum Parkplatz dürfte reines Glück gewesen sein. Nie im Leben hätte ich freiwillig die Stufe übersehen und mir deswegen den Knöchel vertreten. Und nein, ihre sündigen Andeutungen für heute Abend oder ihr rhythmischer Hüftschwung haben selbstverständlich nichts damit zu tun gehabt!

»Tut es noch sehr weh?«, erkundigt sie sich nun.

»Tat vorhin schon kaum weh. Wenn du willst, kannst du da vorne ranfahren, dann übernehme ich wieder.«

»Und morgen hast du dann so große Schmerzen, dass du mir deswegen nichts mehr zeigen kannst«, prognostiziert sie und zieht einen Flunsch.

»Mich bringt so leicht nichts aus der Bahn, keine Sorge«, knurre ich.

»Ich gehe lieber auf Nummer sicher. Ruh dich bitte aus, okay?«

Als ich nichts darauf erwidere, rückt sie mit der Wahrheit heraus. »Dein Auto ist der absolute Wahnsinn. Ich wollte ja schon immer mal einen coolen Schlitten wie diesen fahren. Kannst du mir den kleinen Spaß gönnen? Ich bin auch vorsichtig.«

Das möchte ich wetten. Bislang hält sie sich penibel an die Verkehrsregeln und ist eher zu langsam als zu schnell unterwegs. Zu Beginn erschien es mir sogar, als hätte sie schon länger nicht mehr hinter einem Lenkrad gesessen. Gemessen an ihrem Status könnte ich mir das gut vorstellen.

Ergeben brumme ich daher auf. Lasse ich ihr eben den Spaß. Bislang habe ich niemand Verdächtigen auf der Straße ausmachen können und bis zum Apartment ist es nicht mehr weit. In Gedanken an den Pool schließe ich kurz die Augen. Später werde ich ihr beweisen, wozu mein Knöchel noch in der Lage ist. Grinsend lasse ich mich auf die Fantasie ein, ehe ich mich einen Moment darauf zwinge, wieder auf die Straße zu achten. »Da vorne die linke Abzweigung nehmen und dann kannst du einfach den Schildern folgen.«

»Aye, aye, Sir«, ulkt sie und kommt meiner Anweisung nach. Obwohl bereits die Dämmerung eingesetzt hat und die wenig befahrene Landstraße bald nicht mehr die beste Sicht bieten wird, ist sie guter Dinge.

Als ein bekannter US-Song im Radio gespielt wird, singt sie mit. Erst zögerlich, leise, dann immer selbstbewusster. Bei ihrem Talent braucht sie sich da nicht zu verstecken.

Ich ertappe mich dabei, wie ich wieder die Augen schließe. Nicht bloß, um den sich anbahnenden, bereits vertrauten Kopfschmerzen Herr zu werden, sondern vor allem um mich ganz auf ihre Stimme zu konzentrieren. Vielleicht kann ich sie die Tage dazu bringen, mir a cappella etwas vorzusingen? Valeria hat auch gern gesungen. Im Vergleich zu Amiras Gesangskünsten zwar nur halb so gut, aber die Leidenschaft war mindestens genauso stark ausgeprägt. Lächelnd folge ich den Klängen, lasse bereitwillig Erinnerungen aufleben und genieße den Moment ... Bis ich bemerke, dass wir stehen geblieben sind und ich allein im Wagen sitze.

Verdammt, was ist passiert?

Draußen ist es dunkel geworden. Die Autoscheinwerfer sind die einzige Lichtquelle weit und breit. Normalerweise sollten wir nun in Puerto de Veracruz sein. Doch von gut beschienen Straßen oder noblen Apartmentblocks ist nichts zu erkennen. Ich will gerade ins

Handschuhfach greifen, um meine Smith & Wesson an mich zu nehmen, da sehe ich Amira auf den Wagen zugehen, sodass ich stattdessen die Innenbeleuchtung einschalte.

»Ich habe mich verfahren«, gesteht sie und verzieht gequält das Gesicht, als sie sich auf den Fahrersitz fallen lässt. »Ich habe vorhin auf dem Display den Radiosender gewechselt, danach konnte ich das Navi nicht mehr aufrufen. Ich dachte wirklich, ich bekomme das auch so, nur mit den Schildern, hin.«

Ich versuche, cool zu bleiben. Es gelingt mir nur mäßig. »Wo warst du? Du kannst nicht einfach mitten am Arsch der Welt alleine aussteigen, ohne mir Bescheid zu geben.« *Kannst du dir nicht vorstellen, wie gefährlich das ist?*

»Oh, bitte, nicht sauer sein. Ich wollte es bloß wieder gutmachen.«

»Indem du die Kojoten befragst?«

Sie macht große Augen. Angespannt starrt sie neben die Lichtkegel der Scheinwerfer.

Schnaubend greife ich an den Öffner meiner Tür, um mich erstens draußen umzusehen und zweitens wieder das Steuer zu übernehmen.

Die Verriegelung wird aktiviert.

»Amira?«

»Wenn da Kojoten rumlungern, ist das viel zu gefährlich.«

Mädel, ich habe ein Messer und mit meinen bloßen Händen habe ich schon mal einen alten Ozelot erlegt. Wenn du wüsstest, wozu ich alles imstande bin, hättest du sicher keine Bedenken ... eher Befürchtungen, und die würde ich zum jetzigen Zeitpunkt gerne so gering wie möglich halten.

»Glaub mir, ich bin kein Schwächling, ich kann mich

durchaus verteidigen.« *Sagt ausgerechnet der, der bei der Schießerei nur knapp davongekommen ist und dem jetzt schon wieder übel wird. Mierda!*

Mein Blick streift die Uhrzeitanzeige. Kurz vor Mitternacht. Warum lässt mein Körper mich so im Stich? Heute Morgen hat nichts darauf hingedeutet, unterwegs plötzlich in einen Tiefschlaf zu fallen ...

»Natürlich. Ich mache mir nur Sorgen.«

Ich lasse es für den Moment darauf bewenden.

»Hast du herausgefunden, wo wir sind?«, will ich stattdessen wissen.

»Catemaco stand auf dem letzten Schild, das ich gesehen habe. Ist aber bereits ein Weilchen her.«

Ihr Ernst? Die Stadt am drittgrößten Süßwassersee Mexikos liegt knappe vier Stunden südlich von Puerto de Veracruz!

Ich schalte das Navigationsgerät ein, um ihre Aussage zu verifizieren. Soweit ich den Angaben trauen kann, sind wir tatsächlich irgendwo im Nirgendwo der Los Tuxtlas Region gelandet. Verflucht, ich hätte sie niemals fahren lassen dürfen. Hätte mir präventiv etwas einwerfen müssen, hätte ... okay, das nützt jetzt nichts. Geräuschvoll atme ich einmal ein und aus. »Wir machen Folgendes: Ich bring uns zurück nach ...«

»Tut mir leid, ich bin wirklich müde und habe keine Lust, länger als nötig im Auto zu sitzen. Als ich draußen war, ist mir ein Mann begegnet, der mir von einer verlassenen Hütte erzählt hat. Mit dem Wagen brauchen wir maximal fünfzehn Minuten. Ich halte das für die beste Lösung.«

»Da bin ich anderer Meinung.« Garantiert gibt es dort keine Überwachungskameras, kein Wachpersonal und keine Türschlösser mit höchster Sicherheitsstufe.

»Bitte. Ich muss auch ganz dringend aufs Klo und draußen mit den Tieren mach ich auf keinen Fall.«

Ich will hart bleiben, vernünftig sein. Die Region gehört nicht zu unseren kontrollierten Gebieten. Ich kenne die Leute nicht, bin mit der Gegend nicht vertraut. Der Mann, mit dem sie gesprochen hat, könnte ein Cousin oder Großonkel von Rubén sein, sodass uns morgen eine bewaffnete Willkommensmannschaft weckt.

»Der Tank reicht, glaube ich, auch nicht mehr, um die ganze Strecke zurückzufahren«, gibt sie zu bedenken.

»Ich …« *habe im Kofferraum einen Notfallkanister*. Etwas in ihrem Blick lässt mich innehalten. Ja, sie sieht in der Tat richtig geschafft und müde aus. Aber da ist noch etwas. Eine innere Unruhe, die nicht so recht mit der Situation zusammenpassen will. Ihr Augenlid zuckt in schnellen Abständen und wenn ich mir ihre Schläfe anschaue, glänzt sie verdächtig. Sie ist nervös. Und das bedeutet entweder, dass sie Angst vor einer Bestrafung hat oder dass sie vollkommen absichtlich vom Weg abgekommen ist, weil es ihrem Plan entsprach und sie vermutlich nicht täglich mal eben einen Kartellboss entführt.

»Dann ist das also beschlossene Sache! Ist … ist ja auch viel abenteuerlustiger, findest du nicht?«

Vielleicht war der Mann, von dem sie gesprochen hat, kein normaler Passant, sondern der Hüttenbesitzer, mit dem sie im Vorfeld eine diskrete Übergabe vereinbart hat? Statt planlos durch die Gegend zu laufen, war sie nur fix das Versteck bezahlen.

»Na gut«, sage ich schließlich und versuche mich innerlich davon zu überzeugen, das Richtige zu tun. Leicht fällt es mir nicht, wobei ich mir unschlüssig bin, ob es wegen meiner Sorge um ihre Sicherheit oder dem Umstand ist, dass es mal nicht nach meinem Willen geht.

Vorsichtig lässt sie den Wagen anrollen. Durch die

Stoßdämpfer ist das unwegsame Gelände nicht komplett zu spüren, doch das leichte Schaukeln sowie das, was ich im Licht der Scheinwerfer erkennen kann, sagen mir, dass die Zivilisation schon länger hinter uns liegt. Die Wahrscheinlichkeit, dass sie hier wirklich jemandem zufällig begegnet ist, tendiert damit gegen null.

Der unbefestigte Weg, auf dem wir unterwegs sind, gleicht einem ausgedehnten Trampelpfad. Um uns herum dichtes Geäst. Farne, Sträucher, Palmen und vermutlich jede Menge gefährliche Tiere, die unsere Ankunft im Verborgenen kritisch beäugen. Wenn es Amiras Plan war, mich in einen Schuppen im tropischen Regenwald von Los Tuxtlas zu verfrachten, dann hat sie vielleicht doch mehr Schneid als gedacht.

Nach genau einer Viertelstunde stehen wir in einer Sackgasse. Von einer Hütte fehlt jede Spur.

»Sie muss hier irgendwo in der Nähe sein. Er meinte, das letzte Stück muss man zu Fuß gehen.« *Das wird ja immer besser.* Der Feind könnte sich hier problemlos anschleichen, durch den fehlenden Motorenlärm werden wir nicht vorgewarnt sein.

Ich sehe sie mit hochgezogener Braue an. Sie ist deutlich blasser als vorhin. Die Idee, von einem abgeschiedenen Unterschlupf mitten im Nirgendwo, muss in ihrer Vorstellung wohl romantischer gewesen sein.

»Wie sollen wir die im Dunkeln finden?« Ich bemühe mich um einen neutralen Tonfall und klinge dennoch gereizt. Vielleicht sollte ich ihr der Einfachheit halber die Augen über ihre Mission öffnen. Nur, was, wenn sie mir nicht glaubt und sich persönlich von Rubéns Charakter überzeugen will? Und für den unwahrscheinlichen Fall, dass er ihr gegenüber eine vollkommen neue Seite zeigt und sie sich unsterblich in ihn verliebt, wäre immer noch die Sache mit dem europäischen Geschäft, das ich so oder so verhindern muss.

»Ich habe zufällig eine Taschenlampe dabei.«

»Zufällig«, brumme ich und kneife mir kurz in die Nasenwurzel.

»Man kann ja nie wissen«, behauptet sie schulterzuckend. Als sie ihre Tür öffnen will, halte ich sie davon ab.

»Ist die Taschenlampe in deinem Rucksack?«

Sie nickt. »In dem separaten Fach unten.«

»Also gut. Du bleibst hier, ich hole die Lampe, sehe mich um. Wenn alles sicher ist und ich die Hütte gefunden habe, komme ich zurück, damit wir gemeinsam das Stück hinlaufen.«

»Wenn du meinst, aber sei bitte vorsichtig.« Unstet wandern ihre Augen durch die Dunkelheit. Die Umgebung scheint ihr selbst nicht geheuer.

»Lass die Scheinwerfer an. Wenn etwas ist, hupe, okay?« Sobald sie einen zustimmenden Laut von sich gegeben hat und die Türen entriegelt, verlasse ich den Wagen.

Ihre kleine Taschenlampe ist schnell gefunden. Die Hütte erstaunlicherweise ebenfalls. Nach nur fünf Minuten, in denen ich einer Eingebung nach niedergetretenem Gestrüpp gefolgt bin, taucht eine einfach gemauerte Hütte mit einem flachen Dach auf. Ich umrunde sie einmal. Sie ist größer, als ich zunächst angenommen habe. Der Holzriegel, mit dem sie verschlossen ist, lässt sich problemlos entfernen. Wachsam inspiziere ich das Innere.

Niemand da. Weder im Hauptraum, der sogar eine kleine, uralte Küchenzeile aufweist, noch im winzigen Bad oder im Nebenraum, der offenbar das Schlafzimmer sein soll.

Als ich zurück am Auto bin, sehe ich, wie Amira sich

mit zusammengekniffenen Augen an die Stirn fasst. Bin wohl nicht der einzig Angeschlagene.

Ich öffne die Fahrertür. Überrascht stößt sie einen spitzen Schrei aus. *Shit.*

»Ich bins bloß. Geht es dir gut?«

»Kopfschmerzen. Hast du die Hütte gefunden?«

Ich bestätige und mache mich dann daran, unser Gepäck zu schultern. So schwer, wie ihr Rucksack ist, würde ich ihr zutrauen, dass sie da nicht nur Klamotten drin hat. Die Schränke der Küchenzeile waren leer, gut möglich, dass sie über Nacht auf magische Weise gefüllt werden.

Mit der angeknipsten Taschenlampe leuchte ich uns den Weg. Ohne Vorkommnisse gelangen wir kurz darauf sicher zu unserer Absteige.

»Ich bin jetzt auch ziemlich müde. Nebenan ist ein kleines Bad. Du kannst dich gerne als Erstes bettfertig machen«, biete ich an.

»Mach du ruhig, ich verschaff mir hier so lange einen Überblick, vielleicht finde ich ja etwas Brauchbares.«

Musste sie nicht ganz dringend aufs Klo? Aber egal, ich bin einverstanden.

Im Bad lasse ich mir Zeit, versuche mit tiefen Atemzügen die Übelkeit in den Griff zu bekommen. *Außerdem muss ich es ihr ja nicht schwerer als nötig machen.*

Vollständig angezogen gehe ich wenig später zurück in den Hauptraum und sehe, dass sich meine vorherige Vermutung bestätigt hat. Die Regale sind inzwischen mit Konservendosen sowie unzähligen Nudel- und Reispackungen bestückt, zudem liegt ein intensiver Geruch nach Desinfektionsmittel in der Luft.

Die Kleine hatte es also tatsächlich auf diese abgeschiedene Location abgesehen.

Innerlich den Kopf schüttelnd laufe ich in den Nebenraum. Amira hat sich sogar noch die Mühe gemacht, das Bett zu beziehen. Ermattet liegt sie mit geschlossenen Augen auf der Matratze. Das verblichene Laken über ihr hebt und senkt sich gleichmäßig.

Eine Weile bleibe ich stehen und beobachte ihren Schlaf. Nachdem ich sicher bin, dass sie wirklich tief und fest eingenickt ist, gehe ich zurück zum Auto, um das Ersatzhandy sowie die Waffe zu holen.

Internet gibt es natürlich nicht, aber der kleine Netz-Balken auf dem Display wird ausreichen, um Fernando an die Strippe zu kriegen.

»Was weißt du über die Region Los Tuxtlas?«, komme ich gleich zur Sache, als er abnimmt.

»Ungefährlich, keinerlei Verbindungen zur Estrada-Familie«, antwortet er mir, wie aus der Pistole geschossen. »Ich war vorhin schon verwundert, als ich eure Fahrt per GPS-Signal verfolgt habe. Warum seid ihr südlich gefahren, statt nach Puerto de Veracruz abzubiegen?«

»Meine Entführerin hatte ihre eigenen Pläne«, brumme ich. »Kannst du bitte überprüfen, ob sie irgendeinen Fehler gemacht und Rubén somit die Chance hat, uns hier aufzuspüren?«

Mein Vertrauter verspricht, sich umgehend darum zu kümmern und mir per SMS Bescheid zu geben. Kurz darauf beende ich das Telefonat. Wie sich eine Minute später herausstellt, gerade noch rechtzeitig. Denn mich kotzen zu hören, hätte die Beziehung zwischen uns viel zu sehr aus dem Gleichgewicht gebracht, schließlich hat er wegen meines gesundheitlichen Zustands von der Reise abgeraten.

Zittrig wische ich mir über den Mund. Ich muss mich zusammenreißen, darf mir verdammt noch mal keinen weiteren Fehler erlauben. Es liegt immerhin in meiner Verantwortung, dass Amira nichts geschieht.

Acht

Amira

Die Matratze neben mir ist leer. Sie sieht unangetastet aus. Ob Rubén im Wohnzimmer geschlafen hat? Oder … mein Puls beschleunigt sich, als ich mir ausmale, dass er womöglich nicht mehr da ist.

Ruckartig setze ich mich auf, schwinge die Beine über die Bettkante und tapse aus dem Zimmer.

»Guten Morgen, geht es dir besser?« Auf der Sitzbank nahe der Küchenzeile hat es sich mein Entführungsopfer bequem gemacht und pustet leicht in eine dampfende Kaffeetasse. Als ich, statt zu antworten, erst mal ein stilles Dankesgebet von mir gebe, wirft er mir einen Blick zu, der zunächst Besorgnis ausdrückt, dann jedoch wechselt und mir damit schlagartig eine trockene Kehle beschert.

Himmel, ist das … *Begierde*?

Als würde er mir gleich die Klamotten vom Leib reißen und mich auf dem Esstisch vernaschen wollen. Apropos Klamotten. Verstohlen spähe ich an mir hinunter und beginne unwillkürlich schneller zu atmen. Ich bin nackt. Also fast. Nur in Unterwäsche stehe ich im sonnendurchfluteten Wohnzimmer vor ihm wie das sprichwörtliche Rehkitz im Lichtkegel eines nahenden Autos.

»Amira?« Sein Stirnrunzeln verscheucht den lüsternen Blick, mit dem er mich bedacht hat in Rekordgeschwindigkeit, sodass ich im nächsten Moment glaube, ihn mir nur eingebildet zu haben.

Mit der Zunge befeuchte ich meine Lippen und räuspere mich. »Ja«, krächze ich, »mir geht es besser.« Nochmals räuspere ich mich. »Ich war eben nur verwundert ... also, weil du nicht ... im Bett warst.« Um nicht zu sagen, so sehr in Panik, dass ich nicht mitbekommen habe, kaum etwas anzuhaben.

»Du hast mich im Bett vermisst?« Er klingt amüsiert. Gleichzeitig ist seine Stimme derart tief, dass ich eine Gänsehaut bekomme.

Rubén stellt seine Tasse ab und kommt auf mich zu geschlendert. Er trägt ein frisches, helles T-Shirt sowie eine beige Stoffhose, die sich im Schritt immer mehr ausbeult. Da habe ich mich wohl doch nicht getäuscht.

Was soll ich jetzt machen?

Eine Armlänge von mir entfernt stoppt er und streicht mir dann eine Haarsträhne hinters Ohr. »Wenn du mir nicht antworten willst, solltest du dir schleunigst etwas anziehen ... nicht, dass du mir noch krank wirst.«

»Mir ist nicht kalt«, erwidere ich unbedacht.

Skeptisch zieht er eine Augenbraue hoch. Wie, um sich zu versichern, dass ich ihn nicht anschwindle, berührt er mit beiden Händen meine Arme. Fährt von den Ellenbogen langsam hinauf zu den Schultern, ehe er sie über den Rücken nach unten gleiten lässt. Dabei kommt er mir immer näher. Als er schließlich am Bund der Unterhose angelangt ist, trennen uns nur noch wenige Zentimeter. Ich spüre seinen warmen Atem auf meinem Gesicht. Er riecht angenehm nach Kaffee und vermittelt mir gleichzeitig ein Gefühl von Vertrautheit, was ... überhaupt keinen Sinn ergibt. Schätze, ich bin total durcheinander. Meine Güte, er steht aber auch wieder nah! Und ich bin nach wie vor viel zu nackt. Und ...

»Atmest du noch?«

»Ja«, hauche ich, unfähig, ihm in die Augen zu sehen. Und komplett unfähig, zurück in meine Verführungsrolle zu schlüpfen und an die Vorarbeit der letzten Tage anzuknüpfen. Verflixt. Es war doch von Anfang an klar, dass es auf Sex hinausläuft. Warum kann ich jetzt nicht einfach wieder das Zepter in die Hand nehmen, ihm ins Ohr flüstern, dass er mich heute Abend gerne wärmen kann und mich dann anziehen gehen?

Ein Keuchen entweicht mir, als er unvermittelt seine Hände unter den Slip wandern lässt und kurz darauf beginnt meine Pobacken zu kneten. Immer wieder hebt er sie an, packt sie fester und fester und ...

»Bin ich zu grob?«

»Nein«, stoße ich wimmernd hervor und verfluche mich dafür selbst. So klingt keine Mata Hari, die alles unter Kontrolle hat. So klingt eine verschreckte Jungfrau, die zum ersten Mal in ihrem Leben angefasst wird. Nur, dass ich hinter das Thema Unschuld bereits während der Schulzeit erfolgreich einen Haken gesetzt habe. Die Woche auf Klassenfahrt fernab der strengen Aufsicht meiner Familie wurde gut genutzt.

Mir innerlich zunickend lege ich die Arme um seinen Nacken. Step eins meines spontanen Einfalls ist damit geschafft. Für Step zwei zwinge ich mich, den Kopf zu heben, um ihm einen möglichst sinnlichen Blick zu schenken.

Als ich mich einen Wimpernschlag später in der Luft

befinde und reflexartig die Beine um seine Hüfte schlinge, wird mir klar, dass ich Step drei und vier vergessen kann. Kein Mann der Welt wird sich jetzt mit einem flüchtigen Kuss abspeisen lassen – egal, wie sehr ich das Frühstück, das ich ihm stattdessen zubereiten wollte, anpreisen würde.

Rubén setzt sich in Bewegung. Seine warmen, großen Hände umfassen weiterhin meinen blanken Hintern. Erst als er im Schlafzimmer angekommen ist und mich vorsichtig auf die alte Matratze bettet, nimmt er sie weg. Jedoch nur, um mir den Slip abzustreifen.

Erneut halte ich den Atem an. Ich sollte sofort aufstehen und ihn auf später vertrösten. Und auch dann sollte ich mit ihm nur ein bisschen kuscheln, sodass wir uns Schritt für Schritt an den Höhepunkt herantasten und er schließlich so sehr darauf brennt, mit mir zu schlafen, dass er nicht merkt, wie die Zeit verfliegt. Jetzt schon die Beine breitzumachen, ist viel zu riskant. Wenn ich ihn nicht überzeuge und er sich vielleicht sogar langweilt, wird es schwieriger, ihn hier versteckt zu halten.

»Du bist wunderschön«, raunt er. Seine Pupillen sind geweitet. Groß und dunkel starren sie mich an. Erst mein Gesicht, dann die Brüste und schließlich meine Mitte.

Ich spüre, wie meine Fußgelenke umfasst werden. Eine Sekunde später winkelt er meine Beine an, spreizt sie und führt die Knie Richtung Bauch. Seine Hände noch immer an meinen Knöcheln beugt er sich bis zu meinem so freigelegten Venushügel hinunter. Sanft berühren mich seine Lippen an meiner empfindsamsten Stelle.

Ich schnappe nach Luft und kralle die Finger ins Laken. In dem Moment, in dem er mit der Zunge gierig durch meine Spalte fährt, werde ich zu flüssigem, heißen Wachs. Zwischen meinen Beinen ist ein Feuer entfacht, das bis in die Gliedmaßen strahlt und mich dazu bringt, meine Bedenken und Pläne zu vergessen. Der einzige Gedanke, den ich klar fassen kann, ist, dass ich will, dass er bloß nicht aufhört. Ich will ihn spüren!

Enrico

Oh Santísima, werde ich hiervon je genug bekommen? Angetörnt durch den Geschmack ihrer süßlichen Lust, lecke ich sie, als würde mein beschissenes Leben davon abhängen. Immer wieder sauge ich an ihrer Perle, necke ihre nachgiebigen Lippen oder zwänge meine Zunge in ihre Öffnung. Fuck, ich will mehr. So viel mehr …

Die erstickten Geräusche, die sie von sich gibt, bringen mich schließlich dazu, mich langsam aufzurichten. Ich sollte einen Gang zurückschalten, nicht, dass sie mir gleich schon kommt und danach kraftlos zusammensackt. Am Ende ist ihre Ausdauer so mies, dass sie keinen weiteren Orgasmus mehr packt. Sie ist ja keine Nutte, die einen Sexmarathon problemlos wegsteckt. Verdammt, wann habe ich zuletzt mit einer Frau normal gevögelt? Ich kann mich nicht erinnern.

Amiras Blick ist verhangen, ihr Mund leicht geöffnet. Vorsichtig strecke ich ihre Beine und quittiere ihr enttäuschtes Aufstöhnen mit einem Schmunzeln.

Wenn du wüsstest, wie viel Beherrschung es mich gerade kostet, nicht wie ein ausgehungerter Jaguar über dich herzufallen …

»Rubén?« Den Namen meines verhassten Feindes aus ihrem Mund zu hören, bringt meine Selbstbeherrschung direkt ins Wanken. Anstatt dass meine Lust sich vom Acker macht, verstärkt sich nur dieses unsägliche Verlangen, sofort mit meinem Schwanz in sie einzudringen – sie ihm auch auf diese Weise wegzunehmen und für mich zu beanspruchen.

»Zieh deinen BH aus«, fordere ich und beginne mich derweil selbst vollständig zu entkleiden.

»Du bist verletzt!«, ruft sie beim Anblick meiner frischen Prellungen bestürzt aus.

»Sieht wilder aus, als es ist. War nur ein kleiner Unfall, mach dir keine Sorgen.«

»Was ist passiert?«, stammelt sie.

»Nicht wichtig.« Bevor sie nachbohren kann, starte ich ein Ablenkungsmanöver und lege meine Hand beherzt in ihren Schritt.

»Rubén!«, ächzt sie. Für einen kurzen Augenblick wirkt es, als würde ich sie überfordern, als hätte sie mein eher unsanftes Vorgehen erschreckt. Doch ihre steifen Nippel sowie das erregte Wimmern überzeugen mich schnell vom Gegenteil.

Vermutlich spielt sie nur; weiß, wie sie mich kriegt – auch wenn ich die Jungfrauen-Nummer eigentlich nie zuvor derart anziehend fand.

Die Enge, die meinen Finger umgibt, lässt mein bestes Stück freudig zucken. Ich wünschte, ich könnte meinerseits länger mit ihr spielen, länger einfach nur ihre Geilheit beobachten und den Sex mit ihr in Gänze zelebrieren. Aber der unerfreuliche Fakt ist: Ich stehe bereits kurz davor, zu kommen. *So weit zu meiner Ausdauer. Fuck, als läge zum ersten Mal in meinem Leben eine nackte Frau vor mir.*

»Ich bin gesund. Verhütest du?«, frage ich zum Schein, schließlich weiß ich von der angebrochenen Anti-Babypillen-Packung.

»Ja«, keucht sie leise. Ihre Wangen sind gerötet. »Und ich habe auch keine Krankheit.«

Ich entziehe ihr meinen Finger und beuge mich stattdessen zu ihrem Gesicht, damit ich ihren Mund mit meinem ebenfalls erobern kann. Bereitwillig öffnen sich ihre weichen Lippen, sodass es ein Leichtes ist, ihre Zunge gefangen zu nehmen und sie nach Belieben ... in den Wahnsinn zu treiben. Immer sehnsuchtsvoller schmiegt sie ihre weiblichen Kurven an mich, während ihre Hände zeitgleich meine Frisur durcheinanderbringen.

Und dann bin ich plötzlich in ihr.

Weil sie so feucht ist, gleite ich ohne großes Zutun tief in sie hinein und bringe uns damit beide zum Stöhnen. Entrückt löse ich mich von ihren Lippen.

Wie von einem Magneten angezogen, ist es mir nicht möglich, mich ihrer nassen Pussy zu entziehen – oder gar langsam zu machen. Mit raschen, ruckartigen Bewegungen stoße ich unbeherrscht in ihr heißes Fleisch. Sie ist noch viel enger als erwartet, die extreme Reibung an meinem Schaft ist kaum auszuhalten. Verflucht, sie verhält sich nicht nur wie eine Jungfrau, sie fühlt sich sogar wie eine an. *Kleine, wie machst du das bloß?*

»Fuck«, grolle ich undeutlich und versuche verzweifelt, Herr der Lage zu bleiben. Nicht den Kopf zu verlieren und wie eine Lusche vorzeitig abzuspritzen. Etwas, das mir wohlgemerkt noch nie passiert ist.

Und nie geschehen wird.

Hörst du?

Entschlossen sehe ich sie an, fessle regelrecht ihren unschuldigen Blick und drossle schließlich das Tempo so weit, dass ich innerlich tausend Tode sterbe. Dafür dränge ich mich besonders tief in sie. Ein Umstand, der sie glücklicherweise ein paar Sekunden später ekstatisch zucken lässt. *Gracias!*

»Schau mich an. Ich will sehen, wie du kommst«, raune ich. Als sie lediglich stöhnend die Augen schließt und gefangen im Orgasmus den Kopf nach hinten überstreckt, zwicke ich instinktiv mit den Lippen in die mir dargebotene Kehle. Es überrascht sowohl sie als auch mich. Meine Verführerin bringt definitiv Seiten in mir zum Vorschein, von denen ich bislang keine Ahnung hatte. Nie zuvor hat es eine Frau geschafft, in mir diese ungezügelte Lust freizusetzen. Eine Energie, die so roh und ursprünglich ist, dass man sie beinahe animalisch nennen könnte. Nachdem ihr Höhepunkt abgeebbt ist, klebt ihr Blick an mir.

Ich packe ihre Schultern und drücke sie zu jedem meiner kräftigen Stöße nach unten. Während sie mit ihren Hüftbewegungen versucht mir entsprechend entgegenzukommen, um die Penetration abzufedern, entfährt ihr mehrmals ein hohes ›Oh!‹

Es spornt mich an, treibt mich hoch hinaus auf eine Welle gigantischen Ausmaßes. Als sie schließlich bricht, falle ich geradewegs in ihre weit aufgerissenen Augen, lasse mich von ihnen verschlingen und befinde mich einen Herzschlag lang in einer Art Kontinuum. Die Zeit scheint stehen geblieben zu sein. Ich fühle mich großartig. Voller Power, voller Zuversicht. Dann ist der Moment vorbei und ich bin eine wortwörtlich leergepumpte Hülle.

Schweratmend rolle ich mich zur Seite. Amira wird bestimmt bald nicht mehr ordentlich laufen können. Eigentlich eine gute Sache, da sie so nicht auf die Idee kommen kann, unser idyllisches Lustnest zu verlassen. Andererseits bin ich mir unsicher, inwieweit ich mich in ihrer Anwesenheit überhaupt wieder am Riemen reißen kann. Nachdem ich von ihr gekostet habe, wird es eine gewaltige Herausforderung, es nicht noch einmal zu tun. Dabei war es nur die Missionarsstellung. Und das zwischen uns ja nicht echt. Verflucht, warum springe ich so stark auf ihre Masche an?

Amira

Nie im Leben hätte ich es für möglich gehalten, in die Fußstapfen meiner Familie zu treten. Zu einer skrupellosen Kriminellen zu werden und im gleichen Zug einem Menschen Leid zuzufügen. *Wobei die Nummer vor dem Frühstück für ihn sicher alles andere als schrecklich war*.

Meine Wangen werden warm, als ich daran denke, wie ich mich unter Rubén laut stöhnend ins Hohlkreuz gebogen habe. Den Orgasmus musste ich nicht vortäuschen. Jedoch war ich nicht in der Lage ihm ... mehr zu bieten, den Sex mit mir zu etwas Besonderem zu machen. Zu etwas, das er nicht so schnell vergisst und das er um jeden Preis wiederholen möchte.

Niedergeschlagen seufze ich leise auf. Es war wie bei unserem Kuss in der Pension. Die Empfindungen, die seine Berührungen in mir auslösten, fesselten mich mit unsichtbaren Ketten ans Bett. Überwältigt von seiner sexuellen Energie konnte ich nichts anderes tun, als mich auf dem Rücken liegend von einer Ebene der Lust zur nächsten katapultieren zu lassen. Ein Mann von seinem Kaliber wird von einem Nullachtfünfzehn-Akt wie diesem sicher bald gelangweilt sein. Zu denken, ihn damit unter Kontrolle behalten zu können, ist einfach nur naiv. Verdammt, bislang hatte ich mehr Glück als Verstand. Dass er vorhin nicht darauf bestand, abzureisen und in sein Apartment zu fahren, sondern aktiv den Vorschlag machte, erst hier ein bisschen die Gegend zu erkunden, war fast schon zu schön, um wahr zu sein.

Nur, wie lange wird mein Schicksal unter einem guten Stern stehen?

Plötzlich reißen mich eine rasche Abfolge von quietschenden Pfeiftönen aus den Gedanken. Bereit, jeden Moment zurück zur Tür zu rennen, starre ich in die Richtung des Geräusches. Am Rande der Lichtung, auf der unsere Hütte steht, ragen schmale Baumstämme in den Himmel und entfalten in zig Metern Höhe ihr grünes Dach, durch das spärlich die Sonne scheint. Unzählige Äste verzweigen sich dort, beugen sich unter der Last umherschwingender Äffchen, deren Bewegungen hier und dort Blätter zu Boden fallen lassen.

Gebannt beobachte ich das Spektakel. Insgesamt zähle ich vier kleine Rabauken, die fröhlich umhertollen und die der, gestern Nacht als extrem bedrohlich empfundenen, Regenwald-Kulisse ein wenig den Schrecken nehmen. Im Grunde ist es bloß ein exotischer Garten. Solange wir nahe der Hütte bleiben, wird uns bestimmt nichts passieren.

»Abwasch ist erledigt. Von mir aus können wir uns jetzt etwas umsehen«, sagt Rubén.

Zum wiederholten Male habe ich nicht mitgekriegt, wie er sich genähert hat. *Eine Raubkatze hätte sicher leichtes Spiel mit mir.*

Oje, ob es hier in der Umgebung Pumas oder Jaguare gibt?

»Klingt gut.« Ich lächle ihn an. Hoffentlich ohne Panik in den Augen. Wenn er wüsste, wie wenig abenteuerlustig und ängstlich ich eigentlich bin, würde er mich direkt ins Auto verfrachten und in Nullkommanichts zurück in die Zivilisation bringen. *Oder mich im Ernstfall überwältigen und den Spieß umdrehen.*

»In der Früh habe ich hinter der Hütte einen weiteren Pfad entdeckt. Bin schon gespannt, wohin er uns führen wird.« Selbstsicher läuft er voran.

Mit einem Abstand von drei Schritten hänge ich mich an seine Fersen.

Wie schaffe ich es, dass er von nun an nicht mehr allein loszieht? Nun gut, eins nach dem anderen. Wenigstens muss ich mir um seinen Knöchel keine Sorgen mehr machen!

Der Pfad, den er entdeckt hat, ist so schmal, dass wir nur hintereinander herlaufen können. Er beginnt zwei Meter hinter einem Limonenbäumchen, welches durch den Kahlschlag um die Hütte gerade noch ausreichend mit Sonne versorgt wird. Anders als die Sträucher, die den Weg säumen. Im Dunklen gelegen beginnen sie erst hüfthoch ihr Blätterwerk zu entfalten und eng ineinander zu wachsen. Lediglich wenige Zentimeter über dem Boden ermöglicht die Natur ein Durchkommen – zumindest für Vierbeiner, die sich nicht vor den unzähligen Insekten, die dort hausen, fürchten.

»Wenn du magst, presse ich uns später eine Limo«, ruft Rubén nach einer Weile gut gelaunt über die Schulter.

»Erst bekochst du mich, sorgst für Ordnung in der Küche und jetzt bekomme ich später noch eine frische Limo? Pass auf, dass ich mich nicht daran gewöhne«, erwidere ich und bin froh, mich mit dieser kleinen Unterhaltung ablenken zu können. *Bestimmt haben alle gefährlichen Tiere Besseres zu tun, als gleich aus dem Gebüsch zu preschen …*

»Frauen gehören eben verwöhnt.« Er bleibt stehen. Als er sich zu mir umdreht, ist seine Miene so ernst, dass ich unwillkürlich den Atem anhalte. »Besonders Frauen wie du«, murmelt er. Für den Bruchteil einer Sekunde streifen seine Lippen die meinen, während seine linke

Hand flüchtig meine rechte Pobacke berührt. Überrumpelt lasse ich es geschehen.

Dann ist der Moment vorbei und er mehrere Schritte vor mir.

»Kommst du?«

Ich eile ihm nach und ignoriere dabei das unanständige Prickeln, welches sich wie ein Strohfeuer um meine Knospe ausbreitet. *Frauen wie ich.* Wenn er so weitermacht, bin ich am Ende diejenige, die verführt wird. Nur, was dann ist, will ich mir lieber nicht ausmalen!

Wir dürften bereits eine gute Stunde unterwegs sein. Mein Vorhaben, sich nicht allzu weit von der Hütte zu entfernen, hat sich damit erledigt. Überraschenderweise macht der Regenwald aber auch keinen gefährlichen Eindruck mehr, sodass es bestimmt okay ist, ein wenig weiter umherzustreifen. Mindestens viermal hat sich der Pfad bislang geteilt, in den nächsten Tagen können wir also noch genügend Erkundungstouren durchführen – sofern wir uns jetzt nicht verlaufen haben.

»Schau mal.« Rubén zeigt auf einen querliegenden Ast, auf dem sich ein blauer Schmetterling niedergelassen hat. Um ihn mir genauer anzusehen, gehe ich in die Hocke, bereue das allerdings sofort.

Scharf ziehe ich die Luft ein.

»Was ist los?«

»Nichts!«

»Sicher? Dein Nichts sieht mir recht schmerzhaft aus.«

»Keine Ahnung, wie du darauf kommst. Mir gehts gut«, beteuere ich und unterdrücke ein Ächzen beim Aufstehen.

Kopfschüttelnd beobachtet er mich. Das Grinsen auf

seinem Gesicht gibt mir zu verstehen, dass ich ihm nichts vormachen kann. Ich bin wund und er weiß es. Vielleicht ist er sogar Macho genug, um sich darauf etwas einzubilden.

»Los, lass uns weitergehen«, brumme ich und marschiere kurzerhand an ihm vorbei. Zum Glück merke ich in Bewegung nichts von dem unangenehmen Ziehen zwischen meinen Beinen. Ich kann uns also problemlos bis zum Abend durchs Dickicht führen und somit den zweiten von 21 Entführungstagen erfolgreich hinter uns bringen.

Dass es nicht ganz so problemlos laufen wird, ist mir nach einer geschätzten weiteren Stunde gnadenlos bewusst. Denn erstens habe ich absolut keinen Plan mehr, wie oft ich, wann, wo abgebogen bin. Zweitens ohne Proviant loszuspazieren, hat immer stärkere Auswirkung auf meine körperliche sowie mentale Verfassung, die drittens durch die hohe Luftfeuchtigkeit und den Stress der letzten Stunden sowieso schon nicht die Beste ist.

Erschöpft spähe ich zu Rubén. Während mein Oberteil klatschnass ist, sieht sein Hemd wie frisch angezogen aus. Klasse, für ihn ist das lediglich ein kleiner Spaziergang und keine anstrengende Wanderung, bei der einem langsam die Fußsohlen wehtun und von der man später gewiss mit fiesen Blasen geplagt sein wird.

Einmal mehr wird mir seine körperliche Überlegenheit bewusst. Mit seiner Kondition und Kraft wird er mich, sollte er meine Scharade aufdecken, jederzeit mühelos überwältigen können.

Ob ihm gegenüber einer Frau schon mal die Hand ausgerutscht ist? Werde ich die Erste sein, die beim Versuch, ihn am Weglaufen zu hindern, unter Schmerzen selbst zusammenbricht? Werde ich die Erste sein, die beim Versuch, ihn zu fesseln, stranguliert wird? Die Erste, die ohne Wasser in der Hütte eingesperrt wird, während er mich von draußen aufs Übelste beschimpft?

Und wenn ja … wird er sich danach hassen?

Meine Güte, wo denk ich hin. Natürlich hätte er keinen Grund, sich zu hassen. In unserem speziellen Fall bin ich schließlich keine unschuldige Frau, bei der man irgendetwas bereuen muss. Als Entführerin spiele ich in einer ganz anderen Kategorie. Kategorie: Monster. Da gibt es keinen Unterschied im Geschlecht. Monster ist Monster. Jedes Mittel zur Bekämpfung ist hier recht. Freiheitsberaubung, stumpfe Gewalt, Stichwunden … Ich könnte es ihm nicht einmal verübeln.

Papa, warum zwingst du mich, ein Monster zu sein? Mama hätte das nicht gewollt.

»Brauchst du eine Pause?«

Mama hätte es ihm ausgeredet.

»Sollen wir rasten?«

Mama …

»Hey?!«

Die laute Stimme bringt meinen Puls zum Rasen. Über uns raschelt es. Verschreckte Vögel, die sich vorsorglich in Sicherheit bringen. Warum können mir keine Flügel wachsen? Dort oben könnte mir nichts geschehen …

Ich bleibe stehen. Atme mehrmals tief durch, versuche, alle Gedanken über Monster und ihre gerechte Bestrafung zu verdrängen und mir stattdessen gut zuzureden: Die Verschleppung gestern war bestimmt der nervenaufreibendste und gefährlichste Part der ganzen Sache. Alles Weitere wird halb so schlimm!

Für mich, für ihn.

»Schau mich an«, fordert er.

Ich tue etwas Gutes. Daran muss ich glauben. Hätte ich ihn nicht entführt, würde ihm etwas noch viel Schrecklicheres blühen. Ich bin also bloß ein Baby-Monster. Und wenn ich mich jetzt umdrehe, wird er das nicht sehen.

Stimmts?

Ich wende mich ihm zu, schaue ihn jedoch nur kurz an, ehe ich den Blick schnell zu Boden richte. Denn was, wenn er die Wahrheit doch in meinen Iriden erkennt? Den starren Blick, die berechnende Kälte, die emotionslose Täuschung aus meinen Eisaugen. So haben die Dienstmädchen Papas ungewöhnlich blaue Augen genannt, die ich geerbt habe. Mama meinte einst, dass es das Einzige wäre, das ich optisch vom *Don* übernommen hätte. Eisblaue Augen.

Schweigend spüre ich, dass Rubén mich mustert. Kaum merklich drücke ich die Schultern durch, bemühe mich um ein kleines Lächeln, als ich wieder aufblicke. *Alles ist gut, siehst du? Ich bin eine Frau. Kein Monster.*

»Du siehst furchtbar aus.«

Das haben Monster so an sich.

»Danke für das Kompliment«, krächze ich.

Fokus, Amira, Fokus. Genug von Monstern, Täuschung oder Angst! Du kannst dir jetzt keinen Nervenzusammenbruch leisten, okay?

»Sobald du dich ausgeruht hast, sollten wir umdrehen.«

»In Ordnung.« Werde ich die ganze Strecke zurück überhaupt schaffen? Die Schmerzen an meinen Füßen stimmen mich nicht gerade zuversichtlich. Hinzukommt diese furchtbare Schwüle. Sie erdrückt mich, lässt mich immer schwerer Luft bekommen.

»Du hättest früher Bescheid geben sollen, dass du nicht mehr kannst«, sagt mein Gegenüber verärgert.

Aufgrund seiner plötzlich tiefgezogenen Augenbrauen und des verkniffenen Zugs um seine Mundwinkel würde ich am liebsten einen Schritt zurückweichen. Aber ich rühre mich nicht vom Fleck. Ich halte das aus. Papa wütend zu erleben, ist viel schlimmer. Und haben Monster das nicht verdient?

»Amira?« Der Unterton, der mitschwingt, ist mir wohlbekannt.

Hörst du mir zu, hast du mich verstanden? Ich habe nicht ewig Zeit.

Nein, niemand hat ewig Zeit. Mama hatte die auch nicht ... und wenn ich nicht schleunigst reagiere, werde ich die genauso wenig haben. Also blinzle ich gegen die Vergangenheit an – so lange, bis ich statt meines Vaters wieder Kartellmitglied Rubén Estrada vor mir sehe.

Was nicht wirklich hilfreich ist.

»Ja, tut mir leid.« Meine Standardantwort. Mir ist klar, dass ich damit alles andere als Stärke demonstriere. Ich klinge wie ein Loser ... meines Familiennamens nicht würdig. Irgendwann hat meine genuschelte Entschuldigung sogar begonnen, Papa noch weiter auf die Palme zu bringen, als ihn zu beruhigen. Ich konnte es ihm einfach nicht mehr recht machen. Egal, was ich getan habe, es war nicht richtig. Bis ich schließlich nur noch gezockt und geschlafen habe. Wenn ich überhaupt Schlaf gefunden habe. Seit dem ... Vorfall ist darauf nämlich nicht mehr Verlass. Mein Körper macht, was er will. Schickt mich an einem Tag durch meine persönliche Hölle, während er mich am nächsten in Sicherheit wiegt, kurz bevor er mir vorgaukelt, keine Luft mehr zu bekommen. Ganz ohne Schwüle, ganz ohne Vorwarnung.

»Scheiße, sprich mit mir, was ist los?«

Wie soll das mit dir weitergehen?

Es tut mir leid.

Ich bin ein Wrack. Eine hübsche, zerrissene Hülle.

Tränen treten mir in die Augen, laufen in steten Bahnen über meine Wangen. Mein Mund steht offen, zieht in kurzen Abständen warme Luft ein.

Genau wie damals.

... Und genau wie damals sehe ich, wie plötzlich zum Wurf ausgeholt wird. Ich erstarre zu einer hektisch atmenden Statue. Nehme im Bruchteil einer Sekunde wahr, wie Rubén auf mich zielt. Wütend, entschlossen und zu allem bereit. Dann saust das Klappmesser auf mich zu.

Enrico

Eine allergische Reaktion auf einen Insektenstich. Das war mein erster Gedanke, als ich Amira panisch nach Luft ringend gesehen habe. Erst auf den zweiten Blick ist mir bewusst geworden, dass sie einfach nur ... woanders ist. Dem apathischen Ausdruck nach zu urteilen, an keinem schönen Ort. Wäre ich ein Psychodoc würde ich auf etwas in ihrer Vergangenheit tippen, vielleicht war ein Schatten in dem dichten Grün ein Auslöser, vielleicht waren es aber auch lediglich die strapazierten Nerven. Dabei schien sie vorhin noch froh und munter. Das Strahlen in ihren Augen, als ich heute Morgen vom Plan, nach Veracruz aufzubrechen, abgerückt bin, hat selbst mich beflügelt. Und davor, als wir diese hammermäßige Nummer hatten, war sie ohne Zweifel glücklich. Lächelnd ist sie in meinen Armen nochmals eingeschlafen und auch ich bin kurz darauf in einen Tiefschlaf gefallen, aus dem ich extrem erholt erwacht bin. *Alles war normal.* Das hier ist nicht normal.

Ohne Vorwarnung ein Klappmesser zu zücken und in ihre Richtung zu schleudern, allerdings ebenso wenig.

Sie schreit wie am Spieß, bewegt sich jedoch nicht. Die Schlange, die ihrem Kopf eben gefährlich nahe kam, ist ebenfalls erstarrt. Das Messer in ihrem Genick drückt das Tier zu Boden, sodass es vom Ast schwer auf die Erde fällt.

Ich zeige auf den toten Körper.

»Alles ist gut. Gefahr erkannt, Gefahr gebannt«, sage ich zwinkernd. Nur langsam dringe ich zu Amira durch. Immer wieder wiederhole ich wie eine kaputte Aufnahme, dass alles gut ist, und bin erleichtert, als sie endlich aufhört zu schreien. »Tut mir leid, dass ich dich erschreckt habe!« Beruhigend will ich ihre Hände umfassen, halte aber inne, da sie einen Schritt zurückweicht. Dann wird ihr wohl bewusst, viel zu nah an der Schlange zu stehen, denn sie springt mit einem Satz auf mich zu.

»Du ... du hast mich gerettet«, wispert sie an meiner Schulter. Sie zittert.

Behutsam lege ich die Arme um sie, drücke sie an mich und murmle ein paar tröstende Worte. »Sch, ich bin da, ich habe dich ... Du bist in Sicherheit ... Sch ... Nichts wird dir passieren ... Sch.« Als mein Wortvorrat erschöpft, Amira aber trotzdem weiterhin völlig aufgelöst ist, beginne ich von sechzig an laut herunterzuzählen.

Gleichmäßig und ruhig.

»... 48, einatmen, 47 ...«

Ich kann nur hoffen, dass, wenn ich bei eins angelangt bin, die Kleine sich wieder im Griff hat. Dass sie so wie ich nach Vaters überraschendem Tod, auf das Zählen anspringt und dadurch eine Hilfe hat, die sie aus ihrem miesen Zustand holt.

»... 30 ...«

Valeria hat mich unzählige Male gehalten. Hat unzählige Male von sechzig abwärts gezählt und es geschafft, mich innerhalb weniger Wochen emotional zu stabilisieren. Keine Ahnung, wie sie auf die Methode kam und ob das überhaupt ein therapeutischer Ansatz ist. Jedenfalls hat es dazu geführt, dass ich mich wieder unter Kontrolle hatte. Keine wüsten Provokationen gegen jeden, der mir über den Weg läuft, kein wütendes Draufdonnern auf irgendwelche Gegenstände, die uns nicht gehörten.

»... 14, 13, ausatmen, 12 ...«

Bis Rubén und Miguél sie getötet haben. Dann hatte ich keinen mehr, der für mich gezählt hat. Keinen, der meinem Zorn Einhalt geboten oder gar meine Tränen getrocknet hätte.

»Drei.«

An meiner Brust ist es still geworden. Der letzte Schluchzer liegt bereits eine Weile zurück.

»Zwei.«

Langsam streiche ich über ihren Rücken.

»Eins.«

Amira hat sich beruhigt. *Santísima Muerte, danke!*

»Ich ... es tut mir leid«, stößt sie hervor.

»Dass du geschrien hast, als würde ich dich abstechen wollen?«, scherze ich.

Sie zuckt zusammen.

Verdammt, hat sie das etwa tatsächlich gedacht?

Ich trete einen Schritt zurück und blicke forschend in ihr Gesicht. Die Augen sind rot umrandet, aus der Nase läuft Rotz, den sie sich verlegen mit der Hand wegwischt.

»Warum sollte ich dich kaltmachen, hm?«

»Stimmt, ich ...«, sie räuspert sich und setzt dann wieder an, »ich bin auch viel zu ... viel zu heiß, um kaltgemacht zu werden ... findest du nicht?«

Spontan lache ich auf, wische mit den Daumen die nassen Tränenspuren von ihren Wangen.

»Weißt du, wie süß du bist?«

»Ich bin nicht süß, ich bin heiß«, murrt sie empört auf.

»Heiß und süß«, gebe ich ihr teilweise recht und wirble sie impulsiv einmal um meine Achse.

Auf dem Rückweg laufe ich wieder voran. Mit geschärften Sinnen achte ich auf jedes Geräusch um uns herum. Auch drehe ich mich öfter zu der kleinen Mafiaprinzessin um und versichere mich, dass ihre Beine sie noch tragen können. Die letzte halbe Stunde nehme ich sie vorsorglich huckepack. Ihr leichtes Schwanken in Kombination mit dem schwerfälligen Schnaufen hat mir nicht gefallen. Durch den einsetzenden Platzregen wäre sie mir über kurz oder lang garantiert ausgerutscht.

»So Endstation, Ziel erreicht«, rufe ich wenig später und lasse sie vor der Hüttentür vorsichtig zu Boden.

»Danke«, murmelt sie, während ich heimlich einen Blick auf meine zwei verborgenen Sicherheitsfallen an der Tür werfe. Sie sind unangetastet, bedeutet, niemand war hier. Sehr gut.

Auf der Schwelle ziehen wir unsere Schuhe aus. Danach eilen wir nacheinander ins Bad, um uns die Haare trocken zu rubbeln und neue Klamotten anzuziehen. Als ich im Anschluss die paar Limonen presse, die ich in der Früh bereits gepflückt habe, lässt Amira sich schwerfällig auf die Sitzbank der offenen Küche fallen.

»Tut mir leid, dass ich vorhin so ... daneben war.«

»Muss dir nicht leidtun. Ich bin froh, dass es dir jetzt besser geht.« Prüfend schaue ich sie von der Seite an.

Sie nickt. Wie das blühende Leben sieht sie zwar noch nicht aus, aber deutlich fitter als zuvor.

Zufrieden widme ich mich der letzten Limone, die ich mit der alten Saftpresse, die ich aus dem Küchenschrank hervorgekramt habe, fix verarbeitet habe.

»Kann ich dir vielleicht als kleines Dankeschön etwas Gutes tun?«, fragt meine Entführerin schüchtern.

Überrascht hebe ich eine Augenbraue, vermeide es jedoch, sie anzusehen. Meine nicht jugendfreien Gedanken, die als Antwort auf ihre Frage in meinem Kopf herumschwirren, sollte sie nicht unbedingt aus meinen Augen lesen. »Was schwebt dir denn da so vor?«, erkundige ich mich möglichst emotionslos und verdünne dabei den sauren Fruchtsaft mit bereits abgekochtem Leitungswasser.

»Ich ... ähm ... was du magst.«

»Ich mag eine Menge Sachen.«

»Und was magst du besonders?«

Dich zu spüren? Dich zu hören? Dich zu riechen? Aber das kann ich ihr jetzt unmöglich sagen. Wenn sie wüsste, wie sehr sie mich längst mit ihren Verführungskünsten in der Hand hat, hält sie mich noch für einen testosterongesteuerten Volltrottel. Außerdem würde eine Nummer wie vorhin sie mit Sicherheit für den restlichen Abend ausknocken. Zudem ist sie wund. Wenn ich zu früh wieder in sie eindringe, wird sie Schmerzen haben ...

»Rubén?«

»Da kann ich mich nicht entscheiden«, weiche ich aus, ehe ich versuche, sie mit einer Gegenfrage abzulenken. »Kannst du denn etwas Besonderes?« *Außer mich allein mit deinem Augenaufschlag hart werden zu lassen.*

»Eigentlich nicht.« Die Untertreibung des Jahrhunderts.

»Hier, deine Limo«, sage ich harscher als gewollt und

schiebe ihr das Glas über den Tisch. Als sie danach greift, berühren sich kurz unsere Finger. Es ist wie ein Stromschlag, der mich durchzuckt, während sie offensichtlich verschont bleibt. Da, schon wieder! Ungewollt ziehe ich die Luft geräuschvoll ein, bevor ich meine peinliche Reaktion hinter einem Hustenanfall tarne.

Fuck. Ist dir klar, wie sehr es mich reizt, dir das Glas zu entreißen und dich dazu zu bringen, dir selbst deinen Saft zu … pumpen?

Mit argloser Miene setzt sie das Glas an die Lippen.

Ich sehe sie schlucken. Einmal, zweimal. Ein genießerischer Ton dringt ungefragt an meine Ohren.

Verflucht, das ist Folter.

»Schmeckts?«, brumme ich, ohne den Blick von ihr abwenden zu können.

»Das Beste, was ich seit Langem getrunken habe.«

Wirst du das auch sagen, wenn du mich geschmeckt hast?

»Freut mich zu hören.«

»Habe ich etwas falsch gemacht? Du bist auf einmal so gereizt.« Ihre großen Augen sehen mich fragend an. Offen, unschuldig, ehrlich.

Amira, lasse ich dich kalt? Hast du kein Verlangen, meine Nähe zu suchen? Wenn ich jetzt in dein Höschen fassen würde, wäre es etwa … trocken? Okay, der Gedanke ist masochistisch.

»Nö, entschuldige. Vielleicht hat es mich kurz aufgeregt, als du behauptet hast, nichts Besonderes zu können«, erkläre ich wahrheitsgetreu und habe dann den rettenden Einfall. »Im Auto hast du gesungen und das ziemlich gut. Ich würde mich freuen, wenn du mir für den Huckepack-Service etwas vorsingst.« Gespannt sehe ich sie an. Ihre Wangen sind ein wenig rosa geworden, das Lächeln auf ihren Lippen bringt mich ebenfalls dazu, die Mundwinkel hochzuziehen. *Wie schafft sie das nur?*

»Ist schon eine Weile her, dass ich jemandem etwas vorgesungen habe. Also ohne Begleitmusik aus dem Radio …«

Ach ja? Und wer war der Bastard, der das Vergnügen hatte?

»Das macht nichts«, versichere ich. *Solange ich der Letzte bin, dem du je wieder etwas vorsingst.* Scheiße, bin ich high oder woher kommen auf einmal diese schrägen Gedanken?

Ich marschiere zu der durchgesessenen Couch an der gegenüberliegenden Wand. Kurz darauf sitze ich breitbeinig auf dem Polster und lehne mich zurück. Als Amira ein italienisches Lied anstimmt, schließe ich die Augen.

Oh Mann, das hier ist fast genauso gut wie Sex.

Neun

Amira

Am liebsten würde ich den ganzen Tag dösend im Bett verbringen. Meine Beine sind von der gestrigen Wanderung unglaublich schwer. An den Waden juckt es nonstop von irgendwelchen Mückenstichen und meine Mitte fühlt sich, nachdem ich mich unbeholfen aufgesetzt habe, eindeutig noch wund an. Auch wenn das meinem Lustpunkt egal ist. Rubén hat mich nachts in seine Arme gezogen. Das war überraschend schön und gleichzeitig ziemlich aufregend. Denn als ich seine leicht zuckende Härte am Hintern bemerkt habe, war an Schlaf nicht mehr zu denken. Ich war felsenfest davon überzeugt, ihn gleich in mir zu spüren. Der Glaube daran ließ mich regelrecht auslaufen.

Ich bin noch nie zuvor *ausgelaufen*.

Und noch nie zuvor bin ich so gefrustet gewesen, *es* nicht zu bekommen. Ich hätte mich ihm deutlicher anbieten müssen. Nur ist es eben, wie es ist: Ich bin in solchen Dingen nicht gut und bei Weitem nicht erfahren. Bis gestern wusste ich nicht einmal, dass es da etwas in mir gibt, das sich so stark danach verzehrt. Die raren Momente, in denen ich bislang das Bedürfnis hatte, mich selbst anzufassen, und der unbefriedigende Sex als Jugendliche, hatten mich schon insgeheim befürchten lassen, mich auch sexuell von meinen Mitmenschen zu unterscheiden.

»Woran denkst du?«, kommt es schläfrig von rechts.

Ich gehe nicht darauf ein.

»Hast du gut geschlafen?«, frage ich stattdessen und klinge vorwurfsvoll.

»Wie ein Baby.«

»Prima«, brumme ich verdrossen. Ich habe kaum ein Auge zugetan. Bin hundertmal im Kopf durchgegangen, wie ich mein Angebot mit dem *Dankeschön* für das Heimtragen noch hätte verpacken sollen. Außerdem habe ich mich nonstop angespornt, unverfroren den Po an ihm zu reiben oder wenigstens seine Hand zufällig von meiner Schulter zu den Brüsten zu dirigieren. Getraut habe ich mich natürlich nichts.

Ich, die große Verführerin.

»Du wohl nicht? Magst du noch ein wenig hier liegen?« *Mit dir? Absolut, kann mir nichts Schöneres vorstellen.*

Ich nicke und lasse mich zurück ins Kissen fallen. Als er gleichzeitig die Decke wegschlägt und aufsteht, unterdrücke ich geradeso ein lautes Seufzen.

»Ich kümmere mich derweil ums Frühstück«, sagt er, ehe ich ihn in der Küchenzeile hantieren höre.

Die Hände vors Gesicht geschlagen versuche ich wieder Herr der Lage zu werden. Wie kann mich der Sex mit einem gefährlichen Kartellmitglied so aus der Bahn bringen? Oder sind es in Wahrheit Nachwehen der Panikattacke, die mein Innerstes gestern derart ins Chaos gestürzt hat?

»Ich würde vorschlagen, dass wir heute einen Erholungstag einlegen, was meinst du?« Seine Frage hat nichts Zweideutiges an sich.

Nickend reiche ich ihm meinen nassen Teller. Nachdem er mir Porridge gekocht und ihn mir mit einer Portion Dosenobst am Bett serviert hat, habe ich darauf bestanden, diesmal den Abwasch zu übernehmen. Weil er aber wohl nichts Besseres zu tun hat, übernimmt er trotzdem das Abtrocknen und Einräumen des Geschirrs.

»Soll ich dir eine Salbe gegen Mückenstiche besorgen?« *Liebend gern.*

»Nein, ich habe was dabei«, lüge ich stattdessen und unterdrücke den Impuls, mich direkt hinunterzubeugen und ordentlich zu kratzen. So rot und beulenartig, wie die drei münzgroßen Stiche aussehen, wird mich das Thema vermutlich die nächsten Tage noch verfolgen. Ich hoffe nur, dass ich zumindest von einer von Mücken übertragbaren Tropenkrankheit verschont bleibe. Wie soll ich sonst mit Fieber dafür sorgen, dass er die Hütte nicht verlässt?

»Wenn du meinst«, erwidert er nun schulterzuckend. Seine Mimik ist ausdrucksleer. Glatt. Selbst seine Körpersprache deutet in keiner Weise darauf hin, dass er mich … *will.* Herrje, ich denke immer noch daran.

Warum? Warum? Warum?!

»Soll ich dir wieder etwas vorsingen?«, frage ich, um die Stille zwischen uns zu durchbrechen.

»Später vielleicht.«

Oh Dio, fand er es mit mir womöglich so schlecht, dass er es nicht wiederholen möchte? Sein Vorschlag, eine Antijuckreiz-Salbe zu kaufen, war das in Wahrheit ein Versuch, von hier wegzukommen?

»Was hältst du von einem Kartenspiel? Ich denke, ich habe eins eingesteckt«, frage ich.

»In Ordnung.«

Als der Abwasch fertig ist, hole ich das Spiel, das ich zum Zeitvertreib extra besorgt habe. Mit was soll ich einen Gangster auch groß ablenken? Jetzt, wo meine *genialen* Verführungskünste offensichtlich nicht mehr funktionieren.

Am Esstisch sitzend spielen wir mehrere Runden. Meist gewinnt er, sodass ich schließlich eine Massage als Preis auslobe, um ihm irgendwie doch noch mal näherzukommen.

»Du möchtest, dass ich dich massiere?«, fragt er.

»Wenn ich gewinne, ja. Solltest du die nächste Partie für dich entscheiden, massiere ich dich.«

»Direkt im Anschluss oder heute Abend?«

»Heute Abend ... im Bett.« Meine Wangen erhitzen sich. Wir starren einander an. Es vergehen bestimmt zehn Sekunden, ehe er den Blick abwendet und betont gleichgültig die Karten durchmischt.

Als er sie neu austeilt, überrascht er mich mit einem Themenwechsel.

»Darf ich fragen, was im Regenwald mit dir los war?«

Blinzelnd schaue ich auf mein Blatt. Ich war so froh, dass er es bislang nicht zur Sprache gebracht hat ...

»Du hast mit einem Messer auf mich gezielt«, begründe ich schließlich anklagend. »Warum hattest du überhaupt eine Waffe dabei?«

»Ich geh doch nicht unbewaffnet in die Wildnis.«

»Und hast du noch eine?«

»Natürlich.« Er beginnt Karten abzulegen und sieht mich dann auffordernd an. Blind lege ich ebenfalls ein paar ab und bin erleichtert, als der Zug wieder bei ihm ist.

Er hat also eine weitere Waffe. Vielleicht sogar zwei, sollte er das Klappmesser aus der Schlange gezogen und mitgenommen haben. Daran kann ich mich nur leider nicht mehr richtig erinnern.

»Was für eine?«

»Ist das denn wichtig?«

»Ich frag nur, falls wir morgen einem größeren Tier begegnen würden.«

»Du willst morgen wieder losmarschieren?«

»Klar, ich finde es hier total schön und möchte gerne so viel wie möglich sehen.«

Seine hochgezogene Augenbraue und das spöttische Kräuseln um seine Mundwinkel bringen mich etwas aus dem Konzept. War ich bisher nicht überzeugend genug? In der Zeit, die wir miteinander verbracht haben, habe ich mir große Mühe gegeben, normal zu wirken. Mir nichts von meinem Hygienefimmel oder Ängsten anmerken zu lassen. Er soll mich schließlich nicht komisch finden. Nicht merken, dass ich am liebsten ganz woanders wäre. Idealerweise zu Hause in meinem Zimmer, zockend am Rechner.

Ob ElGato sich bereits einen neuen Spielpartner gesucht hat?

Räuspernd erkundige ich mich nochmals nach der Waffe.

»Es ist eine Smith & Wesson«, klärt er mich auf. »Damit kann ich, wenn nötig, auch größere Tiere erlegen. Du brauchst dir also keine Sorgen zu machen.«

»Super.« Er kann mich notfalls einfach erschießen.

»Jetzt zurück zu meiner Frage. Was war da los mit dir? Und bevor du wieder von dem Messer anfängst, du hast vorher schon neben dir gestanden.«

Oje.

»Ich glaube, ich möchte darüber nicht reden.«

»Wenn wir da noch mal rausgehen, sollte ich wissen, was dich triggert, ansonsten ist es zu gefährlich.«

»Da gab es nichts Bestimmtes. Ich ... Mir tat einfach nur alles weh und ich hatte Durst und ... dann wurde es mir eben zu viel, verstehst du?«

Schweigend zieht er eine Karte. Glaubt er mir?

Ihm zu beichten, dass ich Angst um unser beider Leben habe und mich damit plage, ein Baby-Monster zu sein, würde schließlich nur Fragen aufwerfen.

»Vielleicht hilft es meinem Verständnis, wenn du mir ein wenig über dich erzählst?« Er lässt echt nicht locker.

»Mein Leben ist langweilig«, murmle ich, merke aber an seinem Blick, dass er sich damit nicht zufriedengeben wird. »Ich wohne noch zu Hause.« Okay, Abtörn, das klingt mega unselbstständig – obwohl es natürlich stimmt, doch das muss er ja nicht wissen. »Weil, also ... Mein Vater hat ein großes Haus, meine drei Brüder leben dort auch. Sie sind älter als ich. Wir ... stehen uns allerdings nicht mehr so nah«, stottere ich und sehe hoch.

Er lächelt leicht. *Endlich.* Das motiviert mich, weiterzuerzählen. Von Gabrieles und meinen früheren Abenteuern, von kleinen, lustigen Missgeschicken, die mich als Kind tagelang beschäftigt haben, wohingegen die Erwachsenen dadurch bestens unterhalten wurden.

Rubén lacht hier und da und entpuppt sich als echt guter Zuhörer. Solange er mich ansieht wie gerade, könnte ich stundenlang irgendwelche unverfänglichen Anekdoten aus meinem Familienleben zum Besten geben. Irgendwie tut es gut, ein wenig Heimat in den Regenwald zu holen. Sich die schönen Tage ins Gedächtnis zu rufen und sich nicht von den jüngsten Geschehnissen verrückt machen zu lassen.

Als das Kartenspiel sich dem Ende neigt, bin ich sogar richtig gut gelaunt – bis er sich arglos nach meiner Mutter erkundigt.

»Sie ... sie ist«, ich unterbreche mich und schließe kurz die Augen, »vor einem Jahr gestorben.«

»Das tut mir leid. Möchtest du erzählen, wie sie umgekommen ist?« Seine Stimme ist sanft, leise, verständnisvoll.

»Heute nicht, okay?« Ich schaue auf meine verbliebene Karte und schaffe es nicht, zu erkennen, um welches Symbol es sich auf dem Papier handelt.

»Natürlich. Ich möchte dich nicht drängen.«

Er greift nach meiner Hand, die die Karte hält, und umschließt sie sacht. »Als ich vierzehn war, hat es meinen Vater erwischt«, vertraut er mir an.

»Das ist schrecklich, tut mir leid«, wispere ich.

Ein schmerzhafter Ausdruck huscht über seine Miene, ehe er plötzlich den Eindruck macht, mir damit zu viel erzählt zu haben.

»Sieht aus, als würde ich später in den Genuss einer Massage kommen«, sagt er eine Spur zu laut und hält mir triumphierend die Siegeskarte unter die Nase.

Nickend gebe ich mich geschlagen.

In den nächsten Minuten beobachte ich, wie er vor der Couch ein paar Kräftigungsübungen macht, und bereite uns schließlich einen Nachmittagssnack zu. Nachdem wir gegessen und er sich noch mal kurz unter die Dusche gestellt hat, fordert er oberkörperfrei überraschend seinen Preis ein. Schlagartig wird mein Mund trocken und meine Hände feucht.

Enrico

Ich liege mit geschlossenen Augen auf dem Bauch. Auf meinem Hintern sitzt die Mafiaprinzessin und gibt ihr Bestes, meine Muskeln gehörig durchzukneten. Ob sie weiß, was sie da tut? Die Abfolge und die Art ihrer Bewegungen sind ohne Muster. Aber sie wird gewiss nicht zum ersten Mal jemandem den Rücken massieren, oder? *Wunschdenken.* Sie wird einfach nur nicht talentiert sein. Zur Abwechslung. Fuck, ihre Berührungen sind alles andere als entspannend. Jede Streicheleinheit, jedes kräftigere Zupacken lassen mich den Kiefer immer fester zusammenpressen.

»Tut es so weh?«, fragt sie und ruckelt auf meinem Po hin und her.

»Es ist die reinste Folter«, presse ich gequält hervor.

»Morgen fühlst du dich dafür wie ausgewechselt«, verspricht sie.

Ich spüre, wie sie das Gewicht verlagert. Plötzlich streifen mich ihre weichen Brüste an den Schultern. *Santísima Muerte, hilf mir!* Schon seit der ersten Sekunde, in der ich Amira auf mir hatte, wollte ich mich umdrehen und sie zu einer Bauchmassage überreden. Doch dann hätte sie direkt mitbekommen, wie sehr ich mich im Zaum halten muss.

In den letzten Minuten war es mehrmals nötig, mich selbst daran zu erinnern, standhaft zu bleiben und sie nicht die Macht, die sie über mich hat, spüren zu lassen.

Ich bin schließlich kein schwanzgesteuerter Idiot!

›Ach, komm, was soll daran so schlimm sein?‹, begehrt die Lust in mir auf. ›Und überhaupt: Bist du nicht viel eher ein Idiot, weil du dir aus Ego-Gründen die Gelegenheit auf fantastischen Sex verbaust?‹

»Rubén?«

»Wie bitte?«

»Ich habe gefragt, was das kleine Tattoo auf deinem Nacken bedeutet. Wenn du ein T-Shirt anhast, sieht man es gar nicht.« Erneut streift mich ihr Busen, während sie mit einem Finger den Schriftzug nachfährt. *Con dolor viene la fuerza* – mit dem Schmerz kommt die Kraft.

»Das muss man auch nicht sehen. Es genügt, dass ich weiß, dass es da ist.«

»Und warum hast du es dir stechen lassen?«

»Ist meine Lebensweisheit«, brumme ich und erspare ihr die Details über den Tod meiner Schwester und was das mit mir gemacht hat.

»Warum ist daneben ein kleiner Kompass abgebildet?«

»Damit ich mein Ziel nicht aus den Augen verliere«, erkläre ich. Um einem Kommentar zuvorzukommen, ergänze ich noch: »Metaphorisch gesprochen.«

»Und was ist dein Ziel?« *Ewige Verdammnis für deinen Bräutigam.* »Erlösung«, sage ich stattdessen.

»Das ist ein … schönes Ziel«, meint sie nachdenklich. Sie richtet sich auf.

»Dein Rücken ist ein richtiges Kunstwerk. Hat jedes Tattoo eine Bedeutung?«

»Ja, jedes Symbol sowie jeder Spruch erzählt etwas aus meinem Leben.« *Vieles davon wird dich erschrecken, dich in Tränen ausbrechen und nicht mehr an das Gute im Menschen glauben lassen.*

»Du bist also ein Geschichtsbuch auf zwei Beinen, hm?« Sie verpackt es als Witz, doch ihre Tonlage lässt mich erahnen, dass sie mehr versteht, als sie mich wissen lässt. Was mich zu dem Punkt bringt, dass ich wieder mehr darauf achten sollte, was ich ihr sage. Sie freimütig über den Tod meines Vaters zu informieren, war extrem dumm. Obwohl es sich in dem Moment richtig angefühlt hat. Beziehungsweise notwendig. Ich wollte Vertrauen aufbauen. Sie dazu bringen, sich weiter zu öffnen, ihr bestenfalls mehr über ihre Familie und wie sie tickt zu entlocken. Stichwort Social Engineering.

Wie konnte ich aber auch nur eine Sekunde vergessen, dass Rubéns Vater durchaus noch lebt?

Ich seufze. Hoffentlich habe ich mich nicht verraten.

»Keine Sorge, ich werde dich nicht bitten, mir daraus vorzulesen, wenn du das nicht möchtest.« Von was …? Ach ja, das Geschichtsbuch.

»Sind nicht unbedingt Gutenachtgeschichten«, sage ich und drehe mich jetzt doch trotz allem um.

»Huch!«, ruft Amira erschrocken, als ich sie mit einer zweiten Bewegung bäuchlings neben mich befördere.

»Mal sehen, ob dein Körper mir auch etwas erzählen kann.« Ich zwinge mich, die Zweideutigkeit, die vermutlich sowieso nur ich erkenne, zu ignorieren und nicht weiterzudenken. Mein Schwanz hat sich bei dem Gerede über die Tattoos verabschiedet, die Mafiaprinzessin anzufassen, erscheint mir daher unbedenklich.

Ich streife ungefragt ihr Oberteil hoch zu den Achseln und löse die Ösen ihres BHs. Danach fahre ich über ihre Wirbelsäule.

Kann es sein, dass sich ihr Atem gerade beschleunigt hat? *Und kann es sein, dass ich mir wegen meines besten Stücks nur etwas vormache?*

Ihre Haut ist rein. Keine Tattoos, keine Unebenheiten. Ein leeres Blatt Papier, das doch so viel preisgibt, dass ich es kaum ertragen kann. Denn sexuell gesprochen triggert mich diese Unbeflecktheit enorm. Fuck, das, was ich hier sehe, ist der Inbegriff purer Unschuld.

»Tut das gut?« Der Satz klingt wie ein heiseres Knurren, als er mir über die Lippen kommt. Ich sitze nicht auf ihrem Po. Ich hocke gebeugt über ihr und achte tunlichst darauf, sie nur mit meinen Händen zu berühren.

»Du machst das nicht zum ersten Mal, oder?«

»Man nennt mich auch den Massagemeister«, teile ich ihr selbstbewusst mit. Grinsend beobachte ich, wie ein Hauch von Unmut über ihre rechte Gesichtshälfte huscht.

»Stellst du dir gerade die glücklichen Übungsbunnys vor?«, provoziere ich sie.

»Quatsch, an der Stelle tat es nur weh«, behauptet sie mit geschlossenen Augen.

»Hm«, mache ich, was jedoch vom Unterton eher wie ein zweifelndes ›Pff‹ rüberkommt. Aber egal, in den nächsten Minuten konzentriere ich mich auf die fachmännische Entspannung ihrer Muskeln. Wie mir nach und nach bewusst wird, gibt es hier einiges zu tun, sodass ich ihr Oberteil schließlich komplett ausziehe. Während sie zu Beginn meine Berührungen sichtbar genossen hat, zuckt sie mittlerweile immer mehr vor mir weg, stöhnt schmerzerfüllt auf und stößt gelegentlich irgendwelche italienischen Wörter aus. Sie leiden zu sehen, hält die Lust in mir im Zaum. Vielleicht sind es aber auch meine Gedanken, die sich durch die wiederkehrenden Handgriffe verselbstständigt haben und unlängst in die Vergangenheit abgedriftet sind.

»Enrico, du massierst wie ein Gott.«

»Ich habe von der Besten gelernt.«

»Konnte ich dir also doch etwas auf deinen Weg mitgeben. Ich habe schon befürchtet, dass du es zu nichts bringst.« Der warnende Klaps auf Valerias Hintern lässt sie nur laut auflachen.

»Ich weiß, dass du weißt, dass ich dir viel verdanke und natürlich unendlich dankbar bin ... Mamá.«

»Das hast du sehr kompliziert ausgedrückt.« Sie

kichert. »Wenn ich Rubén heirate, wirst du mir noch viel mehr verdanken können«, reibt sie mir ungeniert unter die Nase. Die Anspielung auf die finanziellen Möglichkeiten, die sich durch die Liebe der beiden nebenbei für mich ergeben, sind verlockend und abstoßend zugleich. Als einzig verbliebener Mann in der Familie sollte ich es sein, der das Überleben sicherstellt. Der dafür sorgt, dass es seinen Lieben an nichts mangelt.

Sanft streiche ich über Amiras zarte Haut. Keine Ahnung, wann ich die Massagemethode gewechselt habe, aber ich glaube, es beruhigt sowohl mich als auch die Kleine. Sie ist eingeschlafen.

Vorsichtig steige ich vom Bett und decke sie zu. Ein Blick zum Fenster zeigt mir, dass die Dämmerung sich bereits dem Ende neigt.

Ist Amira gesättigt und tiefenentspannt genug, um die nächsten Stunden sowie das Abendessen zu verschlafen?

Ich runzle die Stirn, überlege hin und her und wage es schließlich, kurz zu verschwinden.

Diesmal dauert es mehrere Sekunden, ehe Fernando abnimmt. In wenigen Sätzen bringt er mich auf den neuesten Stand. Wie es aussieht, ist nun auch Amiras Familie über ihre Entführung im Bilde. Ihr ältester Bruder sei auf dem Weg nach Mexiko-Stadt.

»Hast du schon entschieden, wie wir die Angelegenheit behandeln sollen?«

»Sie mag Gabriele, wir schalten ihn nicht aus, wenn du darauf hinauswolltest.«

»Gut zu wissen, aber ich meinte tatsächlich die … *andere Sache.*«

»Ich hatte bislang keine Gelegenheit, dafür Vorkehrungen zu treffen.«

»Aber du wirst es durchziehen?«

»Natürlich«, brumme ich und füge hinterher, »alles zu seiner Zeit.«

»Verstanden. Dann wäre noch das Thema mit Rubéns ehemaligem ›Buchhalter‹. Laut unseren Beobachtungen pflegt er weiterhin diverse Kontakte, steht jedoch definitiv nicht mehr auf der Gehaltsliste der Estradas.«

»Setz einen *Sicario* drauf an.«

»Wie bitte?« Seine Verblüffung lässt mich halbherzig lächeln.

»Er ist zu talentiert, als dass der Hurensohn ihn auf Dauer abschreibt. Das Risiko, dass er ihn an die Cattaneos weiterempfiehlt oder es schafft, sich durch ihn kurzfristig selbst eine Finanzspritze zu beschaffen, ist mir zu hoch.« Wenn wir zu Phase drei meines Plans übergehen, will ich keine Überraschungen.

»Du hattest ihn damals am Leben gelassen, weil er seine Großeltern als Pfand hinterlegt hat. Er wird nichts tun, was sie in Gefahr bringen könnte.«

Ich stoße einen knurrenden Laut aus. »Dann hätte er auf Schuhputzer umsatteln sollen. Ich bleibe dabei, der Buchhalter stirbt. So schnell wie möglich.«

»Das ist Vertragsbruch. Wenn sich das rumspricht ...«

»Unterstreicht das nur meinen Ruf als unberechenbarer, gefährlicher Bastard«, sage ich augenrollend.

»Vermutlich hast du recht«, kommt es schwer seufzend aus der Leitung.

»Wenn es dich so sehr belastet, kannst du den Großeltern ja aus eigener Tasche einen Heimplatz organisieren«, stichle ich.

Mein bester Kumpel geht nicht drauf ein. »Wie geht es eigentlich deiner *abuela*?«

»Alles bestens.« Meine Oma ist meine einzige verbliebene Familie. Natürlich kümmere ich mich gut um sie. Finanziell gesehen. Für etwas anderes bin ich seit Beginn meines Feldzugs nicht mehr imstande.

»Nur eine reine Seele schafft es durch die Pforte. Enrico, mi amor, egal, was das Leben bringt, du musst daran denken, hörst du?«

»Por supuesto – natürlich.«

Ich denke daran. Für jeden Wichser, der durch mich krepiert, zünde ich eine Kerze an. Das wird nach der Bestätigung des Buchhalter-Todes nicht anders sein.

»Ich muss Schluss machen. Die Kleine könnte jederzeit aufwachen«, verabschiede ich mich nun einigermaßen versöhnlich.

»Dann noch viel Spaß.«

»Danke, den werden wir definitiv haben.« Ab morgen, wenn ich Amira klarmache, was es bedeutet, wenn man mich erfolgreich in einen triebgesteuerten Idioten verwandelt hat.

Zehn

Enrico

Wir sind wieder auf Tour. Zufällig zu einem Ort im Regenwald, von dem Amira sicherlich begeistert sein wird. Frühmorgens habe ich im Auto das Navi gecheckt und bin unweit der Hütte auf eine kleine *Cenote* gestoßen, die sich perfekt für meine Zwecke eignet.

Noch ist alles um uns herum grün. Hier und da lugt das Blau des Himmels durch das dichte Blätterdach. Ansonsten hat die Szenerie etwas von einem intensiven Farbverlauf. Oben ist es hellgrün, ehe es Richtung Boden immer dunkler wird.

»Was machen deine Füße?«, erkundige ich mich mit einem Blick über die Schulter. Warum können die Trampelpfade auch nicht breiter sein, damit wir nebeneinander laufen können?

»Mir gehts gut, danke der Nachfrage.«

Ich nicke ihr zu und schlendere weiter. Wenn ich mich nicht verzählt habe, liegt unser Ziel hinter der nächsten Abzweigung. Auf ihren Gesichtsausdruck bin ich schon seit dem Frühstück gespannt. Ein klein wenig freue ich mich sogar darauf, zu sehen, wie sich ihre Augen weiten, der Mund sich erstaunt öffnet und … *Bingo, da ist sie.*

Ich bleibe stehen und drehe mich mit möglichst glatter Miene zu ihr um. »Würdest du mir einen Gefallen tun und die Augen schließen?«, frage ich.

»Weswegen? Hast du ein gefährliches Tier entdeckt?«, entfährt es ihr piepsig.

»Ähm, nein.« Kurz gerate ich aus dem Konzept, fange mich aber nach zwei Atemzügen wieder. »Ich habe etwas anderes entdeckt. Also, machst du die Augen zu?«

»Und wenn ich sie öffne, bist du noch da?«

»Was ist das denn für eine Frage? Ich lass dich doch nicht allein in der Wildnis zurück.«

Prüfend schaut sie mich an. Nachdem sie sich von meiner Ernsthaftigkeit überzeugt hat, folgt sie endlich meinem Wunsch, sodass ich sie hochhebe und in meinen Armen zu unserem heutigen Highlight trage.

Als das Türkisblau der *Cenote* in voller Pracht unter uns liegt, stelle ich sie vorsichtig auf die Füße.

»Du darfst sie jetzt öffnen.« Das dichte Blätterdach ist über uns verschwunden, der Himmel komplett zu sehen. Aufgrund der unerwarteten Helligkeit blinzelt sie mehrmals.

»Was … Oh, wow!«

Breit grinsend betrachte ich sie von der Seite. Sie sieht überwältigt aus. Der Ausdruck in ihrem Gesicht ist noch besser als erhofft. Die Zufriedenheit, die ich deswegen verspüre, könnte nicht größer sein.

»Es ist wunderschön«, sagt sie und schaut gebannt nach unten.

Das Süßwasserbecken glitzert einladend. Die Stelle direkt unter uns ist tief, vermutlich ist es von dort möglich, in die unterirdisch liegende Karststeinhöhle abzutauchen. Etwa sechs Meter weiter vorne kann man dagegen bis auf den Grund sehen. Helle, flache Felsen mit Übergang zum Boden des Regenwalds begrenzen die gegenüberliegende Seite. Rechts und links rahmen stattdessen auf einem schroffen Gefälle Farne, schmale Bäume sowie Gesteinsbrocken die *Cenote* ein.

Während Amira sich nicht sattsehen kann, streife ich den kleinen Rucksack mit unserem abgekochten Leitungswasser aufgefüllten Trinkflaschen ab und ziehe Schuhe als auch Kleidung aus. An einem nahegelegenen Baum verknote ich die Habseligkeiten zur Sicherheit und habe dann endlich die volle Aufmerksamkeit meiner Verführerin.

»Was ... was machst du da?«

»Nach was sieht es denn aus?«, frage ich schmunzelnd.

»Du willst baden«, spricht sie das Offensichtliche an.

»Mit dir«, ergänze ich und deute auf ihre Schuhe.

Zögerlich schaut sie aufs Wasser. »Meinst du nicht, dass es vielleicht ... ungesund ist? Wer weiß, wie viele Bakterien ...«

Ich lache. Ihr verletzter und irgendwie beschämter Blick stoppt mich jedoch. Das war kein Scherz. Sie meint das ernst.

Um ihre Bedenken zu entkräften, erzähle ich ihr, dass die größten *Cenoten* sogar Eintritt kosten und man sich dort Schwimmwesten ausleihen kann. »Es ist ungefährlich.« Zumindest solange wir keinen Tauchgang starten.

»Okay«, stößt sie schließlich hervor. »Dann lass uns das Stück runterlaufen. Da vorne ist, denke ich, ein geeigneter Einstieg.«

»Das ist der Ausstieg«, korrigiere ich und bücke mich zu ihren Füßen.

»Es ist ziemlich hoch«, führt sie das nächste Argument an. Mich daran hindern, ihr die Schuhe auszuziehen, tut das allerdings nicht. Valeria hätte ich längst hineingeschubst – vor allem, um nicht selbst gestoßen zu werden. Meine Schwester kannte da kein Erbarmen.

Lächelnd richte ich mich wieder auf und streife Amira in der Bewegung gleich auch das Top über den Kopf.

»Rubén!« Ungeschickt bedeckt sie ihren BH, was mir im Grunde genommen gelegen kommt, da sie mich so nicht davon abhalten kann, ihre kurzen Shorts sowie den Slip loszuwerden.

Ihre Wangen überzieht ein sattes Rot, als sie langsam die Arme sinken lässt. Statt mich mit ihren Blicken zu erdolchen, scannt sie mit hektischen Atemzügen die Umgebung.

»Keiner da. Weder Tier noch Mensch«, beruhige ich sie. *Sólo un monstruo y un ángel.*

Um sie nicht zu drängen, lasse ich ihr Zeit. Zeit, die ich damit verbringe, sie unverhohlen zu betrachten.

Sie ist bildhübsch. Meine Selbstbeherrschung der letzten Stunden verdient definitiv einen Orden. Langsam fahre ich mit dem Daumen an ihrer mir zugewandten Schulter entlang. Dort, wo die Träger des Tops lagen, zeichnet sich ein Sonnenabdruck ab. Er ist ähnlich stark ausgeprägt wie der Übergang von Knöchel zu Fußrücken.

»Was denkst du, wie viele Meter es sind?«, fragt sie.

»Vier? Drei?«, rate ich.

»Und warum sollten wir das Risiko eingehen, uns bei dem Sprung irgendetwas zu brechen?«

Verständnislos sehe ich sie an. Weiß sie nicht, wie viel Spaß das Hineinspringen macht? Hat sie es überhaupt mal ausprobiert? »Es ist sicher«, betone ich mit Nachdruck.

»Na schön, und wie werden wir wieder trocken?«, fragt sie mit bebender Stimme.

»Wir legen uns dort auf den flachen Felsvorsprung und lassen uns von der Sonne brutzeln.«

»Der sieht nicht sehr sauber ...« Sie unterbricht sich, strafft die Schultern. »Okay, das ... ist eine klasse Idee.«

»Willst du den BH anbehalten? Im Wasser werde ich ihn dir sowieso ausziehen und dann verschwindet er vielleicht auf Nimmerwiedersehen.« *Was ich an und für sich nicht sonderlich schlimm fände.*

Ihre Augen werden noch größer als ohnehin schon. Scheint, als würde ihr jetzt erst bewusst, was sie dort unten erwarten wird. Ich trete näher an sie heran. Sehe Gänsehaut, das leichte Zittern ihrer Unterlippe. Ist das Erregung?

»Also?«

»Dann ... dann zieh ihn jetzt aus.«

Oh Santísima, sieht sie gerade süß aus!

Behutsam befreie ich sie von dem Teil und hänge all ihre Sachen ebenfalls an einen Baum. Danach ergreife ich ihre Hand. Gemeinsam laufen wir vor bis zur Kante. Dort positioniere ich mich hinter ihr. Drücke mit links ihre Hüfte an mich, sodass ihr Rücken an meiner Brust lehnt. Dann wandere ich mit der rechten Hand über ihr Schlüsselbein hin zu ihrem Busen.

»Du bist perfekt, weißt du das?«

Sie schnappt nach Luft. Ob als Zustimmung oder Reaktion auf die etwas ruppigere Berührung ihrer Brustwarzen, sei dahingestellt. Ausgiebig kümmere ich mich um ihre steifen Nippel, die sich mir auffordernd entgegenrecken.

Immer wieder höre ich sie vor Lust leise wimmern. Nach geschätzten fünf Minuten prüfe ich, inwieweit sie bereit für mich ist.

»Rubén!«, keucht sie, als ich mit einem Finger in sie dringe und dabei noch härter als sowieso schon werde.

»Denkst du, du schaffst es, nicht zu schreien?«

»Du ... du meinst ... nicht zu ... stöhnen?«, kommt es undeutlich von ihr. Ihr Hintern presst sich verlangend an mich. Ihre Atmung geht extrem schnell.

»Nein, ich meinte schreien«, raune ich an ihr Ohr. Den Finger, der eben in ihr war, halte ich nun an ihren Mund. Wie einen Lippenstift trage ich ihre Nässe dort auf und muss mich stark zurückhalten, sie jetzt nicht zu küssen.

Amira

Oh Dio, was passiert mit mir? Ich bestehe nur noch aus ... Sinnen. Ich schmecke mich. Rieche mich. Höre meinen keuchenden Atem, höre Rubéns tiefe Stimme, die irgendetwas von Schreien und Konsequenzen faselt, die aber nicht wirklich zu mir durchdringt, weil ich mich erneut *auflöse*.

Keine Ahnung, wo meine Beine abgeblieben sind. Würde er mich nicht an der Hüfte an sich drücken, wäre ich längst zu Boden gesunken – oder in den Abgrund gestürzt. Der befindet sich nur fünf Zentimeter vor uns. Eine falsche Bewegung, und das wars.

Ich habe Angst vor der Höhe. Ich habe Angst, mir bei einem Sprung die Knochen zu brechen. Angst, unter Wasser mit dem Kopf gegen etwas zu schlagen und zu ertrinken. Angst, aus dem Wasser gefährliche Bakterien, Viren oder Parasiten aufzunehmen und krank zu werden. Angst, auf dem Felsen von wilden Tieren angegriffen zu werden. Angst ...

Laut stöhnend beuge ich mich vor. Er penetriert mich

mittlerweile mit zwei Fingern. Sie sind unbarmherzig, wild und vor allem schnell. Es tut ein klein wenig weh. Aber es ist ein süßer Schmerz. Einer, der mich reflexartig den Po an seinem Ständer reiben lässt. Einer, der mich Sterne sehen lässt und der gleichzeitig dafür sorgt, dass ich in mir eine Hitze spüre, die jedes Thermometer sprengen würde.

»Ich ... komme!«, stoße ich hervor. Ein letztes Mal drängen sich seine Finger in mich, ehe sie von mir ablassen und es mich innerlich kräftig durchschüttelt. *Halleluja*!

Und dann setzt mein Herz aus.

Der Boden verschwindet, ich falle vorwärts. Schreiend. Ein Gewicht drückt mich beharrlich hinunter. Stabilisiert mich. Rubén! Meine Füße werden nass, gefolgt von meinen Beinen und dem Rest. Himmel, ist das kalt.

Eins, zwei, drei ...

Atmen!

Nein, erst Augen auf.

Es ist still. Ich bin bestimmt noch unter Wasser. Ich kann unmöglich die Augen öffnen. Unmöglich atmen. *Oh Dio*, lebe ich überhaupt noch? Alles in mir kribbelt. Zwei Sekunden später werde ich nach oben gerissen, durchbreche eine Barriere, schnappe unwillkürlich nach Luft und reiße die Augen auf.

»Du hast geschrien«, ruft Rubén lachend. »Du weißt, was das bedeutet, *cariño*.« Er hält mich fest im Arm, verhindert, dass ich untergehe. »Ich bringe uns rüber zum Plateau.«

Wie eine Puppe lasse ich mich zur gegenüberliegenden Seite transportieren. Aus eigener Kraft zu schwimmen, hätte ich mit hoher Wahrscheinlichkeit nicht hinbekommen.

Während der Querung komme ich geistig langsam

wieder zu mir. Meine Atmung ist normal, ich kann das Firmament und die herumfliegenden Vögel problemlos erkennen und ... fühle mich sicher. Und das, obwohl wir noch nicht einmal das Ufer erreicht haben.

Vielleicht, weil sich bislang keine meiner Ängste bewahrheitet hat, ich Rubéns Schwimmkünsten vertraue und sich mein Körper herrlich entspannt anfühlt. Was merkwürdig ist, da das Wasser echt eisig ist.

›Du hast geschrien. Du weißt, was das bedeutet.‹

Was zum Henker meint er damit? Am Rande der Klippe hatte ich das Schreien auf einen Orgasmus bezogen, ehe ich nicht weiter darüber nachdenken konnte, weil die Ängste mein Gehirn gevögelt haben.

In meinem Schritt pulsiert es noch leicht. Ich lächle.

Ungeachtet der Umstände bin ich froh, dass wir heute dieses Wasserloch entdeckt haben. Dass wir uns endlich wieder nähergekommen sind – nachdem meine Massage gestern ein kompletter Reinfall war.

Er ist gut gelaunt. Und wenn er auf Abenteuersex steht, dann weiß ich jetzt wenigstens, wie ich weiter vorgehen muss.

»Alles klar?«

Wir sind angekommen. Ich treibe nicht länger, sondern stehe auf festem Grund. Das Wasser schwappt mir harmlos an den Busen.

Er zeigt hinter sich auf das Plateau. »Ziel erreicht.«

Ich nicke. »Das ... das war krass.«

»Hat es dir gefallen?« Neugierig mustert er mich.

Er steht auf Abenteuersex, nicht vergessen!

»Ja«, hauche ich. Die Lüge fühlt sich komischerweise gar nicht schlimm an.

»Sehr gut, dann wird dir das sicher auch gefallen.« Er zieht mich zu sich und küsst mich.

Instinktiv schlinge ich die Arme um seinen Nacken.

Ähnlich wie bei dem Kuss in der *Casa Donají* fängt er sanft an, ehe er immer ungestümer wird und mein Kopf nicht mehr weiß, wie er Puls, Muskeln und Atmung unter einen Hut bringen soll.

Seine Hände sind überall. Sie gleiten zu meinem Hintern, packen überraschend fest zu und spreizen die Backen bis ins Unerträgliche. *Oh Dio, ich kann doch unmöglich direkt wieder kommen, oder?*

Sie streicheln meinen Rücken und pressen mich im nächsten Moment eng an ihn. Dann wiederum kneifen sie mir in die Brustwarzen, nur um bei meinem instinktiven Aufstöhnen tiefer zu wandern und neckisch an meiner Klit zu reiben. *Himmel hilf!*

Während er mich mit der einen Hand verwöhnt, umfasst die andere bestimmend meinen Nacken und lässt mir keinen Spielraum, um seinem anhaltend intensiven Kuss auszuweichen. Sein Mund hat mich regelrecht gefangen genommen. Oder sind es diese dunklen, hypnotischen Augen, in denen ich mehr und mehr versinke?

Plötzlich spüre ich den Felsen hinter mir. Das Wasser um uns ist aufgewühlt. Genau wie der Blick, mit dem er mich nun bedenkt, als er von meinen Lippen ablässt.

»Winkle die Beine an«, befiehlt er mit rauer Stimme.

»Dann gehe ich unter«, sage ich keuchend.

»Wirst du nicht.«

Skeptisch sehe ich ihn an, widerspreche jedoch nicht weiter und folge mit heftig schlagendem Herzen seiner Anweisung.

Unter Wasser drängt er meine Beine immer höher und klappt sie schließlich einfach auseinander. Dabei übt er genügend Druck aus, sodass ich förmlich an der Felswand klebe, anstatt unterzugehen.

»Siehst du? Es ist kein Problem«, meint er schmunzelnd, ehe er sich noch näher beugt und dicht an meinem

Ohr wispert: »Besonders nicht, wenn ich dich untenrum zusätzlich ... stabilisiere.«

Plötzlich schnellt seine Hüfte vor. Sein harter Schaft dringt auf Anhieb in mich ein. *Jesus Maria!*

Ich weiß gar nicht, wie mir geschieht. Kam dieses genussvolle Stöhnen von mir? Ich bin so ... ausgefüllt und doch nicht gesättigt. Ganz und gar nicht. Diese Art von Hunger, der sich gerade in mir ausbreitet, ist regelrecht überwältigend.

»Bitte«, sage ich zusammenhangslos und klinge dabei wie ein entfesselter Vamp. Überrascht weiten sich meine Augen. Warum ist mir mit einem Male so, als würde ich jedes weitere Wort nur hoch japsend hervorbringen können? Wenn überhaupt ...

Indes zieht sich Rubén zurück, aufmerksam studiert er meine Mimik.

Siehst du, was in mir vorgeht? Was du mit mir anstellst?

Im nächsten Moment legen sich seine Lippen für einen erneuten Kuss fordernd auf meine. Parallel dazu bewegt er seine Hüfte wieder und treibt seinen Penis in einem leidenschaftlichen Rhythmus in mich.

Verlangend stöhne ich in seinen Mund. *Oh Dio*, steh mir bei! Er raubt mir den Atem ... den Verstand ... die Hemmung. *Stoß*. Ich will mehr, brauche mehr. *Stoß*. Alles in mir drängt, mich ihm entgegen zu biegen. Dass ich mich keinen Zentimeter bewegen kann, macht mich ganz verrückt. *Stoß*. So hart, so bestimmend, so unglaublich gut.

Stoß, Stoß, Stoß.

Bitte, dieses Gefühl soll nie wieder aufhören. Diese grenzenlose Erregung, die ungezügelt durch mich hindurchrauscht, soll für immer bleiben. *Stoß*. Ich würde alles dafür geben, ich ... *Stoß* ... explodiere. Zum zweiten Mal.

Heftig krampfen meine Muskeln und bringen mich dazu, hilflos Laute auszustoßen, die ich nie zuvor in Gegenwart eines Mannes von mir gegeben habe. An Scham ist allerdings nicht zu denken, ganz im Gegenteil, ich genieße es, mich selbst zu hören. Gestatte es ihm gern, den Kuss vorübergehend zu unterbrechen und mich stattdessen schwer atmend anzustarren und fester an das Gestein in meinem Rücken zu drücken. Wortlos bohren sich seine Augen in meine. Der Sturm in ihnen hat sich gelegt. Es ist ruhig geworden. Was ich von mir nicht behaupten kann. Stöhnend gebe ich mich kleineren Nachbeben hin, bis er ruckartig so tief in mich stößt, dass ich spitz aufschreie.

Es stört ihn nicht. Oder er nimmt es nicht wahr. Ich glaube, er fühlt ebenfalls diese unbändige Energie, die mich förmlich überrollt hat und seitdem nicht mehr klar denken lässt.

Ich spüre, wie der Punkt, den er mit seiner unnachgiebigen Spitze berührt, anfängt zu vibrieren. Kurz darauf jagen erneut glühende Funken durch meinen Körper. *Oh Dio, ich muss träumen!* Ich schnaufe, keuche, stöhne. Bekomme kaum mit, wie Rubén den Mund zu einem stummen Schrei öffnet und sein Kopf in den Nacken ruckt.

Als er mich danach wieder ansieht, habe ich mich einigermaßen unter Kontrolle, sodass ich mich auf ihn konzentrieren kann. Merkwürdigerweise habe ich für einen Wimpernschlag das Gefühl, einen fremden Mann vor mir zu haben. Sein Gesichtsausdruck hat etwas Verletzliches, überaus Hilfloses an sich. Gleichzeitig wirkt er extrem zufrieden, ausgeglichen und irgendwie entschlossen.

Zwischen meinen Beinen verschwindet die erfüllende Härte. Leere breitet sich aus.

»Du bist rausgerutscht«, murmle ich.

Er lächelt schief, erwidert jedoch nichts. Beinahe zaghaft beugt er sich wieder zu mir. Sein Kuss ist gefühlvoll. Während unsere Zungen einander liebkosen, tastet er erneut an meinen pochenden Schritt. *Mein Mister Nimmersatt.* Ginge es nach den Grundsätzen der Vernunft, müsste ich ihm jetzt Einhalt gebieten. Ich bin überreizt, außer Atem und am Ende meiner Kräfte. Gleichzeitig sind da immer noch diese glühenden Funken, dieses brennende Verlangen nach *mehr*. Außerdem sollte er definitiv ebenfalls einen Orgasmus haben! Er soll genauso viel Spaß haben wie ich. Er soll ...

»Oh!« Wie viele Finger sind in mir?

Drei? Oder sind es sogar vier? Bin ich schon so sehr gedehnt, dass fast seine ganze Hand in mich passt?

Der Gedanke ist irgendwie erregend.

Abermals steigt Hitze in mir auf. Ich beginne zu zucken. Es sind zwei kleinere, aber nicht minder heftige Wellen, die durch mich hinwegrollen und das Wasser um uns in Aufruhr versetzen. Beharrlich werde ich währenddessen gehalten, sodass ich nicht untergehe oder mich gar verschlucke.

Im Anschluss bin ich nichts weiter als ein zitterndes Bündel, das sich mit letzter Kraft verzweifelt an Rubén klammert und von ihm behände aufs Plateau befördert wird.

Weiterhin schweigend rollt er mich auf die Seite und nimmt mich in seine kräftigen Arme. Er ist nicht mehr hart. Was mich einerseits erleichtert, denn ich kann echt nicht mehr, und mich andererseits aber mit Sorge erfüllt. Hat es ihm denn trotzdem gefallen? Oder ist er möglicherweise gekommen, ohne, dass ich es mitgekriegt habe?

Vielleicht hat er abgespritzt, als er bis zum Anschlag in mir steckte? Würde ich nicht verhüten, hätte er mich so bestimmt schwängern können. Oder ist die Tiefe egal? Das Wasser spielt sicher auch eine erfolgsmindernde Rolle …

Ich seufze leise auf. So viele unbedeutende Gedanken, dabei ist nur eines wichtig: Heute ist etwas Unglaubliches geschehen. Unweigerlich verziehen sich meine Mundwinkel zu einem Lächeln. In mir hat es klick gemacht. Ein Schalter hat sich umgelegt, zwar nur für wenige Augenblicke, doch ausreichend lang genug, um mir zu zeigen, dass es mir möglich ist, mich … frei zu fühlen. Angstfrei.

Gebeutelt von mehreren Orgasmen sowie einem Fast-Herzstillstand, liege ich nackt auf einem schmutzigen Stein und statt dass mich alles drängt, aufzuspringen, pocht es in meinem Brustkorb stolz vor sich hin. ›Amira, gut gemacht‹, lobe ich mich selbst.

»Bist du okay?« Warmer Atem streift mein Ohr.

»Ja, danke«, erwidere ich und drehe mich schwerfällig zu ihm um. Der verletzliche Ausdruck ist kaum mehr zu erahnen. Auch wenn seine Züge nach wie vor Entschlossenheit und Zufriedenheit ausstrahlen, blickt mich hier ein Mann an, der einem das Gefühl vermittelt, die ganze Welt bezwingen zu können. *Notfalls mit Gewalt.* Seine Kartellzugehörigkeit und die damit verbundene Gefahr, die ihn umgibt, werden mir mit einem Schlag wieder bewusst. Unwillkürlich beiße ich mir auf die Unterlippe.

Seine Augen sind so dunkel, quasi düster … mächtig. Er könnte mich einfach erschießen. Vielleicht nicht jetzt im Moment, aber wenn ich einen Fehler mache, wird er es mich garantiert büßen lassen.

»Woran denkst du?«

Allerdings: Bislang war er mir gegenüber freundlich und zuvorkommend.

»Ach, nur an so 'nen Kerl.« Vielleicht tue ich ihm unrecht.

»Sag mir, wie er heißt und wo er wohnt«, sagt er mit einer Schärfe in der Stimme, die mich direkt wieder verunsichert.

»Was?« Ich klinge viel zu ängstlich ...

»Damit ich ihm einen Besuch abstatten kann. Keiner sollte ungestraft für solch eine besorgte Mimik verantwortlich sein«, begründet er ruhig. Forschend sieht er mich an. »Du hast gesagt, dass du keinen festen Freund hast.«

»War nicht gelogen.«

»Eine Freundin?«

»Ähm, nein.«

»Gut.« Rubén setzt sich auf, wendet sich zum Wasser.

Ich mache es ihm nach. Der Anblick ist immer noch wunderschön. Und wunderbar ablenkend. Ich sehe in nächster Nähe drei gelbe Schmetterlinge, die munter umherfliegen, mehrere Vögel mit einem blauschwarzen Federkleid sowie einen etwas größeren Affen, der aber so weit oben im Geäst schwingt, dass er mir keine Angst macht. Jetzt, wo mein hektischer Atem auch nicht mehr alle Geräusche übertönt, nehme ich wahr, wie laut es hier eigentlich ist. Es raschelt, rauscht, zirpt, brüllt. Eine lebendige Szenerie, die uns umschließt ... und hoffentlich unbeschadet ziehen lässt.

»Ich würde gerne mehr Zeit mit dir verbringen. Was hältst du davon, wenn wir noch ein wenig länger hierbleiben?« Träume ich? Hat er das gerade tatsächlich gefragt?

»Du meinst hier in der Hütte, also im Regenwald?«

Er nickt.

»Sehr gerne«, krächze ich. Im Geiste mache ich tausend Luftsprünge. Das ist doch fast zu schön, um wahr zu sein. Mein Entführungsopfer will von allein länger bleiben. Ich muss nicht befürchten, nach Ablauf der eigentlich vereinbarten Zeit überwältigt zu werden, muss mir keine Gründe zum Bleiben einfallen lassen, muss nicht aufregende Sexualpraktiken, die ich nur vom Hörensagen kenne, in Aussicht stellen. Na gut, Letzteres sollte ich weiterhin auf dem Schirm haben, denn wer weiß, wie ausdehnend er sich die Verlängerung vorstellt. Zudem ist *müssen* an der Stelle das falsche Wort …

Elf

Enrico

Ich habe die Büchse der Pandora geöffnet und es könnte mir nicht besser gehen. Schon eine ganze Woche lang fühle ich mich wie berauscht. Seitdem ich die Mafiaprinzessin in der *Cenote* genommen habe, vergeht kein Tag, in dem ich ihr nicht die Konsequenzen ihrer Verführung verdeutliche.

Ja, ich mag schwanzgesteuert sein. Ich bin eine verdammte testosterongeladene Maschine, die einmal angeschmissen kein Ende kennt. *Selbst wenn du noch hektisch deinen zweiten Orgasmus wegatmest, cariño.*

Lächelnd lasse ich mich neben dem Limonenbäumchen in eine Plank hinab. Der Platz ist zu meinem Workout-Ort geworden. Morgens wie abends mache ich für eine halbe Stunde Kräftigungs- sowie Konditionsübungen. Manchmal leistet mir meine Verführerin Gesellschaft, probiert sich an zwei Sit-ups, ehe sie es vorzieht, mir auf ihrem ausgebreiteten Handtuch träge zuzusehen. Vielleicht stellt sie sich in Gedanken auch schon auf unsere gemeinsame Fitnesseinheit ein.

Ich lasse ihr kaum eine ruhige Minute. Nehme sie im

Bett, auf der Couch, an der Küchenzeile ... heute Morgen musste ein Esstischstuhl herhalten. Nach meinem HIT-Training bin ich schweißüberströmt zu unserer Behausung gelaufen und habe Amira davor geschäftig hin und her wuseln sehen. Sie hat die einzigen zwei Stühle nach draußen getragen, in einigem Abstand aufgestellt und mehrere Schnüre zwischen ihnen gespannt. Gewissenhaft hat sie daran die nasse Wäsche aufgehängt. Als sie fertig war, habe ich es mir mit heruntergelassener Hose auf einem der beiden bequem gemacht.

»Aufsteigen«, habe ich gesagt und sie hat keinen Moment gezögert. Der verlangende Ausdruck in ihren Augen brachte mich innerhalb weniger Minuten lautstark zum Kommen.

Langsam stemme ich mich hoch, lockere die Arme, schüttle die Beine aus. Als ich den Kopf im Nacken kreisen lasse, überlege ich, auf welche Weise ich es der Kleinen später noch besorgen soll. Ihr Stöhnen ist himmlisch. Ihr ganzer Anblick nicht von dieser Welt. Kein Wunder, dass ich in der *Cenote* zum ersten Mal in meinem Leben den Drang verspürt habe, eine Frau markieren zu wollen.

Wie ein wildes Tier.

Ich schnaube auf. Ein Tier wäre während seines Höhepunkts nicht so kontrolliert gewesen, hätte es nicht geschafft, still zu sein, um möglichst alles von ihr aufzunehmen. Jeden Atemzug, jedes Keuchen, jede gottverdammte Regung. Ich glaube, ihr war in dem Moment gar nicht bewusst, dass ich in ihr gekommen bin. *Extrem tief und verflucht lange.*

Meine Mundwinkel zucken. Die Male danach habe ich äußerst geräuschvoll sichergestellt, dass sie es ja mitkriegt. Meine Mafiaprinzessin.

Als ich gerade beschließe, sie später zunächst für

einen Blowjob zu begeistern, höre ich sie panisch aufschreien.

Sofort spannen sich sämtliche Muskeln in mir an. Ich sprinte los. Haben wir etwa Besuch? Hat uns jemand entdeckt?

Erneut gellt ein hoher Schrei über die Lichtung.

Sie ist in der Hütte. Ein Raubtier kann unmöglich hineingefunden haben, wir achten stets darauf, dass die Tür geschlossen ist. Also müssen es Menschen sein. Rubéns Männer, die laut Fernando seit Tagen in der Nähe meines Apartments in Puerto de Veracruz herumlungern und uns nun auf die Spur gekommen sind?

Kurz bevor ich die Seite der Hütte erreiche, an der sich die Tür befindet, drücke ich mich an die Mauer und greife an meinen Knöchel. Zwei Sekunden später halte ich mein Klappmesser bereit zum Einsatz vor mich. Vorsichtig spähe ich um die Ecke. Die Tür ist geschlossen, niemand ist zu sehen.

Ein Schrei. *Verdammte Scheiße, was machen die Wichser mit ihr?*

Ich schleiche zum Fenster. Drinnen ist es dunkel, trotzdem bin ich sicher, dass im Hauptraum niemand ist. Auf leisen Sohlen trete ich kurz darauf ein. Höre Amira laut und verzweifelt weinen. Es ist das furchtbarste Geräusch, das ich in den vergangenen Monaten gehört habe.

Mein Blick eilt zu dem Versteck der Smith & Wesson. Reicht die Zeit, um sie mir zu holen? Ich entscheide mich dagegen.

Mit geschärften Sinnen durchquere ich den Raum und begebe mich in den kleinen Flur. Das Bad ist hell erleuchtet. Auf dem Toilettendeckel steht komplett aufgelöst meine Entführerin. Schnell vergewissere ich mich, dass niemand sonst da ist und sich auch im Schlafzimmer kein Gangster verschanzt hat.

»Stopp!«, brüllt Amira, als ich zu ihr ins Bad gehen will.

»Was ist los?«

Bebend deutet sie auf die Schwelle zwischen Bad und Flur. Stirnrunzelnd sehe ich zu Boden, direkt auf eine faustgroße, schwarze Spinne. Reglos sitzt sie auf dem Dielenbrett.

Ich packe mein Messer weg.

»Was machst du?«, kreischt es fassungslos aus der Nasszelle. »Du musst sie töten! TÖTEN!«

Ich verkneife mir ein unangebrachtes Schmunzeln. Vor Erleichterung würde ich am liebsten auf Amira zulaufen und sie einmal fest an mich drücken. Aber das hier ist natürlich ernst. Der Stoff aus dem Mädchenalbträume gemacht sind. Meine Schwester wurde nie müde, das zu betonen. Im Vergleich zu Amira hatte sie ihre Spinnenphobie jedoch deutlich besser im Griff. So blass, wie die Kleine ist, könnte sie mir gleich vom Klo fallen ...

In Zeitlupe beuge ich mich hinunter zu dem ungebetenen Gast.

Jede Bewegung wird argwöhnisch beäugt, sowohl von der Italienerin als auch von der Spinne selbst. Jedenfalls gehe ich davon aus, da ihre Vorderbeine schon fluchtbereit zucken. Doch bevor sie Reißaus nehmen kann und ich deshalb noch zur Nachtwache verdonnert werde, weil sie womöglich unter die Bettdecke huschen könnte, schnappe ich sie mir.

Ihr weicher Körper ist überraschend schwer.

»Du musst sie töten, nicht einfach rausbringen, damit sie wiederkommt«, wird mir befohlen. Die Gute ist immer noch voller Panik.

»Die ist nicht giftig. Ihren Biss würdest du vermutlich nicht einmal merken.«

»TÖTEN!«

Okay, falsche Antwort, da schlagen wohl die Mafiagene durch. Ihr Atem geht schneller als bei unserer letzten Nummer.

»Und wenn ich keine ungefährlichen Tiere töte?«

›Enrico, beruhige sie, entfache keine Diskussion!‹, schreit mich ein inneres Stimmchen an. Ich ignoriere es. Aus unerklärlichen Gründen braut sich in mir etwas zusammen.

»Das ist kein Tier, das ist ein Monster!« Tränen tropfen ihr vom Kinn.

Verflucht, was hätte sie gemacht, wenn ich nicht gekommen wäre? Sich die Seele aus dem Leib schreien und dann ohnmächtig umkippen? Am besten dabei mit dem Kopf aufs Waschbecken schlagend?

»Ich töte sie nicht«, brumme ich. Warum werde ich gerade wütend?

»DU MUSST.«

Ich ziehe eine Augenbraue hoch. Sie schiebt ein »Bitte« hinterher. Bringt ihr bloß nichts.

»Wenn du sie hier nicht haben willst, gibt es nur zwei Möglichkeiten. Entweder ich trage sie nach draußen ...« Wild schüttelt sie den Kopf. »Oder du tötest sie selbst.«

Die Geräusche, die sie ausstößt, hören sich nicht wie ein Satz an.

»Du hast drei Sekunden, um zu entscheiden. Bei drei nehme ich dir die Entscheidung ab und schaff sie zurück in den Regenwald«, drohe ich.

»Nein.« Sie wimmert, schnieft, wünscht mich wahrscheinlich gedanklich in die Hölle und kommt dann doch millimeterweise angeschlichen.

»Wie ... wie ... töten?«, haucht sie schwach.

»Mit dem Messer in meiner Hosentasche«, weise ich sie beherrscht an. *Komm her, Prinzessin, du packst das, das ist kein Puma, nur ein kleines ekelerregendes Ding.*

Als sie schließlich das Messer ausgestreckt von sich hält, zittert sie derart stark, dass ich ihre Finger mit meiner freien Hand umschließe. Besser, ich führe sie und dosiere die Kraft, am Ende ziert sonst eine üble Stichwunde meine Handfläche.

»Einfach von oben runter, ganz easy«, sage ich, drehe die Hand, mit der ich die Spinne fest gepackt habe, entsprechend um und positioniere die Waffe zwei Zentimeter über dem Bauch des Störenfrieds. Auf dem Rücken liegend zucken dessen Beine angsterfüllt durch die Luft. Dann suche ich Amiras Blick. Nimmt sie die Situation überhaupt noch klar wahr?

Amira

Ich bin eine Marionette. Kalt, ungelenk und absolut willenlos. Zumindest, was meine schlotternden Gliedmaßen betrifft, die habe ich nämlich kaum unter Kontrolle. Das Messer wäre mir längst aus der Hand gefallen, würde Rubén mich nicht lenken.

Noch ein Zentimeter.

Das Monster muss sterben. Das Monster muss sterben. Das Monster muss sterben.

Wenige Millimeter.

Wie der Zielpunkt einer überdimensionierten Dart-Scheibe liegt der schwarz-rötlich schimmernde Bauch still unterhalb der Klinge, während die gigantischen Beine den Kampf aufgenommen haben. Wenn ich nicht aufpasse, werden sie mich attackieren.

»Tu es«, höre ich es von weit her. ›*Tu es*‹, schreit es in mir und doch kann ich mich nicht bewegen. Nicht so, wie ich will.

Den Arm kann ich vergessen, die Hand gehorcht

mir nicht. Ich kann sie nicht einmal mehr fühlen. Sie ist ein Fremdkörper, ein Verräter. Genauso wie meine Beine, die es zwar noch zu kaschieren versuchen, aber so sehr wie die Oberschenkel und Knie zittern, ist es nur eine Frage der Zeit, bis sie den Dienst quittieren. Und der Rest? Mein Oberkörper ist wie in einem unsichtbaren Korsett gefangen. Das Atmen fällt mir schwerer als noch vor ein paar Minuten. Bald werde ich ersticken. Der Sauerstoff im Gehirn wird schon weniger. Ich spüre das Kribbeln, den nahenden Schwindel.

»Jetzt, Amira.«

Einer der behaarten Spieße kommt mir gefährlich nah.

Ich schreie auf. Es setzt etwas frei. Einen Impuls, einen letzten Funken Energie. Ich spüre meine Hand wieder. Sie wird warm. Heiß. Sämtliches Blut verlässt seine geordneten Bahnen, fließt dorthin, wo es gebraucht wird; in die Hand, die mich retten kann.

Erneut schreie ich. Ein Kampfschrei, der alles andere übertönt, der mich selbst erschreckt und zugleich bestärkt. Die Klinge trifft auf Widerstand, doch mit nur ein bisschen Druck gleitet sie durch das Monster, spießt es erfolgreich auf.

Ich muss würgen, sehe den Todeskampf, die nicht aufgeben wollenden Beine und lasse los. Wie hinter einem Schleier nehme ich wahr, wie Rubén ein weiteres Mal zusticht, ehe der Feind besiegt ist und aus meinem Sichtfeld verschwindet. Ich schlucke Galle hinunter, plumpse apathisch zu Boden.

Minutenlang starre ich auf die Stelle, an der ich die Spinne zum ersten Mal gesehen habe.

»Amira, folge meiner Stimme. Einatmen, 60, 59, 58, ausatmen, 57, 56, 55, einatmen …«

Alles ist gut. Sie ist tot, kann mir nichts mehr anhaben. Alles ist gut …

Nur langsam beruhigt sich mein Atem. Angst zu ersticken habe ich keine mehr, der Schwindel ist aushaltbar, nimmt nicht überhand.

»Einatmen, 6, 5, 4, ausatmen …«

»Ich habe sie getötet«, krächze ich schließlich.

»Ja.«

Meine Hand fühlt sich immer noch an, als bestünde sie aus purer Lava. Ansonsten ist mir kalt. Die Beine, der Bauch, das Herz – alles schockgefrostet.

Ich habe getötet. Keinen dünnen Weberknecht, den man nicht spürt, wenn man ihn mit einem Schuh plattmacht. Nein, es war ein richtiger Körper.

Der Körper eines … Monsters!

Beruhigend wird mir erst über den Rücken gestreichelt, ehe ich hin und her gewiegt werde.

Ich weiß nicht, wie lange wir auf den Badezimmerboden gekauert sitzen, aber irgendwann ist die Panikattacke vorüber und ich restlos erschöpft. Während mein Körper die Auswirkungen der Strapazen allmählich verarbeitet und mein Geist zu Ruhe kommt, taut mein Herz auf.

Sie war größer als eine Maus. Nur wegen …

Ich schluchze auf. Ein Lebewesen musste sterben, weil ich mich nicht im Griff hatte. »Ich bin ein Monster.« Ich bin eine Entführerin und eine Mörderin.

»Das bist du nicht. Menschen tun eine Menge Dinge aus Angst, das macht sie noch lange nicht zu Monstern«, hält Rubén dagegen.

»Ich habe sie gespürt«, wispere ich schniefend. Ich schmecke das Salz meiner Tränen, den Rotz, der mir seit geraumer Zeit aus der Nase quillt und mich in Sachen

Attraktivität rigoros abstürzen lässt. Es ist mir egal. Aktuell zählt nur die tote Spinne.

»Monster, Monster, ...«, murmle ich und schlage mir die Hände vors Gesicht. Bestimmt hatte sie noch viel größere Angst als ich.

»Die erste Tötung ist die schwierigste, besonders danach«, sagt der Mann, der mich in seinen Armen hält und sich dabei gewiss nicht auf bestialische Spinnenmorde bezieht. Doch in dem Moment ist mir auch das gleich, denn je länger ich mich auf seine tiefe, ruhige Stimme konzentriere, desto verstandener und geborgener fühle ich mich.

»Es wird mit der Zeit einfacher, aber das dauert. Zunächst ist es verstörend. Bis es plötzlich zur Routine wird und du dabei keinerlei Ehrfurcht, Reue oder gar Angst mehr empfindest. Stattdessen ...« Er stockt, scheint zu überlegen und setzt dann von vorne an. »Ich habe mit 21 Jahren zum ersten Mal das Messer benutzt.«

»Wegen einer Spinne?«

»Hm.«

»War sie auch so groß?«

»Größer, viel größer«, meint er gedankenverloren und lehnt seine Schläfe an meine.

»Du fürchtest dich nicht vor Spinnen, warum hast du sie getötet?«, frage ich und blende die Möglichkeit aus, dass wir nicht über dasselbe sprechen.

»Wegen meiner Schwe... wegen einer Frau.«

Ein Schauder überkommt mich, dicht gefolgt von einer leichten Gänsehaut. Will ich wirklich mehr wissen? Er hat wegen einer Frau getötet.

»Wie oft hast du für sie ... eine Spinne erledigt?«

»Oft, ich habe schon lange nicht mehr mitgezählt.«

Zischend ziehe ich die Luft ein. Er ist ein Serienkiller – bezogen auf Spinnen ... Schlangen ... und ...

»Warum hast du sie heute nicht getötet? Für mich?«

»Ich töte keine ungefährlichen Tiere.«

»Dann waren die Spinnen, die du für die Frau gekillt hast, alle ... giftig?«

»Kann man so sagen.«

Ich wische mir mit dem T-Shirt-Zipfel übers Gesicht und drehe mich dann zu ihm um. Seine Mimik ist ausdrucksleer. In seinem Blick erkenne ich weder Wärme noch Kälte.

›*Zunächst ist es verstörend. Bis es plötzlich zur Routine wird und du dabei keinerlei Ehrfurcht, Reue oder gar Angst mehr empfindest. Stattdessen ...*‹

»Hat ... hat es dir Spaß gemacht?«

»Warum zum Teufel sollte es mir denn Spaß machen?«, erwidert er stirnrunzelnd, ehe er sich seufzend hochstemmt. Seine Antwort erleichtert mich. Sie klingt nicht psychopathisch und damit ungefährlicher, als sie vermutlich sein sollte.

»Mir hat es auch keinen Spaß gemacht«, flüstere ich und lasse mich widerstandslos hochziehen.

»Komm, ich habe eine Idee.«

Wir laufen ins Wohnzimmer. Als ich auf der Sitzbank Platz nehme, kramt er aus einer der Küchenschubladen zwei Teelichter und eine Streichholzschachtel hervor.

Kurz darauf flackern zwei kleine Flämmchen auf dem Esstisch.

»In Gedenken an die Spinne und die Schlange – *que descansen en paz*, ruhet in Frieden.«

»Amen«, ergänze ich und falte unbewusst die Hände. Eigentlich bin ich kein gläubiger Mensch, zumindest nicht so sehr, dass ich sonntags mit in die Kirche gehe. Nicht mehr. Bevor die Sache mit meiner Mutter war, sind wir als Familie einmal die Woche in den Gottesdienst gegangen. Das war Tradition, obwohl ich – je älter ich wurde – immer stärker mitbekommen habe, dass der Gang in die Kirche mehr mit Machtdemonstration und unheiligen Geschäften als mit purem Glauben zu tun hatte.

»Amen«, sagt nun auch Rubén und unterstreicht damit die andächtige, feierliche Stimmung, die sich in unserer Hütte ausbreitet.

Es dauert eine Ewigkeit, bis die Teelichter niedergebrannt sind und die Reise unserer Opfer ins Jenseits abgeschlossen ist. So jedenfalls meine Vorstellung, die bewirkt, dass ich darin etwas Tröstliches finde.

Nächstes Mal muss ich meine Angst besiegen! Nie wieder soll ein Lebewesen meinetwegen sterben müssen.

Es ist weit nach Mitternacht, als ich allein im Bett aufwache. Angestrengt lausche ich, ob Rubén vielleicht im Bad ist, doch da ist nichts. Kein Geräusch, das auf eine Klospülung hindeutet, kein sanftes Zudrücken einer Tür.

Unruhig setze ich mich auf. Was treibt er bloß?

Oder schläft er auf der Couch, weil ihm mein verheulter Anblick noch im Gedächtnis ist und er mich deswegen nicht anfassen will?

Die letzten Tage konnte er kaum die Finger von mir lassen. Immerzu haben sie mich erforscht, penetriert und zum Stöhnen gebracht. Unwillkürlich lecke ich mir über die Lippen und tapse erregt aus dem Schlafzimmer. Im Bad ist er wirklich nicht. Wenn er auf der Couch schläft, soll ich ihn dann überraschen, indem ich unter seine Decke schlüpfe und mich an ihn schmiege? Wird er die Aufforderung verstehen? Oder mich für einen Einbrecher halten und mir wehtun?

Als ich das Wohnzimmer betrete, kann ich aufgrund

des durch das Fenster scheinenden Mondlichts erkennen, dass Rubén nicht in der Hütte ist.

Sofort schnellt mein Puls in die Höhe.

War ich ihm vorhin zu viel? Hat er genug von mir? Schon wieder eine Panikattacke begleiten zu müssen, war bestimmt anstrengend. War er genervt, und hat beim Abendessen deswegen kaum ein Wort gesagt?

Mist, was soll ich jetzt bloß tun? ›Ihn suchen, du Depp, beweg deinen Hintern, aber *pronto*!‹, brüllt mich meine bis eben verscheuchte Panik an.

Mechanisch strebe ich zur Eingangstür. Als ich sie öffne, fällt mir ein, dass ich die Taschenlampe holen sollte. *Und eine Waffe.*

Und wo hatte ich die Autoschlüssel versteckt? Bevor ich kopflos hinausrenne, sollte ich kontrollieren, ob sie noch da sind!

Aber dann verliere ich Zeit!

Autoschlüssel, Taschenlampe, Waffe. Nur, was für eine? Ein stumpfes Buttermesser? Eine Gabel?

Der Besen!

Ich mache auf dem Absatz kehrt. Prüfe, ob die Schlüssel weiterhin unter dem Nachttisch liegen. Als ich den Bund fühle, bin ich erleichtert. Bedeutet, er ist nicht über alle Berge, sondern wird in der Nähe sein. Vielleicht musste er sich die Füße vertreten und hatte gar nicht die Absicht, zu verschwinden? Seine Reisetasche ist schließlich ebenfalls noch da.

Etwas beherrschter suche ich die Taschenlampe, hole mir den Besen aus dem Flur und schlüpfe in meine Sandalen. Dabei fällt mir auf, dass ich mal wieder nur in Unterwäsche unterwegs bin. *Prima.*

Doch statt erneut umzukehren, wage ich mich endlich vor die Tür. Wirklich kalt ist es nicht. Ich werde nicht erfrieren – höchstens zerfleischt.

Mit aller Macht unterdrücke ich die unterschwelligen Sorgen und konzentriere mich ganz auf meine Mission: Rubén finden, ihm die Leviten lesen und dann schlafen. Idealerweise mit ihm.

Ich nicke mir bestätigend zu.

›Die Autoschlüssel und seine Reisetasche sind unangetastet, er wollte garantiert nicht komplett verschwinden. Er wird von allein wiederkommen‹, gibt ein rationales Stimmchen in mir zu bedenken.

›Mag sein, aber was, wenn er meine Hilfe braucht?‹, halte ich dagegen.

›Bei was könnte er denn deine Hilfe benötigen? Hast du ihm vorhin nicht zugehört? Er hat Erfahrung im Töten ...‹

›Und was, wenn er gesehen wird? Von irgendjemandem fotografiert wird oder sonst wie auffällt?‹

›Von den Kojoten? Wir sind in der Wildnis, es ist dunkel, die Chancen dafür sind äußerst gering. Am besten du gehst wieder rein, bevor dich ein Raubtier als Mitternachtssnack entdeckt!‹

Unsicher lasse ich meinen Blick über die Lichtung schweifen. Niemand in Sicht, weder mein Entführungsopfer noch ein wildes Tier.

Ich beschließe, einmal die Hütte zu umrunden und danach neu abzuwägen. Mit laut pochendem Herzen laufe ich zur Hinterseite und habe Glück.

Rubén!

Ich will ihm zurufen, halte mich aber spontan zurück.

Wie eine Statue steht er reglos neben dem Limonenbäumchen. In der einen Hand hält er eine größere Kerze, die ich in der Hütte bislang nicht gesehen habe. Ungestüm tanzt die Flamme durch die Dunkelheit. Durch ihren Schein kann ich die Hälfte seines Gesichts erkennen.

Seine Lippen bewegen sich. Spricht er ein Gebet? Starr sind seine Augen auf das Licht gerichtet. Er sieht wütend aus. Düster. Unheimlich.

Noch scheint es, als hätte er mich nicht bemerkt. Ich setze einen Schritt zurück, knipse die Taschenlampe aus.

Was macht er da?

Er spricht schneller, lauter und doch kann ich nicht deutlich verstehen, was er sagt. Jetzt ist er verstummt, wirft den Kopf in den Nacken, schließt die Augen. Sein anderer Arm bewegt sich in der Dunkelheit. Was hat er in dieser Hand? Spontan denke ich an ein Handy, aber da seines definitiv kaputt ist und ich keines mehr besitze, kann es das nicht sein. Das Klappmesser?

Hat er sich gerade am Hinterkopf gekratzt oder rituelle Bewegungen vollzogen, um seinem Opfer Respekt zu erweisen?

Dass er die Kerze für einen Verstorbenen angezündet hat, steht für mich zu hundert Prozent fest. Nach heute ist das die naheliegendste Begründung. Für einen Waldspaziergang reicht der Schein der Kerze nämlich bei Weitem nicht aus, da hätte er eher die Taschenlampe mitgenommen.

Santa Muerte – hat er sie eben angebetet? Die gruselige Todesgöttin, die hier in Mexiko bedingungslos verehrt wird?

Ich beiße mir auf die Lippen, weiß nicht, was ich von all dem halten soll. Fest steht jedoch, dass sich meine Lust gerade hinter einem großen Berg namens Unbehagen versteckt. Ich werde nicht auf mich aufmerksam machen. Ihm keine Standpauke halten und mich nicht im Bett nackt an ihn kuscheln. Stattdessen schleiche ich im Mondschein zurück, ziehe die Schuhe aus, platziere den Besen an Ort und Stelle und verschwinde unter das abgekühlte Laken. *Wäre ich doch nur nicht aufgewacht.*

Zwölf

Amira

Es dämmert bereits. Ob der Mond heute wieder sichtbar sein wird? Vielleicht diesmal sogar in Gänze? Noch kann ich ihn nicht erkennen, sodass ich schließlich den Blick vom Firmament über die Bäume und Sträucher hin zu dem nassen Boden vor unserer Hütte schweifen lasse. Kurz bevor wir von unserer nun sechsten Erkundungstour eintrafen, hat es angefangen regelrecht zu schütten. Wie aufs Stichwort spüre ich, wie sich einzelne Tropfen aus meinen immer noch nassen Haaren ihren Weg nach unten bahnen und meinen Rücken benetzen. Das helle T-Shirt, das ich mir bei unserer Ankunft übergezogen habe und das gerade mal so den schwarzen Slip bedeckt, wird hinten bald kaum mehr trocken sein. Ursprünglich bin ich davon ausgegangen, es sowieso nicht lange anzuhaben, doch durch die geschäftigen Geräusche aus dem Küchenbereich wird mir klar, dass Rubén andere Pläne hat.

Nachdenklich ziehe ich die untere Lippe zwischen die Zähne. Nachdem ich ihn mit der Kerze beobachtet hatte, war ich regelrecht erleichtert gewesen, dass er in dieser Nacht nicht meine Nähe gesucht hat. Tagsüber war er in sich gekehrt, beinahe schon distanziert. Irgendetwas scheint ihn zu beschäftigen, aber als ich mich schließlich dazu durchgerungen habe, nachzufragen, ob alles in Ordnung sei, hat er bloß abgewinkt und mich im nächsten Moment mit seinen Fingern an meiner Mitte abgelenkt. Seine Berührungen waren sanft und doch stellten sie keine wirkliche Verbindung zwischen uns her. Es war ihm anzusehen, dass er nicht auf mich fokussiert war, dass ... *ich in dem Augenblick nichts in ihm auslöste* und er mich vermutlich nur anfasste, damit ich nicht weiter nachbohrte.

An dem Abend hat er mich zum ersten Mal nicht zum Kommen gebracht. Mein Stöhnen war gespielt, die Erinnerungen an die unheimliche Situation viel zu präsent.

Ich weiß nicht, ob er meine Beklommenheit gespürt hatte. Am Folgetag war er mir gegenüber zwar weiterhin verschlossen und hielt mich eher auf Abstand, nachts allerdings zog er mich schon beinahe verzweifelt in seine Arme. Zumindest bilde ich mir ein, dass es so war. Als ich seine Härte in mir gespürt habe, wollte mein eigenwilliger Körper plötzlich nichts mehr von der Sache mit der Kerze wissen. Ausgehungert habe ich mich an ihn gekrallt und wollte nichts sehnlicher, als dass alles wieder so wird wie zuvor.

Ich seufze und atme dann tief den unverwechselbaren Geruch von nasser Erde gepaart mit dieser speziellen, süßlichen Duftnote ein. Die rote Blüte, die unweit des Schlafzimmerfensters wächst, zählt hier eindeutig zu meinen Lieblingsblumen. Am liebsten würde ich sie permanent unter meine Nase halten.

»Abendessen ist fertig«, brummt es hinter mir.

Nickend drücke ich die einfache Glasscheibe zu. Als

ich mich umdrehe, ist Rubén längst verschwunden. Erneut seufze ich und setze mich in Bewegung. Wie lange das wohl so weitergeht? Schlimmstenfalls eröffnet er mir, demnächst abreisen zu wollen. »Riecht lecker«, lobe ich lächelnd sein karges Reisgericht und bemühe mich nach Kräften, ihn aus der Reserve zu locken. Er soll sich hier gut fühlen. Mich wieder mehrmals am Tag nehmen und an nichts anderes denken.

»Es ist nur Reis mit ein paar Kräutern«, sagt er stirnrunzelnd.

»Schmeckt bestimmt trotzdem super.«

Er zuckt die Schultern. Eine Sekunde später ist er aus dem Zimmer gelaufen.

»Hast du keinen Hunger?«, rufe ich ihm nach, erhalte jedoch keine Antwort. Kurz darauf erscheint er mit einem Handtuch, das er mir schweigend hinhält. Ich bedanke mich und mache mich dran, meine Haare trocken zu rubbeln. Mittlerweile hat die Feuchtigkeit nicht nur den Stoff auf meinem Rücken, sondern auch die obere Vorderseite durchweicht. Und obwohl meine BH-losen Brüste sich nun deutlich unter dem T-Shirt abzeichnen, schenkt Rubén mir keinen weiteren Blick. Konzentriert schaufelt er sich eine Portion auf den Teller und beginnt in einem rasenden Tempo, das Essen zu vertilgen.

Er ist fertig, als ich gerade mal die Hälfte meines Tellers verspeist habe.

»Ich habe keine Lust, morgen wieder auf Erkundungstour zu gehen.«

Kurz stockt mir der Atem, doch ich schaffe es, meinen Bissen zu vollenden. »Dann legen wir eben einen Erholungstag in der Hütte ein«, schlage ich mit überraschend kräftiger Stimme vor.

»Nein, lass uns lieber mal woanders hinfahren.«

Von einer Sekunde zur anderen spannen sich all

meine Muskeln an. Ist heute der Tag, an dem ich ihn mit Gewalt … *haha, Gewalt* … am Weggehen hindern muss?

»Wir sind in der Los Tuxtlas Region, zum Strand sollte es nicht allzu weit sein. Ein kleiner Trip ans Meer ist zur Abwechslung bestimmt nett.«

In meinem Kopf rattert es. Wie gefährlich wäre dieser Ausflug für uns? Eigentlich ist es ein unnötiges Risiko.

»Wir könnten dann auch den Müll mitnehmen, ihn weiter zu bunkern, lockt nur die Tiere an und es beginnt zu stinken.«

Ein Thema, über das ich ebenfalls schon länger nachgedacht habe und noch zu keiner befriedigenden Lösung gekommen bin.

»Sag ruhig, wenn du keine Lust hast, dann fahre ich alleine und du bleibst eben hier.«

»Nein«, stoße ich heftig hervor.

Er zieht eine Augenbraue hoch.

»Wir … wir fahren zusammen. Aber erst nachmittags … okay?« Dann begegnen wir hoffentlich weniger Menschen.

»Wie du meinst«, kommt es von ihm gleichgültig zurück.

Erleichtert nicke ich. Der Appetit ist mir vergangen. Um mir nichts anmerken zu lassen, würge ich dennoch die restlichen Bissen hinunter und entschuldige mich dann, wegen angeblich fieser Kopfschmerzen früh schlafen gehen zu wollen.

Die Sache entgleitet mir. Wenn er nach dem Ausflug immer noch in dieser merkwürdigen Stimmung ist und mich tagsüber nicht mehr berührt, wars das. Er wird zurückwollen, in seinen bestimmt weitaus abwechslungsreicheren Alltag abtauchen und sich mit spannenderen und vor allem mutigeren *Chicas* vergnügen wollen. Dann habe ich haushoch versagt. Als Entführerin sowie als Frau.

In der Nacht hat er mich nicht angefasst. Und da ich durch die vermeintlichen Kopfschmerzen ja ausgeknockt war, habe ich ebenfalls nichts versucht. Auch heute Morgen nicht. Fakt ist: Ich hänge mental am seidenen Faden. Mein Körper will Sex, während mein Geist zwischen Panik und Sehnsucht hin und her switcht. Dabei habe ich in Bezug auf sein mysteriöses Verhalten längst wieder ausgeblendet, wie gefährlich er sein muss. Es interessiert mich nicht. Ich will ihn lediglich am Leben erhalten, ihn sicher wissen. Sollte durch unseren Ausflug bekannt werden, wo er ist, wie kann ich ...

»Amira?« Rubén stupst mich von der Seite an. »Du bist heute so still, woran denkst du?«

»Nichts! Ich ... ähm, bin nur überrascht, wie schön es hier ist«, erwidere ich und zeige auf das Wasser, das in leichten Wellen an den Sandstrand schwappt. Es ist tatsächlich wunderschön. Die Sonne steht so tief, dass deren Licht nur weit draußen verspielt auf der Oberfläche glitzert. Vor uns prasselt ein Lagerfeuer, in unserem Rücken parkt der SUV und dahinter ragt eine nun mehr dunkle, grüne Baum- und Palmenwand auf. Der schmale, holprige Weg, der von der abgeschiedenen Straße zum Strand führt, ist kaum zu erkennen. Vorhin waren vereinzelt Spaziergänger unterwegs, die wenigen, denen wir begegnet sind, sind längst weg.

»Ob wir später wohl Sterne sehen?«

»Ja, ich denke, es wird eine klare Nacht«, erwidert er, ehe er aufsteht.

Ich sehe, wie er zum Wagen läuft und dort im Kofferraum herumhantiert. Kurz darauf kommt er mit einem Sixpack Bierdosen zurück.

Seufzend wende ich mich wieder dem Meer zu.

Dass der Tank kaum mehr befüllt war, hatte ich völlig vergessen. Der erzwungene Stopp an der nächstgelegenen Dorftanke hat mich gehörig zum Schwitzen gebracht. In aller Seelenruhe hat er dann noch ein paar Snacks sowie den Alkohol zusammengesucht, ehe wir endlich wieder auf der Straße waren.

»Hier, trink.« Rubén hält mir eine geöffnete Dose hin.

Als ich mit ihm anstoße, zwinge ich mich, die Mundwinkel nach oben zu biegen. Alles wird gut. In maximal einer Stunde wird es hier so dunkel sein, dass wir nach Hause fahren und dann … *dann werde ich mein Bestes geben, dass das unser letzter Ausflug mit dem Auto war!*

Bekräftigend nicke ich und genehmige mir gleich mehrere Schlucke des mexikanischen Gebräus.

»Schmeckts?«

»Ja.« Entschlossen wische ich mir mit dem Handrücken über den Mund. Das Bier ist wirklich lecker. Es hat eine malzige sowie leicht fruchtige Note und verleiht mir nach einer Weile sogar den Mut, anzusprechen, was ich schon längst hätte loswerden sollen. »Rubén?«

»Hm?«

»Habe … habe ich eigentlich irgendetwas falsch gemacht?« *Außer eine hilflose Spinne zu ermorden und einen Orgasmus vorzutäuschen?*

»Nein, wieso?« Er klingt ernsthaft verwundert.

»Du bist … ich habe den Eindruck, dass du seit meiner Panikattacke irgendwie anders bist«, erkläre ich zögerlich. »Bin ich dir zu anstrengend?«, ergänze ich flüsternd und senke den Blick.

»Das beschäftigt dich?«

»Bin ich?«

»Natürlich nicht«, sagt er entschieden. Mit seinem Zeigefinger und dem Daumen dreht er mein Kinn zu sich. »Du bist wunderbar, hörst du?«

»Aber?« Da war doch ein *Aber* in der Tonlage, sein kurzes Zögern beweist es.

»Du hast zu viel Angst.«

»Die Welt ist ein gefährlicher Ort«, rechtfertige ich mich und klinge dabei wie ein trotziges Kind. Mist. »Ich meine, in den Nachrichten sieht man ja, dass quasi minütlich irgendwelche Katastrophen geschehen. Man kann verletzt oder schwer krank werden oder gar sterben.« Durch seine Branche müsste er das doch verstehen.

Er lässt mein Kinn los und genehmigt sich mehrere Schlucke. »Klingt, als müsste man in einem Bunker leben«, brummt er schließlich.

»Drinnen ist es auf jeden Fall sicherer«, erkläre ich überzeugt.

Rubén beginnt zu husten. Fest klopfe ich ihm auf den Rücken. »Du meinst das ernst, oder?«

Sein fassungsloser Blick ist mir unangenehm, trotzdem nicke ich.

Eine Weile bleibt er still, starrt abwechselnd zwischen mir und den Flammen vor uns hin und her. Dann schüttelt er den Kopf.

»Was wäre das denn für ein Leben, hm?«, fragt er.

Als ich nichts entgegne, erzählt er mir von einem Freund, der seine Wohnung seit Monaten nicht mehr verlässt. »Ich denke, er hat auch Angst und hat nicht einfach nur keine Lust, wie er ständig behauptet. Nur, weißt du: Angst verschwindet nicht, wenn man versucht, sie verzweifelt zu vermeiden. Du musst dich ihr stellen, sie besiegen.« Energisch wirft er einen Ast ins Feuer.

»Nicht jeder ist so selbstbewusst wie du«, sage ich

leise, ehe ich mir eine weitere Bierdose schnappe und gierig die leckere Flüssigkeit die Kehle hinunterfließen lasse. Meine Güte, tut das gut! Es entspannt mich, nimmt mir diese innere Unruhe, die ich seit unserem Aufbruch, nein, seit der Nacht, in der ich ihn mit der Kerze beobachtet habe, verspüre.

Und es macht mich stark. *Wenigstens gedanklich.*

»Mir ist mal etwas Schlimmes passiert«, begründe ich meine Ängste und nehme, überrascht von den Worten, direkt nochmals einen Schluck.

›Lügnerin‹, zischt es in mir, ›Lügnerin!‹

Nicht mir ist etwas Schlimmes passiert, sondern meiner Mutter. Sie ist diejenige, die nun tot ist, nicht ich. Ich habe überlebt.

»Und du denkst, dass es wieder passieren könnte?«

Nein, man kann ja nur einmal sterben. Ich zucke mit den Schultern.

»Willst du mir heute mehr darüber erzählen?« Seine Stimme ist ruhig, sanft. Aufmunternd lächelt er mich an. Er wirkt wieder so wie zuvor. Mein einfühlsamer Gangster.

Enrico

Ich bin ein schlechter Mensch. Amira überwindet sich endlich, mir von dem traumatischen Vorfall mit ihrer Mutter zu erzählen, und ich sitze zwar betroffen da, halte aber weiterhin an meinem ursprünglichen Plan fest. Bloß, was soll ich auch machen? Fernandos nächtlicher Anruf vor ein paar Tagen lässt mir keine Wahl, als nun zur Tat zu schreiten und Phase drei einzuläuten. Ich habe schon viel zu lange gewartet, bin Risiken eingegangen, die ich als Kartellboss normalerweise niemals in Betracht ziehen würde. Und obwohl meine rechte Hand einen guten Job macht, kann ich nicht für immer dem Business fernbleiben – nicht, solange Rubén noch lebt.

Wenn alles so funktioniert, wie ich es mir vorstelle, wird es für Amira sowieso halb so wild.

›Klar, körperlich wird es ihr weiterhin gut gehen, aber, was ist mit dem Rest? Ihr Vertrauen wird gebrochen sein, sie wird sich anderen gegenüber …‹

Das wird dann keine Rolle mehr spielen! Außerdem ist es kein Vertrauensbruch, dazu hätten wir schließlich beide von vornherein mit offenen Karten spielen müssen.

Innerlich seufze ich auf. Diese Gewissensstimme in mir ist neu, schon seit zwei Tagen macht sie mir zu schaffen. Oh Mann, vielleicht habe ich deswegen der Kleinen vorhin mein Klappmesser überreicht.

›Schenk ich dir. Ich hoffe, es hilft dir, dich bei deiner nächsten Panikattacke daran zu erinnern, wozu du fähig bist‹, habe ich gemurmelt und zufrieden ihre Dankbarkeit und Freude in mich aufgesogen.

Seitdem ist eine gute halbe Stunde verstrichen. Wachsam beobachte ich Amiras fahrige Bewegungen. Noch versucht sie weiterhin, sich nichts anmerken zu lassen. Dabei müsste sie mich bald doppelt sehen. Die Substanz, die ich ihr ins Bier gekippt habe, entfaltet zwar nur schleichend ihre Wirkung, doch hat sie sich einmal im Blut ausgebreitet, heißt es *Game over*. Vor allem für jemanden, der, wie sich gerade herausstellt, sowieso keinen Alkohol verträgt.

»Ich fürchte, ich bin nichts mehr gewohnt«, kommt von ihr nun ein kleines Eingeständnis. Entschuldigend lächelt sie mich an.

»Kein Thema, solange es dir gut geht, ist alles bestens.« Um mich von ihrem Zustand und meinen Schuldgefühlen abzulenken, greife ich neben mich und werfe eine Handvoll morscher Äste ins Lagerfeuer. Sofort stieben die Flammen auseinander und züngeln anschließend gierig um das Holz.

»Ja, ich fühle mich gut. Also richtig gut.« Sie kichert. Es ist ein leichter, süßer Laut, der mich innerhalb von Sekunden dazu bringt, meinen Fokus wieder auf sie zu richten.

Ihre rechte Hand streicht etwas zittrig durch ihre Haare, ehe sie eine Strähne zu fassen bekommt und diese zu zwirbeln beginnt. Soweit ich das im Schein des Feuers beurteilen kann, sind ihre Augen nun fast schon glasig.

Hoffentlich habe ich ihr nicht zu viel gegeben.

Angespornt durch meinen wohl etwas zu forschenden Blick, krabbelt sie plötzlich ungeschickt auf meinen Schoß und hört nicht eher auf, bis sie rittlings auf mir sitzt und sich ihre weichen Rundungen an meine Brust reiben. *Fuck.*

»Ich habe keinen Slip an«, raunt sie an meinem Ohr.

Ich erwidere nichts. Dass sich mein Schwanz immer härter gegen ihre Mitte drückt, ist Antwort genug.

Sanft streichelt sie ihn durch den Stoff der Hose. Als sie ihn befreien will, stoppe ich sie.

»Du bist betrunken.« *Beziehungsweise high.*

»Möglich.« Erneut kichert sie.

»Wir sollten zurückgehen. Wenn ich gewusst hätte, dass dich die paar Bier ...«

»Dann hättest du mir nur Saft gegeben?« Ihre entrüstete Mimik lockt mir ein Schmunzeln hervor. »Rubén Estrada allein für diesen Gedankengang verdienst du eine Lektion, die du nicht so schnell vergisst«, verkündet sie und zieht sich kurzerhand ihr Top über den Kopf.

»Wie ich sehe, hast du auch deinen BH vergessen«, entfährt es mir. Warum ist mir das zuvor nicht aufgefallen? Hat sie ihn, als ich mich vorhin erleichtert habe, heimlich ausgezogen?

»Hände hinter den Rücken«, ordnet sie in einer derart herrischen Stimme an, dass ich kurz glaube, jemand anderen auf mir sitzen zu haben. Doch ein Blick auf ihren sinnlichen Mund verrät mir ihre Nervosität. Unstet fahren ihre Zähne an ihrer Unterlippe entlang, malträtieren sie, ziehen sie ein und lassen sie schließlich röter als zuvor wieder los.

Ohne bewusst ihrem Befehl nachgekommen zu sein, spüre ich im nächsten Moment, wie sie meine Handgelenke mit ihrem Top zusammenbindet. Nachdem ich einmal automatisch an der Fessel geruckelt habe, weiß ich, dass der Knoten ein Witz ist. Um ihr den Spaß zu gönnen, befreie ich mich aber nicht direkt, sondern knurre gespielt auf. Wüsste sie von den Ketten, die ihr bald blühen, würde sie, statt sich jetzt zu erheben und die Hotpants auszuziehen, die Füße in die Hand nehmen und ins dichte Gestrüpp verschwinden. Oder mir solch eine Lektion erteilen, dass später ich es bin, der ... *fuck!*

Amira hat meinen Hosenstall geöffnet und mein Glied aus den Boxershorts befreit. Mit einer Hand umfasst sie meinen Schaft, drückt mal mehr, mal weniger stark zu. Als sie von ihm ablässt und sich verstohlen eine

Schweißperle von der Schläfe wischt, erkenne ich, dass das Zittern ihrer Hand zugenommen hat. Ihren Körper nun auch noch mit einer kräftezehrenden Nummer zu schwächen, sollte mir nicht einmal in den Sinn kommen. Dennoch bringe ich es nicht über mich, ihrer drohenden ›Lektion‹ ein Ende zu bereiten. Sie sieht viel zu glücklich aus. Angestrengt, aber happy – und ein bisschen geil. Okay, das bisschen ist untertrieben. Ihre Nippel recken sich mir steif entgegen und die Feuchtigkeit ihres engen Eingangs, an den sie meine Eichel gerade führt, sprechen eine klare Sprache.

Zischend atme ich ein. Ihr heißes Fleisch umgibt mich wie eine feste Mauer, aus der ich nicht so schnell ausbrechen kann. *Will*. Verdammt.

»Amira«, flüstere ich heiser, weil es mir soeben die Stimme verschlagen hat. Wie kann eine Frau dermaßen scharf sein? Mich erneut nicht mehr klar denken lassen? Spätestens jetzt, wo sie mich zwar langsam, aber ziemlich laut keuchend zu reiten beginnt, sollte ich es beenden und sie ins Auto schaffen.

»Huch!«, quiekt sie, als ich mit einem Ruck meine Hände befreie und meine Verführerin von meinem Ständer hebe. Gerade will ich sie zum Aufstehen bewegen, da schlingt sie ihre Arme um meinen Oberkörper und versucht sich wieder in Position zu bringen.

»Deine Lektion ist noch nicht vorbei.« Höre ich sie empört schnaufen. Die Kräfte, die sie mobilisiert, um mich unter Kontrolle zu halten, sind erstaunlich groß.

Ist die Wirkung der Droge vielleicht doch noch nicht eingetreten und sie tatsächlich nur beschwipst?

Dennoch sollte ich die Anstrengung für sie so niedrig wie möglich halten. Wenn sie morgen aufwacht, darf sie schließlich keinen Verdacht schöpfen. Ein bisschen Kopfweh, ein bisschen Übelkeit – ein ganz normaler Kater eben. Ein Blackout und ein Body, der total ausgeknockt ist, sind nicht in meinem Interesse. *Eigentlich.*

»Denkst du, du kannst mich mit einem wilden Ritt züchtigen?«, frage ich leise grollend.

Ihre Antwort ist nicht zu verstehen. Das Kinn hat sie mir in die Schulter gerammt, um mich in ihrem Klammergriff bestmöglich einzuengen. Wirklich von Erfolg gekrönt ist die Aktion allerdings nicht. Mit Schwung schaffe ich es, sie aus dem Gleichgewicht zu bringen. Gemeinsam kippen wir seitlich in den Sand. An eine Kapitulation denkt sie trotzdem nicht. Meine Gegenwehr ignorierend versucht sie immer wieder, mich auf den Rücken zu drehen und an mein bestes Stück zu greifen.

Ist es verwerflich, dass mir unser Gerangel höllisch viel Spaß bereitet und ich sie erst nach einer gefühlten Ewigkeit, meine volle Power spüren lasse?

Schwer atmend kommen wir in Löffelposition zu dem endgültigen Ergebnis unseres Kampfes. Von hinten umfasse ich ihre bebenden Brüste. Kneife warnend in ihre Nippel, während mein linkes Bein ihres nach hinten zieht, um den Zugang zu ihrer Pussy freizulegen. So hart, wie ich bin, habe ich keinerlei Bedenken, gleich auch ohne Führung in ihre Hitze zu finden – zumal ihr knackiger Prachtarsch sich immer wieder kurz an mich presst und mir somit den Weg weist.

Amira, hätte ich mit dir nicht noch etwas anderes vor, würde ich dich bis zum Morgengrauen in dieser Position verwöhnen. Ich würde dafür sorgen, dass mein Docht, den du entzündet hast … Scheiße, ich muss eindeutig schon dicht sein. *Docht!* Es wird Zeit zum Ende zu kommen.

Amira

Ich glühe. Sowohl von außen als auch von innen. Vor mir prasselt das Feuer und wärmt die Stellen, die nicht von Rubéns großen Hände bedeckt werden. Hinter mir heizt sein Körper mir ordentlich ein. Beziehungsweise, steht kurz davor. Schon zweimal habe ich seine feuchte Spitze an den Innenseiten meiner Oberschenkel gespürt und bin dabei fast wahnsinnig geworden. Seit einigen Minuten nehme ich alles viel intensiver wahr. Seine Männlichkeit nicht an der richtigen Stelle zu spüren, hat mich mehrmals frustriert aufstöhnen lassen. Es klang merkwürdig hoch und vor allem laut. Lauter als das Knacken der Flammen, die genauer betrachtet ziemlich groß geworden sind. Ist es, weil ich liege und sie von unten sehe? Das Licht wird auch immer greller.

»Ah!«, mache ich, als er über meine Seite erneut fest in meine Brustwarzen kneift. Der Stromschlag, den er dadurch erzeugt, schießt direkt in meine Mitte und bringt meinen Po einmal mehr dazu, sich sehnsüchtig an seinen Schritt zu reiben. Die Energie, die das kostet, nehme ich nicht wahr. Würde Rubén mich nicht so geschickt stimulieren, wäre ich vermutlich nichts weiter als eine kraftlose Hülle. Seitdem er mich auf seinem Schoß überwältigt hat, bin ich platt, bestehe nur aus sexueller Energie, die, ausgelöst durch das Kneifen meiner Brustwarzen, meinen Körper roh und ungehemmt durchfließt.

Ich spüre, wie er mich noch dichter an sich zieht, höre, wie er mir etwas Unanständiges ins Ohr stöhnt und schreie auf, als sein mächtiges Glied Einlass begehrt und quälend langsam in mich dringt.

Wimmernd heiße ich es willkommen und presse erneut meinen Hintern an seine Lenden. Eingekeilt in dem

Schraubstock seiner Arme ist es die einzige Bewegung, die mir möglich ist. Die Einzige, die ... »Oh!«, japse ich.

Der unerwartet schnelle Rhythmus schüttelt mich durch und lässt mich vergebens um Atem ringen. Er nimmt mich, als wäre ich seine ungehorsame Gefangene. Wild, rau und gleichzeitig so ... gut. Ist es unmoralisch, dass ich mir gerade nichts Schöneres vorstellen kann? Bestimmt, aber es ist mir egal. Ich genieße jede Sekunde. Genieße, wie er vor Verlangen meinen Namen stöhnt und wie energisch er seinen mächtigen Schaft in mich treibt. Als er zeitgleich mit einer Hand umgreift und damit anfängt, schonungslos meine Perle zu reizen, schreie ich erneut auf. Dunkel höre ich ihn lachen. Es klingt verboten scharf. Ohne mir eine Pause zu gönnen, fährt er mit seiner stimulierenden Folter fort, was meinen Puls in ungeahnte Höhen schießen lässt. Hektisch zieht meine Lunge die heiße Luft um uns herum ein. Habe ich vorhin das Gefühl gehabt, zu glühen, ist mittlerweile ein gigantisches Feuer in mir ausgebrochen. Ich brenne.

»Ja«, keuche ich. *Ja! Ja! Ja!*

Ich will mich hin und her winden. Vor Lust, vor süßem Schmerz und ... vor purer Gier. Doch da ist nichts zu machen. Mir fehlt es nach wie vor an Kraft. Ganz zu schweigen davon, dass er mir keinen Spielraum lässt. Unbarmherzig bekomme ich zu spüren, dass er die Kontrolle hat. Dass ich ihm ausgeliefert bin und nur fähig, auf meine Empfindungen zu achten.

Meine Beine beginnen zu zittern, meine Augen tränen. Geblendet durch das Weißgelb der gefühlt nun mannshohen Flammen kein Wunder. Ich kann nichts anderes mehr sehen, was mich kurz stutzig macht. Sind wir überhaupt noch am Strand? Im Geiste kichere ich auf, wir sind eindeutig nicht mehr am Meer, sondern im Paradies. Wir ... ah, war der Kniff fies! Abermals schreie ich auf, ehe der Orgasmus wie ein Monsun über mich hinwegfegt. Intensiv, anhaltend und wunderschön. Ich gebe ein entfesseltes Stöhnen von mir und bin fasziniert davon, dass es nicht gleich vorbei ist.

Sind es schon zehn Sekunden? Ich zucke wie verrückt, erlebe praktisch in Dauerschleife dieses berauschende Gefühl, das mich nonstop explodieren lässt. Wow. Ich meine: WOW. Wir sind garantiert nicht mehr am Strand. Wir sind ... am Strand.

Der Fall von meinem Höhenflug könnte nicht brutaler sein. Unangenehm drücken sich mir spitze Sandkörnchen in die Haut, während sich meine Zunge anfühlt, als hätte ich die letzten Minuten pausenlos über einen verkohlten Ast geleckt. Erschreckenderweise sind das die einzigen Dinge, die ich klar wahrnehme. Alles andere von mir ist praktisch in Watte gehüllt oder wird von bleierner Müdigkeit heimgesucht. Selbst meine Ohren funktionieren nicht mehr richtig. Wie hinter einem dichten Vorhang bekomme ich mit, dass Rubén brüllend Erlösung findet. Ob er mir anschließend tatsächlich sanft über den linken Arm streichelt, kann ich nicht mit Gewissheit sagen. Oh Mann. Wäre ich nicht so verdammt fertig, würde ich mich umdrehen, sein Gesicht umfassen und ihm anvertrauen, wie sehr ich ihn ... *mag*.

Es ist dunkel. Das Feuer also längst aus. Aber warum ist es dann nicht kalt? Konzentriert starre ich in die Dunkelheit. Viel erkenne ich nicht, stattdessen höre ich Vögel zwitschern. Das Meeresrauschen kann ich jedoch nicht vernehmen. Ich bin folglich nicht mehr am Strand. Leise ächzend wende ich den Kopf. So wie sich der Untergrund anfühlt, liege ich wohl in einem Bett.

»Rubén?« Es bleibt still. Schläft er oder ist er schon auf den Beinen? Ich rufe noch einmal nach ihm und richte mich anschließend langsam auf. Gemessen an der plötzlichen Übelkeit, die mich überkommt, war es viel zu schnell. Fassungslos halte ich mir die Hand vor den Mund und versuche, tief ein- und auszuatmen. Nachdem ich das Gefühl habe, die Kontrolle über meine gestrigen Mahlzeiten wiedererlangt zu haben, lasse ich die Hand sinken und schwinge die Beine seitlich aus dem Bett. Zumindest hatte ich das vor. Statt mich von der Matratze zu stemmen, fangen meine Gliedmaßen an, ohne Unterlass zu zittern, sodass ich mich lediglich hinlegen kann.

Was geschieht hier mit mir? Warum fühle ich mich so mies?

Vage erinnere ich mich an unseren Ausflug, an das Lagerfeuer und … an das Bier. So fühlt es sich also an, wenn man verkatert ist.

»Meine Güte«, murmle ich. Ist das schrecklich! Und peinlich. Es waren ja wirklich nur zwei Bierdosen, die ich getrunken habe. Beschämt schließe ich die Augen. Was Rubén wohl gedacht hat, als ich über ihn hergefallen bin? Beschwipst hatte ich von einer Lektion gesprochen und mich einfach ausgezogen. Wenn ich mich recht erinnere, wollte er mich dazu bewegen, nach Hause zu fahren. Hat er mich anschließend gepackt und in den SUV verfrachtet? Bin ich deswegen immer noch nackt?

Stirnrunzelnd streiche ich über meine trockene Haut, ehe ich die Hände erschöpft zur Seite aufs Laken fallen lasse – direkt auf ein paar Sandkörnchen. Hätte er mich doch bloß aufs Sofa gebettet. Wer weiß, wie viel Schmutz ich mitgeschleppt habe?

Plötzlich meine ich in der Ferne Motorengeräusche zu hören. Ist das der SUV?

»Rubén?« Unternimmt er einen weiteren Ausflug,

fährt er einkaufen oder ... habe ich mich gestern so sehr daneben benommen, dass er endgültig genug von mir hat? Was ist passiert, nachdem ich mir wie eine Wilde die Kleider vom Leib gerissen habe? Was habe ich getan, dass er sich möglicherweise nicht einmal verabschieden will? Es sind bislang sechzehn Tage verstrichen. Wie schnell wird man ihn erledigen, ehe nach mir gesucht wird, um mich für mein Versagen mit dem Leben bezahlen zu lassen?

Panisch unternehme ich erneut einen Anlauf, mich aus dem Bett zu quälen, doch schaffe ich es lediglich bis an die Stelle, wo ich die Zimmertür vermute. Als zitterndes Bündel breche ich dort zusammen und falle kurz darauf in einen tiefen Schlaf.

Dreizehn

Enrico

Mit Genugtuung höre ich, wie der italienische Mafiaboss zischend die Luft einzieht. Dabei sind die Bilder, die ich ihm geschickt habe noch viel zu harmlos. Hätte Rubén seine Tochter in die Finger bekommen, würden nun Hämatome und andere Zeichen der ›Zuneigung‹ ihren bewusstlosen Körper schmücken.

Nachdem er sich halbwegs gefasst hat, nimmt Amiras Daddy wieder unser Gespräch auf. Sein zuvor akzentfreies Englisch hört sich mit einem Mal sehr gebrochen an.

»Wo ist sie?«, fragt er mit vor Wut zitternder Stimme.

»Falsche Frage«, erwidere ich gelassen.

»Was willst du?«

»Schon besser.« Ich mache eine Kunstpause, in der ich seine Sorge und Rage bewusst nach oben treibe, ehe ich fortfahre und ihm ein hübsches Sümmchen nenne. »Zu zahlen bis übermorgen, danach steigt der Preis.« *Wie viel ist dir dein eigen Fleisch und Blut wert?*

»Das ist eine Menge Geld, dafür brauche ich mehr Zeit«, grollt er.

»Nicht mein Problem.«

Als er mir eine Reihe von Flüchen durch die Leitung schickt, zeige ich Erbarmen.

»Na gut, ich bin kein Unmensch. Statt dich finanziell zu ruinieren, werde ich die angekündigte Preissteigerung bei nicht rechtzeitiger Begleichung in Naturalien abgelten. Wie klingt das? Pro Tag, den du überziehst, werde ich mir für die Kleine etwas ganz Besonderes ausdenken. Ich meine, ich habe jetzt schon ziemlich viel Spaß mit ihr …«

»*Stronzo*, wenn ich dich in die Finger bekomme …«

»Viel Glück«, meine ich belustigt und lege auf. Soweit ich informiert bin, kann er das geforderte Lösegeld innerhalb der Frist nur bezahlen, wenn er sich entweder verschuldet oder den Estrada-Clan ebenfalls zur Kasse bittet. Rubéns Männer, die ab dem Flughafen auf Amira aufpassen sollten, bis sich beide ›gefunden‹ haben, haben schließlich auf ganzer Linie versagt. Aber, ob der Keil, den ich mit der Entführung zwischen die zwei Familien getrieben habe, schon tief genug sitzt, vermag ich noch nicht abzuschätzen. Vielleicht sollte ich beizeiten nachjustieren.

Gedankenversunken betrachte ich auf meinem Handy die kleine Auswahl der nächtlichen Fotosession. Wie zu erwarten war, hat mir das Shooting auf dem verlassenen Gehöft, das mir Fernando rausgesucht hat, nicht einen Moment lang Spaß gemacht. Eine bewusstlose Frau als Opfer eines gefühlskalten Entführers Schrägstrich Vergewaltigers zu inszenieren und dabei ihre Würde mit Füßen zu treten, zählt nicht zu meinen Glanztaten. Verdammt, warum habe ich ihr nicht wenigstens die Hotpants angezogen? Warum habe ich lediglich ein verschmutztes Badetuch über die heikelsten Stellen drapiert? War der verwahrloste Zwinger, in dem ich sie mit rostigen, schweren Ketten an Händen und Füßen abgelichtet habe, nicht schon schlimm genug? Wäre Amira wach gewesen, hätte sie die Krise gekriegt. Und das nicht nur, wegen ihres Reinlichkeitsfimmels, den sie unter dem Drogeneinfluss komplett ausgeblendet hat – niemals hätte sie sich sonst nackt mit mir im Sand gewälzt.

Ich balle eine Faust. Warum habe ich nicht Rücksicht genommen? Bin nicht standhaft geblieben?

Sie hat das nicht verdient.

Das gestern war ein Fehler. Erst der Sex und dann die Fotos. Fuck. Der komplette Kidnapping-Plan war ein gewaltiger Fauxpas. Nicht wegen des Risikos, dass, sobald das Lösegeld bezahlt ist, das beginnende Zerwürfnis zwischen den Familien wieder gekittet ist und sie doch noch Estradas Braut wird. Nein, es war nicht richtig, weil mir allmählich klar wird, dass … *ich meine Mafiaprinzessin nicht mehr gehen lassen will.* Bedeutet: Statt Entführungsfotos hätte ich Bilder ihrer gefakten Leiche schießen sollen. Ihr hier ein neues Leben schenken, mit neuem Namen, neuer Identität … *als meine Frau.*

Irritiert starre ich auf ihr hübsches Gesicht. Je länger ich es betrachte, desto bewusster wird mir jedoch, dass ich schon wieder hart werde. Erleichtert atme ich tief durch. Denn im Grunde genommen kann das lediglich eins bedeuten: Ich will nicht, dass ein anderer Mann sie ficken kann! Nur deswegen kam mir gerade dieser abstruse Gedanke, sie zu meiner Frau machen zu wollen. Ich liebe sie schließlich nicht. Ich will bloß mit ihr vögeln. Und das immer und immer wieder.

Ich nicke mir bekräftigend zu und starte dann den Motor. Wenn ich jetzt losfahre, trudle ich nachmittags bei unserer Hütte ein. Idealerweise bevor die Kleine aus ihrem unfreiwilligen Jahrhundertschlaf aufwacht.

Die Straßen waren frei, ich musste keine Verfolger abschütteln oder mich mit nervigem Platzregen herumschlagen. Punkt sechzehn Uhr gelange ich von dem 120 Kilometer entfernten Ort, aus dem ich zur Verwischung meiner Spuren, die Lösegeldforderung gestellt habe, zurück zur Hütte. Ich parke den SUV und schließe möglichst geräuschlos die Autotür. Man kann ja nie wissen ...

Da ich Amira jedoch weder im Hauptraum noch im Bad entdecke, weiß ich, dass alles glatt gelaufen ist.

Leise öffne ich die Tür zum Nebenzimmer und bekomme im nächsten Moment fast einen Herzstillstand. Meine Verführerin liegt nicht wie erwartet im Bett, sondern nackt auf dem kalten Boden. Wie es scheint, weiterhin bewusstlos.

»Fuck!« Ich beuge mich über sie und prüfe als Erstes ihren Puls. Nachdem ich ihn regelmäßig schlagen spüre, trage ich sie zur Matratze und bedecke sofort ihren Körper mit der Decke.

Warum habe ich mir nicht die Mühe gemacht, sie anzuziehen? Was, wenn sie jetzt krank wird?

Ich eile aus dem Zimmer, hin zur Küchenzeile und beginne direkt einen Tee zu brühen. Vielleicht sollte ich sie zur Sicherheit warm abduschen? Wenn sie aufwacht, ekelt sie sich bestimmt sonst. Das Bett könnte ich auch neu beziehen!

Als ich mit einer Tasse Tee zurück ins Schlafzimmer eile und bei der Gelegenheit für Licht sorge, blinzelt Amira mich erschöpft an. Erleichtert, sie nicht gewaltsam aufwecken zu müssen, um ihr die heiße Flüssigkeit einzuflößen, stelle ich die Tasse vorsichtig auf dem Nachttisch ab.

»Du bist da«, murmelt sie, ehe sie anfängt zu weinen.

Perplex setze ich mich zu ihr auf die Matratze und strecke die Beine aus. Dann ziehe ich sie in meine Arme. Was soll ich jetzt machen?

Amira

Er ist da! Mir ist, als würde die unsichtbare Kette, an deren anderem Ende mich ein fetter Zementblock Richtung Meeresgrund zieht, sich mit einem Schlag in Luft auflösen.

Schluchzend rücke ich höher und kuschle mich in Rubéns Arme.

»Es tut mir leid«, nuschle ich irgendwann, traue mich jedoch nicht, ihm in die Augen zu sehen.

»Was tut dir leid?«, erkundigt er sich verwirrt.

»Dass ich mich gestern daneben benommen habe«, wispere ich und schniefe ein letztes Mal auf.

»Ähm, was genau meinst du?« Kann er sich womöglich auch kaum mehr daran erinnern?

»Amira?«

Ich gebe mir einen Ruck: »Na, weil ich über dich hergefallen bin, obwohl du nicht wolltest«, gestehe ich kleinlaut und schlage sofort die Hände vors Gesicht.

Einen Augenblick bleibt es still, dann höre ich ihn leise lachen. »Du bist süß, weiß du das? Du bist verdammt ... süß.«

Sanft, aber bestimmend löst er meine Hände vom Gesicht. Im nächsten Moment spüre ich seine Lippen auf der Stirn. Überrascht halte ich den Atem an.

»Weißt du, *cariño*, wenn sich einer entschuldigen

muss, dann bin ich es. Ich hätte dich gestern nach unserer fantastischen Nummer, direkt wieder anziehen sollen und heute viel öfter nach dir sehen müssen. Dich auf dem Fußboden liegen zu sehen, hat mich ziemlich erschreckt. Lass es mich bitte wiedergutmachen.«

»Wir hatten fantastischen Sex?«

»Haben wir den nicht immer?« Er grinst mich schelmisch an.

»Daran kann ich mich nicht erinnern«, sage ich und bemerke zu spät mein Fettnäpfchen. Seine Mimik ist soeben total entgleist. Schnell präzisiere ich, erreiche ihn allerdings nicht mehr richtig. Mit den Gedanken scheint er ganz woanders zu sein, der leidvolle Zug um seinen Mund will nicht recht verschwinden.

»Du kannst mir glauben, wenn ich sage, dass es mir sehr viel Spaß macht, mit dir zu schlafen. Ich hatte vorher noch keinen Mann, bei dem ich gekommen bin«, betone ich. Als er mich mit einem grüblerischen Blick bedenkt, schießt mir die Hitze in die Wangen. »Also so oft«, ergänze ich schnell, um nicht komplett unerfahren zu wirken.

»Wie viele Männer haben dich denn schon um einen Orgasmus gebracht?« Seine Stimme ist plötzlich um einige Oktaven tiefer. Lauernd sieht er mich an.

»Ein paar«, sage ich ausweichend. Wenn er hört, dass ich erst mit einem Kerl zuvor intim war, dann ...

»Einer?«

»Woher weißt du das?«, rufe ich und bemerke zu spät, dass es nur ins Blaue hinein geraten war und er zeitgleich mit meiner Frage laut weitergezählt hat.

Ehe ich Schadensbegrenzung betreiben und sein Bild von mir wieder in Richtung Mata Hari verschieben kann, spüre ich erneut seine Lippen. Allerdings diesmal auf meinen. Zärtlich knabbern sie an ihnen, ehe seine Zunge

Hallo sagt und ich in seinen Mund seufze. Wie gut sich das anfühlt!

Es vergeht eine gefühlte Ewigkeit, bis wir schließlich voneinander lassen und einfach nur still nebeneinanderliegen. Verhalten gähne ich. Der Kater, der mich vorhin überrascht hat, ist so gut wie verschwunden. Doch die Müdigkeit, die mich nun erneut überkommt, bringt mich dazu, noch rasch eine Sache zu klären – bevor ich später wieder einen riesigen Schrecken bekomme. »Bist du vorhin weggefahren?«

»Weggefahren?«, wiederholt er erstaunt.

»Ich dachte, ich hätte den Motor gehört.«

»Das musst du geträumt haben. Ich war zwischendurch nur mal joggen und draußen ein kleines Work-out erledigen.«

»Ah, okay ... Bitte, nicht ohne mich wegfahren.« *Sonst kann ich nicht für deine Sicherheit garantieren.*

»Klar, keine Sorge. Aber sag mal, geht es dir gut? Du bist gerade so blass geworden?«

Beruhigend nicke ich. »Ich bin nur müde. Ich glaube, ich muss noch ein wenig Schlaf nachholen. Wurde ja gestern recht spät, so wie ich dich verstanden habe.«

Er wirkt skeptisch, geht jedoch nicht darauf ein. Stattdessen hält er mir die dampfende Tasse Tee an den Mund. Nachdem ich den Kopf wegdrehe, da mir von dem Geruch leicht übel wird, befiehlt er mir mit strenger Stimme, zu trinken.

»Das ist noch viel zu heiß«, erkläre ich mich. Ihn wissen zu lassen, dass ich von gestern total hinüber bin, bringe ich nicht über mich.

Jetzt nimmt er selbst einen Minischluck und pustet dann mehrmals in die Tasse, ehe er erneut probiert.

»Perfekte Temperatur«, informiert er mich zufrieden, sodass ich mich dazu aufraffe, einen großen

Schluck zu nehmen. Wider Erwarten tut er mir ziemlich gut.

»Bevor du mir noch mal einschläfst, schlage ich vor, dass du dich warm abduschst und zumindest eine Kleinigkeit isst, okay?«

»Ja, *Mamma*«, murmle ich gähnend.

Rubén versichert sich, dass ich mindestens drei weitere Male die Lippen an die Tasse setze, ehe er sie wegstellt und aufsteht. Automatisch rutsche ich im Bett wieder etwas tiefer. Nur kurz die Äuglein schließen und mich mental auf die anstehenden Anstrengungen vorbereiten …

Mit einem Ruck wird mir das Laken weggezogen. Und obwohl es draußen sicher wieder weit über 25 Grad hat, überzieht binnen Sekunden eine Gänsehaut meinen Körper. Grunzend beschwere ich mich, doch statt zugedeckt zu werden, befinde ich mich plötzlich in der Luft.

»Hey!«, grummle ich, bewirke damit aber nichts. Als würde ich nicht das Geringste wiegen, trägt Rubén mich in das kleine Bad, in dem er mich vor der Duschkabine langsam zu Boden lässt.

»Kannst du stehen? Fühlst du dich …«

»Klar, alles gut.«

Wie sich zeigt, war das allerdings reines Wunschdenken. Jeder Muskel in mir hat sich gedanklich schon in den Ruhemodus begeben, sodass ich verdächtig hin und her schwanke.

Mein … *Entführungsopfer* hat die Augen zu Schlitzen zusammengekniffen und auch die Mundpartie sieht nicht sonderlich entspannt aus. Ist er wütend? Aber warum sollte er das sein?

Ohne den Blick von mir zu nehmen, zieht er sich seine Klamotten aus. Vollkommen entkleidet packt er im Anschluss meine Hüfte und hievt mich in die Dusche.

»Stütz dich an meinem Arm ab«, ordnet er an, als er sich neben mir positioniert und mich einarmig an seine Seite gedrückt hält. Sein durchtrainierter Körper ist warm. Zu warm und zu erregt, als dass ich problemlos normal weiteratmen könnte. Nervös öffne ich daher die Lippen und inhaliere dabei die leicht modrige Luft des alten Badezimmers. Dann lege ich zögernd eine Hand auf seinen Unterarm. Er wird mich schonen und nicht nehmen wollen. Oder wird er sich für meine Attacke gestern revanchieren? Wobei es klang, als hätte es ihm gefallen. Ich sollte in der Hinsicht also nichts befürchten müssen.

Aus den Augenwinkeln bemerke ich, wie Rubén einhändig die Brause löst und testweise Wasser auf seine Füße fließen lässt.

»Kannst du mit der anderen Hand die Temperatur erhöhen?«, bittet er mich. Kurz darauf haben wir eine gute Einstellung gefunden, denn er schwenkt den Duschkopf zu mir, sodass ich wohlig aufseufze. Eine Weile hält er ihn einfach nur über meine Brüste und während das Wasser über meine Rundungen rinnt, verteilt er unerwartet sanfte Küsse an meiner Schläfe. *Himmel, entspannt das!* Wäre ich doch nur nicht so geschafft, dann könnte ich es noch viel mehr genießen.

Langsam drehe ich das Gesicht zu ihm, damit er mich richtig küssen kann, aber er ignoriert das Angebot. Stattdessen hakt er die Brause ein und lenkt den Strahl über meinen Rücken. Dann presst er mir mit der freien Hand einen Klecks Duschgel auf die Oberweite. Unter seinen anschließenden Berührungen schmelze ich innerlich dahin. Wie behutsam er ist! Wie unendlich aufmerksam er auf jede Gewichtsverlagerung von mir achtet und direkt gegensteuert, damit ich sicher stehe. Es ist Ewigkeiten her, dass sich jemand derart liebevoll um mich gekümmert hat. Wenn ich könnte, würde ich den Moment einfangen und für schlechte Zeiten bewahren. Zeiten, in denen ich mich einsam fühle – in denen ich meine Mutter so sehr vermisse, dass mich der Schmerz lähmt und die Freude aus meinem Leben verbannt.

Beinahe kommen mir vor Rührung über sein Verhalten wieder die Tränen. Doch ich schaffe es, den Kummer auszublenden und nicht in die Vergangenheit abzurutschen. Trotzdem gelingt es mir immer weniger, seine Hand bewusst wahrzunehmen. Meine Konzentration schwindet, meine Kraft ist kaum mehr vorhanden. Bin ich überhaupt noch wach? Oder fantasiere ich bloß von einem perfekten ...

Enrico

Ich nehme den Duschkopf wieder in die Hand. Innerhalb der nächsten zwei Minuten sollten wir hier fertig werden. Amira gehört dringend ins Bett. Ihre Augen glänzen fiebrig, zudem scheint sie schlecht Luft zu bekommen. Ihr leises Keuchen wird zwar zum Großteil von dem plätschernden Wasser geschluckt, doch dringt es trotzdem unheilvoll an meine Ohren. Als sie nach einer weiteren Stütze tastet und dabei meine unangebrachte Latte zu fassen bekommt, greife ich mit dem Arm um und stelle mich dicht hinter sie. Jetzt ruht mein Unterarm zwischen ihren Brüsten, während ich mit der Hand ihre rechte Schulter, und damit ihren kompletten Rücken, an meinen Brustkorb drücke. Leider presst sich so mein bestes Stück unbeabsichtigt an ihren weichen Körper. *Verdammt.*

Unter größter Willenskraft versuche ich ihre Nacktheit auszublenden und weiterhin das Richtige zu tun. Sie nicht nochmals umzudrehen und ihre Kehrseite an die kalten Kacheln zu pressen. Nicht ihr Bein anzuwinkeln und sie gleichzeitig etwas anzuheben. Sowie bloß nicht in ihr süßes, verlockendes Fleisch einzudringen. Zum Henker, ich bin ein anständiger Mann. *Zumindest im tiefsten Inneren.*

Im Eiltempo dusche ich sie ab und stelle dann das Wasser aus. War das ein Wimmern? Bevor sich erneut Gänsehaut auf ihrem Körper ausbreitet, hülle ich sie in ein großes Handtuch und rubble sie sorgfältig trocken. Erst ihren Rücken, dann ihre Vorderseite. Im Anschluss Arme und Beine sowie ... *scheiße, ich bin abgerutscht.* Also nicht wirklich. Beziehungsweise irgendwie schon. Dass ich den nassgewordenen Stoff an ihrer Mitte hin und her reibe ergibt nämlich keinen Sinn – und dauert bereits viel zu lange.

»Rubén ...«, fängt sie an, ehe sie erschöpft in meine Arme stolpert und ihre Brüste an meiner Haut mich beinahe explodieren lassen.

Fuck. Fuck. Fuck.

Ein Stöhnen unterdrückend hebe ich sie hoch und trage sie aufs Sofa im Hauptraum. Dort angekommen, scheint sie gar nicht zu bemerken, bereits zu liegen. Aus Angst, fallen gelassen zu werden, klammert sie sich panisch an mir fest.

»Hey, lass los, ich mach dich noch ganz nass.« Gelegenheit, mich abzutrocknen hatte ich schließlich keine.

»Ja ... mich nass«, murmelt sie, ehe ihre Arme schlaff aufs Polster schlagen. Aufgrund meiner Erregung hört sich ihre Erwiderung fast schon lasziv an.

»Ich beziehe schnell das Bett neu«, sage ich und decke sie mit der Sofadecke zu.

»Bett.« Höre ich sie scheinbar schlüpfrig wiederholen und mache, dass ich ins Schlafzimmer komme. In Windeseile tausche ich die Laken aus. Anschließend sorge ich für frische Luft und schlüpfe blindlings in ein paar bequeme Klamotten. Auf die Socken verzichte ich jedoch, weil ich glaube, Amira leise ächzen zu hören.

Als ich im Hauptraum eintreffe, sind ihre Lippen spröde, ihr Atem viel zu schwerfällig und die Wangen viel blasser, als mir lieb ist. Ihr rechter Arm hängt leblos über der Sofakante, die Augen sind geschlossen. Sieht aus, als wäre sie eingeschlafen. Schnell beuge ich mich über sie, ziehe die Decke weg und hebe sie hoch.

Warum habe ich es gestern nicht beim Alkohol belassen? Warum leidet sie so stark unter den Nachwirkungen der Droge? Und was stimmt mit mir nicht, dass ich mir einbilde, beziehungsweise mir wünsche, sie ... *zu riechen*? Ich dachte, ich hätte meine Lust während des Wäsche-Wechsels in den Griff bekommen. Er war nicht mehr so schmerzhaft hart. Die Beule in der Hose kaum zu sehen. Warum spielt mir mein Verstand Streiche?

Frustriert trage ich sie zum Bett und decke sie direkt zu. Der imaginäre Geruch nach ihrer verführerischen Weiblichkeit verschwindet. Ich stoße erleichtert die Luft aus.

Nachdem ich mich versichert habe, dass ihr Atem allmählich wieder normal wird, schließe ich das Fenster und schleiche aus dem Zimmer.

Im Hauptraum lasse ich mich schwerfällig aufs Sofa fallen. Mit geschlossenen Augen will ich gerade die nächsten Schritte durchgehen, als meine Nase mir erneut etwas vorgaukelt.

Ich springe vom Polster. Ruhelos laufe ich vor der Küchenzeile auf und ab, bis ich beschließe, mich an der Abendluft abzukühlen. Mehr oder weniger. Denn auf einem kleinen Stamm vor der Hütte sitzend wird mir nicht nur bewusst, dass es drinnen vergleichsweise angenehm kühl war, sondern auch, dass ich Amira schon wieder nicht angezogen habe. Dass ich es absichtlich vergessen habe. Und noch schlimmer: dass ich am liebsten all ihre Klamotten verbrennen möchte.

Denn ich will sie nackt.

Schwer atmend greife ich mir in die Hose. Verflucht, was bin ich für ein schlechter Mensch?! Ihr gehts beschissen und ich kann bloß an eins denken. *Sie soll sich an mir wärmen, sich permanent nach mir verzehren.*

Ich packe meinen Schwanz, reibe ihn ordentlich. Die Geräusche, die ich von mir gebe, gleichen einem verzweifelten, eingesperrten Tier. Ich schwitze, pumpe schneller und schneller. In meiner Fantasie besteige ich *meine* Frau. Stelle mir vor, wie ihre Hüften unter mir kreisen, wie sie verlangend die Beine spreizt und mich stöhnend willkommen heißt ...

Es regnet. Schon seit gestern hat der Himmel ohne Unterlass seine Schleusen geöffnet und verwandelt die Erde um unsere Behausung in den reinsten Sumpf. Wenn nicht bald die Sonne zum Vorschein kommt, müssen wir hier weg. Egal, wie sehr Amira sich ins Zeug legt, um mich zum Bleiben zu überreden. Nachdem sie nach der Duschaktion tatsächlich wieder in einen Jahrhundertschlaf gefallen ist und erst am späten Vormittag des nächsten Tages aufgewacht ist, ging es ihr nach wie vor ziemlich mies. Im Bad hörte ich sie mehrmals würgen und wenn sie glaubte, dass ich es nicht sehe, fasste sie sich an die Schläfe und blinzelte angestrengt. Eine Fahrt zur Apotheke oder direkt in die Arztpraxis der nächstgelegenen Ortschaft kam für sie aber nicht infrage. Ihr ginge es gut. Wir könnten unbesorgt hierbleiben. Um mir zu beweisen, dass alles in bester Ordnung ist, hatte sie mir sogar einen Arschfick vorgeschlagen. So rot, wie sie dabei geworden ist und so ruhelos, wie ihre Augen derweil durch den Raum gehuscht sind, glich ihr Angebot einer reinen Verzweiflungstat. Und zwar so sehr, dass es nicht einmal mich Sexbestie auch nur eine Sekunde lang erregt hat.

Wortlos bin ich aus der Hütte gestürmt und habe mich schwer atmend vor die Tür gestellt. Während der Regen gegen meine Klamotten peitschte, habe ich erneut in Erwägung gezogen, ihr reinen Wein einzuschenken. Ihr zu sagen, dass sie sich lediglich vor *einem* Mann fürchten muss, ich sie aber vor ihm beschütze. Dass ich binnen weniger Stunden dafür sorgen kann, dass sie in meinem Apartment in Puerto de Veracruz vernünftig untersucht wird. Dass ... sie sich, verdammt noch mal, nicht unnötig quälen muss.

Als ich wieder hineinging, um ihr all das zu sagen, war sie eingeschlafen. Nass waren ihre Wangen, ihr Mund leicht geöffnet, doch der Atem gleichmäßig. Um sie nicht zu stören, habe ich mich wieder aufs Sofa gelegt. Habe mir ausgemalt, wie sie die Wahrheit aufnehmen und wie ich reagieren würde, sollte sie ... *mir nicht freudig um den Hals fallen*.

Ehrlich gesagt tue ich das immer noch. Wir sind jetzt zweieinhalb Wochen zusammen unterwegs. Was denkt sie über mich? Was ... *empfindet sie?*

Vor zwei Tagen habe ich ihren Vater mit üblen Aufnahmen provoziert. Heute Morgen traf eine SMS von Fernando ein: Der Alte hat Himmel und Hölle in Bewegung gesetzt und das Lösegeld fristgerecht überwiesen. Wäre ich ein Gentleman, würde ich nun im nächsten Schritt überprüfen lassen, inwieweit der verfickte Verkupplungsplan Geschichte ist. Danach würde ich sie mit

Daddy vereinen und es so deichseln, dass sie an meiner Seite bleibt. Allerdings hege ich die vage Vermutung, dass mich ihr Vater nicht gerade mit offenen Armen empfangen wird. *Eher mit einer Beretta.*

Trocken lache ich auf. Der *Don* ist meine geringste Sorge und nicht der Grund, warum ich die Überweisung einfach ignorieren werde. Denn: Was, wenn Amira mich nicht will? Was, wenn ihre Zuneigung, die Orgasmen und all die fröhlichen Stunden, die wir vor der Sache mit den Fotos miteinander verbracht haben, bloß gespielt waren? Es war schließlich ein waschechter Verführungsplan, den sie verfolgt hat. Wenn ich also wortwörtlich in ihre Falle getappt und der Einzige bin, der Gefühle entwickelt hat? ... Sprich, Gefühle der Leidenschaft, der puren, unverfälschten Lust! Im Ernst, wenn dem so wäre, wie bekomme ich diese wieder weg?

Will ich überhaupt aufhören, so zu empfinden?

Vierzehn

Amira

»Möchtest du noch eine Portion?« Hilfsbereit will Rubén direkt zur Kelle greifen, doch ich schüttle den Kopf.

»Nimm du ruhig.«

»Ist dir wieder übel?«, fragt er alarmiert und setzt sich eine Spur aufrechter hin.

»Nein, mir geht es gut.«

Er zieht lediglich eine Augenbraue hoch.

Ich spüre, wie ich rot werde. Dabei ist es weniger wegen meiner ernst gemeinten Beteuerung als wegen der Scham, dass er die überstürzten Toilettenbesuche mitbekommen hat. »Ich lüge nicht. Seit dem Frühstück fühle ich mich wieder wie neu. Wenn es nicht so stark regnen würde, hätte ich auch Lust, etwas zu unternehmen.«

»Wir sollten nichts überstürzen«, meint mein selbsternannter Krankenpfleger und beäugt kritisch die Reste unserer aufgewärmten Dosenmahlzeit, dem vegetarischen Feuertopf. Ein mexikanisches Gericht, welches überwiegend aus Bohnen, Chili, Kartoffeln und Mais besteht. Bevor er mir die letzten Löffel doch noch aufdrückt, stehe ich auf und bringe meinen Teller zur Spüle. Gestern und vorgestern ging appetittechnisch nichts bei mir. Zum Glück ist das nun passé – und er sollte garantiert nicht damit anfangen, mir mehr zu geben und selbst auf einen Nachschlag verzichten. Durch seine täglichen Work-outs ist er derjenige mit dem erhöhten Energiebedarf, ich dagegen werde, wenn ich nicht aufpasse, dank seines Verzichts immer ... *fülliger*. Früher hätte mich das kaum gejuckt, aber mitten in einer Verführungsmission zuzunehmen, ist wahrscheinlich eher kontraproduktiv. Klar, können Frauen mit mehr Kilos auf der Waage wunderschön aussehen, aber zu riskieren, dass das dann für mich ebenfalls zutrifft, kann ich mir momentan nicht leisten. Mein Körper ist meine einzige Waffe und so unattraktiv, wie ich während meines endlosen, grauenvollen Katers wohl war, muss ich einiges wieder wettmachen.

Mit zusammengepressten Lippen denke ich an meinen gestrigen Vorschlag zurück und nehme kaum wahr, wie Rubén sich von hinten nähert.

Um für ihn weiterhin anziehend und interessant zu wirken, habe ich eine neue Stellung vorgeschlagen: Analsex. Ein wenig hat es mich schon geängstigt, ihn eventuell Ja sagen zu hören, doch die Panik, ihn an seine Gegner zu verlieren, wenn er von mir gelangweilt vorzeitig wieder auf der Bildfläche erscheint, war um ein Vielfaches größer. Und um ehrlich zu sein, gab es da diesen kleinen Teil in mir, der heiß drauf war, etwas derart Verdorbenes auszuprobieren, dass es mich sogar während des Aussprechens leicht erregt hat. Nach dem Blick auf seinen merkwürdigen Gesichtsausdruck hat sich das aber binnen eines Herzschlags wieder erledigt. Die Abfuhr tat weh. Richtig weh. Gleichzeitig motiviert sie mich, am Ball zu bleiben, jetzt, wo er stimmungstechnisch ganz der

Alte ist. Nur ein paar Tage noch mal alles geben. Danach können wir unbeschadet in unsere Leben zurück.

Komischerweise erfüllt mich diese Aussicht nicht gerade mit Freude.

»*Cariño*?«

Ist es, weil ich befürchte, dass meine Familie sich durch die erfolgreiche Ausführung des Auftrags nicht besänftigen lässt und nach wie vor meinen Tod will?

Mir entweicht ein überraschtes Keuchen, als ich spüre, wie Rubén mich von hinten umarmt und mich eng an sich zieht. Wie lange stand er schon da?

»Ich mache mir Sorgen um dich«, wispert er an meinem Ohr.

»Das musst du nicht«, krächze ich. Ich klinge, als hätte ich eine schlimme Erkältung hinter mir. Und wo zum Teufel, kommt auf einmal die Feuchtigkeit in meinen Augen her?

Er drückt seine Wange an meine, wiegt uns langsam hin und her. Innerlich wird mir ganz warm. Anders als die pulsierende Hitze, die mich überkommt, wenn er mich entsprechend stimuliert, ist es eine sanfte Wärme. Ich fühle mich geborgen und wie ein Teil einer starken Einheit. Mein Körper fügt sich perfekt an seinen. Würde er sich nun nicht lösen und mich sachte umdrehen, hätte ich stundenlang so Zeit verbringen können.

»Lass mich für dich da sein«, bittet er, ehe seine Hände mein Gesicht umfassen und er meine Stirn küsst. Als er mich anschließend wieder in seine Arme zieht, wird mir klar, dass ich mit der Theorie über meine vermeintlich lädierte Anziehungskraft auf dem Holzweg war.

Oh Dio, ich bin so eine Nullcheckerin. So behandelt man niemanden, der einen in Sachen Sex langweilt oder gar abstößt. Auf die Weise, wie er mich ansieht, glaube ich, dass er ... etwas für mich empfindet.

Mein Herzschlag beschleunigt sich. Liege ich auch nicht falsch? Hat er sich tatsächlich in mich verliebt? In der kurzen Zeit?

Ein Lächeln immensen Ausmaßes überzieht mein Gesicht. *Die nächsten Tage werden verführungstechnisch ein Klacks!* Die Zeit wird im Handumdrehen verfliegen. Ehe ich michs versehe, ist er wieder in Sicherheit und ich ... ich ... allein. Denn egal, ob meine Familie weiterhin nach meinem Blut dürstet oder nicht, Rubén gehört einer verfeindeten Organisation an. Papa würde eine Beziehung mit ihm niemals billigen.

Eine Beziehung ...

Trotz düsterer Schlussfolgerung kann ich nicht aufhören zu lächeln. Zudem passiert in meinem Brustkorb etwas nie zuvor da gewesenes. Als würde sich in mir ein Luftballon entfalten. Befüllt mit einer Energie, die mich ganz schwindelig macht. Je höher er steigt, desto stärker habe ich das Gefühl, gleich mit emporzusteigen, immer höher zu schweben.

»Ich habe mich ... also ich ... mag dich ... sehr!«, stoße ich impulsiv hervor und halte dann den Atem an. *Was habe ich da gerade gesagt?!*

Vielleicht nur in meinen Gedanken? Schließlich reagiert er nicht. Diese Worte, die ich beinahe von mir gegeben hätte, ... kamen mir seit Jahren nicht mehr über die Lippen. Geschweige denn in den Sinn.

Aber dieses Gefühl lässt kein anderes Fazit zu. Wie auch immer ich es drehe, die Vorstellung, dass Rubén etwas geschieht, hat mittlerweile einen ganz anderen Schrecken als zu Beginn meines Auftrags. Ihn die letzten Tage nicht lächeln zu sehen, hat mich traurig gemacht. Ich will, dass es ihm gut geht. Seine sanfte Stimme zu hören, beruhigt mich. Seine zarten Berührungen spenden mir Zuversicht und obendrauf entfachen sie eine Leidenschaft in mir, die ich nicht mehr missen möchte.

»Du bedeutest mir auch sehr viel.«

Ich hatte es also laut ausgesprochen! Schüchtern blicke ich zu ihm hoch. Er lächelt. Und obwohl ich am liebsten spontan einen Luftsprung machen würde, so wird mir von Sekunde zu Sekunde flauer ums Herz. Denn das Einverständnis von Papa mal dahin gestellt: Wie können wir eine Beziehung führen, wenn ich ihn von Anfang an belogen habe? Bedeute ich ihm immer noch so viel, wenn er erfährt, dass ich die Tochter des Feindes bin?

Seine Lippen legen sich auf meine und ich versinke in seinem Kuss.

Um seine Sicherheit nicht zu gefährden, kann ich ihm heute aber unmöglich die Wahrheit sagen. Was, wenn er vor Enttäuschung und Wut sofort seine Taschen packt? Nein, ich muss warten, bis die drei Wochen vollständig verstrichen sind.

»Alles okay?«, murmelt Rubén an meinem Mund.

Wann habe ich den Kuss unterbrochen?

»Ich glaube, der Regen hat aufgehört«, bemühe ich eine Notlüge und fühle mich direkt schlecht.

»Du hast recht«, kommentiert er meine Ablenkung, sodass ich mir beim Blick aus dem Fenster gerade noch ein erstauntes ›Oh‹, verkneifen kann.

»Hast du Lust auf einen kleinen Spaziergang?«

»Gerne«, erwidere ich und folge ihm bereitwillig zur Tür.

Aufgrund des vielen Matsches, der unweigerlich eine aufwendige Schuhputzaktion nach sich ziehen würde, entscheiden wir uns die pflegeleichten Flipflops anzuziehen. Während ich mich gedanklich wappne, gleich schmutzig zu werden, läuft Rubén unerwartet ins Schlafzimmer. Mit einem offenen Herrenhemd in der Hand kommt er zurück.

»Zieh das an, draußen hat es sicher abgekühlt.«

»Ich kann mir auch etwas von mir holen«, sage ich halbherzig, ernte aber direkt eine Miene, die ausdrückt, dass ich das schön lassen soll. Gespielt seufze ich auf und streife mir das Oberteil über mein Top, ohne dabei die Knöpfe zuzumachen. Aus dem verheißungsvollen Glitzern in seinen Augen, schließe ich nämlich, dass es hierbei nicht bloß darum geht, mich vorm Frieren zu bewahren, denn sonst hätte er zusätzlich einen Kommentar zu meinen Hotpants gemacht.

So wie er mich momentan ansieht, hat er mich zwei quälend lange Tage nicht angesehen. Reflexhaft befeuchte ich meine Lippen. Gebannt verfolgt er die Bewegung meiner Zunge, bevor er sich abwendet und die Hütte verlässt.

Unser Spaziergang ist kurz. Ich glaube, wir haben beide kein Auge für die exotischen Pflanzen, die sich unter der Last des gesammelten Wassers nur langsam wieder aufrichten und dabei viel grüner aussehen als zuvor. Hand in Hand staksen wir durch den Schlamm, umrunden zweimal die Hütte und beschließen wortlos, dass es das nun war.

Als wir uns kurz darauf im Eingangsbereich gegenseitig die Füße sauber gewischt haben, schauen wir uns verlegen an. Wir wollen beide dasselbe und doch ist es zwischen uns anders als zuvor. Die Nervosität, die sich zu meiner anbahnenden Erregung gesellt, lässt mich unruhig an den Knöpfen seines Hemdes herumspielen.

»Magst ... magst du eine Limonade? Ich presse uns eine ...«, stottere ich unbeholfen. Ohne seine Antwort abzuwarten, drehe ich mich um und eile zur Küchenzeile.

Enrico

Während Amira die Limonade zubereitet, verschwinde ich erst ins Bad und dann in unser Schlafzimmer. Dort entzünde ich alle Teelichter und Standkerzen, die ich in der alten Kommode neben dem Schrank gefunden habe und verteile sie auf der Fensterbank, dem Fußboden und dem Nachttisch. Anschließend ziehe ich den Klappladen zu, damit das verbliebene Tageslicht nicht die romantische Stimmung killt.

Zufrieden mit dem Ergebnis schlüpfe ich aus meinen Klamotten. Seit dem Gefühlsgeständnis meiner kleinen Mafiaprinzessin könnte ich die ganze Welt umarmen. Die dunklen Gedanken, mit denen ich mich zuvor gequält habe, sind verschwunden. An deren Stelle zeichnet sich nun immer deutlicher ein Plan ab, dessen Umsetzung mich optimistisch stimmt. Sobald ich Amira in meinen Armen und sie erfolgreich zum Kommen gebracht habe, werde ich ihr sagen, wer ich bin. Ich werde ihr von dem Verkupplungsplan und von Rubéns wahrem Ich erzählen. Und dann werde ich morgen mit ihr aufbrechen, um ihr ihr neues Zuhause zu zeigen.

»Wow«, kommt es überrascht von der Zimmertür.

»Gefällt es dir?«, frage ich und klinge zum ersten Mal in meinem Leben richtig schüchtern. *Oh Mann.*

»Ja«, flüstert sie. Ich sehe, wie nervös sie ist, und lächle sie beruhigend an. Etwas hat sich zwischen uns verändert, ich kann es nur noch nicht konkret benennen, aber da ist nun mehr als dieses heiße Knistern, das uns bisher magnetisch angezogen hat.

»Hier deine Limo, ich hoffe, sie schmeckt dir.« Sie reicht mir mein Glas und nimmt dann selbst einen großen Schluck aus ihrem. Höflich lasse ich ebenfalls die kühle Flüssigkeit die Kehle hinunterlaufen, ehe ich das halb volle Glas auf den Nachttisch stelle.

»War nicht schlecht, aber wir wissen glaube ich beide, dass es etwas gibt, das mir noch besser schmecken wird«, raune ich. Bevor sie Einwände erheben kann, gehe ich vor ihr auf die Knie und öffne den Knopf ihrer Hotpants. In einer fließenden Bewegung streife ich den Jeansstoff und das weiße Höschen hinunter. Ich packe ihre blanken Pobacken und presse im nächsten Moment den Mund auf ihren samtigen Venushügel.

»Ah!«, höre ich sie wimmern, ehe sie selbst die Beine weiter spreizt.

Begierig lecke ich mehrmals über ihre Spalte und necke immer wieder ihre Perle mit meiner Zunge.

»Rubén, ich glaube ... ich komme gleich«, warnt sie mich keuchend, sodass ich von ihr ablasse.

Grinsend richte ich mich auf. Während ich eine Hand auf ihrem Hintern lasse, greife ich mit der anderen in ihr Haar. »Erst kommen, wenn ich es sage«, stelle ich klar und bringe sie im nächsten Moment dazu, sich selbst zu schmecken. Der Kuss dauert nicht lange, doch ist er so intensiv und überwältigend, dass mir zum ersten Mal in meinem Leben die Beine wacklig werden.

Cariño, geht es dir genauso?

Als ich etwas Abstand zwischen uns bringe, stellt Amira ihr Glas auf den Boden und zieht sich mein Hemd aus. Danach folgen ihr Top und der BH. Und als hätte sie meine sündigen Gedanken gelesen, streift sie sich erneut das Hemd wie eine Jacke über.

»Du bist unglaublich heiß, weißt du das?«

Verlegen lächelt sie mich an und dreht sich einmal um die eigene Achse. Ich könnte sie stundenlang so ansehen, werde sie stundenlang so ansehen. Denn sobald wir mit Runde eins fertig sind und sie erschöpft einschläft, werde ich über ihren Schlaf wachen. Ich werde im Schein der Kerzen mir ihren Körper einprägen und ohne Unterlass über ihre zarte Haut streichen.

»Können wir es«, sie bricht ab, räuspert sich und setzt dann wieder leise an, »von hinten machen?«

Überrascht, dass sie erneut diesen Vorschlag anbringt, brumme ich lediglich auf. Wie beim letzten Mal kann sie mir dabei nicht in die Augen sehen. Stattdessen versucht sie Tatsachen zu schaffen, indem sie sich auf der Matratze auf alle viere begibt und mir ihren Po verführerisch entgegenreckt. Gemessen an der Reaktion meines Schwanzes, stehe ich dem Wunsch heute eindeutig offener gegenüber. Doch mein Hirn funktioniert noch. Ich werde meine Frau nicht wie eine Hure in den Arsch ficken. *Zumindest nicht so bald.*

»Bitte«, flüstert sie.

Tief atme ich durch. Dann steige ich zu ihr aufs Bett. Behutsam streiche ich über ihre Pobacken und positioniere mich so, dass ich mit der feuchten Spitze meines Glieds an den Innenseiten ihrer Oberschenkel entlangfahre. Amira erzittert unter meinen Berührungen. Ihr geräuschvoller Atem geht so schnell, als würde sie mich bereits in sich spüren.

Warum willst du bloß auf diese Weise genommen werden?

»Schau mich an«, sage ich bestimmend und belohne sie mit einem leichten Lächeln, als sie den Kopf nach hinten dreht. Viel von ihrem Gesicht erkenne ich jedoch nicht, denn rechts gibt es keine Kerzen, die es einigermaßen gut ausleuchten könnten. Trotzdem meine ich zu sehen, dass ihre Augen geweitet sind und ihre Lippe erwartungsvoll zittert.

Als ich meinen Schwanz an ihre Pussy führe und langsam in sie eindringe, flattern ihre Lider.

»Hast du es denn schon einmal anal besorgt bekommen?«, frage ich sie mit belegter Stimme, als ich mich ein Stück tiefer schiebe.

»Ja«, behauptet sie, zuckt allerdings weg, als ich mit dem Mittelfinger durch ihre Falte hin zur Rosette streiche.

»Aber du bist dabei nicht gekommen«, spiele ich ihr Spiel mit und versenke mich zeitgleich tief in ihrem Schoß. Automatisch presst sie sich mir entgegen. *Dein Körper kann mir nichts vormachen, cariño.*

Sie stöhnt.

»Antworte mir«, fordere ich. Mit der Fingerkuppe drücke ich leicht an ihren Hintereingang, was in Kombination mit den langsamen, aber entschlossenen Bewegungen meiner Hüfte dazu führt, dass sie japsend den Kopf wieder nach vorne dreht und mit den Armen einknickt.

»Schau mich an«, erinnere ich sie. Durch den neuen Winkel gelange ich noch tiefer. Sie ist herrlich eng. Das ruhige Tempo beizubehalten und mich damit ganz auf ihre Welle zu konzentrieren, ist fast unmöglich. Doch ihr Höhepunkt soll diesmal alles andere als kurz und heftig ausfallen, weswegen ich mich hart am Riemen reiße.

Schwer atmend wendet sie sich mir wieder zu. Dass sie mir eine Antwort schuldig ist, scheint sie vergessen zu haben. Ich lasse es dabei bewenden. Ich möchte nicht, dass sie mich nochmals anlügt. Möchte nicht, dass sie überhaupt an irgendetwas denkt. Sie soll lediglich fühlen. Idealerweise das, was ich aktuell in mir spüre. Und das ist eine verdammt große Portion Glück – gepaart mit einer Leidenschaft, die schier überwältigend ist. Die mich minutenlang mühelos in sie stoßen lässt. Und die dafür sorgt, dass wir beide nicht länger ein Mann und eine Frau sind, sondern ...

»Rubén ... warum ... nicht von hinten?« Sie ist kaum mehr in der Lage, sich klar zu artikulieren. Ihr gesamter Körper bebt, das Hemd an ihrem Rücken ist schweißnass. Ihr Gesicht, soweit ich das einschätzen kann, ist rot. Die mir zugewandte Wange glänzt etwas. Kann aber auch eine Täuschung sein. Durch die hellen Lichter zu ihrer Linken, fällt es mir immer schwerer, in den dunklen Schatten klar zu sehen.

»Warum sollte ich, wenn ich dich auf diese Weise nicht markieren kann?«

Amira entfährt ein hohes Japsen. Ob wegen meiner geknurrten Frage oder dem Zupacken meiner Hände an ihren Hüftknochen, vermag ich jedoch nicht zu sagen.

Noch einmal dränge ich so tief wie möglich in sie, ehe ich bis zum Anschlag in ihr verharre und ihr erlaube, zu kommen. Augenblicklich verkrampfen ihre Muskeln. Ihr langgezogenes Stöhnen bringt mich zum Vibrieren. Wie, als hätte jemand den Bass aufgedreht, spüre ich ihre Geräusche mit jeder Faser meines Körpers. Instinktiv beuge ich mich über ihren Rücken und lasse sie dabei mein komplettes Gewicht spüren. Wir sind eins. Daran ändert sich auch nichts, als ich beginne hart in sie zu stoßen und sie sich kurz darauf nicht mehr halten kann. Ausgestreckt liegt sie flach unter mir und gibt sich bereitwillig meiner ungezügelten, rauen Lust hin.

Das Schlafzimmer ist erfüllt von meinem dunklen Stöhnen. Mehrere Kerzen sind mittlerweile ausgegangen, die, die noch brennen, nehme ich als grelle Punkte wahr, die, je lauter ich werde, umso größer werden. Wie in einem Universum, in dem alles aufeinander abgestimmt ist und jede Aktion eine Reaktion zur Folge hat.

Meine Hände wandern unter sie, umfassen ihre Brüste, kneifen in ihre Nippel.

Amira schreit süßlich auf.

»Mehr«, stößt sie undeutlich hervor.

Ich schmunzle. Zumindest gehe ich davon aus, denn die Muskeln in meinem Gesicht nehme ich nicht mehr wahr. All meine Empfindungen sind südlich verlagert. Befinden sich zwischen ihren Schenkeln, in ihrer heißen, feuchten Enge, die mich nicht mehr loslassen will. Als ich brüllend in ihr abspritze, überwältigt mich ein Strudel an Emotionen.

Angst, Freude, Sorge, Verwirrung, Verlangen.

Und wieder so viel Glück! Ich bin unfassbar glücklich. Der glücklichste Mann in ganz Mexiko.

Vorsichtig rolle ich mich von meiner Frau und drehe sie zu mir. Es müssen erneut ein paar der Kerzen ausgegangen sein. Ich kann lediglich ihre Silhouette erkennen. Tastend streiche ich über ihre Brüste runter zu ihrer geweiteten Pussy. In dem Moment, in dem ich mit drei Fingern in sie gleite, kommt sie zum zweiten Mal. Es ist Musik in meinen Ohren. Eine Melodie, der ich in Dauerschleife zuhören könnte, die mich in Trance versetzt, mich stimuliert und zugleich … lähmt.

Meine Gliedmaßen werden seltsam schwer, meine Finger gehorchen mir nicht mehr, fallen schlaff auf die Matratze, eine Sekunde darauf quittieren meine Augenlider ihren Job.

Es ist still geworden. Eigentlich müsste ich nun ihren raschen Atem hören, doch da ist nichts. Ist sie ohnmächtig? Habe ich sie überanstrengt? Ich will meine Hand nach ihr ausstrecken, aber scheitere.

Scheiße, irgendetwas stimmt hier nicht.

»Amira«, probiere ich zu sagen, schaffe es allerdings nicht, die Lippen zu bewegen.

Plötzlich spüre ich etwas auf mein Gesicht tropfen. Ehe ich mir darüber klar werden kann, was das bedeutet, erhalte ich einen zärtlichen Kuss. Sofort durchströmt mich wieder dieses Glücksempfinden. Am liebsten würde ich laut hinausschreien, wie gut es mir geht. Dass ich willens und fähig bin, einmal zum Mond und zurückzufliegen, dass ich generell nur noch von einem Höhepunkt zum nächsten fliegen werde, auf dem unendlichen Meer der Lust die Orgasmen absurfe … *fuck*! Erde an Enrico, hör dir selbst zu. Orgasmen absurfen? Du bist nicht trunken vor Glück, du bist high!

Fünfzehn

Amira

Bald ist die Sonne weg. Schon seit Stunden fahre ich völlig überfordert stur geradeaus. Dass ich bislang keinen Unfall gebaut habe, ist pures Glück. Wenn ich nicht von einem Heulkrampf durchgeschüttelt werde, kämpfe ich gegen die altbekannte Panik an. Als wäre mir Gletscherwasser injiziert worden, verkrampfen sich in regelmäßigen Abständen sämtliche Muskeln, während mein Brustkorb immer schwerer wird und das Atmen einem einzigen Kraftakt gleicht. In diesen Momenten spüre ich weder das Lenkrad noch nehme ich die Geräusche um mich herum wahr. Ich habe keine Ahnung, ob die vielen Autofahrer, die mich überholen, vorher gehupt haben oder ob im Radio zur Abwechslung mal die Nachrichten laufen.

Dabei sollte ich in dem gestohlenen SUV versuchen, so wenig Aufmerksamkeit wie möglich auf mich zu lenken. Nur fällt es mir schwer, einen klaren Gedanken zu fassen. Der Schock sitzt zu tief. Dass ich nach dem furchtbaren Fund während der Limo-Zubereitung nicht direkt kopflos nach draußen gerannt, sondern besonnen vor Ort geblieben bin, muss daran liegen, dass ich die Wahrheit zunächst nicht akzeptieren wollte. Oder lag es daran, dass mein Überlebenswille es für das Klügste hielt, ihn erst mal unschädlich zu machen, damit mehr Zeit für die Flucht bleibt?

Ich habe mich von ihm nehmen lassen, als wäre nichts passiert. Was sagt es über mich aus, dass ich trotz Angst und Enttäuschung Analsex vorgeschlagen habe, um erfolgreich von der einsetzenden Wirkung der Drogen abzulenken und obendrein zweimal gekommen bin? Dass ich ihm zuletzt sogar einen Abschiedskuss gegeben habe, ehe ich blindlings meine Sachen zusammengesucht und aus dem Raum gestürzt bin?

Wieder werden meine Augen feucht. Wild blinzelnd versuche ich die Flüssigkeit in Schach zu halten, gebe aber schon bald auf. Meine Sicht verschwimmt. Wie mir nach einer Weile bewusst wird, nicht allein wegen der Tränen. Draußen hat auch der Himmel seine Schleusen geöffnet. Der starke Niederschlag prasselt in einer Tour aufs Auto, sodass die Scheibenwischer kaum hinterherkommen.

Um mein Glück nicht länger herauszufordern, lenke ich den Wagen an den Straßenrand und schalte den Motor aus. Dann lehne ich mich erschöpft im Sitz zurück. Tiefe, nicht enden wollende Schluchzer brechen aus mir hervor, machen mir klar, dass ich ... *verloren bin*. Ich habe keinen Schimmer, wie es weitergehen soll.

An einem Ort, den ich, hätte es nicht so penetrant vibriert, niemals genauer unter die Lupe genommen hätte, bin ich auf ein Versteck gestoßen. Unter Kaffeesatz, Limonenschalen und anderen Essensresten lag verpackt in einem luftdichten Plastikbeutel ein Handy, ein Ausweis, eine Pistole sowie ein halb angebrochenes Tütchen mit einer weißen Substanz. Ich weiß gar nicht mehr, was mich in dem Moment am meisten entsetzt hat. Dass es dieses zweite Handy gab und er doch nicht von der Außenwelt abgeschnitten war? Dass das Tütchen, das offenkundig Drogen enthielt, zur Hälfte geleert war und ich sofort den Verdacht bekam, am Lagerfeuer nicht nur betrunken, sondern richtig high gewesen zu sein?

Ich schnaube auf.

In dem Augenblick, in dem ich den Ausweis näher betrachtet habe, war das, sowie der Umstand endlich seine Handfeuerwaffe entdeckt zu haben, nicht länger wichtig. Der abgedruckte Name in Kombination mit dem Passfoto war viel krasser als alles andere zusammen.

Enrico Vásquez. Nicht Rubén Estrada. Ich hatte den falschen Mann entführt. Einen Mann, der sich bewusst als meine Zielperson ausgegeben hatte. Warum?

Waren die Estradas über mein Kommen informiert und hat sich etwa einer der Kartell-Männer oder ein Bodyguard sich den Spaß erlaubt, mich an der Nase herumzuführen, damit sein Boss außer Gefahr ist? Wenn ja, ist der echte Rubén mittlerweile durch einen Auftragskiller aus dem Verkehr gezogen worden und meine Mission damit gescheitert? Oder war die Begegnung mit Enrico purer Zufall? War er ein Spinner, der grundsätzlich jedem weismachte, er wäre der Sohn eines mächtigen Kartellbosses? *Wohl kaum.*

Wäre ich in der Hütte geblieben, hätte ich nun Antworten. Oder wäre tot. Ich habe mich in meinem Reisebegleiter getäuscht. Das Risiko, dass er mich auch mit seiner Persönlichkeit hinters Licht geführt hat und nach zur Redestellung sein wahres, möglicherweise brutales Ich offenbart, konnte ich nicht eingehen.

Stumpf starre ich durch die Frontscheibe, wische mir kraftlos übers Gesicht. So dunkel wie es geworden ist, könnte man meinen, dass bereits tiefste Nacht sei.

Ob er noch schläft? Oder hat er schon gecheckt, dass ich nicht mehr da bin und den SUV mitgenommen habe? Genau wie sein Handy und die Pistole. Er hat keine Möglichkeit, Hilfe zu rufen. Sicher wird er im Dunkeln auch nicht unbewaffnet durch den Regenwald ins nächste Dorf marschieren. Vor Tagesanbruch muss ich, so gesehen, nichts von ihm befürchten. Und danach? Wird er mir nachsetzen? Mir erklären, dass ich völlig falsche Schlüsse gezogen habe und er mit mir zusammen sein will? Oder wird er, sollte sich die erste Theorie bewahrheiten, seinen Boss weiter vor mir beschützen wollen und mich daher irgendwohin verschleppen?

Aber sollte er nicht längst kapiert haben, dass ich vergleichsweise ungefährlich bin? Wenn das alles inszeniert war, bin ich ja noch nicht einmal imstande, jemanden ernsthaft zu verführen.

Gequält presse ich die Lippen zusammen. Nicht ich habe ihn verführt. Gemessen an meinen Gefühlen und meiner schier endlosen Erregung, war er es, der mich verführt hat. Der mich nicht mehr klar hat denken lassen, sodass ich die bisherigen Zufälle, die mir in die Hände gespielt haben, nicht weiter hinterfragt habe.

Angefangen bei der Hinfahrt, bei der er sich vermutlich nur schlafend gestellt hatte ...

Mir fallen wieder seine vielen Fragen nach meiner Familie ein. Er war so ein aufmerksamer Zuhörer. Hat sein scheinbares Interesse ausschließlich darauf abgezielt, Informationen über den Feind zu erhalten?

Erneut muss ich aufschluchzen. Ich fühle mich unsagbar naiv. Benutzt. Und unfassbar ... traurig.

Enrico

Mir gehts beschissen. Das Herz rast, der Kopf dröhnt. Je wacher ich werde, desto übler wird mir. Fuck.

»Amira?«, murmle ich und taste zur Seite. Wie insgeheim befürchtet, ist die Matratze neben mir leer. Ich zwinge mich die Augen zu öffnen. Der Raum ist dunkel, doch an den Ritzen des Klappladens kann ich erkennen, dass draußen bereits die Sonne scheint.

Schwer atmend schleppe ich mich aus dem Bett und lasse das Tageslicht ins Zimmer.

Ihre Sachen sind weg.

Trotzdem rufe ich nach ihr. Es kommt keine Antwort. Ich will in den Hauptraum hetzen, gelange aber lediglich bis zum Bad. Über die Kloschüssel gebeugt würge ich die Reste der gestrigen Mahlzeiten hervor.

Als ich schließlich im Hauptraum bin und neben dem Mülleimer meinen Ausweis entdecke, geben meine Beine nach. Fluchend plumpse ich zu Boden. Auf allen vieren wühle ich im Abfall nach den anderen Sachen. Doch die ID-Karte ist das Einzige, was sie mir gelassen hat. »Fuck!«, rufe ich, ehe ich schwerfällig aufstehe.

So hätte das nicht laufen sollen! Ich wollte ihr im Bett die Wahrheit sagen, warum musste das Schicksal mir zuvorkommen?

Wie ich wenig später feststelle, hat sie auch den Wagen genommen. Jetzt bleibt nur zu hoffen, dass sie nicht die Küste hoch Richtung Puerto de Veracruz und damit direkt in die Arme von Rubéns Männern gefahren ist.

Verzweifelt balle ich die Hände zu Fäusten; fühle mich um Jahre gealtert. Wo ist sie hin? Wie geht es ihr? Was ging ihr durch den Kopf, als sie die Sachen gefunden hat?

Sie hat sich nichts anmerken lassen. Ist sogar mehrmals gekommen. Habe ich sie unterschätzt? Ist sie doch ein Vollprofi, der berechnend scheinbare Gefühle gestanden hat und beim ersten Anzeichen, nicht den Richtigen verführt zu haben, aufgebrochen ist, um das Missgeschick zu beheben?

Würde bedeuten, dass sie nach Mexiko-Stadt fährt. Vielleicht schon dort angekommen ist.

Ungeachtet meiner körperlichen Verfassung fülle ich mir eine Wasserflasche und mache mich dann zu Fuß auf Richtung Hauptstraße. Mein Zeug kann ich im Nachhinein immer noch holen lassen, wichtig ist nun, keine weitere Zeit mehr zu verlieren. So schnell wie möglich muss ich eine Gelegenheit zum Telefonieren finden. Fernando muss unbedingt den GPS-Tracker in ihrem Rucksack verfolgen!

Amira

Gerädert sitze ich in einem Internetcafé und recherchiere nach einer Bleibe. Eine weitere Nacht im Auto möchte ich mir nicht zumuten. Außerdem ist es nicht ratsam, zurückzulaufen. Denn, wenn Rubén ... Enrico, *Dio, fühlt sich der Name fremd an!* Jedenfalls, sollte er den Wagen gestohlen melden, dann muss ich mir nicht nur Sorgen um einen potentiellen Verfolger machen.

Nein, ich muss den SUV in dieser verwaisten Seitenstraße stehen lassen und mich so weit wie möglich von ihm entfernen. Am Ende ist er noch so modern, dass er mit einer Trackingsoftware ausgestattet ist. Nicht auszudenken, wenn ich eines Morgens die Augen öffne und zwei Sekunden später auf dem Fahrersitz überwältigt werde.

Bloß gibt es ein Problem. Der Ort, an dem ich gestrandet bin, ist nicht wirklich auf Touristen eingestellt. Die wenigen Pensionen, die ich in der Umgebung gefunden habe, sind, zumindest laut Internetrecherche, entweder geschlossen oder ausgebucht. Dabei würde ich mich erst mal mit einer Nacht begnügen. Hauptsache, vorerst in Sicherheit. Wie es weitergeht, weiß ich nämlich nicht. Nachdem ich die Mission gehörig vergeigt habe, brauche ich mich, um es beschönigend auszudrücken, nie wieder bei meiner Familie melden. Gabriele war dahingehend ja sehr deutlich. Durch den großen Einfluss des *Dons* kann ich meine Heimat daher vergessen. Aber dem ungeachtet ist ein Flug nach Europa ein Ding der Unmöglichkeit. Wenn ich vermeiden will, dass man mir übers Online-Banking auf die Spur kommt, bleiben mir nur die paar Scheine in meiner Gürteltasche. Lange werden sie nicht reichen.

Seufzend erweitere ich das Suchgebiet und filtere die Ergebnisse nach aufsteigendem Preis. In zwanzig Kilometern gäbe es mehrere Unterkünfte mit Mehrbettzimmern und Etagenbad. Zwar eindeutig besser als nichts, doch für mein Sicherheitsbefinden kommen geteilte Schlafzimmer genauso wenig infrage wie das Hostel mit Freiluft-Hängematten und Strandzugang ein paar Ortschaften weiter. Noch einmal erhöhe ich den Radius. Während ich die neuen Treffer überfliege, stechen mir zwei Orte immer wieder ins Auge. Schnell prüfe ich, ob es von hier eine Überlandbusverbindung gibt.

Wie es aussieht, habe ich Glück. Nach Poza Rica de Hidalgo, wo gleich mehrere Pensionen genügend Kapazitäten haben, gibt es einen Überlandbus, der dort einen Zwischenstopp einlegt, ehe er seinen Weg Richtung Hauptstadt fortsetzt.

Ich schreibe mir alle Daten heraus, lösche meinen

Suchverlauf und schließe im Anschluss den Browser. Als ich aufstehen will, kommt mir jedoch noch eine Sache in den Sinn. Gespannt rufe ich ein neues Fenster auf und wähle mich in das Chatprogramm mit *ElGato* ein. Nachdem ich die Hütte gefunden hatte, bin ich kurz online gegangen. Zu meiner damaligen Erleichterung hatte er geschrieben, auf Geschäftsreise zu sein und demnächst keine Zeit zu haben. Froh, dass meine unerwartete Abwesenheit ihm nicht sauer aufgestoßen ist, hatte ich ihm von einer anstehenden Studienreise erzählt. Da er ja von meiner Abneigung, das Haus zu verlassen, weiß, habe ich behauptet, dass ich zur Vermeidung alles versucht hätte, mir aber letzten Endes keine Wahl blieb, weil ich sonst die Credits für den Kurs nicht erhalten würde. Es war das erste Detail über mein ›richtiges‹ Leben, das ich ihm geschrieben habe. Er weiß also nun, dass ich an einer Universität eingeschrieben und vermutlich jünger bin als er. Gemessen an meiner jetzigen Situation nichts, worüber ich mir groß den Kopf zerbreche. Denn der Inhalt meiner nächsten Nachrichten geht viel weiter.

Hi! Meine Exkursionen sind vorbei und damit ist es Zeit für eine weitere Überraschung …

Ich bin in Mexiko. Ja, richtig gelesen! MEXIKO. Ich kann es selbst kaum fassen 😂 Jedenfalls reisen morgen alle ab und ich dachte, ich nutze die Gelegenheit für einen Besuch bei dir.

PS: Wenn du noch auf deinem Businesstrip und nicht zu Hause bist, wäre ich dir dankbar für ein alternatives Dach überm Kopf. Bin aktuell etwas knapp bei Kasse und da ich meinen Flug bereits spontan verschoben habe, wird es sonst die Parkbank …

No pressure – kein Druck 😂

Also irgendwie schon … ok, ähm, ich hoffe, du liest das hier.

Bevor ich noch verzweifeltere Zeilen tippe, zwinge ich mich dazu, den Chat zu verlassen. Das mit der Studienreise hat er bislang nicht gelesen. Wer weiß, ob er sich überhaupt bald einloggt. Und wer weiß, ob er mich nicht direkt vor die Tür setzt, wenn er erkennt, dass ich eine Frau bin. Vielleicht sollte ich mich zur Sicherheit vorher als Kerl verkleiden? Die Haare abschneiden und die Oberweite abbinden – würde das ausreichen?

Aber würde er tatsächlich so gemein sein und mich in meiner Notsituation abweisen? Wenn ich an unsere Chats und sein gezeigtes Einfühlungsvermögen denke, kann ich mir das nicht recht vorstellen. Auch auf die Gefahr hin, künftig als Spielpartner anders behandelt zu werden, werde ich ihm mein wahres Ich präsentieren. Schließlich steht es in den Sternen, inwieweit ich jemals wieder die Chance haben werde, unbesorgt Zeit im Gaming-Universum zu verbringen.

Ich nicke mir ermutigend zu, ehe ich wirklich aufstehe, an der Kasse bezahle und mich auf den Weg zum Busterminal begebe.

Über zwei Stunden später treffe ich gemeinsam mit rund vierzig weiteren Fahrgästen am Busbahnhof von Poza Rica de Hidalgo ein. Die Fahrt war unspektakulär. Trotz Müdigkeit habe ich es erfolgreich geschafft, wach zu bleiben. Froh meinem Ziel, einer gesicherten Unterkunft für die Nacht, näher gekommen zu sein, steige ich aus.

Um die großen Klappen der Kofferablage hat sich bereits eine Traube von künftigen und bisherigen Passagieren versammelt. Routiniert wuchtet der Busfahrer Rucksäcke und Taschen aus dem Stauraum, ehe er immer wieder Lücken mit neuem Gepäck füllt.

Als ich sehe, wie er meinen Reiserucksack weiter nach hinten schiebt, mache ich ihn schnell auf mich aufmerksam, sodass ich mich wenig später mit meinem Hab und Gut zur ersten möglichen Unterkunft mache.

Auf dem Weg lege ich immer wieder eine Pause ein. An einem Straßenstand gönne ich mir eine Portion *Churros*. Das ist das süße Gebäck, das mir Rubén ... Enrico bei unserem Dinnerdate als Dessert bestellt hatte.

Nach dem ersten Bissen bin ich unweigerlich in Gedanken wieder bei diesem Abend. Damals habe ich sogar noch daran gedacht, dass er das mit dem Flirten viel besser drauf hat als ich. Hatte er das Restaurant komplett gebucht, damit niemand ihn mit falschen Namen ansprechen konnte? Hätte es mir da schon auffallen müssen?

Und dann war da dieser Kuss, der mir den Atem geraubt hat. Er muss mit Absicht sein Gesicht gedreht haben. Sich seiner Wirkung auf mich voll bewusst gewesen sein. *Oh Dio, wo bin ich da nur hineingeraten?* Eine wirkliche Antwort darauf habe ich nach mehreren Stunden tiefsten Grübelns natürlich immer noch nicht gefunden. Seit ich direkt bei der ersten Adresse ein Einzelzimmer buchen konnte, habe ich die vier Wände nicht mehr verlassen. Lag die ganze Zeit ausgestreckt auf dem Bett und habe Löcher in die Decke gestarrt – sofern ich nicht Schlaf nachgeholt oder wütend auf das Kopfkissen eingeschlagen habe. Nach einer schnellen Dusche musste ich nämlich feststellen, dass ich den falschen Rucksack mitgenommen habe. Gleiches Modell, doch anderer Inhalt. Wesentlich harmloserer Inhalt. Verflucht, die Person, mit der ich den Rucksack unfreiwillig getauscht habe, muss beim Öffnen zu Tode erschrocken sein. Auch wenn die Waffe und das für mich sowieso nutzlose, da gesperrte, Handy recht mittig verstaut waren, waren sie doch sicher gut zu ertasten. Wenigstens hatte ich damals in der *Casa Donají* die Briefingunterlagen vernichtet. Einen Hinweis auf den Auftrag gibt es somit nicht. Es sei denn, auf der Waffe sind Fingerabdrücke, die dann jedoch nicht auf mich, sondern den richtigen Besitzer schließen lassen. Aber selbst wenn, wäre es ja nicht die eigentliche Zielperson. Es ist Enricos Waffe, die ich nach dem Einpacken geistesgegenwärtig nicht einmal aus dem Plastikbeutel genommen hatte.

Wie viele Menschen er wohl damit bereits getötet hat? Mehr als mit dem Klappmesser, das ich seit meinem Aufbruch in der Hosentasche mit mir herumschleppe? Am liebsten würde ich es entsorgen, aber ich schätze, wenigstens irgendetwas zur Verteidigung zu haben, ist nicht verkehrt.

Von Hunger getrieben schlurfe ich abends nach draußen, um mir bei einem nahegelegenen Imbiss eine Kleinigkeit zu essen zu holen. Bevor ich wieder unter die Decke verschwinde, mache ich einen Abstecher in den Aufenthaltsraum mit dem alten Rechner, der hier glücklicherweise den Gästen entgeltfrei zur Verfügung steht.

Leider gibt es keine Neuigkeiten von *ElGato*.

Auch nicht am nächsten Morgen vor dem Frühstück. Erst als ich mich vormittags dazu entschlossen habe, an der Rezeption um eine weitere Nacht zu bitten, und ich mich, verzweifelt wie ich bin, kurz vorher nochmals einlogge, sehe ich, dass er online ist und eine Antwort getippt hat, die mir die Tränen in die Augen treibt.

> Freut mich von dir zu hören! Hatte mir schon Sorgen gemacht. Umso cooler, dass du hier bist. 🙂

> Leider bin ich gerade ziemlich im Stress 😟 Für unsere erste Begegnung wäre es besser, wenn ich etwas entspannter drauf bin … und nein, ich übertreibe nicht. Mein Trip ist mies gelaufen und ich bin ehrlich gesagt nervlich völlig hinüber. Und du bist mir zu wichtig, als dass ich dich direkt meine schlimmsten Seiten erleben lasse.

> Aber jetzt zu deinem Problem. Natürlich kann ich dir helfen! Wo bist du? Beziehungsweise welche Präferenzen hast du? Hauptstadt, Umland, Küste …?

Schniefend schreibe ich, dass ich flexibel bin und erhalte wenige Sekunden später eine Adresse in der Region Sierra Norte.

> Meine abuela wohnt hier. Ich telefoniere mit ihr und kündige dich an. Sie freut sich immer über Gesellschaft. Das Dorf hat zwar sonst nicht viel zu bieten, aber so, wie ich dich kenne, bist du ja eh kein Fan von Aufregung 😉

Ich lache auf. Wie recht er hat! Bevor er offline geht, bedanke ich mich überschwänglich und suche dann eine Busverbindung nach Honey Puebla heraus. Sollte Enrico mich aufspüren wollen, würde er mich gewiss in der Hauptstadt oder einer anderen Großstadt mit internationalem Flughafen vermuten. Entweder, um meinen Auftrag zu vollenden oder in Rubéns Todesfall, die Flucht zu ergreifen. Die Wahrscheinlichkeit, dass er mich in einem abgelegenen Dorf aufspürt und so eine unschuldige, ältere Dame durch mich in Gefahr gerät, schätze ich daher als gering ein.

Sechzehn

Amira

Am späten Nachmittag stehe ich schließlich vor einem eingeschossigen, sonnengelb gestrichenen Häuschen. Der mannshohe Gitterzaun, der drumherum gezogen ist, lässt den Blick auf einen kleinen begrünten Vorgarten mit Palmen, Gemüsebeet sowie einem ... Limonenbäumchen zu.

»Wenn du magst, presse ich uns später eine Limo.«

»Erst bekochst du mich, sorgst für Ordnung in der Küche und jetzt bekomme ich später noch eine frische Limo? Pass auf, dass ich mich nicht daran gewöhne.«

»Frauen gehören eben verwöhnt, besonders Frauen wie du.«

Ein Räuspern ertönt hinter mir, holt mich aus der Vergangenheit im Regenwald zurück und gebietet dem wohligen Schauer, der sich bei der Erinnerung an Enricos durchdringenden Blick unerwünschterweise in mir ausbreitet, Einhalt.

»Wollen Sie zu mir?« Eine ältere Dame schaut mich neugierig an. Ihr Lächeln kommt mir seltsam vertraut vor. Es ist ein ›Alles ist gut, mach dir keine Sorgen‹-Lächeln, wie es Menschen mit riesigem Urvertrauen aufzulegen pflegen. War es der freundliche Pastor, der damals bei uns in der Stadt die Sonntagsmessen leitete, der ebenfalls jeden mit diesem Lächeln begrüßte? Oder warum fühle ich mich auf einen Schlag regelrecht entspannt?

»Sind Sie Frida Flores?«, frage ich.

Sie nickt und stellt einen Korb mit Lebensmitteln auf den Boden.

»Ich bin Amira. Ihr Enkel hat mir angeboten, kurzfristig bei Ihnen unterzukommen. Er hat Sie hoffentlich schon erreicht, um Sie vorzuwarnen?«

»Sie sind also der Freund, mit dem er online Spiele spielt?«

Ich nicke erleichtert. »Genau der, beziehungsweise die bin ich. Wir waren bisher eher inkognito unterwegs. Ich kenne ihn nur als *ElGato* und er kennt mich als … ähm, *godfather22*«, schließe ich verlegen.

Seine Oma lacht fröhlich auf. »Ihr jungen Leute heutzutage …« Vergnügt schüttelt sie den Kopf und hebt den Korb wieder hoch. Als sie das Gittertor aufschließt und mich hereinbittet, erzählt sie, dass er ihr bereits von meinem anstehenden Besuch berichtet hat. »Wenn es dich nicht stört, würde ich aber Amira sagen. Der Name gefällt mir wesentlich besser als das Alias. Ich bin übrigens Frida.«

»Freut mich, und ja gerne einfach nur Amira.«

Nachdem wir die Haustür passiert haben, stehen wir direkt im Wohnbereich. Drei Türen zweigen von dem Raum, an dessen Ende eine überraschend moderne Küche installiert wurde, ab.

Wie sie mir wenig später erklärt, führen die Türen in ihr Schlafzimmer, ins Bad und in das ehemalige Kinderzimmer ihrer Tochter.

»Jetzt nutze ich es als Gästezimmer, wenn mein

werter Enkel sich mal bequemt, aus der Stadt hierherzufahren.« Ihr wehmütiger Blick weicht den vorwurfsvollen Ton wieder auf. Sie vermisst ihn, das wird nur allzu deutlich.

Spontan lege ich eine Hand auf ihre Schulter.

Seufzend nickt sie mir leicht zu. »Zum Glück leistet mir« erneut lacht sie auf, »*ElGato* auf seine alten Tage noch Gesellschaft.«

Stirnrunzelnd versuche ich, mir einen Reim drauf zu machen, doch erst als ich ihrem ausgestreckten Finger folge und den gemächlich herbeischlendernden Kater erblicke, verstehe auch ich. Mein Spielpartner hat sich nach dem Haustier seiner Oma benannt.

Ich grinse. Langsam gehe ich in die Hocke, lasse mich beschnuppern und verteile dann eine Streicheleinheit nach der anderen. Es tut unerwartet gut.

»Setzt euch doch aufs Sofa. Ich bereite solange einen kleinen Snack vor.«

»Ich kann gerne mithelfen.«

»Nein, so weit kommt es noch.«

Kurz darauf verschwindet sie an die Küchenzeile, sodass ich *ElGato* auf den Arm nehme und es mir mit ihm auf dem Sofa im Wohnbereich gemütlich mache. Sein sanftes Schnurren auf meinem Schoß gepaart mit seiner Wärme lassen mich entspannt aufseufzen.

»Ich sehe, ihr seid schon dicke Freunde geworden, hm?« Frida kommt mit einem Serviertablett. Vorsichtig stellt sie eine Karaffe gefüllt mit Wasser und Limonenstücken sowie zwei Schüsselchen mit Obstsalat auf den Beistelltisch.

»Vielen Dank!«

»Nichts zu danken, *mi amor*. Wenn ich mir einen Kommentar erlauben darf«, sie hält inne, bis ich nicke,

»du könntest durchaus noch mehr solcher Zwischenmahlzeiten vertragen. Isst du nicht ordentlich?«

Ich denke an meine Fast-Food-Stopps der vergangenen Stunden. Und dann an die Extraportionen mit denen Enrico mich ... okay, Stopp, falsche Richtung!

»Ich hatte in letzter Zeit großen Stress.«

»Das habe ich mir bei deinen dunklen Augenringen schon gedacht. Aber jetzt kannst du erst mal entspannen und es dir gut gehen lassen. Mir wurde aufgetragen, dass es dir an nichts mangeln soll.«

Bei den Worten werden meine Augen vor Dankbarkeit wieder fast feucht. Was habe ich für ein Glück mit meinem Spielpartner!

Einträchtig sitzen wir bis spät in den Abend auf dem Sofa. Je länger wir miteinander quatschen, desto mehr fühlt es sich an, als würden wir uns schon ewig kennen. Dass es ihr genauso geht, schließe ich aus ihren Erzählungen, die sich irgendwann nicht nur um Kindheitsstorys über ihren alles geliebten Enkel drehen, sondern auch um ihre Tochter, die, Gott hab sie selig, bei der Geburt ihres Sohnes verstarb.

»Das tut mir leid zu hören.«

»Ja, es war sehr tragisch. Quasi der Beginn einer schrecklichen Reihe von ... ach, was erzähl ich. Es ist bereits eine Ewigkeit her. Ich habe meinen Frieden gefunden.«

Bewegt nicke ich und denke an meinen ersten Schicksalsschlag. Meine Mutter auf grausame Weise zu verlieren, hat mich so sehr aus der Bahn geworfen, dass ich noch lange nicht meinen Frieden damit gefunden habe. Oder?

»Ich würde die Tage gerne ihr Grab besuchen gehen und ihr etwas mitbringen, das sie gerne gegessen hatte. Allerdings fehlt mir eine Zutat, die ich hier im Dorf nicht bekomme.« Unruhig ordnet sie das leere Geschirr auf dem Beistelltisch neu.

Ich lächle sie ermutigend an.

»Würde es dir etwas ausmachen, sie für mich zu besorgen? Eigentlich hatte ich gehofft, dass mein Enkel mir wieder einen Vorrat holen kann, und einen Gast zu bitten, kommt mir ziemlich unhöflich vor, ich ... Entschuldigung. Ich muss sentimental geworden sein, vergiss, was ich gesagt habe.«

»Nein, schon gut. Ich würde dir gerne helfen. Hier sein zu dürfen, bedeutet mir sehr viel. Deine Gastfreundschaft weiß ich sehr zu schätzen.«

»Aber nur, wenn es dir keine Umstände macht.«

»Natürlich nicht.«

»Na gut, dann frage ich Aná, meine Nachbarin, ob sie dir ihr Fahrrad leiht. Nach Acaxochitlán gibt es nämlich keine direkte Busverbindung. Du würdest radelnd so eine Stunde brauchen.«

»Das geht in Ordnung, Frida.«

Die alte Dame sieht aus, als würde ihr ein großer Stein vom Herzen fallen. Noch einmal lächle ich nickend. Für sie diese Besorgung zu erledigen, wird mich sicher ein bisschen ablenken. Vielleicht hilft mir die Radtour sogar, meine Gedanken zu ordnen und einen Plan für die Zukunft zu schmieden?

Enrico

»Dein Gast ist vorhin wohlbehalten hier angekommen. Möchtest du …« Ich höre meine *abuela* tief aufseufzen. »Möchtest du *godfather*22 sprechen?«

Jetzt bin ich es, der müde aufseufzt, dann verneine und nach einer Verabschiedung schließlich auflegt. Das erste Treffen, auch wenn es über den Hörer ist, sollte nicht unbedingt dann stattfinden, wenn ich am Rande eines Nervenzusammenbruchs stehe. Selbst einem langjährigen Freund wie Fernando fällt es nicht leicht, meine aktuelle Gereiztheit zu ertragen. Durch die brenzligen Geschäfte, die er nebenher noch stemmen muss, ist er, glaube ich, mittlerweile am Limit.

Sein schneidender Tonfall, als ich mich vor wenigen Stunden kopflos ins Auto gesetzt habe, um nochmals die Busroute, die der Rucksack genommen hat, zurückzuverfolgen, war neu gewesen. Dabei muss es ihn ebenfalls extrem ärgern, sich von vornherein nur auf einen Tracker verlassen zu haben. Nachdem ich gestern aus der Hütte bin, hat es gut zwei Stunden gedauert, bis ich auf den Verkäufer eines Straßenimbissstandes stieß und ihn letztlich davon überzeugen konnte, mir sein Handy zu überlassen. Eine Viertelstunde später hatte ich einen Wagen kurzgeschlossen und ließ mich von Fernando zum Signal ihres Gepäckstücks lotsen. Irgendwann waren wir uns über die Richtung einig: Alles deutete darauf hin, dass ihr Ziel, trotz des irreführenden nördlichen Schlenkers, tatsächlich die Hauptstadt war. Um Zeit zu gewinnen, habe ich daher eine Querverbindung genommen, sodass ich schließlich, statt viel später, bloß rund eine Stunde nach Ankunft des Signals in Mexiko-Stadt eintraf.

Nur, um festzustellen, dass mein Vollprofi das Gepäck gewechselt hat und die panische Frau, der ich unerwartet gegenüberstand, bereits wegen der gefundenen Smith & Wesson die Bullen an der Strippe hatte. Als ich sie einigermaßen beruhigt hatte, konnte sie mir über Amira aber auch nichts erzählen.

Fluchend sinke ich auf mein Bett. *Wo bist du cariño? Geht es dir gut?*

Mit Müh und Not hat mein engster Vertrauter mich dazu gedrängt, keine groß angelegte Suchaktion zu starten. Niemandem an den Orten der Busroute ihr Bild zu zeigen und Rubén somit nicht unter die Nase zu reiben, dass wir sie verloren haben. Sobald er sie hätte, würden wir es ja sowieso mitbekommen – da könnten wir die Energie und Ressourcen zielgerichteter einsetzen, so Fernando, der gleich darauf einen dringenden Bündnisdeal mit dem Sánchez-Kartell zur Sprache brachte. Aufgrund der verfickten Wichtigkeit hatte Gonzo mir mehrere SMS geschrieben, wegen derer Amira vermutlich auf das Mülleimer-Versteck aufmerksam geworden ist.

Warum hatte ich das eine Mal auch vergessen, das Handy auszuschalten?

Der Handschlag mit Juan Sánchez hat mich heute also drei Stunden lang davon abgehalten, etwas zu tun, das ich bei kühlem Kopf wahrscheinlich als zu risikoreich bewertet hätte. Die Mafiaprinzessin ist immer noch am sichersten, wenn Rubén denkt, dass sie in meiner Gewalt sei. Nur dann konzentriert er sich weiterhin ganz auf mich. Im Grunde genommen muss ich lediglich abwarten, bis sie seine Nähe sucht, um in der Folge wieder fix einzuschreiten.

Ich knipse das Nachttischlicht aus und versuche es mir zwischen den Laken so gemütlich wie möglich zu machen. Die vergangene Nacht war nicht erholsam. Als ich morgens aufwachte, hatten mich der gestrige Fahrstress sowie die Nachwirkungen der Droge noch lange Zeit im

Griff. Im Laufe des Tages hat sich mein körperlicher Zustand zwar minimal gebessert, trotzdem war ich unkonzentriert. Bei den kleinsten Fehlern meiner Leute bin ich außerdem an die Decke gegangen und fühle mich nach wie vor extrem ruhelos.

Daran konnte auch der überraschende Chat mit *godfather22* nichts ändern.

Seufzend schließe ich die Augen.

Das Timing war katastrophal. Da hat mein Spielpartner endlich mal seinen Keller verlassen und ist sogar nach Mexiko gereist ... und dann kann ich ihn nicht treffen. Will ihn nicht treffen. Habe Angst, es zu verbocken ... *nachdem ich ihn die letzten Tage obendrein vergessen hatte.* Anders als befürchtet habe ich ihn nicht vermisst. Im Regenwald war ich voll und ganz auf Amira fixiert. Brauchte ihn nicht, um entspannt zu sein, und empfand zudem zum ersten Mal seit Langem echte Freude am Leben. Ein Glück, das dann doch zu schön war, um von Dauer zu sein.

»*Cariño*«, flüstere ich in die Dunkelheit meines Schlafzimmers.

Ich spüre, wie Tränen aus den Augen über die Schläfen rinnen. Wie konnte das alles so gewaltig schiefgehen? Niemals hatte ich vor, mich zu verlieben ...

Verlieben? Ich will sie bloß vögeln! Ich ... *scheiße*. Wenn ich sie nur als Sexobjekt sehen würde, würde es nicht so wehtun. Nie und nimmer hätte ich innerhalb weniger Stunden meinen Verstand verloren. Würde nicht in jeder freien Minute an sie denken und mir so große Sorgen machen, dass ich mir schon selbst fremd bin.

Siebzehn

Enrico

Ich höre meinen keuchenden Atem. Meine Lunge brennt. ›Weiter, weiter!‹, hetzt mich die Angst, die mir seit der Nachricht, dass Valeria offiziell ausgedient hätte, fest im Nacken sitzt. Das erste Gerücht um Rubéns bösartige Seite hatte ich vor einem halben Jahr aufgeschnappt. Mir nichts dabei gedacht. Neider gab es schließlich wie Sand am Meer.

Ich Idiot!

Die Stufen zur Dachterrasse erscheinen mir endlos. Zweimal wäre ich wegen der spärlichen Beleuchtung und meiner Hast fast gestolpert. Bitte, Santísima, lass mich nicht zu spät kommen! Bitte lass mich …

Die Tür fliegt auf. Keine zehn Meter vor mir liegen zwei Personen auf dem Gerümpelhaufen, den die einstigen Bewohner des Hauses dort zurückgelassen haben.

»Valeria«, brülle ich. Sie sieht übel aus. Das, was ich von ihr erkennen kann, ist blutig. Den Typen, der mit heruntergelassener Hose über ihr liegt, scheint das nicht zu stören. Miguél Gutierrez. Rubéns Trauzeuge.

»Aufhören!«, verlange ich, sprinte mit all meiner ver-

bliebenen Ausdauer zu den beiden hin. Je näher ich komme, desto lauter werden ihre geröchelten Laute, desto lauter wird sein Stöhnen. Als er mich bemerkt, überzieht ein breites Grinsen seine hässliche Visage.

Drei Sekunden später stürmt er auf mich zu, donnert mir seine Faust in den Magen, ehe ein Kinnhaken sowie ein fester Schlag gegen den Kopf mich kurzzeitig Sterne sehen lassen.

Reiß dich zusammen, reiß dich zusammen!

Es dauert eine Ewigkeit, bis ich wieder auf die Beine komme. Von Miguél fehlt jede Spur. Ich bin mit meiner Schwester allein. Schwankend eile ich zu ihr, rufe, dass alles gut wird. Versichere ihr in Gedanken, dass sie keine Angst mehr haben muss, dass ich jetzt da bin. Mich um sie kümmern werde.

Sie reagiert nicht. Ich stürze neben sie auf das Gerümpel.

»Valeria, sag doch was.«

Langsam dreht sie ihren Kopf zu mir. Nur ist es nicht meine Schwester, die mich mit einem geschwollenen, brutal zugerichteten Gesicht anstarrt. Es ist Amira.

»Nein«, stoße ich gepresst hervor. Nein! Nein! Nein!

Ich bekomme für einen Moment keine Luft mehr. Alles in mir zieht sich zu einem festen Klumpen zusammen.

»Enrico«, nuschelt sie entkräftet.

»Cariño, mein Liebling! Halte durch«, beschwöre ich sie. An meiner Hose taste ich blind nach meinem Handy. Wie lange wird der Krankenwagen hierher brauchen?

»Das … Schuld«, krächzt sie.

»Es tut mir so leid, bitte glaub mir, ich wollte das alles gar nicht.« Ihre Lippen bewegen sich, ohne dass ein Ton hervorkommt. Ich sehe sie schlucken. Als sie neu ansetzt, beuge ich mich konzentriert zu ihr herunter.

»Ich hasse dich«, sagt sie laut und deutlich.

Schweißgebadet wache ich auf. Es war nur ein Traum, nichts weiter. Nur ein dummer Albtraum.

Ich atme schwer, presse mir eine Faust auf den Mund. Nachdem mein Körper checkt, in der Realität angekommen zu sein, lasse ich sie langsam sinken und stehe kurz darauf auf. Im Bad spritze ich mir kaltes Wasser ins Gesicht.

Dann laufe ich zum Handy. Es ist fünf vor sechs in der Früh. Keine Neuigkeiten von Fernando.

Ich versuche, es positiv zu sehen. Die Wahrscheinlichkeit, dass mich letztendlich eine Info über Rubéns Erfolg erreicht, ist hoch. Viel zu hoch. Verdammt, kann ich denn wirklich nichts unternehmen, ohne sie unnötig zu gefährden?

Estrada muss sterben. Dann wäre es egal, wenn sie ihn findet. Sie wäre in Sicherheit.

Stirnrunzelnd schlendere ich zur Couch im Wohnbereich. Die Lösung meines Problems ist eindeutig. Warum ist sie mir nicht schon früher eingefallen? Weil ich ihn leiden lassen wollte? Dieses Vorhaben kommt mir bereits wie aus einem alten Leben vor. Wenn ich meine Frau dadurch retten kann, sind mir die ursprünglich angedachten Qualen für ihn egal.

Meine Mafiaprinzessin, die mich hassen könnte, weil ich ihr die Wahrheit verschwiegen habe.

»Ich hasse dich.«

Bei der Erinnerung an ihre Worte aus dem Albtraum wird es mir schwer in der Brust. Fuck, so darf ich nicht denken. Sollte es tatsächlich so sein, wird sie, sobald sie meine Gründe nachvollziehen kann, wieder anders empfinden. Ganz sicher!

Den Tag verbringe ich damit, Pläne für Rubéns Ableben zu schmieden – sofern ich nicht von Sorgen getrieben Fernando nach Updates frage und mich gedanklich immer wieder in den Regenwald zurückbeame.

»Du bedeutest mir auch sehr viel«, hatte ich ihr nach ihrem Gefühlsgeständnis erwidert und es damals schon genau so gemeint. Hoffentlich hat sie es gespürt.

Cariño, denkst du ab und zu an mich?

Immer regelmäßiger werde ich von Momenten heimgesucht, in denen ich mir nicht länger wie ein abgestumpfter, furchtloser Kartellboss, vorkomme. Vielmehr fühle ich mich lediglich wie ein unglücklicher Mann, der verzweifelt in den Abgrund starrt.

Oh Mann. Seit dem Tod meiner Schwester hatte ich keine Beziehung mehr. Nicht, dass ich vorher groß auf diesem Gebiet unterwegs gewesen wäre. Meine Gefühle waren immer oberflächlich und komplett auf die Lust konzentriert. Was an Amira war es, dass ich plötzlich mehr empfinde? Ihre Ängste, die ich ihr nehmen wollte? Ihre sanften blauen Augen, die …

»Fuck!«, brülle ich und rausche auf der Suche nach Ablenkung und etwas zu essen in die Küche.

Sofía, die inzwischen der richtigen Pensionsbetreiberin unserer gefakten *Casa Donají* wieder das Zepter überlassen hat, steht am Herd und geht ihren Pflichten als meine Haushälterin nach. Im Hintergrund läuft das Radio, das ich jedoch nicht weiter beachte.

»Wie gut kennst du dich mit Gift aus?«, knurre ich.

»Gar nicht«, gibt sie langgezogen von sich.

»Was wissen wir über mögliche Allergien, die der Bastard hat?«

»… kommt es zu Unruhen, die die Bürger aus der Region kalt erwischt haben. Unser Reporter berichtet live aus Acaxochitlán. Die Lage ist unübersichtlich, das Chaos …«

»Warum bleibst du deiner Linie nicht treu und stichst oder knallst ihn ab?«, kommentiert sie mit hochgezogener Augenbraue, wohl wissend, von wem ich spreche.

Weil ich mich dazu zu ... emotional fühle. Die Gefahr, dass ich nicht fokussiert genug bin und Fehler mache, die mich schlimmstenfalls das Leben kosten, ist mir zu hoch. Selbstverständlich behalte ich das allerdings für mich. Es reicht aus, wenn ich und meinetwegen Fernando, die Einzigen sind, die über meine wahre Verfassung Bescheid wissen.

»Ich will ihn eben überraschen«, begründe ich daher und öffne den Kühlschrank. Gedankenverloren starre ich die vielen Lebensmittel an.

»... *Es wird von mehreren Verletzten sowie fünf Toten ausgegangen ...*«

»Es gibt bald Essen oder soll ich hier abbrechen?«

»Dein Ton gefällt mir nicht«, fahre ich sie scharf an. Weniger, weil sie eine berechtigte Frage gestellt hat, als dass ich ihr beweisen will, alles unter Kontrolle zu haben.

»Tut mir leid. Ich koche einfach weiter. Kein Problem, ich ...«, Sofía holt tief Luft, »... ich fand Amira nett. Ich möchte auch nicht, dass ihr etwas geschieht. Ich wünschte, ich könnte dir besser helfen. Ich ... versuche, das mit den Allergien herauszufinden, okay?«

Fast schon behutsam schließe ich den Kühlschrank. Ihren Kummer in Stimme und Blick kann ich kaum ertragen.

»Nein, ich möchte weder, dass er davon erfährt, noch, dass du dabei in Gefahr gerätst. Eine verschwundene Frau reicht mir.«

Sofía nickt, widmet sich wieder ihrem Topf. Ohne, dass ich etwas zu essen oder trinken genommen habe, verlasse ich die Küche.

In meinem Arbeitszimmer klemme ich mich hinter den Schreibtisch. Ich will in dem elektronischen Ordner, den ich damals schon für das Arschloch angelegt habe, nach medizinischen Kontakten forschen. Doch bevor ich die Datei öffnen kann, und danach unüberlegt den erstbesten Schläger auf einen seiner Docs loslasse, um mehr über gesundheitliche Schwachstellen herauszufinden, zwinge ich mich durchzuatmen und stattdessen den Chat mit *godfather22* anzuklicken. Meine *abuela* sollte ihm den Laptop, den ich ihr zum letzten Geburtstag geschenkt habe, bereits angeboten haben.

Leider ist er nicht online.

Komm schon, ich brauche dich. Bring mich runter. Bei diesen Gedanken fühle ich mich mies. Bloß, weil es mir dreckig geht, kommt er mir wieder in den Sinn. Ich bin ein egoistischer Bastard.

Und obwohl es mich zerfrisst, kann ich nicht anders, als bei meiner Oma anzurufen, um ihn durch sie an den Rechner zu bringen – sofern sie mal abheben würde.

Eine halbe Stunde später ruft Sofía zum Essen. Einen Feuertopf, wie ich ihn mit meiner Kleinen gegessen habe ... Wie ich meine Haushälterin kenne, hat sie ihn ordentlich geschärft, doch für mich schmeckt er heute nach nichts. Einen Bissen nach dem anderen würge ich hinunter und eile dann wieder zurück an den Rechner.

Mein Spielpartner hat sich immer noch nicht eingeloggt. Denkt er, dass ich ihn, nur weil ich ihn nicht treffen will, auch virtuell vernachlässige?

Ehrlich gesagt, würde ich an seiner Stelle sogar davon ausgehen. Missmutig presse ich die Lippen zusammen, probiere es nochmals telefonisch und werde wieder enttäuscht.

Um weiterhin nichts Unbedachtes zu tun und dem

schlechten Gewissen einen Riegel vorzuschieben, schalte ich im Wohnbereich den Fernseher an.

»... so weit zum Stand der gewaltsamen Unruhen in Acaxochitlán. Und nun zum Wetter.«

Stopp ... Acaxochitlán ... das ist viel näher an dem Dorf meiner *abuela*, als mir lieb ist. Geht sie deswegen nicht ans Telefon? Und ist deswegen *godfather22* nicht online? Sind die beiden in Acaxochitlán unterwegs gewesen und von den Unruhen überrascht worden? Geht es ihnen gut? Wenn meinem Spielpartner etwas passiert ist, wäre es meine Schuld, weil ich ihn in diese Region geschickt habe. Ich weiß noch, wie ich dachte, ihn so vor Rubéns Männern, die vor meinen diversen Apartments und kleineren Häusern kampierten, schützen zu können. Verflucht, von wegen ihn erwartet keine Aufregung in der abgeschiedenen Region ...

Erneut lasse ich es klingeln. Das Schicksal kann doch nicht derart niederträchtig sein, oder? Mir sowohl meinen Stimmungsaufheller als auch meine verbliebene Familie nehmen. Bin ich nicht schon gestraft genug? Erst meine Mutter, dann mein Vater, dann Valeria, dann ... *Santísima Muerte,* bin ich wirklich so ein schlechter Mensch?

Ich renne durch die Flure Richtung Garage. Währenddessen wähle ich Fernandos Nummer. Mit knappen Worten setze ich ihn darüber in Kenntnis, nach Honey zu fahren, um bei meiner *abuela* nach dem Rechten zu sehen.

»Du solltest hierbleiben, schick Pedro.«

»Da sind verdammte Unruhen, blutige Proteste, die ...«

»Hast du schon die umliegenden Krankenhäuser oder Polizeistationen abtelefoniert? Bitte, Enrico, du musst hierbleiben.«

»Verflucht, es geht um meine Familie, verstehst du nicht. Ich brauch nicht deine verfickte Erlaubnis …«

»Ich habe etwas wegen Amira gehört, ich muss das erst noch verifizieren, aber es sieht nicht gut aus und …«, er unterbricht sich. Seine Stimme klingt belegt, erschöpft. »Es wäre besser, wenn du, sobald wir mehr wissen, direkt von hier aus agieren kannst. Du weißt, manchmal zählen nur Minuten.« Eine Anspielung auf die Sache auf dem Dach. Fuck.

Amira oder meine *abuela* und mein Spielpartner. Kann ich hier überhaupt richtig entscheiden?

»Denk nach, Enrico. Deine Oma können wir mit Sicherheit mit ein paar Anrufen ausfindig machen. Vielleicht hat sie sich beim Pastor verquatscht. Oder mit irgendeinem Nachbarn.«

»Oder vielleicht war sie aber auch Mama besuchen«, schieße ich dazwischen. Das Grab liegt nur zwei Ortschaften vor Acaxochitlán entfernt.

»Ich habe parallel eben mal geschaut, die Straßen sind zu. Du würdest, wenn es schlecht läuft, ausgerechnet dann im Stau stehen, wenn wir erfahren, dass mit Frida alles gut ist und mit Amira aber …«

»Was hast du rausgefunden?«

»Nichts Gutes und jetzt schwing deinen Arsch ins Bett. Wir reden morgen weiter.« Fernando legt auf.

Er legt einfach auf. Und geht noch nicht einmal ran, als ich ihn verärgert wieder anrufe.

Will er, dass mich nachts erneut die Panik heimsucht? Und so etwas schimpft sich Freund? Engster Verbündeter?

Fluchend renne ich ins Arbeitszimmer. Prüfe, ob die Straßen wirklich zu sind.

Leider hat er nicht gelogen. Tief durchatmend beginne ich wie vorgeschlagen Krankenhäuser und das dortige Revier zu kontaktieren. Der Name Frida Flores taucht jedoch in keiner Liste auf. Vermisste gäbe es offiziell keine. Halbwegs beruhigt entscheide ich mich tatsächlich, Pedro in das Dorf zu schicken.

Wäre ich nervlich nicht so angeschlagen, hätte ich von vornherein besonnen die Anrufe erledigt, anstatt kopflos ins Auto steigen zu wollen.

Ihr geht es gut! Genauso wie *godfather22*, nach dem ich mich bei den Notfallstellen noch nicht einmal erkundigen konnte, da mir sein richtiger Name nicht bekannt ist … Verfluchte Scheiße, wie lange werde ich mir das einreden können?

Spanischsprachiger Rap dröhnt durch die Lautsprecherboxen des Bonebreaking Palace. Einem Kampfsportstudio, in dem sich hauptsächlich Männer in Mixed Martial Arts, Boxen sowie dem mexikanischen Wrestling, dem Lucha Libre, ausbilden lassen. Verteilt auf drei Ebenen bietet der Palace alles, was das Kämpferherz begehrt. Geräte zum Muskelaufbau, genügend Boxsäcke, mit flachen Matten ausgelegte Flächen für ein leichtes Schattenboxen oder eben den ein oder anderen Cage beziehungsweise Boxring.

Nachdem ich heute früh lesen musste, dass sich Pedros Ankunft bei meiner *abuela* verzögern wird, da er an einer Straßensperre Nähe Acaxochitlán als polizeibekannt vorläufig rausgezogen wurde, bin ich wie ein Besessener durch die Stadt gefahren. Durch eine kleine Trainingseinheit hoffe ich, wieder zu klarem Verstand zu finden.

Ich habe gerade das Warm-up hinter mich gebracht und greife schwitzend nach einem Handtuch, da klingelt endlich mein Handy. Fernando! »Was hast du für mich?«

»Wo bist du?«, ertönt sofort die Gegenfrage, die mich direkt eine Augenbraue hochziehen lässt.

»Im Palace«, gebe ich trotzdem Auskunft. Nach der Sache hier sollten wir noch mal klar über die Rollenverteilung sprechen …

»Gut. Bleib da, ich fahre zu dir.«

»Sag mir erst, was los ist«, fordere ich.

»Wenn ich da bin.« Nicht sein Ernst! Ich schicke mehrere Flüche durch die Leitung. Allmählich kommt mir der Verdacht, dass er mich absichtlich hinhält.

»*Lo siento,* Boss, tut mir leid, aber du kannst sowieso nichts machen, dazu sind es immer noch zu wenig Infos.«

»Was ist passiert?« Jedes Wort presse ich mit größter Beherrschung hervor.

Fernando atmet geräuschvoll aus. Dann rückt er mit der erschreckenden Neuigkeit raus. »Es gibt einen dritten Player.«

»Sprich Klartext. Was bedeutet das?«

»Amira wurde von jemandem aufgegabelt, der eben nicht Rubén ist. Die Cattaneos haben gestern Abend eine Lösegeldforderung erhalten. Die Fotos, die sie mit den Estradas geteilt haben und somit auch mit unserem Spitzel sind … hm … verstörend.«

»Verstörend?!« Ungeachtet dessen, dass Fernandos Empfinden generell hochgradig abgestumpft ist und die Bilder demnach blanken Horror abbilden müssen, lässt der Fakt, dass sich ein Unbekannter an meiner Frau vergriffen hat, mein Blut hochkochen.

»Spätestens jetzt dürfte ihnen klar sein, dass du sie nicht mehr hast.«

Amira schwebt in akuter Lebensgefahr.

Meine Augen sind weit aufgerissen, dennoch

schränkt sich mein Sichtfeld immer weiter ein. Wie in einem Tunnel bei zu schneller Fahrt kann ich nur noch einen Punkt vor mir scharf erkennen.

Wer steckt hinter der Entführung? Wer ist der Hurensohn? Feinde der italienischen Mafiafamilie, die ihr über den Teich gefolgt sind und nun die Gunst der Stunde genutzt haben? Oder ist es ein kranker Freak, der sie wegen ihrer natürlichen Schönheit gewaltsam ... nein, dann hätte es keine Lösegeldforderung gegeben. Vielleicht aber ein weiteres Kartell, das mitmischen will?

Ich bin so in Gedanken versunken, dass ich nicht bemerke, dass Fernando aufgelegt hat. Auf dem Display ist eine Bildnachricht erschienen.

Mit angehaltenem Atem öffne ich sie und lasse dann beinahe das Handy fallen.

Oh Santísima, träume ich? Ich würde alles, was mir lieb ist, geben, damit dem so wäre.

Wie in Trance werfe ich das Smartphone auf eine Bank und bedeute dem nächstbesten Mann, mir für ein Sparring zu folgen. Der Fightcage, den wir betreten, ist gesäumt von einem grobmaschigen anderthalb Meter hohen Netz. Der Boden ist nachgebend. Zwar nicht so federnd wie ein Trampolin, doch genügend, um mich bei meinem ersten gesprungenen Tritt in die Luft zu katapultieren. Volltreffer. Der Typ ist viel zu lahm. Auch meinen weiteren Attacken kann er nicht rechtzeitig ausweichen, sodass er nach kürzester Zeit wie festgefroren am Netz steht und sich schützend mehrere Vitalpunkte hält, um nicht unnötig im Krankenhaus zu landen. Schnaubend winke ich zwei andere Kerle zu uns in den Cage. Nach einer knappen Absprache untereinander gehen sie zu dritt auf mich los.

Schlag, Schlag, Tritt. Ich reagiere, ohne darüber nachzudenken. Die Verteidigungsabfolgen sind mir in Leib und Seele übergegangen. Obwohl mein Sichtfeld nach wie vor nicht das beste ist, bin ich so schnell, dass ich nur wenige Angriffe nicht parieren kann.

Insgeheim bin ich sogar dankbar, den ein oder anderen Hieb einzustecken. Der kurze Schmerz lenkt mich mehr ab, als die Männer in Schach zu halten.

So viel Blut. Da war so viel Blut auf ihr.

Meine bandagierte Hand kracht gegen das Kinn meines anfänglichen Gegners. Stöhnend sinkt er zu Boden. Im nächsten Moment wird ein Arm an meine Kehle gedrückt und ich in den Schwitzkasten genommen. Bevor ich keine Luft mehr bekomme, ramme ich mein Kinn in den Unterarm und trete gleichzeitig mit der Ferse auf den nackten Fuß meines Widersachers. Als geübter Kampfsportler ist es für ihn keine überraschende Aktion. Dass er lediglich aufschnauft, spricht für seine gute Schmerztoleranz. Während ich andere Befreiungstechniken ausprobiere, kassiere ich vom dritten Kerl gezielte Schläge in die Seite.

Beinahe lächle ich.

Doch dann reichen der schwindende Sauerstoff und die zunehmenden Schmerzen nicht mehr aus. Wie ein Hurrikan fegt die grenzenlose Panik sowie die unbeschreibliche Wut, die ich beim Betrachten des Entführerfotos bekam, wieder durch mich hindurch.

Sie war in Unterwäsche.

Ich packe die rechte Schulter meines Angreifers, ziehe sie nach hinten und drücke gleichzeitig gegen seine linke Kniekehle. Mit Schwung drehen wir uns in der Folge halb um die eigene Achse und fallen auf die Matte.

Ihre Augen waren weit aufgerissen, der Mund mit einem Panzertape abgeklebt.

Nach wie vor eingeschlossen im Schwitzkasten, beginne ich mit meinem rechten Handgelenk sein Kinn zu malträtieren und mich mit Verstärkung der anderen Hand hochzudrücken. Der Griff lockert sich. Sofort setze ich meinen Konter fort, bis sich der Kerl nicht mehr bewegt. Dann springe ich auf, um die feige platzierten Tritte an meiner Seite zu beenden.

Dunkle Holzbretter waren zu sehen, nur vereinzelt gab es Ritzen, durch die es schwach geleuchtet hat. War es das Tageslicht? Eine Lampe im Nebenraum? Der Boden war erdig. Ein Verschlag.

Ich brülle meine Emotionen hinaus. Ich hätte sie von vornherein in die Staaten bringen lassen sollen, wie es Fernandos Vorschlag war. Ich war viel zu egoistisch!

Ohne Unterlass lasse ich Tritte und Schläge auf den letzten Gegner einprasseln – so lange, bis ich gewaltsam von ihm weggezogen werde.

»Enrico, hör auf. Du tötest ihn noch!« Fernandos Stimme ist kaum zu verstehen. Blut rauscht in meinen Ohren, klebt an meinen Händen. Ich habe die Kontrolle verloren, befinde mich im freien Fall. Finsternis umhüllt mich, verschluckt mich. *Oh Santísima Muerte, ich flehe dich an, bitte hilf mir!*

Achtzehn

Amira

Vögel zwitschern. In der Nachbarschaft lacht jemand. Ansonsten ist alles sehr ruhig und friedlich. Anders als im Regenwald muss ich durch den schützenden Gartenzaun nicht befürchten, jeden Moment Besuch von einem wilden Tier zu erhalten. Fridas Kater ist der einzige Gast, der sich hin und wieder blicken lässt und sich seine Streicheleinheit abholt.

Behaglich strecke ich mich und richte den gepolsterten Liegestuhl nach dem aktuellen Sonnenstand neu aus. Als die wärmenden Strahlen der Nachmittagssonne erneut mein Gesicht treffen, seufze ich auf. Der Tag könnte perfekt sein – wäre da nicht diese gewisse Unruhe in mir. Dieser permanente Drang, am Laptop nach einer neuen Nachricht schauen zu wollen. Dabei weiß ich ja im Grunde, wie sie reagieren werden.

Ich habe Ihre Tochter in der Gewalt. Ihr Konto hab ich schon besucht, ist jetzt leer.

Füllen Sie es auf! Bis morgen Zeit. Sonst TOT ...

Möglichst einfach geschrieben und durchsetzt mit Übersetzungsfehlern habe ich meiner Familie von einer anonymen E-Mail-Adresse eine Nachricht meines vermeintlichen Entführers geschickt. Seit dem frühen Morgen warte ich nun auf eine Reaktion.

Ob die Fotos zu gestellt wirken? Dabei hatte ich mir so viel Mühe mit den Details gegeben. Der Abstecher in den Schlachthof, den ich auf dem Weg nach Acaxochitlán entdeckt hatte, und der mich überhaupt erst auf diese ›Exit-Strategie‹ brachte, war stinkend und ziemlich ekelerregend. Trotzdem habe ich keine Sekunde lang gezögert, in den Trog zu greifen oder mich mit dem Tierblut zu beschmieren.

Hätte mir das einer vor ein paar Wochen erzählt, hätte ich ihn ausgelacht. Ich, Hygienefreak, hatte keinerlei Probleme, mich schmutzig zu machen. *Bloß warum?*

Je länger ich darüber nachdenke, desto öfter kommen mir Situationen in den Sinn, in denen ich keinen Gedanken mehr an Reinigungstücher oder Desinfektionsgels verschwendet habe. Selbst beim Kuscheln mit *ElGato* war mir zu keinem Zeitpunkt danach, rasch die Hände zu waschen. Ist es, weil mich meine Lage so sehr stresst, dass ich unbewusst in einen rudimentären Überlebensmodus gewechselt bin, der jede unnötige Belastung gekonnt ausblendet? Habe ich mich zu Hause in Italien so sicher gefühlt, dass ich mir diesen Tick einfach ›geleistet‹ habe? Die Therapeuten waren der Meinung, dass ich mir damit meine Mutter in Erinnerung rufen wollte. Mich ihr unbewusst, und auf eine zutiefst krankhafte Weise, näher fühlen wollte. Sie war immer auf Reinlichkeit und Ordnung bedacht. Allerdings war ihr Verhalten nicht zwanghaft. Sie hatte definitiv keinen Tick.

Bevor ich zu sehr in die düstere Vergangenheit abdrifte, widme ich mich lieber der großen Portion Selbstvertrauen, die sich nach erfolgreicher Umsetzung meines Plans eingestellt hat. Gemessen an meiner Unruhe wegen der fehlenden Antwort, ist die Dosis zwar schon etwas geschrumpft, aber trotzdem bleibt da etwas in mir, das mich zuversichtlich stimmt. Ich habe einen Ausweg gefunden! Gewiss keinen, auf den ich besonders stolz bin. Moralisch gesehen habe ich mein Karmakonto erneut ordentlich in die Miesen gezogen, dennoch bin ich froh, überhaupt wieder eine Perspektive zu haben. Mein Bargeldvorrat war so gut wie erschöpft. Und ohne Arbeitserlaubnis blieb mir nichts anderes übrig, als in Acaxochitlán mein eigenes Konto leer zu räumen und damit theoretisch nicht nur meine Familie zu bestehlen, sondern ebenfalls zu verraten, wo ich bin. Mittlerweile dürfte klar sein, dass ich den Auftrag vermasselt habe … und nun feige fliehe, sodass meine Familie nicht das ausführt, was die Mission hätte erledigen sollen. Meinen Tod.

»Wenn du es vergeigst, brauchst du nicht wieder zu kommen.«

Um also nicht befürchten zu müssen, von meiner Verwandtschaft verfolgt zu werden und trotzdem genügend Startkapital für ein neues Leben zu haben, habe ich mich zu dieser krassen Täuschung entschlossen. Ein erzwungener Zugriff auf mein Konto sowie eine vermeintliche Entführung, die in Konsequenz mit meinem gefakten Tod enden wird. Denn, dass der *Don* sich einem Erpresser beugt und für mich zahlt, ist … absurd.

Und doch bleibt eine winzige Hoffnung, nicht verstoßen zu sein.

Seufzend stemme ich mich hoch. Kurz darauf bin ich im Gästezimmer und habe Fridas Laptop auf dem Schoß.

›Ein Geschenk meines Enkels. Statt mehr Zeit mit mir zu verbringen, kauft er mir teure Geschenke. Doch was soll ich in meinem Alter mit dem Internet? Was mit einer Hightechkamera oder einem elektronischen Bilderrahmen, der nach einem Monat kaputt geht?‹ Das hatte sie mich traurig gefragt, ehe sie ihn mir zusammen mit einem Ersatzschlüssel gestern überreicht hat und im Anschluss zu ihrem Arzttermin drei Orte weiter fuhr.

Der Posteingang des neu eingerichteten Mail-Accounts ist leer.

Frustriert atme ich tief durch. Bin ich Papa selbst eine Absagenachricht nicht wert? Oder ist die Lösegeldforderung im Spam gelandet? Hätte ich zusätzlich noch die Adressen meiner Brüder mit aufnehmen sollen? Wie lange soll ich nach dem Verstreichen der Frist warten, bis ich das Beweisfoto meiner angeblichen Leiche schicke?

Ein zurückhaltendes Klopfen an der Zimmertür reißt mich aus den Gedanken.

»Amira, möchtest du einen Snack?«, fragt Frida und öffnet, nachdem ich bejaht habe, die Tür.

»Danke schön, aber das nächste Mal kann ich gerne bei der Zubereitung helfen«, betone ich. Sie winkt nur ab.

»Das macht mir nichts. Allerdings wäre es mir lieb, wenn du, sollte ich nochmals über Nacht fernbleiben, meine Anrufe entgegennimmst.«

»Tut mir leid. Als ich heimgekommen bin, habe ich das Blinken des Anrufbeantworters zwar gesehen, wollte aber nicht in deine Privatsphäre eindringen. Durch den Zettel deiner Nachbarin wusste ich ja, dass du wegen dieser Straßensperren zu einer Freundin bist. Ist denn alles okay? Ist es wegen dieser Proteste in Acaxochitlán?«

Zum Glück fingen sie erst an, als ich die Ortschaft wieder verlassen hatte!

Bedrückt atmet sie hörbar ein und aus.

Ich klappe den Laptop zu und bedeute ihr, sich neben mich aufs Bett zu setzen.

»Gestern wäre es tatsächlich gut gewesen, ein Handy zu haben. Bis jetzt hatte ich den Sinn dahinter nicht ganz verstanden. Aber gestern ... ja ... Ich mache mir Sorgen, um meinen Enkel. Er klingt nicht gut.«

»Ist er krank?« Besorgt setze ich mich ein wenig aufrechter hin. Wollte *ElGato* mich deswegen nicht bei sich aufnehmen?

Frida schüttelt leicht den Kopf. »Die Panik in seiner Stimme erinnert mich an früher. Es gab da eine besonders schwierige Zeit in seinem Leben ... Gestern hat er in den Nachrichten von den Unruhen erfahren und als er mich nicht erreicht hat, muss er tausend Tode gestorben sein. Ich bin doch die einzige Familie, die er noch hat.« Sie macht eine Pause, um sich zu sammeln. »Als ich mich vorhin bei ihm gemeldet habe, war er sehr emotional und immer noch irgendwie verzweifelt. Ich könnte mir vorstellen, dass noch etwas anderes dahintersteckt, jedenfalls weiß ich nicht, wie ich ihm helfen soll.«

Mitfühlend lege ich *ElGatos* Oma den Arm um die Schultern. Ihr durch das Alter gezeichneter Körper ist erschreckend zart. Deutlich kann ich ihre Wirbelsäule spüren. Wie gern würde ich ihr sagen können, dass alles gut ist!

»Ich weiß nicht, ob es ihn aufmuntern oder genügend ablenken könnte, aber ich kann mich gleich in unseren Spielchat einwählen und dort versuchen, für ihn da zu sein«, schlage ich vor.

»Ja, vielleicht ist das keine schlechte Idee«, meint

Frida. Eine Weile lang bleibt sie bei mir sitzen, ehe sie seufzend aufsteht.

»Ach, hast du die Kamera doch nicht benutzt? Ich habe gar keine neuen Bilder gesehen.« Sie klingt enttäuscht.

»Meine Aufnahmen haben mir nicht so recht gefallen, ich habe sie gelöscht. Aber danke, dass du sie mir geliehen hast«, erwidere ich, froh die Spuren meines makabren Fotoshootings spätabends noch entfernt zu haben.

»Schade, ich hätte mich über neue Bilder gefreut«, sagt sie und verlässt schließlich das Zimmer. Kurz denke ich an ihre wenigen gespeicherten Fotos auf der Kamera. Frida hat zuletzt den Kater aus verschiedenen Perspektiven abgelichtet und im Vorgarten das ein oder andere Motiv in Szene gesetzt. Darüber hinaus gab es nur noch einen Ordner mit Datum von vor vier Monaten. Da ich vermeiden wollte, unabsichtlich auf *ElGato* zu stoßen, habe ich ihn nicht geöffnet. Irgendwie wäre das ihm gegenüber unfair, schließlich weiß er auch nicht, wie ich aussehe.

Als ich den Laptop wieder öffne und zum Posteingang navigiere, nehme ich mir vor, gleich morgen nochmals auf Fototour zu gehen. Und sollte mir nichts Interessantes vor die Linse kommen, mache ich eben ein Selfie für sie.

Keine neuen Nachrichten.

Ich stöhne auf. Sollte ich die Erpresser-Mail zur Sicherheit nochmals senden? Wäre dann die Glaubwürdigkeit hinüber? Warum habe ich keine Lesebestätigung angefordert?

Jeder versierte Verbrecher würde sich vermutlich

über mich schlapplachen. Wahrscheinlich wäre es besser gewesen, hätte ich mich mit allem nicht so gehetzt. Über das Schreiben der Lösegeldforderung hätte ich eine Nacht schlafen und definitiv länger an den Formulierungen feilen können.

Bevor ein weiterer Seufzer Frida auf den Plan ruft, logge ich mich in das Chatprogramm mit *ElGato* ein.

Hi, alles klar bei dir? Deine Oma macht sich furchtbare Sorgen um dich. Und ich übrigens ebenfalls. Falls ich dir irgendwie helfen kann, dich besser zu fühlen … ich bin jetzt bis Mitternacht online. Oder länger – je nachdem, wann du kommst und überhaupt quatschen magst. Wir können auch nur irgendetwas spielen. Wobei die Internetgeschwindigkeit hier uns in die Quere kommen könnte 🙂

Nachdenklich nage ich an meiner Unterlippe. Hoffentlich klingt es nicht zu aufdringlich. Bestimmt hat er Freunde oder eine Freundin, an die er sich bei Problemen wenden kann. Wer bin ich schon, zu denken, dass er unsere virtuellen Gespräche ebenfalls wie die Luft zum Atmen brauchte? Die therapeutische Wahrnehmung war hundertprozentig einseitig.

Gut zwei Stunden später kommt mein Spielpartner online.

Wie geht es dir? Ich habe mir große Vorwürfe gemacht, dich in die Nähe eines Ortes geschickt zu haben, der in den Schlagzeilen gerade für so viel Aufregung sorgt.

Bitte mach dir darüber keine Sorgen. Uns ist nichts passiert! 🙂

Beschäftigt dich sonst noch etwas?

Hm.

Sollen wir lieber eine Runde zocken?

Ich bin extrem unkonzentriert und würde sicher direkt Game over gehen. Habe eigentlich keine Lust, mir den Tag noch stärker zu versauen.

Kein Problem.

Willst du mir von deinem Tag erzählen?

Haha, jetzt klingst du, wie eine Glucke … okay, sorry für den Ausdruck. Ich weiß, du meinst es nur gut. Mein Tag war übel. Ich will dir damit nicht auf den Sack gehen. Aber ich … Also, okay, ich …

Es gibt da eine Frau.

Ich bin ganz Ohr 🙂

Sie bedeutet mir sehr – fuck, ich habe mich in sie verliebt! Aber ich habe es total verkackt. Und ich weiß nicht, wie ich es wieder geradebiegen kann. Ob ich überhaupt noch eine Chance bei ihr habe. Ich habe ihr nicht erzählt, wie sehr sie mich um den Verstand bringt. Dass ich ständig an sie denken muss, sie fühlen muss. Wissen will, dass es ihr gut geht, dass ich mir nichts Schlimmeres vorstellen kann, als zu wissen, dass es ihr schlecht geht.

Bestimmt hat sie es gespürt!

Ich hoffe es. Es lief ziemlich gut zwischen uns, aber ich habe ihr etwas verheimlicht und bevor ich es aus der Welt schaffen konnte, ist sie verschwunden. Für sie bin ich wahrscheinlich der größte Lügner überhaupt 😟

Scheiße, sie hat mir vertraut.

Ich bin so ein Arsch!!!

Du bist kein Arsch. Du bist einfühlsam, lieb und sehr hilfsbereit. Wenn ihr euch aussprecht, und du ihr deine Gefühle gestehst – und natürlich, warum du diese Sache verheimlicht hast –, bin ich mir sicher, dass sie dir verzeihen wird!

Dazu müsste ich sie erst mal finden. Von Freunden habe ich erfahren, dass es ihr richtig schlecht geht. Es bringt mich um.

ES BRINGT MICH UM!

Betroffen starre ich auf seine letzte Nachricht. Ich kann seinen Kummer spüren, seine Verzweiflung und diese Wut, die er in sich hat. Wie kann ich sie ihm bloß nehmen? Er hat sich in den letzten Minuten immer tiefer in seine Emotionen hineingesteigert. Statt es als befreiend zu empfinden, darüber zu reden, hat es ihn offensichtlich nur weiter aufgeregt. Mist.

Mir hat auch mal ein Kerl etwas verheimlicht. Etwas nicht gerade Unwichtiges. Ich war so enttäuscht! Ich habe die Welt nicht mehr verstanden, kam mir richtig dumm vor.

Tut mir leid zu hören. Hatte er es wieder gutgemacht?

Ehrlich gesagt, habe ich ihm keine Chance dazu gegeben. In dem Augenblick, als ich die Wahrheit erfahren habe, war ich wie paralysiert. Ich wollte nur noch weg. Aber im Nachhinein sind einfach so viele Fragen offengeblieben.

Und mein Herz ist in tausend Splitter zerbrochen. Ich habe keine Ahnung, wie er die Trennung wahrgenommen hat. Ob seine Gefühle letztendlich nicht auch einfach nur gespielt waren. Mag er mich überhaupt? War es echt? Für mich war es besonders. Richtig besonders. Das Beste, was ich bislang in meinem Leben erlebt habe!!

Ich versuche, nicht an ihn zu denken, aber es gibt so vieles, das mich an ihn erinnert. Die Wahrheit ist: Ich vermisse ihn. Jeden Tag. Das ist, was mich umbringt.

... Wie konnte ich mich gerade so gehen lassen? Ich habe quasi geschrieben, dass *ElGatos* Verhalten extrem arschig war und ... *Holy crap*, ist ihm aufgefallen, dass ich von einem Typen schwärme? Keiner Frau?

Spielt das überhaupt noch eine Rolle? Andererseits, jetzt, wo wir übers Verheimlichen gesprochen haben, bekommt mein Verhalten nochmals einen besonders schalen Beigeschmack. *Oh Dio!*

Hast du mal überlegt, ihn zu kontaktieren?

Nein. Ja. Oh Mann, ich weiß es nicht. In meinen Gedanken halte ich, vor allem in meinen Träumen, mit ihm Zwiesprache, sofern ich mir nicht vorstelle, dass wir uns versöhnen oder ... ich nicht gerade an seine Berührungen denke. Nicht, dass ich sie willentlich heraufbeschwöre! Mein Leben ist ein Chaos, ich habe eigentlich weder Zeit noch Nerven, mich mit meinem Herzen oder gar meiner Mitte zu befassen. Nur drängen beide ausgerechnet dann vor, wenn ich meine Schutzschilde sinken lasse – was nachts leider der Fall ist.

Ich habe seine Kontaktdaten gelöscht.

Zumindest hätte ich das bis zu diesem Zeitpunkt sicher gemacht, sofern ich seine Nummer gehabt hätte. Meine jetzige Situation ist also im Endeffekt dieselbe: Ich habe keine Chance ihn zu erreichen. Aber ...

Wenn ich es könnte, würde ich ihn gerne nochmals treffen.

Sein Lächeln sehen, seine tiefe Stimme hören und ... ihn in mir spüren. Huch, natürlich meinte ich bloß seine Arme um mich ... okay, auch nicht besser. Ich merke, wie sich mein Unterleib verlangend zusammenzieht und sich von dem einen auf den anderen Moment ein wohlbekanntes Kribbeln in mir ausbreitet. Unbewusst presse ich die Oberschenkel aneinander. Nein, nein, nein! Wie soll mein Herz heilen, wenn mein Körper weiterhin so auf ihn geeicht ist? Dass ich nur durch ein paar unbedachte Worte beginne feucht zu werden, ist nicht hilfreich! Heute habe ich den ganzen Tag nicht an ihn gedacht. Wie gesagt, wie käme ich auch darauf, mir bei all dem Trubel bewusst vorzustellen, wie er mich ein ums andere Mal völlig zügellos genommen hat? Wie ich in seinen Mund gestöhnt habe und mich unter ihm aufgelöst habe ... Sein Rhythmusgefühl war unbeschreiblich gut. Genau wie seine Finger- und Zungenfertigkeit. Mit wie vielen Fingern hat er mich bereits zum Kommen gebracht?

Stirnrunzelnd schiebe ich den Laptop vom Schoß und lasse dann meine Hand ins Höschen wandern. Hat es sich so angefühlt? Mein Zeige- und Mittelfinger füllen mich nicht annähernd so aus, wie ich es in Erinnerung habe. Ich nehme einen dritten Finger hinzu und schließe die Augen. Bei jeder Vorwärtsbewegung reibt mein Handballen über meine Knospe. Es ist herrlich. Aber bei Weitem nicht genug und nicht vergleichbar mit seinem harten Schaft, der sich bis zum Anschlag in mir versenkte, während mich seine dunklen Augen komplett einnahmen und mich …

Die inneren Muskeln verkrampfen sich um meine Finger. Ein Wimmern entweicht mir, dicht gefolgt von seinem Namen, den ich leise stöhnend von mir gebe.

»En … ri … co.«

Schwer atmend ziehe ich meine Hand hervor. Sie ist nass. Wie fremdgesteuert berühre ich meine Lippen, übe genau so viel Druck auf sie aus, wie er es damals bei dem Wasserloch getan hat. Er hat mir an dem Tag einen Teil meiner Angst genommen. Ich habe mich zum ersten Mal frei gefühlt. Unbeschwert. Eine Träne kullert über meine Wange. Unwirsch wische ich sie weg, ehe ich anschließend die Hand trockene und mit Schrecken feststelle, dass *ElGato* bereits vor acht Minuten eine neue Nachricht geschrieben hat.

Danke, dass du mir von ihm erzählt hast. Ich möchte auch gern glauben, dass meine Frau noch so für mich empfindet.

Wow, du bist verheiratet? Moment, du hattest geschrieben, es ginge, um EINE Frau. Sorry, ich bin verwirrt.

Kein Ding, wir sind nicht verheiratet.

Aber, wenn es ein Happy End für uns geben sollte, werde ich ihr einen Antrag machen. Sie ist für mich die EINE. Was ich mit ihr erlebt habe, für sie empfinde, das hatte ich noch mit keiner anderen zuvor.

Wenn sie das jetzt lesen würde, würde sie bestimmt dahinschmelzen. 🙂

Wie lange ist das mit deinem Typen her? Es muss noch vor deiner ›Kellerzeit‹ gewesen sein, oder? Dass du so lange schon leidest, macht mich traurig.

Nein, ist recht frisch. War auf der Studienreise hier in Mexiko … War eine intensive Zeit. Hätte nie gedacht, dass ich mich so schnell verliebe.

Und ich nicht, dass du auf Männer stehst. 😀 Ist nicht böse gemeint. Hat mich nur überrascht, ist für mich aber vollkommen cool.

Meine Wangen werden warm. Soll ich es ihm doch jetzt sagen? Mir ist es egal, wie er über meine sexuelle Neigung denkt, nur wäre das hier eine gute Vorlage.

Ich sehe vielleicht auch nicht so aus, wie du es dir vorstellst …

Du meinst nicht bleich, fett und glatzköpfig?

Hm.

Mach dir keinen Kopf.

Ich nehme dich so, wie du bist. 🙂

Das beruhigt mich. Ich hatte schon Angst, dass, wenn du mich mal in real triffst, nichts mehr mit mir zu tun haben willst. Du bist mir nämlich echt wichtig. Ehrlicherweise bist du mein einziger richtiger Freund.

Solange du nicht zufällig mein Erzfeind bist, brauchst du dir keine Sorgen machen. 😂

Du bist für mich auch wichtig.

Gibst du mir deine Handynummer?

Jetzt ist es raus. Also fast. Ich will gerade tippen, dass ich kein Kerl bin, als mich ein leises Ping ablenkt.

1 neue Nachricht von Varez Cattaneo.

Den Namen meines Papas im Mail-Posteingang zu lesen, lässt mein Herz schneller schlagen. Er hat geantwortet. Endlich!

Enrico

Nachdenklich scrolle ich durch unseren Chatverlauf. Wie zu erwarten war, konnte mich *godfather22* wieder halbwegs runterbringen – dabei kämpft er augenscheinlich auch mit Liebeskummer.

Ich komme bei meiner Frage nach der Handynummer an. Er hat sie gelesen, aber nicht mehr beantwortet. Vor einer halben Stunde ist sein Status auf offline gewechselt, seitdem ist er nicht mehr wiedergekommen. Hoffentlich hat der Gedanke an diesen Kerl, der ihm das Herz gebrochen hat, ihn nicht aus der Fassung gebracht.

Seufzend fahre ich mir übers Kinn.

»Du solltest dich ausruhen. Soll ich dir zur Entspannung vielleicht den Whirlpool anmachen?« Sofía stellt mir eine hausgemachte Limonade auf den Schreibtisch.

»Hast du geklopft?«, brumme ich.

»Laut und deutlich«, erwidert sie und schenkt mir einen besorgten Blick.

Seit mich Fernando aus dem Bonebreaking Palace geschafft und hier abgeladen hat, werde ich mit Samthandschuhen angefasst. Die wortlosen Blicke, die meine Haushälterin mit ihm ausgetauscht hat, legen die Vermutung nahe, dass hinter meinem Rücken schon ganze Meetings über mich abgehalten worden sein müssen.

»Also? Soll ich ihn vorbereiten? Ich würde noch ein paar Essenzen zur Muskelregeneration und so dazu geben ...«

»Kommt es dir nicht falsch vor? Wie kann ich beim Wellness entspannen, während Amira in irgendeinem Verschlag verletzt ...«

Die Kehle schnürt sich mir zu. Mit zusammengepressten Lippen greife ich zum Handy, um zum gefühlt tausendsten Mal nach Neuigkeiten zu schauen. Doch Spam und irgendwelche Spielhöllengewinnberichte sind die einzigen Mitteilungen.

»Ich denke, es ist genau das Richtige. Um sie zu retten, musst du fit sein und diese ›Trainingseinheit‹ hat deinen Körper nur unnötig belastet.«

»Mir gehts gut«, behaupte ich. Muskelkater verspüre ich keinen. Die Blutergüsse am Oberkörper gleichen eher harmlosen blauen Flecken. Mein Körper ist viel Schlimmeres gewohnt ... *und doch hatte die Gehirnerschütterung nach dem Autocrash überraschende Folgen.*

»Na gut, wenn es dich glücklich macht, dann bereite den Pool eben vor.«

Sofía nickt eifrig und eilt davon. Mein Zustand muss sie vorhin sehr erschreckt haben. Ich war nicht mehr wirklich ansprechbar, habe gestöhnt, geheult, geflucht und letzten Endes geschlafen. Auffällig lange geschlafen — hatte mir meine rechte Hand doch tatsächlich eine Spritze verpasst! Danach war ich jedoch wieder einigermaßen mental stabil. Durch die Nachricht, dass meine *abuela* wohlauf ist, hatte ich zumindest auch eine Sorge weniger. Das Telefonat mit ihr lief gut. Dass ihre feinen Antennen anderes aufgeschnappt haben, hat mich überrascht.

Knapp eine Viertelstunde später sitze ich im Whirlpool, der für mich allein eigentlich viel zu groß ist. Ob ich Amira hier jemals in meinen Armen halten werde?

Cariño, kannst du mir verzeihen? Bitte halte durch! Ich werde nicht aufgeben. Ich werde dich finden!

Und dann werde ich alles Menschenmögliche unternehmen, damit du dich nie wieder vor etwas fürchten musst.

Durch das warme Wasser wechseln meine Muskeln bald erneut in den Ruhemodus. Dicht gefolgt von meinen immer schwerer werdenden Augenlidern.

Als hätte ich nicht schon genug geschlafen!

Doch ich merke, wie ich ein ums andere Mal kurz wegsacke. Erschöpft quäle ich mich daher aus dem Pool und falle im Anschluss wie ein Stein ins Bett.

Heute Vormittag bin ich filmreif abgestürzt. Bin nach einem brutalen Fall schließlich auf dem Boden aufgeprallt und habe, bildlich gesprochen, erst vor wenigen Minuten wieder angefangen, röchelnd Luft zu holen. Werde ich es über Nacht schaffen, mich ›aufzurichten‹ und erfolgreich ›hochzuklettern‹?

Nach knapp neun Stunden traumlosen Schlafes bin ich davon noch weit entfernt. Doch die Nachricht von Fernando lässt mir keine andere Wahl, als mich gnadenlos vorwärts zu pushen.

Es gibt eine Spur in Honey. Die IP-Adresse hat den Wichser verraten. Rubén ist bereits auf dem Weg.

Neunzehn

Amira

Zum zweiten Mal innerhalb weniger Stunden überfällt mich ein unkontrolliertes Zittern, dicht gefolgt von einem immer schneller pochenden Herzen, das bereits so heftig schlägt, als hätte ich einen Hundert-Meter-Sprint hinter mir. *Dabei sollte die Dusche mich entspannen!* Gemessen an dem sich anschleichenden Hitzegefühl, das mir sicher bald die ersten Schweißtropfen auf die Schläfe treten lässt, hätte ich sie mir eindeutig sparen können.

Wacker greife ich nach dem Handtuch und trockne mich schwer atmend ab. Beinahe spüre ich schon, wie sich mein Hals zuschnürt und ich keine Luft mehr bekomme.

Ich reiße das kleine Fenster auf. *Scheiße, beruhig dich, Amira. BERUHIG DICH!* Nur wie? Noch immer bin ich maßlos geschockt, kann kaum mehr an etwas anderes denken. Die knappe Reaktion meines Papas zu lesen, hat mir gestern Abend schon das Herz aus der Brust gebombt. Dabei hatte ich es ja erwartet. Sie wollten mich loswerden.

Ich werde nicht zahlen.

Vier Worte. Keine Begründung. Wie, als wäre jeder weitere Satz schon zu viel seiner kostbaren Zeit gewesen.

Einen wimmernden Laut ausstoßend sinke ich schlaff auf den zugeklappten Klodeckel und umarme mich selbst. *Alles ist gut und läuft nach Plan, einatmen: eins, zwei; ausatmen: eins, zwei, drei, vier; einatmen: eins, zwei … alles ist gut und läuft nach Plan …*

Ich verliere jegliches Zeitgefühl. Gebetsmühlenartig rede ich innerlich auf mich ein und ignoriere dabei tapfer, den außer Rand und Band geratenen Muskel in meinem Brustkorb.

Enricos beruhigende Technik bei meinen letzten Anfällen kommt mir in den Sinn. Er hatte eine mir fremde Zählmethode benutzt, bei der ich nicht sicher bin, ob sie für mich funktioniert ohne, dass ich den tiefen Klang seiner Stimme höre oder seine mich beschützend haltenden Arme um mich …

»Amira, alles okay da drin?«

Eine einsame Träne rinnt mir aus dem Augenwinkel. *Einatmen: eins, zwei; ausatmen: eins, zwei, drei, vier.*

»*Mi amor*?« Nur langsam dringt Fridas aufgeregtes Rufen in mein Bewusstsein. Hoffentlich wartet sie noch nicht lange.

»Bin gleich so weit«, erwidere ich leise und stemme mich schließlich von der Toilette hoch. Die Atemnot ist ausgeblieben, das Zittern hat sich abgeschwächt. Die einzigen Überbleibsel meiner Panikattacke sind der Schweißausbruch und das Herzrasen.

Fahrig ziehe ich mich an, dann entriegle ich die Tür. Frida steht keinen Meter entfernt vor mir. Ihr besorgter Blick wärmt einerseits mein Herz, andererseits hält er mir nur vor Augen, was mir bei meiner Familie die letzten

Monate gefehlt hat. Ihm standzuhalten, fällt mir daher schwer.

»Soll ich ein Taxi rufen, damit wir dich beim Arzt untersuchen lassen?«

Ich bemühe mich, die Mundwinkel hochzuziehen. »Nicht nötig. Tut mir leid, dich beunruhigt zu haben. Es ist nur ein kleiner Sonnenstich, wenn überhaupt, ich bin sicher bald wieder fit.«

»Dann hole ich dir ein Eispack«, sagt sie bestimmt und wuselt in die Küche. Ermattet sinke ich aufs Sofa. Sie wollten mich von Beginn an tot sehen, haben mich aufgegeben. Dabei habe ich gekämpft. Ich habe Ängste überwunden, von denen ich gedacht habe, dass sie mich mein Leben lang begleiten werden. Verdammt, ich existiere noch. Ich lebe! Warum habt ihr nicht an mich geglaubt?

Im Laufe des Morgens finde ich langsam zurück ins Gleichgewicht. Körperlich gesehen geht es mir gut.

Und auch sonst versuche ich mich weiterhin damit aufzubauen, dass mein Plan funktioniert hat. Ich kann heute das Foto mit meiner angeblichen Leiche schicken und offiziell ein neues Leben anfangen.

»Bist du sicher, dass du dich nicht noch mal hinlegen möchtest?«

»Ja, ich fühle mich schon wesentlich besser«, sage ich. In Gedanken gehe ich die nächsten Schritte durch: Zunächst werde ich die geplante Fototour in Angriff nehmen, danach das fingierte Leichenbild senden und im Anschluss recherchieren, welcher Ort sich für einen Neuanfang am besten eignet.

Die liebevoll gemeinten Ratschläge, mich wenigstens bis zum Mittag nur im Vorgarten aufzuhalten, außer Acht lassend, laufe ich kurz darauf mit Fridas Kamera durch die Dorfstraßen. Die Suche nach schönen Motiven lenkt mich erstaunlich gut ab. Alle paar Minuten bleibe ich stehen, justiere den Fokus und fange Blumen, streunende Hunde sowie Alltagsmomente der Nachbarschaft ein, die Frida sicher zum Lächeln bringen werden. Zu guter Letzt halte ich mir aus einer Laune heraus sogar die Linse vors Gesicht und posiere für ein Selbstporträt. Das erste Foto als neuer Mensch.

Ein weiteres Mal drücke ich ab und lächle dabei besonders breit. Erkennt man den Kummer in den Augen?

Seufzend begebe ich mich auf den Rückweg.

Es sind nur noch wenige Straßen zu Fridas Haus, als ich gute dreißig Meter weit entfernt einen Mann sehe, der mir vage bekannt vorkommt. Aus einem Bauchgefühl heraus bleibe ich stehen. Er steht rauchend vor einem Kiosk und unterhält sich durch ein kleines Schiebefenster mit jemanden im Inneren.

Wo habe ich ihn schon mal gesehen?

Fieberhaft suche ich in meinem Gedächtnis nach der Lösung und komme genau in dem Moment drauf, als er in meine Richtung schaut – direkt in mein Gesicht. Er erkennt mich, das kann ich deutlich sehen.

Ich drehe mich um und verschwinde mit heftig pochendem Herzen um die nächstbeste Ecke.

Was macht der Taxifahrer, der mich nach dem Treffen in der Markthalle zur Pension gefahren hat in Honey?

Das kann unmöglich ein Zufall sein, oder? Die Hauptstadt liegt nicht gerade um die Ecke, sodass es unwahrscheinlich ist, dass er bloß einen Fahrgast hergebracht hat. Sein bunttätowierter rechter Arm mit dem Abbild der Todesgöttin ist mir damals schon aufgefallen. Nur habe ich keinen weiteren Gedanken daran verschwendet, weil die Begegnung mit Rubén aka Enrico meinen Verstand komplett in Beschlag genommen hatte. Wäre ich nicht so durch den Wind gewesen, hätte ich schließlich die nächste Bushaltestelle gesucht, statt zwar zögernd, aber dennoch wie fremdgesteuert in das Auto zu steigen. Ob er ebenfalls zu den Männern des Estrada-Kartells gehört? Ein weiterer Bodyguard, der, statt mich direkt zur Strecke zu bringen, mit seinem Kollegen zusammengearbeitet hat, sodass auf andere Weise Infos über den Feind gesammelt werden konnten?

Ich eile zu Fridas Haus und vergewissere mich, dass Gittertor und Tür fest verschlossen sind.

»Bin wieder da«, rufe ich möglichst neutral. Statt eine Antwort zu hören, entdecke ich einen kleinen Zettel auf dem Küchentisch. Die Waschmaschine würde nicht mehr funktionieren, sie sei die nächsten Stunden daher bei Aná und ihrem Mann Wäsche waschen und ein bisschen quatschen. Gerne könne ich dazukommen.

Doch so aufgelöst, wie ich mich gerade fühle, steht das außer Frage. Vorsichtig platziere ich die Kamera neben der Notiz, ehe ich erst mal ans Spülbecken trete und mir kaltes Wasser ins Gesicht spritze.

Geschützt in Fridas vier Wänden beruhige ich mich allmählich. Als ich im Gästezimmer den Laptop einschalte, bin ich sogar am Zweifeln, ob eben nicht einfach meine Nerven mit mir durchgegangen sind. Ich hatte mit dem Taxifahrer damals schließlich kaum ein Wort gewechselt, ihn nicht wirklich angeschaut. Eigentlich ist es vollkommen unmöglich, sich korrekt an sein Gesicht zu erinnern.

Aber dieser tätowierte Arm ...

... ist in Mexiko nichts Ungewöhnliches. Hier hat quasi jeder Zweite an irgendeiner Stelle Tinte unter seiner Haut, kein Grund, ihn zu verdächtigen.

Aufstöhnend vergrabe ich das Gesicht in den Händen. Wäre nicht dieser erstaunte Ausdruck gewesen, der klar besagte, dass er mich schon mal gesehen hat, wäre ich nun wesentlich ruhiger.

Ich lasse die Hände sinken. In dem Augenblick, in dem ich zur Ablenkung den Chat mit meinem Spielpartner aufrufen will, durchdringt ein hoher, melodiöser Ton die Stille. Das muss die Klingel sein! Ich stoße die Luft, die ich vor Schreck kurzzeitig angehalten habe, aus.

Hat Frida ihren Schlüssel vergessen?

Es wird kräftig am Gittertor gerüttelt. Auf Zehenspitzen schleiche ich zu einem Fenster, aus dem ich schräg hinaus zum Eingangsbereich sehen kann.

Zwei Sekunden später weiche ich entsetzt zurück. Draußen steht der Taxifahrer und fummelt am Schloss herum. Er gehört also definitiv zu den Estradas. Verflucht, wie hat er mich gefunden? Ist Enrico ebenfalls in der Nähe? Einen Wimpernschlag lang glimmt ein kleiner Hoffnungsschimmer in mir auf, dann schaltet sich mein Gehirn wieder ein. ›Weg hier, sofort‹, befiehlt es und lässt mich panisch umherblicken. Es gibt keine zweite Tür, durch die ich fliehen könnte. Dafür einen Messerblock auf der Küchenzeile. Sollte er eine Pistole dabei haben, würde das mir aber auch nichts nützen.

Ich höre das Gittertor leise quietschen. *Oh Dio*, er kommt, wo soll ich nur hin? Unter mein Bett? Es ist so hoch, dass er mich direkt entdecken würde – sofern er nicht bereits im Vorgarten durch das Zimmerfenster späht und mich beim Runterkrabbeln erwischt. Dann vielleicht unter Fridas Bett? Ich renne in ihr Zimmer. Ihr überdimensioniertes Boxspringbett lässt mir zum Verstecken allerdings keine Möglichkeit. Dafür ist das Fenster gut zu erreichen. Keine Sekunde zu früh stehe ich in einer Nebenstraße und sprinte los.

Den Gedanken, bei Aná und ihrem Mann Unterschlupf zu suchen, verwerfe ich, sobald er mir in den Sinn kommt. Bis sie auf mein Klopfen reagieren, wäre der Typ hinter mir und dann wäre nicht nur ich in Gefahr.

Wird er mich direkt umlegen? Wie hat er mich aufgespürt?

Ohne es zu bemerken, laufe ich Richtung Dorfmitte. Mit ein bisschen Glück erwische ich einen Bus oder kann ein Taxi … *nein, nur über meine Leiche*.

Hinter einer Mülltonne halte ich keuchend inne. Meine Kondition ist nach wie vor bescheiden, sollte ich hier heil aus der Sache rauskommen, muss ich dringend mit Sport anfangen.

Nachdem ich mich durch einen Blick über die Schulter versichert habe, nicht verfolgt zu werden, richte ich mich auf.

Ein Fehler.

Zwei schwarze identisch aussehende Kombis, wie ich sie zuletzt vor der *Zona Roja* gesehen hatte, fahren geradewegs auf mich zu.

Ich wirble herum, zwinge meine müden, brennenden Muskeln zum Lauf meines Lebens. Ich hetze über kleine Mäuerchen, passiere Hinterhöfe, quetsche mich durch winzige Spalten zwischen nebeneinanderstehenden Häusern und folge am Ortsrand schließlich einem immer schmaler werdenden Pfad, der mich mitten in die Natur führt. War mir zwischendurch so, als würde ich das dumpfe Knallen mehrerer Schüsse sowie unverständliches Gebrüll hören, ist es nun still. Mein Schnaufen ist das einzige, was ich wahrnehme.

Himmel, war das knapp!

Mich immer wieder umsehend, bemühe ich mich weiter, für Abstand zu sorgen. Um es auch für die Kartellmitglieder schwieriger zu machen, verlasse ich sogar den Weg. Anders als im Regenwald von Los Tuxtlas säumt hier kein dichtes Geäst den Weg. Ich kann problemlos durch Farne streifen sowie über kleinere wie größere Steine springen.

Schon längst nicht mehr wissend, wo ich bin und wie ich jemals wieder in die Zivilisation finden soll, lasse ich mich schließlich zu Boden sinken.

Enrico

Das Gaspedal auf Anschlag rase ich die Landstraße nach Honey entlang und verfluche mich, auf Fernando gehört zu haben. Fuck, der Zufall wollte mir in die Hände spielen, ich hätte längst vor Ort sein können!

Rubén hat etwa eine halbe Stunde Vorsprung. Werde ich es schaffen, rechtzeitig einzutreffen?

»Status?«, fordere ich, als ich Pedros Anruf über Lautsprecher entgegennehme.

»Ich habe seine Braut gesehen.« *Seine* Braut ...

Die Fingerknöchel sind weiß, so fest umklammere ich gerade das Lenkrad.

»Wo und wie geht es ihr?«, presse ich hervor.

»Mitten auf der Straße, sehr lebendig. Wie mir scheint unverletzt.«

Stirnrunzelnd verlange ich nach mehr Details.

»*Lo siento*, sorry keine Zeit. Wo bist du?«

»Gleich da. Gib mir noch zehn Minuten. Fernando wird auch nicht mehr lange brauchen.«

»Die Kleine ist in die Wildnis gerannt. Rubén ist ihr auf den Fersen ...« Ich höre einen Schusswechsel.

»... ich versuche seine Männer in Schach zu halten und ihr etwas Zeit zu verschaffen, aber mir gehen langsam die verschissenen Patronen aus!«

»In welche Richtung hast du sie zuletzt laufen sehen?«

»Südöstlich über eine kleine Steinbrücke.«

Die Verbindung wird unterbrochen. Halb so wild, versuche ich mir einzureden. Pedro ist ein geübter Schütze und von welcher Brücke er sprach, kann ich mir denken. Trotzdem fluche ich lautstark, was mich jedoch nicht im Geringsten runterbringt. Während ich in gefährlichen Manövern Autos überhole, schweifen meine Gedanken zu seiner ersten Info. Sie sei unverletzt. Hat er das richtig gesehen? Auf den Erpresserfotos war sie grausam zugerichtet. Es ist nur schwer vorstellbar, dass sie in der Lage ist, durch das Dorf zu rennen. Haben wir es vielleicht mit einer Doppelgängerin zu tun? Aber das wäre ein zu großer Zufall. Wenn es also tatsächlich Amira war, wieso ist sie wohlauf? Wie konnte sie sich befreien?

Der nächste Anruf reißt mich aus den Gedanken.

»Fernando«, begrüße ich meine rechte Hand.

»Wie habt ihrs getrieben?«

Perplex klappt mein Unterkiefer herunter. »Wie bitte?« Bestimmt habe ich ihn gerade falsch verstanden. Er benutzt ebenfalls die Freisprechanlage, nur sitzt er nicht in einem modernen Wagen, sondern fährt die alte Kiste seines Bruders. Deswegen ist er auch so leise. *Jup, daran wirds liegen.*

»Kannst du dich noch daran erinnern, wie wir uns gefragt haben, warum ihr ihre Familie Antibabypillen mitgibt?« Okay, mein Gehör funktioniert einwandfrei. Trotzdem bleibe ich still, habe Schwierigkeiten, den Bogen von unserem dringendsten Problem ›Amira in Sicherheit zu bringen‹ zu unserem Sexleben zu schlagen.

»Die Pillen sind fake. Meine Quelle hat mich gerade angerufen, sie ist sich zu hundert Prozent sicher. Sie waren lediglich zur Täuschung, damit die Kleine nicht hinter den Verkupplungsplan kommt und der Verführungsauftrag an Glaubwürdigkeit gewinnt. Verstehst du, statt einer Waffe gabs eben passend die Pillen. So als wäre man besorgt, dass sie bei Ausübung ihrer Pflicht …«

»Die Pillen waren fake«, wiederhole ich langsam.

»Ja, Mann. Die haben es knallhart darauf angelegt. Nichts festigt schließlich einen Deal mehr als gemeinsamer Nachwuchs.«

»Wir haben nicht verhütet«, gebe ich beinahe wie in Trance von mir.

»Dann kann es sein, dass sie eine fucking Bombe unter ihrem Herzen trägt. Wenn der Hurensohn sie in die Hände bekommt und erfährt, dass sie von dir schwanger ist, wird das gleich zweifach böse enden.«

Fernando hat längst aufgelegt, als ich das volle Ausmaß der Neuigkeit endlich begreife. Die Mafiaprinzessin könnte mein Baby in sich tragen. Ich könnte Vater werden. *Oh Santísima, ist das wahr? Meine eigene Familie …*

Ich war noch nie ein begnadeter Fährtenleser, doch die einzigen schmalen Fußabdrücke auf dem erdigen Weg machen es mir leicht. Selbst als sie sich ins Gebüsch geschlagen hat, verraten mir umgeknickte Zweige und Gräser die Richtung. Seit gut vierzig Minuten folge ich so ihrer Spur und versuche mir zeitgleich für den Rückweg markante Stellen einzuprägen. Amira wird längst die Orientierung verloren haben. Damals im weitläufigen Pfad-Netz um die Hütte hat sie schon schnell recht planlos gewirkt.

Zu allem Überfluss beginnt es nun zu regnen. Durch das Blätterdach über uns ist der Niederschlag zwar nicht so stark wie er im Dorf sein wird, doch spitzt er unsere Situation unnötig zu. Das Prasseln dämmt die Umgebungsgeräusche und verschlechtert die Sicht. Raubtiere oder Rubéns Männer dürften so schwerer wahrzunehmen sein. Darüber hinaus wird Amira nicht in perfekter All-Wetter-Montur gekleidet sein. Es steht in den Sternen, ob sie überhaupt Proviant oder eine Waffe bei sich trägt. *Als hätte ich geistesgegenwärtig an mehr als meine Smith & Wesson gedacht …*

Nach knapp einer Viertelstunde wird das nächste Problem sichtbar: Der Regen schwemmt ihre Spuren weg. Mit einem Male habe ich keinerlei Ahnung mehr, wo sie entlanggegangen sein könnte.

»Fuck!«, brülle ich und bleibe stehen.

Wo bist du cariño? Was siehst du?

Ich halte mir die Hand über die Augen, um nicht pausenlos den Regen wegblinzeln zu müssen. Angestrengt starre ich in jede Richtung, bis ich meine, einen hellen Stoff kurz in der Ferne aufblitzen zu sehen.

Ich halte darauf zu und beschleunige mit jedem Schritt mehr. *Da ist sie!*

Völlig durchnässt, tatsächlich unverletzt, aber lediglich in einem schwarzen Top und beiger kurzer Hose bekleidet, balanciert meine Frau auf glitschig aussehenden Felsen über einen reißenden Fluss. Verflucht, ein Schritt daneben und sie wird in die Fluten stürzen.

»Amira!« Mein Schrei verklingt ungehört. Hochkonzentriert verlagert sie ihr Gewicht und meistert den nächsten Schritt. *Gut so, lass dich nicht aus der Ruhe bringen. Die Hälfte hast du fast geschafft.*

Ich überwinde im Eiltempo Sträucher, ducke mich unter tiefhängenden Ästen hindurch und schlittere im Matsch schließlich an den Fluss. Jetzt trennen mich nur noch wenige Meter beziehungsweise Felsen von ihr.

Um sie nicht zu erschrecken, verzichte ich darauf, nochmals ihren Namen zu rufen. Stattdessen spanne ich sämtliche Muskeln an und springe auf den ersten Stein, der aus dem Wasser ragt.

Die ersten drei sind ein Kinderspiel. Ich setze gerade zum Sprung auf den vierten an, als mich ein gleißender Schmerz durchfährt.

»Argh!«, entfährt es mir gepresst. Reflexartig fasse ich an meine Schulter. Ich spüre Nässe und Wärme. Blut glänzt an meiner Hand. Viel zu langsam drehe ich mich um und werde einen Atemzug später, durch einen teuflischen Schmerz am Oberschenkel in die Knie gezwungen.

Rubén steht am Ufer, in den Händen seine Heckler & Koch, auf die er einen Schalldämpfer montiert hat. Ich zücke meine Waffe. Bis ich sie in Position und entsichert habe, vergeht eine gefühlte Ewigkeit. Derweil zielt mein Widersacher auf meinen Bauch. In letzter Millisekunde werfe ich mich zur Seite und lande dabei halb im Wasser. Anders als meine Smith & Wesson, die mir entgleitet und völlig absäuft.

Der Bastard steht so nah, dass er mich problemlos mit einem Schuss niederstrecken könnte. Dass er stattdessen in aller Seelenruhe Löcher in mich ballern will, spricht für seine sadistische Ader.

Mein Blick zuckt unwillkürlich nach hinten. Amira steht weiterhin mit dem Rücken zu uns. Von den Schüssen wird sie nichts mitbekommen haben. Ohne das schützende Dach der Blätter über uns gleicht der Regen einem weißgräulichen Vorhang, der alles schluckt und verbirgt.

»*Cariño*«, rufe ich stumm, ehe mich eine weitere Kugel in den Arm trifft. Der Schmerz ist die Hölle, doch ich werde ihn aushalten, ihn bezwingen. Ich schaffe das. *Für meine Familie ...*

»Hältst dich wacker kleiner Schwager, freut mich, so habe ich mehr davon.« Die Stimme meines verschissenen

Erzfeindes dringt kaum an meine Ohren. Vielleicht habe ich sie mir auch nur eingebildet. Gelassen steht er auf dem ersten Stein und beobachtet meinen zitternden Versuch, auf die Beine zu kommen. Zugegeben nicht die klügste Idee. Das Denken fällt mir zunehmend schwerer. Das Wasser in meinen mittlerweile vollgesogenen Klamotten zieht mich beharrlich hinunter. Der einsetzende Blutverlust führt zu einem ersten Kribbeln im Kopf. Am schlausten wäre es, abzutauchen, um ihm kein freies Schussfeld zu bieten.

Rubén springt zum zweiten Stein. Bevor er mich mit seinem nächsten Schuss ins Jenseits befördern kann, springe ich endlich ins Wasser. Es ist kalt. Und könnte wesentlich klarer sein. Wenn ich nicht ertrinke oder verblute, wird mich eine Infektion dahinraffen, schießt es mir durch den Kopf. Doch der Gedanke ist so schnell wieder verflogen, wie er gekommen ist. Jetzt, in diesem Moment habe ich wichtigere Sorgen.

In Rubéns Mimik hat sich etwas geändert. Es hält mich davon ab, vollständig abzutauchen. Stattdessen kämpfe ich angestrengt gegen die Strömung und folge seinem Blick, der nicht länger auf mich gerichtet ist.

Amira schwankt. Dann stürzt sie ins Wasser.

Sofort beginne ich zu ihr zu kraulen. Weit komme ich jedoch nicht. Der Hurensohn muss wieder abgedrückt haben. Von der einen auf die andere Sekunde spüre ich meinen rechten Arm nicht mehr. Ich werde von Schmerz dominiert. Schlucke Wasser. Meine Gliedmaßen gehorchen mir nicht länger. *Santa Muerte*, ist es wirklich schon Zeit? Bitte schütze meine Frau. *Schütze unser Baby*.

Ich höre nichts mehr. Sehe nichts mehr. Und dann fühle ich nichts mehr.

Amira

Panisch schlage ich um mich. Die Strömung ist viel stärker als gedacht. *Oh Dio*, es waren doch nur noch wenige Steine zu überqueren. Warum musste ich ausgerechnet kurz vorm Ziel ausrutschen? Wasser gerät in meine Lunge, der Boden scheint unerreichbar. Vom Ufer her sah es aus, als würde ich theoretisch auch hüfthoch durch den Fluss waten können. Wenn es hier aber so tief ist, müssen die herausragenden Felsen in Wirklichkeit extrem groß sein und ... Ein weiterer Schwall schwappt über meine Lippen.

Kopf hoch, bleib in Bewegung, kämpfe!

Ich huste. Schnappe verzweifelt nach Luft, nur macht es durch den heftigen Regen kaum einen Unterschied mehr, ob ich über oder unter Wasser bin.

Kämpfe!

Mit den Fingerkuppen fasse ich an etwas Raues, höchst Glitschiges. Bestimmt ein Fels! Ich sehe alles nur noch verschwommen. Auf gut Glück versuche ich immer wieder, näher heran zu kommen, bis ich eindeutig eine größere schroffe Fläche spüre. Als ich mich an ihr hochziehen will, machen mir jedoch die schwindenden Kräfte und der Mangel an Sauerstoff einen Strich durch die Rechnung.

Ich rutsche ab. Und obwohl ich mir gedanklich weiterhin befehle, zu kämpfen und nicht aufzugeben, können meine Muskeln nicht länger der Anstrengung trotzen.

Ich werde sterben. *Nachdem ich endlich wieder angefangen habe zu leben, werde ich sterben.* Frida und *ElGato* werden die Einzigen sein, die um mich trauern werden. *ElGato*. Ich hätte schon viel früher Mut beweisen müssen. Bedauern erfüllt mich. Könnte ich weinen, würden unzählige Tränen sich nun mit dem Regen und dem Flusswasser vermengen. Es wird dunkel um mich. Ich verliere die Orientierung.

Und was war das? Ein Krokodil? Nein, dann würde ich sicher Schmerzen verspüren. Andererseits, wann habe ich zuletzt richtig geatmet? Bin ich nicht bereits bewusstlos und nehme meinen Körper nicht mehr wahr?

Es wird heller. Ich muss auf dem Weg in den Himmel sein! Bin ich überhaupt gut genug, um dort akzeptiert zu werden?

Auf meinen Brustkorb drückt es unangenehm. Es fühlt sich an, als würde man meine menschlichen Überreste zerschmettern, sodass keinerlei Rückstände von mir auf dieser Erde verbleiben. *Oh Dio, hatte ich je behauptet, nicht an dich zu glauben?* Ich ... muss mich übergeben. Es schüttelt mich. Wasser drängt hoch. Ich spucke, huste. Dann ziehe ich gierig Sauerstoff ein.

»Amira, alles ist gut. Du bist in Sicherheit.«

Fest werde ich von hinten an einen Körper gepresst und mehr oder weniger gewärmt. Sicherheit. *Ich lebe?* Es muss so sein, denn mir ist furchtbar kalt. Ich zittere, fühle die Erschöpfung, den harten Untergrund. Mein Brustkorb tut weh. Genau wie meine Lunge.

Nach einer Ewigkeit gelingt es mir, meine Gliedmaßen wieder unter Kontrolle zu bekommen. Schwerfällig drehe ich mich um.

Das vertraute Gesicht ist das erste, was ich träge blinzelnd wahrnehme. Enrico! *Bin ich wirklich wach?*

Unwillkürlich ziehen sich meine Mundwinkel nach oben. Er erwidert das Lächeln.

»Du ... du hast mich gerettet«, krächze ich.

»Ja, Babe.« Sanft streichelt er mir über die Wange. »Endlich habe ich dich gefunden.« Er sagt es, als wäre ich ihm unendlich kostbar. Das Wertvollste überhaupt. Mein

Lächeln vertieft sich. Dann fällt mir auf, dass er irgendwie anders klingt. »Du kannst dich jetzt ausruhen, es ist vorbei. Hilfe ist unterwegs.«

Ich nicke schwach. Dicht zieht er mich an sich, umschließt mich fest mit seinen kräftigen Armen. Merkwürdigerweise fühle ich mich aber nicht wie sonst sofort geborgen. Sein muskulöser Oberkörper ist hart und bleibt ein Fremdkörper. Ich schmiege mich an ihn, doch als hätte er es verlernt, reagiert er nicht wie gewohnt. Dieses Gefühl, eine Einheit zu bilden, will sich nicht einstellen. Ist es, weil er mich angelogen hat und ich es ihm nach wie vor übelnehme?

Er riecht auch anders.

Aber wie soll man schon riechen, wenn man im Fluss ein unfreiwilliges Bad genommen hat?

Babe. War ich nicht stets sein *cariño*, sein Liebling?

An meinem Bauch spüre ich kaum merklich etwas Hartes. Möglicherweise eine Wurzel. Allerdings: Wir liegen eindeutig auf Gestein. Ein herangespülter Ast? Oder ist er etwa … *erregt?* Blödsinn, wieso sollte er es mir in dieser Situation besorgen wollen? Das wäre nicht normal. Ist es wegen des Adrenalins, das sich nun ein Ventil sucht? Oder hat er sich so sehr nach mir gesehnt, dass er gar nicht anders kann … Würde bedeuten, dass er lediglich meinen Körper, sprich den Sex vermisst hat. Ich folglich nichts weiter als ein Objekt für ihn war.

So weit es sein fester Griff zulässt, lehne ich mein Gesicht nach hinten, um ihn ansehen zu können, dabei fällt mir auf, dass der Regen sich zu einem feinen Nieselschauer abgeschwächt hat. Dann nehme ich die braunen Augen wahr, die sich ohne Wärme, ohne jegliches Gefühl in meine bohren. Je länger ich dem Blick standhalte, desto deutlicher erkenne ich die Unterschiede, die ich zunächst ausgeblendet haben muss. Die etwas längere Nase, die etwas weniger markanten Wangenknochen ...

Das ist nicht Enrico.

»Rubén?«, stammle ich. Er muss der echte Rubén Estrada sein! Derjenige, den ich entführen sollte. Enricos Boss, soweit meine Theorie stimmt.

Meine Atmung beschleunigt sich. Ist das eine Falle? Schwebe ich in Gefahr? War die Rettung nur zum Schein, weil er mich wegen vermeintlich wichtiger Informationen noch braucht, ehe er mich für die Pläne meiner Familie büßen lässt?

Er lächelt.

»Wieso ... ich verstehe nicht ... Ich bin doch der Feind ...«

»Du bist nicht der Feind, Babe.« Ein verschmitztes Grinsen macht mir klar, dass ich nichts von ihm zu befürchten habe. Als seine Lippen mir näher kommen, zucke ich jedoch instinktiv zurück. In seinen dunklen Iriden blitzt Unmut auf, allerdings bezwingt er ihn innerhalb eines Wimpernschlages. Behutsam drückt er mir einen Kuss auf den Scheitel.

»Mach dir keine Sorgen, wir kriegen das hin. Wir haben ein Leben lang Zeit, uns näher kennenzulernen«, erklärt er mir ruhig.

Seine Worte hallen in mir nach, doch einen Sinn ergeben sie nicht. Vielleicht ist es auch wegen der Erschöpfung und dieser dramatischen Nahtoderfahrung, dass ich nicht durchsteige.

Ich lebe, aber ich bin total hinüber.

Wie aufs Stichwort setzt ein gnadenloses Schwindelgefühl ein. Es legt sämtliche Muskelstränge und Nervenbahnen lahm. Ich falle in ein schwarzes Nichts.

Zwanzig

Amira

»*Mi principessa*, hörst du mich?« Ist das Papas Stimme? Ich muss noch träumen. Oder ich bin doch gestorben und es ziehen nun Sequenzen aus meiner Kindheit an mir vorbei.

Meine linke Hand wird gedrückt. Umschlossen von zwei warmen ... *Oh Dio*, das ist eine Qual, warum fühlt es sich so echt an?

»Amira.« Es ist eindeutig der *Don*, der mich ruft.

Ich öffne die Lider, blinzle gegen die unerwartete Helligkeit an. Ich liege in einem herrlich weichen Himmelbett. Tannengrüne Stoffbahnen sind zur Seite gezogen und geben den Blick in einen ebenso grün gestrichenen Raum frei. Eine goldene Bordüre markiert den Übergang zur Decke, die ich durch den gespannten Stoff über mir nicht komplett erkennen kann.

Ich sehe nach links. Mein Papa sitzt am Bett, lächelt mich an, fragt, wie es mir geht und, ob der Arzt nochmals kommen soll. Statt einer Antwort starre ich die Männer hinter ihm an. Gabriele und Enrico, nein, der echte Rubén. Der, der mich gerettet hat. *Ich verdanke ihm mein*

Leben. Sie sehen so real aus. Und doch muss mein Gehirn mir Streiche spielen. Denn, die drei zusammen in einem Raum, das ist unmöglich.

»Was … was macht ihr hier?«, stammle ich und ergänze leise »Ihr hasst mich doch!« Das Sprechen tut weh. Überhaupt schmerzt mich alles. Die Beine, die Arme, der Brustkorb …

»Wie kommst du darauf, dass wir dich hassen, *sorellina*?« Mein ältester Bruder schüttelt bestürzt den Kopf und auch unser Familienoberhaupt sieht aus, als könnte ich nicht falscher liegen.

»Ihr wolltet mich loswerden. Ihr habt mich auf dieses Selbstmordkommando geschickt. Ich sollte ihn entführen und habe es … nicht geschafft.« Meine Wangen werden warm, meine Augen feucht.

»Amira, es tut mir so leid, das war alles ganz anders geplant. Die Therapeuten meinten, dass es dem Bewältigungsprozess helfen wird, wenn du die Chance bekommst, aktiv ein Leben retten zu können. Sie empfahlen uns, dich einer ungewohnten Situation auszusetzen und dich damit gleichzeitig aus deinem neuen Verhaltensmuster zu reißen. Du warst nur noch ein Schatten deiner selbst. Essen, schlafen und diese Computerspiele. Du hast nicht mehr gelacht, deine Ängste haben dich immer mehr aufgefressen und nichts hat Wirkung gezeigt. Ich konnte das nicht länger mitansehen.«

»Du warst immerzu wütend«, halte ich ihm vor.

»Auf mich, *principessa*, auf mich selbst. Ich habe es gehasst, so machtlos zu sein. Dir nicht helfen zu können, hat mich wahnsinnig gemacht. Wir alle wussten nicht, wie wir uns dir gegenüber verhalten sollen … ungeachtet unserer eigenen Trauer.«

»Und ihr dachtet, mich ein Verbrechen begehen zu lassen, wird alles wieder gut werden lassen?« Ich reiße die

Augen weit auf, während die Männer geschlossen seufzen.

»Es wäre nicht wirklich ein Verbrechen gewesen«, fängt Gabriele an zu erklären. »Rubén war von Anfang an im Bilde.«

Mein Retter nickt ernst.

Der *Don* lässt meine Hand los, setzt sich etwas aufrechter hin. »Mit Rubéns Vater hat mich einst eine lange Freundschaft verbunden.«

Fassungslos lausche ich seiner Erzählung.

»Zwischenzeitlich hatten wir uns leider aus den Augen verloren, doch als wir uns im Rahmen unserer Geschäfte zufällig wiederbegegnet sind, war es wie früher. Wir haben uns intensiv ausgetauscht, nicht nur übers Business, sondern auch über unsere Familien. Über dich, über Rubén.« Papa hält inne, lächelt mich und danach den fremden Mann hinter sich an. »Früher hast du mir oft unter die Nase gerieben, nur aus Liebe heiraten zu wollen. Mit unserem Verkupplungsplan wollte ich dir entgegenkommen, dir die Möglichkeit geben, dich ohne meinen direkten Einfluss auf ihn einzulassen.«

»Verkupplungsplan?« Meine Stimme klingt hoch, beinahe hysterisch. Passiert das hier wirklich?

»Amira, du weißt, wie das in unseren Kreisen läuft. Ich liebe dich aus ganzem Herzen, doch als Tochter einer bedeutenden Mafiafamilie hast du Verpflichtungen, die ich dir nicht nehmen kann. Bei denen ich es mir auch nicht leisten kann, sie nicht einzufordern. Genau wie Gabriele oder deine anderen Brüder hast du Aufgaben zu erfüllen, um das Fortbestehen und den Wohlstand unseres Clans zu sichern«, sagt er streng. Als er sieht, wie meine Unterlippe anfängt zu zittern, fährt er etwas weicher fort. »Ich wollte nicht riskieren, dass du ausflippst und dem Ganzen keine Chance gibst, nur weil du dich gegen die Vorstellung, jemand Fremdes zu heiraten, sperrst. Deswegen haben wir uns diese kleine Mission ausgedacht, damit du erst gar nicht auf den Gedanken kommst, dass wir hier Amor spielen.«

»Du solltest mich entführen, sprich verführen, sodass wir uns entspannt näherkommen können und du gleichzeitig in einer ungewohnten Umgebung deinen Ballast von zu Hause vergisst«, steuert Rubén bei und grinst schief.

»Ihr habt mich reingelegt«, fasse ich langsam zusammen.

»Wir wollten dir helfen«, betont Gabriele, sieht aber dabei nicht sonderlich glücklich aus.

»Ich dachte, ihr wolltet mich tot sehen ... Wenn du es vergeigst, brauchst du nicht wiederkommen, das hast du gesagt.«

»Und das bereue ich zutiefst, *sorellina*. Ich dachte, wenn ich mich dir gegenüber hart gebe, fällt es dir leichter, den Auftrag anzunehmen. Den Ernst der Lage zu begreifen ... Seit deinem Verschwinden habe ich mir große Vorwürfe gemacht.«

»Ja, das haben wir alle. Wir sind so froh, dich heil wiederzuhaben. Jetzt kann dir nichts mehr passieren.«

»Ich ... ich habe nur so getan, als wäre ich entführt worden«, gestehe ich und schlage die Augenlider nieder. »Für die Fotos habe ich Tierblut genommen, die Verletzungen waren nicht echt.«

»Ich weiß. Da hast du uns ganz schön eine Lehre erteilt und es ist meine Schuld«, sagt Papa betrübt.

»Du hast geschrieben, dass du nicht bezahlst. Ich dachte, ich wäre verstoßen, dass euch mein Tod nicht gleichgültiger sein könnte.« Tränen fließen über meine Wangen, ich schniefe.

»Wir sollten morgen weiterreden. Du musst dich ausruhen.«

»Nein, ich will es jetzt wissen. Bitte!«

»Die Wahrheit ist, dass ich nicht mehr bezahlen konnte. Das erste Lösegeld hat uns schon ans Limit gebracht. Aber das konnte ich natürlich nicht schreiben. Genauso wenig, wie ihn anzuflehen, dich zu verschonen. Das hätte ihn ja nur angestachelt, dir weiter Schmerzen zuzufügen. Ich hatte mit meiner knappen Antwort daher gehofft, das zu umgehen. Ich habe mir ihn als gierigen Bastard vorgestellt, der nochmals nachfasst und versucht mich umzustimmen.«

»Möglicherweise mit einem Päckchen, in dem ein Körperteil von mir liegt? Ich dachte, du liebst mich?«, erwidere ich entsetzt.

»Ich weiß, ich habe mit dem Feuer gespielt. Aber wir haben mit Hochdruck daran gearbeitet, ihn beziehungsweise dich aufzuspüren. Ich war mir sicher, genügend Zeit gewonnen zu haben. Die Vorgehensweise war diesmal stümperhaft, die Spuren viel zu offensichtlich. Das war das Handwerk eines Gegners, bei dem ich mir gelinde gesagt, ziemlich hohe Chancen ausgerechnet habe.«

»Wie habt ihr mich gefunden?«

»Durch die IP-Adresse, die Videoaufnahmen des Bankautomaten sowie wegen des Berichts des Bankangestellten, mit dem du das Abhebungslimit und die Kontoauflösung diskutiert hast. Deine Mimik sah viel zu fröhlich und entspannt aus, als dass du gezwungen werden würdest, dein Konto leer zu räumen.«

»Ich bin eindeutig nicht dafür gemacht, Verbrechen zu begehen«, sage ich mehr zu mir selbst als zu ihnen.

»Das musst du auch nicht. Amira, du solltest das Leben genießen. Als Frau und irgendwann als Mutter.

Überlass uns ruhig das harte Geschäft und konzentriere dich auf das Schöne im Leben, die Liebe.« Papa bedeutet Rubén, näher zu treten.

Die beiden tauschen die Plätze. Jetzt ist es mein Retter, der meine Hand in seine nimmt und mit dem Daumen leicht meinen Handrücken streichelt.

Ich merke, wie ich rot werde. Verlegen nage ich an meiner Unterlippe. Das alles zu verdauen, ist ziemlich viel für mich.

»Wir lassen euch mal alleine. Wir sehen uns später zum Abendessen.«

»Stopp, ich ... warum ... also, du sagtest, dass das erste Lösegeld uns schon finanziell an die Grenzen gebracht hat. Ich habe aber nur eine Forderung gestellt und sie war nicht wirklich hoch ...«

»Wir sollten das erst mit dem Therapeuten abklären«, höre ich Gabriele zum *Don* wispern. Unser Oberhaupt nickt, doch Rubén bekommt davon nichts mit. Er ist der Einzige, der sich meiner Frage stellt.

»Er hat von der richtigen Entführung gesprochen. Der Pisser, entschuldige bitte die Ausdrucksweise, der Mann, in dessen Gewalt du warst, nachdem wir beide uns im *Pío N°1* verpasst haben, hat ebenfalls schlimme Fotos von dir geschickt, zusammen mit einer astronomisch hohen Geldforderung.«

»Gewalt ... Fotos ...?«

Stumm schauen sie mich an. Dann zückt Rubén sein Handy. »Das waren die Bilder, die Enrico an den *Don* geschickt hat.«

»Sie sollte das jetzt nicht sehen müssen«, herrscht mein Bruder ihn an und nimmt ihm das Telefon weg. Einen Blick drauf werfen konnte ich trotzdem.

Ich liege in einem Zwinger. Rostige Ketten um-

schließen meine Knöchel. Ich bin nackt und nur mit einem dreckigen Badetuch notdürftig abgedeckt.

Meine Wangen könnten mittlerweile nicht stärker glühen. Diese Bilder hat Papa und wer weiß noch gesehen? Wann hat Enrico diese Aufnahmen gemacht? War also doch nur alles Show? Ihm ging es von Beginn an um eine Erpressung?

»Warum ... warum hat dein Bodyguard das getan?«

»Bodyguard?« Rubén sieht mich angewidert an. »Hat er das behauptet? Dieser vermaledeite Pisser hat ...«

»Es reicht.« Die schneidende Stimme Papas lässt gefühlt die Temperaturen im Raum sinken. »Amira steht unter Schock und muss jetzt mit mehreren traumatischen Erlebnissen zurechtkommen. Enrico Vásquez ist tot, kein Grund ihn mit Worten wieder lebendig zu machen.«

Ich runzle die Stirn. Mir fällt es zunehmend schwerer, dem Gespräch zu folgen und alles zu verstehen. In Gedanken hänge ich noch an diesen furchtbaren Bildern fest. Wann hat er die gemacht? Und hat er sich tatsächlich an meinem bewusstlosen Körper vergangen, so wie die Bilder es einem weismachen? Sie sahen echt aus. Viel authentischer als meine Blutfotos.

Er wusste, was er tat.

War das Fotoshooting der Grund, warum ich high war? Zuvor hatte ich ihm mein Innerstes offenbart. Ihm vom Vorfall mit Mama erzählt. *Oh Dio, das kann nicht wahr sein ...*

»Enrico«, stoße ich zusammenhanglos hervor.

»Mein Erzfeind ist tot und kann dir nichts mehr anhaben.«

Sie halten ihn für einen brutalen Entführer, denken vermutlich, dass er mich tagelang in dem Zwinger eingesperrt hat. Dabei hat er mich pausenlos verwöhnt, mich auf Händen getragen und ... stopp, die Bilder beweisen es: Er ist ein Entführer. Skrupellos und gefühlskalt. Er hat mich bloß ausgenutzt. Mich wie alle anderen getäuscht ... *so, wie ich ihn*. Im Vergleich zu ihm hatte ich aber nur sein Bestes im Sinn. Ich wollte ihn beschützen.

»Rubén hat sein Leben riskiert, um dich zu retten. Das rechne ich ihm hoch an. Damit hat er wirklich wieder alles gutgemacht. Danke dir«, sagt der *Don* nun im versöhnlichen Tonfall und klopft ihn anerkennend auf die Schulter.

»Natürlich. Für meine Zukünftige würde ich alles tun. Danke für dein Vertrauen und die Chance, mich zu beweisen.«

... Und dann dringt die Information in mein Bewusstsein, die ich bislang gekonnt ausgesperrt habe.

»Er ist tot«, wiederhole ich stumpf. Enrico soll nicht mehr am Leben sein?

»Ja, und jetzt denk nicht weiter darüber nach. Du bist in Sicherheit, das ist das Einzige, was nun wichtig ist«, drängt Gabriele und fasst Rubén fest am Arm.

»Wieso ... wie ... warum ist er ...«, stottere ich. Mein Puls dröhnt so laut in meinen Ohren, dass ich Angst habe, die Antwort nicht zu verstehen.

»Amira«, sagt Papa ungehalten.

»Vergiss ihn. Er kann dir nichts mehr anhaben«, kommt es beschwörend von Rubén, den ich durch die plötzlich umherschwirrenden weißen Punkte in meinem Sichtfeld, immer schlechter wahrnehme. Enrico ist tot! Auch wenn er ein gewissenloser Entführer war, niemand verdient den Tod.

Ich beginne zu zittern. Ich habe ihn geliebt, selbst wenn es nur einseitig, naiv und dumm war, meine Gefühle waren echt. Verdammt, er kann doch nicht einfach tot sein. Heisere Schreie drücken sich meine Kehle hoch, ehe ich der Situation zum Glück entkomme, weil ich das

Bewusstsein verliere.

Knapp drei Wochen sind seit meiner Flussrettung verstrichen. Papa und Gabriele weichen kaum von meiner Seite – sofern ich nicht schlafe, heule oder stumpf vor mich hinstarre. *Tot. Tot. Tot.* Mein Verstand will es immer noch nicht akzeptieren. Mein Körper genauso wenig. Vorgestern hat er seinen Protest verschärft und statt mich lethargisch ans Bett zu fesseln, begonnen mich morgens zur Toilette stürmen zu lassen, um mich von den unverdauten Überresten meiner Mahlzeiten zu verabschieden. Seitdem blockiert vormittags Übelkeit mein Hungergefühl, sodass ich mich erst spät nachmittags traue, einen Happen zu mir zunehmen. Bislang war es ein kleiner Obstsalat, der mich dann erwartete, zur Abwechslung gab es heute jedoch ein mexikanisches Süßgebäck, das mir auf der Terrasse des Anwesens serviert wurde. Höflich hatte ich mich bei der Haushälterin bedankt, ehe ich die Leckerei ohne große Geschmackswahrnehmung heruntergewürgt habe.

Nur noch wenige Stunden, dann ist der Tag auch geschafft ...

»... Das ist eine hervorragende Idee. Sie hat eine wunderbare Gesangsstimme. Bitte, Amira, sei doch so gut.« Papa bedeutet mir, aufzustehen und mich zu Rubén zu stellen. Vor wenigen Minuten hat mein Retter unsere Kaffeerunde verlassen und kam mit einer Gitarre zurück. Jetzt stimmt er ein paar Akkorde an, während er mir lächelnd zuzwinkert.

Er gibt sich wirklich viel Mühe mit mir. Vor allem in den Abendstunden, wenn er den Kartellkram erledigt hat und seinen Feierabend mit mir und der Familie genießt.

Unsere Väter als auch Gabriele verdrücken sich nach dem Dinner regelmäßig, sodass wir uns ungestört näher kennenlernen können. Doch trotz der vergleichsweise nun knapp längeren Zeit habe ich nicht das Gefühl, mit ihm vertrauter als mit Enrico zu sein. Sein Verhalten ist makellos. Bemüht, nichts Falsches zu sagen oder mich in irgendeiner anderen Weise zu triggern, komme ich mir oft wie ein Fernsehzuschauer vor. Mit Tunnelblick verfolge ich das Programm, das mir geboten wird, lasse mich im wahrsten Sinne des Wortes berieseln, ohne wirklich teilzunehmen. Viel Interaktion wird von mir sowieso nicht verlangt. Meine Anwesenheit ist völlig ausreichend. Seitdem ich hier bin, habe ich kein einziges Mal das Grundstück verlassen. Schwerbewaffnete Männer bewachen es und kontrollieren jedes Fahrzeug, das sich nähert. Im Inneren bekomme ich von den Sicherheitsmaßnahmen kaum etwas mit. Es ist mir auch egal. Wenn wir überfallen werden und es zum Äußersten kommt, dann ist es eben so.

»Amira?!« Ach ja, ich soll singen.

Ich umrunde den Holztisch und positioniere mich neben dem Sohn des Hauses. Dann hole ich tief Atem. Es ist eine italienische Ballade, die ich zum Besten gebe. Eins der Lieblingsstücke des *Dons*.

Während Rubén die Akkorde entsprechend anpasst, schließe ich die Augen und lasse mich von der Melodie hinfort tragen.

Enrico fand meine Stimme auch toll. Der Ausdruck auf seinem Gesicht, als ich ihm vorgesungen habe, war garantiert nicht gespielt. Die vielen Emotionen, die im Bruchteil von Sekunden zutage traten, haben mich fasziniert. Zufriedenheit, Kummer, Freude, Fassungslosigkeit, Lust ...

»Alles klar, Babe?«

Mir wird eine Träne von der Wange gewischt. Blinzelnd blicke ich um mich. Die Herrschaften haben uns mal wieder allein gelassen.

Weil ich meiner Stimme nicht traue, nicke ich. Wann habe ich aufgehört, zu singen, und begonnen, einfach nur dazustehen und zu … weinen?

»Komm her«, sagt Rubén bestimmt und zieht mich einen Augenblick später in seine Arme. Sacht wiegt er mich hin und her. »Weißt du, wie sehr ich mich gefreut hatte, dich in der *Zona Roja* zu sehen?«, wispert er an meinem Ohr. »Ich hatte bei Weitem nicht damit gerechnet, dass du in natura dermaßen hübsch bist. Aber sie hatten recht, du sahst selbst in den einfachen Klamotten bezaubernd aus. Herrlich unbeda… unschuldig … unverdorben, genau worauf ich stehe. Schade, dass du so schnell weg bist.«

»Ich war überfordert«, murmle ich.

Er lacht leise auf. »Ich hätte dir nachgehen sollen.«

»Mir ist niemand gefolgt.«

»Weil ich dich nicht erschrecken wollte. Der Plan sah schließlich vor, dass du mich in deine Gewalt bringst. Hätte ich meinen Männern befohlen, dir hinterherzurennen, hätte ich alles gefährdet … Okay, letzten Endes habe ich alles gefährdet. Es tut mir leid.«

»Schon gut, du hast ja nicht ahnen können, dass … was …« Ich gerate ins Stocken.

»Doch, ich hätte wesentlich früher eins und eins zusammenzählen müssen. Zumal du nicht in der abgesprochenen Unterkunft warst und ich den Kontakt zu meinen Männern, die ab dem Flughafen deinen Schutz sicherstellen sollten, verloren hatte. Als du an der Schießanlage aufgetaucht bist, dachte ich, du hättest es vielleicht aus Absicht …«

»Aber ich war doch in der *Casa Donají*, genau wie in

den Briefingunterlagen beschrieben«, widerspreche ich und löse mich aus seiner Umarmung.

»Es ist unglaublich, wie groß er die Ent... die Sache angelegt hat. Hier in Mexiko-Stadt gibt es nur eine *Casa Donají*. Die, in der du übernachtest hast, war fake.« Wütend fährt er sich durch seine Frisur. »Der Pisser ...«

»Ich möchte jetzt nicht weiter über Enrico reden«, unterbreche ich ihn, bevor er sich noch mehr hineinsteigert. Schlechtes über meinen Entführer zu hören, ertrage ich kaum. Nicht nur, weil man über Tote nichts Negatives sagen sollte, sondern auch, weil mein Herz nichts davon wissen will. Es weigert sich nach wie vor, sich einzugestehen, getäuscht worden zu sein.

»Natürlich, verzeih.« Binnen kürzester Zeit hat er sich im Griff. »Wollen wir uns wieder vom Dach den Sonnenuntergang ansehen?«, fragt er.

»Gern.«

Auf der mit Sonnenliegen ausgestatteten Dachterrasse weht ein laues Lüftchen. Seit Tagen hat es nicht mehr geregnet. Die Pflanzen im weitläufigen Garten, den ich von meinem Zimmer aus sehe, werden morgens fleißig mit Wasser besprenkelt, doch ihre Köpfe hängen im Laufe des Tages trotzdem wieder herunter. Ich stelle mich an die Mauer und stütze meine Hände auf die flachen Steine. Blinzelnd sehe ich Richtung Sonne, als ich Rubéns warmen Körper am Rücken spüre. Überrascht verkrampfe ich einen Moment. Seine Hände stützt er links und rechts von mir an der Mauer ab. Beinahe berührt seine Wange die meine.

Oh Dio, das ist viel zu nah!

»Du riechst gut«, raunt er. »Vertraut.«

»Vertraut?«, frage ich und will einen Schritt zurücktreten, damit er sich löst. Doch er reagiert nicht.

»Wie Vanille, einfach zum Anbeißen.«

Plötzlich wirbelt er mich herum, engt mich noch weiter ein. Als ich seine Lippen spüre, reiße ich die Augen auf. Ich schüttle den Kopf. Die Laute, die ich von mir gebe, um ihn in die Schranken zu weisen, verklingen wirkungslos. Mein Hinterkopf wird fest umfasst, während sich sein Kuss intensiviert.

Er ist genauso fordernd, wie Enrico es war. Und doch ist es ganz anders. Ich erahne seine bislang zurückgehaltene Leidenschaft, schmecke Verzweiflung. In seinen Blicken hatte ich die unausgesprochene Frage längst gesehen. Wann bist du bereit, dich auf mich einzulassen?

Ich war froh, dass er sie bislang nicht gestellt hat. Die Antwort hätte ihm nicht gefallen. Allerdings ist mir bewusst, dass ich mich nicht für immer vor ihm verschließen kann. Ein Datum für die Hochzeit ist bereits gesetzt. Die Konsequenzen einer Verweigerung wurden mir überaus deutlich kommuniziert. In meiner Verantwortung liegt die Zukunft der Cattaneos. Wir sind pleite. Wir brauchen die Estradas. Welchen Unterschied macht es da, weiter das Unausweichliche hinauszuzögern?

Ich erwidere den Kuss – beinahe sofort wird mir schlecht.

Verzweifelt klopfe ich gegen Rubéns Arme. Als er endlich von mir ablässt, schaffe ich es nur noch zum nächstbesten Pflanzenkübel.

»Es tut mir leid«, sage ich wenige Sekunden später und wische mir über den Mund.

»Nein, es tut mir leid, dich bedrängt zu haben. Du bist noch nicht so weit. Ich habe nicht nachgedacht.« Er ist nicht wütend. Er schaut auch nicht angeekelt. Ganz der Gentleman bietet er mir sogar seinen Arm an, um mich nach unten in mein Zimmer zu führen.

Vor der Zimmertür bleibt er stehen und sieht mich ernst an. »Wir müssen etwas gegen deine Übelkeitsattacken unternehmen. Wenn das morgen so weitergeht, ist das nicht länger hinnehmbar.«

Ich nicke und komme mir zeitgleich wie der größte Verräter vor. *Diese Attacken sind mein stiller Protest, kapiert ihr das nicht?* Wie kann ich wieder normal sein, wenn der einzige Mensch, der es geschafft hat, mich aus meinem Loch zu ziehen, tot ist?

Meine Augen werden feucht, schnell wende ich mich ab und wünsche Rubén eine gute Nacht.

»Ich mag dich, Amira. Du bist wie ein Geschenk, das man nicht erwartet hat und das man nie wieder hergeben mag.«

»Danke. Ich find dich ebenfalls nett«, murmle ich und meine es ernst. Mit meinem Bräutigam hätte ich es viel schlimmer treffen können. Statt relativ jung, hätte er im Alter meines Vaters sein können. Statt attraktiv, hätte er abstoßend sein können. In zwar wenigen, aber dafür besonders hoch geschätzten Momenten, sehe ich ihn an und denke, dass Enrico bei mir ist. Dabei sehen sie sich von Nahem gar nicht mal so ähnlich. Rubén ist etwas älter und lächelt auch ganz anders. Oft nur mit einem gehobenen Mundwinkel. Seine Körperhaltung sowie seine Bewegungen sind wie die eines Soldaten. Kraftvoll und beherrscht. Mein Entführer dagegen hat sich geschmeidig wie eine Katze bewegt. Apropos! Bestimmt macht sich *ElGato* wieder Sorgen um mich. In den Nachrichten wurde wohl am Tag meiner Rettung von einer Schießerei in Honey berichtet. Die Haushälterin hatte etwas in die Richtung angedeutet. Überprüfen konnte ich es nicht, denn sie lassen mir keine Möglichkeit, online zu gehen. Auf keinen Fall solle ich wieder in alte Verhaltensmuster rutschen, so die Begründung. Und wer braucht schon ein Handy, wenn er nicht das Haus verlässt?

Der einzige Trost ist, dass beim Schusswechsel wohl

keiner ins Gras gebissen hat. Bedeutet, Frida wird nichts passiert sein. Ob sie nach mir suchen lässt? All meine Sachen sind noch dort. Obwohl es natürlich nicht wirklich meine sind. Genauso wie die schicke, dem Anschein nach aber bereits getragene Garderobe, die mir hier zur Verfügung steht, haben die Klamotten im Reiserucksack einer fremden Frau gehört.

»... Ich entschuldige dich für das Abendessen, ich denke, es ist besser, wenn du dich ausruhst. Wir sehen uns dann morgen. Träum süß.«

»Du auch.« Ich murmle noch eine Verabschiedung und betrete endlich mein Reich. Die schweren Vorhänge sind zugezogen. Es ist dunkel. Statt jedoch eine Lampe anzumachen, ertaste ich mir den Weg zum Bett. Als ich einen der Himmelbett-Pfosten erreiche, fühle ich auf Hüfthöhe eine längliche Unebenheit im Holz, die mich stutzig macht.

Neugierig geworden, schalte ich doch das Licht an.

Lauf!

Die krakeligen Buchstaben, die in das Holz geritzt wurden, sind nicht besonders tief. Es sieht zudem nicht frisch aus. Stirnrunzelnd schaue ich mir die drei anderen Pfosten an und frage mich mit einem merkwürdigen Gefühl in der Brust, was ich hier gerade entdeckt habe.

Lauf! Lauf! Lauf!

Einundzwanzig

Enrico

Ich existiere. Es Leben zu nennen, würde meinem Zustand nicht gerecht werden. In den letzten Wochen hatte ich kaum einen klaren Moment. Die Schmerzmittel vernebeln mir konstant die Birne. Wenn ich nicht in einen traumlosen Schlaf falle, schwebe ich in Watte gehüllt durch Raum und Zeit und frage mich, was ich hier eigentlich noch mache.

Warum kann man mich verflucht noch mal nicht einfach verrecken lassen? Was zum Teufel wird von mir erwartet?

Meine Familie ist tot. Okay, nicht ganz. Frida sieht recht lebendig aus. Obwohl ... wenn sie so still neben meinem Bett sitzt, kann es auch durchaus sein, dass sie klammheimlich doch über den Jordan gegangen ist.

Aber der Rest? Tot! Mama? Tot. Würde es mich nicht geben, wäre sie nicht gestorben. Vater? Tot. Da würde ich behaupten, trifft mich keine Schuld. Mit der Gangschießerei, in die er eines Tages nach dem Einkaufen geriet und bei der er alle Unbeteiligten außer sich selbst rettete, habe ich nichts zu tun. Valeria? Tot. Dass ich hier vieles anders hätte handhaben müssen, dürfte klar sein. Amira und unser mögliches gemeinsames Baby? Tot. Zumindest gehe ich davon aus. Sie ist in den Fluss gefallen. Die Wahrscheinlichkeit ist hoch, dass der Hurensohn sie, statt zu retten, einfach abgeknallt hat. Ihm muss bewusst gewesen sein, was sie mir bedeutet. Sie mir ebenfalls zu nehmen, hätte ihm Genugtuung verschafft.

Fuck. Fuck. Fuck!

Ich merke, wie mir ein Tuch an die Augenwinkel gehalten wird. Weine ich wieder?

»Alles wird gut, *mi amor*«, höre ich meine *abuela* tröstend sagen. Dabei hat sie keine Ahnung. Sie weiß nichts. Weder von meinem Treiben als gefürchteter Kartellboss noch von der Liebe meines Lebens.

Ja, cariño, das bist du. Die Liebe meines Lebens.

Ich habe es nur zu spät erkannt. *Perdóname* – bitte verzeih!

»Magst du heute vielleicht mit mir sprechen? Der Arzt meint, dass du dazu in der Lage sein solltest.«

Ich habe nichts zu sagen. Worüber soll ich reden? Alles, was mir über die Lippen kommen könnte, wären verzweifelte Schluchzer.

Santísima, hörst du mein Selbstmitleid? Ödet es dich nicht an? Erlös mich, verflucht noch mal!

Jetzt.

Okay, morgen wäre ebenfalls eine Option.

Es wäre nett, wenn ich nicht direkt vor der Nase meiner Oma abkratze.

Bitte?

»Na schön, wenn du nicht reden willst, spreche ich. Enrico, ich liebe dich und ich bin unglaublich froh, dass sie dich rechtzeitig gefunden haben! Es ist ein Wunder. Du bist gesegnet, hörst du? Andernfalls hättest du die Schussverletzungen nicht überlebt. Du hättest in diesem

Fluss ertrinken können, dieser Baumstamm, der dich aufgefangen hat, muss von Gott …«

Bla, bla, bla. Vielleicht sollte ich doch den Mund aufmachen. Ihr erzählen, welch Heiliger ich auf den Straßen bin. Die unzähligen Morde, die ich verübt habe, um meinem Ziel näher zu kommen, bleiben vor dem Herrn sicher nicht ungestraft. Möglicherweise ist mein Überleben Absicht gewesen. Stimmt das, *Santa Muerte*? Wolltet ihr mir die Hölle auf Erden bereiten? Mich damit foltern, als Einziger überlebt zu haben?

»… Fernando und Pedro geht es mittlerweile deutlich besser. Sobald du von der Intensivstation kommst, bringen sie dich vielleicht dazu …«

Meine Männer, die sich meinem Kampf angeschlossen hatten … Hätten sie zeitig den rechten Weg gewählt und mich und meinen Wahnsinn ignoriert, würden sie jetzt mit Familie und normalem Job unverletzt ihr Dasein fristen. Keiner von uns ist in einem Kartell großgeworden. Ich habe sie alle mit hineingezogen.

Ich bin schuld. Ich, der große Rächer.

Santísima, meine Teuerste, wollen wir nicht doch noch mal wegen meiner persönlichen Deadline quatschen? Haha, Deadline …

Scheiß Schmerzmittel.

»Wie geht es dir heute, *mi amor*?« Der forschende Blick meiner *abuela* ist in den vergangenen Tagen immer verzweifelter geworden. Dunkle Augenringe, eine Sorgenfalte, die dem Grand Canyon gleicht und eine Gesichtsfarbe, die kontinuierlich blasser wird, haben mich schließlich dazu gebracht, ihre Selbstgespräche zu unterbrechen und hin und wieder ein paar Worte von mir zu geben. Es soll nicht auch noch meine Schuld sein, wenn sie aus Kummer frühzeitig den Löffel abgibt.

»Gut«, sage ich daher, was nur einer halben Lüge entspricht. Seit ich von der Intensivstation verlegt wurde, mache ich nicht von der Hand zu weisende Fortschritte: Mein Bein wird bald wieder belastbar sein. Der angeschossene Arm lässt sich tagtäglich besser bewegen. Die einzige Sorge, die die Ärzte gerade haben, ist die Wunde an der Schulter. Sie hat sich fies entzündet und ist weit davon entfernt, zu verheilen. Gleiches gilt für mein Herz.

Jede Nacht flehe ich die höheren Mächte an, einen Schlussstrich unter mein Leben zu setzen. Mich endlich wieder mit meiner Familie zu vereinen. Von Erfolg gekrönt waren die Gebete bislang nicht. Ich wache morgens nach wie vor auf.

»... Enrico?«

Wenn ich Genesung vortäusche, werden die Besuche meiner *abuela* sicher weniger. Sobald sie nicht mehr kommt, könnte ich mich selbst um mein Ende kümmern. *Ja, richtig gehört, Santísima, ich übernehme bald deinen verfickten Job.*

»Entschuldige bitte, ich war in Gedanken. Was hast du gefragt?«

»Ob ich dir zur Ablenkung ein paar Bilder zeigen soll.«

»Klar, zeig her.«

Sie greift in ihre Tasche und holt einen Umschlag mit Fotos hervor.

»Aná, meine Nachbarin, hat sie für mich online entwickeln lassen. Die Aufnahmen hat deine Spielpartnerin geschossen. Sie hat wirklich ein gutes Auge gehabt. Schau, wie sie den Hund ...«

Nur scheinbar interessiert starre ich auf das Foto und nicke. Der Stapel in ihrer anderen Hand ist nicht sonderlich dick, wenn wir den durchhaben, schiebe ich Müdigkeit vor, sodass ... Moment ...

»Spielpartnerin?«

»Hm.«

Ich habe mit einer Frau gezockt?! »Wo ist sie jetzt?«

»Verschwunden.« Meine *abuela* seufzt niedergeschlagen auf. »Ich wollte dich damit nicht belasten, du musst dich schließlich darauf konzentrieren, gesund zu werden.«

»Was heißt verschwunden?«, hake ich nach.

»Dass ich nicht weiß, wo sie hin ist. Ihre Sachen sind noch da, sie hat mir keinen Zettel geschrieben, die Nachbarn haben sie nicht gesehen ...« Mechanisch wendet sie ein Foto nach dem anderen. So schnell, wie sie die Aufnahmen umdreht, ist ihre Aufmerksamkeit offensichtlich ganz woanders.

»Bei der Polizei habe ich eine Vermisstenanzeige aufgegeben, aber sie haben mich nicht ernst genommen. Das war wirklich merkwürdig. Ich habe große Sorge, dass ihr etwas passiert ist.« Ihre Augen sind gerötet, die Stimme beim letzten Satz schmerzhaft dünn.

»Ich brauche einen Laptop«, sage ich angespannt. *Godfather22* hatte ich zu meiner Schande schon wieder komplett vergessen. Hat er zwischenzeitlich ... hat sie zwischenzeitlich versucht, Kontakt mit mir aufzunehmen?

»Ist in Ordnung, ich kann ihn dir morgen mitbringen«, sagt Frida und zeigt mir den vorletzten Abzug.

»Stopp«, stoße ich hervor. Bilde ich es mir ein, oder lächelt mich gerade wirklich meine Frau an?

»Ah, das ist sie. Das ist Amira. Ein sehr nettes Mädchen. Ich habe sie innerhalb kürzester Zeit ins Herz geschlossen«, erzählt mir meine Oma lächelnd und streicht mit dem Daumen über das Papier.

»Amira«, hauche ich. Gegen die Tränen, die mir direkt in die Augen schießen, komme ich nicht an. »Amira ist *godfather22.*« Sie ist mein virtueller Freund gewesen. Von Beginn an war sie für mich da. Hat mich online wie im echten Leben runtergebracht, mir Hoffnung geschenkt, mich ein Stück Normalität erleben lassen. *Oh Santísima, warum ... wieso ...*

»Meine Güte, Enrico, es tut mir leid, ich hätte dir nichts erzählen sollen. Bitte hör auf zu weinen, ich ...«

»Sie ist ... ich kenne sie ... ich liebe sie, sie ist ...« Tot. Beide sind sie tot.

Mir hat auch mal ein Kerl etwas verheimlicht. Etwas nicht gerade Unwichtiges. Ich war so enttäuscht! Ich habe die Welt nicht mehr verstanden, kam mir richtig dumm vor.

Sie hat von mir gesprochen. Hat sich selbst Vorwürfe gemacht. Ihr Herz sei in tausend Splitter zerbrochen. Hat gedacht, dass meine Gefühle nur gespielt waren. *Für mich war es besonders. Richtig besonders. Das Beste, was ich bislang in meinem Leben erlebt habe!* Amira hat genauso empfunden wie ich. *Die Wahrheit ist: Ich vermisse ihn. Jeden Tag. Das ist, was mich umbringt.*

Sie hat sich gewünscht, mich noch einmal zu sehen. Hätten wir doch bloß diese Chance gehabt ...

Amira

Ich stehe im Foyer und versuche, Zuversicht auszustrahlen. Dass mein Papa wegen des Business nicht für immer hierbleiben kann, war mir klar, aber sich nun unvermittelt verabschieden zu müssen, ist ziemlich hart.

»Danke, dass du Rubén eine Chance gibst. Ist er nicht perfekt?«

»Er ist nett.«

»Sicher wird er, wenn wir das nächste Mal sprechen, nicht mehr nur nett sein, hm?« Vergnügt zwinkert er mir zu. »Bei ihm weiß ich dich jedenfalls in guten Händen. Gabriele wird als Trauzeuge noch bleiben. Die Verträge habe ich prüfen lassen, die sind in Ordnung, du musst dir um nichts Gedanken machen.«

»Du kommst zu meiner Hochzeit nicht wieder?«

»Es ist ja nur ein Pro-forma-Termin, bei dem du deine Unterschrift setzt. Die eigentliche Feier holen wir nach, sobald wir wieder richtig flüssig sind und ich meinen Pflichten als Brautvater gebührend nachkommen kann. Selbstverständlich bin ich da dann dabei.«

Ich nicke. Kurz tätschelt er meinen Arm, ehe er meinen Bruder zum Abschied an irgendetwas Geschäftliches erinnert und schließlich die Villa verlässt.

»Du magst Rubén nicht«, unterstellt mir Gabriele, sobald wir allein sind.

»Doch er ist okay«, widerspreche ich.

»Mir kannst du nichts vormachen, *sorellina*. Jedes Mal, wenn er dir näherkommt, zuckst du zurück und verziehst für eine Sekunde das Gesicht.«

Betroffen sehe ich ihn an. »Ist das so offensichtlich? Ich brauche einfach nur etwas Zeit.« Meiner Familie gegenüber habe ich meinen Herzschmerz bislang nicht zur Sprache gebracht. Zu gestehen, mich in den Mann verliebt zu haben, der uns finanziell in den Ruin getrieben und solch entwürdigende Fotos von mir geschossen hat, war mir unmöglich.

»Der Therapeut berichtet, dass du nicht mitarbeitest. Es ist genau wie damals, als Mutter gestorben ist. Du sitzt da, starrst Löcher in die Luft und wenn du doch mal den Mund aufmachst, kommt nur irgendetwas Belangloses. Tagsüber bist du unaufmerksam, während deine Antworten auf jede Frage nicht gleichgültiger sein könnten. Wann hörst du auf, dich wie ein Roboter zu verhalten und dein Leben aktiv zu gestalten? Meine Güte, wenn du dir keine Mühe gibst, werden wir dich diesmal auf Medikamente einstellen und dich zu deinem Glück zwingen.«

Er lässt mir keine Zeit, darauf zu reagieren. Als ich zu einer Erwiderung ansetze, dreht er sich um und ist im nächsten Moment verschwunden.

Mich zu meinem Glück zwingen. Wie wahrscheinlich ist es, dass ich in meinem Leben noch mal jemanden wie Enrico oder *ElGato* begegne?

Ziellos schlurfe ich durch die Gänge des Anwesens. Was soll ich heute mit mir anfangen? Lesen, malen, singen? Oder mich einfach wieder ins Bett legen und warten, bis der Tag vorbei ist? Vorgestern kam mein Fernstudium zur Sprache. Da es einen Internetzugang voraussetzt, war man sich aber schnell einig, dass ich exmatrikuliert werde. Ein Studium an einer der Universitäten hier käme aus Sicherheitsgründen auch nicht infrage. Als eine zukünftige Estrada wäre ich fortan schließlich Rubéns Schwachstelle. Zudem betonte mein Verlobter, dass ein Bachelorabschluss nicht das sei, was ihn glücklich mache.

»... das Abendessen ist entsprechend präpariert. Die Wirkung setzt innerhalb von Sekunden ein, sodass sie nichts mehr zu sich nehmen kann und weiterhin nichts im Magen hat. Für die OP wird ...«

Stirnrunzelnd bleibe ich stehen. Die Tür ist lediglich angelehnt. Wenn mich nicht alles täuscht, verbirgt sich hinter dieser Rubéns Arbeitszimmer.

»Korrekt, der Wagen steht bereit und der Doc ist informiert. Morgen wird sie aufwachen und wir sind das Problem los. Ganz ohne Szene.« Ich höre ihn lachen. Es verursacht mir eine Gänsehaut. Er redet nicht von mir, oder?

»Und wenn schon. Ich werde dafür sorgen, dass sie es nicht vermisst.« Erneut lacht er. »Ab nächster Woche werde ich sie jede Nacht in den Himmel ficken und erst aufhören, wenn sie wieder schwanger ist. Obwohl, so scharf, wie sie ist, werde ich sie vermutlich erst kurz vor der Geburt in Ruhe lassen.«

Hat Rubén eine andere? Oder von wem ist hier die Rede? Aber würde er es wirklich wagen, mit einer fremden Frau, ein Kind zu zeugen und damit das Familienbündnis zu gefährden?

»Nein, sie ist gesund. Ihr italienischer Frauenarzt hatte mir bestätigt, dass bei ihr alles bestens funktioniert. Gemessen an der kurzen Zeit, die der Pisser sie hatte, mache ich mir große Hoffnungen ... Ja, das hätte ich bei Valeria damals viel früher klären müssen ...«

Er meint tatsächlich mich. Verflucht, wie kommt er darauf, dass ich schwanger wäre? Wegen dieser neuen Übelkeit? Die ist doch nur wegen des Schocks!

Dann wird mir bewusst, schon seit einer gefühlten Ewigkeit keine Blutung mehr gehabt zu haben.

Wegen des Stresses!

Ich habe nicht zugenommen, mein Körper hat sich nicht sichtbar verändert. Eher habe ich abgenommen, weil ich kaum etwas esse.

Und davon abgesehen – wir haben verhütet. Also ich. Ich habe die Pille genommen und ...

»Babe? Was machst du hier?« In der Tür steht mein Verlobter und überlegt sichtlich, wie viel ich von seinem Gespräch mitbekommen habe. Er muss telefoniert haben, denn hinter ihm erkenne ich keine weitere Person.

»Wie kommst du darauf, dass ich schwanger bin?«, stelle ich ihn zittrig zur Rede.

»Nachdem ich dich gerettet habe, wurdest du umfangreich untersucht. Dabei mussten wir feststellen, dass die Vergewaltigung Spuren hinterlassen hat«, klärt er mich mit unbewegter Mimik auf.

Mir klappt die Kinnlade herunter und ich kann nicht mehr anders, als endlich über meine Gefühle zu sprechen. »Vergewaltigung? Ich hatte freiwillig Sex, okay? Ich habe ihn geliebt und wenn ich tatsächlich sein Kind in mir trage, dann ...«

Meine Wange brennt. Mit aufgerissenen Augen halte ich eine Hand dorthin, wo es wehtut. Er hat mich geschlagen. Ich wurde noch nie geschlagen! Ohne es beeinflussen zu können, werden meine Beine schwach, während die Augen feucht werden.

Ich darf jetzt auf keinen Fall weinen, muss stark bleiben. Denn, wenn es wirklich wahr ist und ich Mutter werde ... ich SEIN Baby erwarte ... *Oh Dio, ich wäre so glücklich. Dann würde mein Leben wieder einen Sinn ergeben.* Mit der anderen Hand fasse ich mir schützend an den Bauch.

»Ich habe bisher große Rücksicht auf dein Trauma genommen, aber ich will so einen Bullshit nicht hören, hast du verstanden? Wenn du es zur Bewältigung schönreden musst, dann mach das vor dem Seelenklempner, nicht vor mir«, brüllt er außer sich.

»Ich behalte das Baby«, flüstere ich und recke anschließend das Kinn.

»Ausgeschlossen.« Sein tiefes Knurren lässt mich einen Schritt zurückweichen, trotzdem bleibe ich beharrlich.

»Wenn das so ist, unterschreibe ich nicht. Mich gibts nur mit Baby.«

»Ich verspreche dir, dass du ruckzuck wieder schwanger bist. Mit unserem Kind.«

»Nein«, schreie ich.

Rubén sieht mich für einen Moment stumm an. »Gut«, sagt er schließlich und zuckt mit den Schultern. Dann zieht er einfach die Tür vor meiner Nase zu und lässt mich allein im Flur stehen. Nicht wissend, was das nun zu bedeuten hat, wanke ich in mein Zimmer. Mein Puls rast. Die Handflächen sind schwitzig. Auf dem Bett versuche ich ruhig und vor allem tief durchzuatmen. Währenddessen krallen sich meine Finger in die Stoffdecke unter mir.

Enrico, ich bin schwanger. Wenn du davon wüsstest, würdest du dich freuen?

Ich traue mich nicht, mir den Gedanken selbst zu beantworten. Will in meiner Blase bleiben. Dort, wo seine Gefühle selbstverständlich nicht gespielt waren und er Gott dankt, Papa werden zu dürfen.

Enrico

»Fernando, gut, dass du jetzt da bist. Ich weiß nicht mehr, wie ich noch helfen kann. Gestern dachte ich, ich kann ihn mit ein paar Bildern ablenken und dann ist alles schiefgelaufen. Ich hätte sie nicht zeigen dürfen, nicht von Amira anfangen ...«

»Amira?«, höre ich meine rechte Hand alarmiert fragen.

»Ja, seine Spielpartnerin. Ihr Foto liegt auf dem Nachttisch, ihre Bilder wollte er mich nicht mehr mitnehmen lassen. Hat geschrien, geweint ... Ich konnte ihn kaum beruhigen, die Schwester musste ihm eine Spritze geben ...«

»Enrico, mach die Augen auf.« Fernandos strenger

Befehlston beeindruckt mich nicht im Geringsten. Erst als er gewissenlos beginnt auf meinen lädierten Oberschenkel zu drücken, blinzle ich ihm finster entgegen.

Mein Freund hat ein paar hässliche Kratzer im Gesicht, sein Oberarm ist bandagiert.

»Du siehst übel aus«, sage ich.

»Das Kompliment kann ich nur zurückgeben.« Er holt tief Luft. »Ich würde dich jetzt drücken, aber ich habe mir sagen lassen, dass das deine Schulter nicht mitmachen würde.«

»Mir gehts gut.«

»Verarschen kann ich mich selber. Deine Heulkrämpfe sind auf dem Stockwerk Thema Nummer eins.«

Ich ziehe eine Augenbraue hoch.

»Wann hast du vor, mit dem Scheiß aufzuhören?«

»Sie ist tot«, knurre ich.

»Wer ist tot?«, werde ich von meiner *abuela* als auch von Fernando gefragt. Statt zu antworten, ziehe ich das zweite Bild meiner Liebsten unter der Decke hervor. Mit dem Foto auf der Brust habe ich mich die letzten Stunden auf das Ende eingestimmt. Warum noch länger warten?

»Und woher willst du das wissen?« Sein Knurren hat meines perfekt imitiert. Die Vertretung als Kartellboss scheint ihm bekommen zu sein. Ich kann unbesorgt abdanken.

»Ich habe sie in den Fluss stürzen sehen.«

»Und deswegen soll sie krepiert sein?«

»Willst du mir weismachen, dass es ein zweites ›Wunder‹ gab? Dass ich überlebt habe, war ja schon …«

»Ja, verdammt. Der Hurensohn hat sie gerettet. Hörst du? Sie lebt!«

»Wieso sollte er sie in Sicherheit gebracht haben?«

»Wieso sollte er sie ersaufen lassen?«

Verständnislos starre ich ihn an.

»Indem Rubén sich als Held aufgespielt hat, ist das Zerwürfnis zwischen den beiden Familien wieder gekittet worden. Ihr Alter hat ihm alles verziehen und das Hochzeitsdatum neu gesetzt.«

»Meine Kleine lebt«, wiederhole ich dumpf. Je länger ich die Info sacken lasse, desto logischer kommt es mir vor. Warum bin ich da nicht selbst drauf gekommen? Bin ich dumm, oder was? Warum bin ich nicht sichergegangen? Mein Herz klopft wie verrückt, Adrenalin flutet meine Adern.

»Korrekt, sie ist in seiner Hauptvilla eingesperrt. Unser Spitzel erzählt, dass sie dennoch gut behandelt wird.«

Ich schnaube auf.

Unbeirrt fährt Fernando fort.

»Die Zeit rennt uns aber nicht nur wegen der Hochzeit davon. Kannst du dich noch dran erinnern, was ich dir kurz vor der Schießerei erzählt habe?«

»Sie ist möglicherweise schwanger.«

»Amira ist schwanger? Von ... dir?« Tränen blitzen in den Augen meiner *abuela* auf.

Ich nicke.

»Ich fürchte bald nicht mehr. Nachdem Rubén sie aus dem Fluss gefischt hat, wurde sie umfangreich untersucht. Die Vorbereitungen für die Abtreibung laufen bereits.«

»Sie muss da sofort raus«, rufe ich.

»Bin ganz deiner Meinung. Wie ist dein Plan?«, fragt Fernando.

»Hast du den Laptop mitgebracht?«, erkundige ich mich bei meiner *abuela*, die zum Glück nickt.

»Ich werde sie in unserem Chat warnen und ihr endlich die Wahrheit sagen.«

»Eurem Chat? Habe ich etwas verpasst?«

»Wir kennen uns, ohne es gewusst zu haben, schon länger«, erkläre ich knapp.

»Okay, aber zurück zum Thema. Denkst du, dass sie, nachdem sie deine Nachricht gelesen hat, einfach aus der Tür in deine Arme spaziert? Abgesehen davon, dass sie die letzten Wochen eher nicht zur Amazone geworden ist, die im Alleingang die Estradas kaltmachen kann ... wurde ihr nicht unbedingt Nettes über dich erzählt. Sie kennt die Entführungsfotos ...«

Als er die Fotos erwähnt, horche ich auf. »An den Details muss ich noch feilen«, brumme ich. Hoffentlich erhalte ich die Chance, ihr das mit dem Zwinger und den Ketten persönlich zu erklären! Ah, und wo wir gerade dabei sind ...

»Wie kommt es eigentlich, dass sie unverletzt war, als sie in die Wildnis gerannt ist?«

»Sie war selbst der Erpresser.«

Im ersten Moment denke ich, mich verhört zu haben. Bei seiner Beteuerung lache ich schließlich auf. Es fühlt sich befreiend an. Meine Mafiaprinzessin!

Zweiundzwanzig

Amira

Gestern Abend habe ich mich nicht getraut, irgendetwas zu essen. Gabriele war nicht da, und auch wenn er da gewesen wäre, bin ich mir unsicher, inwieweit er der Abtreibung zugestimmt hat.

Dem Baby darf nichts geschehen! Bloß, wenn ich hungere, ist ihm ebenfalls nicht geholfen. Deswegen laufe ich nun frühmorgens in die Küche und hoffe, niemandem zu begegnen.

Wie es aussieht, habe ich Glück. Noch dazu ist der Kühlschrank ordentlich gefüllt. Im Stehen beginne ich, mir Erdbeeren und geschnittene Ananasstücke in den Mund zu schieben und verstaue für später eine geschlossene Joghurtpackung in meiner Jackentasche.

Tut das gut!

Ich greife gerade nach der Karaffe mit dem Orangensaft, als ich glaube, ein Parfüm wahrzunehmen, das eigentlich nicht hierher gehört. Vielmehr sollte es in meinen Erinnerungen tief vergraben sein. Bin ich schon so entkräftet, dass ich mir Dinge einbilde?

Hinter mir räuspert sich jemand. Vor Schreck entgleitet mir das Gefäß und zerbirst zu meinen Füßen. Sofort sind meine Hausschuhe nass, während überall Glassplitter verstreut liegen.

»Sie müssen vorsichtiger sein«, tadelt mich die Haushälterin, die direkt einen Wischmopp zur Hand hat. »Nicht bewegen.« Die Note des Parfüms drängt in den Hintergrund, ich rieche lediglich das süßsäuerliche Aroma des Orangensaftes. *Meine Güte, meine Nerven!*

»Es tut mir leid«, sage ich. »Ich war nur so überrascht, ich dachte, alle schlafen noch.«

»Jetzt nicht mehr. Aber das meinte ich damit auch nicht.« Geschäftig beseitigt sie die Scherben und wischt anschließend den Saft auf.

»Sondern?«, frage ich beklommen und rühre mich nicht vom Fleck.

»Er möchte, dass Sie ihm eine gute Ehefrau sind. Sie sollten ihn nicht verärgern.«

»Er will mein Baby abtreiben«, flüstere ich.

Die Frau seufzt auf. »Es ist sein größter Wunsch, ein eigenes zu haben. Er wartet schon so lange darauf ... Sein Vater setzt ihn gehörig unter Druck, für einen Erben zu sorgen. Sie verstehen? Das Thema ist für ihn ein rotes Tuch.«

»Ich werde nicht zulassen, dass er es tötet«, rufe ich bestimmt.

»Sie sind noch schwächer als sie, dabei kommen Sie aus einer wohlhabenden Familie. Machen Sie ihn sich nicht zum Feind.«

Ich runzle die Stirn. »Schwächer als wer?«

»Valeria, seine vorherige Frau«, erklärt sie, ehe sie mir zögernd offenbart, dass der Mann, der mich entführt hat, Valerias Bruder ist.

Erstaunt öffnet und schließt sich mein Mund mehrmals, ohne, dass ein Ton herausdringt.

»Mir war gar nicht bekannt, dass Rubén schon mal verheiratet war«, sage ich schließlich. Ist es Zufall, dass die beiden Männer auf diese Weise verbunden sind?

»Ich schätze, ich habe bereits zu viel erzählt. Sprechen Sie ihn bitte nicht darauf an.«

»Warum haben sie sich getrennt?«

»Es gab einen Unfall, sie ist gestorben«, informiert sie mich knapp, kann mir aber dabei nicht in die Augen schauen. Scharf ziehe ich die Luft ein.

»Hat Enrico Rubén dafür verantwortlich gemacht? Hat er mich deswegen entführt? Aus Rache?« Ging es ihm also vielleicht doch nicht ums Geld, sondern um seine persönliche Fehde?

»Sie sollten jetzt wieder auf Ihr Zimmer gehen.«

»Erst, wenn ich mehr ...«

»Rubén ist ein mächtiger Mann. Sie sollten ihn nicht reizen, verstehen Sie? Ihnen kann es hier sehr gut gehen. Sie können wie eine Königin leben. Er will Sie verwöhnen, Sie müssen es nur zulassen.«

Ich brumme auf. Bevor ich den Kühlschrank schließe, nehme ich mir noch einen weiteren Joghurt und öffne dann auf der Suche nach einem Löffel ein paar Schubladen.

»Ihnen ist klar, dass er Sie spielend leicht überwältigen kann und das Theater mit dem Essen nur Ihnen zuliebe inszeniert hat?«

Gänsehaut überzieht meine Arme. Der Gedanke kam mir ebenfalls schon. »Wenn er das versucht, kann er die Unterschrift vergessen.«

»Sie haben noch sieben Monate vor sich, während die Hochzeit hingegen in wenigen Tagen ist. Machen Sie es sich nicht schwerer als nötig.«

So plötzlich wie sie gekommen ist, bin ich wieder allein in der Küche. Der Appetit ist mir vergangen. Die bereits vertraute Übelkeit steigt in mir auf. Ich eile zur nächstgelegenen Gästetoilette und stehe dann doch nur davor. Es kommt nichts, nicht einmal Galle. Beruhigend lege ich eine Hand auf den Bauch.

Alles ist gut. Mach dir keine Sorgen, ich passe auf dich auf.

Es gab einen Unfall ... Was ist damals passiert, dass Enrico so eine Wut auf Rubén hat? Er hat mich also benutzt, wollte seinen Schwager lediglich verletzen.

Einmal mehr wird mir deutlich, wie unwahrscheinlich es gewesen ist, dass seine Gefühle echt waren. Nicht, weil er mich gerne näher kennenlernen wollte und etwas für mich empfindet, hat er eine Verlängerung des Trips vorgeschlagen, sondern bloß, um mich länger von Rubén fernzuhalten. Was hätte er gemacht, wenn ich auf eine frühzeitige Abreise bestanden hätte? Sein wahres Gesicht gezeigt?

Ich lasse die Schultern hängen. Ich war in eine Illusion verliebt, bin es nach wie vor. Es ist Rubén gegenüber nicht fair. Das Baby wird mich immer wieder an die Entführung erinnern. Wenn ich es ansehe, werde ich stets meine Naivität vor Augen haben. Kann ich es trotzdem lieben? Wird mein Verlobter es irgendwann akzeptieren, statt es mit Verachtung zu strafen? Niemand sollte mit Hass aufwachsen müssen. Für meine Kinder wünsche ich mir ein behütetes Heim, in dem sie angstfrei umhertollen, lachen, Spaß haben ... sich einfach nur geliebt fühlen können. Ohne Erwartungen, ohne Druck.

Enrico

Ich sitze aufrecht im Krankenbett und balanciere den Laptop auf meinem gesunden Oberschenkel. Seit Stunden recherchiere ich nach für mich umsetzbaren Möglichkeiten, Rubén zu töten, und damit ein für alle Mal vom Spielfeld zu kicken. Die Prämisse: Er darf keine Gelegenheit mehr bekommen, mich selbst kalt zu erwischen. Weder in seinem Auto noch zu Fuß. Bei jeder seiner Attacken war ich mit den Gedanken komplett bei Amira. In den Kontern war ich sträflich unaufmerksam und beherrscht von meinen Gefühlen. Durch die verfickten Schüsse bin ich nun körperlich eine Vollkatastrophe. Einen ausdauernden Kampf werde ich nur verlieren können. Bleibt mir bloß ein gerissener Plan, mit einem tödlichen Überraschungsmoment. Soweit Fernando in Erfahrung bringen konnte, gehen die Estradas davon aus, dass ich tot bin. Ein Umstand, den ich für mich nutzen muss. Diesmal werde ich es sein, der ihn unerwartet angreift. Zwar brutal, aber besonnen.

Amira

Am späten Vormittag streife ich durch den Garten. Ich fühle mich miserabel. Mein Entschluss, das Baby nicht abzutreiben, ist unverändert. Dennoch wird die Vernunftstimme immer lauter. Die Gefühle, die ich für Enrico habe, loslassen, meine missglückte ›Mission‹ abhaken und nach vorne schauen – in einer Endlosschleife betet sie mir meine To-dos vor. Bloß, wann wird mein Herz einknicken und Platz für etwas Neues schaffen? In einem Monat? Einem Jahr? Nie?

Die Zeit mit Enrico, so kurz sie auch war, war für

mich etwas Besonderes. Ich kann mich dafür doch nicht pausenlos bestrafen, oder?

Ich beuge mich zu einer hübschen rosa Blüte hinunter. Ihr Duft ist kaum wahrzunehmen. Die trockene, warme Luft dafür umso mehr. Enttäuscht richte ich mich auf. Wann wird es wieder ordentlich regnen? Oft wurde ich von der schieren Masse an Wasser, die vom Himmel kam, überrascht. Diese heftigen Niederschläge, die auf einmal auftauchten und oft innerhalb eines Augenblicks von kräftigem Sonnenschein abgelöst wurden, kannte ich so noch nicht. Auf dem Fluss hat mich die zunehmende Intensität des Regens kalt erwischt. Ich habe den Wolkenbruch in dem Moment verflucht. Jetzt wünschte ich, ich könnte gezielt einen beschwören.

»Gefallen sie Ihnen?« Eine Frau mittleren Alters nähert sich mir lächelnd. Ich meine mich zu erinnern, sie bereits mit Schürze beim Polieren einer Vitrine im Wohnbereich gesehen zu haben. Sie muss also eine der Putzhilfen sein, die zwar still, aber sehr geschäftig in der Villa herumwuseln und stets für makellose Ordnung sorgen. Ob sie auf der Dachterrasse mein Erbrochenes aus dem Kübel entfernen musste? Verlegen senke ich den Blick.

»Da vorne ist mein liebster Platz hier«, erzählt sie mir. »Mit all den schönen Blumen um einen herum, kann man in der Pause perfekt abschalten.«

Ich folge ihrem ausgestreckten Finger. Versteckt durch eine mannshohe, penibel geschnittene Hecke, erkenne ich weiter hinten im Garten etwas, das aussieht, als wäre es Teil eines Rundbogens.

Neugierig geworden gehe ich mit der Frau zusammen darauf zu. Es ist in der Tat ein Bogen, an dem seitlich vereinzelt Rosen hochranken. Gewiss wird die Natur eines Tages ein wunderschönes Tor daraus gezaubert haben.

Als ich hindurchschreite, befinde ich mich in einem

Teil des Gartens, den ich von meinem Fenster aus nicht einsehen kann. Etwas abseits liegen zwei verwilderte Beete, sie werden umgeben von einem wahren Blütenmeer wild wachsender Blumen. Anders als die akkurat gesetzten Pflanzen im vorderen Bereich sind diese sichtbar der Natur überlassen. In unterschiedlicher Höhe und in unterschiedlichen Stadien ihrer jeweiligen Blütezeit ragen sie gen Himmel und kommen offenbar bestens mit der Wasserknappheit zurecht.

»Wow«, entfährt es mir.

»Ja, das habe ich mir beim ersten Mal auch gedacht. Die frühere *señora* hat hier ein wahres Wunder erschaffen, nicht wahr?«

»Valeria?«

»Hm.«

»Haben Sie sie gut gekannt?«

Wir lassen uns am Rande der Beete auf einer älteren weißgestrichenen Sitzbank nieder. Statt zu antworten, lehnt sich die Frau mit geschlossenen Augen zurück und hält ihr Gesicht der Sonne entgegen. Sie wirkt entspannt. Um ihre nackten Schultern liegt ein bunt gemustertes Tuch, welches sie sich vor der Brust zusammengeknotet hat und welches schwach nach ...

Verdammt, was ist mit mir los, dass ich schon wieder denke, das Lieblingsparfüm meiner Mutter zu riechen?

Einerseits würde ich am liebsten aufspringen, andererseits werde ich von dem Duft magnetisch angezogen. Da können selbst die Blumen von Enricos Schwester nichts ausrichten. Obwohl sie wegen ihrer schieren Masse geruchstechnisch viel deutlicher wahrzunehmen sind, kann ich mich kaum darauf konzentrieren.

»Sie war sehr einfühlsam, hat sich liebevoll um den Garten, aber auch um das Personal gekümmert. Ich weiß noch, wie ich nach ihrer Hochzeit gedacht habe, dass so der glücklichste Mensch auf Erden aussehen muss. Sie hat gestrahlt. Beide haben sie gestrahlt.« Die Frau lächelt bei der Erinnerung. »Das waren gute Monate. Wirklich sehr gute Monate.«

»Und dann kam der Unfall«, sage ich leise und zwinge mich weiter, ihrer Erzählung zu zuhören.

»*Señor* Estrada hat sie geliebt und er hat auch Sie sehr gern, das können wir alle sehen.«

Ich nicke. »Ich mag ihn auch.« *Nur eben nicht so sehr, wie ich vermutlich sollte.*

»Seitdem Sie hier sind, ist er richtig gut drauf. Er ist entspannt, lacht ab und zu und ... er hat uns sogar Geschenke gemacht. Das ist Ewigkeiten her, dass das zuletzt der Fall war.« Sie fasst an das Tuch und streichelt behutsam über den Stoff. »Er meinte, wir sollen uns gut um Sie kümmern, Ihnen Gesellschaft leisten, wenn er mal nicht da ist, damit Sie sich nicht einsam fühlen.«

Endlich schaffe ich es, meinen Blick von ihr und dem Tuch loszueisen und stattdessen die hübschen Blüten vor uns zu betrachten. Trotzdem füllt jeder weitere Atemzug meine Lunge mit dem schmerzlich vermissten Geruch, bei dem mein Körper sich nicht entscheiden kann, ob er ihn gierig inhalieren oder sich ihm versperren will.

»Tut mir leid, das klang gerade so, als wäre ich bestochen worden und nicht freiwillig hier. Das ist definitiv nicht der Fall. Ehrlich gesagt, wollte ich schon seit Tagen mit Ihnen sprechen. Sie fragen, wie es Ihnen hier gefällt und ob Sie ... Hilfe brauchen? Egal bei was und egal wann. Ich habe ein Zimmer im Nebentrakt und kenne mich im Gebäude gut aus. Wenn mal etwas ist, das Zimmer der *señora*, ich meine, Ihr Zimmer ist wirklich schnell für mich zu erreichen ... Ich habe auch Freunde außerhalb der Arbeit, auf die ich mich verlassen kann, sie werden Ihnen auch helfen ...«

Mir ist leicht schummrig. Unbewusst habe ich in den letzten Sekunden immer wieder die Luft angehalten.

»... Läuft etwas nicht nach seinen Vorstellungen, kann es sehr gefährlich werden ...«

Spricht sie leiser oder stehe ich kurz davor, das Bewusstsein zu verlieren?

»Sie sollten eigentlich nicht hier sein ... ich konnte damals der *señora* nicht helfen, all die Jahre hat es mich innerlich zermürbt ... nur mit ihrer Unterstützung hat mein Sohn die teure Behandlung wegen seiner ...«

Worum geht es gerade? Warum erzählt sie auf einmal von ihrem Sohn? Hat Rubén sie darum gebeten? Er hat ihr das Tuch geschenkt. *Das Tuch ...*

Ich muss hier weg. Weg von der Frau. Doch meine Muskeln gehorchen mir nicht. Mittlerweile atme ich nur noch über den Mund, allerdings ist mir, als würde ich das Parfüm auf der Zunge spüren. Ein Geschmack, der von zu Sekunde zu Sekunde intensiver wird.

»... war kein Unfall ... keine Kinder bekommen ... oft seinen Frust an ihr ausgelassen ... es war schrecklich ...«

Das magere Frühstück kämpft sich seinen Weg hoch durch meine Speiseröhre. Ohne Vorwarnung übergebe ich mich. Leider geht es mir danach nicht besser. Zwar überdeckt der bittere Geruch zu meinen Füßen endlich den des Parfüms, aber richtig durchatmen oder mich auf das, was die Frau sagt, konzentrieren, kann ich weiterhin nicht.

»... bringe Sie nach drinnen.«

Mir wird unter die Achseln gefasst. Für einen Moment löst sich mein Po von der Sitzbank, ehe ich runter sacke, weil ich zu schwer für sie bin und nach wie vor meine Gliedmaßen nicht unter Kontrolle habe.

»Ich hole Verstärkung, bin gleich wieder ...«

... Bleib hier sitzen, ich hole den Verbandskasten, bin

gleich wieder da. Er ist bestimmt nur verstaucht und nicht gebrochen. Hab keine Angst, mein Schatz. Das ist sicherlich halb so schlimm, wie es sich anfühlt.

Die Frau eilt durch den Rundbogen und biegt um die Hecke. Ich sehe sie nicht mehr. Dafür höre ich einen überraschten Aufschrei. Was war das? Kam das von ihr? Es klang schmerzhaft. Hat sie sich verletzt?

Als wäre ich zuvor nicht in einer Art Starre gefangen gewesen, springe ich auf und renne aus Valerias kleinem Reich. Zurück im Hauptgarten sehe ich wenige Meter vor mir unsere Angestellte reglos auf der Erde liegen. Mein Herz rast, ein unerträgliches Hitzegefühl wallt in mir hoch. Ich schnappe nach Luft und sinke zu Boden.

›Du musst aufstehen, zu ihr laufen, sehen, ob alles okay ist!‹, befiehlt die Vernunft. Die einsetzende Panikattacke hält das nicht auf. Hinzukommt das Zittern sowie der lähmende Schmerz in meinem rechten Knöchel.

›Du bildest ihn dir ein, ignorier ihn!‹

Ich erliege einem inneren Sog.

Rücksichtslos reißt er mich mit sich, zieht mich innerhalb von Sekunden aus der Szenerie.

Doch bringt er mich nicht in Sicherheit.

Unter einem Tränenschleier hindurch sehe ich meine Mutter endlich wieder in die Gasse einbiegen. In der einen Hand hält sie den Verbandskasten, in der anderen eine kleine Wasserflasche. Es sind nur noch ein paar Meter, bis sie mich erreichen wird.

Plötzlich taucht ein Mann hinter ihr auf. Es ist einer der Bettler, die vorhin am Marktplatz herumgelungert haben. Einer von ihnen hatte ein Schild vor sich, auf dem in gebrochenem Italienisch um Geld gebeten wurde. Obwohl wir wussten, dass Papa es nicht gutheißen würde, waren wir spendabel. Uns geht es schließlich gut, wir konnten am Vormittag ausgiebig shoppen gehen und waren nun in dem kleinen Altstädtchen mit unseren neuen Spiegelreflexkameras auf Streifzug nach schönen Motiven.

Ob er uns nachgegangen ist, um mehr zu holen? Hätten wir vielleicht doch lieber nicht die Bodyguards überreden sollen, sich in der Nähe des mittelalterlichen Brunnens einen Kaffee zu gönnen?

Der Kerl gestikuliert wie wild, bewegt sich aber sonst nicht vom Fleck. Ich habe keine Ahnung, was er will. Hoffentlich verschwindet er gleich. Wenn unser Sicherheitspersonal mitbekommt, dass er uns belästigt, wird es vermutlich nicht bloß mit einem blauen Auge enden. Oh Mann, bitte, geh weg, okay? Mein Tag ist sowieso schon gelaufen. Der Schmerz macht mich ganz kirre. Wenn in dem Erste-Hilfe-Set keine entsprechenden Tabletten sind, packe ich das nicht länger. Wann habe ich mir zuletzt etwas gebrochen oder verstaucht? Ist das überhaupt einmal vorgekommen? Oh Dio, tut das weh! Warum muss ich mich ausgerechnet jetzt verletzen? Der Sommer hat gerade erst begonnen. Ohne meine Brüder oder Papa wollten wir diesmal in den Urlaub fahren. Eine Woche auf Sardinien Wellness genießen und geruhsame Tagesausflüge unternehmen. Ein klassischer Mutter-Tochter-Trip eben. Wenn ich die Stufe nicht zu schnell genommen hätte, dann ... der Typ kann nicht ernsthaft seinen Schuh nach ihr werfen?!

»Hinter ...«, beginne ich warnend zu rufen, als mir bewusst wird, dass die Bedrohung nicht hinter, sondern über ihr liegt. Der Schuh war eine Warnung.

»Hey, sieh mich an, alles ist gut.« Wessen Stimme ist das? Der Bettler konnte nicht sprechen. Er hat sich nicht näher getraut und wusste um die losen Ziegel, die unversehens hinunter polterten.

»Babe? Atmen, hörst du? Tief ein und aus.«

Es kommt nur ein Krächzen aus meiner Kehle. Meine

Arme sind nicht schnell genug oben, mir ist es nicht möglich, sie rechtzeitig zu warnen. Hilflos muss ich mitansehen, wie eine steinerne Lawine vom Dach rauscht und meine Mutter unter sich begräbt. Sie war zu langsam. Zwei Meter weiter wirbelt lediglich der vom Aufprall ausgelöste Staub über den Boden.

Dort wäre sie in Sicherheit gewesen.

Trotz des verletzten Knöchels renne ich auf sie zu. Der Schock betäubt allen Schmerz.

»Mamma!«, rufe ich und bin doch kaum zu verstehen. Ich erkenne meine Stimme nicht. Ich blicke durch die Augen einer anderen. Es sind nicht meine Hände, die mit Kratzern übersät nach meiner Mutter graben, sie unbedingt befreien wollen. Die sie schließlich finden, verzweifelt an ihr zerren und dann aber nicht retten können, weil es zu spät ist. Nein, ich bin bloß Beobachter. Nie im Leben würde mir so etwas Tragisches passieren. Meine Familie hat das Glück gepachtet. Dio ist mit uns. Jederzeit. Überall.

»Sch, sch, beruhig dich. Ich bin ja da.«

Ich ringe um Atem, kann nur noch verschwommen sehen. Wo bin ich? Ich zittere in einer Tour. Morgen wird mir sicher alles wehtun. Apropos, der Knöchel scheint wieder in Ordnung zu sein, oder? Ihn zu bewegen, traue ich mich dennoch nicht.

»Amira, komm zu dir.« Rubén. Es ist seine Stimme, die mich ruft. Seine Arme, die mich fest umschließen, die mir Halt geben und mich in die Gegenwart zurückziehen. Trotzdem spüre ich die Angst weiter in meinen Adern pulsieren.

Ich bin draußen nicht sicher. Das Schicksal ist gnadenlos, die Natur erbarmungslos. Aus heiterem Himmel kann die größte Katastrophe geschehen ...

Ich werde hochgehoben und ins Haus getragen. Vorsichtig werde ich auf die breite Matratze des Himmelbettes gelegt. Eine Hand an meiner Schulter, eine an meiner rechten Hand, beugt sich mein Verlobter über mich.

»Der Arzt kommt gleich und gibt dir etwas zur Beruhigung. Du hast mir einen großen Schrecken eingejagt, weißt du das?«

»Keine Spritze, keine Tabletten. Nichts, was dem Baby ...«

»Zum Teufel, hast du es immer noch nicht kapiert?« Er quetscht meine Hand. Ein Wimmern entweicht mir. Seine schroffe, laute Stimme ängstigt mich. »Ich möchte nicht, dass es dir schlecht geht, aber du lässt mir keine Wahl. Ich habe ihn nicht getötet, um seinen Bastard großzuziehen.«

»Enrico? ... Du ... du hast ihn getötet?«, frage ich mit dünner Stimme.

»Ja, hab ihn mit ein paar Kugeln durchsiebt. Der Pisser hat es nicht anders verdient. Niemand nimmt ungestraft weg, was mir gehört. Weder das Geschäft noch die Frau.« Rubéns Augen sind wie zwei schwarze Murmeln. Sein attraktives Gesicht gleicht einer hässlichen Fratze.

Er hat ihn erschossen. Hat mehrmals abgedrückt, um sicherzugehen. *Oh Dio*, wie konnte ich vergessen, dass er kein normaler Mann ist? Als Sohn des Kartellbosses ist er gewohnt, seinen Willen, wenn nötig auch mit Gewalt, durchzusetzen. Ich habe ihn auf der Schießanlage gesehen, die Gefahr, die von ihm ausging, gespürt.

Mir wird kalt.

›Er ist ein mächtiger Mann, reizen Sie ihn nicht. Denken Sie, er könnte Sie nicht problemlos überwältigen? Sie sind schwächer, als sie es war ...‹

Ich habe mich erneut blenden lassen.

Er hat ihn erschossen. Erschossen, erschossen, hämmert es hinter meiner Stirn. Konnte Enrico sich verteidigen? Ich hatte ihm seine Waffe genommen. Bin ich womöglich mit schuld an seinem Tod?

›Ich möchte nicht, dass es dir schlecht geht, aber du lässt mir keine Wahl.‹

Was hat er damit gemeint? Er war doch nicht etwa verantwortlich für meinen Zusammenbruch? Andererseits, er hat mit meinem Frauenarzt gesprochen, wer sagt, dass er nicht auch den Therapeuten an der Strippe hatte? Hat der *Don* ihm die Erlaubnis gegeben, damit Rubén sich ein vollumfängliches Bild über mich machen konnte? Genau wusste, ob er sich auf mich einlassen soll oder ich ein hoffnungsloser Fall bin?

Er muss die Trigger bewusst gesetzt haben. Mich mit dem Lieblingsparfüm meiner Mutter aus der Fassung gebracht haben und dann …

»Die … die Frau«, stottere ich.

»Das war ein Versehen. Hätte ich gewusst, dass ihr im Garten seid, hätte ich den Männern nicht gestattet, ein paar Zielscheiben aufzustellen und sich mit ein paar Übungen die Zeit zu vertreiben. Keine Sorge, ihr geht es gut, waren nur Gummigeschosse. Sie erholt sich die nächsten Tage auf meine Kosten in einer Privatklinik.«

Ich starre ihn an. Meint er das ernst? Seine Augen sind nicht länger komplett schwarz. Er sieht bekümmert aus. Behutsam deckt er mich zu, gibt mir einen Kuss auf die Stirn, flüstert, dass alles gut wird. Er wirkt so normal. So ungefährlich. Sind eben die Nerven wieder mit mir durchgegangen?

Dreiundzwanzig

Enrico

»Schlechte Nachrichten, unser Spitzel liegt im Krankenhaus«, informiert mich Fernando, sobald ich seinen Anruf angenommen habe.

»Was ist passiert?«, frage ich, während ich mich vom Fenster abwende und angespannt auf mein ungemachtes Krankenbett starre. Die zwei Stunden, die ich heute bereits auf den Beinen war, spüre ich kaum. Mir geht es gut. Die Sorge um meine Frau treibt mich an, meine Grenzen ein weiteres Mal zu verschieben.

»Der Hurensohn hat irgendeinen Psychoscheiß abgezogen, um die Kleine zu brechen. Sie ist hinter die Schwangerschaft gekommen und hat sich geweigert, abzutreiben.« Amira will unser Baby behalten. Sie kann mich nicht wirklich hassen, oder?

»Alle Hausangestellten haben wohl parfümierte Geschenke erhalten, ohne zu wissen, dass der Geruch triggernd auf Amira wirken könnte. Um das Ganze auf die Spitze zu treiben, hat das Arschloch sogar auf sein eigenes Personal schießen lassen. Jedenfalls können wir nicht sicher sein, dass unser Insider ihm die Dosis untergemischt hat, weil sich ihr Zustand mitten in unserem Gespräch wieder verschlechtert hat. Die Ärzte mussten sie ins künstliche Koma versetzen.«

»Sie?«

»Unser Informant. Valerias damalige Vertraute«, brummt die Erinnerung durch die Leitung. Ich unterdrücke einen zustimmenden Laut. Meine Konzentration muss besser werden! Auf Schmerztabletten verzichte ich, seit ich von Amiras Rettung weiß. Trotzdem habe ich immer wieder kleine Gedächtnishänger.

»Wie hat ihr Bruder reagiert?«, erkundige ich mich, nachdem ich Fernando aufgetragen habe, sich darum zu kümmern, dass unser Spitzel nichts mehr von Rubén zu befürchten hat.

»Keine Ahnung, ich habe niemanden mehr vor Ort. Das Gerücht, dass die Estradas keine Kohle und keinen Einfluss mehr haben, hat ihn aber auf jeden Fall stutzig gemacht. Ich gehe davon aus, dass er dem nachgegangen ist.«

»Denkst du, der Bastard lässt sie bis zum Standesamttermin in Ruhe?«

»Ja«, sagt er, klingt dabei jedoch nicht gerade zuversichtlich. »Soweit mir bekannt ist, hat der Arzt, der die Abtreibung vornehmen sollte, keinen neuen Termin erhalten.«

Ich nicke mir selbst zu. Amira wird bestimmt bis zur Hochzeit sicher sein. Sechs Tage also, bis ich offiziell von den Toten auferstehe. Sechs Tage, um fit genug zu werden, die Estradas endgültig in die Hölle zu schicken.

Amira

Meine Güte, ist es hell! Geblendet von der Sonne blinzle ich mehrmals. Nicht weit von uns entfernt beginnt ein Hund zu kläffen. Mein Zusammenzucken bleibt Gabriele nicht verborgen.

»Nur ein Hund«, spricht er das Offensichtliche aus. Es sind seine ersten Worte, die ich heute höre. Bislang war er ungewöhnlich still.

Nickend lasse ich mich zur Limousine begleiten. So nah, wie sie geparkt ist, sind es bloß ein paar Schritte. Und auch wenn ich in der letzten Woche einigermaßen ordentlich gegessen habe und vieles bei mir behalten konnte, fühlt sich die Strecke wie ein halber Marathon an. Ich habe mich die letzte Zeit eindeutig zu wenig bewegt. Das obere Stockwerk habe ich selten verlassen. Meist war ich in meinem Zimmer, habe mich durch verschiedene Gedankenspiralen gequält, mich von Albträumen heimsuchen lassen und mir Sorgen um mein Baby gemacht. Zu mehr war ich nicht fähig. Jedes laute, unerwartete Geräusch hat mich entweder die Augen aufreißen, die Hände an die Ohren pressen oder mich unter die Decke flüchten lassen.

Rubén war täglich bei mir. Hat mich umarmt, mir unschuldige Küsse gegeben und mir beteuert, dass alles gut werden wird. In manchen Momenten wollte ich ihm das glauben. Wollte glauben, dass ich ihn missverstanden hatte, dass er Enrico nicht erschossen hat und es wirklich nicht auf die Spitze treiben wollte, in dem er die Schießübungen erlaubt hat. Und dass er meinem Kind verfällt, sobald es auf der Welt ist.

In anderen Momenten wiederum habe ich daran gedacht, zu flüchten. Wieder wegzulaufen. Nur hat es das letzte Mal alles verschlimmert. Beinahe wäre ich gestorben, dabei will ich leben. Genau wie vor knapp zwei Monaten als ich auf diese Verführungsmission geschickt wurde. Damals habe ich mich ihr gestellt, bin trotz Panik in das Flugzeug gestiegen und habe mich dem Plan meiner Familie gebeugt.

Jetzt fühle ich mich noch viel instabiler. Allein der Gedanke, die Villa zu verlassen, sorgte regelmäßig für Schweißausbrüche. Dabei ist es drinnen ja kaum sicherer. Rubén ist kein harmloser Mann. Wenn ich mir ihn nicht gerade versuche schönzureden, um mit alldem besser klarzukommen, erinnere ich mich bruchstückhaft an die Aussagen der Frau im Garten.

›Es war kein Unfall.‹

An dem Tag habe ich nicht wirklich darauf geachtet, was sie da sagt und was es bedeutet. Das Parfüm hat mich abgelenkt, mich die Wichtigkeit der Information ignorieren lassen.

Inzwischen hege ich die Vermutung, dass mein Verlobter an Valerias Tod maßgeblich beteiligt war. *Lauf!* – hat sie in die Bettpfosten geritzt ...

›Sein Vater setzt ihn wegen eines Erben gehörig unter Druck. Er wartet schon so lange darauf ... Machen Sie ihn sich nicht zum Feind.‹

Folglich ging es Enrico nur bedingt um Rache oder Geld. Ich denke, dass er mich schützen wollte, wo er es bei seiner Schwester wohl nicht konnte. So viel Mühe, wie er sich gegeben hat, um mich glauben zu lassen, dass ich den Richtigen entführt habe, so gut wie er mich die Zeit über behandelt hat ... jeder andere hätte mich einfach nur gewarnt und damit vielleicht in Kauf genommen, dass ich es nicht ernst nehme. Rubén kann ja auch sehr charmant und nett wirken. Hätte man mir direkt nach dem Verlassen des Fliegers erzählt, welch gefährlicher Mann er ist, hätte ich lediglich genickt und versucht, die Sache weiter durchzuziehen. Schließlich ging ich von Anfang an davon aus, dass er kein harmloser Kerl ist.

Enrico, stimmt das? Wolltest du mich einfach nur beschützen?

Die komplette Fahrt hin zum nächstgelegenen Standesamt hänge ich der Frage nach. Wenn mein Entführer tatsächlich nur mein Bestes im Sinn hatte und mich an Rubéns Seite ein Leben in Angst erwartet, dann wäre sein Einsatz, mich davor zu bewahren, umsonst gewesen. Sein Tod hätte vermieden werden können. Zu wissen, dass er sich ohne seine Waffe wahrscheinlich nicht verteidigen konnte, ist schon schlimm, doch trotz dieser Erkenntnis nichts gegen die Heirat zu unternehmen, ist ... respektlos, gefühlskalt und auf jeden Fall feige. Es ist wie ein Verrat an seiner Hingabe.

Verstohlen öffne ich meine Handtasche. Ich taste nach Enricos Klappmesser. Morgens habe ich es zufällig versteckt zwischen mehreren Slips entdeckt. Wie auch immer es dorthin gekommen sein mag. Als ich nach meiner Rettung aus dem Fluss das Personal nach den Klamotten gefragt habe, die ich an dem Tag getragen habe, sagte man mir, dass sie entsorgt wurden. Doch irgendjemand hat anscheinend das Messer für mich aufgehoben. Kurz bevor ich aus dem Zimmer ging, habe ich es aus einem Impuls heraus eingesteckt. Weniger, um damit jemanden zu bedrohen, viel mehr, um einen weiteren Teil von ihm bei mir zu haben. Er war stets furchtlos. Unbewusst muss ich angenommen haben, so ebenfalls weniger Angst draußen zu haben. Mit ihm an meiner Seite schaffe ich das schon. Irgendwie.

Als wir vor einem eingeschossigen Gebäude halten und mein Bruder mir aus dem Wagen hilft, bin ich mir über zwei Sachen klar geworden. Erstens: Ich bin es Enrico schuldig, mein Bestes zu geben, am Leben zu bleiben und unser Kind zu beschützen. Was mich zu zweitens führt: Ich kann Rubén nicht heiraten. Egal, wie sehr ich meine Familie damit enttäuschen werde. Und egal, wie sehr meine Angst mich im Griff hat und mich überzeugen will, lieber nichts zu tun.

»Gabriele, was würde passieren, wenn ich meine Unterschrift nicht setze?« Wir stehen ohne die Security-Männer in einem kleinen Vorraum und warten darauf, dass der Standesbeamte seine Vorbereitungen abschließt und die Tür öffnet.

»Dann wechseln wir zu Plan B«, sagt er und schaut mir fest in die Augen. Es ist wie ein Déjà-vu. In dem Moment, in dem er zu einer Ergänzung ansetzt, gehe ich bereits davon aus, etwas über meine Pflicht als Tochter des *Dons* zu hören, doch er überrascht mich.

»Ich möchte, dass du glücklich bist. Dass es dir gut geht. Das wollte ich schon immer und es tut mir leid, wenn ich es bisher nicht geschafft habe, dafür zu sorgen. Wenn du Rubén nicht heiraten willst, dann musst du es nicht. Wir können finanziell auch anders wieder auf die Beine kommen. Mach dir da keine Sorgen, ich würde das mit Vater klären.«

Mit offenem Mund starre ich meinen Bruder an. Er lässt sich jedoch nicht aus dem Konzept bringen und erklärt: »Ich habe herausgefunden, dass die Estradas ebenfalls nicht mehr vermögend sind und noch mehr auf den Deal angewiesen sind als wir. Die Villa steht seit Monaten zum Verkauf und war unbewohnt, bevor ich aus Italien angereist bin. Sie haben uns getäuscht und dass dein Zustand sich nicht bessert, sondern eher verschlimmert, spricht nicht gerade für die Familie.«

»Warum hast du mir das nicht schon früher erzählt?«, stoße ich perplex hervor.

»In den letzten Tagen warst du oft mit Rubén zusammen. Ich habe gesehen, wie liebevoll er mit dir umgeht, und habe mich gefragt, ob ich einfach nur überreagiere und du für ihn bereits Gefühle entwickelt hast.«

Ich schüttle den Kopf. Die Erleichterung, die sich in mir ausbreitet, könnte nicht größer sein.

»Ich fürchte ihn und will ihn nicht heiraten. Ich brauche einen Mann, der mir die Angst nimmt, nicht, der sie verursacht.« Nochmals greife ich in die Handtasche und umschließe fest das Klappmesser. Mit der Waffe habe ich eine Spinne erlegt. Ungeachtet der späteren Schuldgefühle hatte ich in dem Moment meine Angst überwunden und mich der Gefahr gestellt.

Entschlossen atme ich tief ein und aus.

»Wie lautet Plan B?«, frage ich.

»Plan B?« Mein Bräutigam taucht wie aus dem Nichts auf. Mit großen Schritten kommt er auf uns zu, die Stirn gefurcht, den Blick zunächst unheilvoll auf Gabriele gerichtet. Dann schweift er zu mir und ich habe zum ersten Mal das Gefühl, dass er mich gedanklich auszieht. Wäre es nach mir gegangen, hätte ich gerne auf das figurbetonte Kleid in Elfenbeinfarbe verzichtet. Meine Oberweite ist stark gepusht und zur Hälfte freigelegt. Das Collier, welches ich trage, vermag kaum davon abzulenken. Auch die hohen, mit Strass besetzten Pumps, die zwar meine Beine ellenlang wirken lassen, mich in Kombination mit dem engen Schnitt, aber beim Gehen einschränken, fesseln nicht seine Aufmerksamkeit. Sein unverhohlenes Starren auf mein Dekolleté erzeugt eine Gänsehaut auf meinen nackten Armen. Bislang kam er aus Rücksicht auf mein ›Trauma‹ nicht in mein Bett. Dass die Schonfrist vorüber ist, wird mir nun allzu deutlich.

»Babe, du siehst fantastisch aus.« Sein Adamsapfel hüpft sichtlich, ehe er sich räuspert und sich wieder auf Gabriele konzentriert. »Von welchem Plan B ist die Rede?«

»Amira ...«, fängt mein Bruder an, doch ich komme ihm zuvor. Auf keinen Fall verbringe ich die Nacht in Rubéns Armen. Der Deal muss sofort aufgelöst werden!

»Es tut mir leid, aber ich kann dich nicht heiraten. Ich kann nicht bei einem Mann bleiben, bei dem ich mich nicht sicher fühle«, rufe ich beinahe atemlos.

Erneut erhält nur mein Dekolleté Beachtung. Hat er überhaupt wahrgenommen, was ich gesagt habe? Oder stellt er sich vor, wie er es später mit mir treiben wird?

»Das kannst du vergessen. Ich werde dich nicht gehen lassen. Du wirst meine Frau!«

Okay, meine Worte scheinen angekommen zu sein. Die Schärfe in seiner Stimme lässt allerdings keinen Zweifel, was er davon hält. Grob packt er meine Hand und zerrt mich zu dem Raum des Standesbeamten. Ohne anzuklopfen, öffnet er die Tür.

»Einen Moment noch, die Herrschaften, wir sind weiterhin in der Vorbereitung«, rügt uns ein älterer Mann, der gerade einen Stuhl vor dem massiven Trauungstisch verrückt.

»Rubén!«, ruft mein Bruder hinter uns mahnend.

»Setz dich«, befiehlt mein Verlobter und drückt mich in den Stuhl, der soeben erst zurechtgeschoben wurde.

»Starten Sie jetzt die Zeremonie«, donnert er.

»Die finalen Unterlagen bringt der Standesbeamte mit, er müsste aber bald eintreffen. Offiziell bleiben uns ja noch zehn Minuten.«

Bedrohlich knurrend setzt er sich neben mich und lässt dabei endlich meine Hand los.

Ich spüre mein Herz rasen. Kalter Schweiß tritt mir

auf die Stirn. Was können wir zu zweit gegen ihn ausrichten? Wenn er mich zur Unterschrift zwingt und im Anschluss zur Villa eskortiert, werde ich dann morgen in der Lage sein, aufzustehen? Oder wird er mich ungefiltert seinen Zorn spüren lassen und ... positive Gedanken! Ich habe eine Mission zu erledigen, schon vergessen? Rubén nicht heiraten, mich und das Baby schützen und die Angst ausblenden. Drei Punkte, die Hand in Hand gehen. Ich schaffe das. Irgendwie werde ich das Wunder vollbringen und heute Abend mit einer frischgepressten Limo auf mich anstoßen.

Möglichst ruhig schaue ich mich in dem schlichten Zimmer um. Es ist nicht sonderlich groß und hat seine besten Jahre bereits hinter sich. Zwei Reihen mit jeweils fünf Stühlen sind in meinem Rücken aufgestellt. Aktuell sind sie leer und ich kann mir vorstellen, dass es so bleibt. Das Personal wird gewiss nicht zur Trauung eingeladen worden sein und Freunde der Familie habe ich bislang keine kennengelernt. Wie es aussieht, warten wir nur auf den Standesbeamten und Rubéns Vater. Er wird der Trauzeuge seines Sohnes sein und sicher gleich kommen.

An der einzigen Tür haben sich Gabriele sowie zwei Securitys positioniert. Ob mein Bruder bewaffnet ist? Könnte es ihm gelingen, vier trainierte Männer unbeschadet auszuschalten?

Ich mustere Rubéns schicken Anzug und suche dabei verstohlen nach dem Abdruck einer Pistole.

»Gefalle ich dir?« Sein Tonfall ist flirtend. So, als hätte er unsere Auseinandersetzung schon wieder vergessen.

Unsicher schaue ich zu Gabriele. Er erwidert angespannt meinen Blick. Können wir seinen Plan B noch umsetzen, oder ist es dafür zu spät? Was hatte er bloß vor?

Ein unüberhörbares Magengrummeln ertönt.

»Babe, antworte mir … ah!« Rubén verzieht das Gesicht und fasst sich instinktiv an den Bauch. Eine Sekunde später ächzt er auf. Seine Lippen sind zu einem dünnen Strich zusammengepresst. Und liegt es am Licht oder hat er gerade an Farbe verloren? »Lasst sie nicht aus dem Raum, ich bin gleich wieder da.«

Die Personenschützer nicken ernst und straffen die Schultern.

Als mein Bräutigam aufsteht, entweicht ihm zischend die Luft. Sofort entfaltet sich ein übler Geruch, der den Helfer des Standesbeamten hektisch das Fenster aufreißen lässt, während wir anderen perplex erstarren.

Nachdem die Tür hinter Rubén zuknallt, brauche ich drei Sekunden, um zu begreifen, dass seine gestörte Verdauung mich möglicherweise vor der Hochzeit retten kann.

Gabriele nickt mir kaum merklich zu.

Unter dem Vorwand, der fauligen Duftwolke auszuweichen zu wollen, stehe ich auf und fächle mir übertrieben Luft zu. Jetzt darf nichts schiefgehen!

Vierundzwanzig

Enrico

Aus der Nebenkabine höre ich wilde Flüche, begleitet von einem schmerzhaften Stöhnen sowie Geräuschen, auf die ich gerne verzichten könnte. Nichtsdestotrotz ziert ein breites Grinsen mein Gesicht, als ich leise meine Toilettenkabine verlasse und vor der Kabinentür meines Erzfeindes Stellung beziehe.

In der rechten Hand halte ich kampfbereit ein Messer. Auf der Fahrt hierher habe ich es minutenlang geschärft, sodass bereits ein tiefer Stich ausreichen wird, dem Bastard seine verbliebene Kraft zu rauben. Dass unser Spitzel die Dosierung des Gifts so akkurat kalkuliert hat, muss später definitiv belohnt werden. Wie sie uns, nach dem Aufwachen aus dem künstlichen Koma versichert hat, gelang es ihr, seinen Lieblingsgin entsprechend zu präparieren und zu servieren. Schleichend hat sich die schädliche Wirkung die letzten Tage über intensiviert, sodass er vermutlich dachte, sich den Magen verstimmt zu haben. Würde die Zeit nicht drängen, hätte ich die zwei Tage, die er womöglich ohne mein Zutun noch hat, sogar abgewartet. Morgen und Übermorgen würden die Krämpfe zunehmen und besonders qualvoll werden. Das darauffolgende Organversagen würde dann nicht mehr zu stoppen sein. Doch Amiras Sicherheit hat absolute Priorität. Die Trauung darf nicht vollzogen werden. Keine Minute länger darf er in ihrer Nähe sein. Wer weiß, wie sehr sie die letzten Tage leiden musste!

Die Spülung wird betätigt. Kurz darauf wird die Klinke nach unten gedrückt. *Showtime.*

Bevor er die Tür komplett öffnen kann, quetsche ich mich in die enge … fuck, stinkt das hier! Angewidert ramme ich ihm in der Sekunde, in der sich seine Augen weiten, das Messer in die Brust.

»Du!«, stößt er aus.

»Überraschung«, trällere ich und beobachte mit hochgezogener Augenbraue, wie er fahrig an seinem Hosenbund herumtastet. Ehe er seine Heckler & Koch zu fassen bekommt, steche ich ein weiteres Mal zu.

Er sinkt auf den zugeklappten Klodeckel.

Die Befriedigung, die ich bei der Hinrichtung seines Vertrauten gespürt habe, will sich nicht einstellen. So oft, wie ich mir in der Vergangenheit seine letzten Momente vorgestellt habe, kommt mir die Realität vergleichsweise blass und unaufregend vor. Selbst die lang zurechtgelegte Rede, bei der ich ihm seine Gräueltaten auflisten wollte, erscheint mir nun unpassend und reine Zeitverschwendung.

Stattdessen will ich ihn einfach nur schnell erledigt wissen. Die Vorfreude, Amira gleich zu sehen und in meine Arme zu ziehen, lässt alles andere in den Hintergrund rücken.

Ohne zu trödeln, bringe ich daher mein Messer für den finalen Cut in Position und durchdringe die erste Hautschicht.

Der Schmerz der bisherigen Stichwunden, gepaart

mit tödlichem Zorn und blankem Entsetzen, verzerrt seine Gesichtszüge zu einer hässlichen, bleichen Fratze. Auf den letzten Metern offenbart eben auch der beste Schauspieler sein wahres Ich. *Monstruo demoníaco.*

»Du verfickter Pisser. Ich werde dich heimsuchen, dich …«

»Glaub ich kaum. Habe gehört, dass die Ausgehregeln in der Hölle recht streng sind«, erwidere ich gelassen.

Rubén schnaubt auf, seine Hände spannen sich verdächtig an. »Muss ein Scheißgefühl sein, Valeria für immer verloren zu haben. Dein Platz im Himmel ist ebenfalls längst Geschichte. Sie muss untröstlich sein«, provoziert er mich.

Doch ich bleibe achtsam, seine hochschießenden Hände die meinen Griff um das Messer lösen wollen, schüttle ich ab wie zwei lästige Fliegen. Sein körperlicher Zustand lässt echt zu wünschen übrig. *Wirklich gutes Zeug, das wir ihm gegeben haben!*

Mit flatternden Lidern versucht er mich niederzustarren. Er weiß so gut wie ich, dass er auf verlorenem Posten kämpft. Das unwirsche Zucken an seinem Nasenflügel verrät, wie sehr es ihn ankotzt. »Amira hasst dich«, stößt er nun undeutlich hervor. Es trifft mich mehr, als ich mir anmerken lasse.

Verfickte Scheiße, er lügt. Er würde alles sagen, um mich zu verletzen – aber obwohl ich mir das vor Augen halte, bleibt die quälende Frage, ob er nicht recht hat …

»Sie liebt mich«, setzt er auf gut Glück hinterher.

Belustigt brumme ich auf. Nach der Psychonummer, die er mit ihr abgezogen hat, wird das garantiert nicht stimmen. »Wenn dem so wäre, würde sie jetzt sicherlich an der Tür stehen und sich besorgt versichern wollen, dass es dir gut geht, denkst du nicht?« Gespielt horche ich angestrengt nach einem zaghaften Klopfen.

»Das hat nichts zu heißen. Ich habe ihr aufgetragen, im Raum zu warten«, krächzt er und hustet sich im nächsten Atemzug die Seele aus dem Leib. Blut tritt über seine Lippen.

»Wirklich sehr umsichtig von dir, schließlich sollte keine Frau erleben müssen, wie ein Stück Scheiße massakriert wird.«

Sein Fuß schwingt nach oben. An meinem Schienbein fühlt es sich lediglich an wie ein sanftes Tätscheln.

Mit Nachdruck presse ich ihm die Klinge an den Adamsapfel, sodass weitere Hautschichten aufplatzen. Bei der Schwere seiner Verletzungen dürfte für ihn die zarte Blutsspur einem Kratzer gleichkommen.

»Du wirst das bereuen!« Seine Verzweiflung trieft aus jeder Silbe. Es ist erbärmlich. Fehlt nur noch, dass er anfängt zu flennen oder, was leider viel wahrscheinlicher ist: das Bewusstsein zu verlieren. Bedeutet, ich muss zum Abschluss kommen, damit er sein eigenes Finale nicht verpasst. Denn das wäre ausgesprochen schade …

»Das Einzige, was ich bereue, ist, dich nicht schon bei deiner ersten Hochzeit abgestochen zu haben«, knurre ich deshalb und schneide ihm einen Wimpernschlag später entschlossen die Kehle durch. Dunkles Blut quillt hervor und bestätigt mir, tief genug geschnitten zu haben.

An seinem hellen Sakko wische ich meine Waffe grob ab, ehe ich beginne, sie mit Klopapier etwas gründlicher zu säubern. Das Hemd des Bastards ist bereits das Gegenteil von blütenweiß, genau wie sein Schritt saugt es sich stetig mit seinem Lebenssaft voll. Leere Augen starren mich an, ehe sein Kopf zur Brust sackt und ich eilig die Kabine verlasse.

Am Waschbecken schrubbe ich mir die Blutspritzer

von den Händen und beäuge kritisch das schwarze T-Shirt, das ich vorausschauend angezogen habe. Ein paar Stellen sind feucht. Bevor ich meine Mafiaprinzessin an mich ziehe, sollte ich auf jeden Fall das Outfit wechseln. Ich tippe Fernando eine entsprechende Notiz und informiere meinen bereitstehenden Cleaner, hier loslegen zu können. Innerhalb einer Stunde sollte die Sauerei entfernt sein und höchstens noch eine schwache Nuance des Gestanks in der Luft hängen.

»Sie ist weg«, ruft mir Pedro entgegen. Alarmiert laufe ich an ihm vorbei, in das Zimmer des Standesbeamten. Die leblosen Körper zweier Kartellmitglieder liegen vor dem Trauungstisch. Um sie herum bildet sich weder eine Blutlache noch verunstalten Kratzer oder sonstige Kampfspuren ihr Gesicht. Definitiv nicht der Stil meiner Männer.

»Ihr Bruder hat sich die zwei bereits zur Brust genommen. Wir mussten uns nur um Rubéns Alten und dessen Leibwache kümmern«, bestätigt mein Verbündeter meine Vermutung.

»Wo sind sie hin?« Hätte ich mal mit dem Umziehen gewartet! Wenn Amira sich jetzt wieder in Luft auflöst …

»Gonzo folgt dem Wagen. Erst sah alles so aus, als würden sie Richtung Flughafen fahren, mittlerweile sind wir uns nicht mehr sicher. Wo wir uns aber sicher sind, ist, dass die Männer des Estrada-Kartells keinen Vergeltungsschlag üben werden. Unsere Informanten gehen einstimmig davon aus, dass im Todesfall dem Boss und seinem hirnverbrannten Sohn niemand hinterher trauern würde. Natürlich beobachten wir …«

Fuck, was labert er?

»Wie geht es ihr? Ist sie verletzt?« *Was ist mit unserem Baby?*

»Von Weitem sah sie etwas abgemagert aus, aber ansonsten glaube ich, wirkte sie recht … okay.«

»Okay?«, frage ich beunruhigt nach.

Pedro zuckt unbehaglich mit den Schultern. Ist es, weil er ihren Zustand nicht richtig einschätzen kann oder weil er befürchtet, dass ich mit der Wahrheit nicht klarkomme?

Ich mache auf dem Absatz kehrt und sprinte aus dem Gebäude. Sofort meldet sich mein angeschossener Oberschenkel und zwingt mich dazu, das Tempo zu drosseln. Zum Glück fährt Fernando kurz darauf einen unserer neuesten Wagen vor. Ich springe zu ihm ins Auto und sehe, dass er sich bereits Gonzos Peilsender auf dem eingeschalteten Display mit der Straßenkarte anzeigen lässt. Mit quietschenden Reifen pesen wir los.

»Wie geht es dir?«

»Gut«, sage ich mit angespanntem Kiefer.

»Seit Jahren hast du darauf hingearbeitet, den Hurensohn zur Strecke zu bringen und jetzt geht es dir nur gut?« Er klingt fassungslos.

Ich zucke mit den Schultern. »Ich bin froh, dass es vorbei ist und ich das Kapitel beenden konnte.«

Fernando nickt bedächtig. »Ja, es ist zweifellos Zeit für einen Neuanfang.«

Mit meiner Kleinen – sofern sie mir verzeiht oder ich sie überhaupt finde, bevor mich meine körperliche Verfassung wieder ins Bett zwingt.

Nachdem wir fünfzig Minuten Gonzos Signal gefolgt sind, regt sich in mir ein erster Verdacht, wohin die beiden unterwegs sein könnten. Sollen wir das Risiko eingehen und eine Abkürzung nehmen? Das letzte Mal mit der Rucksack-Verfolgung ging das schön in die Hose.

Santísima, was meinst du? Habe ich diesmal deine Unterstützung?

Amira

»Danke, dass ich mich erst noch richtig verabschieden kann. Das bedeutet mir wirklich sehr viel.« Gabriele nickt und parkt die protzige Limousine direkt vor Fridas Haus.

»Möchtest du, dass ich mit reinkomme?«

»Nicht nötig, such du uns ruhig schon mal ein Hotel für die Nacht und entsprechende Flüge für morgen Nachmittag raus.«

Vormittags muss ich wieder zur Bank, unser Konto auffüllen. Das kleine Vermögen, das ich bei Frida versteckt habe, werden wir nämlich wohl kaum ohne Aufsehen durch den Zoll bringen können. Beinahe hätte ich es sogar vergessen und würden wir es nicht dringend benötigen, hätte ich es der alten Dame als Dank überlassen.

»In Ordnung. Wenn etwas ist, ich bin direkt hier.«

Lächelnd bedanke ich mich abermals bei ihm. Dann steige ich aus. Noch immer trage ich die Pumps und das zwar schlichte, aber viel zu offenherzige Brautkleid. Vielleicht hätten wir unterwegs doch einen Shoppingstopp einlegen sollen, statt durchzufahren. Nur wollte ich so viel und so schnell wie möglich Abstand zwischen mich und die Estradas bringen. Wie Rubén wohl reagiert hat, als er seine Bodyguards auf dem Boden vorgefunden hat? Gabriele meinte, es wäre egal, ich müsse mir um ihn keinerlei Gedanken mehr machen. Er würde mit dem *Don* sprechen und notfalls Geleitschutz zum Flughafen organisieren. Mir würde nichts passieren. Es sei alles in Ordnung.

Ich seufze tief auf und betätige die Klingel. Kaum habe ich sie losgelassen, kommt *ElGatos* Oma hinausgelaufen.

»Amira!«, ruft sie freudig. Keinen Moment später schwingt das Tor auf und ich liege in ihren Armen. Ich spüre ihre feuchten Küsse, sehe ihre Tränen.

»Frida!« Gebeutelt vom Stress der letzten Stunden, klingt meine Stimme sehr dünn. Wenn ich mich nicht zusammenreiße, werde ich sicherlich auch gleich anfangen zu weinen.

»Kind, ich habe mir solche Sorgen gemacht. Du warst auf einmal verschwunden und niemand konnte mir sagen, wohin.« Sie schluchzt auf, lächelt aber direkt wieder. Trotzdem scheint sie in der Zwischenzeit, um Jahre gealtert zu sein. Ihr Gesicht wirkt eingefallen, die Augen liegen wie in tiefen, dunklen Höhlen. *Oh Dio, bin ich dafür verantwortlich?*

»Es tut gut, dich wiederzusehen, komm ... drinnen wartet noch jemand sehnsüchtig darauf, dich zu sehen.«

Ich denke an ihren verschmusten Kater und hake mich nickend bei ihr ein. Es erleichtert mich, dass sie mein Outfit unkommentiert lässt und mich auch sonst nicht mit Fragen löchert.

Im Haus duftet es nach frischgebackenem Kuchen. Sofort wird mir bewusst, dass meine letzte Mahlzeit Ewigkeiten her ist. Ich lecke mir über die Lippen und freue mich, als Frida an mir vorbei zur Küche eilt.

»Mach es dir gemütlich, *mi amor*. Ich hole uns eine Kleinigkeit.« Sie wirft mir einen tadelnden Blick über die Schulter zu und ergänzt: »Wobei, wenn ich dich ansehe, wäre eher ein ganzes Festmahl das Richtige. Aber keine Sorge, das kriegen wir schon hin.«

Ihre Fürsorge rührt mich und ich wische mir verstohlen eine Träne von der Wange. Dann sehe ich mich im Wohnbereich nach ihrem tierischen Mitbewohner um.

»*ElGato*«, rufe ich lockend und beschließe, nach dem zweiten Rufen im Gästezimmer nachzusehen. Kurz war mir nämlich, als hätte ich ein leises Geräusch gehört.

Als ich die Tür öffnen will, kommt sie mir entgegen und ich stolpere einen Schritt zurück.

»*Godfather22*«, sagt ein Geist lächelnd.

Mein Herzschlag beschleunigt sich. Gleichzeitig ist mir, als würde sich um uns herum eine Blase bilden. Gespeist durch Sehnsucht und Kummer entsteht ein Ort, an dem weder Zeit noch andere physikalische Gesetze gelten. Aus Furcht, sie zum Platzen zu bringen, halte ich die Luft an und bleibe still stehen. Mit den Augen sauge ich alles auf, was mir in den letzten Wochen gefehlt hat. Denn nie zuvor habe ich so realistisch von ihm fantasiert. *Enrico, meine Liebe.*

Er lächelt schüchtern und überspielt damit seinen grauenvollen Zustand. Die Haare hängen ihm unordentlich in die Stirn, seine Augen sind blutunterlaufen, sein Körper erschreckend dünn. Sein Gewicht hat er sichtbar nur auf ein Bein verlagert, an seinem einem Arm prangt ein großes Pflaster, welches sich bereits hellrosa verfärbt hat.

»Amira, *cariño,* bitte sag doch etwas.«

Ich liebe dich. Es laut auszusprechen, traue ich mich nicht. Ich möchte ihn so lange wie möglich vor mir stehen sehen. Im Idealfall für immer.

Schwerfällig humpelt er auf mich zu. Dann spüre ich seine Hand an meiner Wange. Die Wärme, die von ihr ausgeht, tut unheimlich gut.

»Ich habe dich so sehr vermisst«, wispert er und zieht mich dicht an sich. Sein Herzschlag ist genau so schnell wie meiner.

Tränen verschleiern meine Sicht, durch den fehlenden Sauerstoff beginnt es bereits in meinem Kopf zu kribbeln. Hektisch blinzle ich gegen die Feuchtigkeit an. *Nein, nein, nein.* Bitte noch ein klein wenig länger, bitte, *Dio,* ich flehe dich an. Es ist so schön. Ich schnappe nach Luft, kann mir nicht länger das Atmen verwehren. Verzweifelt schlinge ich die Arme um seinen Oberkörper.

»Geh nicht weg«, krächze ich. »Bitte, geh nicht weg.«

»Ich gehe nirgendwohin.«

»Es tut mir leid, dass ich weggelaufen bin«, nuschle ich und presse mich an ihn. Er fühlt sich täuschend echt an.

»Mir tut es leid, dass ich dir die Wahrheit verschwiegen habe. Ich habe mir viele Vorwürfe gemacht, hatte keine ruhige Nacht mehr.« Er streichelt meinen Hinterkopf und will sich etwas von mir lösen, damit er mich ansehen kann. Widerwillig lockere ich ebenfalls die Arme.

In seinen Augen glänzt es verdächtig. »Du hast meinem Leben einen neuen Sinn gegeben. Dich in seiner Gewalt zu wissen, hat mich wahnsinnig gemacht. Es hat mich innerlich aufgefressen. Ich ...« Seine Stimme bricht. Nachdem er sich geräuspert hat, setzt er neu an. »Ich weiß, es waren nur wenige Wochen, aber du hast von Beginn an etwas in mir angesprochen, das meinen Verstand komplett ausgeknockt hat. Schon als ich zum ersten Mal dein Foto gesehen habe, habe ich so stark drauf reagiert, dass ich gar nicht verstanden habe, was mit mir los war.«

Unsere Hände verschränken sich.

Ist es wirklich ein Tagtraum? Bin ich nicht doch vielleicht ohnmächtig geworden, weil nicht Gabriele die beiden Männer überwältigt hat, sondern sie uns? Oder bin ich gar gestorben? Wird meine Mutter gleich zu uns stoßen?

Langsam beugt er sich zu mir. Als seine Lippen die meinen berühren, ich seinen Atem einatme und ihn schließlich schmecke, wird mir ganz anders.

Das ist echt!

Sanft liebkost er meine Lippen. Es fühlt sich an, als würde ich nach Hause kommen. Vertraut und prickelnd süß zugleich. Sein Kuss entfacht in mir ein wahres Freudenfeuerwerk. Tausende kleiner Funken stieben ausgehend von meinem Herzen durch die Blutbahnen und erfüllen mich mit einer Wärme, die ich schmerzlichst vermisst habe.

Er ist echt. Ich träume nicht. Ich bin nicht gestorben. »Du bist real«, hauche ich fassungslos an seinem Mund. Wie kann das sein? Rubén hat ihn doch erschossen. Und woher kennt er meinen Gaming-Alias und kommt zu Frida nach Hause?

»Wollt ihr euch nicht setzen? Ihr seid beide so wacklig auf den Beinen, bitte, ich möchte keine weitere Nacht im Krankenhaus verbringen müssen«, kommt es hinter mir von ebendieser.

Meine rechte Hand wird losgelassen, während die andere umso fester gepackt wird. So verbunden gehen wir zum Sofa und sinken nebeneinander aufs Polster. Aus dem Augenwinkel nehme ich wahr, wie uns aus einer Karaffe Limonenwasser eingeschenkt wird. Allerdings konzentriere ich mich nicht darauf. Mein Fokus liegt allein auf seinem Gesicht, seinem innigen Blick, der geradewegs in meine Seele schaut.

»Ich dachte, du wärst ...« Ich kann es nicht einmal mehr aussprechen, ohne, dass mir erneut Tränen die Wangen hinabkullern.

»Mir gehts gut. Mach dir keine Sorgen.«

»Gott hat ihn gesegnet, es ist ein Wunder, dass er überlebt hat. Ich habe mehrmals am Tag für ihn gebetet, und als er endlich von der Intensivstation runterkam, war ich unglaublich froh«, erzählt Frida. Unvermittelt zielt sie auf sein Knie und holt zu einem leichten Klaps aus. »Und ich war richtig wütend, als er sich einfach gehen ließ und das Wunder nicht geschätzt hat.«

»Nicht ...«, murmelt Enrico und unterbricht den Blickkontakt mit mir. Seine Wangen röten sich.

»Erst später habe ich verstanden, dass er davon ausging, dass du es wiederum nicht geschafft hättest.«

»Wann ... wieso?«, stammle ich und verstehe nur Bahnhof. Woher weiß Frida das? Woher kennen sie sich? Warum ging Enrico von meinem Tod aus?

»Er hat dich in die Fluten stürzen sehen und als dieser Unmensch ihn beim Versuch, dich zu retten, erwischt hat ...« Frida holt ein Stofftaschentuch hervor und tupft sich das Gesicht ab.

»Du ... du warst da? Du hast mich auf dem Fluss gesehen?«

Als er nickt, schlage ich mir die freie Hand vor den Mund. Er war da, wollte mich beschützen, so wie er es all die Male zuvor schon getan hat. Er hat sein Leben riskiert, damit es mir gut geht. Womit habe ich das verdient?

»Bitte, Amira, greif doch zu, du musst kräftig zulegen«, fordert mich die ältere Dame auf und deutet auf die angerichteten Teller.

»Danke. Ich ... ich werde wieder zunehmen.« Obwohl ich die Doppeldeutigkeit nicht beabsichtigt habe, erwidert sie meinen Blick so, als ob sie genau verstehen würde.

»Wir sollten dich gleich morgen nochmals untersuchen lassen«, meint nun auch Enrico. Sein liebevoller, aber besorgter Blick ruht auf meinem Bauch.

Meine Wangen werden warm. Er weiß es. Mit den

Zähnen ziehe ich kurz die Unterlippe ein und straffe dann die Schultern.

»Ich bin schwanger. Wir bekommen ein Baby«, sage ich heiser. Erneut halte ich die Luft an. Erkenne jedoch innerhalb von einer Millisekunde, dass die Information in der Tat nicht neu für ihn ist und dass er sich freut.

»Du wirst eine fantastische Mutter werden und ich werde alles geben, ihm oder ihr, der beste Papa der Welt zu sein. Mit dir meine eigene Familie zu gründen, bedeutet mir mehr, als du dir jemals vorstellen kannst.«

Mein Lächeln reicht von einem Ohr zum anderen. Da ich nach wie vor keine Anstalten mache, mir eine Gabel mit Kuchen in den Mund zu schieben, übernimmt Enrico das kurzerhand.

Brummend lasse ich es geschehen und greife dann für den nächsten Bissen selbst zu. Es schmeckt nach Limone und ist absolut köstlich. Der Teig ist sogar noch etwas warm. Während ich also mit Essen beschäftigt bin, genehmigt sich mein Beschützer nur einen Schluck Wasser.

»Hast du keinen Appetit? Hast du ... Schmerzen? Möchtest du dich lieber hinlegen?«, frage ich alarmiert.

»Mir gehts gut. Du bist bei mir, das ist alles, was ich brauche«, sagt er stoisch.

Ich höre Frida seufzen und kann erahnen, dass er als Patient wirklich nicht leicht gewesen sein muss.

»Woher kennt ihr euch eigentlich und wieso kennst du meinen Nickname, du hast mich vorhin mit *godfather22* angesprochen. Ich glaube nicht, dass ich dir erzählt habe, zu zocken.« Ziemlich sicher nicht, ich hatte Angst, nicht sexy genug zu wirken.

»Frida ist meine *abuela*.«

Mir klappt die Kinnlade herunter. Nicht nur, weil ich

mir niemals erträumt hätte, dass die beiden verwandt sein könnten, sondern auch, weil es heißt, dass ...

»Du bist mein Spielpartner. Du bist *ElGato*!«

»Korrekt.« Grinsend beobachtet er, wie ich allmählich die Neuigkeit verarbeite. Dann kommt er mir plötzlich noch näher als zuvor und raunt: »Dir ist klar, was das nun bedeutet?«

Sein eindringlicher Blick lässt mein Herz einmal mehr aus dem Rhythmus geraten. Ordentlich denken kann ich in diesem Zustand nicht. Sprechen übrigens ebenfalls nicht. Die zusammenhangslosen Worte, die ich von mir gebe, lassen ihn noch breiter grinsen. Dabei habe ich keine Ahnung, worauf er hinauswill. Es ist nur wegen dieses Ausdrucks in seinen Augen, der mein Glücksbarometer sprengt und mich innerlich nonstop in die Luft hüpfen lässt.

Die kurze Berührung an meinem Ringfinger bekomme ich daher im ersten Moment kaum mit.

»Es bedeutet, dass ich mir mein Leben nur noch mit dir an meiner Seite vorstellen kann. *Cariño*, du bist die Eine für mich. Die Chats mit dir haben Licht in meine düstere Welt gebracht, ich war regelrecht süchtig danach, mich mit dir auszutauschen. Dass du virtuell für mich da warst, hat mir sehr geholfen. Genauso wie die Zeit im Regenwald. Mir kommt es vor, als würden wir uns schon seit Jahren kennen.«

Ich nicke ergriffen. »Ohne dich hätte ich es nicht geschafft, über den Tod meiner Mutter hinwegzukommen. Ohne dich wäre ich weiterhin gefangen in meiner Angst. Danke, dass du mir einen Weg daraus gezeigt hast und ihn mit mir gegangen bist.«

Lächelnd drückt er meine Hand.

»Ihr Lieben, ich wünsche euch von ganzem Herzen nur das Beste. Lasst uns anstoßen und jetzt unser Wiedersehen feiern!«, ruft Frida. Sie trocknet sich resolut die letzten Tränen und hebt dann ihr Glas. »Auf eine wundervolle Zukunft.«

Wir heben ebenfalls unsere Gläser empor.

»Auf dich, *cariño,* mein süßes, furchtloses Herz«, ergänzt Enrico und stiehlt sich, bevor auch ich einen Toast aussprechen kann, einen kleinen Wangenkuss. Kichernd weiche ich einem zweiten aus und vervollständige feierlich: »Auf dich, *ElGato*, mein wildes, furchtloses Herz.« Möge es für immer schlagen.

Epilog

Vier Jahre später

Enrico

Entspannt beobachte ich, wie zwei orangefarbene Schmetterlinge über dem niedergelegten Strauß von Wildblumen herumflattern. Unsere kleine Soona würde jetzt begeistert ihre speckigen Fingerchen in die Flugbahnen halten und sich den ganzen Tag lang für nichts anderes mehr interessieren.

»Amira bringt nächste Woche die Kinder mit, dann kannst du sehen, wie groß sie geworden sind. Gerade Chiara hat schon wieder einen ordentlichen Schub gemacht«, sage ich und berühre kurz Valerias Grabstein. In den letzten Monaten habe ich es nicht geschafft, vorbeizuschauen, und ehe wir sie an ihrem Todestag gemeinsam als Familie ehren, wollte ich mit ihr eine ruhige Minute allein verbringen. »Fernando kommt übrigens auch mit. Ich weiß, er hat dich nach der Beerdigung wesentlich öfter besucht als ich, und das tut mir leid. Ich war damals nicht unbedingt der Musterbruder, bitte verzeih.« Seufzend halte ich inne. Meine Entschuldigungen kann sie sicher nicht mehr hören. »Jedenfalls geht es ihm ganz gut, auch wenn er bereits angedroht hat, sich bald selbst eine Auszeit zu gönnen und er mir den Bosskram wieder vollständig aufs Auge drücken will. Ich habe ja die Vermutung, dass er und Sofía endlich den nächsten Schritt gehen wollen und wir bald für einen Anbau in Planung gehen.«

Ginge es nach meiner *abuela*, hätten wir uns längst einen der gut gebuchten Architekten sichern sollen. Sie ist mittlerweile bei uns eingezogen und wird nach dem anfänglichen Schock über unser düsteres Business nicht müde, mich regelmäßig von einem Berufswechsel sowie weiteren Urenkeln zu überzeugen. Sie ist vollkommen vernarrt in die Kleinen. Genau wie Varez, sofern er mal hier ist. Mein Verhältnis zu Amiras Vater wird von Treffen zu Treffen besser. Die Geschäfte florieren, sein Vermögen, dass ich ihm nach dem Tod des Bastards zeitnah überwiesen habe, hat sich innerhalb der letzten Jahre verdreifacht. Neben dem Glück seiner Tochter ein schlagendes Argument für ihn, hin und wieder direkt mit mir zu kommunizieren, anstatt jemand anderen als Übermittler zu benutzen. Ich glaube, Gabriele hat ihn entsprechend bearbeitet, mit ihm verstehe ich mich unerwartet gut. Wir haben dasselbe Ziel: Amiras Bestes. Okay, für ihren Alten mag das vermutlich auch zutreffen, aber ich glaube, ihr Bruder ist in der Hinsicht einfach weniger emotional und kann unsere damalige Situation mit klarem Verstand einordnen.

Ich merke, wie ich in Gedanken versunken nur noch auf die Blumen starre und bemühe mich, meine Schwester weiter auf den neuesten Stand zu bringen.

»Letzten Monat haben wir einen Trip nach Tulum zu den Maya-Stätten unternommen. In der Nähe war ich sogar mit Amira klettern. Sie ist unfassbar stark geworden. Die regelmäßigen Work-outs mit mir und Pedro haben sich echt ausgezahlt.« Schmunzelnd greife ich mir in den Nacken. Wenn ich nicht aufpasse, wird sie mich eines Tages kampftechnisch überwältigen.

»Später brechen wir zu unserem Zweier-Wochenende auf. Sofía und Frida kümmern sich um die Kleinen, während ich mal wieder meine Mafiaprinzessin verwöhnen kann. Bin schon gespannt, was sie zu meiner gebuchten Hütte sagen wird. Steht mitten im Regenwald, sollte aber um Längen komfortabler sein als die, die sie uns damals klargemacht hatte.« Ich schnaube belustigt auf. Sie wird definitiv Augen machen ... *und kurz zuvor vielleicht schreien*.

Amira

»Cool«, rufe ich außer Atem. Das Adrenalin rauscht mir durch die Adern, lässt mich triumphierend eine Hand zur Siegerfaust geballt nach oben recken. Die letzte Minute war der absolute Wahnsinn. Ich habe die unbändige Kraft des Wassers gespürt, war quasi ein Teil davon. Alle Sinne waren aufs Äußerste geschärft, auf jedwedes Hindernis konnte ich instinktiv reagieren, es problemlos meistern.

Ich blicke über die Schulter. Mein Mann nickt mir anerkennend zu. Sein T-Shirt ist ebenfalls vollkommen durchnässt.

»Verschnaufpause?«, fragt er und deutet auf die kleine Flusseinmündung ein paar Meter vor uns. Dort scheint es mit den Stromschnellen erst mal vorbei zu sein. Dünne, hohe Baumstämme ragen an den Seiten, teilweise samt Wurzeln, aus dem Wasser. Ein Mangrovenwald, faszinierend und wunderschön zugleich.

»Geht klar«, sage ich. Vergnügt lenke ich unser Kajak in ruhigere Gewässer. Seine Überraschung, mit mir auf einen Abenteuertrip gehen zu wollen, war wirklich gelungen. Laut ihm, ist in den Rucksäcken zu unseren Füßen alles, was wir für die nächsten zwei Nächte brauchen.

Während wir gemächlich durch den immer schmaler werdenden Fluss gleiten, überlege ich, ob wir bereits auf dem Weg zu unserer Unterkunft sind oder von einem Touranbieter zurück zum Wagen gebracht werden. Auf der Strecke sind wir bislang nur zwei weiteren Kajakfahrern begegnet.

»Da vorne bitte wieder rechts abbiegen.«

»Sicher? Sieht ziemlich eng aus, wenden dürfte schwierig werden.«

»Vertrau mir, wir werden wenden können.« Ich nicke. Noch immer ist ihm mein Leben wichtiger als seines. Nie würde er etwas vorschlagen, das mich in Gefahr bringen könnte. Wären wir in meinen ersten Wochen in Mexiko die rasante Strecke mit den Stromschnellen gepaddelt, hätte ich vermutlich pausenlos geschrien, doch so gibt es keinen Grund dazu.

Nach gut einer Viertelstunde werden die Mangroven immer weniger, bis sie schließlich verschwinden und sich rechts und links das Ufer verfestigt. Weitere fünf Minuten später erstreckt sich vor uns ein von Farnen und dichten Sträuchern umgebener Weiher, an dessen Ende ein kleiner Wasserfall über moosige Felskaskaden plätschert.

»Wow«, entfährt es mir wieder.

»Schau mal, da vorne können wir anlegen. Du kannst dich zurücklehnen, ich übernehm das letzte Stück«, weist mich mein Reiseführer an.

Kurz darauf stehen wir drei Schritte entfernt vom

Wasserfall auf einer weichen, nachgiebigen Fläche. Meine Jüngste hätte hier sicher ihren Spaß und würde jetzt umherkrabbeln und alles genau unter die Lupe nehmen.

Lächelnd gehe ich in die Hocke, um über das Moos zu streichen. Es fühlt sich herrlich an. Frisch, kühl und unglaublich samtig.

»Wir sollten die Klamotten zum Trocknen aufhängen.« Enricos Stimme ist tiefer als eben. Das aufflackernde Verlangen in seinen Augen bringt eine Saite in mir zum Schwingen, die in den letzten Wochen eindeutig zu kurz gekommen ist.

»Du willst mich hier nehmen?« Auch meine Stimme hat sich verändert. Die Erregung, die plötzlich zwischen meinen Beinen pulsiert, ist deutlich herauszuhören.

»Jep, und nur für das Protokoll, es wird nicht das einzige Mal an diesem Wochenende sein.«

»Klingt nach einem ehrgeizigen Programm«, sage ich und beginne mich parallel zu ihm auszuziehen.

»Lass mich beweisen, dass du die richtige Tour gebucht hast, *cariño*. Ich verspreche dir bis Mitternacht mindestens«, Enrico fährt sich nachdenklich über das Kinn, »vier, hm, nein, fünf Orgasmen.«

»Da setzt du die Erwartungen aber ganz schön hoch«, sage ich lachend und erschaudere, als er unvermittelt seine Hände unter meinen BH schiebt und leicht in die Brustwarzen kneift.

»Du verdienst das All-inclusive-Paket«, raunt er verführerisch an meinem Ohr, ehe er von meiner Oberweite ablässt und mich komplett entkleidet.

Einen Moment später liege ich auf dem Rücken und spreize für ihn die Beine.

»Schließ die Augen.«

Erwartungsvoll komme ich seinem Wunsch nach und

tauche in die lebendige Kulisse um uns herum ein. Ich höre die unterschiedlichen exotischen Singstimmen von Vögeln hoch über uns, das dezente Zirpen, die vereinzelten Quak-Geräusche sowie das Insektensummen in unmittelbarer, doch harmloser Nähe. Begleitet wird das Natur-Orchester von dem beruhigenden Gluckern des Wasserfalls. Würde ich nun nicht die zwei vorstoßenden Finger an meiner Mitte spüren, könnte ich entspannt in ein kleines Schläfchen abdriften. So jedoch beschleunigt sich stetig mein Atem. In immer kürzeren Abständen ziehe ich die aromatische Regenwaldluft um uns herum ein, rieche nasse Hölzer, die feine Süße verborgener Beeren und Blüten und werde von der sinnlichen, moschusartigen Note, die sich daruntermischt, zusätzlich feuchter und feuchter.

Als er mir seine Finger entzieht, seufze ich enttäuscht auf. Es entlockt ihm einen zufriedenen Laut.

Einen Herzschlag später winkelt er meine Beine an, sodass sich meine Knie auf Bauchhöhe jeweils neben meinem Oberkörper befinden und ich durch den leichten Druck tiefer in das kühle Moos sinke. Dann spüre ich seine Männlichkeit. Quälend langsam streift sie über meinen Venushügel, teilt meine unteren Lippen und verschafft sich schließlich mit einem bestimmenden Stoß Zugang.

»Oh!«, stöhne ich genussvoll auf. Seine Härte füllt mich perfekt aus. Mit jeder schwungvollen Bewegung seiner Hüfte reibt sie elektrisierend an meinen Wänden entlang und berührt Mal für Mal einen Punkt in mir, der mich rasend schnell auf meinen Höhepunkt zusteuern lässt. Keuchend kralle ich die Finger ins Moos und sehne die Erlösung herbei.

Leider hat er anderes im Sinn. Abrupt wechselt er den Rhythmus, ehe sein Glied aus mir verschwindet und er beginnt, an meinen Brustwarzen zu saugen und sie mit der Zunge zu umkreisen. Wimmernd protestiere ich und versuche blind, mit den Beinen sein Becken einzufangen, um ihn so wieder zu mir zu dirigieren. Mit einem Schnauben kommentiert er meine kläglichen Bemühungen und kneift zur Warnung mit den Zähnen in meine steifen Spitzen. Der hohe Japser, den ich erregt von mir gebe, scheint ihn zu besänftigen. Ich erhalte mehrere sanfte Küsse auf die Brüste sowie den Hals entlang, gefolgt von liebevollen Streicheleinheiten, welche sich über meinen gesamten Oberkörper hinwegziehen.

Im nächsten Moment spüre ich seinen warmen Atem und schließlich seine weichen Lippen auf meinen. Bereitwillig öffne ich den Mund. Zeitgleich mit der stürmischen Begrüßung seiner Zunge dringt sein Penis tief und hart in mich ein. *Himmel, tut das gut!*

Von Sekunde zu Sekunde habe ich größere Probleme damit, mich auf unseren Kuss zu konzentrieren. Zu stark sind die vibrierenden Empfindungen zwischen meinen Beinen. Erst recht, als er die Penetration intensiviert und ich plötzlich von seinem gesamten Gewicht gefangen genommen werde. Heiße, nasse Haut presst sich auf meine und vermittelt mir das Gefühl, mit ihm und der feuchten Umgebung zu verschmelzen.

Heiser stöhnend weicht er von meinen Lippen, packt mit der einen Hand grob meine linke Pobacke und mit der anderen meine rechte Schulter, die er bei jedem kräftigen Vorwärtsstoß seines Glieds nach unten drückt.

»*Cariño.*« Drei dunkel gestöhnte Silben gespickt mit sündhafter Verheißung und grenzenloser Hingabe. Sie bringen mich vollends um den Verstand. Ich kann keinen klaren Gedanken mehr fassen, bin überladen mit Eindrücken, brenne förmlich unter seinen Berührungen. »Sieh mich an«, fordert er, sodass ich beim nächsten Ruck seiner Hüfte die Augen aufreiße und sofort von seinem warmherzigen Blick vereinnahmt werde.

Ich sehe seine unbändige Liebe für mich, spüre sie mit jeder Faser meines Körpers. Mit einem spitzen Aufschrei gebe ich der aufgebauten Anspannung in mir nach und lasse mich unbesorgt ins Nichts fallen. Ein ausgedehntes Zittern durchrollt mich, während ich fest und sicher von meinem Mann gehalten werde.

Kurz darauf bezwingt auch er den Gipfel der Lust und pumpt schubweise sein warmes Sperma in mich.

Schwer atmend sehen wir einander an, streicheln uns zärtlich und kommen in einer engen Umarmung allmählich zurück ins Gleichgewicht. Ich fühle mich fantastisch, befreit und extrem lebendig. Ich bin schon lange nicht mehr bloß Zuschauer meines eigenen Daseins. Bin weder Roboter noch Marionette. Aktiv gestalte ich mein Leben, erforsche es, genieße es und vor allem: liebe es.

Enrico
Glossar!

Fernando
Echt jetzt? War nicht alles selbsterklärend? Ich habe mit Sofía noch einen wichtigen Termin …

Enrico
Wenn wir den Fokus auf die relevantesten Begriffe legen und jeder kurz ein, zwei erklärt, sind wir schnell durch.

Gabriele
Klingt vernünftig.

Sofía
Mexiko-Stadt: Geliebte Hauptstadt mit leider ein paar gravierenden Kriminalitätsproblemen.

Enrico
Beretta, Heckler & Koch, Smith & Wesson … tödliche Handfeuerwaffen aus Italien, Deutschland und den USA.

Fernando
Haha, als wäre man da jetzt nicht von allein drauf gekommen. 😂

Gabriele
Sorellina ist italienisch und steht für kleine Schwester. Klingt, finde ich, besser als die Bezeichnung Schwesterherz.

Enrico
Narcocorrido: mexikanischer Gangster-Rap, in dem der Lebensstil von Drogendealern verherrlicht wird. Sicario: Auftragsmörder.

Gabriele
Consigliere: Berater des Mafia-Oberhaupts, sprich des Dons.

Enrico
Santa Muerte oder La Santísima Muerte: Schutzpatronin des Todes, bewahrt bei Anbetung vor Unheil und behandelt dabei alle gleich. Egal, welche Sünden man begangen hat oder welchen Lebensstil man führt.

Sofía
Genau, und obwohl die katholische Kirche in Mexiko die Verehrung von Santa Muerte als Kult kritisiert, wächst die Fangemeinde. Vermutlich nicht zuletzt, weil die Todesgöttin eine Perspektive bietet, die vielen Menschen immer wichtiger wird – gerade, wenn Politik und Rechtsstaat versagen. Neben den Gläubigen aus unserer Branche sind es nämlich viele Frauen, die um Unterstützung beten, denn Gewalt an Frauen bleibt leider ein riesiges Problem.

Fernando
Süße, sollte irgendwer mal Hand an dich legen, wird er es für den Rest seines Lebens bereuen.

Gabriele
Für den Rest seines sehr kurzen Lebens …

Enrico
Dem ist nichts mehr hinzuzufügen.

Sofía
Danke, Jungs, ich liebe euch auch 🖤
Und wenn Du sie ebenfalls in Dein Herz geschlossen hast, freue ich mich darüber, zu lesen, wie dir Dein Besuch hier bei uns gefallen hat.

Der Wasser Mann

Claudia Daniels

Inhalt

Das Ehepaar Petri geht voller Vorfreude an Bord der *Blue Ocean*. Nach Monaten des Stillstandes startet endlich wieder die erste Kreuzfahrt.

Doch was dann geschieht, kann sich später keiner erklären. Das Motto der Reise: »Kreuzfahrt ins Nirgendwo« scheint sich auf schreckliche Weise zu bewahrheiten: Als die Reise beendet ist, fehlt von dem Ehepaar jede Spur.

»Wasser ist mein Element. Wenn ich könnte, würde ich Wein zu Wasser machen.« Kapitän Lehmann

Der Unfall, einige Monate zuvor

Die Landstraße lag dunkel vor ihm. Er fuhr völlig allein auf der unbeleuchteten Straße, weit und breit war kein anderes Fahrzeug zu sehen. Monoton schlängelte sich die Fahrbahn durch die triste Landschaft dahin, in langgestreckten Kurven.

Auf dieser Strecke gab es häufig schwere Unfälle, kam ihm in den Sinn. Die vermeintliche Weite lud zu hohem Tempo ein, doch die Kurven waren schlecht einsehbar. Am Straßenrand mahnten in regelmäßigen Abständen große Plakate die Fahrer, bitte das Tempo zu drosseln. Aufgrund der unübersichtlichen Streckenführung gab es mittlerweile in den Kurven ein Überholverbot.

Bei Tageslicht sah man die Holzkreuzchen am Wegesrand, teils schon verwittert, teils noch sehr neu.

Zu viele Tote hatte diese Strecke bereits gefordert. Immer wieder. Vollbesetzte Wagen, mit drei, vier, fünf Personen, meist sehr jung – tot.

Viele, viele Menschenleben hatte es gekostet, bis endlich das Tempolimit und das Überholverbot eingeführt worden waren.

Er sah auf den Tacho. Er fuhr langsam, wie immer, wenn er die Kinder dabei hatte. Dabei verlangte die freie Strecke förmlich danach, Gas zu geben. Er kannte den Weg in- und auswendig, die nächsten fünf Kilometer würde es so öde weitergehen. Aber – er hatte eben die Kinder dabei.

Und außerdem war die Familienkutsche, die er fuhr, wahrlich kein Rennwagen. Das Auto hatten sie erst vor zwei Monaten gekauft, gebraucht, in Knallrot.

»Wie ein Feuerwehrauto«, hatte sein Sohn begeistert gekräht, als sie es auf dem Parkplatz des Autohauses entdeckten, und damit war die Sache entschieden: Sie würden dieses auffällig rote Feuerwehrauto nehmen.

Er seufzte und tippte ungeduldig mit den Fingern auf dem Lenkrad herum. Es erforderte wirklich seine ganze Selbstbeherrschung, nicht aufs Gas zu drücken.

An jedem anderen Tag hätte er die Bundesstraße genommen – das wäre zwar ein paar Kilometer weiter gewesen und er wäre somit auch nicht eher daheim angekommen, aber er hätte zumindest schneller fahren *müssen.* Doch für den Abend war Schneeregen und Blitzeis angekündigt, und laut Radio waren dort jetzt die Streufahrzeuge unterwegs und blockierten den Verkehr.

Er tippte weiter mit den Fingern auf das Lenkrad und blickte dann in den Rückspiegel, um einen kurzen Blick auf die Kinder zu werfen. Elliot und Lilly rangelten miteinander.

»Vertragt euch«, rief er lustlos nach hinten, wurde aber gar nicht gehört.

Es war warm im Wagen, die Luft war mittlerweile stickig, und es roch durchdringend nach dem Hund der Vorbesitzer. Und es war laut. Das Radio lief, hinten kabbelten sich die Kinder, und nun fing auch noch sein Handy an zu dudeln. Es war seine Frau, Paulina, erkannte er mit einem Blick auf das Display, und fühlte sich noch genervter. Sie konnte sich doch denken, dass sie gerade im Auto saßen.

»Jetzt seid bitte ruhig.«

»Papaaa ... Lilly gibt mir nichts ab.«

»Lilly, gib deinem Bruder auch Gummibärchen.«

»Nein!«

»Papaaa ...«

»Muss ich euch das wegnehmen? Seid friedlich und vertragt euch.« Ein frommer Wunsch.

Er kniff die Augen zusammen, weil die Scheinwerfer eines entgegenkommenden Autos seine empfindlichen Augen blendeten.

Er war bei seinen Eltern zu Besuch gewesen, allein, Paulina hatte nämlich selbstlos verzichtet – vorgeblich. Er ärgerte sich darüber. Paulina mochte seine Eltern nicht, und die Pandemie diente ihr als willkommene Ausrede, seine Eltern gar nicht mehr zu besuchen.

»Fahr du allein mit den Kindern, je weniger Personen sich treffen, desto besser«, pflegte sie zu sagen.

»Wir sind doch sowieso ein Haushalt«, hatte er, wie so oft, entgegengehalten.

»Sei doch nicht so ignorant. Man soll die Kontakte einschränken, und daran halte ich mich.«

Selbstverständlich hatten sie seine Eltern auch seit Monaten kaum noch eingeladen.

»Das ist einfach zu gefährlich«, hatte Paulina immer behauptet. »Deine Eltern gehören in ihrem Alter zur Risikogruppe. Schlimm genug, dass du immer die Kinder mit zu ihnen nehmen willst. Mach, wenn du es nicht lassen kannst. Aber ich bleibe hier.«

Als wenn sich Paulina ernsthaft um die Gesundheit seiner Eltern sorgte, dachte er verdrossen und nahm den Fuß vom Gas, da er unwillkürlich beschleunigt hatte. Es war nun fast stockdunkel draußen. Paulina selbst hatte keine enge Verwandtschaft mehr. Ihre Eltern waren lange tot, und Geschwister oder Tanten gab es auch nicht.

Das Radio dudelte vor sich hin, hinten stritten die Kinder noch immer um die Süßigkeiten. Und wieder klingelte sein Telefon in der Freisprechanlage.

»Papaaa, jetzt sag Lilly endlich, sie soll mir was abgeben.«

»Lilly«, sagte er harsch.

Die Kleine begann zu weinen. Er stöhnte und trat nun doch fester aufs Gaspedal. Es wurde Zeit, dass sie nach Hause kamen. Die Kinder waren müde und überdreht. Wie immer hatte es bei seinen Eltern reichlich Kuchen und Süßigkeiten gegeben – wenn Paulina das wüsste, würde sie einen Mordsaufstand machen.

Lilly weinte noch lauter, weil er ihr keine Beachtung schenkte. Auch wenn dieses Weinen eher trotzig klang und mit Sicherheit nur gespielt war, berührte es sein Herz, wie immer, wenn seine kleine Prinzessin unglücklich war.

»Papaa«, krähte Elliot.

»Papaaa«, krähte Lilly.

»Gib heeer, Lilly.«

»Maaaan.«

Er nahm den Anruf an. »Ja.«

»Jannick?«, klang es aus dem Hörer. »Warum nimmst du nicht ab? Ich habe mehrmals versucht, dich anzurufen.«

Er stöhnte und umklammerte das Lenkrad fester.

»Jannick, wo seid ihr? Wann seid ihr zu Hause?«

»Papaaa.«

»Gib heeer, gib heeer.«

»Jannick?«

»Moment, Paulina«, sagte er genervt, dann drehte er sich halb im Sitz zurück. »Leute«, rief er nach hinten. »Jetzt seid mal einen Moment ruhig. Ich muss hier aufpassen.«

»Nicht, dass was passiert«, nörgelte es aus dem Telefon.

»Keine Sorge«, motzte er ungehalten.

»Wann seid ihr denn jetzt zu Hause?«, nörgelte es weiter. »Ich muss das wissen, wegen des Essens.«

»Wir sind in einer halben Stunde zu Hause, versprochen.«

Das Versprechen konnte er nicht einlösen. Eine halbe Stunde später waren sie tot.

Drei weitere Holzkreuzchen würden bald am Straßenrand stehen.

*

Eine Totenstille lag über der Szenerie. Wie in einem Gruselfilm. Hanno kam sich völlig allein vor auf dieser dunklen Landstraße. Er *war* allein. Nur er und dieses ... dieses völlig zerstörte *Ding* da hinten, das einmal ein Auto gewesen war.

Hanno war unfähig, sich zu bewegen. Wie festgefroren saß er in seinem Wagen und starrte durch die Windschutzscheibe nach vorne. Die Scheinwerfer seines SUVs beleuchteten das Grauen, das sich vor ihm auftat.

So beginnen Thriller, dachte er. Eine verlassene Straße, Dunkelheit, ein Unfall. Scheinwerfer im Nebel. Ein einsamer Mensch, der wider besseren Wissens aussteigt ... Eine tödliche Falle.

Dies jedoch war kein Film. Er hatte mit eigenen Augen gesehen, wie real der Unfall war. Wie real das Auto da von der Straße abgekommen und gegen den Baum geprallt war.

Er hatte noch nie zuvor einen schweren Unfall miterlebt. Er war kein Gaffer, und die wenigen Male, die er auf der Autobahn an einem Unglück vorbeigekommen war, hatte

er tunlichst weggeguckt. Sein Cousin war Rettungssanitäter und hatte ihm hin und wieder schauderhafte Details aus seinem Job erzählt. Wie grausam Unfallopfer oft zugerichtet waren. Eingeklemmte Autofahrer oder zerschmetterte Motorradfahrer.

Hanno saß noch immer hinter dem Lenkrad, unfähig, auszusteigen. Er hatte Angst, was ihn dort erwartete. Blut. Leichenteile. Abgetrennte Körperglieder. Alles war denkbar.

Er schluckte. *Ich kann nicht.* Vielleicht sollte er jetzt einfach weiterfahren, nach Hause, zu seiner Maybrit, die mit dem warmen Abendessen am gedeckten Tisch auf ihn wartete.

Er scheute sich, genauer zur Unfallstelle hinzusehen.

Ich kann da nicht hingehen.

Aber er musste. Man musste doch helfen. In Zeitlupe stieg er aus. Er stand nun vor seinem Auto. Noch einmal sah er sich um. Zu beiden Richtungen führte die Landstraße in die Dunkelheit, keine Scheinwerfer anderer herannahender Autos durchbrachen die Finsternis.

Zögerlich ging er auf den Wagen zu, der dort, zur Unkenntlichkeit zertrümmert, in jenem Baum verkeilt war, in den er fast ungebremst gedonnert war. Es war ein Familienwagen. Feuerrot, wie ein Feuerwehrauto. Nur die Rückleuchten brannten noch.

Sein Herz hämmerte hart. Er hatte gesehen, wie der Wagen von der Fahrbahn abgekommen und frontal in den Stamm der Eiche gekracht war.

Einem ersten Impuls nach hatte er einfach weiterfahren wollen. Er war der einzige Zeuge, kein anderes Fahrzeug weit und breit. Einfach nicht anhalten, nicht sehen, nicht hören, was sich dort Schreckliches ereignet hatte, Bilder, die er nie wieder aus dem Kopf bekommen würde ...

Niemand könnte ihn der unterlassenen Hilfeleistung bezichtigen, weil hier niemand *war.*

Er war schon an der Unfallstelle vorbei gewesen. Aber er hatte doch angehalten, gewendet, und war widerwillig zurückgefahren. Wie ferngesteuert. *Scheiße, oh, scheiße.*

Hilfe, ich muss Hilfe rufen, fiel ihm endlich ein.

Er tastete nach dem Handy in seiner Jackentasche. Mit tauben Fingern wählte er den Notruf.

»Es hat ... einen schweren Unfall gegeben.«

Wo?

»Auf ... auf der Landstraße, gleich vor dem Ortseingang Froschhügel.«

Wie viele Autos sind beteiligt?

Er schluckte. »Ein ... ein Auto.«

Wie viele Personen?

Er hatte keine Ahnung.

Wie viele Personen?

Scheiße. Er wollte sich das nicht angucken. »Ich erkenne einen Fahrer und ...« Er musste husten. »Und ... und hinten sind zwei ... zwei Kinder ... glaube ich ...«

Sind Sie verletzt?

»Ich? Nein, ich ... ich habe den Unfall nur gesehen.«

Ok. Bleiben Sie ruhig. Bleiben Sie dort. Wir kommen.

Das Handy fiel ihm aus der Hand zu Boden, er ließ es liegen. Er ging einen Schritt näher, traute sich noch immer nicht, genauer hinzusehen.

Er wollte das nicht sehen.

Nein, er würde jetzt einfach hier stehenbleiben und auf den Rettungsdienst warten, wie ihm befohlen worden war. Das, was er flüchtig aus den Augenwinkeln gesehen hatte, reichte ihm. *Das hat keiner überlebt.*

Da hörte er ein leises Wimmern.

Gott. Das Kind. Es lebte noch. Er starrte erschrocken auf das Wrack.

Das Wimmern war hauchzart.

Musste er erste Hilfe leisten?

Nein, ich kann das nicht. Ich kann da nicht hingehen.

Er konnte kein Blut sehen. Und da war bestimmt Blut, viel Blut.

Er wusste nicht, wie lange er wie benommen auf den Boden vor das Wrack starrte, während das Wimmern immer leiser wurde. Erst, als er die Sirenen der nahenden Rettung hörte, erwachte er aus seiner Starre. Es gelang ihm, die völlig verzogene, hintere Autotür zu öffnen, und er ging neben dem Kind in die Knie.

Jenna

Als Jenna zugesagt hatte, das Haus ihrer Nachbarn zu hüten, hatte sie mit einem kinderleichten Job gerechnet: Täglich die Post reinholen, den Hund versorgen, schnell im Haus nach dem Rechten schauen – und sich dann gemütliche Stunden in dem traumhaft schönen Garten machen. Leicht verdientes Geld, denn die Petris waren nicht knauserig.

Es war nicht das erste Mal, dass sie gebeten worden war, ein paar Tage auf Haus und Hund aufzupassen – allerdings noch nie so lange. Zwölf Tage würden die beiden fort sein. Auf einer *Kreuzfahrt*.

Die Kreuzfahrt würde zehn Tage dauern, zuvor würden die Petris zwei Tage in einem Quarantänehotel verbringen – angeblich war diese Kreuzfahrt auch zu Pandemiezeiten absolut sicher.

Jenna und ihr Freund Steffen bewohnten gegenüber eine winzige Mietwohnung, ohne Balkon oder Garten. Vier kleine Zimmer nur, und gerade in den Sommermonaten fiel einem dort die Decke auf den Kopf. Das Haus der Petris hingegen war riesig, der Garten beinahe parkähnlich.

Maybrit Petri hatte gesagt: »Fühl dich ganz wie zu Hause bei uns, Jenna. Ihr könnt gern den Garten nutzen. Grillen, schwimmen, wie ihr mögt.«

Und der Garten war wirklich toll, richtig verwunschen bepflanzt mit hohen, dichten Blühsträuchern und prachtvollen Stauden. Es summte und schwirrte und duftete dort. Statt eines gestutzten grünen Rasens gab es dort eine kniehohe Wildblumenwiese. Maybrit Petri war ein sehr naturverbundener Mensch. Es gab eine Loungeecke auf der Terrasse und eine Grillhütte am anderen Ende des Gartens.

Außerdem einen kleinen Schwimmteich mit einem romantischen Steg, in dem im Sommer die Frösche quakten.

Ja, Jenna hatte vor, dort viele schöne Stunden zu verbringen und die zwölf Tage weidlich auszunutzen. Steffen und sie könnten dort abends grillen, anschließend im Teich baden ...

Am Haus gab es noch eine Einliegerwohnung, die aber seit Monaten leer stand. Vormals hatte dort ein nettes, altes Ehepaar gewohnt, das aber nun in einem Pflegeheim untergebracht war. Offenbar hatten es die Petris nicht eilig, einen Nachmieter zu finden. Geld genug hatten sie ja, da kam es auf die Miete wohl nicht an.

Jenna spähte aus dem Küchenfenster hinüber zu den Petris. Das herrschaftliche Haus lag verlassen da, seit Maybrit und Hanno gestern abgereist waren. Keines der beiden Autos stand in der breiten Einfahrt, keine Maybrit, die im Vorgarten werkelte oder die marmorne Eingangstreppe abfegte, wie sonst jeden Tag.

Die Jalousien waren soeben hochgefahren – per Automatik, wie Jenna wusste. Maybrit hatte ihr erzählt, die Rollläden würden während ihres Urlaubs zu unterschiedlichen Zeiten hinauf- und hinabfahren, ganz so, als wären sie zu Hause. Sogar die Lampen und der Fernseher würden per Zeitschaltuhr an- und ausgehen, damit selbst nachts das Haus nicht unbewohnt wirkte.

»Guten Morgen.«

Jenna erschrak ein wenig, als Steffen hinter ihr in die Küche trat. Sie hatte den Frühstückstisch gedeckt, so dass er schon mal anfangen konnte.

Er nahm Platz und goss sich sofort Kaffee ein. »Willst du dich nicht setzen, Jenna?«

»Später. Ich muss erst zu den Petris.«

»Du willst jetzt schon rübergehen?«, fragte er erstaunt. »Frühstücke doch erst mal vernünftig.«

Jenna schüttelte den Kopf. »Der Hund muss gefüttert werden. Außerdem steckt die Morgenzeitung im Postkasten, die muss ich reinholen. Sonst sieht ja jeder sofort, dass die beiden nicht zu Hause sind.«

»Aha.«

Jenna zog sich ihre Fleecejacke über. »Was grinst du denn so?«

»Mir scheint, du kannst es gar nicht abwarten, dich dort im Haus umzusehen.«

»Bitte?«, sagte sie empört. »Denkst du etwa, ich will da drüben rumschnüffeln?«

»Nicht?«

»Nein«, sagte sie würdevoll. »So neugierig bin ich wirklich nicht.«

Er grinste nur weiter und griff nach einer Scheibe Brot. »Ich fang jedenfalls schon mal an.«

Jenna blieb noch einen Augenblick in der Tür stehen. »Die Kreuzfahrt ist bestimmt wahnsinnig teuer. Ich frage mich, wie sie sich das leisten können. Gerade jetzt, in dieser Krise. Wo ihre Branche doch seit Monaten keine Aufträge ausführen kann.«

»Haben sie die Reise nicht geschenkt bekommen?«, meinte Steffen und leckte sich einen Tropfen Marmelade vom Finger.

»Wie?« Davon hörte Jenna zum ersten Mal. »Geschenkt? Von wem?«

»Hanno war doch Unfallzeuge, erinnerst du dich?«

»Sicher.« Jenna verdrehte leicht die Augen. Die Story hatte sie schließlich unzählige Male gehört: Wie Hanno vor einigen Monaten als Ersthelfer an eine Unfallstelle

gekommen war. Ein schrecklicher Unfall, der eine ganze Familie ausgelöscht hatte. Nur die junge Mutter war zurückgeblieben. Maybrit hatte häufig davon gesprochen.

»Was hat der Unfall mit der Kreuzfahrt zu tun?«, fragte Jenna.

»Hanno erzählte mir kürzlich, dass die junge Mutter, diese Witwe, die beiden zu der Reise eingeladen habe.«

»Nein. Im Ernst?«

»Ja. Sie hat ihnen die Reise bezahlt. Zum Dank, weil Hanno ... na, weil er eben vor Ort war.«

»Das wusste ich ja gar nicht. Das hat Maybrit ja gar nicht erwähnt.« So war das also. Das war mal wieder typisch, dass Maybrit sie in dem Glauben ließ, sie hätten sich die Reise selbst finanziert. Ein Geschenk also, und was für eins! Die Kreuzfahrt mit dem Luxusdampfer *Blue Ocean* musste tausende von Euros kosten.

»War ja ein schrecklicher Unfall«, sprach Steffen kauend weiter. »Drei Tote. Zwei davon noch Kinder ...«

»Schlimm, ja ...« Jenna nickte nachdenklich. Die besagte Witwe war in den letzten Wochen immer mal wieder nebenan aufgekreuzt, das hatte sie beobachtet. Die arme Frau hatte wohl Anschluss gesucht. Einmal hatte Jenna gesehen, wie die Frau tatsächlich fast eine halbe Stunde im Wagen gewartet hatte, bis Maybrit und Hanno abends nach Hause gekommen waren. Die Ärmste. Aber sie hatte ja sonst niemanden mehr ... Maybrit hatte mal angedeutet, dass ihr die Besuche der Witwe langsam auf die Nerven gingen, aber abwimmeln mochte sie sie verständlicherweise auch nicht.

»Sie hat ihnen die Luxuskreuzfahrt also bezahlt?«, wiederholte Jenna. »So ein Glück muss man mal haben.«

»Glück? Als Glück würde ich das wirklich nicht bezeichnen. Dieser Unfall war grauenvoll. Und die Bilder, die Hanno seitdem im Kopf hat ... Er hat mir andeutungsweise erzählt, was an der Unfallstelle los war. Und man hat es ja auch in der Zeitung gelesen ...« Steffen stockte. »So etwas vergisst man nie wieder. Die Witwe ist ihm anscheinend unendlich dankbar, für ... für das, was er getan hat. Du weißt schon. Mit der Tochter ...«

»Ja, du hast recht.« Jenna bekam eine Gänsehaut. Maybrit hatte davon gesprochen, dass Hanno als Ersthelfer schier Übermenschliches geleistet hat. Sie selbst hätte das wohl nicht gekonnt. Allein die Vorstellung, drei Tote in einem zerschmetterten Auto ... Und dann auch noch die kleinen Kinder ...

Jenna verscheuchte die Gedanken daran und nahm den Haustürschlüssel der Petris vom Schlüsselboard. Langsam ging sie auf das Haus zu. Die Petris fuhren häufig übers Wochenende weg. Städtetrips, Wellnesstage, oder sie besuchten ihre zahlreichen Freunde. Jedenfalls vor Corona. In der letzten Zeit hatten die Aktivitäten der beiden natürlich abgenommen. Diese plötzliche Abstinenz musste ihnen unglaublich schwergefallen sein, mutmaßte Jenna, selten hatte sie ein so aktives Paar erlebt. Sie hatte den Eindruck, die beiden hielten es kaum in den eigenen vier Wänden aus. Vielleicht hielten sie es auch nur nicht allein miteinander aus, dachte sie hämisch. Vielleicht flüchteten sie vor der Zweisamkeit?

Es war jedenfalls mit der Zeit zur Gewohnheit geworden, dass sich Jenna während der Abwesenheit der Nachbarn um das Haus kümmerte. Als Dank gab es dann hinterher irgendein Mitbringsel, eine Schachtel edler Pralinen oder eine Flasche guten Wein.

Manchmal ärgerte sich Jenna über sich selbst. Wann immer Maybrit ihre Hilfe benötigte, und sei es noch so kurzfristig, stand sie parat. Sie hatte immer Zeit, einzuspringen, wenn die Petris mal wieder auf Tour gingen. Jenna und Steffen waren jedes Wochenende zu Hause, hatten keine Freunde außerhalb der Stadt, die sie hätten besuchen können, und für irgendwelche Kurztrips fehlte ihnen schlicht das Geld.

Wie gern würde sie einmal zu Maybrit sagen: »Oh, nächstes Wochenende? Tut mir leid, da kann ich mich nicht um euer Haus kümmern, da fahren wir nach Amsterdam.« Oder London. Oder Prag. Oder eines der anderen aufregenden Ziele, die Maybrit immer nannte.

Aber das war einfach nicht drin, schon gar nicht, seit Corona. Steffen arbeitete als Elektriker, und sie selbst arbeitete für ein paar Stunden in der Woche in einem Büro. So lange schon versprach man ihr, dass daraus eine Vollzeitstelle werden würde, aber dann kam Corona, und, tja ... Sie kamen über die Runden, Steffens Job bei einem kleinen Familienbetrieb war relativ sicher, aber große Sprünge konnten sie nicht machen, so lange ein zweites Vollzeitgehalt fehlte.

Jenna stand nun auf den marmornen Eingangsfliesen und nahm die Tageszeitung aus dem Briefkasten. Dann schloss die Haustür auf – sie hörte, wie sich die Bolzen der schweren Mehrfachverriegelung zurückzogen. Dieses Haus war gut gesichert. Sie nahm die Zeitung mit hinein und legte sie auf den kleinen Tisch im Eingangsbereich. Sofort war Bessy bei ihr und stupste mit der Nase an ihre Beine. Die Hündin hatte das Geräusch des Schlüssels gehört.

»Hallo, Süße.« Jenna beugte sich hinab und kraulte die Hündin, die sich sofort unter ihren Händen zu Boden warf. Bessy kannte sie schon von den unzähligen Wochenenden,

die sie sich bereits um sie gekümmert hatte. Bessy war eine friedliche, ruhige Labrador-Mischlingshündin, die unendlich dankbar war, dass Maybrit sie mit neun Jahren noch aus dem Tierheim geholt hatte.

Jenna richtete sich wieder auf. Im Haus war es kühl und ruhig und dunkel.

»Hast du Hunger?«, fragte sie leise, und fragte sich im selben Moment, warum sie denn flüsterte. Wie zur Antwort strebte Bessy mit wedelndem Schwanz vor ihr her in die Küche, wo ihr Fressnapf stand.

Um die Küche hatte sie Maybrit immer beneidet: Nagelneu, großzügig, viele helle Flächen und Edelstahlgeräte. Die Schränke und Laden hatten keine Griffe, sondern man musste sie nur leicht antippen, und schon schwebten sie wie durch Zauberhand lautlos auf. Auf der Kücheninsel in der Mitte des Raumes standen frische Kräutertöpfe. Auf der Arbeitsplatte stand ein Messerblock mit sündhaft teuren Messern. Daneben stand ein hochwertiger Kaffeevollautomat, der im Handumdrehen die leckersten Kaffeespezialitäten wie aus dem Café zubereitete.

Wie immer wirkte diese Küche wie aus dem Hochglanzkatalog, Maybrit ließ nie etwas herumstehen, und nach jeder Nutzung wurde die Spüle wieder blankpoliert. Fingerabdrücke suchte man auf den glänzenden Oberflächen vergeblich.

Jenna füllte Bessys Futternapf und gab ihr frisches Wasser.

Die Küche ging direkt ins Wohnzimmer über, das so groß war, wie Jennas gesamtes Erdgeschoss. Es war schnörkellos eingerichtet, mit einer weißen Wohnlandschaft, hellen Fliesen und fast unsichtbaren, deckenhohen

Wandschränken. Auf dem Sofa lagen ein paar edle Kissen in dezenten Farben, die einzigen Farbtupfer in diesem Raum.

Jenna hätte sich gemütlicher eingerichtet. Man fühlt sich hier wie in einer Ausstellung, dachte sie, während sie langsam durch den Raum schlenderte.

Sie fand es zu kalt, zu steril, zu unbewohnt. Sie selbst hätte warme Holzmöbel angeschafft, bunte Teppiche hingelegt und farbenfrohe Bilder an die kahlen Wände gehängt.

Ihr Blick fiel wieder auf den Kaffeevollautomaten.

»Bedien dich ruhig«, hatte Maybrit gesagt, und sie überlegte tatsächlich, ob sie sich einen Café Crema machen sollte. Nein, später vielleicht.

Neben der Küche befand sich ein Abstellraum. Auf einem Regal standen Dutzende Saftflaschen. Jenna nahm eine davon in die Hand – Apfelsaft, naturtrüber Apfelsaft, aus der Privatkelterei aus dem Nachbarort. Dieser Saft wurde in ausgewählten Läden sehr teuer verkauft. Er sah allerdings nicht sehr appetitlich aus – in der Glasflasche war die Flüssigkeit dunkelgelb und trübe. Es mussten an die dreißig Flaschen hier stehen. Merkwürdig. An allen Flaschenhälsen baumelte ein kleines Kärtchen.

Neugierig klappte Jenna eines davon auf, darauf stand »Vielen Dank, Paulina«.

Jenna klappte noch ein paar weitere Kärtchen auf. Überall »Vielen Dank, Paulina«.

Diese Paulina musste aber verdammt dankbar sein, bei so viel Saft, dachte Jenna belustigt.

Paulina, Paulina ..., überlegte sie dann. Der Name sagte ihr was. Maybrit hatte ihn mal erwähnt, oder?

Langsam ging sie die Treppe hinauf ins Obergeschoss. Hier war sie noch nie gewesen. Wenn sie übers Wochenende mal das Haus gehütet hatte, hatte es nie einen Grund gegeben, hier hochzugehen. Und bei Besuchen hatte Maybrit sie immer im Wohnzimmer oder im Garten empfangen.

Jetzt aber wollte sie sich das Obergeschoss endlich mal ansehen. Sie dürfe sich frei im Haus bewegen, das hatte Maybrit selbst gesagt. Nur bitte nicht ins Schlafzimmer gehen.

Jenna rümpfte die Nase. Also bitte. Was dachte Maybrit denn?

Sie würde natürlich nicht herumschnüffeln, wie Steffen ihr vorgeworfen hatte. So eine war sie nicht. Aber sie musste eben überall nach dem Rechten sehen, das lag schließlich in ihrer Verantwortung. Vielleicht war hier oben ein Fenster nicht geschlossen worden, oder es gab hier noch Blumen zu versorgen, die Maybrit vergessen hatte zu erwähnen.

Der Flur im Obergeschoss lag dunkel vor Jenna, da sämtliche Türen zu den Zimmern geschlossen waren.

Sieben Türen, zählte sie. Es war ein großes Haus. Es roch eine Spur unangenehm, nach irgendeinem aufdringlichen Raumduft.

Jenna zögerte einen Moment, ehe sie vorsichtig die erste Tür zu ihrer Rechten öffnete. Das musste eines der Gästezimmer sein, wusste sie, denn es lag zur Straße hin, und manchmal, wenn die Petris Besuch hatten, konnte sie die Besucher am Fenster sehen.

Jenna betrat den Raum und sah sich um. Viel gab es nicht zu sehen: ein Doppelbett, einen Kleiderschrank, einen Beistelltisch mit zwei Stühlen. Keine Blumen. Sie öff-

nete den Kleiderschrank, einfach nur so. Er war – bis auf ein paar alte Winterjacken von Maybrit und Hanno – leer. Auch die Nachttischchen waren leer. Nun ja.

Sie verließ den Raum und öffnete die nächste Tür. Das müsste das Badezimmer sein. Maybrit sprach häufig davon, wie unpraktisch das Bad sei, zu wenig Abstellfläche, zu viele Glasflächen ...

Jetzt betrat Jenna den Raum und schnappte unwillkürlich nach Luft. Oha. Sieh an. Das »unpraktische« Bad war riesengroß. Eine ebenerdige Dusche mit einer Glaswand, ein breiter Waschtisch mit zwei separaten Waschbecken. Eine große Badewanne. Ein Handtuchwärmer. Und ein überdimensionaler Spiegelschrank. Die Badteppiche waren sauber und flauschig. Sie nahm das Badesalz und schnupperte. Lavendel mit Meersalz. Pardon, *Fleur de Sel.*

Dann öffnete sie den Spiegelschrank. Teure Kosmetikprodukte standen dort, Produkte, die Jenna nur aus der Parfümerie kannte. Solch ein Tiegel Tagescreme kostete annähernd hundert Euro, das wusste sie. Sie öffnete den edlen Glastiegel und nahm etwas von der Creme heraus. Sie verschmolz beim Verteilen förmlich mit ihrem Gesicht und duftete herrlich. Jenna konnte sich nur simple Cremes aus der Drogerie leisten.

In einem separaten Wandschrank bewahrte Maybrit ihre Kosmetik auf. Wieder ausschließlich Luxusprodukte. Jenna nahm die Tübchen und Fläschchen in die Hand. Wahnsinn. Dann begann sie, sich zu schminken. Erst dieser Luxus-Primer, um die Haut zu verfeinern. Wahnsinn, die Poren verschwanden tatsächlich. Dann Make-up. Wie samtig es war, und wie leicht es sich verteilen ließ ... Jenna benutzte den eiförmigen Schwamm, den sie in einer Dose gefunden hatte. Sie bestaunte ihr Gesicht. Wie ebenmäßig es plötzlich war. Nur noch etwas Lippenstift, und einmal mit der

Puderquaste über die Wangenknochen ... Schweren Herzens ließ sie dann von den restlichen Produkten ab und verließ das Bad. Hinter der nächsten Tür befand sich das zweite Gästezimmer. Nächste Tür, das Gästebad. Das dritte Gästezimmer. Dann ein Arbeitszimmer. Und die letzte Tür. Das Schlafzimmer. Aber hier durfte sie ja nicht hinein ... Wirklich, das hätte Maybrit gar nicht explizit erwähnen müssen.

Dennoch legte Jenna die Hand auf den Türgriff. Einen kurzen Blick hineinzuwerfen war doch wohl erlaubt. Nur gucken, ob alles in Ordnung war, und Maybrit nicht etwa vergessen hatte, ein Fenster zu schließen ...

In dem Moment meldete sich Jennas Handy mit dem typischen Vogelgezwitscher.

Ihre Hand zuckte von der Klinke zurück und sie holte das Handy aus der Hosentasche.

Maybrit. Als hätte die Nachbarin gespürt, dass Jenna gerade in das verbotene Zimmer gucken wollte.

Irrsinnigerweise wurde Jenna rot, weil sie sich ertappt fühlte. Gab es hier etwa doch versteckte Kameras im Haus? Diese Vorstellung hatte sie beschlichen, als sie durch das Haus gewandert war. Vielleicht steckten irgendwo winzigkleine Kameraaugen, die alles, was hier im Haus geschah, live auf die Handys der Petris übertrugen. Aber nein. Das war ja absurd.

Das Handy zwitscherte weiter, und Jenna begann, sich zu ärgern. *Schon wieder Maybrit?*

Seit der Abreise hatte Maybrit schon mehrmals angerufen. Erst gestern Abend noch hatte Maybrit angerufen, um Jenna darauf hinzuweisen, dass sie im Kühlschrank verderbliche Lebensmittel vergessen hatten, die Jenna doch bitte herausnehmen möge. Sie könne sie selber essen oder wegwerfen. Danach hatte sie noch einmal angerufen, um

ihr zu erklären, wo der Schlüssel für das kleine Gartenhäuschen lag, in dem die Mülltonnen standen. »Sei so gut, und stell die Mülltonnen an die Straße, ja? Das habe ich vergessen, zu sagen.«

Ehrlich gesagt war Jenna schon eine Spur genervt. Hielt Maybrit sie denn für blöd? Waren das Kontrollanrufe?

Jetzt, wo sie Maybrits Namen auf dem Display blinken sah, legte sie das Handy einfach auf die Flurkommode vor sich und verschränkte die Arme.

Sie würde Maybrit ein wenig schmoren lassen. Es fiel ihr schwer, denn eigentlich war sie ein höflicher Mensch, aber was zu viel war, war zu viel.

Endlich hörte das Gezwitscher auf. Jenna betrachtete sich im Spiegel über der Kommode. Seit ihrer Jugend trug sie ihre Haare lila gefärbt. Früher richtig knallig, mittlerweile war der Farbton nur noch ein dezenter Stich ins Rosa – aber für konservative Personen wie Maybrit war es immer noch ›ausgeflippt‹. Jennas unkonventionelles Äußeres hatte bei Maybrit anfangs zu Zurückhaltung geführt. Jenna war Vorurteile ihrer Person gegenüber gewohnt, konnte die meisten Menschen durch ihr offenes Wesen jedoch schnell für sich gewinnen. Auch Maybrits Reserviertheit war mit der Zeit zurückgegangen, aber Freundinnen waren sie nie geworden. Dazu waren sie einfach zu verschieden.

Das Handy begann, erneut zu zwitschern, und seufzend nahm Jenna den Anruf an. Sonst würde Maybrit wohl nie aufgeben.

»Guten Morgen, Jenna. Hier ist Maybrit.«

»Ach, Hallo.«

»Ich wollte nur hören, ob soweit alles in Ordnung ist.«

»Ja, klar.« Jenna ließ ein falsches Lachen erklingen.

»Wie geht es Bessy?«

»Gut. Sie frisst, wir gehen gleich spazieren. Mach dir keine Sorgen.«

»Nein, nein, das mache ich nicht. Bei dir weiß ich sie ja in guten Händen.« Maybrit lachte etwas zu hoch.

Jenna wartete. Und richtig.

»Eine Sache noch, Jenna«, fuhr Maybrit hastig fort. »Ich hatte ganz vergessen, zu erwähnen, dass ich noch ein Paket erwarte. Wärst du so freundlich, es anzunehmen? Es müsste heute oder morgen geliefert werden.«

»Aber natürlich.« Jenna verdrehte die Augen. Der Paketbote würde ohnehin bei ihr klingeln, wenn er nebenan niemanden antraf. Das tat er nämlich immer. Jenna hatte schon unendlich viele Pakete für die Nachbarn angenommen, weil diese um die Mittagszeit, wenn die Post bei ihnen vorbeikam, selten zu Hause waren. Maybrit bestellte gern alles Mögliche online, vor allem Klamotten, wie Jenna an den Aufschriften der Pakete erkannt hatte.

»Und? Wie gefällt es euch bislang?«, fragte sie höflich.

»Wir sind ja noch im Quarantänehotel, aber es ist sehr luxuriös hier, das muss ich sagen. Morgen geht es dann endlich an Bord, wir sind schon richtig gespannt!«

»Wie schön.« Jenna verdrehte die Augen.

»Also, dann noch einen schönen Tag dir. Bis dann, Jenna.«

»Bis dann, Maybrit.«

Jenna legte auf und ging zurück ins Wohnzimmer. Auf dem Couchtisch lag ein Hochglanzkatalog der *Blue Ocean*. Gut sichtbar. Jenna war sich sicher, dass Maybrit ihn absichtlich dort platziert hatte, damit Jenna ihn fand. Und durchblätterte. Was sie nun auch tat. Bei den Preisen stockte ihr der Atem.

Bitte? So teuer war eine Kabine? Sie hatte zwar gewusst, dass die *Blue Ocean* ein Luxusschiff war, aber mit diesen Preisen hatte sie nicht gerechnet. Wer gab denn so viel Geld für eine Kreuzfahrt aus. Das war ja ... absurd. Das waren mehrere Monatsgehälter von Steffen. Zehn Tage in einer Außenkabine kosteten ... du meine Güte.

Und dann bekamen die beiden diese Reise einfach geschenkt. Geschenkt!

Hanno war als Ersthelfer einfach zur richtigen Zeit am richtigen Ort gewesen, dachte Jenna, ehe ihr aufging, wie zynisch das war.

»Warst aber lange weg dafür, dass du nur Post reinholen und den Hund füttern wolltest«, sagte Steffen, als sie zurückkam. Er hatte sein Frühstück inzwischen beendet und würde in Kürze zur Arbeit aufbrechen.

»Ich war noch mit Bessy im Garten«, log Jenna.

»Hast du dich geschminkt?«, frage Steffen stirnrunzelnd.

»Was? Nein?« Knallrot wandte sie ihr Gesicht ab und lenkte schnell ab: »Sagt dir der Name Paulina was?«

»Nein. Sollte er? Wie kommst du darauf?«

»Ach, nur so ...« Sie würde sicher nicht zugeben, dass sie bei den Petris ein wenig in den Schränken gestöbert hatte und die Saftflaschen gefunden hatte.

»Die Witwe heißt glaube ich Paulina«, sagte Steffen da.

»Welche Witwe?«

»Na die arme Frau, die bei dem schweren Autounfall ihre Familie verloren hat. Die heißt Paulina, meine ich.«

»Ach so ...« Stimmt, dachte Jenna nun. Jetzt konnte sie den Namen wieder zuordnen. Die Witwe. Paulina irgendwas.

*

Zwölf Tage später. Jenna hatte einen Strauß frische Tulpen gekauft und sie im Wohnzimmer auf den Couchtisch gestellt, als kleinen Willkommensgruß.

Endlich, *endlich*, würden Maybrit und Hanno zurückkommen. Maybrit hatte täglich vom Schiff aus angerufen und sich nach dem Rechten erkundigt. Täglich! Manchmal sogar morgens *und* abends. Am Ende war Jenna schon genervt zusammengezuckt, wenn das Telefon geklingelt hatte.

Aber heute würden die beiden endlich zurückkommen. Das Schiff musste bereits angelegt haben. Vielleicht saßen sie schon in der Bahn.

Jenna war noch einmal mit der Gießkanne herumgegangen und hatte allen Topfblumen noch einen Schluck Wasser gegeben, damit die Erde feucht war, falls Maybrit mit dem Finger nachfühlen würde. Sie sollte auf jeden Fall merken, dass Jenna sich gekümmert hatte. Auch Bessys Näpfe waren frisch gespült, die Decke im Hundekörbchen ausgeschüttelt.

Jenna öffnete die Terrassentür weit, um noch einmal frische Luft ins Wohnzimmer zu lassen – damit das Haus nicht abgestanden roch. Dann sah sie sich kritisch um. Kurz war sie versucht, noch den zwölf Tage alten Staub wegzuwischen, der sich im Sonnenlicht deutlich auf den Wohnzimmermöbeln abzeichnete. Aber, das wäre wohl übertrieben.

Es war jetzt elf Uhr morgens. Über eine genaue Uhrzeit, wann die Petris zurückkehren würden, hatten sie gar nicht gesprochen. Jenna rechnete damit, dass irgendwann am Nachmittag das Taxi vorfahren würde.

Erneut sah sie sich kritisch um. War alles ordentlich? Konnte sie sonst noch etwas tun? Sie war bereits eine große Runde mit Bessy spazieren gegangen.

Der Grillplatz im Garten war auch wieder gereinigt, nachdem Steffen und sie dort an mehreren Abenden gegrillt hatten.

Noch einmal guckte sie in den Postkasten, ob sie nicht irgendwelche Post übersehen hatte. Tatsächlich lag nun ein Faltblatt der örtlichen Pizzeria im Kasten. Sie nahm den Zettel und legte ihn auf den Stapel mit der Werbung. Sie hatte die Post ordentlich in drei Stapel aufgeteilt: Auf dem ersten, dicksten Stapel lagen die Tageszeitungen, auf dem zweiten Stapel lagen normale Briefe, und auf dem dritten lagen Werbebroschüren. Alles Kante auf Kante. Maybrit sollte sehen, wie gewissenhaft Jenna war.

Alles war in Ordnung, alles war für die Rückkehr bereit – eigentlich. Jenna überlegte, dann ging sie noch einmal ins Obergeschoss. Nachdenklich blieb sie vor der Schlafzimmertür stehen. Der Geruch war ihr heute Morgen erstmals aufgefallen.

»Geh bitte nicht ins Schlafzimmer.«

Nein, sie wollte wirklich nicht herumschnüffeln, aber ... Dieser süßliche Geruch ... Der kam eindeutig von hier. Eben hatte sie unten am Türspalt geschnuppert. Eindeutig, ja. Man wusste doch, was ein süßlicher Geruch bedeuten konnte. Verwesung. Ihr lief ein kleiner Schauer den Rücken hinunter. Vielleicht lag dort ein totes Tier. Eine Maus oder Ratte oder so.

Bis heute hatte sie die Schlafzimmertür nicht geöffnet, aber bis heute hatte es auch keinen Grund dazu gegeben.

Unschlüssig verharrte sie vor der Tür. Das Haus befand sich in ihrer Obhut, also musste sie hier im Schlafzimmer nach dem Rechten sehen. Oder nicht?

Sie bekam eine Gänsehaut, dann drehte sie sich um und ging wieder nach unten.

Was auch immer dadrin lag, es war ihr egal. Die Petris kamen ja heute zurück, und dann sollten sie sich selbst darum kümmern. Jenna wollte sich nicht nachsagen lassen, sie hätte *doch* herumgeschnüffelt.

Außerdem hatte sie keine Lust, irgendeinen Tierkadaver zu beseitigen. Zumal ihr ja verboten war, das Zimmer zu betreten. Schulterzuckend ging sie heim.

Während Jenna ihre eigene Hausarbeit erledigte, hörte sie mit einem Ohr immer auf die Türklingel. Sie rechnete damit, dass Maybrit sich sofort zurückmelden würde, sobald sie wieder da waren. Das tat sie immer. Noch ehe Hanno das Gepäck ins Haus gebracht hatte, kam Maybrit schon rüber, mit ihrem Präsent, und erzählte erst einmal ausführlich, wie toll der Urlaub oder Kurztrip gewesen war, um sich im gleichen Atemzug über diverse Dinge auszulassen, die ihr nicht gefallen hatten.

Heute jedoch klingelte niemand an der Tür.

Um sieben Uhr abends kam Steffen von der Arbeit und fand Jenna am Herd vor, wo sie grübelnd in der Gemüsepfanne rührte.

»Hey, Schatz.« Er umarmte sie flüchtig. »Riecht lecker.«

Als sie keine Antwort gab, musterte er sie fragend. »Was ist los?«

»Die Petris sind noch nicht wieder da.«

»Sollten sie heute zurückkommen?«

»Ja.«

»Dann kommen sie wohl erst heute Abend. Oder in der Nacht.«

»Ich meine, Maybrit hätte gesagt, sie seien nachmittags zurück.«

»Viele nutzen ihren letzten Urlaubstag gründlich aus.«

»Ja, wird wohl so sein.«

Als Jenna um halb zwölf ins Bett ging, warf sie ein letztes Mal einen Blick hinüber zum Nachbarhaus. Die Petris waren noch immer nicht zurück. Das Haus lag still im Dunkeln, die automatischen Jalousien waren längst heruntergefahren.

»Ich bin mir sicher, dass sie heute zurückkommen sollten«, sagte sie vor sich hin. Komisch. Bis spät abends hatte sie immer wieder aus dem Fenster gesehen, ob nicht bald ein Taxi vorfahren würde. Nein, nichts.

»Dann kommen sie eben morgen, Schatz.« Steffen gähnte und zog sich die Bettdecke bis zu den Ohren.

*

Als Jenna am nächsten Morgen aufwachte, fast eine Stunde früher als sonst, stand sie sofort auf und ging zum Schlafzimmerfenster, um das Rollo hochzuziehen. Sie hatte direkten Blick auf die Küche und die Schlafzimmer der Nachbarn. Nirgendwo brannte Licht.

Sie hatte gehofft, dass die Petris vielleicht spät in der Nacht noch zurückgekommen waren. Vielleicht hatten sie im Stau gestanden. Aber nein. Das Haus lag dunkel und unbewohnt da, noch immer. Keinerlei Anzeichen, dass jemand zurückgekehrt war.

Andererseits, wenn sie tatsächlich spät zurückgekommen sein sollten, dann schliefen sie vermutlich noch. Natürlich brannte dann kein Licht.

Jenna legte sich wieder in ihr Bett, nur um zehn Minuten später wieder aufzustehen. Sie konnte nicht mehr schlafen. Stattdessen checkte sie ihr Handy. Keine Nachricht von Maybrit.

Sie frühstückte, dann ging sie rüber, um Bessy zu versorgen. Erst am Abend sah sie wieder zu den Nachbarn. Da sie den ganzen Tag unterwegs gewesen war, hatte sie nicht gesehen, ob die Petris zwischenzeitlich zurückgekommen waren.

Sie ging hinüber und klingelte. Nichts tat sich. Der Flur lag dunkel hinter dem kleinen Fenster. Sie hörte Bessy winseln.

Nein, sie hatte die Ankunft nicht verpasst. Die Petris waren tatsächlich noch nicht zurück. Jenna versorgte Bessy und ging mit ihr eine Runde spazieren.

»Immer noch nicht wieder da?«, fragte Steffen später.

»Nein«, seufzte Jenna.

»Dann hast du etwas falsch verstanden. Vielleicht sind es nicht zwölf, sondern vierzehn Tage.«

»Ich bin mir aber sicher ...« Jenna brach ab. War sie tatsächlich sicher? Zwölf Tage? Je länger sie darüber nachdachte, je unsicherer wurde sie. Vielleicht hatte sie tatsächlich nicht richtig hingehört. Oder Maybrit hatte sich ganz einfach vertan.

»Ist doch egal, Schatz.« Steffen hatte ihr wechselndes Mienenspiel beobachtet. »Kommen sie heute nicht, kommen sie morgen.«

Um elf Uhr abends ging Jenna nochmals rüber – es ließ ihr einfach keine Ruhe. Sie blätterte durch den Kreuzfahrtkatalog, bis sie die fragliche Reise fand, die Maybrit und

Hanno gebucht hatten. Vom Datum her kam nur eine Reise in Frage: »Kreuzfahrt ins Nirgendwo.« Zwölf Tage, eindeutig. Die Reise war gestern zu Ende gegangen.

*

Am nächsten Morgen war Jenna stinksauer. Auch in dieser Nacht waren die Petris weder zurückgekommen, noch hatten sie sich gemeldet. So etwas Rücksichtsloses, mal ehrlich.

»Sie hätte wenigstens Bescheid sagen können«, sagte sie ärgerlich beim Frühstück und sah durch das Küchenfenster auf die leere Einfahrt der Nachbarn, auf der noch immer kein Wagen stand. »Ich finde es unverschämt, mich so im Unklaren zu lassen und einfach davon auszugehen, dass ich mich schon weiter um Bessy und das Haus kümmern werde.«

»Ja, nett ist das wirklich nicht«, stimmte Steffen ihr zu und biss unbekümmert in sein Brötchen.

»Jeden Tag hat sie mich in den letzten zwei Wochen angerufen«, schimpfte sie weiter. »Manchmal morgens *und* abends! Richtig genervt hat sie. Und jetzt? Keinen Ton lässt sie von sich hören.«

»Vielleicht sitzen sie jetzt gerade in der Bahn.«

»Hm.« Jenna löffelte ihr Frühstücksei, ohne wirklichen Genuss. Schließlich legte sie den Löffel beiseite. »Ich ruf da jetzt an.«

»Wo?«

»Na, Maybrit.« Sie griff nach ihrem Handy und wählte die Nummer von Maybrit. »Das hätte ich längst tun sollen, dann hätte ich nicht tagelang herumgerätselt. Aber ich wollte nicht aufdringlich erscheinen.«

Sie lauschte in das Gerät und legte sich gedanklich schon mal die Worte zurecht, die sie Maybrit an den Kopf werfen würde. Doch daraus wurde nichts.

»Das Handy ist aus.« Sie sah Steffen mit gerunzelter Stirn an.

»Viele Leute stellen ihr Handy im Urlaub aus.«

»Maybrit nicht. Während der Reise hat sie mich so oft angerufen! Ständig! Und jetzt plötzlich kommt gar nichts mehr.«

»Vielleicht sind sie gerade in einem Gebiet, wo es keinen Handyempfang gibt. Schließlich sind sie vermutlich auf See.«

»Die Reise ist zu Ende.« Jenna knallte ihr Handy auf den Tisch. Das Frühstücksgeschirr klapperte. »Ich will wissen, was da los ist.«

»Jenna ... Sie sind dir doch keine Rechenschaft schuldig.«

»Ach nein? Dass sie später kommen, geht mich – die sich Tag für Tag um das Haus und den Hund kümmert – nichts an?«

»Sie wird sich schon noch melden.«

»Ja. Bestimmt.« Grübelnd starrte Jenna aus dem Fenster hinüber zum Nachbarhaus. Vielleicht hatte sie sich doch vertan. Etwas falsch verstanden. Irgend ein dummes Missverständnis, über das sie hinterher lachen würden.

»Maybrit hängt so sehr an dem Hund«, murmelte sie. »Es ist einfach komisch, dass so gar nichts von ihr kommt. Nicht mal eine Erkundigung, wie es Bessy geht. Vorher hat sie mich richtig damit genervt.« Sie sah Steffen hilflos an. »Was soll ich denn jetzt machen?«

»Abwarten«, sagte Steffen lakonisch. »Vielleicht haben sie noch eine Woche Urlaub drangehängt.«

*

Eine Woche später, und noch immer keine Spur von den Petris. Tag für Tag war Jenna rübergegangen, hatte die Hündin gefüttert und mit ihr weite Spaziergänge unternommen.

Die Tulpen auf dem Couchtisch verloren inzwischen die Blütenblätter, und Jenna entsorgte sie frustriert in den Biomüll.

Dutzende Male hatte Jenna versucht, Maybrit anzurufen, aber das Handy war nach wie vor aus.

»Da stimmt doch was nicht.« Jenna bemühte sich um einen sachlichen Tonfall, da Steffen inzwischen schon genervt reagierte, wenn sie das Gespräch mal wieder auf die Petris brachte. »Ausgemacht waren zwölf Tage. Jetzt sind sie bald drei Wochen weg.«

»Jenna ...«

»Da stimmt etwas ganz und gar nicht. Das musst du zugeben.« Jenna friemelte nervös an ihren Haaren, während sie, wie so oft, durch das Küchenfenster auf das leblose Nachbarhaus starrte. Mittlerweile war es schon ihr Stammplatz geworden, hier, in der Küche, hinter dem Fenster. »Es muss was passiert sein. Maybrit hätte sich doch mit mir in Verbindung gesetzt, wegen Bessy.«

»Ja, nun ...« Steffen nickte uninteressiert. »Das mit dem Hund ist wirklich komisch. Aber ich bin nach wie vor der Ansicht, dass ihr vielleicht aneinander vorbeigesprochen habt. Dass du das Datum der Rückkehr einfach falsch verstanden hast.«

»Im Katalog steht eindeutig, dass die Reise letzte Woche beendet war.«

»Dann machen sie vielleicht eine andere Reise, als du denkst.«

Sie schnaubte empört: »Hältst du mich für blöd? Sie haben diese ›Kreuzfahrt ins Nirgendwo‹ gebucht, mit der *Blue Ocean* – das weiß ich ganz genau.«

»Ins Nirgendwo ...« Steffen kicherte. »Da hast du es. Nirgendwo.«

»Ich finde das nicht mehr lustig.« Seufzend setzte sie sich neben ihn an den Tisch und stützte den Kopf in die Hände. »Maybrit hat in den ersten Tagen ständig angerufen und sich nach Bessy erkundigt. Manchmal sogar zweimal am Tag! Und jetzt – nichts mehr.«

»Ja, wahrscheinlich, weil du sehr genervt auf ihre Anrufe reagiert hast.«

»Hab ich nicht.«

»Hast du wohl, ich habe es doch ein paar Mal mitbekommen.«

»Ich kam mir eben kontrolliert vor ...« Jenna starrte vor sich hin. »Aber umso komischer, dass jetzt gar nichts mehr von ihr kommt. Vielleicht sollten wir die Polizei informieren.«

»Die Polizei? Mach dich doch nicht lächerlich.«

»Hast du eine bessere Idee? Stell dir vor, wir würden aus dem Urlaub nicht zurückkehren, und kein Mensch würde sich darum scheren. Es kann weiß Gott was passiert sein.«

»Also gut«, sagte Steffen versöhnlicher. »Hat sie dir denn keine Telefonnummer genannt, an die du dich im Notfall wenden kannst? Eine Freundin? Schwester?«

»Nein. Ich habe keine andere Kontaktadresse. Maybrit hat keine Verwandtschaft mehr, und mit den Eltern von Hanno versteht sie sich ja so gar nicht ... Aber ich könnte mal nachschauen, ob ich ein Adressbuch finde.«

»Bitte, Jenna. Bevor du da rumschnüffelst ... Warte doch einfach noch ein paar Tage ab. Ich finde, du machst dir viel zu viele Gedanken. Polizei ... Du bringst dich nur in Verlegenheit. Vor allem, wenn du nun auch noch anfängst, irgendwelche Leute aus deren Adressbuch zu kontaktieren.«

»Du hast recht.« Jenna sah wieder aus dem Fenster zum Nachbarhaus. Still und verlassen, seit so vielen Tagen schon. »Dennoch. Wo bleiben sie?«

*

Am Abend passierte endlich etwas. Als Jenna ihren üblichen Rundgang durch das Haus machte, sah sie, dass der Anrufbeantworter blinkte.

Das Licht jagte ihren Puls sofort in die Höhe.

Jemand hatte angerufen. Sie verharrte mit den Fingern über dem Knopf. Sollte sie die Nachricht abhören? Nein, sie konnte unmöglich einen fremden Anrufbeantworter abhören. Sie zog die Hand zurück.

Unschlüssig sah sie auf das Gerät. Nur ein Anruf. Kein Grund, sich so aufzuregen. Das konnte weiß Gott wer sein. Eigentlich war es doch eher verwunderlich, dass die ganzen

Tage zuvor *kein* Anruf eingegangen war. Die Petris lebten doch gar nicht so zurückgezogen. Andererseits, wer benutzte heute schon noch Festnetz, es ging doch alles über Handys.

Trotzdem blinkte hier und jetzt das Licht.

Was, wenn es Maybrit war? Quatsch, warum sollte Maybrit denn ihren eigenen Anrufbeantworter anrufen?

Jenna kaute unsicher auf ihren Lippen. Dann überwog die Neugier. Es war ihre Aufgabe, das Haus zu hüten, Maybrit und Hanno hatten ihr die Verantwortung übertragen. Und dies war eine ungewöhnliche Situation. Vielleicht hatte der Anrufer eine Mitteilung, die *sie* hören musste.

Sie drückte die Starttaste und das Band lief. Es war nur ein Anruf darauf.

»Hallo Maybrit. Lucy hier. Sag mal, seid ihr nicht schon zurück? Hab noch nichts von dir gehört. Meld dich doch wegen des Abschiedsgeschenks für René, wir müssen dringend planen. Ciao.«

Lucy schien eine Freundin zu sein, oder Arbeitskollegin. Auf jeden Fall jemand, der Maybrit ebenfalls vermisste. Und diese Nachricht bedeutete: Maybrit und Hanno hätten tatsächlich schon zurück sein sollen.

Ich habe mich nicht mit dem Datum vertan.

Jenna notierte sich die Telefonnummer dieser Lucy, um sie zurückzurufen.

Nur, was sollte sie sagen?

Hallo Lucy, ich habe den Anrufbeantworter abgehört, in Maybrits Haus? Machte sie sich damit nicht total lächerlich? War es nicht absolut unanständig, fremde Anrufbeantworter abzuhören und auch noch die Nummer zu notieren?

Jenna wusste nicht mehr, was richtig und was falsch war. Sie wusste nur, dass sie Gewissheit haben musste. Gewissheit, dass hier etwas nicht stimmte.

Sie tippte die Nummer ein. Während sie wartete, dass diese Lucy abhob, schlug ihr Herz immer schneller.

Eine forsche Stimme meldete sich: »Ja, Lucy Dowell hier.«

»Hallo, hier ist Jenna. Ich ... em ... ich bin die Nachbarin von Maybrit und Hanno.«

»Hallo«, kam es erstaunt zurück. Und nach zwei Überraschungssekunden: »Ist etwas passiert?«

»Nein, das heißt ... Ich ... äh ... ich habe gehört, wie Sie bei Maybrit angerufen haben.« Jenna wurde blutrot bei diesen Worten. Aber egal, da musste sie jetzt durch. »Ich kümmere mich um das Haus und den Hund und, äh ...«

»Ja ...?«

»Also, die beiden sind noch nicht von der Kreuzfahrt zurück.« Jenna sprach nun sicherer. »Und ich mache mir allmählich Sorgen.«

Sie machte eine Pause, doch von der Gegenseite kam keine Reaktion.

»Wissen Sie vielleicht, wann die beiden zurückkommen sollten?«, fragte Jenna deshalb.

»Das wissen Sie nicht?«, fragte Lucy ungläubig zurück.

»Sie hätten schon letzte Woche zurücksein sollen – glaube ich.«

»Tja, ich weiß auch nicht«, kam die gelangweilte Antwort. »Ich habe nur mal versucht, ob sie schon wieder da sind.«

»Aber das sind sie nicht! Sie sind noch nicht wieder da!«

»Tja ...« Lucy klang nicht im mindesten verwundert. »Die beiden sind doch immer unterwegs. Städtetrip hier, Wellnesswochenende da. Vielleicht haben sie irgendwo ein paar Tage drangehängt.«

»Ja. Wahrscheinlich. Danke trotzdem.« Jenna legte auf. Diese Lucy hatte ja recht. Wie oft war Jenna nicht gebeten worden, Haus und Hund zu hüten, weil die beiden spontan verreisen wollten. Im Sommer manchmal jedes Wochenende. *Aber sie haben immer Bescheid gesagt.*

War sie wirklich die Einzige, die sich Gedanken um den Verbleib der beiden machte?

Jenna machte ihre übliche Runde durch das Haus. Es war ihr inzwischen zur Gewohnheit geworden, durch die leeren Räume zu streifen, ab und zu die Fenster zu öffnen, um zu lüften. Die Staubschicht wurde immer dicker. Im ganzen Obergeschoss roch es inzwischen süßlich.

Sie blieb vor der Schlafzimmertür stehen – wie so oft. Hinter dieser Tür rottete irgendetwas vor sich hin, was diesen Geruch verströmte. Ihre Hand lag schon auf der Klinke, bevor sie schnell wieder einen Schritt zurücktrat.

Nein, sie würde *nicht* hineingehen. Sie würde standhaft bleiben, sie war *nicht* neugierig.

*

Zwei Wochen später. Insgesamt waren die Petris nun seit sechsundzwanzig Tagen fort. Fast seit einem ganzen Monat. Und seit zwei Wochen war die »Kreuzfahrt ins Nirgendwo« offiziell beendet. Tag für Tag hatte Jenna die Post hereingeholt, die Blumen versorgt und den Hund gefüttert. Sie war, wie sie es Maybrit versprochen hatte, morgens und abends mit der Hündin spazieren gegangen.

Der große Garten wirkte mittlerweile etwas verwahrlost, es hätten dringend welke Blumen zurückgeschnitten oder Unkraut gezupft werden müssen. Und der Schwimmteich hätte auch dringend gepflegt werden müssen. Es waren noch zwei weitere Anrufe eingegangen, die Jenna abgehört hatte: einmal der Schornsteinfeger, einmal eine Arztpraxis, die an einen Termin erinnerte.

Die Hündin wirkte immer deprimierter. Wenn Jenna die Haustürtür öffnete, stand sie noch immer hoffnungsvoll schwanzwedelnd davor. Jenna glaubte, ihr die Enttäuschung anzusehen, wenn die Hündin bemerkte, dass es *wieder* nur Jenna war und nicht Maybrit und Hanno, die endlich zurückkamen.

»Steffen. Wir müssen doch etwas machen.« Am vierzehnten Tag hatte Jenna endgültig genug. Zwei Wochen schon über dem vereinbarten Termin – da *musste* etwas faul sein.

»Was sollen wir denn machen?« Selbst jetzt war Steffen nicht im mindesten alarmiert.

»Maybrit und Hanno sind seit zwei Wochen wie vom Erdboden verschluckt.«

Steffen seufzte. »Ja, ein wenig merkwürdig ist das schon.«

»Ein wenig?«

»Das sind erwachsene Menschen. Vielleicht haben sie kurzfristig umgeplant. Noch irgendwo ein paar Urlaubstage drangehängt ...«

»Das erzählst du mir jetzt seit zwei Wochen! Und selbst wenn, dann hätte Maybrit mich benachrichtigt. Sie kann doch nicht einfach davon ausgehen, dass ich das Haus weitere zwei Wochen aufpasse. Ich hätte ja keine Zeit haben können, stell dir vor, wir wären ebenfalls jetzt verreist ...«

»Sie wissen eben, dass wir nie wegfahren.« Steffen lächelte milde. »Dass du immer zu Hause bist.«

Jenna verkniff sich einen bösen Kommentar. Sie war schließlich nur zu Hause, weil ihr die Firma noch immer keine Vollzeitstelle angeboten hatte.

»Da stimmt doch was nicht. Es muss etwas passiert sein.«

»Jenna. Sie haben doch auch Familie, Verwandte, Freunde. Es ist nicht unsere Aufgabe, uns darum zu kümmern.«

»Maybrits Eltern sind tot, und Geschwister hat sie keine. Und der Kontakt zu Hannos Eltern ist wohl nicht sehr eng. Maybrit mag die beiden überhaupt nicht.«

»Tja ...«

»Vielleicht sollten wir eine Vermisstenanzeige aufgeben?«, überlegte sie nun.

»Jenna. Bitte ... Das kann doch nicht dein Ernst sein.«

»Doch. Ich finde ... ich finde, wir müssen endlich etwas tun.«

»Du willst ernsthaft zur Polizei, die beiden vermisst melden? *Vermisst?* Hast du eine Ahnung, wie albern das ist? Womöglich machst du ihnen damit nur Scherereien. Die beiden wollen vielleicht einfach ein paar ruhige Tage, und du meldest sie vermisst. Hetzt ihnen die Polizei auf den Hals. Maybrit und Hanno waren immer viel unterwegs, fast jedes Wochenende. Dann hatten monatelang alle Hotels geschlossen und sie saßen zu Hause fest! Ich kann mir denken, dass die beiden nun einen ordentlichen Nachholbedarf haben. Wahrscheinlich haben sie einfach keine Lust, schon wieder nach Hause zu fahren. Stell dir vor, uns würde das passieren. Man sitzt irgendwo schön in einem Hotel, und plötzlich kreuzt die Polizei auf, weil neugierige Nachbarn sich *Sorgen* machen« Er schüttelte nachdrücklich

den Kopf. »Nein, das ist absolut albern. Du machst dich zum Narren, dich und mich auch. *Vermisst* ... Nein, das geht auf keinen Fall. Du hältst schön die Füße still.«

*

Der Geruch war mittlerweile im ganzen Obergeschoss deutlich vernehmbar. Jenna hatte den ganzen Morgen gelüftet, aber er schien sich in den Teppichen und den Tapeten festgesetzt zu haben. Als sie die Fenster wieder schloss und der Geruch auf der Stelle wieder stärker wurde, stellten sich ihr plötzlich die Nackenhaare auf.

Der Geruch.

Vor ihrem inneren Auge sah sie zwei Leichen auf dem Bett im Schlafzimmer. Ihr kam ein absurder Gedanke: Vielleicht waren Maybrit und Hanno doch längst wiedergekommen, ohne dass sie es bemerkt hatte. Und etwas war geschehen. Und die beiden lagen seit Tagen tot in ihrem Schlafzimmer.

Jenna keuchte auf. Quatsch, sagte sie sich dann, so ein Blödsinn. Doch ihr Herz hämmerte wie verrückt.

Unwillkürlich wich sie vor der Schlafzimmertür zurück.

Und jetzt?

Ich muss Hilfe holen!, dachte sie. Steffen soll mitkommen. Er soll nachgucken, was sich da ... da hinter der Tür befindet.

Dann verwarf sie den Gedanken. Steffen würde sie nur wieder auslachen.

Jenna nahm allen Mut zusammen. Ihr war ganz flau, als sie die Hand an die Türklinke legte und sie leicht hinunterdrückte. Es war nicht abgeschlossen.

Sie schob langsam die Tür auf, und sofort sprang ihr Blick zum Doppelbett an der linken Seite des Raumes.

Es war leer.

Vorsichtig trat sie in den Raum. Der süßlich-rottige Gestank war beinahe unerträglich. Und sie erkannte auf Anhieb, woher er stammte: Am Fenster stand eine riesige Vase mit Blumen, verrottet und verwelkt, mit einem fauligen Rest Wasser, und verströmte diesen penetranten Geruch. Angeekelt betrachtete Jenna den Strauß. Sie hatte nicht gewusst, dass vermoderte Blumen so übel stinken konnten.

Warum um Himmelswillen hatte Maybrit die Blumen nicht vor der Abreise entsorgt? Igitt. Jenna schloss die Tür nachdrücklich hinter sich. Sie würde hier nicht lüften oder saubermachen, schließlich hatte man ihr ja verboten, hier reinzugehen.

Der ekelige Geruch würde selbst nach gründlichem Lüften wohl noch tagelang in den Teppichen und Vorhängen hängen – sofern man sie nicht in die Reinigung gab.

Sollten Maybrit und Hanno ruhig in diesem miefigen Zimmer schlafen, selbst Schuld.

*

Jenna hatte doch die Polizei informiert. Einen Tag und eine Nacht später, als immer noch keinerlei Lebenszeichen von den Petris gekommen war, hatte sie es nicht mehr ausgehalten und war am frühen Morgen mit dem Rad zur örtlichen Polizeidienststelle gefahren. Die Dienststelle war klein und überschaubar, und das machte die Angelegenheit für Jenna einfacher. Sie war bereits einmal hier gewesen, als sie einen Fahrraddiebstahl gemeldet hatte. Die Polizisten damals waren sehr nett und hilfsbereit gewesen, und sie war voller Zuversicht, dass man ihr auch diesmal helfen würde.

Jenna erklärte, dass sie seit nun mehr sechzehn Tagen nichts von ihren Nachbarn gehört hatte und sich Sorgen machte. Und tatsächlich versprach man, einen Streifenwagen zum Haus zu schicken.

Jenna verließ die Polizei zutiefst erleichtert. Na also, dachte sie. So einfach. Endlich tut sich was. Hätte ich doch nur eher ... Hätte ich mich doch nicht aufhalten lassen von Steffen.

Doch was dann geschah, enttäuschte sie zutiefst.

Jenna lauerte den ganzen Morgen in ihrer Küche hinter der Gardine, um ja nicht das Eintreffen der Polizei zu verpassen. Als endlich der Wagen vorfuhr – sie hatte eigentlich damit gerechnet, dass man schneller sein würde – stürmte sie sofort aus dem Haus. Zwei Polizisten stiegen aus dem Wagen und sahen ihr entgegen.

»Sie warten also seit sechzehn Tagen auf ein Lebenszeichen Ihrer Nachbarn?«, fragte der Ältere und sah zum Haus der Petris.

»Das ist richtig.« Jenna nickte nachdrücklich. »Ich finde das sehr komisch.«

»Hatten Sie denn vorher regelmäßig Kontakt?«

»Was heißt regelmäßig ...«

»Mehrmals die Woche? Täglich? Waren Sie gut befreundet?«

»Also, befreundet waren wir nun nicht. Ich habe hin und wieder das Haus und den Hund aufgepasst, wenn die beiden weggefahren sind.«

»Sie haben sich also vorher auch nicht täglich gesehen?«

»Nun ... nein, nicht täglich.«

Die Polizisten wechselten einen Blick.

»Und warum sind Sie dann diesmal so beunruhigt?«

»Weil ...« Jenna spürte, dass die beiden ihr nicht glaubten, und das machte sie noch nervöser. Die Polizisten hatten wohl ihre pinken Haare gesehen und sie als leicht verrückt vorverurteilt. »Weil der Hund bei mir ist. Bessy. Und Maybrit, meine Nachbarin, erkundigt sich eigentlich täglich nach dem Hund, wenn ich auf ihn aufpasse. Es passt gar nicht zu ihr, dass sie plötzlich nicht mehr anruft! Sie hängt wahnsinnig an dem Hund. Und seit zwei Wochen kein Anruf mehr ...«

»Sie passen also auf den Hund auf?«, hakte der Ältere nach.

»Ja!« Hatte sie das nicht erzählt? Jenna fühlte sich konfus, und genau so musste sie auch auf die Polizisten wirken.

»Ja nun«, sagte der Ältere nachdenklich. Er wirkte nun aufmerksamer. »Keinerlei Bewegung im oder am Haus? Besucher? Autos?«

»Nur der Postbote«, sagte Jenna verdutzt.

Die beiden sahen nun hochkonzentriert zum Anwesen, und Jenna bemerkte, wie die Blicke an der Fassade entlangwanderten. Dann sahen sie sich an, wechselten einen stummen Blick, den Jenna nicht recht deuten konnte.

»Sechzehn Tage sind schon recht lang«, meinte der Jüngere dann und wandte sich wieder an Jenna. Seine Stimme war angespannt. »Vielleicht sind Ihre Nachbarn weggefahren? Könnte das nicht sein?«

»Nein, sie waren doch im Urlaub, aber sie sollten längst wieder hiersein.«

»Im Urlaub?«, wiederholte der Jüngere gedehnt. »Wie meinen Sie das?«

»Die beiden waren auf einer Kreuzfahrt. Zwölf Tage lang. Und sind nicht nach Hause zurückgekommen! Ich warte und warte ... und der Hund ...«

Die Polizisten wechselten wieder einen Blick. Die Wachsamkeit in ihren Gesichtern war wie weggewischt, stattdessen zeigte der Jüngere nun eben jenes milde Lächeln, dass sie an Steffen erinnerte. »Aber wenn Ihre Nachbarn im Urlaub sind, dann ist doch alles in Ordnung.«

»Ja, aber sie sind nicht zurückgekommen!«, sagte Jenna hilflos. »Sie sollten längst wieder hier sein. Seit über zwei Wochen.«

»Frau Gräber, wir ...«

»Gärtner«

»Frau Gärtner, wenn die Herrschaften im Urlaub sind, dann besteht doch nun wirklich kein Grund zur Sorge. Seien Sie nicht böse, dass Sie über die geänderten Pläne nicht informiert wurden. Ich verstehe Ihren Unmut darüber.«

Jenna kam sich dumm vor. Sie spürte, wie diese Polizisten sie insgeheim belächelten. Später würden sie gewiss über die lästern, über die neugierige Nachbarin, die gleich die Polizei rief.

»Aber wo wir schon mal hier sind, sehen wir mal nach dem Rechten.«

Lustlos schlenderten die Polizisten um das Haus, spähten durch die Fenster, verschwanden hinter der Garage und kamen fünf Minuten später zurück.

»Ich kann Sie auch hineinlassen«, bot Jenna vorsichtig an. »Ich habe einen Schlüssel.«

»Gute Frau«, sagte der ältere Polizist in nachsichtigem Tonfall, »wir dürfen nicht einfach in das Haus spazieren. Machen Sie sich doch nicht solche Sorgen. Es war bestimmt ein Missverständnis, und ihre Nachbarn stehen bald wieder vor der Tür.«

Jenna hätte fast aufgelacht. »Und was machen Sie jetzt?«

»Frau Gärtner, wir haben Ihre Vermisstenanzeige aufgenommen, aber viel mehr können wir derzeit nicht tun. Erwachsene Personen dürfen ihren Aufenthaltsort frei wählen. Ihre Nachbarn müssen niemanden darüber informieren, wo sie sich gerade befinden. Wir können erst eine Fahndung einleiten, wenn ein berechtigter Verdacht besteht, dass Ihre Nachbarn in Gefahr sind oder bereits Opfer einer Straftat geworden sind.«

Die Polizisten fuhren davon und Jenna starrte ihnen in einer Mischung aus Empörung und Resignation hinterher. Das war alles? Wofür war die Polizei denn da? Interessierte es denn gar nicht, dass es von Maybrit und Hanno seit Tagen kein Lebenszeichen gab?

Na, dachte sie dann genervt. Wenn die Polizei schon sagt, ich mache mir übertriebene Sorgen, dann ist es vielleicht wirklich so. Ab jetzt ist es mir egal.

Bessy lag zu ihren Füßen, den Kopf auf den Pfoten, und wirkte traurig. Jenna ging neben ihr in die Hocke und streichelte nachdenklich über den weißen Fleck zwischen ihren Ohren. Das Hundefutter im Vorratsschrank ging langsam zur Neige. Sie würde morgen tatsächlich Nachschub besorgen müssen – sie wertete dies als weiteres Zeichen dafür, dass Maybrit diese lange Abwesenheit nicht geplant hatte. Dann hätte sie für ausreichend Futter für ihre Bessy gesorgt, dieser Hund bedeutete ihr doch alles.

»Du vermisst dein Frauchen, hm?«

Bessy atmete tief und schwer durch, als seufze sie.

Kreuzfahrt ins Nirgendwo, dachte Jenna und bekam eine Gänsehaut. Hatte sich das Motto dieser Reise auf schreckliche Weise bewahrheitet?

»Wo ist dein Frauchen, Bessy? Ich weiß es auch nicht. Was ist nur auf der Kreuzfahrt geschehen?«

Die Reise, vier Wochen zuvor

Am Morgen der Abreise klingelte Maybrit Petri bei Jenna, während Hanno bereits die Reisekoffer in das wartende Taxi lud.

»Tausend Dank, Jenna. Was würden wir nur ohne dich machen«, betonte Maybrit zum dritten Mal und überreichte ihr feierlich den Schlüsselbund, an dem Haustür-, Briefkasten-, und Schuppenschlüssel hingen.

»Ach, ich mach das doch gerne.«

»Du würdest sicher auch lieber in den Urlaub fahren«, meinte Maybrit mit bedauernder Miene.

»Ach, mich stört das nicht, zu Hause ist es auch schön«, sagte Jenna betont gleichgültig. *Dumme Kuh. Du weißt genau, dass Steffen und ich knapp bei Kasse sind.*

»Und wenn was ist – du hast ja meine Handynummer.«

»Klar.«

»Also, wegen Bessy ... Wenn sie mal nicht frisst, dann stell ihr auf jeden Fall frisches Futter hin. Probiere dann einfach eine andere Sorte.«

»Ja.« Auch das hatte Maybrit ihr schon dreimal erklärt. Außerdem hatte sie Jenna eine handschriftliche Liste überreicht, auf der alle Punkte noch einmal säuberlich notiert standen.

»Ich rufe aber heute Abend noch mal an, aus dem Hotel.«

»Mach das.«

»Gut ... Dann bis in zwölf Tagen! Und nochmal Danke, Jenna!«

»Ja, bis dann. Viel Spaß.«

Die Petris stiegen in das Taxi, Hanno auf den Beifahrersitz, Maybrit stieg hinten ein. Sie drehten sich noch einmal um, winkten, dann fuhren sie davon.

Jenna winkte zurück und verzog die Lippen. Da fuhren die beiden dahin, einer aufregenden Kreuzfahrt mit der *Blue Ocean* entgegen. Zwei Nächte würden sie zuvor in einem Quarantänehotel verbringen – aus Sicherheitsgründen, ehe sie dann an Bord durften.

Und sie, Jenna, würde Haus und Hof hüten. Die langweilige Jenna, die so selten einmal wegfuhr. Sie fuhren höchstens hin und wieder ein paar Tage Steffens Eltern besuchen, aber richtigen Urlaub hatte sie ewig nicht gemacht. Jenna sagte immer, dass sie aufgrund der Pandemie lieber zu Hause blieben und sich eben an den Appell der Regierung hielten, bitte keine großen Reisen zu unternehmen.

Oh ja, das klang natürlich selbstlos, aber wem wollte sie etwas vormachen? Wer sie kannte, der wusste, dass sie für Reisen einfach nicht das Geld hatten.

Steffen verdiente als Elektriker nicht die Welt, und eigentlich waren sie auf ein zweites Vollzeitgehalt angewiesen, wenn sie sich im Leben etwas ›leisten‹ wollten. Aber Jenna, der ursprünglich eine Vollzeitstelle angeboten worden war, wurde seit Ewigkeiten vertröstet. Und dann kam die Pandemie, und ...

Jenna suchte zwar halbherzig nach einem anderen Job, aber es war schwierig, und so hoffte sie weiterhin, dass sich die versprochene Vollzeitstelle bald ergeben würde.

Sie kamen über die Runden, ja, die Miete war zum Glück nicht sehr hoch. Aber große Sprünge konnten sie nicht machen, und an eine Kreuzfahrt war schon gar nicht zu denken.

»Ich will ja nichts gesagt haben«, sagte sie, als sie zurück in die Küche ging, wo Steffen bei einem Kaffee und der Tageszeitung saß. »Aber wer muss denn jetzt eine Kreuzfahrt machen. Zu diesen Zeiten. Die Bevölkerung wird gebeten, zu Hause zu bleiben, und unsere Nachbarn gehen auf große Fahrt.«

»Die Tourismusbranche muss auch sehen, wo sie bleibt«, antwortete Steffen, nachsichtig wie immer. »Und angeblich ist diese Kreuzfahrt doch sicher. Großes Hygienekonzept und so weiter, sagte Hanno.«

»Trotzdem. Also mir wäre nicht wohl dabei, mit hunderten fremden Leuten auf einem Schiff eingepfercht zu sein.«

»Die werden doch alle getestet, bevor sie an Bord kommen. Und müssen doch vorher in einem Quarantänehotel übernachten.« Steffen sah sie mit hochgezogenen Augenbrauen an. »Bist du etwa neidisch, Schatz?«

»Quatsch.« Jenna versteckte ihr Gesicht hinter einem Reklameblatt des örtlichen Supermarktes. Gut, vielleicht war sie neidisch. Aber vor allem war sie ein wenig ärgerlich: Steffen und sie hockten seit Monaten hier zu Hause, achteten darauf, die Kontakte zu reduzieren, um sich und andere nicht in Gefahr zu bringen, und ihren Teil dazu beizutragen, die Pandemie zu bewältigen, während andere Leute mal eben durch die Welt schipperten. Das war doch nicht fair.

Jenna klapperte mit dem Schlüsselbund der Nachbarn. »Ich geh mal eben rüber. Bessy war heute noch nicht raus, sagte Maybrit. Ich lass sie kurz in den Garten.«

Bessy war ein kniehoher Mischling mit weichem, hellbraunen Fell. Auch wenn Jenna sich selbst nie einen Hund angeschafft hätte, so mochte sie diese gutmütige Hündin.

Allein schon, wie Bessy sich immer freute, wenn sie Jenna vor dem Haus sah – da fühlte man sich ja richtig geschmeichelt.

Jetzt tobte Bessy ein Weilchen durch den großen Garten der Petris, ehe sie zu Jenna zurück trottete, die es sich in der Loungeecke gemütlich gemacht hatte.

»In zwölf Tagen ist dein Frauchen wieder da«, sagte Jenna. Die Hündin schnaufte und ihr Blick wirkte irgendwie kummervoll, als wüsste sie schon jetzt, dass Jenna soeben eine Lüge ausgesprochen hatte.

An Bord der Blue Ocean

Seetag 1, abends

Jeder Schritt schmerzte. Langsam tastete er sich vorwärts, weiter über das Außendeck.

Heute war es besonders schlimm: die Knie, die Hüfte, der Rücken. Sein ganzes Skelett war ruiniert. Die feuchte Meeresluft setzte seinen Knochen zu, mehr, als er erwartet hatte. Er hatte sich durch diese Kreuzfahrt Linderung versprochen, stattdessen ziepte und zwickte es nun an Stellen, die zu Hause noch schmerzfrei gewesen waren.

»Das Reizklima wird Ihnen guttun«, hatte sein Hausarzt beteuert. Von wegen. Stümper.

Wolf Kerner atmete schwer – es klang fast wie ein Röcheln. In der Nachbarschaft hatte mal ein alter Köter gewohnt, der hatte irgendwann genauso geklungen, bevor er von seinen Besitzern eingeschläfert worden war.

Er blieb stehen, um kurz zu verschnaufen. Er sah über die weite See – die *Blue Ocean* befand sich mitten auf dem Meer. Seit sie den Hafen gestern verlassen hatten, hatten sie schon einige Seemeilen zurückgelegt.

Ich hätte diese Reise nicht antreten sollen, dachte er missmutig. *Kreuzfahrt ins Nirgendwo.* Aber als das Angebot der Reederei Beerbaum über diese »Sonderreise für Stammgäste« in seinen Briefkasten geflattert war, hatte er sich sehr geehrt gefühlt, zu diesem erlauchten Kreise zu zählen. Er war bereits neun Mal mit der *Blue Ocean* gefahren, gemeinsam mit seiner Frau – aber seit Gudrun nicht mehr lebte, hatte er keinen Sinn darin gesehen, allein auf große Reisen zu gehen. Die letzte Kreuzfahrt war schon fünf oder sechs Jahre her – so genau wusste er es gar nicht mehr.

Erholung, von wegen, schimpfte er innerlich, während er sich weiter über das Deck schleppte. Eigentlich war es angenehm hier draußen, der Wind war frisch und es roch nach Meer – genau so, wie man sich einen Seeurlaub vorstellte. Im Hafen hatte irgendwie ein fauliger Geruch in der Luft gelegen, der ihm noch lange in der Nase geklebt hatte.

Wolf Kerner mühte sich weiter. Seit wann war eigentlich jeder verdammte Schritt so anstrengend geworden? Dabei war er früher so sportlich gewesen.

Er sah sich um. Es war schon fast dunkel – er wusste nicht genau, wie spät es war, aber es musste etwa zweiundzwanzig Uhr sein.

Seit er gestern an Bord gekommen war, fühlte er sich angeschlagen. Noch angeschlagener als sonst, besser gesagt, denn auch zu Hause war er nicht der Rüstigste gewesen. Vielleicht war es die anstrengende Anreise gewesen, die ihm den Rest gegeben hatte. Sein Körper machte einfach nicht mehr, was er sollte. Er hätte zu Hause bleiben sollen.

Hoffentlich war es nicht das Virus, dachte er beklommen. *Corona.* Trotz seiner Impfung hatte er nach wie vor Angst, dass es ihn erwischen könnte. Die neue Mutation, die sich gerade so rasend schnell ausbreitete, machte ihm Angst. Aber er war zuletzt bei der Ankunft auf der *Blue Ocean* negativ getestet worden, wie alle anderen Passagiere auch.

Offiziell hatte er immer auf der Gegenseite gestanden, hatte die Pandemie-Hysterie für übertrieben gehalten. Maskenpflicht, Ausgangssperren, Impfzwang, Mistdreck. Lautstark hatte er sich, wann immer sich die Möglichkeit bot, über die idiotischen Maßnahmen der inkompetenten Regierung beschwert.

Wenn ich jung wäre, hatte er immer getönt, würde ich auch gegen diese überzogenen Maßnahmen auf die Straße gehen. Protestieren, dass die Grundrechte so unverhältnismäßig eingeschränkt wurden. Es gab doch überhaupt keine Übersterblichkeit. Alles Lüge. Corona-Diktatur, hatte er gewettert. All diese unsinnigen Auflagen, die sich die Regierung erdachte, um das Volk zu schikanieren. Dahinter steckte doch eine einzige große Verschwörung.

Was er jedoch niemals zugegeben hätte: Insgeheim hatte er Angst. Wahnsinnige Angst, sich mit diesem Scheißvirus anzustecken und elendig daran zu verrecken. In seinem Wohnort waren die Infektionszahlen besonders hoch, da viele Menschen dort genauso dachten wie er. Viele Tote hatte es schon gegeben, viele seiner Bekannten, und er hatte beständig Angst gehabt, bald dazuzugehören.

Seit die Pandemie das Land im Griff hatte, hatte er seinen Wohnort nicht mehr verlassen. Überall drohte die unsichtbare Gefahr. Und er gehörte zur Risikogruppe. Ja, er hatte wahnsinnige Angst, aber das hätte er niemals zugegeben. Vor anderen leugnete er die Gefahr, die ihm ständig im Hinterkopf herumspukte.

Wolf Kerner war heilfroh gewesen, als er aufgrund seines Alters und seiner Vorerkrankungen mit zu den Ersten gehörte, die geimpft wurden. Allerdings war diese Impfung nun auch schon wieder ein Weilchen her, und er hatte die Befürchtung, dass der Impfschutz schon wieder nachlassen könnte. Vor allem, seit diese Mutation aufgetaucht war, und die Experten zweifelten, ob die Impfung überhaupt wirksam blieb ...

Umso verlockender hatte das Angebot der Reederei geklungen: Auf der *Blue Ocean* waren nur gesunde Passagiere und Crewmitglieder, die negativ auf das Virus getestet

worden waren, und selbstverständlich waren auch alle geimpft. Und an Bord selbst herrschten strenge Hygieneregeln.

»Genießen Sie einen sicheren Urlaub an Bord« hatte in der Einladung der Reederei gestanden.

Vor der Anreise mussten alle Passagiere zwei Tage in einem Quarantänehotel verbringen. Und jetzt würde die *Blue Ocean* zehn Tage lang nur auf See kreuzen, ohne einen Hafen anzulaufen. Keine Gefahr, sich irgendwo zu infizieren. Das Virus war ausgesperrt. Nirgendwo war er zur Zeit sicherer, als hier an Bord.

Erholung auf See, das hieß Schlemmen, Massagen, Ausspannen – und eine Weile all den Ärger vergessen. Wie schön hatte das geklungen, wie verführerisch nach den schweren Monaten.

Und jetzt? Jetzt setzte ihm sein Körper stärker zu denn je. Mit den Jahren waren seine Leiden immer schlimmer geworden.

Wolf Kerner setzte vorsichtig das Bein vor und stöhnte beim Auftreten auf.

»Ah. Verdammt noch mal.«

Es war eine dumme Idee gewesen, noch einen Spaziergang an Deck zur Außenbar zu machen. Er hatte sich gleich nach dem Abendessen auf seine Kabine zurückgezogen. Er schlief immer sehr früh, manchmal schon um acht. Aber hier auf dem Schiff war alles anders. Eine wahnsinnige Unruhe hatte in seinem Körper geherrscht, und sein Klugscheißer von Arzt hatte ihm eindringlich zu mehr Bewegung geraten.

»Ich weiß, im ersten Moment schmerzen die Glieder, aber wenn Sie sich deshalb noch weniger bewegen, wird es immer schlimmer. Ein Teufelskreis.«

Wem sagte er das. Wenn sich jemand mit Bewegung auskannte, mit Muskulatur und dem Knochengerüst, dann Wolf Kerner.

»Sie müssen sich bewegen, Herr Kerner. Täglich. Spazieren gehen, Dehnübungen, vielleicht sogar schwimmen.«

Schwimmen. Da hätte er fast gelacht. Dennoch, so musste er zugeben, hatte der Arzt recht. Am liebsten saß er tatsächlich den ganzen Tag nur herum, in einem weich gepolsterten Sessel, und legte die Beine hoch. Wer rastet, der rostet. Also hatte er sich vorgenommen, die Kreuzfahrt mit der *Blue Ocean* zu nutzen, um an seiner Fitness zu arbeiten.

Und so hatte er sich zu einem Spaziergang vor dem Schlafengehen aufgerafft. Die Verführung war groß gewesen, einfach still in seinem Sessel sitzenzubleiben, aber das würde sein Leiden nur verschlimmern. Und so war er zur Außenbar spaziert, wo er sich eine Flasche guten Rotwein gekauft hatte. Gleich würde er sich ein Gläschen davon genehmigen – die Aussicht darauf stimmte ihn froher. Ein paar Abende würde er mit der Flasche auskommen.

In der Minibar auf seiner Kabine stand nur eine billige Weinsorte, die seinen Gaumen beleidigen würde. Er hatte es sich zur Gewohnheit gemacht, jeden Abend ein Glas guten Rotwein zu trinken. Der war angeblich gut fürs Herz, und seinen Knochen tat er auch gut. Vermutlich hätte er wegen der Medikamente keinen Alkohol trinken dürfen, aber das war ihm völlig egal. Er merkte doch, wie schön er davon schlafen konnte.

Wolf Kerner umklammerte den Hals der Flasche fester und schleppte sich weiter vorwärts. Die *Blue Ocean* war ein kleines Schiff, doch jetzt schien ihm der Weg zurück zu seiner Kabine unendlich weit. Er hätte sich längst eine

Gehhilfe zulegen müssen, aber er würde den Teufel tun, und einen Gehstock benutzen. Oder noch schlimmer, einen Rollator. Damit würde er sich endgültig zum invaliden Greis erklären. Dabei fühlte er sich doch noch so jung.

»Herr Kerner? Dass ich Sie hier treffe.«

Erschrocken fuhr er herum, als er seinen Namen hörte. Fast wäre ihm die Flasche aus der Hand gerutscht.

»Ach Gott, Sie?«, sagte er, nachdem er sich von der Überraschung erholt hatte. *Die* hatte ihm gerade noch gefehlt. »Auf Kreuzfahrt? Lassen Sie nun die Puppen tanzen?« Er lachte dreckig und genoss es, wie sich die Augen der Frau mit Tränen füllten.

»Sie sind ... Sie sind ein Arschloch«, schleuderte sie ihm schluchzend entgegen. »Das wollte ich Ihnen immer schon gesagt haben.«

Sie stürmte davon, und er verzog höhnisch den Mund. *Weiber.* Hysterisch, nachtragend, jammernd und immer undankbar. Er war froh, als seine Frau vor ein paar Jahren das Zeitliche gesegnet hatte. Da erst war ihm aufgegangen, wie sehr sie ihn all die Jahre genervt hatte.

Mühsam schleppte er sich weiter.

Noch vor einigen Jahren war er kilometerweit gejoggt, tagtäglich. Sein Leben lang war er sportlich gewesen, immer in Bewegung. Es war, als könne sein Körper das nicht vergessen. Noch immer war da dieser Bewegungsdrang, nur, dass er ihm nicht mehr gerecht werden konnte, da die Schmerzen unerträglich wurden. Die Schmerztabletten und Spritzen halfen nur kurzfristig.

Der nächste Schritt verursachte einen derart stechenden Schmerz in der Hüfte, als hätte ihn ein Feuerpfeil getroffen. Um Luft ringend blieb er stehen und beugte sich vor. Es pochte und zwickte unerträglich. *Verdammt noch mal ...*

Er befand sich zu allem Übel hoch oben auf dem Sonnendeck, gleich über der Außenbar. Einem dummen Impuls zur Folge war er hier heraufgestiegen. Eine wirklich dumme Idee. Es gab keinen Fahrstuhl, und er musste sehen, wie er die steile Treppe wieder herunterkam.

Er hatte sich wohl selbst etwas beweisen wollen, und tatsächlich, vorhin war er die schmale Holztreppe beinahe mühelos hinaufgestiegen. Stufe um Stufe hatte er erklommen, und mit jedem Tritt hatte er eine Art Triumph verspürt, dass er noch immer Herr über seinen Körper war. Der Geist war immer stärker als der Körper, das war sein Mantra gewesen, sein Leben lang. Und jetzt, im Alter, war er nicht gewillt hinzunehmen, dass es andersherum sein könnte. Dass sein Körper ihn in die Schranken wies. Das wollte er nicht so einfach hinnehmen.

Jetzt aber, wo er die steile Holztreppe hinabblickte, überkam ihm pure Resignation. Jetzt schien ihm der Abstieg beinahe unmöglich. Zumal er wegen der Weinflasche nur eine Hand frei hatte. Die Flasche einfach stehen zu lassen, kam nicht in Frage. Er überlegte kurz, ob er sich auf den Hosenboden setzen und wie ein kleines Kind die Stufen hinabrobben sollte, aber das verbot ihm sein Stolz. Er würde sich einfach noch einen Augenblick ausruhen und Kräfte sammeln.

»Hallo.«

Die Stimme kam aus der Dunkelheit. Diesmal erschrak er nicht. War das schon wieder diese dumme Kuh von eben? Er drehte sich um, wieder zwickte seine Hüfte unerträglich.

»Hallo, Wolf«, wiederholte die Gestalt, die dort stand. Es war nicht die dumme Kuh.

Wolf?, dachte er dann verdutzt. Er kannte niemanden hier an Bord, jedenfalls niemanden, der ihn beim Vornamen nennen würde.

Das Gesicht der Gestalt war kaum zu erkennen, es steckte unter einer übergroßen Kapuze und dazu trug sie einen Mundnasenschutz. Es war an Bord keine Pflicht, eine Maske tragen, aber manche Passagiere taten dies auf freiwilliger Basis.

»Erkennst du mich nicht?«, fragte die Gestalt.

Er konnte das Lächeln hinter dem Mundschutz nur erahnen. Er schüttelte den Kopf, was einen ziehenden Schmerz auf der linken Halsseite zur Folge hatte.

»Nee«, grunzte er. Schwerfällig setzte er noch einen Fuß weiter. Er stand nun an der obersten Treppenstufe. Er würde sich mühsam hinunterhangeln müssen, Stufe für Stufe. Er wollte nicht, dass jemand ihm dabei zu sah. Also wartete er, um die Person vorbeizulassen. Doch sie sprach einfach weiter.

»Du erinnerst dich nicht, Wolf?«

Nun trat die Person dicht vor ihn. Er hatte keine Ahnung, wer das war. »Also bitte, wer sind Sie?«

»Wolf. Ist das dein Ernst? Ich habe dich nie vergessen.«

Die Stimme ... Die Stimme kam ihm vage bekannt vor. Vage. Zuordnen konnte er sie nicht. »Wer sind Sie?«

»Ich bin enttäuscht. Wahrscheinlich liegt es an der Maske. Moment. Ich nehme sie ab ...«

Nun riss er die Augen auf. Er konnte es kaum glauben. »Du ...? Ari... Arielle?«

»Deine kleine Meerjungfrau. Genau.« Ein leises Lachen erklang. »Ich wusste doch, du hast mich nicht vergessen.«

»Aber ... Aber ...« Diese Veränderung. Er starrte in das Gesicht, das ihm so fremd geworden war. In die Augen, die er so lange nicht gesehen hatte. Die Augen. Die waren noch immer dieselben.

»Ja, ich bin es. Deine kleine Arielle, deine kleine Meerjungfrau. Wie oft hast du mich so genannt.« Wieder dieses Lachen. Plötzlich klang es unheimlich in seinen Ohren. Arielle kam ihm so nahe. Noch immer konnte er kaum begreifen. »Was ...«, stotterte er. »Du ...?«

»Ja, ich. Leibhaftig. Ich war auch sehr überrascht, als ich dich zufällig habe an Bord kommen sehen. Ich dachte, ich träume.«

Das dachte er auch. Ein Albtraum. »Was ... was ist mit dir geschehen?«

Die Antwort kam höhnisch: »Du hast mein Leben zerstört. Das ist geschehen.«

»Ich habe ...?«

Er bekam plötzlich Angst. Aus irgendeinem Grunde fühlte er sich bedroht. Er war sich seiner desaströsen körperlichen Verfassung nur zu bewusst, selbst einem Kind wäre er in seinem Zustand unterlegen. Ausgeliefert.

»Was willst du von mir?« Die Frage war überflüssig. Er wusste genau, worum es ging. Er hasste es, wie schwach seine Stimme plötzlich klang. Er war immer eine Autoritätsperson gewesen. Früher hatte Arielle ängstlich vor ihm gestanden, hatte sich gewunden, hatte geschlottert vor Respekt, wenn er die Stimme erhoben hatte. Jetzt waren die Rollen vertauscht. Er bemühte sich, seinen kaputten Rücken zu strecken, sich aufzurichten, furchteinflößender zu wirken. Er musste das Machtverhältnis wieder umkehren. »Was ist los?«

»Ach Wolf. Du siehst doch, was du mit mir gemacht hast.«

Endlich hatte er sich wieder im Griff. Er plusterte sich auf, so groß er konnte, und sah Arielle voller Verachtung an.

»Arielle, du warst immer eine Versagerin. Gib nicht mir die Schuld daran, was aus dir geworden ist!«

Zufrieden registrierte er, wie Arielles Blick flackerte und unsicher wurde. Das gab ihm auftrieb.

»Versagerin! Verliererin!«, setzte er boshaft nach.

Der heftige Stoß kam überraschend. Er hatte keine Chance mehr. Er stürzte rückwärts. Seine Füße stolperten ins Leere, seine Hände fanden keinen Halt. Die kleine Treppe war nicht tief, aber steil. Mit etwas Glück hätte er sich abfangen können. Er hatte kein Glück. Der Aufprall brach die Weinflasche entzwei und ihm das Genick.

*

Arielle sah auf ihn hinab. Er bewegte sich nicht. Warum bewegte er sich nicht? War er bewusstlos? Er war bewusstlos, oder?

Sie beugte sich näher. Er tat keinen Mucks.

Ich habe ihn verletzt. Oh Gott.

Ihr Körper bebte vor Adrenalin, ihr Atem ging hastig. Die köstliche Ruhe, die sie eben noch verspürt hatte, als sie ihn zur Rede gestellt hatte, war verflogen.

So war das nicht geplant gewesen.

Sie sah sich um, sah über das dunkle Deck, das von nur wenigen Lampen schwach ausgeleuchtet wurde.

War dahinten jemand? Hatte sie jemand gesehen? Nein. Oder doch?

Du musst Hilfe holen.

Nein.

Weg hier, ich muss hier weg.

Sie machte einen großen Schritt über den Körper, der leblos zu Boden lag, dann entfernte sie sich eilig. Ihr Kopf war plötzlich seltsam klar. Nein, sie würde keinen Alarm schlagen. Wolf Kerner hatte keine Hilfe verdient. Er hatte so viel Leid verursacht, damit hatte er sich jedes Mitgefühl verspielt.

*

Kapitän Lehmann stand auf der Brückennock und lehnte sich mit dem Rücken gegen die Reling. Dann rieb er sich über das gerötete Handgelenk. Seit Kurzem plagte ihn an dieser Stelle ein Ausschlag, der Tag zu Tag schlimmer zu werden schien. Es juckte nicht, es tat nicht auch weh, aber es sah wirklich nicht mehr schön aus. Es war genau die Stelle betroffen, an der er normalerweise eine Uhr trug. Jetzt musste er seine Uhr am anderen Arm tragen – was im Alltag eine kuriose Herausforderung war.

Lehmann hatte es mit verschiedenen Salben versucht, die allesamt wirkungslos waren. Heute dann hatte er eingesehen, dass sein Herumdoktern ihn nicht weiterbrachte und den Schiffsarzt aufgesucht.

»Sind Sie gegen irgendetwas allergisch?«, hatte ihn der Schiffsarzt heute Morgen gefragt und nachdenklich den roten Streifen an seinem Handgelenk betrachtet. »Das sieht nach einer Allergie aus.«

Dr. Birnbaum hatte ihm eine cortisonhaltige Creme mitgegeben, die hoffentlich endlich wirkte.

Lehmann steckte die versehrte Hand in die Tasche. Dr. Birnbaum hatte ihm empfohlen, einen Allergietest zu machen. An Bord habe er aber leider nicht die geeigneten Substanzen.

»Sind Sie gegen irgendetwas allergisch?«

»Nur gegen Menschen«, hatte Lehmann gedacht, aber nicht ausgesprochen.

Lehmann drehte sich um und sah über das Meer, das sich in dunklem Graublau vor ihm erstreckte. Die Sonne war beinahe versunken. Die See war ruhig, die langen, sanften Wellen spürte man kaum. Die *Blue Ocean* fuhr langsam. Sie hatten keinen Zeitdruck. Kein Hafen, der erreicht werden musste. Kein Unwetter, das umfahren werden musste. Zehn Tage lang würden sie in geruhsamen Tempo auf See kreuzen. Einmal rund um Großbritannien und Richtung Faroer Inseln und wieder zurück. Eine Route mit vielen schönen Häfen – nur, dass sie diesmal kein einiges Mal halten würden. Das Proviantlager war gefüllt, mit noch mehr Schlemmereien als gewöhnlich. Und mit Unmengen an Desinfektionsmitteln. *Kreuzfahrt ins Nirgendwo.*

Lehmann schüttelte die Haare zurück, die ihm der raue Seewind ins Gesicht blies. Mittlerweile fielen ihm die groben Locken bis über die Schulter. Er sollte der Bordfriseurin mal wieder einen Besuch abstatten, überlegte er. Als der nächste Windstoß ihm die Strähnen in die Augen wehte, suchte er in seinen Taschen nach einem Zopfgummi und band sie zusammen.

Dann drehte er sich um und öffnete die Tür zur Brücke. Eine Weile blieb er in der geöffneten Tür stehen, um den frischen Wind hineinzulassen. Die Brücke lag im Dunkel, hier brannte nachts nie Licht – bis auf die Lämpchen an den Geräten und die verschiedenen Monitore, die etwas Licht ausstrahlten. Nur schemenhaft war die Erste Offi-

zierin Karen zu erkennen, die am Steuer wachte, gewissenhaft wie immer. Sie würde einmal eine gute Kapitänin werden. Vielleicht die erste Kapitänin der *Blue Ocean*? Lehmann war sehr zufrieden mit ihrer Entwicklung. Wie eigentlich mit all den Offizieren, die er unter seinen Fittichen hatte. Sicherheitsoffizier Malik war ihm bisweilen ein wenig zu sorglos – ihm fehlte es noch an Weitsicht, aber Lehmann war zuversichtlich, dass auch Malik sich von Jahr zu Jahr weiterentwickeln würde.

Ja, dachte Lehmann, er hatte wirklich ein gutes Team um sich. Die Kreuzfahrtleitung wurde von der liebenswerten Elsa gestemmt. Und der Hotelbereich wurde von Nora Heyden seit Jahren perfekt gemanaget.

Lehmann würde es nicht zugeben, aber er hatte sie alle ein wenig vermisst, in den langen Monaten, in denen keine Kreuzfahrten durchgeführt werden konnten. Dennoch hatte er zunächst ablehnend reagiert, als die Reederei beschlossen hatte, trotz der vorherrschenden Pandemie wieder mit den Kreuzfahrten zu beginnen.

Wie sollte das gehen? War es das wert?

Das strenge Hygienekonzept der Reederei hatte ihn schließlich überzeugt. Bevor die Passagiere an Bord gedurft hatten, hatten sie zwei Tage in einem Quarantänehotel verbringen müssen, anschließend wurde jeder getestet, bevor er an Bord durfte. Außerdem waren alle Personen geimpft. Die Abstandsregeln galten nach wie vor hier an Bord, auch wenn es keine Pflicht war, einen Mundschutz zu tragen. Und das Wichtigste: Die Passagierzahl war stark beschränkt worden. Nur zwei Drittel der Kabinen waren belegt. Lehmann konnte sich vorstellen, wie schwer der Reederei gerade die letzte Entscheidung gefallen sein musste, schließlich war die *Blue Ocean* üblicherweise voll ausgebucht. Aber vermutlich hatte man sich gesagt, lieber weni-

ger Passagiere an Bord, als gar nicht zu fahren. Aus gut informierten Kreisen hatte er jedoch gehört, dass schon bald wieder alle Kabinen belegt werden sollten.

Eigentlich war diese Kreuzfahrt also ›sicher‹. Dennoch fuhr das Unbehagen mit – zumindest bei ihm, denn er als Kapitän trug schließlich die Verantwortung für Leib und Wohl seiner Passagiere und der Crew.

Das Virus war nach wie vor aktiv und hochgefährlich, auch wenn niemand mehr davon hören wollte. Die kürzlich entdeckte neue Virusmutation machte den Experten große Sorgen – ersten Anzeichen nach waren die gängigen Impfstoffe kaum noch wirksam dagegen. Es hatte sogar bereits Infektionen mit tödlichem Verlauf gegeben, von Personen, die eigentlich vollen Impfschutz gehabt hatten. Sollte sich der Verdacht bewahrheiten, dann wäre das ein Desaster. Eine neue Welle drohte, alles würde von vorn beginnen.

Genau das bereitete Lehmann Magenschmerzen. Ja, man hatte alles getan, um Passagiere und Crew abzuschirmen und zu testen. Doch trotz aller Sicherheitsvorkehrungen gab es noch Unsicherheitsfaktoren. Vor der Abreise hatte es zwangsläufig viele Kontakte zwischen der Besatzung und fremden Personen gegeben – mit Hafenmitarbeitern, mit dem Zoll, mit anderen Behörden.

Lange Monate hatte die *Blue Ocean* im Hafen gelegen. Die gesamte Kreuzfahrtindustrie hatte stillgelegen. Die Reederei Beerbaum hatte sich nun nach amerikanischem Vorbild an ein neues Konzept gewagt und diese »Kreuzfahrt ins Nirgendwo« ausgearbeitet: Zehn Tage lang würde die *Blue Ocean* nur auf dem Meer kreuzen, ohne einen Hafen anzulaufen, ohne Landgänge für die Passagiere. *Sicheres Reisen*, hatte die Reederei betont. Absolut sicher.

In Lehmanns Ohren klang das langweilig, aber es gab zahlreiche Passagiere, die sich dafür begeisterten. Für viele Passagiere waren die Landgänge generell zweitrangig – sie genossen einfach die Zeit auf dem Meer, das gute Essen und die Seeluft, den Fünf-Sterne-Service.

Er selbst würde es vermissen, in den Häfen joggen zu gehen. Er würde sich damit begnügen müssen, morgens in aller Frühe hier auf dem Deck zu laufen. So früh, dass keine Gefahr bestand, auf Passagiere zu treffen. Denn die würden ihn nur anquatschen und mit Fragen löchern, und womöglich sogar Fotos mit dem Handy machen wollen ... Er verzog den Mund. Andererseits waren nicht allzu viele Gäste an Bord.

Lehmann ging wieder an seinen Platz. Eben hatte er mit Nadja Rindel von der Reederei telefoniert. Die Neuigkeiten, die sie ihm mitgeteilt hatte, behagten ihm gar nicht. Er hasste Überraschungen, und diese hier barg verdammt noch mal Komplikationspotential. Sogar die Rindel hatte sich tausend Mal bei ihm entschuldigt.

»Wir haben nicht aufgepasst. Das ist uns einfach durchgerutscht. Sonst hätten wir diese Person niemals an Bord gelassen. Entschuldige bitte.«

Durchgerutscht. Entschuldige bitte. Das half nun auch nicht mehr. Fakt war: *Diese Person* war nun an Bord. Für die nächsten zehn Tage. Und er sollte sich darum kümmern, dass das ›Sicherheitsrisiko‹ minimiert wurde.

Lehmann griff zum Telefon. Er musste dringend mit Nora sprechen.

*

Hoteldirektorin Nora Heyden lief schnellen Schrittes die Treppen hinauf. Sie bevorzugte generell das Treppenhaus, insbesondere, wenn sie es eilig hatte. Für sie dauerte es gefühlt viel länger, erst auf den Aufzug zu warten, dann entnervend langsam Deck für Deck nach oben oder unten zu fahren. Außerdem war es der gewöhnlichen Besatzung ohnehin verboten, die Aufzüge im Passagierbereich zu benutzen, die waren allein den Gästen vorbehalten – warum also sollte sie sich als Hoteldirektorin darüber hinwegsetzen und sich eine Sonderbehandlung gönnen?

Nora eilte weiter Richtung Brückendeck. Lehmann hatte am Telefon beunruhigend ernst geklungen, überhaupt verhieß es selten etwas Gutes, wenn der Kapitän sie auf die Brücke beorderte.

Sie überlegte, womit sie seinen Unmut erregt haben könnte. Sie verlangsamte abrupt das Tempo, als ihr siedend heiß etwas einfiel: der Galaabend, übermorgen. Sie hatte für das große Galaessen den Kapitänstisch mit ins Programm genommen, und damit hatte sie sich über Lehmanns ausdrücklichen Wunsch hinweggesetzt, auf dieser Reise aufgrund der besonderen Umstände lieber auf dem Kapitänstisch zu verzichten. Beim Kapitänstisch würden schließlich neun fremde Personen eng beieinander an einem Tisch sitzen – die verschärften Hygieneregeln verböten dies, so Lehmann.

Aber das war doch nicht sein Ernst gewesen, oder?, rätselte Nora nun. Sie hatte heute die Einladungen an die ausgewählten Passagiere verteilen lassen. Vielleicht war das Lehmann nun zu Ohren gekommen, dabei hatte sie es ihm

schonend beibringen wollen. Nun, sie würde Lehmann schon besänftigen. Der Kapitänstisch am Galaabend war schließlich immer ein Highlight, nicht nur für die auserkorenen Gäste, die mit dem Kapitän speisen durften, sondern auch für alle anderen Passagiere im Bordrestaurant, die das Treiben am Kapitänstisch zu gern verfolgten.

Etwas atemlos betrat sie die Brücke und blieb einen Moment stehen, bis sich ihre Augen an die hier herrschende Finsternis gewöhnt hatten. Auf der Brücke wurde kein Licht gemacht, ähnlich, wie es in einem Flugzeugcockpit auch bei Nacht stockfinster war und man sich allein auf die Navigationsgeräte verlassen musste.

»Lehmann?«, rief sie leise, dabei gab es keinen Grund, die Stimme zu senken. Das musste an der Dunkelheit liegen. Sie konnte nur die Erste Offizierin Karen erkennen, und erschrak, als Lehmann ihr plötzlich auf die Schulter tippte.

»Komm mit.« Kapitän Lehmann winkte sie mit sich ins Kapitänszimmer. Er schloss die Tür hinter sich und lehnte sich dann mit unbewegtem Gesicht dagegen.

»Du wolltest mich sprechen?« Nora sah ihn beunruhigt an. Dass er sich nicht mal zu einem Gruß durchrang, machte sie nervös. »Ist was passiert?«

Lehmann nickte knapp. »Ich habe eben mit Nadja Rindel von der Reederei telefoniert.«

»So spät? Muss ja wichtig gewesen sein.«

»Es geht um eines unserer Crewmitglieder. Um diese Neue, Sasha Uhrmacher.«

Puh, dachte Nora. Also hat es nichts mit mir zu tun. »Was ist denn mit Sasha?« Nora führte sich das Gesicht der Frau vor Augen. Sie hatten bislang kaum drei Worte miteinander gesprochen. Sasha Uhrmacher war hier als Gesundheitsberaterin angestellt, sie würde Vorträge über

gesunde Ernährung halten und auch ein paar Gymnastikkurse geben. Soweit Nora wusste, war sie ausgebildete Physiotherapeutin und hatte auch einen Bachelor in Ernährungswissenschaften. »Gibt es Probleme?«

»Noch nicht. Die Reederei hat bei der Durchsicht der Bewerbungsunterlagen festgestellt, dass diese Person eventuell ein Sicherheitsrisiko sein könnte.«

Nora musste schmunzeln. »Sicherheitsrisiko? Ist sie etwa eine Extremistin?«

»Sagt dir der Name denn nichts?«

»Uhrmacher? Sie ist doch wohl nicht verwandt mit *dem* Uhrmacher?«, lachte Nora in Anspielung an den weltberühmten Fußballer. Als Lehmanns Gesicht ernst blieb, riss sie die Augen auf.

»Doch?«

»Sasha ist die große Schwester von Mario Uhrmacher.«

»Nein! Und die arbeitet bei uns an Bord? Ich glaube es ja nicht.«

»So ist es.« Lehmann seufzte. »Sie hat bei der Bewerbung nicht verraten, wer sie ist. Der Reederei ist es erst später aufgefallen.«

»Aber warum sollte sie ein Sicherheitsrisiko sein?«

»Heyden, ihr Bruder ist ein millionenschwerer Weltstar.« Lehmann verschränkte die Arme. »Und du weißt, was mit dem Bruder geschehen ist. Die Familie lebt abgeschirmt an einem geheimen Ort, um der Presse zu entgehen. Auch Sasha Uhrmacher hat sich immer aus der Öffentlichkeit ferngehalten. Nichtsdestotrotz sind die Reporter hinter der Familie und hinter der Geschichte her. Seit Jahren.«

»Befürchtet die Reederei, es könnten sich Reporter an Bord geschlichen haben?«

»Das, oder jemand anderes könnte sie in Gefahr bringen – was weiß ich. Prominente sind doch immer in Gefahr.« Lehmann verzog das Gesicht. »Es gibt viele Verrückte auf dieser Welt. Wir sollen jedenfalls ein Auge auf sie haben. Sie gilt nun als gefährdet.«

»Verstehe. Wir sind für ihre Sicherheit verantwortlich, so lange sie an Bord ist.« Nora nickte.

»Ja, dabei sind wir wirklich nicht auf den Personenschutz bekannter Persönlichkeiten ausgerichtet. Es macht nur Umstände. Sasha Uhrmacher hätte die Anstellung nicht bekommen, wenn bekannt gewesen wäre, wer sie ist. Nadja Rindel ist ziemlich sauer, dass Frau Uhrmacher diese Tatsache bei der Bewerbung verschwiegen hat.«

»Muss man denn seine familiären Bindungen offenlegen?«, wandte Nora ein. »Ich muss in einem Vorstellungsgespräch nicht alles preisgeben.«

»Alles nicht. Aber nicht jeder hat einen Fußballstar in der Familie. Und die Reederei findet, dass solche Fakten durchaus relevant sind. Du sollst Sasha mal die Leviten lesen.«

»Also, so schlimm finde ich das nun auch nicht«, nahm Nora die Neue in Schutz. »Ich meine, ich kann verstehen, dass gerade jemand wie Sasha Uhrmacher für sich behalten möchte, wer sie ist. Aber gut. Ich werde mich mal mit ihr unterhalten. Bislang gab es jedenfalls noch keine Schwierigkeiten. Mir ist noch nicht zu Ohren gekommen, dass irgendjemand eine Verbindung gezogen hätte von ihr zu Mario Uhrmacher. Und du weißt, wie schnell sich hier Gerüchte verbreiten.«

»Und damit das so bleibt, wirst du Sashas Identität selbstverständlich auch niemand anderem gegenüber erwähnen.« Lehmann sah sie mahnend durch seine windzerzausten Locken hindurch an, die länger waren, als jemals

zuvor. Lehmann hatte mit geschlossenen Friseursalons wohl nie ein Problem gehabt. Nora hingegen hatte hin und wieder selbst zur Haushaltsschere gegriffen und sich die Spitzen geschnitten. Nein, das Ergebnis war nicht sonderlich gelungen, aber das war ihr egal. Wenn eine schlechte Frisur alles war, was sie durch die Pandemie erleiden musste, dann durfte sie sich dankbar und glücklich schätzen.

»Okay, mal sehen, ob ich Sasha noch erreiche.« Nora wollte schon wieder gehen.

»Heyden?«, hielt Lehmann sie zurück, als sie schon fast an der Tür war.

»Ja?«

»Was habe ich da im neuen Tagesprogramm gelesen? Übermorgen ist Kapitänstisch?«

»Ach so, ja ... Das wollte ich noch erwähnt haben.«

»Hatte ich nicht gesagt, der Kapitänstisch ist diese Reise gestrichen? Neun Personen, aus mindestens fünf Haushalten, an einem Tisch, die zusammen essen?«

»Also, ich dachte, das sei ein Scherz ...«

»Darüber mache ich keine Witze!«, schimpfte Lehmann. »Sag das wieder ab.«

»Ich habe schon die Einladungen verteilen lassen, und ...« Nora reckte störrisch das Kinn vor. »Dafür verzichten wir doch schon auf das obligatorische Foto mit dem Kapitän.« Üblicherweise durften sich die Passagiere am Galaabend mit dem Kapitän fotografieren lassen, und diese Fotos waren stets heiß begehrt.

»Das Fotomachen war sowieso gecancelt!«, gab Lehmann zurück.

»Ja eben. Und darüber waren alle sehr enttäuscht.« Nora grinste ihm aufmunternd zu. »Na komm schon, Lehmann, du weißt doch, wie viel es den Gästen bedeutet, wenn du sie mit deiner Anwesenheit beehrst.«

»Jaja, schon gut«, maulte Lehmann und winkte sie davon. »Und nun geh dahin.«

Noras Blick fiel auf sein Handgelenk. »Sieht nicht gut aus. Wolltest du damit nicht zu Dr. Birnbaum?«

»War ich ja, heute Morgen.« Auch Lehmann betrachtete nun die feuerrote Stelle hinter seinem Ärmel. »Hat mir eine neue Salbe gegeben. Hilft aber irgendwie nicht.«

»Das dauert vielleicht«, meinte Nora ratlos.

»Wird wohl.«

*

Arielles Ohren rauschten. Das musste das Adrenalin sein. Ihr Puls raste, als habe sie gerade 1500 Meter Freistil in Rekordtempo geschwommen. 1500 Meter, ihre Paradedisziplin, damals ...

Sie erinnerte sich deutlich an das Gefühl des kalten Wassers auf ihrer erhitzten Haut. Hatte den Chlorgeruch in der Nase. Die butterweichen Beine, wenn sie aus dem Becken kletterte und sich erst mal an den Rand kauern musste, um keuchend nach Luft zu ringen. Kurz vor der Ohnmacht, vor Anstrengung und Erschöpfung. Voller Adrenalin. Wie sie ängstlich auf die große Uhr am Beckenrand sah, und dann die Erleichterung, wenn sie erkannte, dass sie es geschafft hatte. Dass sie wieder einen Rekord aufgestellt hatte.

So fühlte sie sich jetzt. Atemlos, gehetzt, entkräftet ... aber auf eine gewisse Weise glücklich. Überglücklich. Sie hatte wieder etwas geschafft, was noch nie zuvor jemand geschafft hatte: Sie hatte es Wolf Kerner endlich heimgezahlt.

Wieder und wieder lief vor ihren Augen der Film ab: wie Wolf Kerner rückwärts die Treppe hinabstürzte. Wie merkwürdig es knackte. Wie er dort liegen blieb.

War er schwer verletzt?

Langsam, ganz langsam, meldete sich plötzlich die Angst.

Was habe ich getan?

Muss ich mich stellen?

Er wird mich anzeigen ...

Was habe ich getan?

*

Gedankenverloren spazierte Bordlektor Dr. Hans-Bernd Eschweiler über das schwach beleuchtet Außendeck. Er ging gern nach Feierabend noch mal raus, an die frische Meeresluft, und besonders angenehm war ihm heute, dass er fast allein hier draußen war. Kaum ein Passagier hatte sich heute Abend hierher verirrt, sie saßen alle entweder im Bordtheater, wo die Bordtänzer ein spektakuläres Musical aufführten, oder in der Sonnenbar, wo ein Comedian seine Sketche zum Besten gab. Dr. Eschweiler hatte auf beides keine Lust, obwohl ihm freigestanden hätte, an der Bordunterhaltung teilzunehmen. Nein, es hatte ihn hinausgezogen, an Deck, ans Meer.

Ein wohliger Schauer lief ihm über den Rücken, als er, dem Seewind trotzend, voranschritt. Endlich wieder auf See. Endlich wieder Meer. Endlich ›daheim‹.

Er arbeitete seit Jahren als Bordlektor auf der *Blue Ocean* und hielt Vorträge über Flora und Fauna ferner Länder. Wie sehr hatte er die *Blue Ocean* in den Monaten der Zwangspause vermisst. Zuhause war ihm förmlich die Decke auf den Kopf gefallen. Er besaß nur eine winzige Mietwohnung, da er sich die meiste Zeit des Jahres auf der *Blue Ocean* befand, und wenn er Urlaub hatte, so waren es selten mehr als vier Wochen am Stück – durchaus wenig für einen Seemann.

Die langen, langen Monate nun, die er aufgrund der Pandemie an Land hatte verbringen müssen, hatten an ihm gezehrt. Wie sehr hatte er das Meer vermisst, die Wellen, die Weite. Selbst seine kleine Kabine auf der *Blue Ocean*. Er hatte die anderen, langjährigen Crewmitglieder vermisst, wie Nora Heyden und Kapitän Lehmann. Kreuzfahrtdirektorin Elsa, Rezeptionistin Anna-Lena und sogar Schiffsarzt Dr. Birnbaum. Sie alle waren doch seine Familie.

Er hatte sich sehr einsam zu Hause gefühlt und tagtäglich den Anruf der Reederei herbeigesehnt, es möge doch endlich wieder losgehen, die *Blue Ocean* endlich wieder in See stechen.

Er war im Wald spazieren gegangen, hatte die Natur in seiner Heimat völlig neu kennengelernt, aber das hatte die Leere in ihm nicht gefüllt. Er war ein Seemann, durch und durch. Ihm fehlte das Meer. Die Fremde. Die Passagiere. Seine Freunde an Bord.

Ja, er hatte sich sehr allein gefühlt. Und aus der Einsamkeit heraus hatte er sich vor einigen Wochen bei einer Singlebörse im Internet angemeldet. Ein Nachbar hatte ihm den Tipp gegeben. Jener Nachbar hatte dort nämlich

sein großes Glück gefunden. Eine äußerst attraktive Dame namens Juliette. Die Singlebörse war zwar recht kostspielig, »Paar de luxe« hieß sie, aber Dr. Eschweiler wollte sein Glück probieren.

Anfangs hatte er sich schwergetan und sich nicht getraut, überhaupt eine der Damen anzuschreiben. Er hatte sich richtig erschreckt, als er plötzlich selbst eine Nachricht in seinem Postfach hatte. Von Karoline. Sie hatte ihm gleich eine lange Mail geschrieben, von sich erzählt und ihm geschrieben, was sie sich alles von ihrem Traummann erhoffte. Er war erstaunt gewesen, dass eine fremde Dame sich so sehr öffnete. Ihr Foto war sympathisch, und so hatte er zurückgeschrieben. Erst nur kurz, aber dann immer begeisterter. Zwei Wochen lang ging es hin und her, und er begann sich richtig auf Karolines Nachrichten zu freuen. Man sprach sogar schon darüber, sich bald zu treffen. Doch dann war Schluss. Von einem Tag auf den anderen schrieb Karoline nicht mehr zurück. Er war sehr verwundert und wartete einige Tage, ehe er vorsichtig nachfragte. Wieder keine Antwort. Er schickte noch eine Nachricht hinterher – und dann war sein Profil plötzlich blockiert. Karoline hatte ihn einfach gelöscht, ohne Vorwarnung. Er verstand die Welt nicht mehr. So ein netter Kontakt, und ja, er hatte schon ein gewisses Herzflattern verspürt – und dann aus. Einfach so. Erst hatte er geglaubt, da müsse irgendein technischer Fehler vorliegen, dass die Nachrichten plötzlich nicht mehr durchgingen. In seiner Not rief er bei »Paar de luxe« im Büro an, und dort erklärte man ihm dann, dass so etwas leider, leider gelegentlich vorkäme. Dass Kontakte von jetzt auf gleich abgebrochen wurden. Ohne Erklärung. Manchmal sogar, nachdem man

sich bereits ein oder mehrere Male getroffen habe ... Ja, so wäre das eben. Aber in der Börse seien ja noch viele andere nette Damen, er solle doch die Hoffnung nicht aufgeben.

Nun ja. Um sich über die Enttäuschung mit Karoline hinwegzutrösten, schrieb er am gleichen Tag gleich drei andere Damen an, und diese reagierten allesamt sehr zugewandt. Zeitweilig war es richtig stressig, die Mails parallel zu beantworten und sich nicht in den Namen zu irren. Frauen schrieben offenbar generell sehr gern und sehr viel und vor allem: sehr häufig.

Die erste Dame schickte ihm sogleich ungefragt Bikinifotos, dann verabschiedete sie sich jedoch schon kurz darauf, sie haben ihren »Traummann« gefunden. Die zweite Dame schickte ihm selbst verfasste Gedichte, die er pflichtschuldig lobte, und teilte ihm nach einigen Tagen mit, sie habe »nicht das Gefühl, dass es passe zwischen uns«. Die dritte Dame wollte sofort seine Telefonnummer und mit ihm telefonieren. Das Gespräch war sehr nett, aber die Dame fand einfach kein Ende. Drei Stunden später war er völlig geschafft. Und fortan bombardierte sie ihn förmlich mit Nachrichten. Er hatte ihr seine Handynummer verraten, und sie schickte ihm Dutzende Nachrichten am Tag, mit Herzchen und Kusssmileys, was er sehr befremdlich fand. Weil er nicht ebenso euphorisch reagierte, schrieb sie ihm schließlich wutentbrannt: Auf so einen Typen wie ihn könne sie verzichten. Ständig müsse sie auf seine Antwort warten, sie käme sich ignoriert vor. Sie wolle einen Mann, der sich um sie bemühe und nicht einen, dem sie ständig hinterherlaufen müsse. Dr. Eschweiler war froh, diese anstrengende Frau los zu sein. Leider schickte sie ihm trotzdem weiterhin Nachrichten. Sie habe überreagiert, ob man es nicht noch einmal miteinander versuchen wolle ... Irgendwann dann blockierte er sie still und heimlich mit

schlechtem Gewissen, so, wie es Karoline einst mit ihm gemacht hatte. Er hatte sich von dem Portal wieder abgemeldet und wollte die Partnersuche von nun an wieder dem Schicksal überlassen.

Schicksal ... Dr. Eschweilers Herz klopfte plötzlich schneller. Unlängst hatte er eine äußerst nette Frau kennengelernt – eine neue Kollegin. Sasha Uhrmacher hieß sie. Er hatte ihr und einem weiteren neuen Mitarbeiter vorhin das Schiff gezeigt, und ja, Kollegin Sasha hatte ihn positiv überrascht, zumal er bei dem Vornamen eigentlich mit einem Mann gerechnet hatte. Als plötzlich eine wunderhübsche, junge Frau vor ihm stand, hatte es ihm für einen Moment glatt die Sprache verschlagen.

Sasha war Gesundheitsberaterin, Henry Brandt war Motivationscoach. Die beiden waren zum ersten Mal an Bord und hatten noch niemals zuvor auf einem Schiff gearbeitet. Gesundheitsberaterin und Motivationscoach ... Dr. Eschweiler schüttelte leicht den Kopf. Das hatte es noch nie an Bord gegeben – aber diese Reise mit lauter Seetagen war eben eine Premiere, da hatte sich die Reederei wohl etwas Besonderes einfallen lassen, um die Gäste zu unterhalten.

Kreuzfahrtdirektorin Elsa hatte ihn gebeten, die Neulinge ein wenig an die Hand zu nehmen und über die Gepflogenheiten an Bord aufzuklären, und so hatte er ihnen eben ein Stündchen seiner Zeit gewidmet. Vor allem Sasha Uhrmacher war wirklich eine sympathische Frau, sehr sympathisch, wirklich ... Nur leider zu jung. Wenn er zwanzig Jahre jünger wäre, *dann* ... Er seufzte und musste sich eingestehen: Auch wenn er zwanzig Jahre jünger wäre, dann würde er in seiner Schüchternheit wohl *nichts* machen.

Dr. Eschweiler spazierte weiter. Er hatte das Schiff nun fast gänzlich umrundet. Ihm waren kaum andere Passagiere begegnet, so wie er erwartet hatte. Herrlich die Ruhe. Er sog tief und befreit die Seeluft in die Lungen. Oh, wie hatte er das vermisst. Ein letztes Mal ließ er seinen Blick über das leere Deck schweifen.

Da hinten, vor der schmalen Treppe hoch zum Sonnendeck, da lag etwas. Er konnte nicht genau erkennen, was es war. Es sah aus wie ein Mensch, so sein erster Gedanke.

Unsinn, sagte er sich dann. Warum sollte denn dort jemand liegen. Doch seine Neugier war geweckt und er ging näher. Falls etwas die Treppe versperrte, so musste es beiseite geräumt werden. Es mochte ein Wäschesack sein, oder ein Müllbeutel. Als er bis auf wenige Schritte herangekommen war, stutzte er. Es war tatsächlich ein Mensch, der dort lag. Ein Mann.

Dr. Eschweiler musterte den Mann. Er regte sich nicht. Sein Kopf lag merkwürdig zur Seite verdreht da. Neben ihm lag eine zerbrochene Flasche Wein.

Betrunken, ging ihm durch den Kopf. In den Bars wurde Alkohol nur in überschaubarem Rahmen angeboten. Bier, Wein, maximal zwei Gläser pro Person und Abend. Man wollte vermeiden, dass übermäßiger Alkoholkonsum die soziale Distanzierung gefährdete. Aber offenbar hatte der Herr die Beschränkung umgehen wollen und es sich hier draußen mit einer Flasche Wein gemütlich gemacht.

Dr. Eschweiler schob die Lippe vor und überlegte. Dann stieß er ihn vorsichtig mit dem Fuß an. Keine Reaktion. Er beugte sich noch näher. Der Mann kam ihm vage bekannt vor, aber einen Namen hatte er nicht präsent.

»Hallo. Sie? Verzeihen Sie, Sie können hier nicht so herumliegen«, sagte er höflich.

Der Mann rührte sich nicht.

»Hallooo«, sagte er lauter. »Hören Sie nicht? Stehen Sie doch bitte auf.«

Nein, er hörte ihn offenbar nicht. Er schien tief und fest zu schlafen.

»Jetzt stehen Sie schon auf«, drängte Dr. Eschweiler noch energischer. Nichts. »Schön. Dann hole ich unseren Sicherheitsdienst.«

Auch diese Drohung lockte keine Reaktion hervor.

»Gut. Wie Sie wollen.« Dr. Eschweiler drehte sich um, um ein Telefon zu suchen. So etwas hatte er wirklich noch nie erlebt.

*

»Frau Heyden, Sie wollten mich sprechen?« Sasha Uhrmacher klang ein wenig atemlos, als sie den Kopf in Noras Büro steckte.

»Ja. Danke, dass Sie hergekommen sind. Ich weiß, es ist schon spät und Sie haben bereits Feierabend.«

»Kein Thema, ich war ohnehin unterwegs. Dr. Eschweiler hat mir und Herrn Brandt eben das Schiff gezeigt. Es sind wirklich alle sehr freundlich hier.«

»Setzen Sie sich doch bitte.«

»Danke.«

Nora hatte Sasha Uhrmacher über ihren Pager angefunkt und in ihr Büro bestellt. Sie hatte kaum fünf Minuten warten müssen. Nun saß Sasha Uhrmacher mit fragendem Blick vor ihrem Schreibtisch: rötliche, schulterlange

Locken, auffällige Sommersprossen und klare, grüne Augen. Die Ähnlichkeit mit ihrem berühmten Bruder war unverkennbar – wenn man davon wusste.

»Also …« Nora beschloss, nicht um den heißen Brei herumzureden. Es war spät, und auch sie wollte Feierabend machen. »Die Reederei hat herausgefunden, wer Sie sind.«

Sashas freundliches Lächeln erstarrte. »Das klingt ja, als sei ich eine gesuchte Verbrecherin.«

»Das nicht. Aber Ihr Bruder ist ein Weltstar. Die Reederei macht sich Gedanken um Ihre Sicherheit. Es bedeutet für Sie ein Sicherheitsrisiko, hier an Bord zu sein. Das wissen Sie. Und wir sind für Ihre Sicherheit verantwortlich. Deshalb hätten wir gern vorher gewusst, wer Sie sind.«

»Dann hätte man mich nicht eingestellt«, stellte Sasha nüchtern fest. »Oder?«

»Wahrscheinlich nicht«, gab Nora zu. »Auf der *Blue Ocean* können wir keinen angemessen Personenschutz gewährleisten – so, wie es bei Personen Ihres Bekanntheitsgrades sein müsste.«

»Bekanntheitsgrad. Es ist wirklich nicht so, dass man mich auf der Straße erkennt.« Sasha schüttelte den Kopf. »Ich bewege mich auch zu Hause ohne ›Personenschutz‹. Ich weiß ja nicht, was Sie für Vorstellungen haben, Frau Heyden, aber ich versuche, ein weitgehend normales Leben zu führen.«

»Dennoch sind Sie durch Ihren Bruder eine Person, die in der öffentlichen Aufmerksamkeit steht«, sagte Nora. »Und auch wenn Sie selbst es nicht für notwendig halten – die Reederei muss Ihren Schutz gewährleisten. Der allgemeine Bordfrieden hängt unmittelbar damit zusammen.«

»Glauben Sie, man kann mich an Bord entführen, oder wie soll ich das verstehen?« Sasha lächelte nun wieder. »Ausgerechnet hier?«

Nora hob die Hände. »Es gibt viele Verrückte, und genau deshalb sind die Sicherheitsvorkehrungen nun mal sehr streng, gerade auf einem Schiff. Wir sind hier kein normales Hotel, Sasha. Sie haben doch bei den Sicherheitstrainings, die jedes Crewmitglied zu absolvieren hat, bereits gemerkt, dass wir für alle Eventualitäten gerüstet sind. Und durch Ihren berühmten Bruder ...«

»Lassen Sie meinen Bruder doch bitte aus dem Spiel«, unterbrach Sasha sie missmutig. »Ich möchte ein ganz normales Leben führen. Ich möchte keine Aufmerksamkeit. Ich bin eine erwachsene und unabhängige Person. Ich lebe mein Leben eigenständig – so gut es eben geht mit einem ›berühmten Bruder‹.«

»Die Reederei ist nicht sehr glücklich darüber, dass Sie bei der Bewerbung Ihren familiären Hintergrund verschwiegen haben.«

»Das tut mir ja leid. Aber reden Sie bei Vorstellungsgesprächen über Ihre Geschwister?«

»Ich verstehe Ihren Standpunkt, aber Ihr Fall ist nun mal nicht alltäglich. Und jetzt sind Sie hier. Wenn also irgendetwas vorfällt, dass Sie beunruhigt, dann möchte ich sofort informiert werden. Für Sie ist und bleibt die Tätigkeit hier ein Risiko.«

»Ach, Risiko ...« Sasha winkte ab. »Die Passagierzahl hier an Bord ist doch überschaubar, und ich glaube wirklich nicht, dass sich irgendjemand von denen sonderlich für mich interessiert. Uhrmacher ist zum Glück ein geläufiger Name, sonst hätte ich ihn längst geändert. Ich schwöre Ihnen, in der Regel erkennt man mich nicht, wenn ich unterwegs bin, und ich hänge gewiss nicht an die große Glocke, wer ich bin. Zu Hause habe ich auch keine Bodyguards. Ich bin es gewohnt, mich unauffällig zu verhalten. Niemand weiß, dass ich hier bin. Das Interesse der Öffent-

lichkeit an meinem Bruder ist zwar unvermindert stark, und auch wir, die Familie, werden noch immer bedrängt. Aber die Zeiten, in denen man uns regelrecht verfolgt hat, um ein paar Infos zu bekommen, die sind zum Glück vorbei.«

»Das muss schlimm gewesen sein.«

Sasha nickte nur.

»Wie geht es Ihrem Bruder denn?«

Sashas Blick wurde abweisend. »Bitte verstehen Sie, Frau Heyden, dass ich mich nicht dazu äußern möchte. Wir sprechen grundsätzlich nicht mit Außenstehenden über Mario. Niemand außerhalb unserer Familie und seiner Managerin weiß Bescheid.«

»Entschuldigen Sie meine Frage.«

»Das macht nichts. Jeder fragt.« Sasha zuckte mit den Schultern. Dann erhob sie sich. »Wie gesagt, ich werde mich unauffällig verhalten und denke, dass ich hier ganz in Ruhe meinen Job erledigen kann. Von meiner Seite aus wird es keine Probleme geben.«

Als Sasha das Büro verlassen hatte, wandte sich Nora ihrem PC zu. Sie würde sofort noch eine E-Mail an Nadja Rindel von der Reederei schreiben, um sie darüber zu informieren, dass sie mit Sasha gesprochen und sie für ihre ›Heimlichtuerei‹ gerügt hatte. Nadja Rindel würde hoffentlich die fortgeschrittene Uhrzeit bemerken und den späten Arbeitseinsatz entsprechend würdigen.

Nachdem Nora die Mail abgeschickt hatte, blieb sie grübelnd vor dem Monitor sitzen.

Mario Uhrmacher.

Nora interessierte sich nicht sonderlich für Fußball, aber der Name Mario Uhrmacher war ihr ein Begriff. Spätestens bei der letzten Fußball-WM hatte er Sportgeschichte geschrieben. Der Sportler gehörte zu den bekanntesten und

beliebtesten Persönlichkeiten des Landes, er war ein sympathischer Bursche mit viel Humor und grinste bei den Interviews immerzu schelmisch in die Kameras.

Dann, vor etwa zwei Jahren, der Schock: Mario Uhrmacher erlitt einen schweren Skiunfall. Trug schwerste Kopfverletzungen davon, fiel ins Koma. Der Unfall hatte ein riesiges Medienecho erzeugt, das selbst ihr auf der *Blue Ocean* nicht entgangen war. Die Nation hatte unter Schock gestanden: Mario Uhrmacher, auf dem Zenit seines Erfolges, lag schwer verletzt in einer Klinik und kämpfte um sein Leben.

Nora erinnerte sich, welche Medienhysterie geherrscht hatte. Aber das war nun zwei Jahre her. Und seitdem schwiegen Familie und Ärzte über Marios Zustand.

Niemand wusste, wie es ihm aktuell ging.

Nora tippte in die Suchmaschine: Mario Uhrmacher + Unfall.

Es ergab unzählige Treffer.

Nora überflog die Schlagzeilen. Bis heute war der rätselhafte Zustand von Mario Uhrmacher ein Thema.

Der erste Artikel war zwei Jahre alt:

Lebensgefahr. Mario Uhrmacher im Koma

Nach einem schweren Skiunfall kämpft der Weltfußballer und Rekordtorschütze Mario Uhrmacher (28) um sein Leben. Man könne über seine Überlebenschancen nichts sagen, teilten die Ärzte mit. Uhrmacher wurde ins künstliche Koma versetzt.

Der nächste Artikel:

Uhrmacher aus Koma erwacht

Rund vier Monate nach seinem schweren Skiunfall ist Mario Uhrmacher aus dem künstlichen Koma erwacht. »Es geht ihm den Umständen entsprechend gut«, sagte seine Managerin. Über den genauen Gesundheitszustand jedoch wurden keine Angaben gemacht. Man schütze Marios Privatsphäre und werde sich nicht näher äußern, so seine Managerin.

Der neuste Artikel war gerade mal zwei Wochen alt:

Uhrmacher: Wie geht es ihm wirklich?

Auch zwei Jahre nach dem schweren Unfall von Mario Uhrmacher (30) rätselt die Öffentlichkeit über den Gesundheitszustand des Weltfußballers. Bei seinem Skiunfall erlitt Uhrmacher ein schweres Schädel-Hirntrauma. Seitdem hüllt sich die Familie in Schweigen. Bis heute gibt es über den Gesundheitszustand des Fußballstars keine Informationen.

Nora scrollte nachdenklich durch die Suchergebnisse. Bis heute war kein Wort über Marios aktuellen Zustand bekannt.

Manche Reporter spekulierten darüber, dass Mario nun ein schwerer Pflegefall sei, der rund um die Uhr betreut werden müsse und aufgrund seiner Hirnschäden hochgradig behindert sei. Andere glaubten zu wissen, dass er ein spezielles Rehaprogramm absolviere, um wieder Laufen und Sprechen zu lernen, und sich auf dem Wege der Besserung befände.

Aber alles Spekulation. Die Familie schwieg. Und auch Sasha hatte eben deutlich gemacht, dass sie keine Fragen beantworten würde.

Nora schaltete den Computer aus. Nun verstand sie die Sorge der Reederei. Es bestand zweifellos die Gefahr, dass Sasha Uhrmacher hier an Bord belästigt werden könnte, wenn herauskam, wer sie war. Jemand könnte sie bedrängen, um etwas über Marios Zustand zu erfahren.

Man holte sich einfach nicht gern Problemkinder an Bord. Auf der *Blue Ocean* waren zwar schon häufiger Prominente zu Gast gewesen, allerdings war das immer mit erhöhtem Aufwand verbunden gewesen. Teilweise brachten sie eigenes Sicherheitspersonal mit an Bord, der Zutritt zu den Kabinen wurde beschränkt und das zuständige Zimmermädchen gewissenhaft ausgewählt.

Aber, vielleicht machten sie sich bezüglich Sasha völlig unnötig einen Kopf. Die Frau schien zu wissen, was sie tat. Nora schloss ihre Bürotür ab. Feierabend. Es war spät geworden, wie immer zu Beginn einer neuen Reise. Müde ging sie durch die leeren Korridore zum Außendeck, um die Nase noch fünf Minuten in den Wind zu halten. Die Kabinenstewardessen hatten ihre Arbeit längst beendet, und nur noch wenige Passagiere waren in den Gängen unterwegs.

Draußen steuerte sie direkt das Crewdeck an und ließ sich auf die Bank fallen. Hier war sie allein, nur sie und das Meer.

Sie kramte einen Schokoriegel aus der Tasche, den sie sich in ihrem Büro schnell noch eingesteckt hatte, und riss das Papier auf. Der erste schokoladige Bissen war stets der beste. Abends war ihr Heißhunger auf Schokolade besonders groß, als müsse sie die Energiereserven, die sie über den Tag verbraucht hatte, wieder auffüllen.

Die »Kreuzfahrt ins Nirgendwo« lief bislang wie am Schnürchen. Die Gäste akzeptierten die Hygieneauflagen und hielten sich daran, ebenso die Crew. Es war zwar insgesamt beschwerlicher und mit Mehraufwand verbunden, aber durch die reduzierte Passagierzahl war es händelbar.

Vor dieser Reise war der Aufwand, die *Blue Ocean* wieder herzurichten, immens gewesen. Nach dem monatelangen Stillstand musste das gesamte Schiff von Grund auf gereinigt werden – Restaurants, Kabinen, Küchen – alles war eingestaubt und schmuddelig. Nachdem der Kreuzfahrttourismus über Nacht zum Erliegen gekommen war, war auch über der *Blue Ocean* das Chaos ausgebrochen. Ein Teil der ausländischen Crew hatte noch wochenlang an Bord ausharren müssen, da ihnen die Einreise in ihre Heimatländer verwehrt worden war. Sie hatten das Schiff nicht verlassen dürfen, nicht mal in einem Hotel an Land hatte man sie unterbringen dürfen. Überall auf der Welt hatten Seeleute auf ihren Schiffen festgesessen, auf Frachtern und Containerschiffen, auf Kreuzfahrtschiffen.

Es waren harte Monate gewesen. Umso mehr hatte Nora sich gefreut, dass es endlich wieder losging. Ähnlich wie Lehmann hatte sie zwar zunächst Bedenken gehabt, ob eine Kreuzfahrt überhaupt *sicher* gestaltet werden konnte, aber mittlerweile war sie davon überzeugt, dass die Passagiere hier an Bord nicht in Gefahr waren. Es gab ein gutes Hygienekonzept, Mitarbeiter und Gäste waren geimpft.

Wenn nur nicht diese neue Virusmutation aufgetaucht wäre, dachte Nora, verdrängte den Gedanken daran aber schnell. Plötzlich ging ihr Pager los, und sie warf einen Blick auf das Gerät. Lehmann? Schon wieder? Seufzend erhob sie sich und ging zum Telefon neben der Außentür.

»Lehmann, was gibt's denn noch?«

»Wir haben einen Toten, Heyden.«

»Einen ...« Hatte sie richtig gehört?

»Du hast richtig gehört. Komm bitte sofort ins Hospital.«

*

Nora brauchte zwei Minuten, um das Bordhospital auf dem untersten Deck zu erreichen.

Ein Toter. Warum sterben die Leute eigentlich immer zu Beginn einer Reise?, ging ihr unwillkürlich durch den Kopf. Bedauerlicherweise kam es gelegentlich vor, dass Passagiere an Bord das Zeitliche segneten, was aufgrund des recht hohen Alters der Reisenden aber nicht überraschend war.

Und wenn es diesmal ein Crewmitglied war?, dachte Nora, während sie die Tür zum Hospital aufstieß. Ein tödlicher Unfall? Auch das kam leider vor. Auf dem Schwesterschiff, der *Blue Ocean* II, war letztes Jahr ein Crewmitglied bei einer Rettungsübung aus einem der Rettungsboote gestürzt und hatte sich tödlich verletzt.

Kapitän Lehman und Sicherheitsoffizier Malik befanden sich im Sprechzimmer, gleich neben Dr. Birnbaums Schreibtisch – der allerdings leer war. Die beiden sahen mit ernsten Mienen durch die Tür zum kleinen Behandlungsraum, dessen Tür weit aufstand. Nora folgte ihrem Blick und entdeckte den Schiffsarzt. Der Arzt stand über die Untersuchungsliege gebeugt, auf der eine Person lag. Neben ihm stand die Krankenschwester mit einem Notizblock.

»Was ist passiert?« Nora richtete den Blick wieder auf Lehmann.

»Dr. Eschweiler hat draußen an Deck einen Mann gefunden. Leblos«, erklärte Malik, ehe Lehmann zu Wort kam. Er nickte leicht zur Seite, wo auf einen Stuhl an der Wand der Bordlektor saß. Dr. Eschweilers Gesicht war beinahe ebenso weiß wie das Taschentuch, mit dem er sich die Stirn tupfte. Seine Brille war beschlagen, so heftig atmete er.

»Um Himmels willen. Um wen handelt es sich?«

»Wolf Kerner, achtundsechzig Jahre alt. Er lag direkt an der Treppe zum Sonnendeck«, erklärte Malik. »Vielleicht ist er dort zusammengebrochen, vielleicht ein Herzinfarkt. Das wissen wir noch nicht.«

Alle schauten wieder in das Untersuchungszimmer, wo der Schiffsarzt den Toten weiter untersuchte. Jetzt drehte er zusammen mit der Krankenschwester den Leichnam auf den Bauch. Nora trat vor und schloss die Tür.

»Ich denke, das müssen wir nicht angucken«, sagte sie entschieden, obwohl Malik und Lehmann durchaus interessiert wirkten. Dann wandte sie sich an den Bordlektor.

»Geht es Ihnen gut, Dr. Eschweiler?«

Dumme Frage, der Lektor wirkte, als sei ihm schlecht. Entsprechend zuckte er auch nur kläglich mit den Schultern.

»Haben Sie den Sturz beobachtet?«, fragte Lehmann.

»Nein.« Dr. Eschweiler schob die Brille hoch. »Nein. Er lag da. Ich dachte erst ... Ich dachte, er sei stockbe... betrunken.«

»Waren Sie allein an Deck, oder war sonst noch jemand dort?«

»Ich muss gestehen, ich war sehr in Gedanken ... Aber nein, als ich ihn fand, war niemand in der Nähe. Nein.«

Lehmann wandte sich an Malik. »Der Bereich ist nicht mehr von den Kameras erfasst, oder? Sodass wir nachsehen könnten, was passiert ist?«

Malik schüttelte den Kopf. »Nein. Drei, vier Meter weiter rechts, dann hätte die Reling-Kamera alles gefilmt. Die Treppe aber ist nicht auf den Aufnahmen zu sehen.«

Sie warteten schweigend, bis sich schließlich die Tür öffnete. Schiffsarzt Dr. Birnbaums Kopf erschien, er winkte mit der Hand. »Kommen Sie.«

Während Lehmann und Malik sofort in das Zimmer traten, verharrte Nora an der Tür. Sie konnte von hier aus den toten Körper auf der Liege sehen. Sie wollte da nicht hinein. Auch Dr. Eschweiler blieb reglos auf seinem Stuhl sitzen.

Der Leichnam war nun mit einem weißen Laken abgedeckt, man erkannte deutlich die Konturen seines Körpers. Den umfangreichen Bauch, die an der Seite ausgestreckten Arme, die hervorstehenden Fußspitzen und den runden Kopf.

Die Verhüllung durch das Tuch ließ den Toten unheimlich erscheinen. Schnell sah Nora wieder zu Lehmann.

Dieser fragte mit verschränkten Armen: »Was ist passiert?«

»Das weiß ich nicht«, antwortete Dr. Birnbaum spröde. »Ich war nicht dabei.«

Nora wechselte einen Blick mit Lehmann.

»Was *glauben* Sie, was passiert ist?«, fragte Lehmann.

»Er muss die Treppe vom Sonnendeck hinuntergestürzt sein und hat sich das Genick gebrochen. Er wird sofort tot gewesen sein.«

»Du meine Güte. Wie furchtbar«, sagte Nora erschüttert.

»Ein Sturz also. Wie lange ist er schon tot?«, wollte Lehmann wissen. »Können Sie feststellen, wie lange er dort schon lag?«

»Es kann nicht lange gewesen. Der Sturz muss unmittelbar passiert sein, bevor Dr. Eschweiler ihn fand. Als ich hinzukam, war der Todeseintritt rund dreißig Minuten her. Aber – selbstverständlich kann ich hier keine Obduktion vornehmen, meine Angaben sind also unter Vorbehalt.«

Dr. Eschweiler wurde noch grüner im Gesicht.

»War er betrunken?«, fragte Malik ungeniert. »Neben ihm lag eine zerbrochene Flasche Wein.« Der Sicherheitsoffizier war gleich nach Dr. Birnbaum als einer der ersten am Unfallort eingetroffen und hatte schließlich, nachdem Dr. Birnbaum festgestellt hatte, dass jede Hilfe zu spät kam, die Umgebung und den Toten mit seinem Handy fotografiert. »Das würde erklären, warum er gestürzt ist.«

»Die Flasche war aber ungeöffnet, der Korken steckte noch im Flaschenhals, wie ich gesehen habe. Aber die Krankenschwester analysiert gerade eine Blutprobe«, erklärte Dr. Birnbaum. »Das Ergebnis haben wir bald.«

Malik blätterte die Bilder an seinem Handy durch. »Möchten Sie mal sehen?«

Er hielt das Handy in Noras Richtung. Diese winkte ab. »Nein danke.«

Lehmann wandte sich an Nora. »Hat er Angehörige hier? Eine Ehefrau, die wir benachrichtigen müssen?«

»Nein.« Nora schüttelte den Kopf. »Er reiste allein. Er war früher regelmäßig mit seiner Ehefrau an Bord – daher kenne ich ihn noch. Ich habe ihn bei der Einschiffung kurz begrüßt, ein paar Worte mit ihm gewechselt. Seit dem Tod seiner Frau war er das erste Mal wieder hier.« Nora schluckte. »Und jetzt das. Er bewohnte eine unserer barrierefreien Kabinen ...«

»Hat er sonstige Angehörige? Kinder?«, fragte Lehmann.

»Das weiß ich nicht. Daran kann ich mich nicht erinnern.«

»Warum barrierefrei?«, fragte Malik dazwischen. »War er behin... gehandicapt?«

Dr. Birnbaum nickte nachdrücklich. »Sein körperlicher Zustand war, gelinde gesagt, katastrophal. Er war gehbehindert und steht auf der Liste der gehandicapten Personen, ja. Es ist mir schleierhaft, was er oben auf dem Sonnendeck wollte.«

Aus Sicherheitsgründen wurde eine Liste über all jene Passagiere geführt, die körperlich beeinträchtigt waren, um ihnen im Notfall gesondert helfen zu können: Mussten etwa die Kabinen auf Grund eines Brandes oder eines anderen Unglücks evakuiert werden, so würden Crewmitglieder diesen Passagieren vorrangig behilflich sein.

Nora sagte ratlos: »Das frage ich mich auch. Was wollte er um diese Zeit auf dem Sonnendeck, allein?«

»In Ruhe seinen Wein trinken?«, meinte Malik trocken.

»Aber er war schlecht zu Fuß, wie kam er denn nur auf den Gedanken, die steile Treppe hochzusteigen?«

Lehmann zuckte mit den Schultern. »Alte Menschen überschätzen oft ihre Kräfte. Ich erinnere mich gut an meinen Großvater, der sich auch nicht eingestehen wollte, dass er körperlich zu bestimmten Dingen einfach nicht mehr fähig war. Er ist auch mit neunzig noch zum Geräteturnen gegangen – bis er sich dabei die Hüfte gebrochen hat.«

»Wenn es doch nur die Hüfte gewesen wäre ...« Nora rieb sich über die Arme, dann sah sie Malik an. »Müssen wir uns etwas vorwerfen? Es hat doch nicht geregnet? War es zu windig, zu rutschig?« Bei schlechtem Wetter und starkem Seegang wurden die Außenbereiche der *Blue Ocean* für

die Passagiere sofort aus Sicherheitsgründen gesperrt – genauso, wie bei Reinigungsarbeiten. Hatten sie heute etwas übersehen?

»Das Wetter war gut, kein Grund, das Sonnendeck zu für die Gäste schließen«, sagte Malik. »Auch wurde das Deck von meinen Jungs nicht mit Wasser abgespritzt. Die Treppe war nicht feuchter als sonst.« Er zuckte mit den Schultern. »Aber sagt mal, Wolf Kerner ... Der Name kommt mir so bekannt vor. Kenne ich ihn nicht aus dem Fernsehen?«

Nora nickte. »Er hat früher mal als Sportkommentator gearbeitet, glaube ich.«

»Von meiner Seite aus war es das«, unterbrach Dr. Birnbaum eine Spur ungeduldig. »Ich würde den Leichnam nun gern in die Kühlung bringen lassen. Oh! Moment«, sagte er, als sein Blick auf Lehmanns Handgelenk fiel. »Zeigen Sie mal her.« Er beugte sich kritisch vor, als Lehmann ihm stumm das rote Handgelenk vor die Nase hielt. »Das sieht aber noch nicht besser aus. Haben Sie die Salbe benutzt, die ich Ihnen gegeben habe?«

»Ja, natürlich.«

»Dann schmieren Sie die Stelle öfter ein. So wird das nichts, Herr Kapitän, Sie müssen sich schon kümmern.«

Der Arzt setzte sich wieder an seinen Schreibtisch, und während Malik telefonisch zwei Matrosen organisierte, die den Transport des Toten in die Kühlkammer übernehmen sollten, verließen Lehmann und Nora das Hospital.

»Kanntest du ihn gut, Heyden?«, fragte Lehmann, als sie über den Korridor zurückgingen. Es war spät, Nora würde direkt in ihre Kabine gehen, Lehmann in sein Kapitänszimmer.

»Er und seine Frau gehörten früher zu den Stammgästen, wie gesagt – das ist aber schon ein paar Jahre her. Ich erinnere mich gut an seine Frau, das war eine ganz Liebe, sehr gesellig. Er hingegen war ganz anders. Kein Mann der vielen Worte. Auch, als ich ihn bei der Einschiffung zu seiner Kabine begleitet habe, war er nicht sehr gesprächig.« Nora stieß einen tiefen Seufzer aus. »Ich kann es noch gar nicht glauben. Es tut mir so leid. Wirklich bitter, dass das passieren musste.«

*

Anna-Lena lag auf ihrem Bett und kämpfte mit aller Macht gegen die Übelkeit. Und mit den Tränen. Ihr Kopf drehte sich, Sekt, viel zu viel Sekt an diesem Abend.

Julian hatte Schluss gemacht. Einfach so. Aus heiterem Himmel. Und zwar genau am Abend bevor sie zurück auf die *Blue Ocean* gemusst hätten. Ihr Koffer hatte schon gepackt im Flur gestanden – und sein Koffer auch, den er aber nur zum Schein gepackt hatte, wie sie bitter hatte feststellen müssen.

Anna-Lena arbeitete auf der *Blue Ocean* als Rezeptionistin und Julian als Barsteward, seit knapp einem Jahr waren sie ein Paar. Die langen Monate, die sie zwangsläufig an Land hatten verbringen müssen, weil die *Blue Ocean* nicht fuhr, hatten sie zusammengeschweißt – das hatte Anna-Lena zumindest geglaubt. Julian hatte das offenbar völlig anders gesehen.

Er hatte plötzlich gesagt: »Ich muss dir was sagen. Ich geh nicht mehr zurück auf die *Blue Ocean*. Ich habe einen anderen Job gefunden, hier, in Hamburg. Ich bleibe hier.«

Und das am Abend vor der Abreise.

»Ich bleibe auch hier«, hatte sie gestottert. »Dann gehe ich auch nicht zurück!«

»Das will ich nicht«, hatte er gesagt. »Ich habe nachgedacht. Du willst mehr als ich. Ich kann dir nicht das geben, was du willst.«

Doch. Kannst du!, hatte alles in ihr geschrien.

Aber er war nicht mehr zugänglich gewesen. Er hatte sich bereits alles überlegt, seine Entscheidung still für sich getroffen. Schluss. Einfach so. Und so viele Fragen, die er nicht mehr beantworten wollte.

Als sie am nächsten Morgen, völlig unter Schock, seine Wohnung verließ, verabschiedete er sie nicht einmal.

Warum?, hatte sie fragen wollen. Erklär es mir. Lass uns in Ruhe über alles reden. Ich weiß, dass ich Fehler gemacht habe, dass ich dich bedrängt habe, bei dir einziehen wollte ... Lass uns reden, bitte.

Keine Antwort. Er hatte sie schließlich in WhatsApp blockiert und aus allen sozialen Netzwerken entfernt. Sie hatte keine Möglichkeit mehr, ihn zu erreichen. Er wollte nicht mehr.

Ja, sie hatte Druck gemacht. Wollte die gemeinsame Wohnung, um Geld zu sparen, hatte Pläne gemacht, dass sie noch ein paar Jahre gemeinsam auf der *Blue Ocean* arbeiten würden, um Geld zu verdienen für die Zukunft ... Hatte er das überhaupt je gewollt?

Anna-Lena hatte seinen Rückzug, seinen Widerwillen einfach ausgeblendet.

Wie konnte sie nur nicht bemerkt haben, dass er sich mit dem Ende schon wochenlang beschäftigt haben musste?

Deshalb der Sekt. Gestern nach Feierabend hatte sie sich auf dem Sonnendeck ihrem Kummer hingegeben. Den Sekt hatte sie aus der Sonnenbar mitgehen lassen. Die Flasche war schon angebrochen gewesen und hatte dort im Kühlschrank gestanden – sie wäre ohnehin später weggekippt worden. Also trank sie. Und da sie selten trank, war ihr der Alkohol sofort zu Kopf gestiegen. Es war ihr in diesem Moment, an diesem Abend, alles egal. Nein, nicht alles, Julian war nicht egal ...

Als Passagiere kamen, hatte sie sich zusammengekauert. Auf gar keinen Fall durften sie Gäste in diesem Zustand sehen, hatte sie nur gedacht.

Anna-Lena setzte sich im Bett auf und tastete im Dunklen nach der Wasserflasche auf dem Nachttisch. Beinahe hätte sie sie umgestoßen. Durstig trank sie ein paar Schlucke, dann legte sie sich zurück.

Sie versuchte, einen klaren Gedanken zu fassen.

Hatte sie eben wirklich gesehen, was sie gesehen hatte? Oder war das Einbildung gewesen?

Vorhin, oben, auf dem Sonnendeck ... Als erst die eine Person dort stand, und dann eine zweite hinzukam ...

Hatte die eine Person tatsächlich die andere Person die Treppe hinuntergestoßen?

Sie wusste es nicht. Und darüber schlief sie ein.

*

Arielle streifte sich mit zitternden Händen das Nachtshirt über und legte sich in das kalte Bett. Fröstelnd zog sie die kühle, glatte Decke bis unter das Kinn. So langsam wich der eigenartig euphorische Zustand, in dem sie sich befunden hatte.

Wolf Kerner war tot. Und sie hatte ihn umgebracht. Mit ihren eigenen Händen.

Noch immer pumpte ihr Herz wie verrückt. Das Zittern ihrer Glieder hatte nachgelassen, aber nun war ihr übel. Richtig übel.

Sie hatte ihn nicht nur verletzt. Er war nicht nur bewusstlos gewesen. Er war tot. Tot. Tot.

Sie hatte gesehen, wie er abtransportiert worden war.

Nachdem sie sich von ihrem ersten Schreck erholt hatte, war sie zurück an Deck gelaufen und hatte nachsehen wollen, ob er noch immer dort lag, oder ob er mittlerweile aufgestanden und davongegangen war, unversehrt. Dabei hatte sie überlegt, ob sie nicht doch Hilfe rufen sollte, falls er da noch lag.

Doch schon, als sie auf dem Brückendeck ankam, von wo aus man auf das Außendeck gelangt, ahnte sie, dass Wolf Kerner bereits gefunden worden sein musste. Ein Matrose stand am Ausgang und riegelte den Weg nach draußen ab. Sein Gesicht war todernst. Im selben Moment kamen der Schiffsarzt und die Krankenschwester herbeigeeilt, die der Matrose sofort passieren ließ.

Auf dem Brückendeck befanden sich die Luxussuiten, die teuersten Unterkünfte an Bord. Arielle ging an den Kabinentüren vorbei bis zur anderen Schiffsseite, wo sich eine kleine Loungeecke befand. Von dort aus hatte sie das

Geschehen voll im Blick. Sie nahm Platz, mit hämmerndem Herzen, und ließ den Ausgang mit dem Matrosen am anderen Ende des Korridors nicht aus den Augen.

Sie war nicht die einzige Schaulustige. Schon bald hatten sich vier weitere Ehepaare angesammelt und rätselten neugierig, was da draußen an Deck wohl passiert war.

Irgendwann trat der Matrose einen Schritt zur Seite und hielt die Tür auf. Zwei Personen mit einer Trage traten hindurch und verschwanden im Fahrstuhl, dessen Tür bereits weit geöffnet gewesen war. Sekunden nur war der Körper auf der Trage zu sehen gewesen, dennoch hatte Arielle erkannt: Man hatte ihn vollständig abgedeckt. So, wie man es nur tat, wenn derjenige keiner Behandlung mehr bedurfte.

Er war tot.

Arielle schnappte nach Luft, da ihre Lungen für einen Moment streikten. So wie früher, wenn sie unter Wasser tauchte, zu tief, zu lang, sich mit dem Sauerstoffvorrat in ihren Lungen verschätzt hatte.

Flach lag sie im Bett, auf dem Rücken. Sie hatte nicht geplant, ihn zu töten. Um Gottes willen. Niemals. Sie war doch keine Mörderin. Eigentlich hatte sie nur mit ihm reden wollen. Aber wie er da so vor ihr stand ... Es war einfach über sie gekommen. Ein kurzer Stoß, und Wolf Kerner hatte seine Strafe erhalten.

Sie hatte getötet. Sie hätte nie gedacht, dass sie einen Menschen töten könnte.

Sie tastete nach ihrem Handy, das immer neben ihrem Kopfkissen im Bett lag. Eine dumme Angewohnheit, doch schon lange konnte sie ohne die beruhigende Stimme eines Hörspiel-Sprechers nicht mehr einschlafen. Sie hörte nicht mal auf den Inhalt. Seit Monaten spielte sie Abend für

Abend das gleiche Hörspiel ab, meist schlief sie schon nach wenigen Minuten ein. Den Schluss kannte sie bis heute nicht.

Doch jetzt wollte sie kein Hörspiel hören. Mit feuchten Fingern tippte sie sich durch ihre Fotogalerie, bis sie das Foto fand. Eine Aufnahme eines jungen Mädchens. Das Foto war schon uralt und es war nicht mit dem Handy selbst gemacht worden – zu jener Zeit hatte es noch gar keine Handys gegeben. Sie hatte die Aufnahme nur abfotografiert.

Sie zog die Finger auf dem Display auseinander, um das Gesicht des Mädchens heranzuzoomen. Klare Haut, große, unschuldige Augen und auf den Lippen ein schüchternes Lächeln. Schüchtern war sie gewesen, zu zurückhaltend, um sich zur Wehr zu setzen. Nie hatte sie auch nur einen Ton gesagt, sie hatte alles schweigend ertragen.

Wolf Kerner hatte dieses Mädchen auf dem Gewissen. Er hatte es getötet, und nun war er selbst tot. Auge um Auge.

Ich habe ihn umgebracht.

Sie spürte den Schweiß im Nacken. Sie war nie ein gewalttätiger Mensch gewesen, und doch war es nun passiert. Vielleicht hatte es so sein sollen?

In all den Jahren hatte sie Wolf Kerner nie aus den Augen verloren. Hatte verfolgt, was er trieb. Ob er jemals für das zur Rechenschaft gezogen wurde, für das, war er getan hatte. Was er dem jungen Mädchen angetan hatte. Aber das Mädchen wurde einfach vergessen. Niemand interessierte sich dafür. Wolf Kerner hatte nie eine Strafe erhalten.

Nur sie hatte es nie vergessen.

Und jetzt war der Tod des Mädchens endlich gesühnt.

Arielle atmete tief durch und wurde langsam ruhiger. Es war richtig so. Eine Weile lag sie da, mit geschlossenen Augen. Sie glaubte, die Wellen gegen das Schiff schlagen zu hören. Das Meer war da draußen, das weite Meer. Der Gedanke, sich mitten auf dem Meer zu befinden, gefiel ihr.

Wasser war ihr Element. Schon immer. Mit vier lernte sie Schwimmen.

Sie hieß nicht wirklich Arielle, den Spitznamen hatte sie früh in der Kindheit bekommen.

»Meine kleine Arielle«, nannte Opa sie liebevoll. Er war es, der die Sommerferien mit ihr am See verbrachte. Der geduldig am Ufer wartete und über sie wachte, während sie den See unermüdlich durchschwamm.

Sie war ein süßes Kind. So süß ...

Plötzlich riss sie die Augen auf.

Und jetzt?

Man wird mich suchen.

Verhaften.

Ich komme ins Gefängnis.

Ich bin eine Mörderin.

*

Nora Heyden saß mit angezogenen Beinen auf ihrem Sofa, unter der kuscheligen Wolldecke, und nippte an ihrem Gute-Nacht-Tee. Sie hatte den Fernseher eingeschaltet und im Bordprogramm lief ein amerikanischer Thriller, dessen viele actionreiche und laute Szenen sie allerdings zu nerven begannen. Sie stellte den Ton leiser und schnupperte erneut an ihrem Tee. Er roch wesentlich besser, als er schmeckte.

Er duftete beruhigend nach Zimt, Brombeerblättern und Süßholzwurzel – zumindest nahm sie das an, weil das Etikett es so verkündete, sie hatte keine Ahnung, wie Süßholzwurzeln oder Brombeerblätter dufteten. Er schmeckte allerdings weder süß noch nach Beere, sondern strohig. Tapfer nahm sie einen weiteren Schluck. Sie hatte festgestellt, dass solche Schlaftees sie nach langen Tagen ruhiger werden ließen. Früher hatte sie oft leichtfertig zu Tabletten gegriffen, um überhaupt einschlafen zu können. Aber nachdem das überhandgenommen hatte, und sogar Lehmann ihr schon ins Gewissen geredet hatte, hatte sie davon Abstand genommen. Es war nicht leicht gewesen. Und so manches Mal war sie kurz davor gewesen, ihre guten Vorsätze über Bord zu werfen.

Einmal nur, nur heute, nur eine einzige Tablette.

Leider war sie zwei Mal schwach geworden. Und es war natürlich nicht bei einer einzigen Tablette geblieben, sondern beide Male hatte sie über Tage hinweg jede Nacht wieder Tabletten genommen, bis die Packung leer war – ehe sie wieder zur Vernunft kam und realisierte, was da passiert war: Sie war rückfällig geworden. Die Abhängigkeit war sofort wieder dagewesen – wobei sie mittlerweile wusste, dass diese Abhängigkeit vor allem psychischer Natur war. In den langen Monaten, die sie aufgrund des Reisestopps zu Hause verbracht hatte, hatte sie viel über das Thema gelesen.

Doch noch immer hatte sie Probleme mit einem normalen, durchgängigen Schlaf.

So wie heute. Es war kurz nach zwei, und sie war noch immer hellwach. Sie hatte bereits ein Buch ausgelesen und sieben E-Mails an Freunde und Verwandte geschrieben. Auch der Tee half heute nicht. Wolf Kerners Tod hatte sie ganz schön aus der Bahn geworfen.

Wolf Kerner ... Ein unsympathischer Mann, das hatte sie früher schon gedacht. Ganz anders als seine liebenswerte Frau. Als sie seinen Namen auf der Passagierliste gelesen hatte, hatte sie sich gewundert – seit dem Tod seiner Frau war er nicht mehr mit der *Blue Ocean* gefahren. Als sie ihn bei der Einschiffung gefragt hatte, wie es dazu käme, dass er jetzt, nach all den Jahren, wieder an Bord war, hatte er nur mit den Schultern gezuckt, sich aber nicht zu einer Antwort herabgelassen.

Nora nahm einen weiteren Schluck von ihrem Tee. Mit beiden Händen umfasste sie die Tasse und ließ sich die Finger wärmen.

Schade, dass die Reise so traurig begann, trotzdem war sie froh, wieder hier zu sein. Sie hatte Lehmann und die anderen Crewmitglieder vermisst, das Bordleben, das Meer. Lehmann und sie hatten sich während der »Zwangspause« viele Wochen lang nicht gesehen, hin und wieder hatten sie telefoniert oder ein paar Nachrichten geschickt – mehr nicht.

Alles gut bei dir?

Ja. Bei dir auch?

Ja.

Ihr fiel ein, wie Lehmann sie zu ihrem Geburtstag in ein Restaurant hatte einladen wollen – doch daraus war nichts mehr geworden. Die Welt hatte durch den Ausbruch der Pandemie von jetzt auf gleich stillgestanden – sehr abrupt waren alle geplanten Kreuzfahrten der *Blue Ocean* gecancelt und Nora, Lehmann und der Rest der Crew nach Hause geschickt worden.

»Date« hatte Lehmann diese Einladung damals genannt, und Nora war sich bis zuletzt nicht sicher gewesen, wie er das genau meinte. Die Vorstellung hatte sie zunehmend nervös gemacht. Ein Date? Was, wenn Lehmann das ernst

meinte? Oder war das nur so dahingesagt? Was genau implizierte eigentlich das Wörtchen »Date«? Je näher der Abend rückte, desto unbehaglicher fühlte sie sich.

Aber dann war die Welt aus den Fugen geraten, und das »Date« war nie wieder erwähnt worden.

Seetag 2

»Neeiiiin. Nein. Nein«, schrie Hanno unvermittelt. »Nein. Nicht.«

Maybrit Petri fuhr auf und saß senkrecht im Bett. Ihr Herz schlug bis zum Hals. Sie tastete nach der Nachtlampe und knipste das Licht an. Die Digitaluhr auf dem Nachttisch zeigte halb fünf morgens an. Dann betrachtete sie ihren Ehemann besorgt. Hanno hatte Schweißperlen auf der Stirn, atmete nun aber ruhiger. Aufgewacht war er nicht.

Nur ein Albtraum, mal wieder. Maybrit schaltete das Licht wieder aus und legte sich zurück. Seit dem Autounfall träumte Hanno oft schlecht. Schreckliche Bilder suchten ihn in seinen Träumen heim, seinen Schreien nach zu urteilen. Eine Zeit lang hatte er fast jede Nacht im Schlaf geschrien und gejammert – kaum verwunderlich, denn der Autounfall war grausam gewesen. Eine ganze Familie war dabei ums Leben gekommen, ein Vater und zwei kleine Kinder. Von einer Sekunde auf die nächste, gegen einen Baum geschmettert, tot, – und Hanno war nur Augenblicke später dort vorbeigekommen.

Maybrit starrte in die Dunkelheit. Noch immer raste ihr Herz. Diese unvermittelten Schreie erschreckten sie jedes Mal zu Tode. Jede Nacht aufs Neue. Wann hörten diese Albträume endlich auf? Der Unfall lag nun schon Monate zurück. Wie lange genau? Fünf Monate? Sechs Monate? Ach, was überlegte sie. Es waren fünf Monate und zwei Wochen. Sie wusste es doch haargenau. Das Datum hatte sich für immer in ihr Gedächtnis gebrannt, auch wenn sie nichts sehnlicher wünschte, als endlich damit abschließen zu können.

Hanno war Ersthelfer gewesen, und das belastete ihr Leben bis zum heutigen Tage. Wie oft hatte Maybrit sich seitdem gewünscht, er wäre damals eine andere Strecke gefahren. Hätte doch nur jemand anderes den Unfall gesehen!

Maybrit presste die Augen zusammen und versuchte, weiterzuschlafen. Aber nun war sie hellwach, und zudem war ihr überdeutlich bewusst, dass sie sich auf einem Schiff befanden. Bewegte sich das Bett?

Sie drehte sich auf die andere Seite und knuffte das Kopfkissen fester zusammen. Es war ruhig und dunkel, nur die Klimaanlage summte kaum hörbar im Hintergrund und ab und zu meinte sie, sich das Schiff in den Wellen bewegen zu spüren – aber, das war vermutlich reine Einbildung. Die *Blue Ocean* fuhr ganz ruhig auf dem Meer, es war keinerlei Wellengang angekündigt worden. Sie hatte ein wenig Angst davor, seekrank zu werden. Schon als Kind war ihr beim Karussellfahren immer schlecht geworden, und in Bussen konnte sie nur ganz vorne hinter dem Fahrer sitzen, weil ihr sonst jede Kurve zu schaffen machte. Auch längere Autofahrten waren teilweise eine Qual. Sie durfte nicht wagen, während der Fahrt zu lesen oder auf ihr Handy zu schauen – dann spielte ihr Magen sofort verrückt. Sie würden zehn Tage auf See verbringen, ohne auch nur einen einzigen Hafen anzulaufen. Sollte ihr das Seefahren also nicht bekommen, so stünden ihr grauenhafte Tage bevor. Doch Gott sei dank ging es ihr bis jetzt sehr gut. Und zur Not gab es doch diverse Mittelchen gegen Seekrankheit.

Besorgt hatte sie sich gleich nach der Anreise an der Rezeption nach dem Wetterbericht erkundigt. Ob man schon sagen könne, wie denn das Wetter für diese Reise gemeldet sei?

Die nette Rezeptionistin hatte sie beruhigt: So genau könne man es auf dem Meer natürlich nie vorhersagen, aber zumindest für die nächsten Tage sei die See ruhig.

Maybrit hatte erleichtert gelacht, denn in ihrer Vorstellung hatte sie schon einen schrecklichen Seesturm herannahen sehen.

Ja, hier in der Kabine war es derzeit so ruhig wie in jedem beliebigen Hotelzimmer an Land.

Hanno neben ihr schlief mittlerweile wie ein Stein und schnarchte leise vor sich hin. Der Albtraum von eben hatte sich offenkundig verflüchtigt.

Maybrit unterdrückte ein Seufzen. Sie hatte nie wirklich Lust auf diese Kreuzfahrt gehabt, dabei sollte sie sich glücklich schätzen. Niemals zuvor hatten Hanno und sie eine Kreuzfahrt gemacht – und nun auch noch mit der *Blue Ocean*, einem der luxuriösesten Schiffe auf dem Markt. Das 5-Sterne-Luxusschiff war schon etwas in die Jahre gekommen, aber nichtsdestotrotz eine Legende. Eine Suite hier kostete ein Vermögen – Geld, das sie nicht einmal in bessere Zeiten übrig gehabt hätten, und seit der Pandemie hätten sie nicht einmal im Traum daran denken können.

Aber irgendwie kam bei ihr noch keine rechte Freude auf. Sie machte sich Sorgen um ihre Hündin – Bessy war wie ein Kind für sie. Vor einigen Jahren hatte sie die Hündin aus dem Tierheim geholt, ihr ehemaliges Herrchen war aus Altersgründen verstorben. Die Hündin hatte so traurig in ihrem Zwinger gesessen, mit einem derart hoffnungslosen Blick, dass Maybrit sie gleich in ihr Herz geschlossen hatte.

Und nun saß Bessy wieder allein zu Hause und wartete und wartete ... Bessy verstand ja nicht, dass Maybrit nur im Urlaub war. Vielleicht dachte sie, sie war wieder alleingelassen worden ...

Gleich nach dem Aufstehen würde sie Jenna anrufen und fragen, ob soweit alles in Ordnung war, beschloss Maybrit. Ihre Nachbarin Jenna hatte sich schon häufiger um das Haus und um Bessy gekümmert, aber noch nie für einen so langen Zeitraum. Wenn Hanno und sie länger als für ein Wochenende wegfuhren, dann nahmen sie die Hündin normalerweise mit, darauf hatte Maybrit von Anfang an bestanden.

Jenna wohnte mit ihrem Freund Steffen gleich gegenüber und war eine etwas schräge, aber durchaus zuverlässige Person. Maybrit würde sie nicht als Freundin bezeichnen, dazu waren sie einfach zu verschieden. Jenna mit der wilden Frisur ... Anfangs hatte Maybrit zugegebenermaßen Vorurteile gegen ihre rosahaarige Nachbarin gehegt, aber das hatte sich gegeben, als sie festgestellt hatte, wie verlässlich und vor allem tierlieb Jenna war.

Jenna hatte sonst nicht viel zu tun, sie arbeitete nur ein paar Stunden in der Woche in irgendeinem Büro. Angeblich wartete sie auf eine Vollzeitstelle, aber Maybrit glaubte das nicht so ganz. Wie lange sprach Jenna schon davon, Vollzeit arbeiten zu wollen, und nie geschah etwas in der Richtung? Na ja, ihr konnte es nur lieb sein, denn so hatte Jenna wenigstens Zeit. Maybrit fragte sie häufiger, ob sie ein Auge auf das Haus und Bessy haben könnte, und noch nie hatte sie abgelehnt.

Maybrit wusste, dass Jenna sich im Haus umschauen würde. Garantiert würde sie durch alle Zimmer laufen und die Nase in die Schränke stecken. Jenna war eine neugierige Person. Oft sah Maybrit sie hinter dem Küchenfenster stehen und zu ihnen herüberschauen. Immer hinter der Gardine – Jenna glaubte wohl, man sähe sie nicht. Aber durch das Gegenlicht sah man ihre Silhouette immer.

Außer Jenna gab es niemanden, den sie unkompliziert hätte fragen können. Andere Nachbarn kamen nicht in Frage, und das alte Ehepaar, das früher die Einliegerwohnung bewohnt hatte, war schon zu tattrig gewesen, um Wasserkannen für die Blumen zu schleppen oder mit Bessy lange Spaziergänge zu unternehmen.

Hannos Eltern wohnten, seit sie in Rente waren, die meiste Zeit des Jahres in ihrem Ferienhaus in Schweden, und Maybrit hatte kaum Kontakt mit ihren Verwandten. Es gab noch eine jüngere Schwester, mit der sie alle paar Monate mal telefonierte, und einen älteren Bruder, den sie zuletzt auf der Beerdigung ihres Vaters vor vier Jahren gesehen hatte. Ihre Mutter war schon vor siebzehn Jahren an Krebs gestorben. Kurz, Nachbarin Jenna war die einfachste Lösung – auch wenn Maybrit die Vorstellung hasste, wie Jenna schnüffelnd durch alle Räume lief. Andererseits – wie sollte denn jemand auf ein Haus aufpassen, wenn er *nicht* in alle Räume durfte?

Maybrit hatte sie nur gebeten, das Schlafzimmer nicht zu betreten. Der Gedanke, Jenna könnte die Schränke mit der Unterwäsche öffnen und sich darüber amüsieren, wie alt und zerschlissen manche von den Sachen waren, war unerträglich. Jenna hatte pikiert geguckt und beteuert, *selbstverständlich* würde sie nicht ins Schlafzimmer gehen.

Erst nach der Abreise war Maybrit eingefallen, dass sie vergessen hatte, den großen Strauß Sommerblumen zu entsorgen, den sie wöchentlich neu dort hinstellte. Er stand direkt neben dem Fenster und würde in der heißen Sonne nicht lange frisch bleiben. Aber sie würde den Teufel tun und Jenna darum bitten, ihn aus dem Schlafzimmer zu nehmen.

Maybrit kuschelte sich tiefer unter die Decke und versuchte, endlich so etwas wie Urlaubsstimmung aufzubringen. Sie war auf einem 5-Sterne-Kreuzfahrtschiff, Herrgott. Luxus, Genuss, Ausspannen – ein Balsam für die Seele nach der so langen, dunklen Pandemie-Zeit.

Schon allein die Anreise war aufregend gewesen, die Bahnfahrt bis nach Hamburg, das Wochenende vorab in dem Quarantänehotel, wo es bereits sehr luxuriös zugegangen war, mit Roomservice und allem drum und dran. Dann der Transport zum Schiff.

Der Augenblick, wo sie das erste Mal die *Blue Ocean* im Hafen hatten liegen sehen, dieses vornehme, weiße Schiff. Die Begrüßung durch ein Empfangskomitee von Stewards, die vor dem Schiff auf die neuen Passagiere warteten. Wie sie von einem Butler zu ihrer Kabine gebracht wurden, durch die langen Korridore, links, rechts, geradeaus ...

Dann der Moment, wo sie die Kabine zum ersten Mal betrat: hell, geräumig, edel. Eine Flasche Sekt stand in einem Eiskübel auf dem Schreibtisch, auf dem Bett lagen zwei Bauchtaschen mit dem Logo der Reederei als Willkommensgeschenk.

Vor allem konnte man sich an Bord sehr sicher fühlen. Es wurde ein großer Aufwand betrieben, um trotz des grassierenden Virus die Reise sicher zu gestalten. Tests vor der Anreise, Begrenzung der Teilnehmerzahl bei den diversen Veranstaltungen, und und und. Ja, an Bord der *Blue Ocean* konnte man endlich mal wieder relativ unbefangen auf andere Menschen treffen. Im Restaurant essen. Veranstaltungen besuchen.

Gleich würden sie im Bordrestaurant herrlich frühstücken, anschließend einen Vortrag anhören oder in den Bordboutiquen shoppen gehen ... Urlaub pur. Erholung pur.

Dennoch ... dieses Unbehagen, das Maybrit empfand, seit sie an Bord war, ließ sich einfach nicht abstellen. Irgendwie war es nicht richtig, hier zu sein. Und das lag nicht nur am Hund, der allein zu Hause war. Nein, es lag vor allem daran, dass diese Kreuzfahrt ein Geschenk war.

Vielleicht hätten wir das Geschenk nicht annehmen sollen, dachte Maybrit wie schon so oft. Drei Menschen waren tot, nur deshalb waren Hanno und sie überhaupt hier auf diesem Schiff. War das nicht irgendwie makaber?

Ja, das war die Wahrheit: Hätte es diesen schrecklichen Autounfall vor einigen Monaten nicht gegeben, dann wären sie jetzt nicht hier. Hanno war als erster an der Unfallstelle gewesen und hatte den Notruf abgesetzt. Eine kalte Nacht, eine einsame, dunkle Landstraße, und der einzige Baum weit und breit, vor den der Wagen prallte. Hanno hatte noch versucht, erste Hilfe zu leisten. Doch jede Hilfe kam zu spät. Vater und Sohn waren direkt tot, das kleine Mädchen war in Hannos Armen gestorben.

Eine ganze Familie ausgelöscht, in Sekunden. Fast. Übrig blieb die junge Mutter, Paulina Link, die zu Hause geblieben war. Und die junge Witwe hatte ihnen unbedingt diese Reise schenken wollen, als Dank, dass Hanno sich um das sterbende Mädchen gekümmert hatte, dass er den Notruf gewählt hatte, einfach, dass er *da* gewesen war.

Eigentlich hatte nämlich die Familie diese Kreuzfahrt machen wollen, die Kabine war schon gebucht gewesen. Verständlicherweise hatte Paulina Link die Reise dann nicht mehr antreten wollen. Aber dass sie die Kreuzfahrt stattdessen einfach weiter verschenkte ...

Ach, es war eine lange, traurige Geschichte. Maybrit mochte nicht mehr darüber nachdenken. Zu sehr hatte dieser Unfall in den letzten Monaten unfreiwillig ihr Leben

bestimmt. Sie waren da in etwas hineingeschlittert ... Das dumpfe Gefühl in ihrem Magen wurde stärker, wie immer, wenn sie an Paulina Link dachte.

Dieser Unfall hatte ihr Leben auf unangenehme Weise verändert, Punkt. Nicht nur, dass Hanno verständlicherweise in der Zeit danach sehr verstört gewesen war. Dass ihn bis heute Albträume quälten. Es war vor allem Paulina Link, die immer stärker den Kontakt zu ihnen suchte.

Ach, dachte Maybrit resigniert, ich werde die Reise schon überstehen. Es sind nur zehn Tage, dann bin ich ja wieder zu Hause, bei Bessy.

*

Bordlektor Dr. Eschweiler sah betrübt auf die Scheibe Pumpernickel auf seinem Teller. Er saß im Bordbistro, wo bereits das Early-Bird-Frühstück serviert wurde – es war erst kurz vor sieben. Kaffee, Tee, Saft und eine kleine Auswahl an Brot und Gebäck standen für besonders zeitige Gäste bereit. Ein verschlafen wirkender Steward schenkte hinter einer Theke frisch gepressten Orangensaft aus. Es waren nur eine Handvoll Gäste im Bistro, die meisten würden erst zum wesentlich opulenteren, offiziellen Frühstück erscheinen – entweder hier im Bistro oder gediegener im Ocean-Restaurant.

Aber Dr. Eschweiler war ein genügsamer Mensch und aß gern morgens in aller Ruhe sein Brot, bevor der große Andrang losging. Heute jedoch hätte er sich den Weg sparen können – er bekam keinen Bissen herunter.

Immerzu musste er an Wolf Kerner denken, wie er da gelegen hatte, vor ihm auf dem Boden, mit gebrochenem Genick ...

Er machte sich Vorwürfe. Er hatte eine grauenvolle Nacht hinter sich, lange hatte er nicht einschlafen können.

Was, wenn ich ein paar Minuten eher dort vorbeigekommen wäre?, fragte er sich immer wieder. Hätte man dem Mann noch helfen können, wenn ich ihn eher gefunden hätte?

Aber nein, Schiffsarzt Dr. Birnbaum hatte ja gesagt, Wolf Kerner sei sofort tot gewesen.

Aber wenn ich eher dort lang gelaufen wäre, dachte Dr. Eschweiler, dann hätte ich ihn vielleicht *vor* dem Sturz angetroffen. Wir hätten miteinander geredet. Und er wäre vielleicht gar nicht erst gestürzt. Oder ich hätte ihn auffangen können ... *Ach. Welch ein Drama.*

Dr. Eschweiler schob den Teller mit dem unberührten Brot von sich und verließ das Bistro. Auf seiner Kabine lag noch eine bräunliche Banane, die könnte er später essen.

Heute würde er einen Vortrag halten, aber so aufgewühlt, wie er war, würde er vermutlich seinen Text vergessen – obwohl er »Alarm in den Weltmeeren« beinahe jede Reise hielt und das Skript in- und auswendig kannte.

Als er ins Treppenhaus einbog, traf er auf Anna-Lena, die gerade auf dem Weg zur Rezeption war, um ihre Schicht zu beginnen.

»Guten Morgen, Anna-Lena.« Er brachte ein Lächeln zustande, das, wie er glaubte, fröhlich war.

Anna-Lena blieb stehen. »Guten Morgen, Dr. Eschweiler. Sie sehen aber gar nicht gut aus. Ist etwas passiert?«

Dr. Eschweiler seufzte. Offenbar war sein Lächeln nicht geglückt. »Es hat einen Todesfall gegeben. Gestern Abend. Sie haben noch nicht davon gehört?«

Anna-Lenas entsetztem Blick nach hatte sie das wohl nicht. »Ein Todesfall? Was ist geschehen?«

»Ein alter Mann ist gestürzt. Wolf Kerner. Ich ... Ich habe ihn gefunden.« Dr. Eschweiler bekam rote Wangen bei der Erinnerung, dass er Wolf Kerner für sturzbetrunken gehalten hatte.

Anna-Lena starrte ihn an. »Wie tragisch.«

»Ja ...«

»War er allein?«

»Allein?«, wiederholte er verwundert.

»Ja, oder haben Sie noch eine ... eine zweite Person bei ihm gesehen?«

»Nein«, sagte er erstaunt. »Warum fragen Sie?«

Anna-Lena lächelte flüchtig. »Egal. Vergessen Sie meine Frage.«

*

Fahrig nahm Anna-Lena ihren Platz an der Rezeption ein. Heiko von der Nachtschicht, den sie nun ablösen würde, telefonierte noch. Sie hörte, wie Heiko in seiner immer freundlichen Art den Passagier, der in höchsten Nöten zu sein schien, beruhigte – ja, er würde sofort jemanden schicken, der neues Toilettenpapier zur Kabine brachte, gar kein Problem, ja, gleich mehrere Rollen.

Anna-Lena wäre am liebsten gar nicht erst aufgestanden und hätte sich krank gemeldet, aber krankmelden gehörte an Bord nicht zum guten Ton. Hier biss man die Zähne

zusammen, sofern es gerade eben vertretbar war. Zumal sie nicht krank war, sondern nur einen wahnsinnigen Kater hatte.

Heiko beendete sein Telefonat, kam zu ihr und begann mit der üblichen Übergabe. Viel hatte sich in der Nacht nicht ereignet. Ein Ehepaar hatte spät abends angerufen, dass der Fernseher nicht mehr funktioniere, aber das hatte Heiko bereits an den Bordelektriker weitergeleitet. Anna-Lena würde später noch mal nachhaken, ob alles wieder in Ordnung war.

Sie bewegte die Maus, damit der PC aus dem Ruhemodus erwachte und sagte nebenbei: »Ach, und äh ... es ist jemand gestorben?«

Heiko nickte. Er stand schon auf der anderen Seite des Tresens, hinter der neuen Plexiglasscheibe, bereit zu gehen. »Ja – ich dachte, das hättest du gestern noch mitbekommen. Wolf Kerner, ist böse gestürzt. Hat sich den Hals gebrochen. Dr. Eschweiler hat ihn gefunden, aber es war nichts mehr zu machen.«

»Er ist also einfach so gestürzt? Von allein?«

»Davon geht man aus. Tja. Ich kannte den Kerner, der war ganz schön wackelig auf den Beinen.«

»Und ... und wo?«

»An der Treppe zum Sonnendeck, dieses schmale, steile Ding. Keine Ahnung, warum er überhaupt da hoch ist.«

»Und ... und wie spät war das?«

»Da hattest du gerade erst Feierabend. Das war so gegen zehn.«

Anna-Lena schluckte. »Wie schlimm. Das tut mir wahnsinnig leid.«

»Unfälle passieren, Anni.« Heiko gähnte. »Ich muss ins Bett. Viel Spaß heute.«

»Hm.«

Ein Toter. Anna-Lena fasste sich mit beiden Händen an die Schläfen. Ihr Kopf schmerzte von dem vielen Sekt. Das war wirklich noch nie vorgekommen, sie hatte sich sonst immer im Griff, immer. Gerade hier, auf dem Schiff. Es wäre ihr peinlich, wenn Kollegen oder Passagiere sie betrunken zu Gesicht bekämen. Aber die Trennung von Julian, sein eiskaltes Abtauchen ... Ein Toter. Anna-Lena kniff die Augen zusammen. Sie versuchte, sich zu erinnern.

Was genau hatte sie gestern Abend gesehen?

Die zwei Personen, das Handgemenge ... War es überhaupt Wolf Kerner gewesen, den sie dort gesehen hatte? Vielleicht waren es ganz andere Passagiere gewesen? War es ein Stoß gewesen? Ist überhaupt jemand gestürzt?

An der Treppe zum Sonnendeck. So gegen zehn.

Der Ort passte, die Uhrzeit auch.

Verdammt. Hätte sie nur genauer hingesehen. Hätte sie dem Ganzen nur mehr Beachtung geschenkt. *Hätte sie nur nicht so viel Sekt getrunken.*

Das Telefonklingeln lenkte sie ab.

»Die Rezeption. Hier spricht Anna-Lena, guten Morgen.« Sie räusperte sich und zwang sich, sich ganz auf den Passagier zu konzentrieren. »Sie möchten am Motivationsseminar heute teilnehmen? Moment, ich schaue mal nach, ob noch ein Platz frei ist ...«

*

»Du bist toll. *Großartig.* Heute wird ein *großartiger* Tag. Dieser Tag wird der beste deines Lebens.« Henry Brandt sprach laut und mit voller Inbrunst zu seinem Spiegelbild. Er stand in dem schicken, kleinen Marmorbad und vollführte sein allmorgendliches Motivationsritual: »Du bist toll.« Er grinste sich mit gefletschten Zähnen zu. »Ein Wahnsinnstyp. Niemand kann dich heute stoppen. Du bist ein guter Psychologe.«

›Positive Affirmationen‹ nannte man das, kurze, wohlwollende Sätze, die einem gleich morgens einen Schub positive Energie für den anstehenden Tag geben sollten. »Ich bin ein wertvoller Mensch! Ich bin ...«

Henry brach hustend ab und trank rasch einen Schluck Wasser direkt aus dem Hahn. Er verspürte schon seit gestern dieses Kratzen im Hals und den Druck auf der Brust. Immer wieder musste er sich räuspern, was er tunlichst zu unterdrücken versuchte, wenn jemand in der Nähe war. In der heutigen Zeit traute man sich ja kaum mehr zu husten oder zu niesen in Gegenwart anderer.

Vielleicht hatte er sich verkühlt, eine Erkältung eingefangen. Gestern Abend war es draußen an Deck doch recht frisch geworden. Der Bordlektor Dr. Eschweiler war so freundlich gewesen, mit ihm und der anderen Neuen, Gesundheitsberaterin Sasha Uhrmacher, einen Rundgang über die *Blue Ocean* zu machen. Dr. Eschweiler war seit Jahren an Bord und hätte sicherlich viel zu erzählen gewusst – aber er war ein schweigsamer Mensch, und so war die Schiffsführung kurz ausgefallen.

Henry klatschte sich ein paar Hände Wasser ins Gesicht. Er musste fit sein, denn heute Morgen würde er sein erstes Seminar an Bord geben. Einen einstündigen Kurs mit dem wohlklingenden Titel: »Erfolg, Motivation und Zeitmanagement – Geben Sie Ihrem Leben den positiven Push.«

Es war sein erstes Engagement als Motivationscoach auf der *Blue Ocean*. Eigentlich hätte er schon vor Monaten an Bord kommen sollen – doch dann kam Corona. Eine harte Zeit, auch sein Berufsleben hatte darunter gelitten. Viele Buchungen seiner Workshops und Seminare waren einfach weggefallen. Viele seiner Klienten hatten die Termine abgesagt, weil ihnen der persönliche Kontakt zu gefährlich war. Andere hatten Geldnöte und konnten sich die privat zu bezahlenden Sitzungen nicht mehr leisten.

Das Angebot der Reederei Beerbaum war seine Rettung gewesen, gerade, als er kurz davor war zu resignieren. Er wäre irgendwie über die Runden gekommen, das schon, aber die unsichere Zukunft lastete einfach zentnerschwer auf seinen Schultern.

Eigentlich war Henry Psychologe. Er hatte mit Mitte zwanzig ein Fernstudium in Psychologie absolviert und sich danach als Psychologe selbstständig gemacht. Wirklich gut lief seine Praxis jedoch erst, als er sich »Motivationscoach und Lebensberater« nannte. Noch besser fand er ›Life coach‹, aber auf zu viele Anglizismen reagierten manche Menschen allergisch. Er bot private Sitzungen an und Gruppenseminare, und seit einiger Zeit konnte man auch Online-Kurse buchen. Letzteres war besonders lukrativ: Man konnte einen Vier-Wochen-Kurs kaufen und zu Hause selbst die Übungen nachmachen – und er hatte kaum Arbeit damit, außer, dass er hin und wieder Fragen per E-Mail beantwortete.

Seit Kurzem nannte er sich außerdem »Autor«, denn er hatte einen kleinen Ratgeber verfasst: »In 30 Schritten zum neuen Leben. Die Kraft steckt in Dir!«. Dort hatte er alle Weisheiten niedergeschrieben, die er selbst einmal irgendwo aufgeschnappt und für gut befunden hatte. Dieses kleine Büchlein, kaum siebzig Seiten dick, hatte er in Eigenregie als eBook veröffentlicht. Er hatte sogar einige Lesungstermine in den lokalen Buchhandlungen im Umkreis organisiert – doch dann hatte das Versammlungsverbot alle schönen Pläne zerschlagen.

Nein, besonders gut lief seine Praxis seit Ausbruch der Pandemie nicht. Deshalb war er so froh gewesen, dieses Engagement auf der *Blue Ocean* erhalten zu haben. Sein Glück war, dass die Reise nur aus Seetagen bestand und es keinerlei Landgänge gab. Aus diesem Grunde waren besonders viele Gastkünstler an Bord geholt worden, um für die Passagiere ein vielfältiges und umfangreiches Programm auf die Beine zu stellen. Tanzlehrer, ein Magier, verschiedene Lektoren, ein Kabarettist. Gesundheitsberaterin Sasha. Und eben er selbst, als Motivationscoach.

Henry verließ das Bad und ging zurück in die Kabine. Sie war gemütlich und schick eingerichtet, wie ein exquisites Hotelzimmer. Nicht, dass er schon häufiger in teuren Hotels zu Gast gewesen wäre. Als Lektor hatte er das Privileg, in einer ganz normalen Passagierkabine wohnen zu dürfen. Es war wirklich schön auf der *Blue Ocean*. Er würde hier ein paar seiner Seminare geben, und ansonsten Urlaub machen, in den Restaurants schlemmen, die Seeluft genießen.

Wieder musste er sich räuspern. Wenn er nur nicht krank wurde ... Irgendwie war ihm nicht wohl heute.

Corona?, war sein erster Gedanke gewesen. Sollte es ihn nun doch erwischt haben?

Aber nein, er war im Zuge der Anreise mehrfach getestet worden – negativ. Aber man wusste ja nie.

Monatelang war er so vorsichtig gewesen, hatte seine sozialen Kontakte außerhalb des Jobs zurückgefahren und sich in der Öffentlichkeit mit äußerstem Bedacht bewegt.

Nun, das war ihm nicht sonderlich schwergefallen, denn er hatte nie einen großen Bekanntenkreis gehabt. Im Grunde hatte ihm die Zeit der strengen Kontaktbeschränkungen sogar sehr gefallen – endlich konnte er die Wochenenden guten Gewissens allein zu Hause verbringen, ohne sich wunderlich fühlen zu müssen. Er war schon immer ein Einzelgänger gewesen, hatte sich nie wirklich dazugehörig gefühlt.

Wunderlich ... Das war noch einer der harmlosesten Begriffe, mit denen er sich bezeichnete. Es gab ja das alte Vorurteil, dass Psychologen selbst ein wenig verrückt seien. Dass viele Psychologie studierten, um sich selbst zu therapieren.

Wenn er ehrlich war, dann war genau das bei ihm der Fall. Er hatte den Studiengang nicht aus dem noblen Grund gewählt, irgendwann einmal anderen Menschen zu helfen. In erster Linie wollte er sich selbst verstehen. Die menschliche Psyche interessierte ihn in abstrakter Weise, der Mensch dahinter interessierte ihn weniger.

Henry wollte in erster Linie verstehen, warum *er selbst* so anders war. So wunderlich. So ein ... so ein *Monster*.

Von diesen Gedanken erfuhren seine Klienten selbstverständlich nichts.

Henry Brandt grinste noch breiter und zwinkerte sich im bodentiefen Wandspiegel neben dem Bett zu. »Du bist toll. Heute wird ein großartiger Tag. Dieser Tag wird der beste deines Lebens. Toller Hecht.«

Er predigte immer, dass allein positives Denken viel verändern könne. Eine seiner Devisen war, sich jeden Morgen selbst zu loben. Sich im Spiegel anzulachen. Sich positive Dinge sagen.

Viele Menschen begannen den Tag mit negativen Gedanken: *Ich schaffe das sowieso nicht. Ich bin unzulänglich. Ich werde wieder versagen.*

Nein, sobald sich diese Negativspirale zu drehen begann, musste man innerlich laut Stopp rufen und sofort diese Gedanken aufhalten. Und stattdessen positiv denken. Sich selbst Komplimente machen.

Das sagte er seinen Klienten wieder und wieder. Das Geheimnis war der eigene Kopf. Die eigenen Gedanken. Und die gute Nachricht war: Jeder hatte es tatsächlich selbst in der Hand, diese Gedanken zu lenken. »Sie können Ihre Gedanken aktiv steuern. Lassen Sie negative Gedanken nicht mehr zu.«

Mit der richtigen Lebenseinstellung ließen sich alle Lebenskrisen händeln, so sein Credo, und er war derjenige, der anderen die richtigen mentalen Kniffe vermitteln konnte.

Hahaha.

Darüber könnte er wirklich lachen, wenn er sich das Lachen nicht schon lange abgewöhnt hätte.

Er fixierte sein Gesicht im Spiegel. »Du bist einzigartig. Du bist intelligent. Du bist beruflich erfolgreich!«

Nein bist du nicht.

»Ich bin ...«

Ein Monster! Du bist ein Monster!

Nein ...

Ein Monster. Ein Monster. Ein Monster!

Halt Stopp. »Ich bin *kein* Monster, ich bin *kein* Monster. Ich bin toll, ich bin einzigartig ...«

Seine Mundwinkel sackten herab. Ehrlich gesagt, wirkten all diese aufbauenden Sätze bei ihm nicht. Schlimmer noch, ihn demotivierten diese Sprüche geradezu.

Ja, er sagte seinen Klienten immer, dass ein glückliches Leben vornehmlich vom eigenen Willen abhing. Im Umkehrschluss bedeutete das aber nun mal, wer unglücklich war, der hatte eben nicht genug *gewollt*. Sich nicht genug angestrengt, bemüht.

Henry seufzte leise. Seine eigenen, negativen Gedanken ließen sich nicht weglenken. Morgen für Morgen überfielen sie ihn. Hässliche Stimmen meldeten sich dann in seinem Kopf und verhöhnten ihn.

Mach dir doch nichts vor!, schrien sie. *Du lügst dir doch etwas vor. Sieh der Wahrheit ins Gesicht. Du bist ein Monster. Finde dich damit ab. Alles andere ist Selbstbetrug. Realitätsverlust. Monster. Monster. Leugne es nicht.*

Sein Blick schoss reflexartig zu dem Foto auf dem Nachtisch. Das junge Mädchen, das so scheu in die Kamera lächelte. Das junge *tote* Mädchen. Er wusste gar nicht, warum er das Foto eigentlich aufgestellt hatte. Warum er es überhaupt mitgenommen hatte.

Vielleicht war es seine Art, sich selbst zu bestrafen. Vielleicht sollte dieses Foto ihn Tag für Tag daran erinnern, dass er ein Monster war.

Ja, die Stimmen hatten recht. *Er war ein Monster.* Und wenn er sich noch so oft im Spiegel anlächelte und das Gegenteil beteuerte: Er war und blieb ein Monster.

*

Eine verquollene, hässliche Fratze blickte ihr entgegen. Nora Heyden wandte schnell den Blick vom blankpolierten Edelstahlschrank ab, der ihr Spiegelbild so unschön verzerrte.

Sie trank den letzten Rest ihres Milchkaffees, den sie sich in der Küche des Bordbistros gezogen hatte. Hier war sie gelandet, nachdem sie wie jeden Morgen ihren Rundgang über das Schiff beendet hatte. Sie begann stets den Tag damit, im Ocean-Restaurant und im Bordbistro zu checken, ob das Frühstück reibungslos anlief, alle Mitarbeiter auf ihren Positionen waren und Brotkörbe und Wurstplatten gefüllt waren. Sie packte auch schon mal selbst mit an, wenn der Ansturm in den ersten Minuten zu groß war und die Stewards in Nöte gerieten. Insbesondere, wenn die *Blue Ocean* zeitig in einem Hafen festmachte und die Ausflüge früh begannen, drängten alle Passagiere auf einmal zum Frühstück.

Diese Gefahr bestand auf dieser Reise jedoch nicht, und so lief auch heute alles in ruhigen Bahnen. Man merkte deutlich, dass das Schiff nur zu zwei Dritteln belegt war. Selten war es im Bordbistro so geruhsam zugegangen, zudem standen die Tische weit auseinander, jeder hatte ausreichend Platz um sich.

Ich hätte einen Espresso nehmen sollen, dachte Nora und gähnte verstohlen. Sie hatte schlecht geschlafen, war immer wieder wach geworden. Wolf Kerners tragischer Tod hatte sie noch lange beschäftigt.

Nora stellte ihre leere Tasse in die Spüle und machte sich auf zum Konferenzraum, wo gleich ihr allmorgendliches Meeting mit den Abteilungsleitern begann. Die anderen Teilnehmer warteten schon – die Hostess, der Maître, die Hausdame, der Barchef und andere wichtige Personen aus dem Hoteldepartement. Die gleichen Personen wie immer, dennoch war das Bild, welches sich ihr bot, noch immer ungewohnt: Statt tuschelnd an einem großen Tisch, saß nun jeder für sich an einem Einzelplatz, schön auf Abstand.

»Morgen allerseits«, grüßte Nora und nahm am Kopfende Platz. Sie begann gleich mit dem schwersten Punkt: »Wie ihr sicher schon gehört habt, hat es gestern Abend einen Todesfall gegeben.«

Das betretene Nicken zeigte, dass sich die Nachricht selbstverständlich schon wie ein Lauffeuer verbreitet hatte. Auf einem Schiff gab es keine Geheimnisse.

»Ein Sturz«, erklärte Nora weiter. »Es ist mir unbegreiflich, warum Wolf Kerner sich auf das hohe Sonnendeck begeben hat, aber es ist nun mal passiert.«

»Ja, er war schlecht zu Fuß«, bestätigte die Hausdame. »Er bewohnte die barrierefreie Kabine.«

»Er hat sich an der Außenbar eine Flasche Wein gekauft ...«, meinte der Barchef vielsagend. »Gestern Abend.«

»Er hatte sie nicht angerührt. Er war nicht betrunken, das hat ein Bluttest mittlerweile ergeben.« Nora sah ihn scharf an. »Dahingehende Gerüchte will ich hier nicht hören.«

Der Barchef hob die Hände. »Sorry.«

Nora besprach noch kurz das vor ihnen liegende Tagesprogramm und klärte ein paar letzte organisatorische Dinge, nach knapp zwanzig Minuten beendete sie das

Morgenmeeting. »Und bitte, erinnert eure Mitarbeiter daran, dass dieser Todesfall diskret behandelt wird. Mit Passagieren wird nicht darüber gesprochen, bei Fragen verweist ihr bitte an mich oder Elsa«, mahnte sie zum Schluss. Alle nickten, dann wurden die Stühle zurückgeschoben.

»Vera«, hielt Nora die Hausdame zurück, ehe sie mit den anderen den Raum verlassen konnte. »Ich würde gern die Sachen von Wolf Kerner zusammenpacken und wäre dir dankbar, wenn du mir zur Hand gingest. Am besten jetzt im Anschluss.«

Vera Erwig seufzte, wie immer, wenn man sie um etwas bat, das außerhalb ihrer Arbeitsroutine lag. »Ich wollte eigentlich mit der Inventur der Uniformen beginnen, aber was sein muss, muss wohl sein.«

*

»Danke für deine Hilfe, Vera«, sagte Nora eine knappe halbe Stunde später. Gemeinsam hatten sie die Kleidung und anderen Habseligkeiten wie Sonnenbrille, Pulsuhr und Fotoapparat von Wolf Kerner zusammengepackt. Zu zweit war es schnell gegangen – einen Großteil der Kleidungsstücke hatte der alte Herr gar nicht erst ausgepackt, sondern im Koffer belassen, der aufgeklappt auf der zweiten Hälfte des Doppelbettes lag.

Es war nur ein Gepäckstück – ein einziger Koffer. Gerade ältere Männer reisten immer mit erstaunlich wenig Gepäck, das hatte Nora schon häufiger beobachtet. Der

Koffer würde nun in einem Abstellraum bei der Brücke untergebracht und am Ende der Reise an die Angehörigen verschickt werden.

»Okay, dann kann die Kabine nun gereinigt werden«, wies Nora die Hausdame an.

Vera Erwig nickte. »Heute Nachmittag. Heute Morgen haben meine Mädchen mit dem normalen Kabinenservice genug zu tun.«

»Alles klar. Bringst du das Gepäck noch auf die Brücke? Danke Vera.«

Die Hausdame nahm den Koffer und trabte davon, geschäftig wie immer, während Nora noch in der Tür stehen blieb und ihren Blick ein letztes Mal durch den Raum wandern ließ. In der Hand hielt sie eine Leselupe und ein Fernglas – Nora hatte an den Aufklebern erkannt, dass es sich um Schiffseigentum handelte. Beides konnten sich Passagiere bei Bedarf an der Rezeption ausleihen. Nora wollte die Sachen gleich zurückbringen.

Immer wieder kam es vor, dass Passagiere während der Reise verstarben. Keine Seltenheit auf Kreuzfahrtschiffen, wo das Publikum häufig hochbetagt war. Auch mit der *Blue Ocean* fuhren regelmäßig Passagiere jenseits der siebzig, achtzig Jahre. Nichtsdestotrotz war es immer wieder traurig – vor allem, wenn ein erschütterter Ehepartner an Bord zurückblieb. Doch die Reise musste weitergehen, die Kabine schnellstmöglich gereinigt werden – und die anderen Passagiere, die einen unbeschwerten Urlaub genießen wollten, durften mit dem Todesfall möglichst nicht behelligt werden. So würde auch diesmal, bis auf den einsamen Koffer im Abstellraum, bald keine Spur mehr von Wolf Kerner zu finden sein.

Nora seufzte leise. Besonders traurig hatte sie der Kalender auf dem Schreibtisch gestimmt: Wolf Kerner hatte dort sorgfältig alle Kurse und Veranstaltungen notiert, für die er sich diese Reise angemeldet hatte. Da die Teilnehmerzahl überall begrenzt war, waren die Passagiere gebeten worden, sich frühzeitig einzutragen. Wolf Kerner hatte sich vor allem für die Vorträge von Bordlektor Dr. Eschweiler interessiert, für das Kabarett und für eine Schiffsführung. Außerdem hatte er drei Physiotherapiestunden bei der neuen Gesundheitsberaterin Sasha Uhrmacher gebucht. Offenbar hatte Wolf Kerner während der Kreuzfahrt an seiner körperlichen Verfassung arbeiten wollen, schon gestern hatte er bereits eine Stunde gehabt. Nun, an all diesen Veranstaltungen würde er nicht mehr teilnehmen. So hart es auch klang, aber die Termine mussten so schnell wie möglich freigegeben werden, denn sie waren begehrt.

Nora sah sich um. Der Korridor war leer. Dann ging sie noch einmal in die Kabine, ins Bad. Sie schloss die Badtür hinter sich, und plötzlich raste ihr Herz. Sie spürte, wie ihre Wangen heiß wurden, als sie in die Knie ging und sich zum kleinen Mülleimer hinab beugte. Vorhin, als sie die Kosmetiktasche von Wolf Kerner gepackt hatte, hatte sie die angebrochenen Pflegeprodukte direkt entsorgt: Die Zahnpasta, das Shampoo, das Duschgel, lediglich eine fast volle Flasche seines teuren Herrendufts hatte sie zurückbehalten und in den Koffer gepackt.

Nora hob den Schwingdeckel ab. Wolf Kerner hatte eine ganze Batterie an Medikamenten dabeigehabt, auch diese hatte sie eingepackt, bis auf ... Sie streckte die Hand aus und holte eine Packung aus dem Müll: bis auf die hier. Die hatte sie im Mülleimer verschwinden lassen.

Sie ließ die Packung in ihre Jackettasche gleiten, dann richtete sie sich wieder auf. Aus dem Spiegel blickte ihr ihr erhitztes, schuldbewusstes Gesicht entgegen.

Schnell verließ sie die Kabine, schloss sorgfältig ab und machte sich auf den Weg zur Rezeption.

Rezeptionistin Anna-Lena nahm Leselupe und Fernglas in Empfang und räumte sie zurück in den Wandschrank. Dabei sah sie Nora mehrmals mit nervösem Blick an.

»Ist was, Anna-Lena?«, fragte Nora schließlich irritiert.

Die Rezeptionistin öffnete den Mund und schien zu überlegen, doch dann schüttelte sie nur den Kopf. »Nein, nichts.«

Nora verstand ihr seltsames Verhalten nur zu gut. Es war immer für alle ein Schock, wenn es einen Todesfall an Bord gab.

Nora ging weiter in ihr Büro. Dort holte sie die Schachtel aus der Tasche und versteckte sie in ihrer Schreibtischschublade. Ganz hinten, hinter Textmarkern, Klebebandrollen, Taschentüchern und anderem Krimskrams. Dann griff sie zum Telefon und rief auf der Brücke an.

Die erste Offizierin Karen meldete sich und holte Lehmann an den Apparat.

»Kerners Sachen sind zusammengepackt, Vera bringt den Koffer gleich zur Brücke«, informierte sie ihn.

»Die Reederei hat bereits einen Angehörigen ausfindig gemacht und kontaktiert«, sagte Lehmann. »Einen Bruder. Andere Familienangehörige oder Partner, Kinder gibt es offenbar keine.«

Wie grauenhaft, eine solche Nachricht gleich am Morgen zu erhalten, dachte Nora. Andererseits, gab es für eine solche Nachricht jemals einen passenden Zeitpunkt?

*

Das typische Schnarren der Bordlautsprecher erklang, und kurz darauf tönte die muntere Stimme der Kreuzfahrtdirektorin über die Decks:

»Einen wunderschönen guten Morgen, liebe Passagiere, hier spricht Elsa, Ihre Kreuzfahrtdirektorin. Heute ist der zweite Tag unserer ›Kreuzfahrt ins Nirgendwo‹, und es verspricht wieder ein traumhafter Tag zu werden – die Sonne strahlt bereits vom Himmel. Wie Sie dem Tagesprogramm entnehmen können, haben wir auch heute für Sie ein spannendes Programm zusammengestellt …«

*

Im Bistro duftete es lecker nach Kaffee, frischem Brot und gebratenen Frühstücksspeck. Maybrit bekam Heißhunger, was eher ungewöhnlich war. Normalerweise frühstückte sie nie, allenfalls am sehr späten Vormittag. Gleich nach dem Aufstehen genügte ihr in der Regel eine Tasse Kaffee. Erst, wenn sie einen großen Spaziergang mit Bessy gemacht hatte, kam auch der Appetit.

Hier auf dem Schiff war es anders. Die Seeluft wirkte offenbar anregend und Maybrit hatte sich sogar Rührei vom Büffet geholt. Undenkbar, so etwas zu Hause zu essen, nun jedoch lief ihr das Wasser im Munde zusammen beim Anblick ihres Tellers: frisches, weißes Brot und luftiges, tiefgelbes Rührei an krossem Bacon.

Maybrit saß an einem Zweiertisch gleich neben den großen Panoramafenstern und hatte eine herrliche Aussicht auf das ruhige, blaue Meer. Die Sonne schien vom wolkenlosen Himmel und blendete ein wenig durch das Glas. Sie

fühlte die Wärme der Strahlen, und man konnte leicht den Eindruck gewinnen, dass es auch draußen bereits sehr warm sein musste. Als sie vorhin jedoch über das Außendeck zum Bistro spaziert waren, war die Luft noch eisig gewesen.

Für den Vormittag hatten sie keine großen Pläne, sie wollten es geruhsam angehen lassen. Hanno wollte nach dem Frühstück ein wenig Sport treiben, und sie selbst würde sich irgendwo gemütlich hinsetzen, mit Blick aufs Meer, lesen und die Seele baumeln lassen.

Maybrit beobachtete, wie Hanno sich unendlich langsam an der Safttheke bediente, wo drei Saftspender mit verschiedenen Säften standen: Apfel-, Orangen–, und Multivitaminsaft. Er hatte ewig lange die Etiketten studiert und schien sich nicht entscheiden zu können. Maybrit selbst hatte sich frisch gepressten Orangensaft geholt, aber Hanno mochte es nicht, wenn Fruchtfleisch im Glas herumschwamm, und so trank er lieber den abgefüllten Saft aus Tetrapacks. Zu Hause hatten sie mittlerweile mehrere Dutzend Flaschen naturtrüben Apfelsaft stehen, den Hanno ebenfalls nicht trinken mochte, weil er »nicht klar« war ...

Maybrit nippte an ihrem Orangensaft. Hanno hatte keinen Ton mehr über seinen Albtraum verloren, doch Maybrit hatte seine jämmerlichen Schreie noch immer im Ohr.

Das war doch nicht mehr normal.

Die Albträume schienen Nacht für Nacht schlimmer zu werden. In Maybrit verstärkte sich das Gefühl, dass mehr dahinter stecken musste. Vielleicht war in der Unfallnacht etwas geschehen, worüber Hanno noch nie geredet hatte? Etwas, dass so schrecklich war, dass es ihn bis in die Träume verfolgte? Denn wenn sie ihn danach fragte, wurde

sie abgewimmelt, und genau das machte sie misstrauisch. Ihr war, als gäbe es da etwas, worüber er partout nicht sprechen wollte.

In der Zeitung hatte gestanden, der Wagen sei frontal gegen den Baum geprallt. Maybrit wollte sich gar nicht ausmalen, welche Bilder Hanno in jener Nacht gesehen hatte. Und dann dieses schwerverletzte Mädchen in den Armen zu halten, während es seine letzten Atemzüge tat ... Dieses Erlebnis musste einfach traumatisch sein.

Hanno stand noch immer an der Saftheke. Endlich schenkte er sich umständlich Saft ein und kam zurück zum Tisch.

»Das hat aber gedauert«, kommentierte Maybrit.

»Hier hat es einen Toten gegeben«, sagte er übergangslos.

»Was?« Maybrit sah ihn perplex an. »Was sagst du da?«

»Ein Toter. Das hab ich eben an der Saftstation aufgeschnappt. Die beiden Stewards da haben darüber getuschelt.«

»Du meine Güte«, sagte sie erschüttert. »Was ist passiert?« Die Vorstellung, dass jemand an Bord gestorben war, schockierte sie. So ganz *nah*.

»Ein Mann ist gestern Abend zu Tode gestürzt. Ist wohl ne Treppe runtergefallen, draußen an Deck. Genickbruch.«

»Wie tragisch!« Sie hatte mit einem Herzinfarkt gerechnet, einem Schlaganfall – schließlich waren hier viele ältere Gäste an Bord, aber doch nicht *damit*. Genickbruch ...

»Er war wohl nicht mehr der Jüngste. Und hatte ne Flasche Alkohol dabei ...« Hanno hob vielsagend die Augenbrauen. »Aber jetzt kommt's: Es soll sich um Wolf Kerner handeln. Kennst du den noch?«

Maybrit brauchte ein paar Sekunden, ehe sie erstaunt blinzelte. »Du meinst ... Du meinst, der aus unserer Stadt? Der Wolf Kerner aus dem Fernsehen?«

»Genau.«

Der Name Wolf Kerner war ihr ein Begriff, auch wenn sie ihm nie persönlich begegnet war. Er galt in der Stadt noch immer als eine kleine Berühmtheit, weil er vor Jahren bei Sportsendungen als Kommentator aufgetreten war. In den letzten Jahren war es ruhig um ihn geworden.

»Der war an Bord?«, fragte Maybrit dümmlich, so überrascht war sie.

»Scheint so, ja.« Hanno biss in sein Brötchen, und auch Maybrit nahm einen Bissen von ihrem Rührei. Eine Weile aßen sie schweigend.

»Was für ein Zufall«, sagte sie dann. »Wie alt ist er denn geworden?«

»Das weiß ich nicht, war schon an die siebzig, glaube ich. Na ja. Wolf Kerner war angeblich sturzbetrunken, sagten die Stewards. Vermutlich hat er es selbst verschuldet.«

Sie beendeten ihr Frühstück, schweigsamer als gewöhnlich, und gingen zurück. Die Kabine war noch nicht gereinigt worden, wie Maybrit leicht enttäuscht feststellte, dabei hatte sie extra die grüne Karte an die Türklinke gehängt. Allerdings hingen an allen anderen Kabinentüren auch grüne Karten, und das Zimmermädchen konnte sich nicht vierteilen.

Während Hanno sich das Tagesprogramm vom Couchtisch nahm, holte Maybrit ihr Handy aus der Tasche.

Hanno runzelte die Stirn. »Willst du schon wieder Jenna anrufen?«

»Was heißt schon wieder. Eben habe ich sie ja nicht erreicht.« Sie wählte. Das Telefon klingelte endlos, niemand nahm ab. Genau wie vor dem Frühstück.

»Sie nimmt nicht ab. Immer noch nicht.«

»Ach Maybrit, lass sie doch. Diese Kontrollanrufe nerven sie nur«, sagte Hanno eine Spur ungeduldig. »Du hast doch gestern Abend noch mit ihr gesprochen.«

»Ich möchte wissen, ob alles in Ordnung ist.«

»Was soll denn über Nacht passiert sein? Wir sind gerade mal ein paar Tage weg. Das Haus wird schon nicht abgebrannt sein.«

»Trotzdem. Ich möchte wissen, ob mit Bessy alles in Ordnung ist.«

Hanno rollte mit den Augen. »Tu, was du nicht lassen kannst.« Er ging hinaus auf den Balkon und setzte sich an den Tisch. Dort begann er, im Tagesprogramm zu lesen.

Maybrit hielt das Handy ans Ohr und wartete. Niemand meldete sich. Jenna musste doch zu Hause sein? Vielleicht ging sie absichtlich nicht ans Telefon?

Schweren Herzens legte sie auf. Hanno hatte recht. Sie wollte nicht albern erscheinen. Sie hatte Jenna schon aus dem Quarantänehotel heraus angerufen, und gestern Abend ebenfalls, und heute Abend würde sie sich wieder nach dem Rechten erkundigen – das musste reichen. Bessy war schließlich nur ein Hund, kein Kind.

Ach, Bessy ... sie vermisste ihre Hündin schrecklich. Und umgekehrt war es genauso, das wusste sie. Seit die Hündin bei ihr war, waren sie nie länger als ein Wochenende getrennt gewesen. Bestimmt litt Bessy fürchterlich und verstand die Welt nicht mehr, sie war ein so sensibles Tier. Bestimmt glaubte Bessy, Maybrit würde nie mehr wiederkommen, so wie ihr Herrchen einst ...

Ach, diese blöde Kreuzfahrt, dachte Maybrit unglücklich. Dabei hatte sie die Reise nicht mal gewollt.

Sie drückte die Wahlwiederholung. Dann mache ich mich halt lächerlich, dachte sie.

Sie war verdutzt, als Jenna plötzlich abnahm.

»Guten Morgen, Jenna, hier ist Maybrit.«

»Hallo Maybrit. Ich hab schon gesehen, du hast bereits ein paar Mal probiert. Ich war gerade eine Runde mit Bessy spazieren. Gibt es was Dringendes?«

»Äh ...« Maybrit wurde rot. »Ich wollte nur hören, ob soweit alles in Ordnung ist.«

»Ja, na klar. Alles bestens.«

»Gut, gut. Äh, warum ich eigentlich anrufe«, flunkerte Maybrit, »ist mein Paket schon angekommen?«

»Ja, das ist hier.«

»Oh, super. Ja, das war's dann auch schon. Tschüss!«

Maybrit legte auf. Jenna hatte ein wenig genervt geklungen. Aber das Paket war wirklich wichtig: Es war eine Hundedecke für Bessy, die auf einem Teleshopping-Kanal so wärmstens empfohlen worden war, dass sie nicht hatte widerstehen können. Sie würde Bessy die Decke quasi als ›Urlaubsmitbringsel‹ schenken.

Maybrit folgte Hanno hinaus auf den Balkon. Weites, blaues Meer erstreckte sich vor ihnen, und hier in der windgeschützten Sitzecke wärmten die Sonnenstrahlen mittlerweile spürbar.

»Hättest du das gedacht, Maybrit, dass wir jemals so eine Luxuskreuzfahrt machen würden?« Hanno lehnte sich zufrieden im Stuhl zurück und verschränkte die Arme hinter dem Kopf. »Und dann, ohne einen Cent zu zahlen.«

Maybrit nickte nur vage. Er kannte ja ihre Meinung zu dieser Reise.

Hanno sah sie mit hochgezogenen Augenbrauen an. »Du solltest mal dein Gesicht sehen. Als wäre es eine Strafe, hier zu sein. Nun freu dich doch einfach, dass wir die Gelegenheit bekommen haben.«

»Ja, du hast recht.« Sie zwang sich zu einem Lächeln und ließ sich ebenfalls auf einen Stuhl sinken, das dicke Polster war butterweich.

»Ein Urlaub wäre für uns finanziell gar nicht drin gewesen. Schon gar nicht eine Kreuzfahrt.«

Das stimmte leider. Hanno führte ein kleines Unternehmen in der Veranstaltungsbranche, und seit Monaten waren die Aufträge nahezu auf null eingebrochen. Sie lebten quasi von ihren Ersparnissen und hofften auf bessere Zeiten. Maybrit sehnte die Zeit herbei, wenn es wieder große Konzerte gab, Firmenfeiern, Abendveranstaltungen ... Auch Messen waren immer eine sichere Einnahmequelle gewesen. Gecancelt, gecancelt, gecancelt. Nein, eine Luxuskreuzfahrt wäre zur Zeit garantiert nicht drin gewesen. Sie konnten froh sein, dass das Haus abbezahlt war und sie keine großen Unkosten zu tragen hatten. Aber wenn es nicht bald aufwärtsging ...

Früher, da hatten sie nie Geldsorgen gehabt, im Gegenteil, richtig gut gelebt hatten sie, in dem schönen Haus mit dem großen Garten und den beiden Autos, den vielen Reisen ... Maybrit bemühte sich, nicht allzu schwarz in die Zukunft zu sehen. Natürlich würde es weitergehen. Bald. Sie mussten nur Geduld haben.

Umso mehr durften sie sich glücklich schätzen, diese Reise machen zu können. Aber es fühlte sich dennoch falsch an ...

»Die Umstände sind halt nicht so schön«, murmelte Maybrit. »Dass Paulina uns diese Kreuzfahrt schenkt, war wirklich nicht nötig. Ich finde es nach wie vor einfach ... einfach unangenehm, dass wir die Reise auf ihre Kosten machen.«

»Es war Paulina eben ein Bedürfnis. Es hätte sie gekränkt, wenn wir abgelehnt hätten. Sie ist mir so unendlich dankbar, dass ich bei dem Unfall vor Ort war und versucht habe, zu helfen. Und vor allem, dass ich ihre kleine Tochter nicht allein habe sterben lassen«, sagte Hanno etwas ungeduldig. Dieses Thema hatten sie schon oft diskutiert. Hanno hatte es völlig in Ordnung gefunden, die Reise anzunehmen, während Maybrit so ein kostspieliges Geschenk für absolut übertrieben hielt. Die »Kreuzfahrt ins Nirgendwo«, für zwei Personen in einer Balkonkabine, war einfach viel zu teuer.

»Das können wir doch nicht annehmen«, hatte Maybrit zu Hanno gesagt, als Paulina Link ihnen dieses Geschenk vor einigen Wochen aus heiterem Himmel gemacht hatte. »Das ist doch absurd.«

»Natürlich können wir das annehmen. Paulina möchte mir nun mal etwas zurückgeben, und das tut sie hiermit. Lass sie doch, wenn es ihr so eine Freude macht. Die arme Frau leidet schon genug, ich möchte sie nicht zusätzlich vor den Kopf stoßen. Außerdem war die Kreuzfahrt doch ohnehin schon gebucht gewesen – nur, dass statt Paulina und ihre Familie eben wir fahren.« Damit war für Hanno das Thema erledigt gewesen, und Maybrit versuchte, ihr unbehagliches Gefühl wegzuschieben.

Aber ... Gerade, dass eigentlich die Familie selbst in dieser Kabine hätte wohnen sollen, war doch geradezu makaber, oder? Allein dieser Gedanke, dass in diesen Betten eigentlich Paulina und ihr Mann, und auf dem Schlafsofa die beiden Kinder hätten schlafen sollen ... Puh.

Hinzu kam noch etwas anderes: Durch das großzügige Geschenk hatte Maybrit das unangenehme Gefühl, der Witwe etwas schuldig zu sein. Nun konnte man Paulina schlecht abwimmeln, wenn sie mal wieder vor der Tür stand. Denn das tat Paulina, viel zu oft ...

Insgeheim hatte Maybrit den Verdacht, dass Paulina ihnen nur aus einem Grunde die Reise geschenkt hatte: um die Verbindung zu ihnen zu intensivieren.

Ja, Paulina Link suchte den Kontakt zu ihnen, immer stärker. Zuerst waren es nur Anrufe gewesen. In der ersten Zeit nach dem Unfall hatte Paulina ein-, zweimal die Woche angerufen und Hanno sprechen wollen. Er hatte mit ihr wieder und wieder über den Unfall geredet und ihr versichert, dass ihre toten Kinder und ihr Mann nicht gelitten hätten. Dafür hatte Maybrit Verständnis gehabt, die junge Frau hatte ihr unendlich leidgetan.

Dann hatten die Besuche angefangen. Eines Tages hatte Paulina mit einem riesigen Blumenstrauß vor der Tür gestanden, um sich noch mal persönlich zu bedanken. Sie und Hanno hatten beinahe drei Stunden im Wohnzimmer gesessen und geredet. Anfangs war Maybrit dabei gewesen, später war sie in den Garten geflüchtet, weil sie diese traurige Frau einfach nicht mehr ertrug.

Seitdem kam Paulina regelmäßig zu Besuch. Unangekündigt. Maybrit versuchte, nachsichtig zu sein, schließlich hatte diese Frau ein schweres Schicksal erlitten, aber irgendwie ... Fast kam es ihr so vor, als wolle Paulina sich nun in *ihre* Familie drängen, nachdem sie ihre eigene verloren hatte.

»Findest du nicht, es nimmt langsam überhand?«, hatte sie Hanno vorsichtig gefragt, als Paulina gleich dreimal in einer Woche ›vorbeigeschaut‹ hatte. Paulina meldete sich nicht an, sie schaute immer ›zufällig‹ vorbei. Sie hatte

angeblich etwas in der Nähe zu erledigen, Einkäufe oder Arzttermine oder Frisörbesuche, und dann stand sie plötzlich vor der Tür und sagte: ›Ich dachte, ich schau mal kurz bei euch vorbei.‹

Meist kam Paulina am frühen Abend, wenn sie ganz sicher wusste, dass Hanno und Maybrit zu Hause waren. Und natürlich lud Maybrit sie dann aus Höflichkeit ein, mit ihnen zu essen.

Und immer hatte Paulina ein Mitbringsel dabei: meist eine Flasche naturtrüben Apfelsaft. Weder Maybrit noch Hanno mochten diesen Saft trinken – er stammte aus der teuren Privatkelterei aus dem Nachbarort. Vor ein paar Jahren ging einmal das Gerücht um, dort würden auch wurmstichige und faule Äpfel zu Saft gepresst. Natürlich hatte sich die Kelterei mit Händen und Füßen gegen diese Gerüchte gewehrt, die vermutlich von der Konkurrenz in Umlauf gebracht worden waren. Aber etwas war haften geblieben, so, wie es oft bei Gerüchten der Fall war, und Maybrit hatte seitdem gemieden, diesen Saft zu trinken, obwohl sie wusste, dass an den fiesen Klatschgeschichten vermutlich nichts dran war. Im Abstellraum dürften sich mittlerweile an die dreißig Flaschen befinden, denn dorthin ließen sie sie verschwinden.

Mittlerweile musste Maybrit schon während der Arbeit immer denken: ›Hoffentlich steht Paulina nicht vor der Tür, wenn wir Feierabend haben. Mit einer verdammten Flasche *naturtrüben Apfelsaft* in der Hand.‹

Maybrit wünschte sich insgeheim, Hanno wäre nie an der Unfallstelle vorbeigekommen. Hätte den zerstörten Wagen nie gesehen, hätte nie angehalten, hätte dieses sterbende Mädchen nie in den Armen gehalten. Dann wieder schämte sie sich für solche Gedanken. Es war ein schrecklicher Unfall gewesen, die arme Paulina hatte auf einen

Schlag ihre gesamte Familie verloren, und sie selbst dachte nur daran, wie unangenehm dies ihr eigenes Leben beeinflusst hatte.

Dennoch: Paulina nervte. Maybrit traute sich kaum, es zu denken, aber so war es nun mal. Es nervte, dass Paulina ständig anrief, wegen jeder Kleinigkeit.

Es nervte, dass Paulina sie ständig besuchte. *»Ich war grad in der Nähe …«*

Es nervte, ständig in dieses traurige, blasse Gesicht zu gucken und diese weinerliche Stimme zu hören.

Ja, es mochte gefühllos und egoistisch klingen. Paulina hatte einen unfassbar tragischen Schicksalsschlag erlitten. Aber es war so verdammt nervig, dass Paulina sich mehr und mehr in ihr Leben drängte.

Hanno hatte Nacht für Nacht Alpträume, das sollte endlich aufhören.

Sie hatten selbst genug Probleme. Seit der Corona-Krise lebten sie in ständiger banger Ungewissheit, ihre ganze Existenz stand auf dem Spiel.

Ein Gutes hat die Kreuzfahrt jedenfalls, dachte Maybrit nun, hier haben wir wenigstens ein paar Tage Ruhe vor Paulina.

In dem Moment hörten sie ein Klopfen an der Kabinentür.

»Bestimmt das Zimmermädchen«, sagte Hanno und erhob sich.

»Endlich. Ich mache ihr auf.« Auch Maybrit stand auf und folgte ihm in die Kabine.

»Sag ihr, in fünfzehn Minuten sind wir wieder weg.« Hanno ging ins Badezimmer.

Maybrit ging zur Tür und öffnete. Dann riss sie die Augen auf und schlug die Tür entsetzt wieder zu.

*

»Hanno«, keuchte sie und drehte sich auf dem Absatz um. »Hanno.« Sie stürmte zum Bad und hämmerte gegen die Tür.

»Was denn ...«, murrte er aus dem Inneren. Die Klospülung rauschte, kurz darauf öffnete er die Tür. »Was ist denn los? Was machst du denn für ein Theater?«

»Paulina.« Vor Erregung kippte ihre Stimme. »Paulina steht vor der Tür. Unserer Tür.«

»Ah ...« Hanno senkte den Kopf und sah betreten auf seine Schuhspitzen. Er sagte kein Wort, seine Ohrspitzen färbten sich aber verdächtig rot.

»Hanno?« Ungläubig sah sie ihn an. Ihr schwante Böses. »Du ... Du *wusstest*, dass sie auch an Bord ist?«

»Also ...«

»Du wusstest es? Und sagst mir kein Wort?«

»Ich ... ich wollte ja.« Er sah sie immer noch nicht an. Verlegen strich er sich durchs Haar.

»Ich glaube es einfach nicht. Das glaube ich jetzt nicht.« Fassungslos schüttelte sie den Kopf. »Und warum weiß ich davon nichts?«

Hanno sah sie zerknirscht an. »Tut mir leid.«

Nun konnte sie nicht mehr an sich halten: »Warum hast du mir verschwiegen, dass Paulina auch hier ist?«, rief sie hitzig.

»Pscht, nun sprich doch leise. Sie muss es ja nicht hören.«

»Ich komme mir gerade richtig veralbert vor«, zischte sie. »Das ist wirklich unglaublich.«

»Es ist doch ein großes Schiff, es ist doch egal, ob sie auch an Bord ist«, sagte er bittend. »Sei nicht böse.«

»Es ist nicht egal. Warum hast du denn nichts davon gesagt?«

»Maybrit ...« Hanno sah sie gequält an. »Sie hat uns diese Reise nun mal geschenkt ...«

»Wenn ich gewusst hätte, dass Paulina auch mitkommt, wäre ich zu Hause geblieben!«

»Genau das habe ich befürchtet«, murmelte Hanno. »Jetzt reg dich doch nicht auf. Genau aus diesem Grund habe ich dir nichts gesagt, weil ich wusste, dass du dich nur aufregen würdest.«

Erregt hob sie den Zeigefinger, um ihren Worten Nachdruck zu verleihen. »Aber doch nicht ohne Grund! Du weißt genau, wie sehr mich ihre ständigen Besuche zu Hause stören. Fast täglich haben wir sie auf der Matte stehen. Wir haben mehrmals darüber gesprochen, dass ich sie zu aufdringlich finde und einfach nicht diesen ... diesen ständigen Kontakt möchte. Vielleicht sollte ich ihr das einfach mal ins Gesicht sagen.«

»Maybrit«, fuhr Hanno sie da an. »Reiß dich bitte zusammen. Es geht nicht anders.«

Maybrit zuckte zusammen unter der Heftigkeit, mit der er plötzlich sprach. »Warum geht es nicht anders?« Warum nahm er diese Frau eigentlich immer in Schutz?

Sein Gesicht war plötzlich sehr verschlossen. Diesen Gesichtsausdruck kannte sie bereits, seit dem Unfall hatte sie ihn schon häufiger bei Hanno beobachtet. Und wenn sie ehrlich war, machte er ihr Angst. In Momenten wie diesem, da war etwas in Hannos Blick ...

Was verschwieg er ihr? Es hatte mit dem Unfall zutun. Das Maß, in dem er sich um diese fremde Frau kümmerte, sie in ihr Leben ließ ... das war einfach nicht mehr normal.

»Wir reden später«, sagte Hanno beschwörend. »Und jetzt komm. Wir können Paulina doch nicht die Tür vor der Nase zuschlagen.« Er ging zur Tür und öffnete. Seine Miene wurde sofort herzlich. »Entschuldige Paulina. Komm rein.«

»Komme ich ungelegen?« Paulina lächelte arglos.

»Nein. Gar nicht. Nun komm schon herein.«

Paulina trat in die Kabine. »Wie schön euch zu sehen. Gut siehst du aus, Maybrit.« Paulina machte Anstalten, sie zu umarmen, aber Maybrit trat rasch einen Schritt zurück.

»Die Regeln ...«, murmelte sie und hob abwehrend die Arme.

»Oh, stimmt. Abstand, Abstand.« Paulina nickte fröhlich.

Maybrit lächelte gezwungen zurück. Paulina behandelte sie neuerdings wie ihre beste Freundin. Maybrit hingegen würde Paulina niemals als Freundin bezeichnen. Paulina war einfach in ihr Leben gekommen und geblieben.

»Bist du allein an Bord?«, fragte Maybrit und bereute sogleich die Frage. *Diese Frau hatte keine Familie mehr.*

»Ja«, antwortete Paulina auch nur und senkte den Kopf.

»Na, du hast ja uns«, sagte Hanno prompt.

Maybrit lächelte schmal. »Warum hast du mir denn nichts davon erzählt, dass du auch an Bord bist? Als du letzte Woche bei uns warst.« Oder die Woche davor. Oder davor.

Paulina strahlte nun: »Ich wollte dich überraschen. Ich habe Hanno extra gebeten, dir nichts zu erzählen. Ich wusste, du würdest dich freuen.«

»Und wie«, murmelte Maybrit.

»Ich habe spontan eine Einzelkabine für mich gebucht, um mit euch zu kommen. Wie ihr wisst, wollte ich ja eigentlich mit meiner Familie fahren, aber ... Na ja, jedenfalls hatte ich mich eigentlich lange auf die Kreuzfahrt

gefreut. Doch dann passierte der Unfall, und allein wäre ich nie ... Na ja. Ich bin so froh, dass es auf diesem Wege nun doch klappt!«

Maybrit lächelte gezwungen. »Warum sind wir uns eigentlich noch nicht eher hier begegnet? Wir sind doch seit gestern an Bord.«

»Eigentlich hatte ich Paulina für gestern eingeladen«, gestand Hanno. »Für einen gemütlichen Abend auf unserem Balkon, aber Paulina hat kurzfristig abgesagt.«

»Gestern ging es mir nicht so gut«, sagte Paulina. »Manchmal habe ich so Momente ... Wisst ihr, Jannick und ich wollten auch immer mal eine Kreuzfahrt machen, aber dazu ist es nicht mehr gekommen ...«

Ihre Miene wurde bekümmert, und offenbar erwartete sie ein paar tröstende Worte.

»Das tut mir leid«, zwang sich Maybrit zu sagen. Wie sie es satthatte, dass Paulina bei jeder Gelegenheit um Mitleid heischte.

Hanno hatte mal wieder nichts mitbekommen. »Hast du schon gehört, Paulina? Gestern Abend ist hier ein Mann zu Tode gestürzt. Wolf Kerner. Der wohnte doch bei uns im Ort. Du weißt schon, der aus dem Fernsehen.«

»Tatsächlich? Wie schlimm.« Paulina schlug die Hand vor den Mund. »Der war auch hier an Bord?«

Hanno nickte. »Ich habe mich auch darüber gewundert, aber die Welt ist klein. Schlimme Sache.«

Paulina verzog einen Moment betrübt die Mundwinkel, dann schlug sie einen fröhlichen Plauderton an: »Was habt ihr denn heute vor? Ich habe mich für dieses Motivationsseminar angemeldet. ›Gib deinem Leben einen positiven Push‹ – oder so ähnlich. Klingt sehr interessant. Man lernt Techniken, um eine positive Lebenseinstellung zu gewinnen. Ich dachte, das könnte mir vielleicht helfen ...«

Maybrit hätte am liebsten die Augen verdreht. Paulina sagte zwar immer: »Ich will kein Mitleid, bloß nicht«, ließ aber zugleich ständig Bemerkungen fallen, die wenig subtil anklingen ließen, wie schlecht es ihr doch ging. Und dann war man gezwungen, irgendetwas Tröstliches zu sagen.

»Heute Morgen lassen wir es ruhig angehen, ich werde gleich erst mal ein wenig Sport machen«, erklärte Hanno. »Nach dem Mittagessen dann hören wir uns einen Vortrag von dieser Gesundheitsberaterin an, Sasha Uhrmacher. Über gesunde Ernährung.«

»Oh. Auch sehr interessant«, lobte Paulina. »Das hatte ich im Tagesprogramm gelesen, es geht um gesunde Fette, nicht wahr?«

»Genau, das Thema ist ja allgegenwärtig«, nickte Hanno, »darüber wollte ich immer schon mal mehr erfahren.«

Maybrit traute ihren Ohren kaum. Was schwätzte Hanno da? Sie hatte ihn förmlich überreden müssen, mit ihr zu diesem Vortrag zu gehen.

»Apropos Ernährung«, sagte Paulina stolz, »ich habe meine Tischplatzreservierung tauschen können – ich sitze jetzt bei euch am Tisch im Ocean-Restaurant.«

»Das geht?«, fragte Maybrit schmallippig. »Ich dachte, es werden nur Zweiertische vergeben. An Paare.«

»Der Maître war so nett, für uns eine Ausnahme zu machen. Man hat uns einen der großen Tische zugeteilt. Alles kein Problem, wir sind ja Freunde.«

»Super«, sagte Hanno fröhlich.

»Ich muss dann auch weiter. Ich wollte nur schnell Hallo sagen. Dann bis später. Wir sehen uns spätestens beim Mittagessen!« Vergnügt spazierte Paulina davon.

Maybrit schloss die Tür hinter ihr und drehte sich dann sehr langsam zu Hanno um.

»Ich. Fasse. Es. Nicht.«

»Tut mir leid. Nun mach doch nicht so ein Gesicht, Maybrit. So schlimm ist es nun auch wieder nicht.«

»Sie wird uns nicht von der Seite weichen. Hast du doch gehört – sie hat sich sogar einen Platz an unserem Tisch reserviert.«

»Soll sie denn alleine essen? Das ist doch selbstverständlich, dass sie bei uns sitzt.« Er seufzte. »Paulina ist doch sehr nett. Sie mag dich sehr, das hat sie schon so oft gesagt. Du bist ihre einzige Freundin.«

»Das ist es ja. Ich finde sie einfach so ... so distanzlos«, sagte Maybrit kläglich. »Sie ... sie überhäuft mich mit Zuneigung und will mir ihre Freundschaft aufzwingen, aber ...« Aber man kann freundschaftliche Gefühle nicht erzwingen, dachte Maybrit. Die Chemie stimmte einfach nicht, ihr ging Paulina einfach nur entsetzlich auf die Nerven.

»Warum hast du mir nicht erzählt, dass sie hier ist?«, wiederholte sie störrisch. »Du hast mit ihr gemeinsame Sache gemacht. Hinter meinem Rücken habt ihr das ausgeheckt. Überraschung, von wegen. Tolle Überraschung.«

»Ausgeheckt, hinter deinem Rücken.« Nun wurde auch Hanno ärgerlich. »Du tust ja gerade so, als wäre Paulina eine Heimsuchung.«

Das ist sie auch, dachte Maybrit. Das durfte doch nicht wahr sein, dass Paulina jetzt auch noch an ihrem Urlaub teilnahm.

Sei nicht so hart, schalt sie sich dann. Sie hat doch niemanden mehr.

Aber genau das war ja das Schlimme. Ständig fühlte Maybrit sich gezwungen, Mitleid mit dieser Frau haben zu müssen, ihr alles nachzusehen, um nicht als unsensibel und taktlos zu gelten.

Maybrit sah wieder zu Hanno. Sie fühlte sich verraten durch seine Heimlichtuerei.

Jetzt kam er reumütig zu ihr und wollte sie umarmen. »Bitte. Lass uns doch nicht streiten. Es tut mir leid, wie es gelaufen ist.«

Sie würdigte ihn keines Blickes mehr, sondern nahm Jacke, Handtasche und Kabinenschlüssel und ging zur Tür. »Ich brauche frische Luft.«

»He. Warte doch. Es tut mir ja leid«, rief er ihr nach. »Hast du gehört?«

Sie antwortete nicht, sondern zog nachdrücklich die Tür hinter sich ins Schloss. So leicht würde sie ihn nicht davonkommen lassen. Sollte er ruhig ein wenig schmoren.

Paulina drängte sich mehr und mehr in ihr Leben, und nun war sie auch noch hier an Bord. Das war doch wirklich die Höhe.

Ich werde sie nie wieder los, dachte Maybrit düster, während sie ziellos durch die Korridore schlenderte. Sie hatte keine Ahnung, wohin sie eigentlich gehen sollte, aber sie hatte einfach von Hanno weggemusst.

Sie hatte schon das ein oder andere Mal überlegt, ob Paulina sich in Hanno verguckt haben könnte. War das der wahre Grund, warum sie so oft bei ihnen auftauchte?

Dann wiederum fragte sie sich, ob sie nicht zu hart zu Paulina war. Die Frau war einfach einsam und hatte niemanden mehr. Sie suchte verzweifelt nach Gesellschaft. *Aber genau das war das Problem.*

*

Arielle zog sich sorgfältig die Lippen nach. Sie hatte die Lippen etwas geöffnet und lächelte leicht, so ließ sich leichter eine feine Linie mit dem Lipliner ziehen. Am Mundwinkel angekommen, verwackelte sie jedoch und malte ein Milimeterchen über den Lippenrand hinaus. Sie stöhnte auf.

Sofort war das ganze Ergebnis im Eimer, sie sah aus, als hätte sich eine Sechsjährige für Halloween geschminkt. Da sie einen wasserfesten, extrahaltbaren Lipliner benutzte, ließ sich der misslungene Strich nicht einfach wegwischen, sondern musste mühevoll mit Make-up-Entferner entfernt werden.

Sie ließ den Stift ins Becken fallen und stützte sich schwer am Rand auf.

Ich habe einen Menschen umgebracht.

Sie konnte es noch immer kaum begreifen. Sie. Hatte. Getötet. Diese eine, letzte moralische Grenze, die den Menschen vom Tier unterschied, überschritten.

Ihr Blick wanderte rastlos über ihr Gesicht im Spiegel. Die Haut um Nase und Wangen herum war so großporig, dass sie sich dafür schämte. Ihre Wimpern waren so hell, dass sie ohne Mascara kaum auffielen. Ihre Augenbrauen hingegen waren viel zu buschig. Ihr Teint, ach Gott ... Sie neigte zu Unreinheiten und Rötungen, egal, wie gesund sie sich auch ernährte.

Ihr gesamtes Gesicht war einfach zu grob, zu unförmig.

Sie schminkte sich gern, aber nur, wenn sie allein war, nur für sich. Es beruhigte sie, und es ließ ihr Gesicht hübscher, weiblicher erscheinen. Dann probierte sie Lippen-

stifte und Lidschatten aus, mal in dramatischen Farben, mal in ganz zarten. Mal puderte sie sich das Gesicht geishaweiß, mal mit einem Bräunungspuder sonnendunkel. Bei Instagram schaute sie sich begeistert Videos über Schminktechniken an und versuchte, die Models nachzuahmen.

Aber nie würde sie sich anderen geschminkt zeigen. Nie verließ sie geschminkt das Haus. Auch jetzt pumpte sie sich großzügig von der flüssigen Seife in die Handfläche und verteilte sie auf dem Gesicht, um alles wieder abzuwaschen.

In der letzten Nacht hatte sie sich in den grässlichsten Farben ausgemalt, wie man ihr auf die Schliche kommen würde, wie man sie verhaften würde, wie sie lebenslänglich hinter Gittern wandern würde. Wie sie in einem Knast sitzen würde, wie übel man ihr dort mitspielen würde ... Mithäftlinge, die sie tyrannisieren und quälen würden ... Ihr war schlecht vor Angst geworden.

Aber, wie es schien, war ihre Sorge unbegründet.

Heute Morgen hatte sie die Kabinenstewardessen im Gang tuscheln hören. Wolf Kerner sei gestürzt. Muss stockbesoffen gewesen sein, die Weinflasche habe noch neben ihm gelegen ... ein unseliger Unfall eben.

Ein Unfall. Sie gingen von einem Unfall aus.

Arielles Herz wurde federleicht vor Erleichterung. Niemand hatte gesehen, was sich tatsächlich ereignet hatte. Niemand würde sie dafür zur Rechenschaft ziehen.

Ich komme davon. Ich komme tatsächlich davon.

Sie tupfte sich das Gesicht trocken und warf schwungvoll das Handtuch zurück über die Stange. Sie warf sich einen aufmunternden Blick zu. Alles würde gut werden. Endlich.

*

Motivationscoach Henry Brandt warf sich einen aufmunternden Blick zu. *Du bist ein toller Typ. Heute hast du eine neue Chance, dein Leben besser zu gestalten und daran zu arbeiten, all deine Träume zu erfüllen!* Er grinste sich im Spiegel zu, doch sein Gesicht glich einer Grimasse.

Er musste husten, seine Lungen taten schon weh. Dieser blöde Husten, und nun wurde auch noch seine Stirn so heiß ... In einer Viertelstunde begann sein Motivationsseminar, und er fühlte sich wie ein nasses Handtuch.

Henry betrachtete sich im Spiegel. Sah er krank aus? Ja. Graue Augen blickten ihm fiebrig unter buschigen Augenbrauen an. Die Haare trug er sehr kurz. Seine Nachbarin, eine Friseurin, hatte ihm während der Pandemie regelmäßig schwarz die Haare geschnitten. Das war zwar nicht ganz richtig gewesen, aber er legte großen Wert auf sein Äußeres. Nicht, dass er eitel wäre, nein, er wollte einfach nur so normal wie möglich aussehen. Unauffällig. Und dazu gehörte nun mal ein ordentlicher Haarschnitt.

Henry fuhr sich nachdenklich mit der Hand über das Kinn.

Normal sein ... An manchen Tagen kam er sich tatsächlich *normal* vor, aber viel zu oft fühlte er sich wie ein Sonderling. Dann hatte er das Gefühl, dass alle Blicke an ihm haften blieben, wenn er vorüber ging. Er wusste nicht genau, woran es lag. Sein Gang? Seine Frisur? Sein Gesicht? Wahrscheinlich an allem zusammen. Irgendetwas an seinem Erscheinungsbild schien andere Leute zu irritieren, schien sie dazu zu veranlassen, ihn eine Sekunde zu lange anzugucken, oder gar ein zweites Mal hinzusehen. Beson-

ders schlimm war, wenn sie sich sogar umdrehten. Früher war er unter solchen Blicken errötet, hatte zu Boden gestarrt und war weitergehetzt. Mittlerweile gelang es ihm meist, die Blicke zu ignorieren. Aber nicht immer.

Erst vorhin beim Frühstück hatte am Tisch neben ihm eine junge Frau gesessen und ihn immer wieder heimlich angeschaut. Er hatte so getan, als bemerke er ihre Blicke nicht, aber sie waren ihm nur zu bewusst gewesen.

Er konnte ihre Gedanken förmlich lesen: *Was stimmt nicht mit ihm? Etwas an ihm ist merkwürdig.*

Vielleicht war es auch nur Einbildung, dass er immer glaubte, die anderen beobachteten ihn. Aber dieses Gefühl verfolgte ihn seit Jahren, er konnte es einfach nicht abstellen. Deshalb war er auch so froh gewesen, als die Zeit der Masken begann. Dahinter konnte man sich gut verstecken. Er trug die Maske immer, wenn er das Haus verließ. Sie bot ihm Schutz, und zwar nicht nur vor Viren, sondern vor den Blicken. Er war beinahe enttäuscht gewesen, dass hier an Bord keine Maskenpflicht galt.

Er war anders. Er spürte an den Blicken, dass sein Verhalten nicht der Norm entsprach. Seit seiner Jugend bemühte er sich, die Anderen zu kopieren, sich angepasst zu verhalten. Aber er war ein schlechter Schauspieler. Er hatte gehofft, das Studium der Psychologie würde ihm helfen, endlich ein normaler Mensch zu werden, er hatte gehofft, in all den Vorlesungen in die Geheimnisse des sozialen Miteinanders eingeweiht zu werden, aber viel hatte es nicht gebracht. Selbst, als er sein Diplom in den Händen hielt, war er noch zutiefst verunsichert.

Merkwürdigerweise fiel all seine Unsicherheit ab, wenn er in seiner Praxis vor den Klienten saß. In seiner Position als Psychologe und Lebensberater strahlte er Selbstsicherheit und Souveränität aus, war nie um Worte verlegen, beherrschte jede Situation.

Ob er ein Heuchler war? Er nannte sich Motivationscoach und Lebensberater, aber hatte sein eigenes Leben nicht im Griff.

Nein, er war kein Heuchler. Vielen seiner Klienten konnte er wirklich helfen, ihr Leben auf die Reihe zu kriegen.

Er hatte nie behauptet, selbst von seinen Weisheiten zu profitieren.

Monster.

Stopp.

Monster.

Stopp!

Wieder musste er husten, sehr heftig diesmal. Er erschrak. Sollte er sich mit *dem Virus* angesteckt haben?

Aber das war nicht möglich. Er war bei Ankunft direkt getestet worden, noch ehe er das Schiff hatte betreten dürfen. So, wie alle anderen Personen hier an Bord auch. Es war nicht möglich. Eigentlich.

Doch die Symptome waren vorhanden ... Und man wusste ja, dass diese Tests nicht hundertprozentig sicher waren. Vielleicht hatte er sich auf der Hinfahrt angesteckt, oder im Quarantänehotel, oder im Terminal, als er mit hunderten anderer Passagiere zeitgleich angekommen war. Er hatte sich zwar zur Seite gedreht und flach geatmet, aber es war einfach zu voll gewesen. Dort konnte er sich leicht angesteckt haben ...

Schweiß brach ihm aus. Und nun?

Ach was. Du willst dich nur vor deinem ersten Seminar drücken, sagte er sich streng. Du bist nur erkältet. Oder der Hustenreiz kommt von der klimatisierten Luft hier auf dem Schiff.

Sein Unterbewusstsein suchte wahrscheinlich nach einem Vorwand, sich einfach wieder ins Bett zu legen.

Aber er hatte Angst. Die neue Virusmutation, gegen die seine Impfung womöglich wirkungslos war ... *Bitte kein Corona, nicht das auch noch.*

Er hatte in seinem Leben so viel durchgemacht. So viel erlitten.

Sein Leben war eine Aneinanderreihung schrecklicher Ereignisse – das hatte er schon häufiger gedacht. Eine Kindheit, die keine war. Eine Jugend, die von Zweifeln, Druck und Ängsten geprägt war.

Er hatte stets danach gestrebt, alles zum Positiven zu wenden. Hatte studiert, um sich selbst heilen zu können. Hatte sich belesen in schlauen Ratgebern, deren Tipps er nun an seine Klienten weitergab.

Doch sich selbst konnte er nicht retten.

Vielleicht war das die Strafe. Die Strafe dafür, was er getan hatte. Auge um Auge, Zahn um Zahn. Vielleicht gab es doch eine höhere Macht, die Gleiches mit Gleichem vergalt. Leben um Leben. Er hatte ein Leben genommen, und nun wurde ihm seins genommen.

Wie magisch wurde sein Blick von dem kleinen, gerahmten Foto angezogen, das er auf den Nachtisch gestellt hatte. Er ging hin und nahm das Foto vorsichtig in die Hand.

Dieses wunderschöne junge Mädchen. Wie alt war sie auf dem Bild? Vierzehn? Fünfzehn? Die Haare so schön lang und blond. Der Blick noch so offen und unerschrocken. Dieses junge Mädchen, das noch nicht ahnte, dass es niemals eine Frau werden würde.

Dieses junge Mädchen, das er hatte töten müssen.

Henry legte das Foto zurück auf den Nachtisch, mit der Bildseite nach unten, weil er den Anblick nicht mehr ertrug.

Monster.

Du Monster.

Du Mon...

Fast fluchtartig verließ er die Kabine. Er musste los, sonst würde er zu allem Übel auch noch zu spät zu seinem ersten Seminar kommen. In seiner Eile wollte er den Fahrstuhl nehmen – leider traten noch drei weitere Personen mit ihm in die Kabine.

Prompt spürte er wieder dieses Kratzen im Hals.

Nicht husten, dachte er panisch, als sich die Fahrstuhltüren schlossen, jetzt nur nicht husten. Doch je mehr er versuchte, den Hustenreiz zu unterdrücken, je drängender wurde das Gefühl. Seine Augen tränten bereits. Der Fahrstuhl kroch nach oben. Noch zwei Decks, dachte er, doch dann konnte er nicht mehr an sich halten. Er räusperte sich erst leise. Dann hob er den Ellenbogen vor das Gesicht, wandte sich ab und hustete und hustete. Er sah, wie sich die anderen angewidert abwandten.

Endlich hielt der Fahrstuhl. Mit gesenktem Kopf und hochrotem Gesicht flüchtete er hinaus und eilte zum Seminarraum.

Einen Moment blieb er an der Tür stehen, um sich zu sammeln, dann trat er ein und ging zu seinem Platz am Kopfende des Raumes.

»Einen wunderschönen guten Morgen«, rief er seinen Teilnehmern strahlend entgegen.

Der Gruß kam fröhlich zurück.

Alles ist gut. Du schaffst das. Du bist ein starker Mensch.

Wieder war da dieser Hustenreiz. Er unterdrückte ihn mit aller Macht.

»So. Herzlich willkommen in meinem Seminar zur Selbstoptimierung.« Henry legte die Handflächen gegeneinander und ließ seinen Blick mit gebotenem Ernst über jeden einzelnen Teilnehmer wandern. »Sie fühlen sich manchmal unglücklich? Sie würden gern mehr aus Ihrem Leben machen? Aber Sie wissen nicht, wie? Ja, mir ging es genau so wie Ihnen. Lange Jahre war ich unzufrieden und unglücklich. Bis ich mein Leben um 180 Grad drehen konnte. Endlich bin ich ein glücklicher und zufriedener Mensch, endlich lebe ich das Leben, das ich immer leben wollte. Ich genieße jeden Tag, und Sie, Sie können es auch. Ich verrate Ihnen nun ein Geheimnis: Sie sind der Schlüssel für Ihr Glück. Sie selbst. Und im Laufe meines Kurses werde ich Ihnen verraten, warum.«

*

Unglaublich, einfach unglaublich. Da fehlten einem doch die Worte. Paulina war an Bord, und man hatte ihr diese ›Überraschung‹ verschwiegen. Maybrit war noch immer empört. Tatsächlich steigerte sich ihre Wut, je länger sie darüber nachdachte. Sie fühlte sich richtiggehend hintergangen. Warum hatte Hanno keinen Ton gesagt? Das kam schon einem Vertrauensbruch gleich. Er musste seit Wochen davon gewusst haben. Und dann das Ganze als gutgemeinte Überraschung hinstellen. Sie ließ sich doch nicht für blöd verkaufen.

Maybrit ging mit langen Schritten über das Deck, um wieder etwas herunterzukommen. Nun war sie bereits auf ihrer fünften Runde um das Schiff.

Es war geradezu idyllisch: Das Meer war spiegelblank und tiefblau, der Himmel blass, fast pastellfarben. Die zarten Sonnenstrahlen, dazu der frische, klare Wind ... So roch Urlaub, so roch Freiheit.

Dennoch wollte einfach keine Urlaubsstimmung bei ihr aufkommen. Im Gegenteil. Jetzt, wo Paulina aufgetaucht war ... Der große Reiz dieser Reise war doch gerade gewesen, dass sie sich mal ein paar Tage Ruhe von der lästigen Witwe versprochen hatte.

Maybrit nahm die sechste Runde um das Schiff in Angriff. Durch den Hund war sie es gewöhnt, täglich weite Strecken zu laufen. Morgens, bevor sie zur Arbeit fuhr, ging sie das erste Mal mit Bessy raus, dann in der Mittagspause eine kleine Runde, und am Abend dann ein ausgedehnter Spaziergang – häufig packte sie Bessy ins Auto und fuhr in den nahegelegenen Stadtwald. Hanno ging selten mit dem Hund raus, nur im äußersten Notfall, aber das machte ihr nichts aus, sie liebte die Spaziergänge mit ihrem Hund. Ach, Bessy ... Wie gern hätte sie die Hündin nun bei sich.

Ihr fiel ein, wie sie in den letzten Wochen ihre abendlichen Spaziergänge mit Bessy immer weiter ausgedehnt hatte, wenn Paulina mal wieder zu Besuch war. Nur, um der Frau aus dem Weg zu gehen.

Vielleicht war das ein Fehler gewesen, überlegte sie nun. Hanno und Paulina hatten allein zusammengesessen, geredet, und offenkundig hinter ihrem Rücken Dinge ausgekungelt. Was hatten die beiden denn noch so alles beredet, von dem sie keine Ahnung hatte?

Maybrit verlangsamte ihr Tempo und stoppte schließlich. Mit beiden Ellenbogen stützte sie sich auf die Reling und starrte hinunter ins Wasser. Sie musste mehrmals blinzeln, da sie plötzlich Tränen in den Augen hatte – vor Wut.

Es war so *demütigend* gewesen, als Paulina plötzlich in der Tür gestanden hatte, ohne dass Hanno ihr davon erzählt hatte.

Schon zu Hause hatte sie mit Hanno über Paulina reden wollen, in aller Ernsthaftigkeit – es aber leider vor sich hergeschoben.

»Hanno«, hatte sie sagen wollen, »so geht das nicht weiter. Diese Frau stört mich. Ich mag sie nicht. Ich möchte sie nicht in meinem, in unserem Leben haben. Ich will nicht mit ihr befreundet sein und ich möchte nicht, dass sie ständig vor unserer Tür steht.«

Diese ganzen Besuche mussten aufhören, das musste Hanno doch einsehen.

Wie wollte er selbst den Unfall denn verarbeiten, wenn er wieder und wieder daran erinnert wurde? Nicht umsonst quälten ihn Nacht für Nacht diese Albträume.

Und jetzt? Jetzt war diese Frau auch noch hier an Bord, und Hanno schien es in keiner Weise zu stören, nein, er hatte sogar mit ihr gemeinsame Sache gemacht.

Maybrit fühlte sich verraten. Dass Hanno ihr so etwas antun konnte. Sie einfach so auflaufen ließ.

»Ich wusste, dass du dich aufregen würdest«, hatte er gesagt. War das nicht unglaublich?

»Die arme Paulina, sie hat doch niemanden mehr«, war Hannos Standardsatz, mit dem er ihr stets den Wind aus den Segeln genommen hatte.

Ja, am Anfang hatte sie natürlich Mitleid mit Paulina gehabt. Mann und Kinder tot, von jetzt auf gleich. Aber mittlerweile ... Mittlerweile war ihr Vorrat an Mitgefühl ausgeschöpft. Sie hätte ja gar nichts dagegen, wenn Paulina sich hin und wieder meldete. Aber nicht ständig. Und

immer diese Geschenke. Eine Luxuskreuzfahrt, das ging einfach zu weit. Ich hätte mich weigern sollen, dachte Maybrit jetzt, weigern, einen Fuß auf dieses Schiff zu setzen.

Vielleicht ist es auch meine Schuld, überlegte sie. Ich hätte eher deutlich werden sollen. Zu Hause schon hätte ich all diesen Besuchen einen Riegel vorschieben müssen. Aber ich war ja zu nachsichtig. Zu rücksichtsvoll.

Man kann mich doch nicht zwingen, Kontakt mit Paulina zu halten!

Maybrit sah auf die Uhr und beschloss, zur Kabine zurückzugehen. Es brachte ja nichts, wenn sie hier weiter draußen herumrannte und die beleidigte Leberwurst spielte, und sich selbst damit den Tag verdarb. Hanno kam bestimmt auch bald vom Sport zurück, und dann würden sie sich schon zusammenraufen. Hanno wollte hier täglich nach dem Frühstück ein Stündchen trainieren. Zu Hause ging er regelmäßig ins Fitnessstudio und es hatte ihn extrem gestört, als diese für Monate geschlossen worden waren. Hanno war einfach nicht der Typ, der alleine durch den Wald joggte oder im Keller an Heimgeräten trainierte. Maybrit hingegen hatte noch nie verstanden, warum manche Leute lieber auf einem Laufband in einem stickigen Raum liefen, als in der Natur.

Als sie in ihre Kabine kam, war Hanno tatsächlich schon zurück. Seine durchgeschwitzten Sportklamotten hingen über der Stuhllehne und er war gerade im Begriff, ins Bad zu gehen. In der Tür blieb er stehen.

»Bitte, lass uns nicht länger streiten.« Er sah sie zerknirscht an. »Es tut mir leid, wie es gelaufen ist. Wirklich. Ich hätte dir erzählen müssen, dass Paulina auch an Bord ist.«

Maybrit atmete tief durch. Es tat ihm wirklich leid, das konnte sie sehen. Ihr Herz wurde weich. Er hatte es nicht böse gemeint, sondern einfach nur nicht nachgedacht. So war er eben. Gedankenlos.

»Schon gut.« Sie war zwar noch immer ärgerlich, aber sie beschloss, gute Miene zum bösen Spiel zu machen. Es brachte ja nichts. Paulina war nun mal hier, daran ließ sich nichts ändern. Sie würde ihr, so gut es ging, aus dem Weg gehen, und bei passender Gelegenheit noch mal ein Wörtchen mit Hanno über diese Frau reden.

»Aber dieses Thema ist für mich noch nicht erledigt«, sagte sie deshalb. »So kann es nicht weitergehen mit Paulina, also, dass sie uns ständig besucht, und so.«

»Ja, ja. Natürlich. Darüber sprechen wir noch.« Hanno flüchtete förmlich ins Bad, und kurz darauf hörte sie die Dusche rauschen.

Maybrit ließ sich auf die weiche Couch fallen und nahm eine Handvoll Weintrauben aus der Obstschale vom Couchtisch. Die Trauben waren süß und ohne Kerne – genau, wie sie es mochte.

Es klopfte nachdrücklich an der Tür. Da das Zimmer inzwischen gereinigt war, konnte es nicht das Zimmermädchen sein.

Bitte nicht schon wieder Paulina, dachte Maybrit alarmiert und überlegte, gar nicht erst zu öffnen.

»Housekeeping«, rief da eine männliche Stimme, begleitet von einem erneuten Klopfen.

»Moment.« Sie öffnete und stand einem Butler gegenüber, der auf ein Gepäckstück zu seinen Füßen deutete.

»Ihr Koffer«, sagte der Butler förmlich. »Entschuldigen Sie die Verspätung.«

»Koffer?« Maybrit starrte verdutzt auf den kleinen Pilotentrolley.

»Tut uns sehr leid, der Koffer ist beim Verteilen des Gepäcks übersehen worden. Wir haben ihn erst heute Morgen entdeckt. Es wurden zeitgleich viele Kartons mit Ware angeliefert, und irgendwie ist der Koffer dahinter verschwunden, und erst beim Verräumen heute wurde er gefunden«, entschuldigte sich der Butler wortreich.

»Aber ...«, wollte Maybrit protestieren, doch der Butler ließ sie gar nicht zu Wort kommen. Hinter dem Rücken zauberte er ein kleines Blumensträußchen hervor. »Von der Schiffsleitung, wir bitten wirklich vielmals um Entschuldigung.« Er drückte Maybrit den Strauß in die Hand. »Ich wünsche Ihnen noch einen schönen Tag.«

Der Butler trabte davon und ließ Maybrit verdutzt mit dem Köfferchen zurück.

Die Badtür öffnete sich und Hanno erschien, rubbelte sich mit dem flauschigen Handtuch die Haare. »Was ist denn? Wer war das?«

Maybrit sah ihn mit großen Augen an. »Das war der Butler. Der hat hier einen Koffer für uns abgegeben.«

Hanno kam näher. »Das ist nicht unser Koffer. Oder?«

»Natürlich nicht. Wir haben all unser Gepäck.« Maybrit beugte sich hinab und prüfte den Anhänger. »204«, sagte sie verblüfft. »Tatsächlich, da steht unsere Kabinennummer drauf. Da muss ein Irrtum vorliegen.«

»Kein Name?«

»Nein, kein Name.« Ratlos sah sie Hanno an, dann wollte sie die Tür wieder öffnen. »Mal sehen, ob ich den Butler noch erwische, dann kann er ihn gleich wieder mitnehmen.«

»Warte.« Hanno warf sein Handtuch achtlos auf die Couch und zog den Koffer in die Mitte des Raumes. »Lass uns doch mal sehen, was drin ist.« Er kniete sich auf den Teppich und legte den Koffer flach vor sich.

»Hey. Spinnst du?« Entgeistert verfolgte sie, wie Hanno begann, an dem Schloss herumzutasten. »Willst du den etwa aufbrechen?«

»Warum nicht?«

»Das kannst du nicht machen.« Maybrits Finger krampften sich um den kleinen Blumenstrauß, den sie noch immer in der Hand hielt.

»Ach Maybrit, guck nicht so. Das ist ein billiges Schloss, das kriegst du für ein paar Euro. Wir besorgen einfach ein neues.«

»Mir geht es doch nicht um das Schloss. Du kannst doch nicht einfach einen fremden Koffer aufbrechen! Du spinnst ja!«

Er hörte gar nicht auf sie. »Ich bräuchte nur eine Zange, aber die hab ich natürlich nicht dabei. Mal sehen ... Es geht doch auch anders ...«

Sie beobachtete fassungslos, wie Hanno in den Schubladen von Schreibtisch und Kommode stöberte und schließlich den Korkenzieher von der Minibar hochhielt.

»Tadaa. Hiermit geht es sicher.«

»Hanno«, sagte sie nochmal energisch, als sie erkannte, dass er es tatsächlich ernst meinte. »Lass das. Das ist kein Spaß.«

Er hörte nicht. Mit der Zungenspitze im Mundwinkel machte er sich am Koffer zu schaffen. Er brauchte nur Sekunden, um das Schloss aufzuhebeln. Dann zog er den Reißverschluss auf und begann, den Inhalt des Koffers zu durchwühlen.

»Also ich will damit nichts zu tun haben.« Maybrit wandte sich demonstrativ ab und ließ ihn dort sitzen. Sie nahm das größte Glas, das sie in der Glasvitrine finden

konnte, und füllte im Bad kühles Wasser ein. Dann stellte sie den kleinen Blumenstrauß hinein und drapierte die improvisierte Vase auf dem Schreibtisch.

Sie hörte Hanno vor sich hinmurmeln: »Vielleicht ist ja was Interessantes drin. Hm, sieht nicht so aus. Nur ein altes Smartphone. Aber ... ach. Sieh mal hier.«

Er piff leise auf. »Wow.«

Widerstrebend sah sie über die Schulter zu ihm. »Was denn?«

»Das ist ... Na, was ist das denn?« Hanno hielt mit ehrfürchtiger Miene eine Uhr hoch.

»Eine Uhr?«

»Das ist keine *Uhr*. Das ist eine ... Ich glaube, die ist echt! Eine echte Rolex.« Seine Augen begannen zu glänzen. »Hast du eine Ahnung, wie viel die wert ist?« Er drehte die Rolex fasziniert in den Händen, dann hob er sie ans Ohr und lauschte. »Die ist teuer. Die ist richtig teuer. Ich kenne mich nicht genau aus, aber die hat locker einen Wert von ... zehn, fünfzehntausend. Von diesem Modell habe ich schon gehört.«

»Was!« Maybrit starrte auf die Uhr. Sie wirkte nagelneu. »Wir müssen den Irrtum sofort melden. Ich sage an der Rezeption Bescheid.« Sie ging zum Nachttisch und hatte den Hörer schon abgehoben, da sagte Hanno: »Nein.«

»Nein?« Sie drehte sich verblüfft um. »Wie, nein?«

»Ruf nirgendwo an.«

»Aber ...?«

»Wir machen erst mal gar nichts. Vielleicht vermisst ja niemand den Koffer.«

Maybrit musste lachen. »Niemand soll seine Rolex vermissen? Ich bitte dich.« Sie glaubte noch, er scherze, doch sein Gesicht war plötzlich todernst, und so erstarb auch ihr Lachen.

»Du meinst es ernst?«

»Ja«, sagte er nur. Inzwischen hatte er die Uhr über das Handgelenk gestreift und betrachtete seinen Arm verliebt. »Steht mir gut, oder?«

Sie konnte es nicht glauben. »Bist du verrückt? Natürlich müssen wir das melden!«

Sein Gesichtsausdruck wurde träumerisch. »Eine echte Rolex. Wollte ich immer schon mal haben.«

»Aber die gehört uns nicht.« Maybrit stemmte die Fäuste in die Hüfte. »Du willst doch wohl keinen Diebstahl begehen. Ich kann nicht glauben, was du da sagst.«

Hanno seufzte auf. »Also gut, Maybrit, wir machen es so. Wir behalten den Koffer jetzt erst mal hier, und dann sehen wir weiter. Wir werden ja mitkriegen, ob jemand einen Koffer sucht.«

»Natürlich wird jemand seinen Koffer vermissen. Mit so teurem Inhalt. Hanno, denk doch mal nach«, schimpfte sie. Sie hasste es, wenn Hanno sich so dumm stellte.

»Das werden wir ja sehen.«

»Aber das ... das ist Unterschlagung!«

»So? Der Koffer wurde uns schließlich gebracht.« Er sah sie trotzig an. »Aufgezwungen, könnte man fast sagen. Ist das denn unser Fehler oder deren, hm?«

Hannos skrupellose Reaktion verwirrte sie zutiefst. »Wir sind doch ehrliche Menschen!«

Hanno nahm die Uhr wieder ab und wiegte sie in der Hand. »Du weißt, wie schlecht es um unser Geschäft steht zur Zeit. Wir können eine kleine Finanzspritze gut gebrauchen.« Seine Stimme wurde flammend. »Das ist vielleicht ein Schicksalswink.«

»Es ist aber nicht richtig!«

»Maybrit. Sieh dich doch mal hier um. Die stinkreichen Bonzen hier auf dem Schiff. Vermutlich hat derjenige nicht mal bemerkt, dass ihm ein Koffer, eine Uhr fehlt.«

»Haha.« Maybrit lachte unlustig auf.

»Oder das ist Schwarzgeld, oder so. Wenn wir Glück haben, fragt da kein Mensch nach, weil es ne illegale Sache ist.«

»Das wird ja immer besser. Du willst, dass wir uns in etwas Illegales verwickeln?«

»Das habe ich doch nur so gesagt.« Hanno seufzte wieder. Er sah sie beschwörend an. »Wir werden ja sehen, ob die Tage noch etwas kommt. Wenn ja, dann geben wir den Koffer anstandslos heraus. Wenn nein – dann sollte es so sein.«

»Aber nun haben wir das Schloss aufgebrochen – wie sollen wir das erklären?«

»Ach, Maybrit, nun mach dir doch nicht so einen Kopf. Wir warten jetzt einfach mal ab, basta. Sollen sich die anderen doch kümmern.« Sein Blick wurde entschlossen. »Unsere Auftragslage ist seit Monaten schlecht. Um nicht zu sagen: Tot. Und wer weiß, wie lange das noch so geht. In absehbarer Zukunft wird es keine Großveranstaltungen geben. Wir können jeden Cent gebrauchen.«

»Man muss Fundsachen melden«, sagte Maybrit leise. »Man darf wertvolle Funde nicht einfach behalten, wir machen uns strafbar.«

»Wir müssen auch mal an uns denken. Wir sind die Leidtragenden dieser Pandemie. Kaum noch Einnahmen, unsere Existenz ist bedroht. *Wir* sind auch Opfer.«

»Hm.«

»Und offenbar ist jemand an Bord, der sich so eine teure Rolex leisten kann. Wir könnten das nicht. Wir müssen jeden Cent umdrehen. Dieser jemand wird den Verlust

schon verschmerzen. Ausgleichende Gerechtigkeit nenne ich das. Vielleicht sollte es so sein, dass dieser Koffer zu uns kommt.«

Maybrit konnte diese Argumentation nicht im Geringsten nachvollziehen, musste aber einsehen, dass es keinen Sinn hatte, weiter mit ihm zu diskutieren. »Aber wenn jemand danach fragt, dann geben wir ihn sofort zurück«, murmelte sie schließlich.

»Ja, natürlich«, sagte Hanno, aber er klang halbherzig, wie jemand, der einem Kind Dinge versprach, nur damit es endlich Ruhe gab.

Er hatte in gewisser Weise ja recht. Ihre finanzielle Lage war mittlerweile mehr als angespannt. Ihre Nachbarin Jenna glaubte zwar, sie schwömmen nur so in Geld, denn nach außen hin hatte Maybrit den Schein immer gewahrt. Die Nachbarin ahnte nicht, wie sehr sie mittlerweile haushalten mussten. Als dann auch noch die Mieteinnahmen der Einliegerwohnung weggebrochen waren ... Das alte Ehepaar war vor ein paar Monaten ausgezogen. Nach einem schweren Sturz der Frau, der einen mehrwöchigen Rehaaufenthalt nach sich gezogen hatte, waren die beiden in ein Seniorenheim übergesiedelt – wohl auch auf Druck ihrer Kinder. Seitdem stand die Wohnung leer. Vernünftige Nachmieter zu finden war nicht einfach, insbesondere, da diese so dicht am Haus leben würden.

Dennoch. Es war doch absurd, anzunehmen, dass niemand diesen Koffer vermissen würde.

Natürlich würde jemand danach suchen, das stand doch außer Frage. Sie machten sich in diesem Moment des Diebstahls, der Unterschlagung, oder wie auch immer, schuldig.

Maybrit hatte Hanno immer für einen aufrichtigen Kerl gehalten, aber in letzter Zeit ...

In letzter Zeit war er so anders. Genaugenommen, seit dem Unfall.

Als er an jenem Abend nach Hause gekommen war, hatte er wie ein anderer Mensch gewirkt.

»Das Mädchen ist in meinen Armen gestorben«, hatte er gemurmelt. Erst nach und nach hatte sie Einzelheiten erfahren, wie er hinter dem Unfallwagen hergefahren war, wie er den Unfall aus nächster Nähe miterlebt hatte, wie er hatte mit ansehen müssen, wie das Auto frontal gegen den Baum prallte, wie sich die Nase zusammenschob, wie die Menschen da drinnen eingequetscht wurden ...

Trotzdem. Ihr Blick streifte wieder den fremden Koffer. Eine Uhr im Wert von mindestens zehntausend Euro durften sie nicht einfach behalten. Natürlich brauchten sie Geld, aber sie waren doch anständige Menschen. Es entsetzte sie, wie skrupellos Hanno plötzlich war.

Unrecht ist nie gut, dachte sie beklommen. Ich will keine Schwierigkeiten bekommen.

Hanno würde sicherlich bald zur Besinnung kommen, aber es würde kein gutes Licht auf sie beide werfen, wenn sie den Koffer erst verspätet zurückbrächten. Und dann auch noch aufgebrochen.

Allein die Vorstellung, man könnte sie für Betrüger halten, war ihr unangenehm. Sie seufzte schwer. Der heutige Tag begann wirklich fürchterlich. Erst die Nachricht, dass an Bord jemand gestorben war, dann musste sie feststellen, dass Paulina hier war, und nun tauchte auch noch ein ominöser Koffer mit wertvollem Inhalt auf.

Hoffentlich geht das alles gut, dachte sie.

*

Rezeptionistin Anna-Lena vertippte sich gleich drei Mal bei der E-Mail an Nadja Rindel von der Reederei Beerbaum. Seufzend korrigierte sie die Fehler. Den ganzen Morgen schon war sie mit den Gedanken beim toten Wolf Kerner. Sie hatte drei Tassen Kaffee getrunken und schon zwei Mal aufs Klo gemusst, aber ihr Kopf wurde dadurch auch nicht klarer, geschweige denn die Erinnerung an den gestrigen Abend.

Wolf Kerner war tot. Und jemand hatte ihn gestoßen. Oder doch nicht?

Was genau hatte sie gestern Abend beobachtet? Mittlerweile wusste sie gar nichts mehr. Sie hatte sich die Szene so oft vor Augen geführt, dass sie nicht mehr wusste, was davon nun Realität war, oder was sie in ihrer Phantasie hinzugedichtet haben mochte.

Mist, dachte sie. Was soll ich nur machen?

*

»Was hat er denn?«, hörte Henry Brandt die Teilnehmer tuscheln, als er zur Tür hastete. Kaum hatte er die Schlussworte in seinem Motivationsseminar gesprochen, verließ er geradezu fluchtartig den Seminarraum – noch ehe die Teilnehmer sich von ihren Stühlen erhoben hatten. Nur schnell weg hier, um nicht Gefahr zu laufen, von einem der Teilnehmer abgefangen zu werden. Die Leute suchten gern hinterher das Gespräch mit ihm, oft wollten sie ganz

persönliche Probleme thematisieren ... Er hasste das. Er musste vorbereitet sein. Wenn ein Klient zu ihm auf Termin in die Praxis kam, dann war er vorbereitet. So aus dem Stegreif heraus fühlte er sich immer überrumpelt. Er war einfach nicht spontan genug, er musste sich in Ruhe vorher Sätze zurechtlegen ...

Was hat er denn? Henry kannte diese Frage. Genauso wie die Antwort darauf: *Irgendwie ist er komisch.* Die Leute bemerkten oft gar nicht, dass er mitbekam, wenn sie über ihn tuschelten. Viele Leute wussten gar nicht, dass gerade ein Flüstern oft sehr deutlich vernehmbar war.

Eigentlich, so überlegte Henry, während er den Korridor entlang zu seiner Kabine steuerte, mochte er Menschen überhaupt nicht. Er wollte ihnen auch nicht helfen. Weiß der Geier, was ihn dazu bewogen hatte, *Motivationscoach* zu werden.

Aber irgendwie musste er ja sein Geld verdienen. Ehrlich gesagt, in den Jahren, in denen er seine Praxis hatte und Klienten coachte, da war seine Abneigung den Menschen gegenüber nur gewachsen.

Lächerlich, mit was für Problemen manche Leute zu ihm kamen. Wie gern hätte er ihnen so manches Mal ins Gesicht gesagt: ›Nun reißen Sie sich doch mal zusammen, Sie Jammerlappen. Sie wissen doch gar nicht, was richtige Probleme sind.‹

Henry schloss seine Kabine auf und schleppte sich hinein. Das Seminar hatte ihn völlig erschöpft und nur mit Mühe hatte er es hinter sich gebracht. Mittlerweile fühlt er sich richtig krank. Hoffentlich hatten die Teilnehmer nichts bemerkt.

Er fasste sich an die Stirn. War sie nicht heißer als sonst? Zu heiß? Fieberte er? Er fieberte. Wenn ihn nicht alles täuschte, war seine Haut zu heiß. Und wieder musste er husten.

Als er sich im Wandspiegel neben dem Bett sah, erschrak er. Er sah wirklich schlecht aus. Sein Gesicht war blutleer und gräulich, Schweiß stand ihm auf der Stirn.

Die Symptome waren eindeutig, oder? Das war Covid, das war bestimmt Covid. Oh du mein Gott, er hatte sich bestimmt mit der tödlichen neuen Mutation angesteckt ...

Zittrig fingerte er ein Taschentuch aus der Tasche und wischte sich über die Stirn. Was, wenn sich sein Zustand verschlechterte? Wenn er beatmet werden musste? Hier an Bord gab es sicher keine Beatmungsmaschinen?

Was, wenn er hier sterben würde?

Blödsinn, mahnte er sich ärgerlich. Bleib mal auf dem Teppich.

Doch sein Herz schlug nun ängstlich.

Wieder musste er husten. Vielleicht sollte er doch mal den Schiffsarzt aufsuchen?

Aber er hasste Ärzte.

Er setzte sich auf die Bettkante, seine Beine wurden so schwer. Erschöpft legte er sich zurück und schloss die Augen.

Monster, hörte er wieder das Teufelchen auf seiner Schulter beharrlich flüstern. *Monster. Stirb doch, du Monster.*

Er erinnerte sich an eine Klientin, die wegen Minderwertigkeitskomplexen bei ihm in Behandlung gewesen war. Sie hatte sich hässlich gefunden, obwohl sie wirklich recht hübsch gewesen war. Er hatte ihr eingebläut: Hören Sie nicht auf das Teufelchen auf Ihrer Schulter, das Ihnen schlecht zuredet. Es lügt. Es will, dass es Ihnen schlecht geht.

Leider galt das nicht für Henry selbst: Der Teufel, der auf seiner Schulter saß, sprach die Wahrheit. *Er war ein Monster.*

Wie oft war ihm das nicht von anderen bestätigt worden. Vor einigen Monaten hatte er ein Probeabo bei einer bekannten Single-Börse abgeschlossen, bei »Paar de luxe«, und dort hatte er eine Frau kennengelernt. Man hatte sich viele lange E-Mails geschrieben. Sie wirkte so warmherzig und verständnisvoll. Sie hatten sich schließlich zum Kaffee getroffen – zu jener Zeit hatten die Cafés noch geöffnet. Henry war so hoffnungsvoll gewesen, so optimistisch. Es war Sommer, sie hatte draußen an einem Tisch gesessen und auf ihn gewartet. Er hatte sie gleich erkannt. Er hatte sich zu ihr gesetzt, sie hatten sich höflich begrüßt – dann hatte er den Mundschutz abgenommen. Sie hatte ihn nur angesehen. Dann sagte sie: »Oh Shit.«

Es war ihr wohl so rausgerutscht – aber er hatte es trotzdem gehört.

Oh Shit. Das war ihre Reaktion auf seinen Anblick gewesen.

Oh Shit, als sie das Monster gesehen hatte. Dann war sie aufgestanden und einfach gegangen.

Ja, Henry hatte geweint in jener Nacht, und in noch vielen weiteren Nächten. An jenem Tag war ihm endgültig klar worden, dass der Teufel auf seiner Schulter schon immer recht gehabt hatte: Er war ein Monster.

Henry drehte sich zur Seite und sah auf das Bild des jungen Mädchens auf dem Nachttisch.

Wie sanft sie lächelte. Wie unschuldig. Und dennoch lag in ihrem Blick etwas, was er im Nachhinein als Vorahnung deutete. Ob sie in jenem Augenblick, als das Foto gemacht wurde, geahnt hatte, dass sie ihr Leben nie würde leben können? Dass sie dem Tode geweiht war?

Henry musste den Blick abwenden von diesem zarten Gesicht. Sie war tot. Und das war gut so.

Und doch nagte ein Zweifel an ihm. Hatte er ihr unrecht getan? Damals war seine Entscheidung klar gewesen: Er konnte sie nicht leben lassen. Doch mit der Zeit waren Zweifel in ihm gereift. War es falsch gewesen? Hätte er ihr eine Chance geben müssen?

Er wusste nur eines: Er war durch ihren Tod zum Monster geworden.

Wieder wurde er von einem Hustenkrampf geschüttelt. Seine Lunge brannte. So geht das nicht weiter, dachte er.

Da klopfte es zaghaft an der Zimmertür.

*

Henry erhob sich mühsam vom Bett und öffnete. Er erschrak, als er direkt vor einer jungen Frau stand.

Er hustete vor Schreck, es gelang ihm gerade noch, sich abzuwenden. Mittlerweile schmerzten schon seine Bronchien. Es wird schlimmer, dachte er.

Die fremde Frau hielt eine seiner Visitenkarten in der Hand, die er im Seminarraum ausgelegt hatte. Wenn ihn nicht alles täuschte, war sie eine Teilnehmerin seines Kurses.

»Verzeihen Sie die Störung, Herr Brandt. Ich war vorhin in Ihrem Seminar.« Sie lächelte ihn an.

»Ah ja ...«

»Ja. Und ich wollte eigentlich noch mit Ihnen gesprochen haben, aber Sie waren so schnell verschwunden.«

»Ja, nun, äh ... Mir geht es nicht ganz so ... so ...« Er hob entschuldigend die Schultern. Woher zum Kuckuck wusste sie, wo er wohnte? War sie ihm etwa gefolgt?

»Ich bin Ihnen zur Kabine gefolgt. Ich hoffe, das stört Sie nicht.«

»Aber nein.« *Oh doch. Und wie.* Die Frau wirkte seltsam auf ihn. Bei ihrem Anblick musste man sofort denken: Irgendwas an ihr ist anders. Sonderbar. Merkwürdig. Sie wirkte nicht ganz normal – *genauso wie ich*, dachte Henry, und genau aus diesem Grunde wies er sie nicht zurück. »Kommen Sie doch bitte herein, Frau ...«

»Link. Paulina Link.« Die Frau trat sofort ein und folgte ihm zur Sitzecke. Ganz selbstverständlich nahm sie Platz. »Danke, dass Sie sich Zeit nehmen.«

»Ich spreche sehr gern nach meinen Seminaren mit den Teilnehmern.«

Paulina Link entspannte sich etwas. »Sie sind ein so positiver Mensch. Das spürt man gleich. Sie strahlen so eine ... eine positive Energie aus.«

Henry hätte am liebsten gelacht. »Das kann man lernen. Alles eine Sache der inneren Einstellung. Wie ich schon im Seminar sagte, ein jeder hält den Schlüssel zu seinem Glück selbst in der Hand. Es fängt bei der eigenen inneren Einstellung an.« Er tippte sich an den Kopf. »Hier oben muss es Klick machen.«

Paulina nickte ehrfürchtig, und auch er selbst fand, dass seine Worte ziemlich cool klangen. Er konnte sehr überzeugend wirken, wenn er wollte.

»Sie sind also Psychologe?«, fragte Paulina.

»Ja.«

»Und ... und Lebensberater?«

»Ja, genau.«

»Sie sind also der Überzeugung, dass jeder Mensch glücklich werden kann?«

»Natürlich. Ich habe es geschafft, mein Leben zu wandeln, dann kann es jeder andere auch.«

»Ich habe meine ganze Familie verloren.«

Ein paar Sekunden herrschte Schweigen. Dann sagte Henry: »Das tut mir leid.« Er seufzte innerlich. Oh, er kannte das. Wie er das kannte. Dieser waidwunde Blick der Dame. Sie sehnte sich nach Trost, nach einem Zuhörer. Und in ihm glaubte sie, ein offenes Ohr gefunden zu haben. Sie würde ihm nun sicher ihre ganze traurige Geschichte erzählen. Ob er wollte oder nicht.

»Ich würde Ihnen gern erzählen, wie ich meine Familie verlor, Herr Brandt ...«

»Aber natürlich.«

Paulina Link sah auf ihren Schoß. Sie ließ sich viel Zeit, ehe sie mit monotoner Stimme zu reden begann. »Ich habe den Krankenwagen gehört. Wissen Sie, wir wohnen – wohnten – in der Nähe der Feuerwache. Wenn die Rettungswagen mit Sirene losfahren, dann hört man es bei uns im Haus. An dem Nachmittag hörte ich, wie wieder ein Wagen mit Sirene losfuhr. Ich dachte noch: Oh, da ist wieder was passiert. Vielleicht jemand, der bei Glatteis nicht aufgepasst hat.«

Henry nickte. Mehr brauchte er nie zu tun, wenn die Leute ihre Geschichten erzählten. Nur nicken.

»Mein Mann war mit unseren beiden Kleinen bei seinen Eltern zu Besuch. Elliot und Lilly ... Also, so hießen die Kinder, nicht seine Eltern. Ich war nicht mitgefahren, weil ... also, Jannicks Eltern und ich, wir ... wir mochten uns nie. Wir haben jetzt auch keinen Kontakt mehr.« Sie räusperte sich. »Jedenfalls war ich ganz froh gewesen, dass mein Mann und die Kinder aus dem Haus waren, so dass

ich einen ungestörten freien Nachmittag hatte.« Ihre Stimme wurde leiser. »Nicht, dass Sie denken, ich hätte nicht gern Zeit mit ihnen verbracht, aber ... Sie wissen doch, wie es war zu jener Zeit, Homeschooling, Schulen und Kitas seit Monaten geschlossen ... Ich war wirklich froh, mal etwas Zeit für mich zu haben. Auch wenn ich es im Nachhinein weiß Gott bereue. Jedenfalls, an diesem Tag war es eisig kalt und in der Nacht zuvor hatte es gefroren. Tagsüber war es etwas wärmer gewesen, aber zum Abend lagen die Temperaturen wieder um den Gefrierpunkt. Und es hatte ein paar Regenschauer gegeben. Es ... es war vor Glatteis gewarnt worden.«

»Hm-hm«, machte Henry teilnahmsvoll. Das konnte er gut: Aufmerksam und mitfühlend gucken, und das Gegenüber so zum Weiterreden ermuntern. Er wirkte auf andere offenbar sehr vertrauenswürdig und verständnisvoll. Sie kamen gern zu ihm, er ließ sie reden, und sie gingen mit einem guten Gefühl nach Hause. Ehrlich gesagt verstand er es bis heute nicht. Sahen sie denn nicht, dass sie vor einem *Monster* saßen?

»Jannick hatte es immer eilig. Ich bin nie gern mit ihm Auto gefahren«, sprach Paulina weiter. »Er konnte sich immer so künstlich über die anderen Verkehrsteilnehmer aufregen. Wenn vor ihm jemand zu langsam fuhr, dann hupte er, wenn jemand ihn an der Ampel störte, dann zeigte er den Vogel, und er schimpfte und fluchte ... Gott.« Sie schüttelte den Kopf. »Er war immer so nervös im Auto, dabei war er sonst ein ganz gelassener Kerl. Aber beim Autofahren, da ... da kannte er keine Geduld.« Paulina atmete schwer durch. »Ich wusste immer, dass das ein böses Ende nehmen wird.«

Henry nickte mitfühlend. Er kannte selbst solche aggressiven Autofahrer und fand, ihnen gehörte die Fahrerlaubnis entzogen. All die Drängler und Raser, die mit ihrem rücksichtslosen Verhalten andere in Gefahr brachten. Und dann passierte eben genau so etwas – gleich drei Leben wurden ausgelöscht.

»Es war vor Glatteis gewarnt worden«, wiederholte Paulina bitter. »Aber Jannick hatte mal wieder taube Ohren. Die Strecke von seinen Eltern zu uns nach Hause führt über eine Landstraße, wenig befahren. Dort ist er immer besonders schnell gefahren. Er hatte ja keine Zeit.« Ihre Lippen verzogen sich spöttisch. »Er hatte ja nie Zeit ...« Sie brach ab und ihr Blick wurde fern.

Henry wartete betreten. Als die Pause immer länger wurde, überlegte er, ob Paulina Link vielleicht auf eine Nachfrage wartete, um ihre Geschichte fortzusetzen.

Schließlich wurde Paulinas Blick wieder fokussierter, und ihre Stimme klang beinahe unbeteiligt, als sie fortfuhr: »Es kam, wie es kommen musste. Der Wagen geriet ins Schleudern und schmetterte gegen den einzigen Baum weit und breit. Mein Mann und mein Sohn waren sofort tot, meine Tochter hat nach dem Unfall noch gelebt.« Paulina erschauderte und auch Henry stockte das Herz. Er war versucht, ihr tröstend die Hand auf den Arm zu legen, aber das war so gar nicht seine Art.

»Ein Ersthelfer, der den Unfall mit eigenen Augen gesehen hat und unmittelbar am Unfallort war, hat meine Tochter im Arm gehalten, während sie starb. Mehr konnte er nicht tun, denn mein Mädchen war zwischen Sitz und Metall eingeklemmt. Er konnte ihr nicht mehr helfen.«

»Schlimm«, sagte Henry und kam sich blöd vor, weil ihm außer dieses Wort nichts einfiel. Aber was sollte man sonst auch sagen? Für das Unaussprechbare gab es eben keine Worte.

»Ja ...« Paulina tupfte sich die Augenwinkel. »Aber ich bin froh, dass meine Tochter nicht allein war, als sie ... als sie ...«

Wieder schwiegen sie einen Moment, dann fragte Henry sanft: »Ihr Mann ist also zu schnell gefahren?«

Paulina schüttelte den Kopf. »Nein. Man hat später festgestellt, dass er sich an die Geschwindigkeitsbegrenzung gehalten hat.«

Henry faltete die Hände. »Also war es nicht die Schuld Ihres Mannes, Paulina. Solche Unfälle passieren. Ihr Mann hat es nicht mit Absicht gemacht.«

»Ich komme einfach nicht darüber hinweg.« Sie sah ihn mit aufgerissenen Augen an. »Wenn ich ihm nicht gesagt hätte, zu seinen Eltern zu fahren ... Wenn er nicht diese Landstraße genommen hätte, die noch nicht gestreut war ...«

»Suchen Sie nicht nach Fehlern. Sie müssen vergeben. Sich selbst. Und Ihrem Mann. An einem Unfall trägt niemand die Schuld. Vergebung und Nachsicht. Der erste Schritt zur Heilung ist Akzeptanz. Das Schicksal akzeptieren. Sich selbst und anderen Fehler vergeben, sich nicht wieder und wieder selbst zu martern ...«

»Vergeben, vergeben ... Dadurch soll man sich besser fühlen? Das ist doch ein Märchen.«

»Versuchen Sie es.«

»Kann man alles vergeben?«

»Ja. Vergeben kann man alles.«

»Auch, wenn Menschen getötet wurden?«

Er stockte kurz. *Nein. Das war unverzeihlich.* Er sagte: »Auch dann. Gerade dann.«

Paulina streichelte nachdenklich über das Leder ihrer Handtasche. »Mittlerweile glaube ich, hilft nur eines: Rache. Vergeltung. Das allein kann einem den Seelenfrieden zurückgeben. Glauben Sie nicht, dass Vergeltung gerechtfertigt ist?«

»Nun, in unserem Staat kommen Verbrecher natürlich nicht unbehelligt davon, sondern werden bestraft«, sagte Henry verwirrt. Er verstand den abrupten Themenwechsel nicht ganz.

»Das meine ich nicht. Ich meine, Auge um Auge, Zahn um Zahn.« Ihr Blick bekam etwas Lauerndes. »Leben um Leben. Warum sollte ein anderer weiterleben dürfen, der für den Tod anderer Menschen verantwortlich ist? Warum sollte man sich denn nicht rächen dürfen?«

Henry faltete seine Hände. Irgendwie hatte er plötzlich das Gefühl, dass es um etwas ganz anderes ging. »Rache? An wem möchten Sie sich denn rächen? Und warum?«

Paulina sah zu Boden. »Ich weiß, dass solche Gedanken nicht richtig sind. Aber sie sind nun mal da.«

»Das ist verständlich.« Er nickte wieder, obwohl er gar nichts verstand. »Aber warum beschäftigt Sie das? Geben Sie jemandem die Schuld an dem Autounfall?«

Paulina raffte statt einer Antwort ihre Handtasche. »Oh. Schon so spät. Danke für Ihre Zeit. Ich muss weiter.«

»Gern geschehen.« Er brachte sie zur Tür und erneut bekam er einen Hustenanfall. Seine Brust schmerzte stechend.

Paulina sah sich noch einmal um. »Sie sehen krank aus. Und Sie husten. Sie sollten sich einem Coronatest unterziehen. Ich hoffe, Sie haben mich nicht angesteckt.«

Erschöpft lehnte er sich gegen die Tür. Seine Lunge fühlte sich mittlerweile an wie in eine Schraubzwinge geklemmt und er hatte eindeutig Fieber. Jeder Atemzug war eine Qual.

Er wollte nicht zum Arzt. Er hatte kein Vertrauen mehr zu Ärzten, schon lange nicht mehr. Ärzten ging es nicht darum, Menschenleben zu retten. Es ging ihnen darum, sich die eigenen Taschen vollzustopfen. Sie verdienten sich an den Krankheiten der Menschen eine goldene Nase. An überflüssigen Medikamenten und Operationen. An überteuerten Behandlungen. Nein, Ärzten traute er schon lange nicht mehr über den Weg. Zu oft hatte er erlebt, wie Menschen nicht gesund, sondern krank therapiert wurden. Nicht zuletzt er selbst.

*

Schiffsarzt Dr. Birnbaum fuhr den Computer herunter und reckte sich. So. Jetzt erst mal Pause. Die vormittägliche Sprechstunde war beendet, die üblichen Wehwehchen hatte er behandelt – Seekrankheit zum Beispiel, obwohl das Meer spiegelglatt war. Dann Tabletten gegen Sodbrennen, weil zu sehr beim Essen zugelangt worden war. Und jetzt würde er sich erst mal ein zweites Frühstück gönnen und eine Runde über das Schiff wandern. Dabei würde er seinen weißen Arztkittel gegen Jeans und Hemd tauschen, damit man ihn bloß nicht als Schiffsarzt identifizierte. Denn, so wusste er aus leidvoller Erfahrung, gewissen Passagieren war es niemals zu blöde, ihn anzusprechen, egal, wo sie ihn auf dem Schiff erspähten.

Die Krankenschwester war vor fünf Minuten aus ihrer Pause zurückgekehrt und erledigte nun den Papierkram. Er legte großen Wert darauf, dass die Abrechnungen seiner Leistungen zeitnah verschickt wurden. Er ließ sich die Behandlungen großzügig entlohnen, und nicht selten kam es zu Beschwerden von überraschten Passagieren, die sich wunderten, wie teuer es war, seine Zeit hier an Bord in Anspruch zu nehmen.

Aber, da kannte er kein Mitleid. Hier war man nicht in Deutschland, wo die Wartezimmer und Notambulanzen überquollen vor Patienten, die in Wirklichkeit *nichts* hatten. Wer hier seine kostbare Zeit stahl, der musste dafür angemessen entlohnen. Dieser Schock war heilsam, kein Patient kam je ein zweites Mal wegen Belanglosigkeiten ins Bordhospital.

Dr. Birnbaum verabschiedete sich von der Krankenschwester, die hier die Stellung halten würde, bis er wiederkam. Einer von ihnen musste immer hier Bereitschaft halten. Dr. Birnbaum trat gutgelaunt aus dem Sprechzimmer hinaus – dann stoppte er. Der Wartebereich hätte eigentlich leer sein müssen. War er aber nicht. Ein Mann saß dort.

»Was machen Sie denn hier?«, fragte er ärgerlich. »Die Sprechstunde ist vorbei. Kommen Sie heute Abend wieder.«

»Ich fürchte, ich habe ...« Das Satzende ging in einem entsetzlichen Hustenanfall unter.

»Was?«

Der Mann krächzte: »Ich fürchte, ich habe das Virus.«

»Das Virus?«, wiederholte Dr. Birnbaum verständnislos.

»*Corona.*«

Dr. Birnbaum wich zurück. »Bleiben Sie bitte, wo Sie sind.« Er ging rasch zurück in das Behandlungszimmer und setzte sich eine neue Atemschutzmaske auf, FFP3. Diese Maske trug er nur bei besonderen Verdachtsfällen. Und dieser Mann da draußen, der war höchst verdächtig, das sah man doch auf den ersten Blick.

*

»Sagen Sie, dass das nicht wahr ist.« Nora sah ungläubig auf den Schiffsarzt hinunter, der an seinem Schreibtisch saß und auf seine Computertastatur einhackte. Er hatte sie ins Hospital bestellt und soeben über den Verdachtsfall Henry Brandt informiert.

»Darüber mache ich sicher keine Scherze.« Dr. Birnbaum sah noch immer unverwandt auf den Monitor vor sich. »Henry Brandt kam mit typischen Symptomen zu mir ins Hospital. Mist.« Dr. Birnbaum runzelte die Stirn und begann, heftig mit der Maus zu klicken. »Ich verstehe gar nicht ... Seit heute Morgen spinnt der Computer und ich kann nicht mehr drucken!«, schimpfte er dann. »Kennen Sie sich zufällig damit aus?«

»Bitte? Nein.« Nora trat angespannt auf der Stelle. »Wie konnte das passieren?«

»Ich weiß es nicht. Ich habe nur ein Update gemacht, und seitdem erkennt er den W-Lan-Drucker nicht mehr.«

»Ich meine Henry Brandt«, sagte Nora ungeduldig. »Er war im Quarantänehotel. Er wurde, wie alle Passagiere und Crewmitglieder, bei der Anreise getestet. Er ist geimpft.

Wie konnte denn eine Coronainfektion übersehen werden?« Sollte sich der Covid-Verdacht bestätigen, so wäre das absolut verheerend.

Endlich drehte sich der Arzt mit dem Stuhl zu ihr herum und schenkte ihr seine volle Aufmerksamkeit.

»Frau Heyden, Schnelltests sind nicht hundertprozentig sicher, wie Sie wissen. Gerade zu Beginn einer Infektion wird diese eventuell noch nicht erkannt, es ist daher durchaus möglich, dass Henry Brandt bereits infiziert war, als er an Bord kam, die Tests aber nicht angeschlagen haben. Wenngleich ich die Wahrscheinlichkeit für gering halte, da jeder aus genau diesem Grunde über mehrere Tage hinweg mehrmals getestet wurde, sowohl im Quarantänehotel als auch am Hafen. Aber – eine hundertprozentige Sicherheit gibt es nun mal nicht.«

Nora stand noch immer hinter dem Besucherstuhl vor Dr. Birnbaums Schreibtisch, anstatt sich zu setzen. »Wie geht es ihm denn?«

»Er hat eine leichte Lungenentzündung – Fieber, Husten, Schüttelfrost.«

»Klingt nicht gut. Was bedeutet das? Muss er in einem Krankenhaus an Land behandelt werden?«

Bei schweren medizinischen Notfällen wurde der Passagier so schnell wie möglich in ein Krankenhaus an Land gebracht. Das bedeutete, dass das Schiff umgehend kehrtmachen und zurück zum letzten Hafen fahren musste. In einigen Fällen wurde auch ein Rettungshubschrauber angefordert, der den Patienten in ein Krankenhaus flog.

All das ging Nora nun durch den Kopf. »Müssen wir umkehren?«

Dr. Birnbaum schüttelte den Kopf. »Nein. Dann hätte ich Kapitän Lehmann bereits informiert. Henry Brandt hat milde Symptome, die ich hier an Bord gut behandelt kann. Er ist rechtzeitig zu mir gekommen.«

»Aber ... kann sich bei Covid der Zustand nicht rasant verschlechtern?«

»Ja. Aber ich halte eine Covid-Erkrankung für eher unwahrscheinlich. Der Labortest dazu steht aber noch aus.«

»Eben, der Test steht noch aus.« Nora rieb sich die Stirn. Ihre Schläfen pochten. »Henry ist der Motivationscoach. Er hatte heute ein Seminar mit rund zehn Teilnehmern. Was, wenn er alle infiziert hat? Das wäre einfach furchtbar.«

»Immer mit der Ruhe, Frau Heyden. Ein weiterer Schnelltest, den ich vorhin bei Herrn Brandt gemacht habe, war negativ. Ich habe nur gesagt, es *könnte* sich theoretisch um Corona handeln, aber es kann auch andere Ursachen geben. Eine Lungenentzündung bedeutet *nicht zwangsläufig*, dass er an Corona erkrankt ist. Den verlässlichen Nachweis aus meinem Labor haben wir in ein paar Stunden.«

»Das heißt? Müssen die Seminarteilnehmer in Quarantäne? Sie waren fast eine Stunde lang in ein und demselben Raum mit ihm.«

Dr. Birnbaum schüttelte den Kopf. »Nein, das halte ich wie gesagt nicht für notwendig. Wir haben ein strenges Hygienekonzept. Alle Personen an Bord sind geimpft. Das Seminar fand in einem großen Raum statt, die Abstandsregeln wurden eingehalten. Außerdem hat Henry Brandt den Raum nach der Veranstaltung sofort verlassen, ohne mit irgendjemanden zu sprechen, das hat er mir versichert.«

Nora warf dem Schiffsarzt einen erstaunten Blick zu. »Finden Sie das nicht riskant, die Teilnehmer nicht zu informieren? Ich könnte die Teilnehmer ausrufen lassen. Dann können sie sich isolieren.«.

»Isolieren! Das ist überflüssig, dazu besteht keine Veranlassung. Sie können doch Ihre Passagiere nicht auf einen so vagen Verdacht hin in Quarantäne stecken. Eine Quarantäne ist notwendig, wenn Kontakt zu einer nachweislich infizierten Person bestand. Das ist nicht der Fall. Womit also wollen Sie die Quarantäne begründen? Und wie ich bereits sagte, vermute ich ohnehin eine andere Erkrankung hinter Herrn Brandts Symptomen.«

Nora runzelte die Stirn. Sie fand es leichtsinnig, die Seminarteilnehmer nicht zu informieren, wollte aber an dieser Stelle keine Diskussion mit dem Schiffsarzt beginnen. Dr. Birnbaum war an dem Hygienekonzept der *Blue Ocean* maßgeblich beteiligt, und er behauptete stets, der Aufenthalt hier an Bord sei sicher.

Vielleicht will er jetzt nicht eingestehen, dass sein Konzept doch zu Ansteckungen geführt haben könnte?, überlegte Nora nun.

Dr. Birnbaum schien die Zweifel in ihrem Gesicht zu lesen, denn nun fügte er versöhnlicher hinzu: »Ich habe Herrn Brandt um eine Auflistung aller persönlichen Kontakte der letzten Zeit gebeten. Personen, mit denen er *wirklich* einen direkten und längeren Kontakt hatte. Diese müssen natürlich separiert werden.« Er rückte seine Brille zurecht. »Es handelt sich um eine Kursteilnehmerin, die ihn heute nach dem Seminar in seiner Kabine aufgesucht hat. Die beiden hatten ein längeres Gespräch, bei dem wohl auch die Abstandsregeln missachtet wurden. Die Krankenschwester war bereits bei besagter Dame, um sie zu testen. Sie befindet sich in ihrer Kabine und wartet auf das Testergebnis.«

Nora wartete, aber als Dr. Birnbaum keine weiteren Namen nannte, sagte sie irritiert: »Henry Brandt muss doch mit mehr als einer Person Kontakt gehabt haben!«

»Offenbar nicht. Er scheint kein sehr kontaktfreudiger Mensch zu sein und hat sich seit seiner Ankunft an Bord zurückhaltend verhalten.«

Nora schüttelte den Kopf. »Ich weiß ganz sicher, dass sich Dr. Eschweiler gestern mit Henry Brandt getroffen hat, Sasha Uhrmacher war auch dabei. Dr. Eschweiler hat die beiden über das Schiff geführt.«

»Aber sie zählen nicht als Kontaktpersonen ersten Grades«, sagte der Arzt seufzend. »Frau Heyden, es kann wirklich nicht jeder, mit dem Herr Brandt mal ein Wort gewechselt hat ...«

»Dr. Eschweiler hält gleich einen Vortrag, und Sasha Uhrmacher hat ebenfalls einen Kurs«, unterbrach Nora ihn. »Die beiden sollten sich auf der Stelle testen lassen.«

Dr. Birnbaum seufzte erneut. »Wenn es Sie beruhigt, dann sollen sie halt nach ihren Vorträgen zu mir ins Hospital kommen.«

»Hinterher?«, fragte Nora ungläubig.

»Ja. Vorher wäre das zeitlich nicht mehr möglich.«

Sollte das ein Scherz sein? »Finden Sie nicht, wir sollten die Kurse absagen? Was, wenn Dr. Eschweiler und Sasha Uhrmacher infiziert sind und nun ihrerseits ihre Teilnehmer anstecken? Das Risiko dürfen wir doch nicht eingehen!«

»Das Risiko ist geringer, als Sie es hier so düster imaginieren, Frau Heyden. Außerdem, ich wiederhole mich gern, sind alle Personen an Bord geimpft ...«

»Es breitet sich rasant eine neue Mutation aus, bei der die Schutzwirkung der klassischen Impfungen nur noch sehr gering ist«, wandte Nora ein. »Man hört doch täglich in den Nachrichten, dass sich immer mehr Menschen mit der Mutation infizieren – Menschen, die bereits geimpft sind. Und Henry Brandt ist doch der beste Beweis!«

Dr. Birnbaum schüttelte nur den Kopf und sah sie an wie ein unverständiges Kind. »Frau Heyden, in den Medien wird viel Unsinn erzählt. Die lassen Hinz und Kunst zu Wort kommen, es ist haarsträubend, wer alles als sogenannter ›Experte‹ vor die Kamera gezerrt wird. Das muss ich Ihnen doch nicht sagen. In unserem Falle besteht wirklich kein Anlass zur Besorgnis. Unser Hygienekonzept ist sicher.«

»Und doch ist Henry Brandt infiziert«, gab Nora zurück.

»Nein, aller Voraussicht nach nicht«, sagte Dr. Birnbaum ungeduldig. »Aber in Kürze haben wir ein verlässliches Ergebnis.«

»Wann? Wann haben wir es?«

Dr. Birnbaum sah auf seine Uhr. »In etwa zwei Stunden.«

*

Hanno trug noch immer die Rolex, als sie im Bistro beim Mittagessen saßen, unter den langen Ärmeln seines Pullovers versteckt. Hin und wieder drehte er leicht den Arm und ließ die Uhr hervorblitzen.

Maybrit musterte ihn gereizt. »Findest du nicht, langsam ist es gut? Willst du jetzt ständig mit dieser fremden Uhr herumlaufen?«

»Lass mir doch den Spaß«, sagte Hanno gutgelaunt und schob den Ärmel zurück, um die Uhr verliebt zu betrachten. »Ich fühle mich wie ein anderer Mensch.«

»Wenn dich jemand sieht.« Maybrit sah sich nervös um. »Sie gehört dir nicht.«

»Jetzt schon.« Wieder drehte er fasziniert sein Handgelenk. »Steht mir doch gut, oder? Vielleicht versuche ich gar nicht, sie zu verkaufen, sondern behalte sie einfach. So eine Uhr ist immer eine Wertanlage. Und wer weiß, womöglich wird die Uhr eingezogen, wenn ich damit zum Pfandleiher oder Juwelier gehe, um sie zu versetzen. Solche Luxusuhren haben ja Seriennummern, und womöglich ist sie irgendwo als gestohlen gemeldet und es wird nach ihr gefahndet. Nachher habe ich noch die Polizei am Hals.«

Maybrit schnappte entsetzt nach Luft. Was für Gedanken. Fahndung! Polizei!

»Du solltest sie einfach zur Rezeption bringen und das Missverständnis aufklären«, sagte sie mühsam.

»Nö.« Er grinste nur. »Kommt gar nicht in die Tüte. Solange niemand danach fragt.«

»Aber ich finde das nicht mehr lustig. Wir können ernsthafte Schwierigkeiten kriegen. Wir reden hier über mehrere tausend Euro.«

»Ach Britney. Nun hab dich nicht so. Auf einen Tag mehr oder weniger kommt es doch nicht an.« Er ließ die Uhr wieder unter dem Ärmel verschwinden und widmete sich dann mit gutem Appetit seinem Schnitzel.

Maybrit betrachtete ihn stumm. Sie erkannte ihn kaum wieder. »Hanno, was soll denn die Schiffsleitung von uns denken, wenn herauskommt, dass wir den Koffer nicht sofort zurückgebracht haben?«

»Jetzt mach dir doch nicht immer solche Gedanken. Bislang kräht doch kein Hahn danach.«

»Das weißt du doch gar nicht.«

Sie aßen schweigend weiter. Das Mittagessen war wieder einmal sehr lecker. Maybrit hatte sich eine vegetarische Lasagne bestellt, mit gegrilltem Gemüse und frischem Parmesan. Es duftete herrlich nach mediterranen Kräutern

und Tomaten. Hanno aß ein Schnitzel mit Bratkartoffeln, genau, wie am Tag zuvor. Er war nicht sehr anspruchsvoll, was seine Mahlzeiten betraf – Hauptsache, Fleisch.

Die Tische standen weit auseinander, so dass genug Abstand zu den Nachbarplätzen war. Auf dem gesamten Schiff wurde streng darauf geachtet, dass sich die Passagiere möglichst nicht in die Quere kamen. An fast allen Tischen saßen nur zwei Personen.

Maybrits Blick verharrte auf dem leeren, dritten Platz an ihrem eigenen Tisch.

»Wo bleibt eigentlich Paulina?«, fragte sie. »Sie wollte doch mit uns essen.« Nicht, dass ich sie vermissen würde, dachte Maybrit.

»Ach ja, Paulina ist in Quarantäne«, antwortete Hanno kauend. »Sie hat vorhin angerufen, als du dich im Bad frisch gemacht hast.«

»Ach, hat sie das.« Maybrit ließ die Gabel sinken. »Warum Quarantäne?«

»Das muss mit diesem Motivationstrainer zusammenhängen. Er steht im Verdacht, eine Corona-Infektion zu haben, und sie hat sich länger mit ihm unterhalten.«

Maybrit sah ihn entgeistert an: »Und das sagst du erst jetzt? Paulina war heute bei uns. Sie könnte uns auch angesteckt haben.«

»Nein, nein, das Seminar war später, und danach haben wir sie nicht mehr gesehen. Jedenfalls wartet sie nun auf das Ergebnis ihres Tests und macht sich so ihre Gedanken.«

Von mir aus kann die Quarantäne ruhig zehn Tage dauern, dachte Maybrit bissig, doch sagte sie: »Na, dann hoffen wir mal, dass alles gut geht.«

Hanno nickte. »Sie hat mich gebeten, ihr etwas zu essen vor die Tür zu stellen.«

»Bitte?« Maybrit lachte auf. »Dich? Es gibt einen Roomservice.«

»Schon. Aber wir sind doch sowieso hier im Restaurant, dann kann ich auch etwas für sie mitnehmen. Sie will nur einen Salat mit Brot. Das ist doch wirklich kein Umstand.«

Maybrit enthielt sich einer Antwort, die nicht freundlich ausgefallen wäre. Stattdessen aß sie den letzten Bissen ihrer Lasagne und leerte ihr Wasserglas.

Hanno winkte einen der Stewards heran, um den Salat für Paulina zu bestellen.

»Aber pass bloß auf«, mahnte Maybrit. »Geh bloß nicht in ihre Kabine. Ich will nicht zu allem Überfluss krank werden.«

»Ich stelle das Tablett vor die Tür. Versprochen.« Er sah sie treuherzig an.

Missmutig stand Maybrit auf. »Na, ich gehe dann schon mal vor, während du den Butler spielst. In einer halben Stunde beginnt das Ernährungsseminar, und ich würde mir gern vorher an Deck die Beine vertreten.«

»Alles klar, wir treffen uns dann im Seminarraum«, nickte Hanno und hatte den Blick schon wieder auf die Rolex geheftet.

Maybrit verließ angesäuert das Restaurant. Jetzt musste der Herr Paulina auch noch bedienen. Sie hasste es, dass Hanno *immer* den Wohltäter spielen musste. Insbesondere Paulina gegenüber legte er sich wirklich erstaunlich ins Zeug. *Hanno hier, Hanno da*, oh ja, das konnte Paulina gut, ihn mit ihren Kulleraugen hilflos anschauen und um Hilfe bitten. Wahrscheinlich gefiel es ihm, wenn Paulina ihn dankbar mit ihren großen blauen Augen anlächelte – welcher Mann fühlte sich da nicht geschmeichelt.

Du bist eifersüchtig, mahnte eine innere Stimme. Dazu besteht kein Grund. Wirklich nicht, sei vernünftig. Du musst wirklich aufpassen, dich nicht zu sehr in die ganze Sache hineinzusteigern.

Maybrit trat in den Fahrstuhl und drückte den Knopf zum obersten Deck. Für einen kleinen Spaziergang an der frischen Luft reichte die Zeit, bevor das Seminar begann. Wie so oft musste sie an ihre Hündin denken, die sie normalerweise beim Mittagsspaziergang begleitet hätte.

Bevor sich die Fahrstuhltür schloss, quetschte sich noch ein Mann hinein. Er nickte ihr stumm zu, ohne sie wirklich anzusehen, und drehte ihr dann den Rücken zu.

Maybrit schob die Hände in die Taschen und betrachtete ihn verstohlen. Da die Wände verspiegelt waren, konnte sie sein Gesicht im Spiegel sehen, obwohl er sich von ihr abgewandt hatte. Sie erkannte ihn wieder, sie hatte ihn schon ein paar Mal gesehen. Heute Morgen war er hinter ihr hergelaufen, als sie auf dem Weg nach draußen gewesen war. Er musste in einer der Nachbarkabinen wohnen – vorhin hätte sie ihn beinahe umgelaufen, als sie aus ihrer Kabine hinaus in den Korridor getreten war. So, als habe er direkt vor ihrer Tür gewartet – was natürlich Blödsinn war.

Er war recht groß und hager und trug eine Brille mit einer dunklen Fassung, die wie eine billige Attrappe wirkte. Ob er zu den Leuten gehörten, die gar keine Sehschwäche hatten, aber glaubten, eine Brille stände ihnen gut und ließe sie intelligenter wirken?

Seine untere Gesichtshälfte konnte man aufgrund der Maske nicht erkennen. Nur wenige Passagiere trugen hier an Bord einen Mundschutz, die meisten waren froh, dass hier keine Maskenpflicht galt.

Der Mann hielt den Kopf leicht gesenkt, als habe er etwas zu verbergen. Als meide er, anderen in die Augen zu sehen. Ja, seine ganze Erscheinung wirkte, als wolle er möglichst nicht auffallen – und gerade das machte ihn so auffällig.

Maybrit war froh, als der Fahrstuhl kurz darauf hielt. Schnell trat sie aus der Kabine und ging aufatmend davon. Fast erwartete sie, dass er ihr wieder folgte, doch als sie vorsichtig über die Schulter zurücksah, war er nicht mehr zu sehen. Merkwürdiger Typ, wirklich.

*

An der Rezeption ließ Anna-Lena plötzlich den Kugelschreiber fallen, mit dem sie gerade eine Bestellung notiert hatte. Ein schrecklicher Gedanke war wie aus dem Nichts aufgetaucht: *Ich habe einen Mord beobachtet.*

*

»Wie kann Dr. Birnbaum so gelassen bleiben.« Nora tigerte nervös auf und ab. Sie war sofort hoch zu Lehmann auf die Brücke geeilt, um ihn über die Hiobsbotschaft zu informieren. »Womöglich hat Henry Brandt in seinem Motivationsseminar andere Teilnehmer angesteckt. Zehn Teilnehmer waren es. Und in der Zwischenzeit haben sich diese natürlich sorglos über das Schiff bewegt, mit anderen Kontakt gehabt ...«

»Heyden, es steht doch gar nicht fest, dass Henry Brandt infiziert ist.«

»Aber er hat starke Symptome. Zumindest, bis das Ergebnis seines Tests da ist, sollten wir Vorsicht walten lassen.«

»Dr. Birnbaum hat recht, wenn er sagt, dass wir unsere Passagiere nicht grundlos unter Quarantäne stellen können«, sagte Lehmann, der nicht minder entspannt wirkte als der Schiffsarzt. »Alle an Bord sind geimpft. Und Henry Brandts Schnelltest vorhin war negativ, also sieht Dr. Birnbaum keinen Grund, gleich großen Alarm zu schlagen. Und da bin ich auf seiner Seite.«

Nora drehte die Augen zur Decke, weil sie genau diese Worte vom Schiffsarzt gehört hatte. Waren die beiden denn so blauäugig?

»Ihr habt echt Nerven«, schimpfte sie. »Dr. Birnbaum sagt aber auch, dass der Schnelltest nicht zuverlässig ist und man das Laborergebnis abwarten muss. Nicht auszudenken, wenn Henry tatsächlich ansteckend ist und sich das Virus nun munter auf dem Schiff verbreitet. Die neue Mutation soll extrem ansteckend sein, und ist auch für Geimpfte gefährlich! Ich habe das Gefühl, dass Dr. Birnbaum nur nichts weiter unternehmen will, weil er sonst eingestehen müsste, dass sein Hygienekonzept doch nicht ganz so sicher ist, wie er immer behauptet. Das ist doch verrückt. Ärzte. Gerade die sollten es doch besser wissen.«

»Heyden, Dr. Birnbaum ist gewiss nicht leichtsinnig«, sagte Lehmann. Der Name des Schiffsarztes schien ihn an etwas zu erinnern, denn er holte eine weißblaue Tube aus der Tasche und rieb konzentriert ein wenig Creme über sein Handgelenk, das feuerrot leuchtete.

Nora beobachtete ihn, dann sagte sie: »Aber mir behagt das alles nicht. Es geht schließlich um die Gesundheit unserer Passagiere. Wir haben schon einen Toten.«

»Laut Dr. Birnbaum hatte Henry Brandt zu niemandem engeren Kontakt – bis auf eine Seminarteilnehmerin, und die befindet sich in Quarantäne.«

Nora verschränkte die Arme. »Das ist nicht wahr. Henry Brandt hat gestern Abend mit Dr. Eschweiler und Sasha Uhrmacher einen Rundgang über das Schiff gemacht. Natürlich hatten die da näheren Kontakt! Die beiden halten gleich ihrerseits Vorträge, treffen auf andere Passagiere ... Ich finde das unverantwortlich.« Nora ging entschlossen zur Tür. »Ich finde, die Vorträge dürfen nicht stattfinden, bevor das Laborergebnis vorliegt. Tut mir zwar leid für die Passagiere, aber Sicherheit geht vor. Ich sage die Vorträge ab.«

»Bist du dir sicher? Du wirst die Passagiere verärgern.«

»Ich weiß, alle sind pandemiemüde. Ich weiß, niemand will mehr etwas von Corona hören. Ich weiß, dass die Reederei mit einer ›sicheren‹ Kreuzfahrt geworben hat. Aber: Diese Sicherheit kann nun mal niemand garantieren, auch wenn es sich noch so schön anhört! Wir dürfen nicht die Augen davor verschließen, dass der Ernstfall möglicherweise eingetreten ist, und wir tatsächlich eine infizierte Person an Bord haben.«

Sie sah noch, wie Lehmann den Kopf schüttelte, aber das war ihr egal. Sollten die Herren Kapitän und Schiffsarzt sie doch für übertrieben vorsichtig halten – Vorsicht war besser als Nachsicht. Nora würde ihre Passagiere auf keinen Fall in Gefahr bringen. Experten warnten eindringlich davor, wie gefährlich die neue Mutation war und wie

rasend schnell sie sich verbreitete. Und wie wenig wirksam schlimmstenfalls die Impfungen waren. Experten warnten vor Sorglosigkeit.

Nora sah auf die Uhr. Beide Vorträge würden in wenigen Minuten beginnen, Dr. Eschweiler würde im Bordtheater, Sasha Uhrmacher im Konferenzraum zu finden sein. Sie hastete los, um die beiden abzufangen.

Eine Kreuzfahrt, zu Pandemiezeiten, war von Anfang an eine wahnsinnige Idee, dachte sie.

*

»Was ist das denn für eine blöde Planung«, klagte Hanno. »Jetzt sitzen wir hier und gucken in die Röhre. Wenn wir das gewusst hätten, hätten wir uns was anderes vorgenommen. Der ganze Nachmittag ist nun im Eimer. Alle anderen Vorträge und Kurse sind bestimmt ausgebucht.«

»Hanno ...« Maybrit sah sich verlegen um. Der Vortrag zum Thema gesunde Ernährung von Sasha Uhrmacher war in letzter Minute abgesagt worden. Die Teilnehmer hatten bereits im Raum gewartet, da war statt der Kursleiterin überraschenderweise die Hoteldirektorin hereingekommen und hatte sich wortreich entschuldigt. Sasha Uhrmacher sei leider verhindert, hatte Nora Heyden nebulös erklärt, aber der Vortrag werde in den nächsten Tagen nachgeholt. Maybrit nahm sich vor, den Nachholtermin auf jeden Fall wahrzunehmen.

Vielleicht doch ein Corona-Ausbruch an Bord, den man nicht zugeben will?, überlegte Maybrit besorgt. Paulina saß immerhin genau deswegen in Quarantäne, da war es leicht,

eins und eins zusammenzuzählen. Um ihre eigene Gesundheit hatte sie dabei weniger Angst, aber es waren so viele uralte Leute hier an Bord ...

Die Teilnehmer verließen nach und nach wieder den Raum. Hoteldirektorin Heyden stand an der Tür und wechselte mit dem ein oder anderen noch ein Wort. Alle nahmen es locker, nur Hanno musste sich mal wieder künstlich aufregen.

Maybrit erhob sich, doch Hanno blieb sitzen und studierte konzentriert den Programmflyer, der auf den Tischen ausgelegt worden war. Er besah sich ein Foto von Sasha Uhrmacher.

»Hier, Brit ... Sieh dir das Bild mal an.« Er tippte auf den Flyer, wo ein lächelndes Porträt der Kursleiterin abgebildet war. »Sag mal, Uhrmacher ... dieser Name ... Das habe ich mich die ganze Zeit schon gefragt. Ob sie wohl verwandt ist mit *dem* Uhrmacher? Dem Fußballer?«

»Ach was.« Maybrit lächelte. »Bestimmt nicht. Das glaubst du doch wohl selber nicht, dass so jemand hier arbeitet.«

»Also eine gewisse Ähnlichkeit ist ja vorhanden. Diese komischen roten Locken, die Sommersprossen ... Wie bei Boris Becker, da erkennt man auch sofort, wer alles zur Familie gehört.«

»Hanno.« Maybrit schämte sich für seine Worte, doch zum Glück war der Raum nun fast leer, so dass ihn niemand hörte.

»Ich bin mir fast sicher. Lass uns doch die Hoteldirektorin mal danach fragen.« Er stand nun ebenfalls auf und wollte zur Tür, doch Maybrit hielt ihn am Ärmel auf.

»Nicht, das ist peinlich«, zischte sie. »Lass uns der Hoteldirektorin lieber von dem Koffer erzählen.«. Diese Sache lag ihr einfach im Magen. Sie fühlte sich wie eine Verbre-

cherin, und dass Hanno den Koffer samt Inhalt so schamlos unterschlug, befremdete sie zunehmend. Es war einfach nicht richtig, die teure Rolex zu behalten. Und sie auch noch ganz ungeniert zu tragen.

»Denkst du immer noch daran«, stöhnte Hanno. »Es ist doch nur ein Koffer.«

»Eine Rolex, Hanno. Ich möchte diesen Koffer nicht mehr in unserer Kabine haben.«

»Pscht«, machte Hanno ärgerlich. »Leise. Das muss doch wirklich niemand mitbekommen.«

»Ich finde wirklich, wir müssen das endlich melden«, beharrte sie. »Je mehr Zeit vergeht, desto mehr geraten wir in Erklärungsnot. Mir gefällt das nicht. Wir sind ehrliche Menschen. Allein der Gedanke, dass ...«

»Lass gut sein, Maybrit«, sagte Hanno noch einmal. »Mach dir doch keinen Kopf um die Sache.«

»Doch, und wenn du es nicht tust, dann melde ich alles der Hoteldirektorin«, sagte sie fest. Sie machte Anstalten, auf Nora Heyden zuzugehen, die noch immer an der Tür stand und mit einer älteren Dame plauderte.

»Warte. Halt. Also gut.« Hanno seufzte abgrundtief. »Ich bringe den Koffer zur Rezeption. Heute noch. Wenn du dann zufrieden bist ...«

Maybrit lächelte ihn erleichtert an. »Danke, Hanno. Ich wusste, du würdest zur Vernunft kommen.«

*

Dr. Eschweiler saß im leeren Wartebereich vor dem Bordhospital und zog ein unglückliches Gesicht. Sasha Uhrmacher war auch hier und hatte am anderen Ende Platz genommen. Die Krankenschwester hatte bereits Abstriche genommen und nun warteten sie auf das Ergebnis.

Dr. Eschweiler fühlte sich wie ein Angeklagter vor dem hohen Gericht, der auf den Urteilspruch wartete. Todesstrafe oder Freiheit? Als Nora Heyden ihn eben darüber informiert hatte, dass Henry Brandt mit einer Lungenentzündung im Hospital lag, Verdacht auf Corona, und er sich als Kontaktperson sofort einem Test unterziehen müsse, hatte er Heidenangst bekommen. Natürlich war er geimpft, aber ... Es gab nun mal diese neue Mutation, die bei den Experten die Alarmglocken schrillen ließ. Auf der *Blue Ocean* sollte es besonders sicher zugehen, und jetzt das ...

»Tja, da sitzen wir nun«, sagte Sasha von der anderen Seite des Raumes her. Ihr Vortrag war, ebenso wie seiner, kurzfristig abgesagt worden. Nora Heyden hatte darauf bestanden, dass sie sich unverzüglich ins Hospital begaben, und dafür hatte Dr. Eschweiler vollstes Verständnis.

Sasha Uhrmacher machte ihn nervös. Sie hatte so etwas Geheimnisvolles an sich ... Sasha war immer fröhlich und machte scherzhafte Bemerkungen, aber über sich selbst erzählte sie so gut wie nichts. Dieses Rätselhafte machte sie sehr anziehend. Aber sie war natürlich viel zu jung für ihn, sie könnte ja fast seine Tochter sein. Ja, er schämte sich schon seiner Gedanken.

»Wissen Sie, ich habe Angst vor einer Coronaerkrankung, vor den langfristigen gesundheitlichen Folgen. Für mich ist Sport sehr wichtig, und wenn meine Lungenfunktion beeinträchtigt wäre, wäre es für mich wirklich schlimm«, sagte Sasha.

»Hmhm.« Dr. Eschweiler nickte verständnisvoll, obgleich Sport in seinem eigenen Leben keinerlei Bedeutung hatte.

»Mein Leben lang war ich sportlich. Schon als Kind habe ich mit meinem Bruder gern Karate gemacht«, sagte sie versonnen. »Das waren noch Zeiten ... Ich habe oft gewonnen.«

»Legen Sie Ihren Bruder immer noch aufs Kreuz?«, versuchte er, witzig zu klingen.

»Nein. Schon lange nicht mehr.« Ihr Tonfall ließ ihn aufmerken. Sie sah nun unendlich traurig aus.

»Ich ... ich hoffe, Ihrem Bruder geht es gut?«, fragte er ratlos. Er spürte, dass er hier an ein heikles Thema geraten war.

»Ich hätte nicht gedacht, dass Sie auch zu der neugierigen Sorte gehören«, blaffte Sasha da.

Er sah sie bestürzt an. »B... bitte?«

»Dass Sie mich hier aushorchen wollen, über meinen Bruder!«

»Aber ...« Er verstand gar nichts mehr. »Sollte ich Ihnen in irgendeiner Weise zu nahe getreten sein ...?«

Sasha betrachtete ihn schweigend. Schließlich sagte sie: »Sie wissen es nicht, oder?«

»Was?« Nein, er wusste gar nichts mehr.

»Mario Uhrmacher. Ich rede nicht viel darüber. Eigentlich nie. Aber Mario Uhrmacher ist mein Bruder.«

Dr. Eschweiler bemerkte ihren angespannten Blick. Ihm schien, als erwarte sie irgendeine Reaktion von ihm. »Aha«, sagte er also.

Sasha runzelte die Stirn. »Ihnen sagt der Name nichts, oder? Mario Uhrmacher.«

»Ehrlich gesagt ...« Dr. Eschweiler schüttelte den Kopf. »War Ihr Bruder etwa schon mal an Bord? Müsste ich ihn kennen?«

Nun schüttelte Sasha verwundert den Kopf. »Ach Herr Dr. Eschweiler ... Sie wissen es wirklich nicht.«

Er kam sich töricht vor. »Ich verstehe nicht ...?«

»Sie sind wirklich niedlich.«

Er errötete. Niedlich? Wie meinte sie das? Noch nie hatte eine Frau ihn niedlich genannt. Vielleicht war das gar kein Kompliment?

»Mario Uhrmacher ist ein weltberühmter Fußballer. Sie haben wirklich nie von ihm gehört? Dann sind Sie eine Ausnahme.«

»Oh, also, ich interessiere mich nicht so sehr für Fußball ... Und hier auf dem Schiff lebt man so abgeschieden ...«

Sasha lachte nun herzlich. »Entschuldigen Sie sich bloß nicht. Ich bin so froh, dass Sie mich nicht ausquetschen wollten. Tut mir leid, dass ich Ihnen das unterstellt habe. Es ist nur so, dass die meisten Menschen über meinen Bruder reden wollen.«

»Aber das wollen Sie nicht.«

»Nein.«

Sie schwiegen eine Weile.

»Kannten Sie den Mann eigentlich, der gestern gestorben ist?«, fragte Sasha dann.

Sofort hatte Dr. Eschweiler wieder das Bild des Toten vor Augen. Er nickte vage. »Wolf Kerner und seine Frau waren einige Mal an Bord, es ist aber schon Jahre her. Ich habe ihn deshalb nicht gleich erkannt, muss ich gestehen. Warum fragen Sie?«

»Ach, nur so.«

Die Krankenschwester kam zurück und sagte geschäftig: »Ihre Testergebnisse sind da. Sie dürfen dann jetzt gehen.«

»Das heißt, das Ergebnis ist negativ?«

»Ganz genau.«

Dr. Eschweiler spürte, wie ihm ein wahrer Felsblock vom Herzen fiel. Ihm war, als sei er dem Tod noch einmal von der Schippe gesprungen.

»Auf den Schrecken trinken wir was, oder?«, sagte Sasha da.

»Wie? Jetzt?«, fragte er verwirrt. »Kaffee? Die Kaffeestunde ist schon vorbei.«

Sasha lachte wieder. »Heute Abend. In der Sonnenbar. Ich warte dort auf Sie.«

Dr. Eschweiler hatte plötzlich einen Kloß im Hals. Er konnte nur nicken. Verwirrt sah er ihr nach.

*

Nora versuchte, ein paar Schreibarbeiten zu erledigen, aber ihre Gedanken glitten immer wieder ab. Die Vorstellung, eine neue Virusmutation könnte sich ungehindert unter Passagieren und Besatzung auf der *Blue Ocean* ausbreiten ... Welch ein Horror.

Nora unterbrach ihre Arbeit und lauschte, ob Schritte auf dem Flur vor ihrem Büro zu hören waren, aber alles war ruhig. Die Tür war halb angelehnt, aber nicht geschlossen – denn das hätte die anderen verwundert.

Dann griff sie in ihre Schreibtischschublade und holte die kleine Tablettenpackung hervor, die sie aus Kerners Papierkorb gefischt hatte. Es war ein starkes Beruhigungsmittel – sie hatte es mit einem Blick unter all den Medikamenten erkannt, die sie bei Kerner entsorgt hatte. Sie öffnete die Packung, um den Blister herauszuziehen, in dem Moment ging jemand an ihrem Büro vorbei. Mit hämmernden Herzen ließ sie ihre Hände unter dem Schreibtisch verschwinden. Als die Schritte verklungen waren, zog sie den Blister heraus. Von den ursprünglich zehn Tabletten waren noch sechs enthalten. Nora legte den Blister wieder tief hinten in ihre Schreibtischschublade, die Umverpackung zerfitzelte sie in winzig kleine Pappfetzen, die sie in einem leeren Joghurtbecher verschwinden ließ. Sie brauchte die Tabletten nicht für sich, natürlich nicht. Sie würde sie auch nicht nehmen. Aber man wusste ja nie. Sie hatte kein einziges Schlafmittel an Bord, außer ihren dummen Tee, und sie wollte keinesfalls in die Verlegenheit kommen, Dr. Birnbaum im Notfall um eines bitten zu müssen. Der würde nur gleich wieder die falschen Schlüsse ziehen, oder, schlimmer noch, Lehmann davon erzählen. Nein. Nora schob die Schublade energisch zu und schloss sie wieder ab. Diese Tabletten waren für den absoluten Notfall, Punkt.

Plötzlich stand jemand in der Tür, und Nora erschrak beinahe zu Tode.

»Malik!«, schimpfte sie dann, als der Sicherheitsoffizier gelassen hereinspazierte. »Klopf doch an!«

»Habe ich doch. Zwei mal. Haben Sie das nicht gehört?«

Nein, hatte sie nicht. Zwei Sekunden eher, und Malik hätte gesehen ...

»Was gibt's?«, fragte sie barscher, als beabsichtigt.

Malik stand ihr gegenüber, in der Hand hielt er einen fetten Muffin. Malik wirkte unglaublich selbstbewusst. Selbstbewusster denn je. Sie erinnerte sich daran, wie er als junger Navigationsoffizier an Bord gekommen war, um einiges unreifer und unsicherer als jetzt. In nicht allzu ferner Zukunft würde er sicher befördert werden – sofern er seinen gelegentlichen Übermut in den Griff bekam. Lehmann war geduldig, aber man durfte seine Geduld nicht überstrapazieren, und Fehler verzieh er, sofern man daraus lernte.

»Ich wollte Ihnen nur eine kleine Aufmunterung bringen. Ist ja einiges los heute. Bitte. Der ist für Sie.« Malik stellte ihr grinsend den herrlich duftenden Muffin auf den Schreibtisch. Ihr Blick musste sehr begehrlich gewesen sein.

Es war nun schon der dritte Tag in Folge, dass Malik zwischendurch mit einer kleinen Leckerei in ihr Büro schneite. Vorgestern war es eine Apfelschnecke gewesen, gestern ein Quarkkrapfen. Er blieb dann ein paar Minuten, plauderte, ging wieder. So nett Malik auch war – Nora wollte nicht, dass sich hier eine neue Gewohnheit einschlich. Außerdem hatte sie irgendwie das Gefühl, er wolle sie mit den Naschereien ködern.

»Du sollst mir nichts mitbringen«, sagte sie nun und schob den Muffin zu ihm zurück. »Das ist nett gemeint, aber bitte lass das künftig.« Sie zwang sich, ihm dabei ganz sachlich in die Augen zu sehen. Manche Dinge sprach man besser direkt an.

»Oh, klar.« Malik nickte munter, aber er wirkte enttäuscht. Er nahm den Muffin wieder an sich. Unschlüssig stand er nun da. Er tat ihr fast leid.

Sie war froh, als plötzlich ihr Telefon klingelte. Malik verschwand, während sie zum Hörer griff.

Dr. Birnbaums selbstgefällige Stimme klang ihr entgegen: »Ich wollte Sie nur darüber informieren, dass ich recht behalten habe. Bei Henry Brandt wurde keine Corona-Infektion nachgewiesen. Bei Dr. Eschweiler und Sasha Uhrmacher im Übrigen auch nicht.«

»Gott sei Dank.« Nora stieß einen Seufzer aus. »Sind Sie sicher?«

»Natürlich bin ich sicher«, schnappte Dr. Birnbaum. »Ich habe immer gesagt, dass ich eine Covid-Infektion für unwahrscheinlich halte, aber bei dieser neuen Virusmutation weiß man ja nie. Dennoch bleibt es bei der Lungenentzündung, die hoffentlich weiterhin milde verläuft.«

»Wie geht es Henry denn?«

»Das Antibiotikum schlägt bereits an. Es geht ihm schon deutlich besser.«

»Das freut mich zu hören. Aber was ist die Ursache für die Lungenentzündung? Die kommt doch nicht aus dem Nichts?«

»Frau Heyden, eine Lungenentzündung wird meist durch Bakterien verursacht, oder auch Viren oder Pilze. Nun ... Ich habe bereits einen Verdacht. Ich habe einen weiteren Test veranlasst. Ich melde mich, wenn ich Neuigkeiten habe.«

»Danke«, sagte Nora, legte auf, und schlug innerlich drei Kreuzzeichen. Sie hatte Höllenqualen gelitten und gedanklich bereits das gesamte Schiff unter Quarantäne stehen sehen. Dann griff sie erneut zum Telefon, um Lehmann darüber zu informieren.

*

Eine Leiche an Bord. Dieser Gedanke ging Maybrit unwillkürlich durch den Kopf, als sie die menschenleeren Korridore der *Blue Ocean* entlang lief. Niemand hier, keine Menschenseele. Wo steckten denn nur alle?

Sie war auf dem Weg zu der Kunstausstellung, über die sie im Tagesprogramm gelesen hatte. Es war noch etwas Zeit, ehe sie sich mit Hanno zum Abendessen treffen würde.

Die seltsam leeren Korridore verursachten ein merkwürdiges Gefühl. Einen Moment lang stellte Maybrit sich vor, es seien alle anderen Passagiere tot. Ausgerottet durch das Virus, und nur sie hätte überlebt. Es war wirklich wie ausgestorben hier. Ein Geisterschiff. Man merkte deutlich, dass nur ein Drittel der Kabinen belegt waren. Oder waren es zwei Drittel gewesen?, überlegte sie. Jedenfalls traf man in den Gängen kaum jemals eine Menschenseele – und jetzt waren die wenigen Passagiere entweder draußen an Deck oder besuchten eine der Veranstaltungen. Wenn das Schiff voll ausgebucht war, mochte hier ein lebhaftes Treiben herrschen, ein fröhliches Kommen und Gehen.

Wo der Leichnam wohl aufbewahrt wurde? Maybrit hatte mal gehört, dass es auf Schiffen eigene Leichenkammern gab, für den Fall der Fälle. Was für eine unheimliche Vorstellung, dass irgendwo, vermutlich auf dem Deck ganz unten, ein Toter lag und sie die Reise über begleiten würde ... Sie bekam eine Gänsehaut und wünschte sich, Hanno wäre bei ihr.

Hanno und sie hatten den Nachmittag getrennt verbracht, nachdem der Vortrag der Ernährungsberaterin ausgefallen war. Hanno hatte einen freien Platz bei einer Schiffsführung ergattern können und Maybrit hatte eine Autorenlesung in der Bordbibliothek besucht. Der Reisebuchautor hatte angeblich einhundertvierundsechzig Länder besucht und präsentierte ihnen viele außergewöhnliche Fotos, samt dazugehöriger Erlebnisse.

Maybrit erreichte das helle, weiträumige Foyer vor dem Bordtheater, wo eine kleine Ausstellung errichtet worden war. Auch hier war sie allein, bis auf einen Butler, der an ihr vorbeihetzte und im Bordtheater verschwand.

An den Wänden und auf Staffeleien hingen und standen Bilder und edle Fotografien bekannter und unbekannter Künstler. Man konnte sie zu teilweise horrenden Preisen erwerben, wie die kleinen, dezenten Preisschilder verkündeten. Es waren einige wahrhaft kunstvolle Gemälde dabei, zum Beispiel ein Bild der *Blue Ocean* in den norwegischen Fjorden. Sagenhaft die Detailtreue. Andere Bilder riefen bei Maybrit nur Kopfschütteln hervor. Wie etwa dieses Bild hier, das nur aus vielen bunten Quadraten bestand. Es war wirklich sehr bunt und sehr teuer. Sie versuchte zu verstehen, worin um Himmels willen nur der hohe Preis begründet war.

Maybrit trat in den kleinen Ausstellungsraum mit den gläsernen Wänden. Ein großes Schild an der Tür mahnte, dass sich nicht mehr als zwei Personen gleichzeitig innen befinden dürften, doch außer Maybrit war niemand hier. Sie trat vor das erste Bild. Noch bunter, noch schriller. Lauter grelle Striche und Tupfer.

Ja, sie verstand von Kunst nicht viel, sie gehörte eher zu den Leuten, die insgeheim oft dachten: Also *das* kann ich auch.

Dieses Bild vor ihr machte sie richtig ärgerlich. Sie kam sich vom Künstler fast veralbert vor. Ihr war, als habe der Maler einfach blind seine Pinsel über der Leinwand ausgeschlackert. Und jetzt lachte er sich ins Fäustchen, dass andere ihn für diese originelle Kunst feierten.

Aus den Augenwinkeln nahm Maybrit wahr, wie eine zweite Person in die Galerie trat. Sie schaute sich um. Ein paar Schritte entfernt stand nun ein Mann und musterte ganz konzentriert das Bild vor sich. Das war doch der Mann von vorhin, oder? Der aus dem Fahrstuhl.

Also, so langsam könnte man fast meinen, er verfolge sie. War das nicht seltsam? Eben noch hatte sie darüber sinniert, wie leer es hier überall war, und ausgerechnet *ihn* traf sie? Immer wieder? Sie hatte ihn noch nie ohne Maske gesehen, und den Blickkontakt mied er. Das machte ihn umso befremdlicher.

Maybrit schlenderte weiter. Man musste sich im Uhrzeigersinn durch den Raum bewegen. Langsam ging sie von Bild zu Bild. Der Mann folgte ihr, in gleichem Tempo. Blieb sie vor einem Bild stehen, blieb auch er stehen. Ging sie weiter, ging auch er weiter. Es war lächerlich, und irgendwie machte sie das nervös. Er hätte sie überholen können, aber nein, er passte sich genau ihrem Tempo an. Beim nächsten Bild blieb sie extra lange stehen und wartete ab. Der Mann machte keine Anstalten, an ihr vorbei zu gehen, sondern blieb seinerseits nun extra lange stehen.

Maybrit hörte seinen durch die Maske gedämpften Atem. Die nächsten vier Bilder ließ sie aus, sondern ging direkt zum Bild neben dem Ausgang. Sie sog scharf die Luft ein, als auch der Mann die vier Bilder ausließ und sich wiederum neben sie stellte.

Was sollte das?

Der Mann atmete nun schneller, wie ihr schien. Seine Brille beschlug. Wusste er nicht, wie man die Maske trug, ohne das die Brille beschlug? Trug er sonst etwa keine Brille?

Ihr reichte es. Mit schnellen Schritten verließ sie die kleine Galerie und rannte fast den Korridor entlang. Erst am Ende drehte sie sich um und schaute zurück. Sie hätte schwören können, dass der Mann ihr folgte, doch der Korridor war – wie üblich – leer.

*

Kreuzfahrtdirektorin Elsa legte einen Stapel Tagesprogramme auf den Tresen der Rezeption.

»Hier. Die neuen Programme für morgen.«

»Danke«, sagte Anna-Lena geistesabwesend. Sie hielt ihr Handy in der Hand, als habe sie gerade die Nachrichten gecheckt. Jetzt ließ sie es schnell wieder in der Handtasche unter ihrem Schreibtisch verschwinden.

Elsa brachte immer ein paar Extra-Programme zur Rezeption, da Passagiere häufig nach einem Ersatz fragten, weil sie ihres verlegt hatten. Eigentlich hatte sie gar keine Zeit zum Plaudern, da sie in wenigen Minuten eine Musical-Show im Bordtheater anmoderieren musste, aber Anna-Lena wirkte so bedrückt, dass sie fragte: »Stimmt was nicht?« Sogleich ärgerte sie sich. Natürlich stimmte nichts, wenn man gerade verlassen worden war. Und dann auch noch auf so miese Art und Weise. Einfach abgetaucht war der Kerl. Hatte Schluss gemacht, am Abend, bevor Anna-Lena zur *Blue Ocean* abreiste, und war ab dann nicht mehr

erreichbar gewesen. Wie grässlich für Anna-Lena, wie schlimm musste sie sich fühlen. In solchen Momenten war Elsa froh, Single zu sein. Was blieb einem nicht alles erspart.

»Hat Julian sich gemeldet?«, fragte Elsa vorsichtig nach.

»Nein.« Anna-Lena warf den Kopf zurück. »Braucht er auch nicht mehr, ehrlich gesagt.«

»Du weißt doch, irgendwann melden sie sich alle wieder«, sagte Elsa hilflos. Diese Weisheit hatte sie mal aufgeschnappt, obwohl sich bei ihr noch nie ein Mann jemals wieder gemeldet hatte.

Anna-Lena starrte wieder vor sich hin.

»Was ist denn los?«, fragte Elsa behutsam. »Sollen wir uns nach der Arbeit zusammensetzen? Reden?«

»Es ist nur ... Es geht um Wolf Kerner.«

»Ach so?«, sagte Elsa verblüfft.

Anna-Lena holte tief Luft. »Ich bin mir nicht sicher, ob ich nicht vielleicht etwas gesehen habe, gestern Abend.«

»... etwas gesehen?«

»Ja. Ich glaube, ich habe den Unfall beobachtet. Und Kerner war nicht allein. Ich glaube ... Ich glaube, er wurde gestoßen.«

Elsa keuchte auf. »Bitte? Bist du sicher?«

»Nein, das ist es ja«, sagte Anna-Lena unglücklich. »Ich bin mir nicht sicher, weil ich ja betrunken war.«

»Verstehe ...« Elsa überlegte und sagte schließlich das Einzige, was ihr dazu einfiel: »Du solltest es Nora erzählen, Anni.«

»Und zugeben, dass ich sturzbetrunken an Deck war? Ich weiß doch selbst nicht, ob ich nicht nur im Suff halluziniert habe.«

»Rede mit Nora. Wenn du recht haben solltest, dann ...« Elsa hob hilflos die Arme. Dann sah sie auf die Drei-Zeitzonen-Uhr hinter Anna-Lena an der Wand. »Gleich beginnt die ›Abba-Show‹ – ich muss weiter. Soll ich Nora zu dir schicken, wenn ich sie sehe?«

»Nein, ich mach das schon.«

*

Anna-Lena sah Elsa hinterher. Sie hatte den ganzen Tag gegrübelt, was um Himmels willen gestern Abend an Deck passiert war. Ob sie wirklich etwas beobachtet hatte, da draußen ...

Hatte sie Wolf Kerner gesehen? Mit einer weiteren Person? Oder waren das andere Passagiere gewesen?

Dieser blöde Sekt. Sie schwor sich, niemals wieder an Bord zu trinken.

Was, wenn wirklich jemand Wolf Kerner in den Tod gestoßen hatte?

Elsa hat recht. Ich muss mit Nora reden, dachte sie.

Sollte sie die Hoteldirektorin anrufen, jetzt gleich? Nein, lieber nicht. Um diese Zeit war Nora nicht mehr in ihrem Büro, sondern machte ihren üblichen Rundgang über das Schiff, wie jeden Abend.

Nora würde auch hier an der Rezeption vorbeikommen, gleich.

Anna-Lena spielte nervös mit ihrem Kugelschreiber. Aber das war kein Thema hier für die Rezeption, in aller Öffentlichkeit.

Am besten, sie verschob das Gespräch auf morgen. Dann würde sie Nora in ihrem Büro aufsuchen. Ja. Sie atmete erleichtert durch. Gleich morgen früh würde sie mit Nora reden.

*

»Ich musste den ganzen Nachmittag in Quarantäne verbringen. Fast drei Stunden musste ich auf das Testergebnis warten und durfte meine Kabine nicht verlassen«, plapperte Paulina munter.

»Du Arme«, sagte Maybrit mitleidslos. Sie klang sarkastisch, aber Paulina bemerkte es nicht.

»Es war zum Glück falscher Alarm.« Paulina lächelte Hanno an. »Und du hast mich ja gut versorgt. Der Salat war wirklich lecker, Danke nochmal für den Lieferservice.«

Hanno grinste zurück. »Das war doch selbstverständlich.«

Maybrit verdrehte nur die Augen. Sie saßen im Bordtheater, wo in wenigen Minuten die Musical-Show »Best of ABBA« beginnen sollte. Es waren nur etwa ein Drittel aller Tische besetzt, dennoch erfüllte ein fröhliches Stimmengewirr den Raum. Stewards schlängelten sich geschickt um die Tische, um Getränke zu verteilen. Die Bühne war noch menschenleer, allerdings standen bereits ein Schlagzeug und ein Klavier dort, außerdem mehrere Mikrofonständer.

Maybrit fühlte sich wie auf einem Konzert. Sie nahm ein paar geröstete Erdnüsse aus der kleinen Schale vom Tisch. Auch Hanno griff hinein, dabei sah sie sein nacktes Handgelenk. Er trug also die Rolex nicht mehr, wie sie mit

Genugtuung feststellte, demnach hatte er sie im Laufe des Nachmittages wohl endlich weggebracht. Der Pilotenkoffer jedenfalls hatte vorhin nicht mehr in der Kabine gestanden – Maybrit hatte schon befürchtet, Hanno könnte den Koffer zurückgebracht, aber die Rolex behalten haben. Jetzt schämte sie sich für diesen Gedanken.

»Es ist so schön mit euch. Diese Reise tut mir so gut.« Paulina schlug die Beine übereinander und strahlte sie an.

Maybrit musste zugeben, dass Paulina tatsächlich unbekümmerter aussah, als in all den Wochen davor. Ich muss meine Abneigung ihr gegenüber in den Griff kriegen, dachte Maybrit mit schlechtem Gewissen. Paulina hat ein schweres Schicksal erlitten, und sie will mir doch nichts Böses. Eigentlich ist sie doch ganz nett. Und wenn es ihr psychisch erst mal besser geht, dann wird sie sich auch nicht mehr so auf Hanno und mich fixieren.

Sie lächelte Paulina an und hob ihr Weinglas. »Dann auf einen schönen Abend.«

Sie stießen an, und kurz darauf wurde das Licht verdunkelt. Das Stimmengemurmel erstarb. Alle schauten gespannt auf die Bühne. Kreuzfahrtdirektorin Elsa trat an das Mikrofon in der Bühnenmitte, von einem Lichtkegel beschienen, und sprach ein paar Begrüßungsworte. Unter Applaus tänzelte dann das Bordensemble auf die Bühne, und dann begann die spektakuläre, neunzigminütige Show.

Maybrit war nie ein großer Abba-Fan gewesen, aber die Bordkünstler waren wirklich erstklassig und performten professionell.

»Tolle Show. Hat sich gelohnt«, befand Hanno hinterher, nachdem der letzte Applaus verklungen war und das Ensemble die Bühne verlassen hatte. Die ersten Zuschauer strebten bereits zum Ausgang, noch ehe das Licht wieder eingeschaltet war, aber viele blieben noch an ihren Tischen

sitzen, um in Ruhe ihre Getränke zu leeren. Auch Hanno und Paulina schienen keine Eile zu haben, und so blieb Maybrit nichts anderes übrig, als am Tisch auszuharren, obwohl sie den Abend eigentlich nicht unnötig ausdehnen wollte. Lieber tränke sie allein mit Hanno auf dem Balkon ihrer Kabine noch ein Glas Wein, aber Hanno konnte oder wollte ihren drängenden Blick nicht richtig deuten.

»Sag mal, Hanno, hast du mit Maybrit schon über meine Idee gesprochen?«, erkundigte sich Paulina in diesem Moment.

Maybrit sah erstaunt zu Hanno. Dieser wurde plötzlich ganz verlegen. »Also ...«

»Welche Idee?«, fragte Maybrit argwöhnisch.

»Nun, das wollte ich dir erzählt haben ...«

»Was?«

»Die Wohnung«, plauderte Paulina weiter. »Ihr sucht doch einen Nachmieter für eure Einliegerwohnung. Habt ihr da schon jemanden gefunden?«

»Also, am liebsten wäre uns wieder so ein älteres Ehepaar wie die Jensens, die hat man wirklich kaum bemerkt«, erklärte Maybrit.

»Aha ...« Paulina spielte mit der Serviette und warf Hanno einen Blick zu. »Ich würde mich gern verkleinern. Ich lebe ja noch immer in diesem großen Haus ... All die Erinnerungen ... na ja. Ich habe mich entschieden, eine kleine Wohnung zu suchen. Ich habe mit Hanno schon darüber gesprochen, dass ich eure Wohnung gern mieten würde.«

Ach, hast du das. Maybrit starrte Hanno an.

»Was hältst du davon, Maybrit?« Paulina sah sie gespannt an. »Das wäre doch toll, oder?«

»Das geht nicht«, sagte Maybrit.

Paulinas Lächeln wackelte. »Nicht? Aber Hanno sagte ...«

»Warum sollte das nicht gehen?«, fragte auch Hanno verdutzt. »Wir haben doch noch niemanden.«

»Doch, doch.« Maybrit räusperte sich und hätte ihm am liebsten mit aller Kraft gegen das Schienbein getreten, direkt mit der Spitze ihrer Pumps gegen den Knochen. »Erinnerst du dich nicht? Dieses ... dieses Ehepaar. Die hatten sich die Wohnung angeschaut, und ich fand sie sehr nett.«

»Welches Ehe...?«

»Ich habe ihnen quasi schon zugesagt«, wandte sich Maybrit an Paulina. »Tut mir wirklich leid. Wenn ich gewusst hätte ...« Sie spürte Hannos verwirrten Blick, aber immerhin sagte er nun nichts mehr.

»Oh. Schade. Wirklich.« Paulina zuckte traurig mit den Schultern. »Da habe ich wohl etwas falsch verstanden.«

»Nun, du findest sicherlich eine andere schöne Bleibe.«

»Noch ist nichts entschieden«, widersprach Hanno da zu ihrem Leidwesen.

»Denkt einfach in Ruhe darüber nach.« Paulina sah sich um. »Ich glaube, wir sollten so langsam gehen. Was ist, sollen wir noch in die Sonnenbar, was trinken?«

Maybrit sah Hanno warnend an, und er sagte gehorsam: »Nein, heute nicht mehr.«

»Die Seeluft macht wirklich müde, wir ziehen uns zurück«, ergänzte Maybrit.

»Dann gehe ich allein, trinke mir noch einen Wein. Ich mag noch nicht allein auf der Kabine sitzen ... Bis morgen, ihr Lieben. Habt noch einen schönen Abend.«

Paulina ging mit hängenden Schultern davon, und am Tisch herrschte Schweigen.

... *ich mag noch nicht allein auf der Kabine sitzen.* Das war wieder typisch Paulina, mit einem Satz ihnen noch schnell ein schlechtes Gewissen machen. Maybrit presste verärgert

die Lippen zusammen. Sie waren weiß Gott nicht für Paulinas Wohlbefinden verantwortlich. Den Schuh wollte sie sich gar nicht erst anziehen.

Hanno lehnte sich zurück und schob sein Glas auf dem Bierdeckel zur Seite.

»Was sollte das, Maybrit?«, fragte er dann. »Es gibt kein Ehepaar, das sich für unsere Wohnung interessiert. Wir haben nicht mal Besichtigungen durchgeführt, geschweige denn einen Makler kontaktiert.«

»Findest du es eine gute Idee, Paulina bei uns einziehen zu lassen?«, fragte sie zurück.

»Warum denn nicht? Wir kennen sie, sie ist eine nette und zuverlässige Person. Solvent. Besser könnten wir es doch gar nicht treffen. Und ich habe ihr eigentlich schon zugesagt.«

»Ohne mich zu fragen«, fuhr sie ihn an. »Du spinnst doch wohl. Werde ich jetzt immer übergangen?«

Hanno schüttelte ärgerlich den Kopf. »Ich weiß wirklich nicht, was du gegen Paulina hast. Es ist nicht leicht, ordentliche Mieter zu finden, die die Miete fristgerecht zahlen, die Wohnung nicht verwüsten und pflegeleicht sind. Das weißt du genau. Bei Paulina wird es sicher keine wilden Partys geben, noch wird sie uns die Miete schuldig bleiben oder uns anderswie Ärger machen.«

»Ich möchte sie aber nicht in der Wohnung.«

»Warum nicht? Ihr seid Freundinnen.«

»Sind wir nicht.« Allein der Gedanke, dass Paulina nebenan wohnen würde, den Garten mitnutzen würde ... Maybrit bekam eine Gänsehaut. Sie wollte Paulina doch nicht *noch näher* um sich haben.

»Auf gar keinen Fall«, sagte sie. »Niemals.«

»Das ist albern, Maybrit. Du benimmst dich absolut kindisch.«

Dann bin ich eben albern, dachte sie. Ihr fiel auf, dass sie mittlerweile die Letzten waren, die noch im Theater saßen. Der Reinigungstrupp war bereits mit seinen Staubsaugern angerückt, die ersten Tische wurden abgewischt.

»Lass uns gehen. Die wollen hier saubermachen. Wir können ja bei uns auf dem Balkon noch ein Gläschen trinken.«

»Wir brauchen das Geld«, sagte Hanno eindringlich, als sie nebeneinander zurück zur Kabine gingen. »Die Mieteinnahmen fehlen uns seit Monaten. Es wäre gut, wenn so schnell wie möglich jemand dort einzöge. Und wenn es dann auch noch eine Person ist, die wir gut kennen und die verlässlich ist – etwas Besseres kann uns nicht passieren.«

»Wir finden einen anderen Mieter.« Maybrit beschleunigte ihre Schritte, als könne sie vor seinen Argumenten davonrennen.

»Jetzt renn doch nicht so. Darf ich dich daran erinnern, dass gerade du *sehr* wählerisch bist, wen du im Haus haben möchtest?«

»Das ist doch wohl selbstverständlich, dass ich mir die Mieter genau angucke. Das kannst du mir wohl kaum zum Vorwurf machen.«

Sie hatten die Kabine erreicht und Hanno schloss auf. »Darüber reden wir noch, okay?«

»Nein.« Maybrit schüttelte den Kopf. »Für mich ist das Thema erledigt. Paulina wird nicht bei uns einziehen.«

Sie ließ ihre Pumps von den Füßen fallen und streifte den Blazer ab. Als sie den Wandschrank öffnete, um die Jacke zurückzuhängen, traute sie ihren Augen kaum.

Da stand der kleine Pilotenkoffer, halb unter den Schiffsbademänteln verborgen. Er musste vorhin schon dort gestanden haben, doch sie hatte ihn wohl übersehen. Sie begriff: Hanno hatte den Koffer nicht zur Rezeption gebracht – er hatte ihn vor ihr versteckt.

In Zeitlupe drehte sie sich zu ihrem Mann um. Hanno hatte bereits eine Flasche Wein aus der Minibar geholt, die er gerade entkorkte.

»Du hast mir doch versprochen, dass du den Koffer zur Rezeption bringst«, brachte sie eisig hervor.

»Ach, weißt du ...« Hanno klimperte unschuldig mit den Wimpern. »Wenn bis jetzt niemand danach gefragt hat, dann vermisst ihn wohl auch niemand.«

»Das glaubst du doch wohl selber nicht«, schimpfte sie. »Und die Rolex? Wo ist die Rolex?«

Hannos Blick zuckte zum Nachttisch, also hatte er sie vermutlich in der Schublade versteckt, höchstwahrscheinlich unter seinen Socken.

»Wenn du das Zeug nicht endlich wegbringst, dann werde ich ernstlich sauer. Du hast es mir doch versprochen!«

»Da uns Mieteinnahmen fehlen und du eine potentielle Mieterin nicht akzeptieren willst, sollte ich die Uhr wohl besser verkaufen«, gab er zurück. »Wir sind sehr knapp bei Kasse.«

»Witzig«, fauchte Maybrit und knallte die Schranktür zur. »Ehrlich, ich verstehe dich nicht mehr. Jetzt willst du also kriminell werden?«

Hanno verdrehte nur die Augen und stellte die Flasche ab. Dann ging er zur Nachttischschublade und holte die Rolex hervor. Mit einem dümmlichen Grinsen legte er die

Uhr erneut ums Handgelenk und betrachtete sie verträumt. Vom einen auf den nächsten Moment schien er Maybrit ausgeblendet zu haben. Das brachte sie auf die Palme.

»Willst du mich provozieren? Pack die Uhr weg!«

Hanno legte kopfschüttelnd die Rolex zurück.

»Komm, du wolltest doch noch einen Wein trinken.« Er grinste sie versöhnlich an und winkte mit der Weinflasche. »Morgen sind die Sachen weg, ich verspreche es.«

Maybrit atmete tief durch. Es lohnte sich nicht, wegen der Sache zu streiten. Keinesfalls wollte sie, dass Paulina mitbekam, dass zwischen ihnen dicke Luft herrschte. Seufzend folgte sie ihm auf den Balkon.

*

Dr. Eschweiler war aufgeregt wie ein Schuljunge, als er die Sonnenbar betrat.

Es war schon später am Abend, weil Sasha sich zuerst die Abba-Show hatte anschauen wollen. Sie hatte ihn sogar gefragt, ob er sie nicht begleiten wolle, aber da er die Show schon mindestens zwanzig Mal gesehen hatte, hatte er abgelehnt. Man hätte sich dort ohnehin nicht in Ruhe unterhalten können – so wie hier, in der gemütlichen Sonnenbar, mit der leisen Hintergrundmusik und der lauschigen Stimmung ...

Angespannt polierte er ein letztes Mal seine Brille. Sasha wollte etwas mit ihm trinken! Sie fand ihn *niedlich!* Was hatte das alles nur zu bedeuten? Nichts, gar nichts, sagte er

sich. Sie waren Kollegen, die den Feierabend miteinander verbrachten. Ganz normal. Aber wie sie ihn angelächelt hatte ...

Er sah sich nervös um. In der Sonnenbar waren nicht viele Tische besetzt, auch hier merkte man deutlich, dass das Schiff nicht ausgebucht war. Als er sie nicht gleich entdecken konnte, überkam ihn Panik. Sie hatte es vergessen! Oder schlimmer, sie hatte es sich anders überlegt!

Dann machte sein Herz vor Erleichterung einen Satz. Da war sie ja!

Aber Sasha war nicht allein. An ihrem Tisch saß ein Ehepaar, das er nicht kannte, und außerdem Kreuzfahrtdirektorin Elsa. Eine muntere Runde, wie es schien.

Sasha hatte ihn entdeckt und mit einem strahlenden Lächeln winkte sie ihn heran. Verwirrt nahm er zwischen Elsa und dem fremden Ehepaar Platz.

Die Enttäuschung übermannte ihn, gleichzeitig schalt er sich einen Narren. Hatte er wirklich geglaubt, sie wolle ihn allein treffen? Da bin ich so alt und doch so dumm, dachte er bedrückt. Wie hatte er nur denken können, eine so junge Frau wie Sasha fände ihn ... interessant.

Er war für sie ein Kollege, mehr nicht, und auch er selbst sollte schleunigst jegliche anderen Gedanken verbannen. Schweigsam saß er am Tisch und trank sein Mineralwasser, während die anderen sich angeregt unterhielten. Ab und zu sagte er ein paar Worte und versuchte, sich seine maßlose Enttäuschung nicht anmerken zu lassen.

Dass er urplötzlich mit Sasha allein war, hatte er gar nicht kommen sehen: Das Ehepaar verabschiedete sich, und im selben Moment sagte Elsa:

»Die Frau da vorne sitzt schon die ganze Zeit allein an ihrem Tisch. Ich gehe mal zu ihr.«

Tatsächlich saß am Nachbartisch eine junge Frau und schaute sehr betrübt vor sich hin.

Elsa wechselte daraufhin den Tisch, und plötzlich war Dr. Eschweiler mit Sasha allein.

Bestimmt wird auch Sasha sich gleich verabschieden, dachte er resigniert. Schließlich hatte er sich an diesem Abend als Langweiler entpuppt, hatte sich kaum am Tischgespräch beteiligt. Sasha würde sicher gleich Müdigkeit vortäuschen und verschwinden. Da, ihr Gesicht wurde schon ganz ernst. Jetzt stützte sie ihr Kinn auf die Hand und sah ihm in die Augen.

»Herr Dr. Eschweiler, ich muss Ihnen etwas gestehen«, sagte sie.

Aha, dachte er. Jetzt kommt's. »Tun Sie sich keinen Zwang an.«

Sie sah ihm noch tiefer in die Augen: »Ich finde Sie faszinierend.«

*

Huch. Nora zuckte kurz zusammen, als sie hinaus in die kalte Nachtluft trat. Es war, als träte sie direkt in den Kühlraum für Obst und Gemüse im Proviantlager. Sie war noch erhitzt vom letzten Rundgang über die *Blue Ocean*, der sie vom Sportcenter am Bug bis hin zur Crewkantine am Heck quer über alle Decks über das Schiff geführt hatte. Genau so, wie sie morgens den Tag damit begann, überall nach dem Rechten zu sehen, so beendete sie ihn auf dieselbe Weise. Vielleicht hätte ich mir doch etwas überziehen

sollen, überlegte sie, als sie über das Deck ging, die Arme um den Oberkörper geschlungen. Sie trug nur ihre Bluse, das Jackett hatte sie dummerweise im Büro hängen lassen.

Nora schob die schwere Eisentür zum Crewdeck auf und steuerte auf die schmale Holzbank ganz hinten an der Wand zu. Erst im letzten Moment sah sie, dass Lehmann bereits dort saß – halb verborgen hinter einer der riesigen Seilwinden.

»Heyden.«

»Lehmann.«

Sie nickten sich brüderlich zu, dann fiel Nora neben Lehmann auf die Bank, lehnte sich zurück und streckte die Beine von sich. Keiner sprach ein Wort, einvernehmlich schweigend schauten sie hinaus in die kohlrabenschwarze Nacht. Das Meer konnte man längst nicht mehr in der Dunkelheit ausmachen, man erahnte es nur, hörte das Rauschen und Strudeln der Schiffsschrauben, spürte das Arbeiten der Maschinen und das leichte Schaukeln in den Wellen.

Für einen Moment schloss Nora die Augen. Es war ein langer und ereignisreicher Tag gewesen, für wahr, und sie sehnte sich danach, unter eine heiße Dusche zu springen und sich bequeme Klamotten anzuziehen, unter die kuschelige Decke auf ihrem Sofa zu schlüpfen und noch irgendeine DVD anzuschauen, ihren Gute-Nacht-Tee in der Hand. Und dann zu schlafen.

Dennoch war sie hierher aufs Crewdeck gegangen. Es war ein uraltes Ritual von Lehmann und ihr, sich nach Feierabend hier zu treffen und noch ein wenig zu reden, den Tag Revue passieren zu lassen, oder einfach nur schweigend auf die dunkle See zu schauen.

»Da hast du dir mal wieder unnötig einen Kopf gemacht«, sagte Lehmann in ihre Gedanken hinein. »Kein Corona-Ausbruch an Bord.«

»Vorsicht ist besser als Nachsicht«, antwortete Nora. Sie setzte sich wieder aufrecht hin und öffnete andächtig eine kleine Schachtel Gebäck. Sie hatte die Waffelröllchen mit Schokoüberzug heute im Vorbeigehen im Bordshop entdeckt und natürlich sofort kaufen müssen. Sie hielt Lehmann die Packung hin, der sofort abwehrend die Hände hob. »Nein, danke.«

Nora grinste nur und nahm sich ein Röllchen heraus. »Ich habe eben noch mal mit Dr. Birnbaum gesprochen – Henry Brandts Zustand bessert sich. Morgen früh weiß er dann endlich, woher die Lungenentzündung rührt, er wartet da noch auf Ergebnisse vom Labor.«

»Schön, schön.«

Wieder schwiegen sie, und Nora arbeitete sich durch die Schokoröllchen. Es war schön, einfach nur hier zu sitzen, neben Lehmann. Das hatte sie wirklich vermisst.

»Hast du eigentlich schon mit Elsa gesprochen?«, fragte sie dann.

»Weswegen?«

»Wegen der ›Fragestunde‹. Sie wollte die Fragen mit dir durchgehen, die sie stellen möchte. Damit du nicht unvorbereitet bist.«

»Die ...?«

»Die ›Fragestunde mit dem Kapitän‹. Die hast du doch wohl nicht vergessen?«

»Vergessen nicht, verdrängt«, maulte Lehmann.

»Übermorgen früh, um zehn«, erinnerte Nora ihn sicherheitshalber noch mal. »Im Bordtheater.«

»Was für eine blöde Idee«, murrte Lehmann. »Wie kommt man nur auf so einen Mist. Als hätte ich nichts Besseres zu tun.«

Nadja Rindel, die Produktmanagerin der Reederei, war kürzlich mit dieser Idee angerückt: Von nun an sollte es jede Reise eine »Fragestunde mit dem Kapitän« geben. Lehmann sollte den Passagieren auf der Bühne im Theater eine Stunde Rede und Antwort stehen und ein wenig aus seinem Kapitänsalltag plaudern. Naturgemäß war dieser Vorschlag bei Lehmann nicht auf Gegenliebe gestoßen.

Elsa würde die Moderation übernehmen. Gewissenhaft, wie die Kreuzfahrtdirektorin war, bereitete sie die Veranstaltung höchst akribisch vor.

Lehmann rieb sich nachdenklich über sein gerötetes Handgelenk. »Sag mal, Heyden ...«

»Ja?«

»Hast du übermorgen Zeit?«

»Oh nein!«, wehrte sie ab. »Habe ich nicht. Ich werde sicher nicht für dich bei der ›Fragestunde‹ einspringen.«

»Ich meinte eigentlich übermorgen Abend.« Lehmann Stimme klang nun geschäftsmäßig.

»Warum?«, fragte sie misstrauisch. Er wollte ihr sicher irgendeine unangenehme Aufgabe aufs Auge drücken, die er eigentlich selbst erledigen sollte, zu der er aber keine Lust hatte.

Lehmann sagte: »Unser Date steht noch aus.«

Sie verschluckte sich und musste husten. »Unser ...«

»Date.«

»Unser Date. Stimmt.« Sie fegte sich verlegen einige Kekskrümel vom Rock. Das Kältegefühl war schlagartig verflogen. »Dass du daran noch denkst ...«

»Du etwa nicht? Hast du geglaubt, ich würde meine Einladung unter den Tisch fallen lassen?«

»Nein.« Doch, hatte sie. Sie hatte gedacht, Lehmann hätte es längst wieder vergessen.

»Ich werde dich in absehbarer Zeit wohl nicht in ein Restaurant einladen können, wie ich eigentlich geplant hatte«, fuhr Lehmann bedauernd fort. »Deshalb dachte ich mir, koche ich für dich.«

»Du ...?«

»Ja.« Er warf einen langen Blick auf das Schokoröllchen in ihrer Hand. »Damit du endlich mal etwas Gesundes zwischen die Zähne bekommst.«

»Kannst du das überhaupt? Kochen?«

»Werde nicht frech.« Er stupste sie in die Seite. »Ich wurde schon für meine Kochkünste gelobt.«

»Von wem? Deiner Mutter?«, neckte sie ihn. Dann fiel ihr ein, dass sie gar nicht wissen konnte, wie gut Lehmann am Herd war. Auf dem Schiff wurden sie verpflegt, aber zu Hause ... Vielleicht war Lehmann ja ein wahrer Meister in der Küche.

»Da bin ich ja gespannt. Und wo?«

»Erst hatte ich überlegt, mich in die Crewküche zu stellen, aber das hat mir der Küchenchef verboten. Er traut mir noch weniger über den Weg als du.« Lehmann klang ein wenig beleidigt. »Ich bin der Kapitän. Wenn jemand die Küche in Brand setzen darf, dann ich.«

Nora grinste.

»Also musste ich mir etwas anderes einfallen lassen. Komm einfach in mein Kapitänszimmer.« Er senkte verschwörerisch die Stimme. »Lass dich überraschen.«

*

Ich habe getötet. Ich habe getötet. Ich habe getötet, hämmerte es unablässig in ihrem Kopf. Arielle konnte nicht einschlafen. Es ging ihr so schlecht – es war, als zeige ihr ihr Körper einmal mehr ihre Grenzen auf und streikte. Es war, als ob ihr Körper dagegen protestierte, was sie getan hatte: dass sie einen Menschen getötet hatte.

Ich. Habe. Getötet.

Wer hätte das der kleinen Meerjungfrau zugetraut?

Arielles Gedanken glitten zurück in die Vergangenheit. Sie war ohne Zweifel als Meerjungfrau geboren worden. Sie konnte eher schwimmen, als sprechen. Sie flehte ihre Eltern an, mit ihr ins Schwimmbad zu gehen. Wenn sie im Wasser war, war sie glücklich. Wie ein kleines Delfinchen bewegte sie sich.

Arielle schwamm schneller als alle anderen. Sie war ihrer Altersklasse weit voraus, und das blieb nicht unbemerkt. Die kleine Meerjungfrau war bald stadtbekannt, und die Eltern waren so stolz auf ihre kleine Nixe.

Noch bevor sie in die Schule kam, wurde sie ins Trainingszentrum aufgenommen. Sie war die Jüngste. Und die Schnellste. Man sagte ihr eine große Zukunft voraus, der kleinen Meerjungfrau mit den langen, blonden Haaren.

Sie bestritt ihre ersten Wettkämpfe. Oh, wie nervös war sie. Der Bauch tat weh vor Aufregung. Den ersten Wettkampf verlor sie. Sie weinte bittere Tränen. Man tröstete sie. Sie nahm sich vor, es beim nächsten Mal besser zu machen. Und sie machte es besser. Sie verlor nie wieder. Sie schwamm und trainierte. Ihr Leben war das Wasser.

*

»Neeein. Neinnn ...«

Nicht schon wieder. Maybrit schlug entnervt die Augen auf, als Hanno begann, sich unruhig im Bett zu wälzen und vor sich hin zu brabbeln. Es musste mitten in der Nacht sein.

»Neiiin. Halt. Neeiiiin.«

Die Albträume hatten wenige Wochen nach dem Autounfall begonnen, und seither quälte er sich fast jede verdammte Nacht damit. Sich selbst, vor allem aber sie. Er selbst bekam es ja nicht mit, und wenn er aufwachte, hatte er angeblich alles vergessen. Sie hingegen schreckte Nacht für Nacht auf.

Hanno stöhnte wieder.

Träumte er, wie er das sterbende Mädchen im Wagen fand?

Träumte er von dem toten Vater, dem toten Sohn?

»Hanno.« Sie machte Licht und berührte ihn an der Schulter, sein schweißglänzendes Gesicht war verzerrt. Er hatte die Bettdecke weggestrampelt und sie sah, dass auch sein Shirt durchgeschwitzt war. »Hanno. Wach auf.«

Er schrak hoch und blinzelte in das helle Lampenlicht. »W ... was? Was ist los?«

»Du hast wieder geträumt. Das ist los.«

»Scheiße.« Er setzte sich auf, wirkte desorientiert. Dann schüttelte er den Kopf und schwang die Beine aus dem Bett. »Warum hast du mich geweckt«, schnauzte er dann.

»Weil du mich auch immer aufweckst«, gab sie ärgerlich zurück. »Das geht beinahe jede Nacht so. Seit dem Unfall träumst du schlecht.«

»Tut mir leid.« Er nahm sich Wasser aus der Minibar und trank einen Schluck direkt aus der Flasche, verzog den Mund und studierte dann stirnrunzelnd das Etikett. Offenbar hatte er das stille Wasser erwischt – er trank grundsätzlich nur welches mit Kohlensäure.

»Was hast du geträumt?« Sie beobachtete, wie er sein nasses Shirt auszog und durch die offene Tür ins Bad schleuderte. Dann öffnete er den Kleiderschrank, nahm sich ein frisches Shirt heraus und zog es sich über den Kopf.

»Was hast du geträumt?«, wiederholte sie.

»Nichts.« Ohne sie anzusehen, legte er sich wieder ins Bett.

»Nun sag doch nicht ›Nichts‹. Rede doch mit mir.«

»Da gibt es nichts zu reden.« Er drehte sich auf die Seite.

»Was ist passiert? Was ist bei dem Unfall wirklich passiert?«

Sie bekam keine Antwort mehr. Er schlief wieder, oder zumindest tat er so.

Was war bei dem Unfall wirklich passiert? Sie hatte seit einiger Zeit den Verdacht, dass er ihr nicht alles erzählt hatte. Dass irgendetwas in jener Nacht vorgefallen war, worüber er sich ausschwieg – aber das ihn bis in seine Träume verfolgte.

*

Nora lag hellwach in ihrem Bett, wie so oft. Vorhin war sie kurz eingenickt, aber nur Minuten später wieder aufgewacht. Jede Müdigkeit war nun verflogen – es war wie verhext. Ihre Nerven waren angespannt, kribbelten beinahe. Sie hatte vor dem Schlafengehen sicherheitshalber zwei Tassen Gute-Nacht-Tee getrunken und den Beutel extra lange ziehen lassen, weil sie sich davon eine stärkere Wirkung versprochen hatte. Vielleicht war das ein Fehler gewesen. Wenn man Tee zu lange ziehen ließ, sollte die Wirkung ins Gegenteil umschlagen, so hatte sie mal gelesen. Schwarzer Tee sollte dann plötzlich statt belebend beruhigend wirken – vielleicht wirkte ein Beruhigungstee dann ja aufputschend? Fakt war, sie lag hier, hellwach, und machte sich mal wieder Gedanken um Gott und die Welt. Um Henry Brandt, der im Hospital lag, um Wolf Kerner, der zu Tode gestürzt war, und ... und um das Abendessen mit Lehmann, das übermorgen nachgeholt werden würde. Lehmann hatte es also nicht vergessen, das hatte sie wirklich überrascht.

Und all diese Gedanken raubten ihr einmal mehr den Schlaf.

Es gäbe eine Lösung ...

Sie stellte sich vor, wie sie aufstand, den Jogginganzug überstreifte und schnell und unerkannt zu ihrem Büro huschte. Dort würde sie in die Schreibtischschublade greifen und rasch eine Tablette aus dem Blister drücken. Eine nur, das würde reichen. Dann würde sie sich wieder in Bett

legen. Es würde nicht lange dauern, zwanzig Minuten vielleicht – und sie würde in einen seligen, friedlichen Schlummer gleiten.

Seufzend drehte sie sich auf die andere Seite und presste die Augen zu.

Seetag 3

»Ich habe Neuigkeiten. Die dürften Ihnen aber nicht gefallen.«

Nora sah zerstreut auf, als der Schiffsarzt nach einem kurzen Klopfen in ihrer Bürotür stand. Es war noch früh, sie hatte gerade erst den PC eingeschaltet, um die Mails zu checken. Auf ihrem Schreibtisch stand eine große Tasse Kaffee – ihr Frühstück fürs Erste – die sie zu trinken gedachte, während sie ihre Mails beantwortete. Im Grunde war sie noch gar nicht richtig da. Sie wusste nicht, wie lange sie nachts noch wachgelegen hatte – viel Schlaf hatte sie jedenfalls nicht gefunden. Und selbst der größte, heißeste Kaffee konnte die bleischwere Müdigkeit nicht aus ihren Knochen vertreiben.

»Neuigkeiten? Schlechte?« Nicht gerade das, was sie am Morgen hören wollte. Dann erschrak sie. »Hat sich Henry Brandts Zustand verschlechtert?«

Der Schiffsarzt sah sie über seine Brille hinweg düster an. »Nein, das nicht. Unserem besonderen Patienten geht es gut, über Nacht hat sich sein Zustand sehr gebessert. Aber ich weiß nun, was seine Erkrankung ausgelöst hat. Nachdem sich der Coronatest ja als negativ erwiesen hat, hatte ich recht bald einen anderen Verdacht. Und dieser Verdacht hat sich leider bestätigt.«

»Das heißt?«

»Der Labortest ist zu einem erschreckenden Ergebnis gekommen: Legionellen.«

»Nein!«

»Oh doch. Henry Brandts Lungenentzündung wurde durch Legionellen ausgelöst.«

»Das kann nicht wahr sein«, sagte Nora bestürzt. Die Legionärskrankheit war auf Schiffen gefürchtet. Die Legionella-Bakterien liebten Feuchtigkeit und Wärme und vermehrten sich besonders gern in den Wasserleitungen von Hotels. Warmes, stehendes Wasser, etwa in Duschen, war eine optimale Brutstätte für Legionellen. Hochgefährlich für Menschen: Die Bakterien konnten in Form von feinsten Töpfen eingeatmet werden und Lungenentzündungen auslösen.

»Ich habe noch am gestrigen Abend eine Wasserprobe aus dem Bad von Henry Brandt entnommen und analysiert. Das Ergebnis war eindeutig, Legionellenbefall in der Dusche«, erklärte Dr. Birnbaum. »Als Henry Brandt sich unter den Duschkopf gestellt hat, muss er die volle Ladung Legionellen direkt ins Gesicht bekommen haben.«

»Scheiße«, murmelte Nora schockiert. Daran hätte sie nicht im Traum gedacht. »Du meine Güte. Wie konnte das passieren?« Die Frage richtete sie eigentlich an sich selbst, aber Dr. Birnbaum antwortete prompt.

»Die Kabinen haben wochenlang leergestanden, die Badezimmer wurden nicht genutzt. In dem lauen Wasser hatten Legionellen optimale Wachstumsbedingungen.«

Nora ärgerte sich über den tadelnden Ton des Arztes. »Vor Anreise der Passagiere wurden die Kabinen akribisch gereinigt. Alle Wasserleitungen sind *selbstverständlich* durchgespült worden, und das Legionellenprogramm gehört ohnehin zum Standard.«

Dr. Birnbaum hob nur vielsagend die Augenbrauen und Nora seufzte. Eine Kabine war übersehen worden. Henry Brandts Duschkopf hatte Bakterien enthalten. Das war nun mal Fakt. Ihr wurde eiskalt, als sie weiterdachte: Was, wenn nicht nur Henry Brandts Kabine betroffen war?

Als hätte er ihre Gedanken gelesen, fuhr Dr. Birnbaum fort: »Wenn *eine* Kabine nicht gründlich gereinigt wurde, so wurden andere Kabinen möglicherweise auch vergessen. Aus den umliegenden Kabinen, die zur Zeit leer stehen, habe ich deshalb bereits in der Nacht noch Proben genommen und analysiert – dort war zum Glück kein Legionellenbefall nachweisbar. Aber ich werde natürlich aus allen leerstehenden Kabinen hier an Bord Wasserproben nehmen müssen – das dauert aber.«

»Natürlich.« Nora biss sich auf die Lippen. »Ist die Brücke schon informiert?«

Dr. Birnbaum nickte. »Ich habe noch in der Nacht Meldung erstattet. Wie Sie wissen, musste auch die Reederei darüber informiert werden.«

»Ich weiß«, sagte Nora dumpf. Das bedeutete, dass vermutlich in Kürze eine aufgebrachte Nadja Rindel anrufen und um Erklärung bitten würde.

Dr. Birnbaum hob mahnend den Zeigefinger. »Frau Heyden, die Bäder aller Kabinen, die derzeit belegt sind, müssen umgehend gereinigt werden. Noch heute Morgen! Alle Duschköpfe und Wasserhähne gehören gründlich durchgespült und desinfiziert.«

Daran hatte Nora auch sofort gedacht. »Natürlich. Ich spreche sofort mit der Hausdame.«

Sie langte zum Telefon, und Dr. Birnbaum wandte sich zum Gehen.

Vera zeigte sich schockiert. Die Hausdame befolgte die Hygienebestimmungen gewissenhaft und duldete bei den Zimmermädchen keine Schlampereien. Alle Bäder würden noch am heutigen Morgen ein intensives Reinigungsprogramm durchlaufen, versprach Vera.

Nora legte auf und rieb sich die Stirn. Hoffentlich blieb der Befall auf eine Kabine beschränkt. Ein Legionellenausbruch war das Letzte, was sie gebrauchen konnten.

*

»Du hattest wieder einen Albtraum.« Maybrit hielt die Tasse in beiden Händen und atmete tief den Kaffeeduft ein. Der heiße Dampf kitzelte in der Nase. Irgendwie wurde ihr heute vom Bohnengeruch übel, und sie stellte die Tasse wieder ab.

»Ja, und?«

»Jede Nacht, Hanno. Jede Nacht. Ich erschrecke mich jedes Mal zu Tode, wenn du wieder anfängst, zu schreien.«

»Ich schreie nicht.« Hanno häufte sich Marmelade auf seine Brötchenhälfte, die er zuvor dick mit Butter bestrichen hatte. Sie saßen im Ocean-Restaurant, das schon gut besucht war, obwohl es erst kurz vor acht war. Stewards eilten mit Tabletts umher und im ganzen Raum lag ein appetitlicher Duft nach ofenfrischem Brot und Kaffee. Doch im Gegensatz zum gestrigen Morgen hatte Maybrit heute keinerlei Appetit. Ihr Magen war wie zugeschnürt.

»Doch, du schreist«, beharrte sie. »Du ... du machst ganz komische Geräusche. Du bist nass geschwitzt, wälzt dich hin und her ...«

»Das wird sich mit der Zeit von selbst erledigen.«

Sie beobachtete stumm, wie er noch mehr Marmelade auf das Brötchen strich. Beim Abbeißen würde sicher einiges davon auf den Teller tropfen.

Sie hatte sich vorgenommen, Hanno noch einmal in Ruhe auf diese elenden Albträume anzusprechen. So konnte es doch nicht weitergehen. Jede Nacht. Sie hatte gehofft, dass es jetzt im Urlaub durch den Ortswechsel besser werden würde, aber dem war offenkundig nicht so. »Möchtest du darüber reden?«

»Worüber?«

»Über die Unfallnacht. Ich habe einfach das Gefühl, dass du mir nicht alles erzählt hast.«

»Da gibt es nichts zu reden.«

»Aber du bist so anders seitdem.« Sie schlug einen, wie sie fand, ganz sachlichen Tonfall an. »Falls es da etwas gibt, was dir auf dem Herzen liegt, dann erzähl es mir. Ich bin doch deine Frau.«

»Jetzt ist aber gut«, herrschte er sie unvermittelt an. »Es setzt mir halt immer noch zu. Halte du mal ein sterbendes Kind im Arm.« Er biss aggressiv in das Brötchen, und wie sie erwartet hatte, tropfte ein Großteil des Belages herunter.

»Das glaube ich dir ja. Und deshalb verstehe ich nicht, warum du Paulina auch noch ins Haus holen willst«, sagte sie leise. »Dann wirst du tagtäglich an alles erinnert. Dann hören die Albträume nie auf.«

»Das hat doch damit nichts zu tun! Und was Paulina betrifft, so dachte ich, du würdest Vernunft annehmen«, antwortete er gereizt. »Wir brauchen dringend die Mieteinnahmen. Wir können nicht länger darauf verzichten.«

»Ja, aber es muss nicht zwangsläufig Paulina sein«, entgegnete sie. Dann sah sie, wie hinter Hanno eine vertraute Gestalt das Ocean-Restaurant durchquerte. Paulina näherte sich zielstrebig ihrem Tisch.

»Oh nein.« Maybrit stöhnte auf.

Hanno wandte den Kopf. »Sei bitte nett zu ihr«, mahnte er zu allem Überfluss. »Und lass deinen Unmut nicht immer an ihr aus.«

Maybrit unterdrückte eine böse Entgegnung.

»Guten Morgen, ihr beiden«, zwitscherte Paulina und nahm ihnen gegenüber Platz. Sie hatte sich eine Schüssel Müsli mitgebracht, und ein Steward schenkte ihr sogleich heißen Kaffee ein. Ihre blonden Haare lagen offen auf den Schultern und waren noch ein wenig feucht von der morgendlichen Dusche. Sie duftete fruchtig. Maybrit nahm schweigend einen Schluck Kaffee, während Paulina zu plaudern begann. »Ich habe herrlich geschlafen. Es ist ein Traum, nach dem Aufstehen auf den Balkon zu treten und aufs Meer zu blicken.«

»Das finde ich auch«, sagte Hanno. »Ich schlafe hier wie ein Baby.«

So?, dachte Maybrit, wie ein Baby? Du schreist wie ein Baby, ja.

Sie trank stumm ihren Kaffee und lauschte dem Geplänkel von Hanno und Paulina. Sie bemühte sich, wenigstens freundlich auszusehen. Es musste ja nicht jeder hier mitbekommen, wie sehr sie sich gestört fühlte.

Maybrit wartete nur darauf, dass Paulina die Einliegerwohnung ansprach. Doch Paulina tat, als sei dieses Thema völlig ohne Relevanz für sie. Sie ließ sich sogar Zeit, bis sie das Frühstück fast beendet hatten, ehe sie in ganz belanglosem Tonfall fragte: »Habt ihr euch meinen Vorschlag eigentlich noch mal durch den Kopf gehen lassen?« Sie häufte den letzten Rest ihres Müslis auf den Löffel und erklärte überflüssigerweise: »Das mit der Wohnung?«, als wenn nicht jeder gewusst hätte, worum es geht.

»Ja, wir -«, begann Hanno.

Maybrit sah ihn scharf an.

»Wir brauchen noch ein wenig Bedenkzeit«, endete Hanno lahm. Maybrit sah, wie er Paulina einen entschuldigenden Blick zuwarf.

»Aber ja. Natürlich. Ich habe euch ja auch überfallen. Ach es wäre so toll, wenn es klappen würde«, plapperte Paulina fröhlich. »Nehmt euch alle Zeit, die ihr braucht. Egal, Themawechsel: Was habt ihr denn heute Morgen noch so vor?«

»Nichts Besonderes.« Hanno sah Maybrit an. »Oder?«

Oh doch, eigentlich wohl. Sie hatten ausgemacht, ein wenig durch die Bordshops zu bummeln. Für Maybrit war das sehr wohl etwas ›Besonderes‹, schließlich hatten die Bekleidungsgeschäfte zu Hause lange Zeit geschlossen gehabt, und sie brauchten dringend das ein oder andere neue Kleidungsstück. Maybrit freute sich darauf, in aller Ruhe mit Hanno durch die Bordshops zu schlendern, zu schummeln, ein paar Klamotten anzuprobieren ...

Ein Kellner trat an ihren Tisch und hielt fragend die Kaffeekanne hoch. Maybrit lehnte ab, während Hanno und Paulina nickten.

Paulina schob dem Kellner die Tasse hin und sagte: »Also, wenn ihr noch nichts vorhabt: Gleich hält der Bordfotograf eine Einführung zum Thema Naturfotografie. Na? Was haltet ihr davon? Damit unsere Fotos noch schöner werden.«

»Da bin ich dabei«, sagte Hanno sofort. »Falls noch Plätze für uns frei sind.«

»Ja, ich habe mich schon an der Rezeption erkundigt. Wir könnten noch dazustoßen.«

»Fabelhaft!«, sagte Hanno begeistert und hielt seinerseits dem Kellner die Tasse hin. »Das klingt toll. Naturfotografie hat mich schon immer interessiert.«

»Das ist mir neu«, sagte Maybrit ärgerlich. Sie fühlte sich wie vor den Kopf gestoßen. »Ich dachte, wir wollten uns die Bordboutiquen anschauen und shoppen.«

»Frauen und shoppen ...« Er blinzelte dem Kellner vielsagend zu. »Ich störe dich doch nur.«

»Da hast du wohl recht.« Maybrit lächelte nicht mal mehr. Ihr war das alles zu blöd. Hanno tickte wohl nicht mehr ganz sauber! Er gab ihr hier in aller Öffentlichkeit einen Korb, um den Vormittag mit Paulina zu verbringen?

Hanno sah sie unsicher an. »Das macht dir doch nichts aus?«

Eine selten doofe Frage. »Nein, überhaupt nicht.« Er musste die beißende Ironie in ihrer Stimme doch hören? Doch Hanno nickte nur erleichtert.

Sie beendeten das Frühstück, und während Hanno zurück zur Kabine ging, um seine Kamera für den Fotokurs zu holen, ging Maybrit nach draußen an Deck. Ein frischer, aber nicht kalter Wind blies ihr entgegen.

Die Luft war erstaunlich klar, nichts trübte die Sicht über den weiten Ozean. Die Sonne stand noch tief, und in diesem Winkel reflektierte sie ungewöhnlich grell von der Meeresoberfläche. Maybrit musste die Augen zusammenkneifen. Sie hatte sehr empfindliche Augen, und die Helligkeit schmerzte beinahe. Mit dumpf pochendem Herzen blickte sie über das Wasser.

Naturfotografie. So einen Blödsinn hatte sie noch nie gehört. Hanno hatte sich nie fürs Fotografieren interessiert. Jetzt verbrachte er seine Zeit also lieber mit Paulina, als mit ihr? Sie blinzelte eine Träne weg, die vom Sonnenlicht, oder aber ihrer Wut stammen mochten.

Niemals lasse ich zu, dass sie in die Einliegerwohnung zieht.

Sah Hanno denn nicht, was diese Frau anrichtete? Paulina drängte sich zwischen sie, unauffällig, aber fortwährend.

Maybrit begann, in langen Schritten über das Deck zu laufen. Spazierengehen besänftigte sie immer, doch heute dauerte es beinahe zehn Minuten, ehe sie sich wieder beruhigt hatte.

Bald bin ich wieder zu Hause, bei Bessy, dachte sie. Nie wieder würde sie ohne ihre Hündin in den Urlaub fahren.

Sie widerstand dem Drang, ihre Nachbarin Jenna anzurufen. Dazu war es noch zu früh, sie würde sich noch ein paar Stunden gedulden müssen.

Oh, sie vermisste ihre Hündin, und sie war sich sicher, dass Bessy auch litt. Vielleicht glaubte die Hündin, sie sei wieder verlassen worden – wie damals, als ihr Besitzer gestorben war. Hunden konnte man nicht erklären, dass man bald wiederkommen würde. Bessy wartete sicher sehnsüchtig, lag auf ihrer Decke, mit dem Kopf auf den Pfoten, und war unendlich traurig. Vielleicht fraß sie schlecht ...

Nie wieder, dachte Maybrit und blinzelte die Tränen weg. Am liebsten wäre sie sofort heimgereist.

Aus den Augenwinkeln sah sie, dass sie nicht mehr allein war. Sie wischte sich über die Augen, auf gar keinen Fall sollten andere sie beim Weinen erwischen.

Ein Mann kam näher geschlendert. Etwa drei Meter von ihr entfernt blieb er stehen und stützte sich mit den Ellenbogen auf die Reling. Er wandte sich ihr kurz zu und nickte grüßend, dann sah er auf das Meer.

Maybrit atmete scharf ein. Schon wieder der Typ. Der, der ihr nun schon so oft ›zufällig‹ über den Weg gelaufen war. Das wurde ja langsam unheimlich.

Wieder stand er da, scheinbar ganz gedankenverloren, in leicht zusammengesunkener Haltung, und schaute in die Ferne.

Was ist das für ein sonderbarer Mann?, fragte sie sich unbehaglich. Der beobachtet mich doch.

Aber warum?

Suchte er vielleicht Kontakt zu alleinreisenden Frauen? Dachte er, sie sei allein hier an Bord? Er hatte sie schließlich immer nur ohne Hanno angetroffen ... Wollte er sich an sie heranmachen? Gefiel sie ihm etwa? Einen kurzen Moment fühlte sie sich geschmeichelt. Dann aber sagte sie sich, dass die Blicke, die der Mann ihr so verstohlen zuwarf, alles andere als begehrlich waren. Sie waren ... taxierend. Unheimlich.

Würde er sie bald in einer finsteren Ecke zu Boden ringen, um sich an ihr vergreifen?

Er war mittleren Alters, hatte von grauen Strähnen durchzogene Haare. Er wirkte unscheinbar, und genau das machte ihn so verdächtig.

Jetzt schüttelte er den Ärmel zurück und sah auf sein Handgelenk, als wolle er auf die Uhr schauen. Nur trug er keine Uhr. Sein Arm war blank.

Maybrit bekam eine Gänsehaut. Keine Uhr. Wollte er ihr mit dieser Geste etwas sagen? War er etwa der Besitzer der Rolex? Sie hatte plötzlich das Gefühl, sich mitten in einem Spiel zu befinden, dessen Regeln sie nicht kannte.

*

»Frau Heyden, wie haben Ihnen die Waffelröllchen geschmeckt?«, krähte Shopassistentin Aneta, als Nora in den Bordshop trat. Diskretion war nicht gerade ihre Stärke.

»Gut«, murmelte Nora.

»Das dachte ich mir. Ich habe Ihnen drei Packungen zurückgelegt. Ich weiß doch, wie wild Sie auf Süßigkeiten sind.« Aneta strahlte sie an.

»Danke, aber das war nicht nötig.« Nora bemerkte den amüsierten Blick der Kundin, die gerade mit einer Souvenirtasse zur Kasse ging.

Aus Prinzip ließ Nora die Waffelröllchen stehen, stattdessen kaufte sie die größte Dose Edelpralinen, die zu haben war.

»Guten Appetit«, sagte Aneta grinsend, als Nora mit ihrer Bordkarte bezahlte.

»Die sind nicht für mich«, stellte Nora klar, obwohl sie gar keine Lust hatte, sich vor der Verkäuferin zu rechtfertigen. Aber Aneta war ein Plappermaul und Nora konnte sich die Gerüchte förmlich vorstellen: *Also die Hoteldirektorin hat nen ganz schönen Heißhunger. Erst kauft sie den Wochenvorrat an Waffelröllchen auf, dann eine Monsterpackung Pralinen …*

Nora hatte sich gleich nach dem Morgenmeeting mit den Abteilungsleitern auf den Weg zum Shop gemacht, um eine Kleinigkeit für Henry Brandt zu erstehen. Die Pralinen trug sie nun mit einer handschriftlichen Genesungskarte zum Bordhospital. Die Sprechstunde war schon beendet, und so war der Wartebereich leer. Dennoch klopfte sie höflich an die Sprechzimmertür und bekam ein Brummen

zur Antwort. Dr. Birnbaum saß am Schreibtisch hinter seinem Computer und hackte grob mit zwei Fingern auf die Tastatur ein.

»Frau Heyden.« Er blickte kaum auf. »Ja, bitte?«

»Vera hat alle Reinigungsprotokolle und Listen überprüft – die Legionellenvorsorge wurde regelmäßig durchgeführt. Zuletzt vor zwei Tagen. Henrys Kabine ist tatsächlich vergessen worden. Vera hat mit der zuständigen Kabinenstewardess gesprochen, sie kann sich nicht erklären, wie das passieren konnte.« In der Tat war Kabinenstewardess Lesley in Tränen ausgebrochen, so sehr hatte sie sich selbst über ihren Fehler erschreckt. »Lesley hat diese eine Kabine einfach übersehen. Diese eine Dusche wurde nicht durchgespült, bevor Henry Brandt die Kabine bezogen hat.« Menschliches Versagen. Nora hätte den Fehler wohl verziehen, aber Hausdame Vera war nicht so großmütig und hatte dem Zimmermädchen eine Verwarnung ausgesprochen.

»Wollen wir hoffen, dass es wirklich nur diese eine Kabine war«, sagte Dr. Birnbaum grimmig. »Alle Proben, die ich bis jetzt analysiert habe, waren glücklicherweise negativ. Aber noch bin ich nicht mit allen Kabinen durch.«

Nora nickte. »Ich wollte nach Henry Brandt sehen«, sagte sie dann. »Darf ich kurz hinein?«

»Kurz, ja.« Dr. Birnbaum schaute sie über die Brille hinweg an und sein Gesicht wurde freundlicher, als er die Pralinenschachtel bemerkte. »Was haben Sie denn da?«

Nora wusste, dass der Arzt eine Schwäche für hochwertige Pralinen hatte. »Handgemachte Pralinen aus der Schweiz.«

Dr. Birnbaum begann, breit zu lächeln. »Das wäre doch nicht nötig gewesen!« Er streckte die Hand danach aus. »Die Wasserproben machen zwar viel zusätzliche Arbeit, aber das ist doch mein Job.«

»Tut mir leid. Die sind eigentlich für Henry Brandt«, sagte Nora betreten und sofort verfinsterte sich Dr. Birnbaums Miene wieder.

»Natürlich«, brummte er. »Wie viel Gramm sind da drin?«

Nora schielte auf den Unterboden des Kartons. »740 Gramm feinste Schokolade.«

»Aus ernährungsmedizinischer Sicht sollte ich das verbieten.«

Nora grinste. »Geht es ihm denn soweit gut?«

»Unserem besonderen Patienten geht es gut, ja«, brummelte Dr. Birnbaum.

»Warum eigentlich besonderer Patient?«, fragte sie. »Das sagen Sie nun schon zum zweiten Mal.«

»Ist nicht ein jeder Mensch etwas Besonderes?«

Nora schüttelte innerlich den Kopf und betrat das Krankenzimmer. Henry Brandt saß aufgerichtet im Bett, hatte ein dickes Kissen im Rücken, und las das neueste Bordprogramm.

Nora entschuldigte sich im Namen der Schiffsleitung, aber noch ehe sie ausgeredet hatte, winkte Henry Brandt schon ab.

»Fehler sind menschlich. Das Zimmermädchen hat meine Kabine nicht mit Absicht vergessen, da bin ich mir sicher.« Henry Brandt lächelte nachsichtig. »Ich bin ja zum Glück glimpflich davongekommen. Vielen Dank für die Pralinen.«

Er legte die edle Pappschachtel vorsichtig auf den Beistelltisch neben seinem Bett. Der Karton war so groß, dass er den knappen Platz beinahe ganz einnahm und Henry das Wasserglas gefährlich nah an den Rand schieben musste. Dann sah er Nora bittend an. »Frau Heyden, ich werde noch ein paar Tage hier verbringen müssen. Ich wäre Ihnen dankbar, wenn mir jemand ein paar Sachen aus meiner Kabine bringen könnte. Frische Wäsche, Waschzeug und mein Smartphone. Also, vor allem mein Handy wäre mir sehr wichtig.«

»Ich kümmere mich sofort darum«, versprach Nora. »Und lassen Sie sich die Pralinen schmecken.«

Nora verabschiedete sich und verließ leise den Raum. Henry Brandt wirkte erschöpft und sie wollte sich keinen Ärger mit Dr. Birnbaum einhandeln.

Auf dem Weg zu Henrys Kabine dachte sie über die Begegnung nach. Henry war krank, sicher, aber da war noch etwas anderes. Schon als sie ihn das erste Mal getroffen hatte, hatte etwas sie an seinem Anblick irritiert. Er war gepflegt, wusste sich gut auszudrücken, war freundlich ... und dennoch. Etwas irritierte sie einfach, aber sie konnte nicht benennen, was.

*

Wie Nora Heyden ihn angesehen hatte! Wie er diesen Blick kannte! Er wusste genau, was Nora Heyden gedacht hatte: *Was stimmt nicht mit ihm? Etwas an ihm ist merkwürdig ...*

Henrys Blick ruhte auf der Pralinenschachtel. Aber dennoch nett von der Hoteldirektorin, ihm etwas mitzubringen – auch wenn er solche zuckersüßen Pralinen gar nicht

mochte. Er aß selten Schokolade, und wenn, dann nur solche mit einem sehr hohen Kakaoanteil. Mindestens siebzig Prozent sollten es schon sein, je bitterer, desto besser. Aber das hatte Nora Heyden ja nicht wissen können. Er würde die Pralinen verschenken. Vielleicht an die fürsorgliche Krankenschwester, die sich wirklich rührend um ihn kümmerte und ihm vorhin sogar extra Hafermilch für seinen Frühstückskaffee besorgt hatte, weil er den Geschmack von Kuhmilch nicht mochte.

Henry lehnte sich im Bett zurück und schloss die Augen. Er fühlte sich noch immer elend, aber immerhin quälte ihn seine Lunge nicht mehr, seit er mit Antibiotika behandelt wurde. Laut Dr. Birnbaum war er bereits auf dem Wege der Besserung.

»Heute wird ein toller Tag«, murmelte er sein tägliches Mantra vor sich hin. »Du bist ein toller ...«

So ein Schwachsinn. Nie hatten ihn seine *positiven Affirmationen* so sehr genervt wie an diesem Morgen.

Er strich sich durch die klebrigen Haare. Seit zwei Tagen hatte er nicht mehr geduscht. Er musste schrecklich aussehen. Er musste aussehen wie das Monster, als das er sich fühlte. Das Monster, das er *war*.

Er überlegte, ob Dr. Birnbaum wohl genauso um seine Gesundheit bemüht gewesen wäre, wenn er gewusst hätte, *wen* er da behandelte. Ein Monster, das ein junges Mädchen auf dem Gewissen hatte. Ein Scheusal, das seit Jahren versuchte, als Lebensberater anderen Menschen in Krisensituationen zu helfen, um etwas wieder gutzumachen, was niemals wieder gutzumachen war.

Warum bin ich nicht an der Lungenentzündung gestorben, ging ihm durch den Kopf. Das allein wäre Vergeltung gewesen.

*

Henry Brandts Kabine war bereits geputzt worden, als Nora sie betrat. Sie packte rasch ein paar Sachen zusammen. Zahnbürste, Shampoo, frische Unterwäsche, ein paar Shirts, einen Hausanzug.

Es war Glück im Unglück, dass es mit Henry Brandt einen Mitarbeiter getroffen hatte und keinen Passagier. Wäre ein Passagier hier an Legionellose erkrankt, dann hätte er womöglich die Reederei verklagt.

Ihr Blick fiel auf ein Foto auf dem Nachttisch: Ein hübsches, junges Mädchen sah mit wachem Blick in die Kamera. Es schien sich um eine schon ältere Aufnahme zu handeln, das ließen die Art der Fotografie, die altmodische Kleidung und die Frisur des Mädchens erahnen. Eine ehemalige Freundin von Henry? Eine Schwester? Eine Tochter?

Nora legte das Bild vorsichtig oben in die Reisetasche. Wenn Henry es mit auf Kreuzfahrt nahm, so hatte es auch eine besondere Bedeutung für ihn. Dann brachte sie die Tasche zur Rezeption.

Rezeptionistin Anna-Lena saß nachdenklich an ihrem Platz und bemerkte Nora erst, als diese leicht auf den Tresen klopfte.

»Anna-Lena, sorg bitte dafür, dass jemand die Tasche ins Hospital bringt. Darin sind ein paar Sachen für Henry Brandt.«

»Ich sage dem Butler Bescheid.« Anna-Lena griff so hastig zum Telefonhörer, dass sie dabei einen Locher vom Tisch fegte. Krachend fiel er zu Boden, die Klappe löste sich und lauter kleine Papierkonfetti wirbelten durch die Luft.

»Mist«, murmelte Anna-Lena und bückte sich nach dem Locher. Dann sah sie einigermaßen verzweifelt auf die Papierschnipsel, als wüsste sie nicht, wie das alles hatte passieren können.

»Alles in Ordnung mit dir?«, fragte Nora skeptisch.

»Ja, klar.« Anna-Lena begann, die Konfetti hastig mit den Händen zusammenzufegen.

»Lass doch«, sagte Nora. »Bestell einen der Cleaner her, mit dem Staubsauger.«

Anna-Lena nickte und stand wieder auf. Sie wirkte heute wirklich irgendwie von der Rolle.

Nora war heilfroh, den Posten an der Rezeption mit einer so fähigen Mitarbeiterin besetzt zu wissen. Bei Beschwerden war die Rezeption die erste Anlaufstelle und Anna-Lena verstand es meisterhaft, sich den Problemen der Gäste anzunehmen und sie im Handumdrehen zu lösen. Nichts verärgerte Passagiere mehr, als wenn sie sich in ihren Anliegen nicht ernst genommen fühlten. Und sei es nur eine Schranktür, die beim Öffnen quietschte – Anna-Lena regelte alles im Nu.

In den letzten Tagen war Anna-Lena jedoch anders. Nora hatte es darauf geschoben, dass ihr Freund Julian nicht mit an Bord war. Dieses Mal war Anna-Lena überraschenderweise allein auf die *Blue Ocean* zurückgekehrt, wahrscheinlich hatte sie einfach Sehnsucht.

»Wie geht es Julian eigentlich?«, fragte sie. »Warum ist er nicht zurückgekommen?«

Sofort füllten sich Anna-Lenas Augen mit Tränen, und sie senkte schnell den Kopf.

Ups, dachte Nora, und erst jetzt fiel ihr wieder ein, dass Elsa mal was von einer Trennung erwähnt hatte.

»Wir sind nicht mehr zusammen«, sagte Anna-Lena leise und zog ein Papiertuch aus dem Spender auf ihrem Tisch.

»Das tut mir leid«, sagte Nora, obwohl sie Anna-Lena insgeheim lieber beglückwünscht hätte, den Typen los zu sein. Sie kannte Julian, den Ex, nur zu gut, und hatte nie viel von ihm gehalten – große Klappe und nichts dahinter. Jemand, der einer Frau wohl die schönsten Versprechungen machte, ohne sie jemals einzuhalten. Eines Tages würde es auch Anna-Lena erkennen.

Anna-Lena tupfte sich die Nase. »Na ja. Egal.«

Nora ärgerte sich, dass sie das Thema überhaupt angesprochen hatte. Nicht umsonst mied sie eigentlich private Gespräche mit den Mitarbeitern. Es war für alle Beteiligten unangenehm. Die Mitarbeiter fühlten sich verpflichtet, Auskunft zu geben, weil sie die Chefin war, und sie fühlte sich verpflichtet, etwas Angemessenes zu antworten. Es war immer besser, man beschränkte sich auf das rein Dienstliche. Nora wollte weiter, doch Anna-Lena hielt sie auf.

»Frau Heyden, Moment noch ...«

»Ja?«

Anna-Lena biss sich kurz auf die Lippen. »Ich muss Ihnen etwas erzählen.«

»Also ... Um was geht es denn?« Hoffentlich schüttet sie mir jetzt nicht ihr Herz aus, dachte Nora. Sie war definitiv die falsche Ansprechpartnerin in Sachen Liebeskummer.

»Ich glaube, ich habe etwas beobachtet.«

Nora sah sie abwartend an.

»Ich war auf dem Sonnendeck, ungefähr zu der Zeit, als ... als Wolf Kerner den Unfall hatte.«

Nora stutzte. »Hast du etwa den Unfall beobachtet?«

»Ich bin mir nicht sicher ...« Anna-Lena holte tief Luft. »Ich hatte was getrunken. Und ich ... ich weiß nicht, ob ich mir das alles nur eingebildet habe.«

»Was eingebildet?«

»Ich glaube, ich habe zwei Personen gesehen. Wolf Kerner war nicht allein. Ich glaube, die beiden Personen hatten Streit. Und ich glaube ... ich glaube, Wolf Kerner wurde gestoßen.«

Nora starrte sie an. Ihr Hals wurde eng. »Du hast gesehen, dass Wolf Kerner die Treppe hinuntergestoßen wurde?«

»Ja. Nein. Ich bin mir nicht sicher, das ist es ja, ich-« Anna-Lena brach ab und knabberte nervös an ihrer Lippe.

»Aber es waren zwei Personen? Konntest du die zweite Person erkennen?«

»Es war dunkel. Die Person trug Mütze und Maske ... glaube ich ...«

»Ein Mann? Eine Frau? War es ein Gast? Oder ein Crewmitglied?« Doch je drängender Nora fragte, je mehr sank Anna-Lena in ihrem Stuhl zusammen.

»Ich weiß es nicht. Wirklich nicht. Tut mir leid.«

»Was hattest du getrunken?«

»Ich hatte eine Flasche Sekt dabei.«

Nora ließ sich Anna-Lenas Worte durch den Kopf gehen. Wenn das stimmen sollte ... Ihr wurde heiß unter dem Jackett. *Wolf Kerner wurde womöglich getötet?* Du lieber Himmel.

»Warum hast du uns nicht eher davon erzählt?«, fragte Nora entgeistert. »Falls deine Beobachtung stimmen sollte ...«

»Ich bin mir ja nicht sicher. Mir ist das alles so peinlich. Der Alkohol ... Tut mir leid.« Die Rezeptionistin klang zutiefst geknickt.

»Okay.« Nora überlegte kurz, dann zeigte sie auf die Tasche mit Henry Brandts Sachen. »Kümmere du dich um die Tasche. Ich werde unterdessen mit Lehmann sprechen.«

*

»Anna-Lena war betrunken?«, fragte Lehmann gedehnt.

»Nun, sie sagte, sie hätte eine Flasche Sekt dabei gehabt ...«

»Ja oder nein?«

»Sie war wohl ein wenig betrunken, ja.« Nora sah Lehmann angespannt an. Sie war noch ganz außer Atem, so hastig war sie zur Brücke gestürmt.

»Sie war also vorgestern Abend auf dem Sonnendeck«, wiederholte Lehmann langsam. Er lehnte mit verschränkten Armen am Besprechungstisch. »Und sie glaubt, dort zwei Personen gesehen zu haben, zur fraglichen Uhrzeit. Wolf Kerner und noch jemanden.«

»Ja.«

»Sie glaubt, die beiden hätten sich gestritten.«

»Ja.«

»Und sie glaubt, dass Wolf Kerner gestoßen wurde.«

»Ja.«

»Und all das will sie beobachtet haben, obwohl sie betrunken war.«

»Angetrunken.«

Lehmann legte den Kopf in den Nacken und stöhnte verhalten auf. Dann sah er Nora wieder an. »Ich möchte mit Anna-Lena sprechen. Jetzt.«

»Sie hat Dienst an der Rezeption«, wandte Nora ein. »Sie kann dort nicht einfach weg.«

»Ich will sie sprechen, Heyden. Dann hältst du eben dort solange die Stellung.«

»Ach, das wird nicht nötig sein«, sagte Nora schnell. Sie wollte das Gespräch natürlich um keinen Preis verpassen. »Dann ist die Rezeption eben kurz unbesetzt. Ich hole sie.«

*

Maybrit probierte eine schicke Sonnenbrille auf und betrachtete sich lustlos im Spiegel. Die Freude an einem Bummel durch die Bordshops war ihr vergangen, weil sie nur daran denken musste, dass Hanno und Paulina jetzt an diesem Fotokurs teilnahmen.

Warum bin ich eigentlich nicht mitgegangen?, ärgerte sie sich nun. Warum lasse ich mich eigentlich so ausbooten? Man könnte ja fast meinen, Paulina sei mit Hanno verheiratet.

Diese Vorstellung trieb ihr wieder Tränen in die Augen und sie war froh um die Sonnenbrille. War sie zu empfindlich, oder grenzte Hannos Verhalten an Verrat?

Maybrit wäre am liebsten aus dem Shop geflüchtet, aber sie zwang sich, noch ein wenig zu stöbern. Schließlich hatte sie fast eine Viertelstunde vor der Tür des Bordjuweliers gewartet, um hineingelassen zu werden, da immer nur zwei Kunden gleichzeitig in den Verkaufsraum durften. Draußen

hatte sich schon eine beträchtliche Schlange gebildet. Außer Maybrit war noch eine alte Dame hier, die sich Ringe zeigen ließ.

Maybrit konzentrierte sich wieder auf ihr Spiegelbild. Sie hatte keine Ahnung, ob diese Sonnenbrille ihr gut stand oder nicht, da der Mundschutz ihr halbes Gesicht verdeckte. In den Geschäften hier galt Maskenpflicht – aber das waren auch die einzigen Bereiche auf dem ganzen Schiff, wo ein Mundschutz verlangt wurde.

Maybrit konnte im Spiegel sehen, dass die Verkäuferin intensiv mit der anderen Kundin beschäftigt war, und so nahm sie rasch den Mundschutz ab. Sie drehte und wendete den Kopf. Ja, die Sonnenbrille war echt schick. Aber auch teuer, zu teuer. Solche luxuriösen Geschenke würde sie sich vorerst nicht machen können, sondern erst, wenn die Auftragslage wieder besser war.

»Entschuldigung!«

Maybrit erschrak, als die Verkäuferin plötzlich neben ihr stand und vielsagend auf den Mundschutz in ihren Händen blickte.

»Ich wollte nur sehen, wie mir die Brille steht.« Rasch setzte sie die Maske wieder auf.

»Sie steht Ihnen ausgezeichnet, wenn ich das so sagen darf«, flötete die Verkäuferin prompt. »Und wir bieten derzeit einen Rabatt auf diese Marke an. Sie sparen zwanzig Prozent. Ich hätte dieses Modell auch noch mit helleren Gläsern ...«

»Danke«, würgte Maybrit sie ab und drückte ihr die Brille in die Hand. »Ich überlege es mir.«

Sie verließ den Juwelier und beschloss, ihre Shoppingtour für heute zu beenden.

Eine Viertelstunde später lag sie in einer Liege draußen an Deck in der prallen Sonne, an einem windgeschützten Platz. Die Sonne hatte zum Mittag hin an Kraft gewonnen, und hier, hinter dem Windschutz, war es sogar richtig warm.

Auf dem Holztisch neben ihr stand eine große Tasse Cappuccino, die sie sich von der Außenbar mitgebracht hatte, und auf ihrem Bauch lag ein Abenteuerroman, den sie sich noch schnell aus der Bordbibliothek geholt hatte. Schon die ersten Seiten waren sehr spannend gewesen, aber dennoch vermochte das Buch nicht ihre Aufmerksamkeit zu fesseln. Immer wieder schweiften ihre Gedanken zu Paulina und Hanno, die noch immer in diesem Fotovortrag saßen.

Paulina war eine Nervensäge. Maybrits dunkelste Vorahnungen schienen sich zu bestätigen: Paulina ließ sie einfach nicht in Ruhe, hängte sich an sie, und zu allem Übel säte sie auch noch Zwietracht zwischen Hanno und ihr.

Und dass Hanno seine Zeit lieber mit Paulina, als mit ihr verbrachte ...

Mittlerweile hätte Maybrit sich in den Hintern beißen können, dass sie die beiden sich selbst überlassen hatte. Jetzt würde Paulina Hanno garantiert wegen der Einliegerwohnung weiter bearbeiten. Hanno stand ja schon auf ihrer Seite, und vermutlich überlegten die beiden nun, wie sie Maybrit umstimmen könnten.

Nur über meine Leiche, dachte Maybrit und erschrak über die heftige Abneigung, die sie inzwischen für die junge Witwe empfand. Sie zwang sich, objektiv zu bleiben. Paulina hatte ihr nichts getan. Sie war einfach nur einsam und suchte Anschluss.

Aber ich will nicht.

Schon gar nicht will ich sie bei uns im Haus haben.

Natürlich konnten Hanno und sie auf Dauer nicht auf die Mieteinnahmen verzichten, aber da würde sich jemand anderes finden. Apropos Haus ... Sie griff nach ihrem Handy, um Jenna anzurufen und sich zu erkundigen, wie es Bessy ging. Der letzte Anruf war zwar erst gestern Abend gewesen, aber das war ihr egal. Es war ihr gutes Recht, anzurufen, wann immer sie wollte.

Tatsächlich klang Jennas Stimme leicht gereizt. Ja, dem Hund gehe es gut. Mit dem Haus sei auch alles okay. Schönen Urlaub noch.

Maybrit legte auf, zumindest nun beruhigt, dass zu Hause alles in Ordnung war. Sie strich sich eine Haarsträhne aus der Stirn. Inzwischen war ihr richtig heiß, und ihr dunkles Shirt zog die Sonne brennend an. Sie griff wieder nach ihrem Roman – dann stutze sie. Also, irgendwie ... Langsam drehte sie den Kopf und sah sich mit zusammengekniffenen Augen um.

Sie fühlte sich beobachtet. Sie konnte nicht sagen, warum, aber die ganze Zeit schon fühlte sie sich beobachtet. Nur, wann immer sie sich umsah, achtete niemand auf sie. Die Passagiere spazierten an Deck entlang, allein oder zu zweit. Einige lagen in den Liegen, mit geschlossenen Augen, und ließen sich die Sonne ins Gesicht scheinen. Andere standen an der Reling, machten Fotos. Die meisten trugen keinen Mundnasenschutz, aber einige wenige wohl, und an diesen blieb Maybrits Blick nun kleben. Diese maskierten Gesichter ... Plötzlich wirkten sie beängstigend. Maybrit rieb sich unbehaglich die Arme. Seit sich der Koffer in ihrer Kabine befand, fühlte sie sich unwohl. Es war falsch. Sie hätten den Fund gleich melden sollen. Natürlich hatte Hanno den Koffer samt Rolex auch heute Morgen noch nicht fortgebracht, aber sie hatte nichts dazu gesagt, um den Tag nicht schon mit Streit zu beginnen.

Sie verstand es einfach nicht. Wie konnte Hanno nur so ruhig bleiben? Allen Ernstes abwarten, ob überhaupt jemand danach fragte. Das konnte doch nur schief gehen.

Maybrit ließ ihren Blick erneut über die Passagiere in der Nähe wandern. Unwillkürlich suchte sie nach *dem Mann.* Allein heute Morgen war er ihr schon zwei Mal über den Weg gelaufen. Einmal direkt vor der Kabine, und eben sogar in der Bordbibliothek.

Natürlich, es mochte Zufall sein, aber was, wenn nicht? Irgendwie hatte sie das Gefühl, dass dieser Mann etwas mit dem ominösen Koffer zu tun hatte. Wusste er, dass der Koffer bei ihnen gelandet war? Wollte er ihn zurück? Warum fragte er dann nicht direkt danach?

Vielleicht war das eine Art Test, überlegte sie beunruhigt. Ein merkwürdiges psychologisches Experiment. Der Typ hatte den Koffer mit dem wertvollen Inhalt zu ihrer Kabine bringen lassen, und beobachtete nun, wie sie sich verhielten, ob sie ehrliche Finder waren, oder den Inhalt unterschlugen ... Aber nein, dieser Gedanke war ja albern.

Maybrit zwang sich, weiterzulesen. Der Abenteuerroman handelte von Piraten, Seemannsbräuten und ... und Schmugglergold. Sie runzelte die Stirn. Vielleicht war die Rolex gestohlen. Hehlerware, vielleicht. Sie begann, trotz der Hitze, die sie eben noch empfunden hatte, zu frösteln.

Du meine Güte, dass sie nicht eher daran gedacht hatte. Man hörte doch immer wieder, wie ahnungslosen Touristen an Flughäfen Drogen ins Gepäck gesteckt wurden, die diese dann durch den Zoll bringen sollten. Warum sollte es bei Kreuzfahrten anders sein? Vielleicht war das hier so ein Fall. Sie sollten diese teure Luxusuhr an Land bringen. Auch am Hafen gab es eine Zolldurchsuchung. Oder ... Du meine Güte. Sie rang nach Luft. *Drogen.* Sie hatte kürzlich einen Film gesehen, da waren die Drogen im

Koffer eingenäht gewesen und im Metallgestänge des Griffs versteckt worden. Sie hatten sich den Koffer gar nicht genau angesehen. Vielleicht ging es gar nicht um die Uhr, sondern um den *Koffer* an sich.

Wo waren sie da nur hineingeraten? Maybrit griff sich an den Kopf, der nun beharrlich pochte. Das machte sie noch ganz verrückt.

Wir müssen diesen verdammten Koffer loswerden.

*

»Bin gleich wieder da«, stand auf dem kleinen Schildchen, das Anna-Lena auf den Tresen der Rezeption stellte. Dann sah sie Nora unsicher an. »Und der Kapitän will mich jetzt sofort sprechen? Ich habe in drei Stunden Pause ...«

»Jetzt«, sagte Nora. »Ich habe Vera gebeten, die Rezeption im Auge zu behalten.« Sie wies ins Foyer, wo die Hausdame gerade einen Blumenstrauß arrangierte. »Na, dann komm.«

Anna-Lena ging zögerlich neben Nora her, und je näher sie der Brücke kamen, je langsamer schienen ihre Schritte zu werden.

Kapitän Lehmann und Sicherheitsoffizier Malik winkten sie sofort zum Besprechungstisch, als sie die Brücke betraten. Während Anna-Lena mit ernster Miene Platz nahm, blieb Nora stehen. Die Erste Offizierin Karen sah vom Steuerpult aus neugierig herüber.

Kapitän Lehmann und Malik setzten sich Anna-Lena gegenüber. Malik lehnte sich entspannt zurück und signalisierte Anna-Lena mit einem Zwinkern, dass sie nicht so nervös zu sein brauchte.

»Du hast also vorgestern an Deck etwas beobachtet.« Lehmann kam sofort zur Sache. »Was genau hast du denn gesehen?«

»Je länger ich darüber nachdenke, desto weniger sicher bin ich mir.« Anna-Lena errötete. »Ich weiß, wir sollen uns nicht betrinken, aber ... ach, Mist.«

Sie saß sehr gerade auf dem Stuhl, in ihrer frisch gebügelten Uniform, die wie angegossen saß.

»Wie viel hattest du getrunken? Und was?«, fragte Sicherheitsoffizier Malik.

Anna-Lena wurde noch verlegener. »Sekt. Fast ... Fast eine ganze Flasche.«

Lehmann fragte: »Erinnerst du dich an den gesamten Abend, oder hattest du irgendwann ein Blackout?«

»Nein, kein Blackout«, sagte Anna-Lena hastig. »Ich war nur ziemlich betrunken, aber ... aber ich erinnere mich an alles, was ich getan habe.«

»Wie spät war es?«

»Es muss gegen zehn gewesen sein. Ich bin gleich nach meinem Feierabend hinaus auf das Sonnendeck gegangen. Und es ... es war noch nicht ganz dunkel. «

»Gegen zehn geht die Sonne zur Zeit unter«, nickte Malik. »Kommt also hin.«

»Und dann?«, fragte Lehmann weiter.

»Ich setzte mich hinten auf dem Sonnendeck in einen der Strandkörbe.«

»Die sind doch nachts abgeschlossen.«

»Ich ... ich bin trotzdem hineingeklettert«, murmelte Anna-Lena. »Ich habe an der Rezeption ja einen Schlüssel dafür. Es war so windig, und ... mich sollte niemand sehen ...«

»Okay, du saßt also in einem Strandkorb, mit einer Flasche Sekt. Und dann?«

»Ich trank meinen Sekt. Dann, irgendwann, kam eine Person die Treppe herauf. Schwerfällig. Mit einer Flasche Wein in der Hand. Ich ... ich dachte erst, da hätte jemand die gleiche Idee wie ich, sich in einem Strandkorb zu verkriechen und zu betrinken.« Anna-Lena grinste kläglich, wurde aber gleich wieder ernst.

»Das muss Kerner gewesen sein«, sagte Malik.

Lehmann nickte nur und konzentrierte sich weiter auf Anna-Lena. »Okay. Und dann?«

»Ich habe meinen Sekt getrunken und nicht weiter auf die Person geachtet. Ich habe nur gehofft, dass man mich in meinem Korb nicht entdeckt. Ich habe mich ganz klein gemacht.«

»Und dann?«

»Als ich das nächste Mal aufschaute, standen dort zwei Personen.« Anna-Lena schluckte. »Direkt an der Treppe.«

»Woher kam plötzlich die zweite Person?«

»Das weiß ich nicht.«

»Und dann?«

»Ich hatte den Eindruck, dass die beiden streiten.«

»Hast du denn verstanden, worüber gesprochen wurde?«

»Nein, das nicht, aber ...«

»Was ließ dich also glauben, dass es Streit gab?«

Anna-Lena sah hilflos von einem zum anderen. »Die ... die Bewegungen. Die Körperhaltungen ... Ich weiß auch nicht.«

»Und dann?«

»Plötzlich konnte ich die erste Person nicht mehr sehen ... Die zweite Person hat sich dann mehrmals umgeschaut, und ist eilig davongelaufen. Ich glaube ... Ich glaube, die zweite Person hat die erste gestoßen.«

Lehmann und Malik tauschten einen Blick. »Du glaubst? Hast du es gesehen, oder nicht?«

»Ich weiß es doch nicht. Ich hatte eben den Eindruck, da sei ein Stoß gewesen, und dann war die andere Person ja auch weg. Ich habe erst am nächsten Morgen erfahren, dass jemand die Treppe hinabgestürzt ist – das konnte ich doch nicht ahnen! Ich hätte nicht im Traum ... also ...« Kläglich sah sie von einem zum anderen.

»Warum hast du nicht reagiert? Nachgesehen? Hilfe geholt?«

»Ich ...« Anna-Lena bekam hektische Flecken auf den Wangen. »Ich mache mir ja Vorwürfe! Warum ich nicht reagiert habe! Aber ... aber mir war einfach in dem Moment nicht klar, was ich da sehe. Ob ich mich täusche, oder nicht ... Ich habe es total unterschätzt, in meinem Zustand. Die Situation wirkte einfach nicht besorgniserregend auf mich.« Anna-Lena sah Nora hilfesuchend an. »Ich wusste doch nicht, dass jemand zu Schaden gekommen war. Es ging so schnell, es war fast dunkel, und ich hatte einen Schwips ... ordentlichen Schwips ... Erst, als ich am nächsten Morgen erfuhr, dass Wolf Kerner tot ist, da begann ich, mir Gedanken zu machen.«

»Wie sicher bist du dir jetzt, Anni?«, fragte Malik dann.

»Nicht sehr sicher. Vielleicht hab ich mir das auch alles eingebildet ... Aber ich dachte mir, Sie sollten davon erfahren.«

Es vergingen ein paar Sekunden, in denen niemand mehr etwas sagte.

»Hast du Wolf Kerner erkannt?«, fragte Lehmann dann.

»Bitte?«, fragte Anna-Lena verwirrt zurück.

»Hast du Kerner, der dort an der Treppe stand, erkannt? Du sagtest, du hättest die zweite Person nicht erkannt. Aber was ist mit Kerner? Wusstest du in dem Moment, wer er ist?«

Anna-Lena überlegte, dann sagte sie zögerlich: »Nein, also ... ich habe genaugenommen beide Personen nicht erkannt. Erst, als ich am nächsten Tag erfahren habe, dass Wolf Kerner gestürzt und tot ist, da habe ich ... Ich meine, ich hatte ja gesehen, wie ... Und da habe ich eben ...« Sie brach hilflos ab.

»... da hast du dir zusammengereimt, dass es Wolf Kerner gewesen sein muss«, schloss Lehmann.

»Ja.«

Lehmann erhob sich abrupt. »Okay. Danke, Anna-Lena«, sagte er. »Das reicht mir. Geh zurück an deinen Arbeitsplatz. Und denke noch einmal in Ruhe über alles nach.«

Anna-Lena nickte und stand ebenfalls auf. Sie schien erleichtert, so schnell wieder entlassen zu werden.

»Eine Frage noch«, sagte Malik. »Hast du Wolf Kerner denn nicht an der Treppe liegen sehen, als du zurückgegangen bist? Als wir dort ankamen, nachdem Dr. Eschweiler ihn gefunden hatte, warst du jedenfalls nicht mehr im Strandkorb. Du musst also vorher weggegangen sein.«

»Ich bin nicht die Außentreppe hinuntergegangen. Ich bin durch das Crewtreppenhaus gegangen.«

Malik nickte. Auch Nora hatte das schon vermutet. Hoch zum Sonnendeck führte auch eines der Crewtreppenhäuser, das von der Besatzung genutzt wurde, um nicht durch die öffentlichen Passagierbereiche laufen zu müssen.

Anna-Lena huschte davon, und Nora sah erst Lehmann, dann Malik an.

»Und? Was haltet ihr davon?«

»Das wäre wirklich krass«, sagte Malik. »Wenn das stimmen sollte. Wenn wirklich jemand Wolf Kerner die Treppe hinunter gestoßen hat, dann ...«, er blickte beinahe verwundert drein, »dann ginge es hier ja um Mord!«

»Mord. Das ist ja Unsinn«, sagte Lehmann ärgerlich. »Das will ich nicht noch mal hören, Malik.« Er löste seinen Zopf und dehnte das Zopfgummi zwischen den Fingern. »Anna-Lena war betrunken. Sie ist sich überhaupt nicht sicher, wen oder was sie gesehen hat.«

»Aber kann man sich denn so täuschen?«, fragte Nora. »Ich meine, ich hoffe, dass Anna sich irrt, aber ...?«

»Je nachdem, wie viel sie getrunken hatte«, meinte Lehmann. »Es reichen wenige Promille, um die Urteilskraft zu beeinträchtigen. Das weiß jeder Autofahrer.«

»Sie kann sich im Alkoholnebel etwas eingebildet haben ...« Nora nickte.

»Also, ich halte das Szenarium, dass Kerner gestoßen wurde, gar nicht für so abwegig«, widersprach Malik. »Wolf Kerner kann durchaus jemanden da draußen getroffen haben. Ein dummer Streit, ein Handgemenge unter Gästen zu später Stunde. So etwas kommt vor, das wissen wir nur zu gut! Streitereien gibt es immer wieder. Dann ein rüder Stoß, der den alten Mann zu Sturz bringt ...« Malik sah sie fragend an. »Es muss ja keine Absicht gewesen sein. Wolf Kerner war so wackelig auf den Beinen, da dürfte auch ein zarter Stupser genügt haben, um ihn zu Fall zu bringen. Kerner stürzte also, und die andere Person hat vor Schreck Reißaus genommen. Und nun hat die Person Angst, sich zu melden, weil sie Kerner einfach hat liegen lassen.«

»Denkbar«, meinte Nora. »Das wäre schließlich unterlassene Hilfeleistung.«

»Wie dem auch sei. Wir müssen die Sache natürlich überprüfen.« Lehmann seufzte. »Egal, wie betrunken Anna-Lena war, ich muss ihre Aussage erst einmal sehr ernst nehmen.«

Malik zog die Stirn kraus. »Nur wie überprüfen? Auf den Kameraaufnahmen ist nicht zu erkennen, wie es zu dem Sturz kam. Der ganze Bereich ist außerhalb der Kameras.«

Lehmann dachte einen Augenblick nach. »Am besten wäre es natürlich, wenn wir außer Anna-Lena noch andere Zeugen fänden.«

»Aber andere Zeugen hätten sich doch längst gemeldet!«, sagte Nora. »Wenn jemand gesehen hätte, wie Kerner in den Tod gestoßen wird ...«

»Das meine ich nicht. Ich denke eher an Passagiere, die vielleicht noch einen Spaziergang an Deck gemacht haben. Die den Sturz selbst nicht gesehen haben, aber möglicherweise etwas anderes beobachtet haben«, erklärte Lehmann. »Vielleicht hat jemand gesehen, ob wirklich eine zweite Person bei Kerner auf dem Sonnendeck war. Das würde uns schon mal helfen.«

»Du hast recht. Manchmal wissen die Leute ja nicht, dass sie etwas Wichtiges gesehen haben«, sagte Nora nachdenklich.

»Und wie finden wir mögliche Zeugen?«, fragte Malik. »Ein Ausruf? Soll ich eine Durchsage machen? Dass sich alle Personen melden sollen, die zu dem und dem Zeitpunkt da und dort waren?«

»Auf keinen Fall. Wir werden der Sache natürlich so diskret wir möglich nachgehen. Malik, anhand der Kameraaufnahmen müsste sich doch feststellen lassen, wer sich vorgestern Abend alles an Deck aufgehalten hat, oder?«

»Es sind zwar nicht alle Bereiche lückenlos abgedeckt, aber die Ein- und Ausgänge schon.« Malik nickte. »Wer alles draußen war, kann ich sicher rausfinden. Das könnte aber ein Weilchen dauern ...«

»Es reicht, wenn du heute Mittag fertig bist«, sagte Lehmann, und Malik zog fast unmerklich eine kleine Grimasse. Lehmann dachte einen Augenblick nach, ehe er rüber zum Telefon ging und eine Nummer wählte.

Nora lauschte gespannt, wen er anrief.

»Dr. Birnbaum, schön, dass ich Sie erreiche«, sagte Lehmann. »Nein – es geht nicht um mein Handgelenk. Ja, ich creme fleißig ein ... Ich habe nur eine Frage: Könnte man eigentlich erkennen, ob Wolf Kerner die Treppe heruntergestürzt ist oder ob da jemand nachgeholfen hat?« Er drückte eine Taste, um den Lautsprecher anzustellen, damit Nora und Malik mithören konnten. Kurz darauf erklang Dr. Birnbaums erstaunte Stimme:

»Nachgeholfen? Wie meinen Sie das?«

»Gestoßen. Hätten Sie erkannt, wenn jemand Kerner die Treppe hinuntergestoßen hätte?«

»Wie kommen Sie denn darauf?«

»Wir gehen einem entsprechenden Verdacht nach.«

Einige Sekunden herrschte Schweigen. »Nein«, lautete dann die knappe Antwort, »einen leichten Stoß hätte ich nicht erkennen können. Dazu hätte man Wolf Kerner so fest anfassen müssen, dass Hämatome entstehen – aber bei der Leichenschau habe ich derartiges nicht festgestellt.«

Lehmann legte auf und kam zurück. »Okay. Malik, du kümmerst dich um die Kameraaufnahmen und ermittelst die Passagiere. Sobald du mehr weißt, treffen wir uns wieder.«

»Und ich?«, fragte Nora.

»Du gehst wieder an deine Arbeit.«

»Hm.« Nora hätte auch liebend gern irgendetwas ›ermittelt‹, aber sie sah ein, dass sie wirklich im Moment nichts tun konnte.

*

Sie hatte ihn nicht gehört. Lautlos musste er sich genähert und sich neben ihre Liege gestellt haben. Maybrit war in der Sonne eingedöst, als sie plötzlich eine eiskalte Berührung auf der Schulter spürte. Sie zuckte zusammen und riss die Augen auf. Vor sich sah sie nur einen großen, schwarzen Schatten. Er stand genau in der grell blendenden Sonne, so dass sie ihn nicht auf Anhieb erkennen konnte. Erst nach Sekunden hatte sie sich an das Gegenlicht gewöhnt und blickte in Hannos grinsendes Gesicht.

»Hier steckst du also«, sagte er. In der Hand hielt er einen Eistee – den er ihr an die Haut gehalten hatte. Er setzte sich auf die freie Liege neben ihr. »Na, was hast du eben Schönes geshoppt?«

»Es gab nicht viel Auswahl«, sagte Maybrit nur unbestimmt, weil sie nicht zugeben wollte, dass sie rein gar nichts gekauft hatte. Ihr Herzschlag beruhigte sich wieder. »Wie war der Fotokurs?«

»Sehr interessant. Man kann mit kleinen Tricks so vieles erreichen.«

»Aha. Und wo ist Paulina?«, fragte Maybrit, ehe sie sich bremsen konnte.

»Sie zieht sich um. Wahrscheinlich kommt sie gleich auch raus.«

Natürlich, dachte Maybrit. Was auch sonst. Sie klappte ihren Abenteuerroman wieder auf, und in dem Moment fiel ihr wieder ein, was ihr vorhin durch den Kopf gegangen war.

»Du Hanno«, sie setzte sich auf. »Was, wenn man uns den Koffer absichtlich untergeschoben hat, damit wir ihn durch den Zoll bringen? Die Uhr könnte heiße Ware sein, geraubt. Oder, noch schlimmer, es könnten Drogen im Koffer eingenäht sein! Ich habe erst kürzlich einen Bericht gesehen, wie geschickt Schmugglerringe vorgehen.« Noch während sie sprach, begann Hanno leise zu lachen.

»Das macht doch keinen Sinn, Maybrit«, gluckste er. »Hehlerware. Schmuggel. Drogen! Herrlich. Du kommst auf Ideen. Wir sind in Deutschland an Bord gegangen, und wir gehen auch in Deutschland wieder von Bord. Wir bereisen kein anderes Land. Wohin sollte die Ware denn bitte geschmuggelt werden?«

»Vielleicht war der Koffer ja die ganze Zeit an Bord. Vielleicht wurde er auf einer der letzten Reisen im Ausland an Bord gebracht«, antwortete sie heftig. »Und soll nun durch uns in Deutschland von Bord gebracht werden. Das wäre doch denkbar, oder?«

»Das ist die erste Reise der *Blue Ocean* seit Monaten«, erinnerte Hanno sie. »Die *Blue Ocean* lag monatelang still.«

»Ja, das wussten die Schmuggler aber doch nicht! Die Kreuzfahrtschiffe standen quasi über Nacht still.«

»Nicht so laut.« Hanno schüttelte amüsiert den Kopf. »Du willst dich doch nicht lächerlich machen. Wirklich, Maybrit, das ist Unsinn, was du dir da zurechtspinnst.«

»Aber ich werde verfolgt.«

Er grinste immer breiter. »Im Ernst? Du wirst verfolgt? Von wem?«

»Von einem komischen Mann«, sagte sie gekränkt. »Seit der Koffer bei uns ist, läuft er mir ständig hinterher und beobachtet mich. Ich sage dir, da stimmt was nicht.«

»Zeige mir den Kerl, und ich werde mal ein Wörtchen mit ihm reden.«

Das war es ja. Immer, wenn Hanno bei ihr war, dann sah sie ihn nicht. Er kam immer nur, wenn sie allein war.

»Ich meine es ernst. Der macht mir Angst.«

»Ach Britney, ich wusste gar nicht, dass du so furchtsam bist.«

Sie hasste es, wenn er sie so nannte. »Lach mich nicht aus«, rief sie sauer. »Was, wenn uns etwas passiert. Wenn der komische Typ uns etwas antut. Wer weiß, mit wem wir es da zu tun haben. Mafia, was weiß ich.«

»Mafia.« Er lachte noch lauter. »Klar, und die schmeißen uns über Bord, wenn wir nicht nach ihrer Pfeife tanzen. Es sollen ja schon so einige Menschen spurlos auf Kreuzfahrtschiffen verschwunden sein.«

»Das finde ich nicht mehr lustig. Hanno, es geht hier um sehr viel Geld. Natürlich sind wir in Gefahr. Wir wissen nicht, wem der Koffer gehört.«

Hanno nahm einen Schluck von seinem Eistee, dann schob er sich die Sonnenbrille auf die Nase und lehnte sich zurück. »Was ist eigentlich mit dir los? So kenne ich dich gar nicht.«

Ich dich auch nicht, dachte Maybrit. »Du hast mir versprochen, dass du den Koffer mit der Rolex endlich wegbringst.«

»Mache ich ja«, antwortete er träge. »Bald.«

Maybrit sah auf ihn herab, wie er mit ganz entspannter Miene dalag. Kurz darauf hörte sie ihn leise schnarchen. Er war eingeschlafen.

*

»Guten Morgen, liebe Passagiere, hier spricht Elsa, Ihre Kreuzfahrtdirektorin«, klang es fröhlich aus den Bordlautsprechern. »Ich begrüße Sie zu einem weiteren Tag auf See. Das Wetter ist wieder wunderbar, und auch heute haben wir einige Highlights für Sie parat, auf die Sie sich freuen können: Gleich um Punkt zwölf am Mittag laden wir Sie herzlich ein zu unserem leckeren Barbecue am Pooldeck. Heute Abend findet unsere große Willkommens-Gala statt, und der Kapitän wird ...«

*

Henry Brandt fiel fast aus dem Bett, als die Durchsage von Kreuzfahrtdirektorin Elsa durch das Krankenzimmer dröhnte. Die Durchsagen wurden über das Bordradio übertragen, das am Kopfende seines Bettes in die Wand eingebaut war, und derjenige, der vor ihm in diesem Krankenbett gelegen hatte, musste taub gewesen sein – denn der Ton war voll aufgedreht.

Henry hatte vor sich hin gedöst, bis die Durchsage ihn fast aus dem Bett katapultiert hatte. Er versuchte, den Ton leiser zu drehen – da die vielen Knöpfe des alten Radios aber so abgenutzt waren, konnte er nicht erkennen, welcher für die Lautstärke zuständig war. Da musste er die Krankenschwester unbedingt nach fragen.

Er fühlte sich heute ganz gut, die Medikamente schlugen an und das Höllenfeuer in seinem Brustkorb war gebannt. Nun war ihm vor allem langweilig, denn Nora Heyden hatte ihm noch nicht wie versprochen sein Smartphone und seine anderen Sachen gebracht, und so hatte er keinerlei Ablenkung, außer an die kahle weiße Wand gegenüber zu starren. Er hätte gern ein Buch gelesen, aber er mochte nicht den Schiffsarzt darum bitten, der regelmäßig seine Nase ins Zimmer steckte, da Dr. Birnbaum immer so beschäftigt wirkte. Manchmal hörte er seine laute Stimme aus dem Sprechzimmer nebenan, wenn Dr. Birnbaum telefonierte oder mit der Krankenschwester diskutierte. Offenbar war Dr. Birnbaum leicht cholerisch veranlagt.

Henry schloss wieder die Augen und begann, vor sich hinzuträumen, von einem Leben, das so anders hätte sein können, als es geworden war.

Dann riss er die Augen auf. *Keine Träume mehr.* Das hatte er sich geschworen. Keine Träume mehr.

Es hieß immer, ein Mensch brauche Träume, an die er glaubte.

Think big – genau das predigte er seinen Klienten immer. Denke groß. Wachse über dich hinaus. Lass dir von niemandem einreden, dass du es *nicht* schaffen kannst. Versuche es. Strebe nach deinen Zielen. Erfülle dir deine Träume.

Und ja, es gab sie, die Menschen, die sich ihre Träume erfüllten. Die es *schafften.*

Und es gab die anderen, die scheiterten. Die es versuchten, wieder und wieder, und die immer scheiterten. Menschen wie er.

Ja, er hatte schon lange aufgegeben, zu träumen. Ein jeder Traum in seinem Leben war bislang geplatzt.

Henry musste an das junge Mädchen denken, auf dem Foto auf seinem Nachtisch. Das Mädchen war auch voller Träume gewesen. Die Zukunft hatte vor ihr gelegen, alle Chancen hatten ihr offengestanden.

Bis er entschieden hatte, diese Träume zu beenden. Dem Mädchen die Zukunft zu nehmen. *Ich bin so ein verdammtes Monster.*

Henry schrak zusammen, als es plötzlich laut klopfte und unmittelbar darauf die Krankenschwester in der Tür stand. Sie strahlte ihn fröhlich an und brachte ihm die ersehnte Tasche mit seinen Sachen. Zum Dank überreichte er ihr die Pralinenschachtel. Die Krankenschwester wehrte ab, sie dürfe keine Geschenke annehmen.

»Trinkgeld«, sagte er. »Ich bestehe darauf.«

Kurz zierte sie sich noch, dann nahm sie sichtlich erfreut die Schachtel mit hinaus. Ihren Namen hatte er leider vergessen, und er wollte auch nicht mehr danach fragen, weil er gestern schon zweimal danach gefragt hatte. Es war ein holländischer Name gewesen, ziemlich ungewöhnlich, Lieke oder Grietje oder so ähnlich. Sie trug zwar ein Namensschild, dieses allerdings war ziemlich klein gedruckt, zu unleserlich für seine schlechten Augen, und er hätte ihr ziemlich lange auf die Brust gucken müssen, um es zu entziffern.

Dann fiel ihm ein, dass er vergessen hatte, sie darum zu bitten, das Radio leiser zu stellen. Egal, sie schaute ohnehin stündlich bei ihm rein.

*

Nora musste sich zwingen, nicht immerzu über Anna-Lenas Beobachtung nachzugrübeln. Ihr Vormittag war mit etlichen Terminen belegt, auf die sie sich zu konzentrieren hatte. Zuerst ging sie mit dem Proviantmeister eine Bestellung von Hotelartikeln durch, anschließend folgte eine Besprechung mit dem Chefkoch über das große Barbecue heute Mittag und über das Gala-Menü am Abend. Dann wurde sie – wie erwartet – von Nadja Rindel von der Reederei angerufen und musste wegen des Legionella-Falls Rede und Antwort stehen. Zu guter Letzt zeigte Nora der Ersten Offizierin einen Wasserschaden in einer der Luxussuiten, die zurzeit leer standen – unbemerkt war unter der undichten Balkontür Wasser eingetreten, hatte für einige Tage dort gestanden und das Parkett aufgeweicht, und nun musste der gesamte Bodenbelag in diesem Bereich ausgetauscht werden.

Um kurz vor zwölf eilte Nora dann hinaus auf das Pooldeck, wo die Vorbereitungen für das Barbecue bereits im vollen Gange waren. Nora fand den Maître neben dem Grill, wo er gerade eine Schiefertafel beschriftete mit der Speisekarte.

»Wir sollten noch ein paar Sonnenschirme aufstellen, die Sonne brennt jetzt am Mittag sehr stark«, meinte Nora und tupfte sich mit einem Taschentuch die Stirn. Ihr war unglaublich warm, sie wusste allerdings nicht genau, ob es tatsächlich am Wetter lag oder eher daran, dass sie so durch das Schiff gehetzt war. Sie sah kritisch in den Himmel, wo kein Wölkchen den Sonnenschein trübte. »Ja, auf jeden Fall

Schutzschirme. Ich möchte nicht, dass sich alle Gäste unter das Vordach drängeln und die Abstände nicht mehr einhalten.«

»Das hab ich auch schon überlegt. Ich lasse sofort Schirme holen.« Der Maître nickte, und Nora ärgerte sich einmal mehr über seine mangelnde Eigeninitiative. Warum standen denn die Sonnenschirme nicht schon längst hier? Wie oft nicht musste Nora ihn auf Dinge hinweisen, die er eigentlich von selbst erledigen müsste.

Nora ließ ihren Blick über die ersten Gäste schweifen, die bereits mit ihren Tellern an den Stationen des Büffets anstanden.

Hat jemand von ihnen Wolf Kerner getötet?, fragte sie sich unwillkürlich, ehe sie sich zur Ordnung rief. Unsinn. Vermutlich war alles ganz harmlos.

In dem Moment piepte ihr Pager und die Nummer der Brücke blinkte auf. Endlich. Malik hatte wohl die Kameraaufnahmen ausgewertet.

*

Als Nora auf der Brücke ankam, befanden sich zu ihrer Überraschung nicht nur Lehmann und Malik dort, sondern auch einige der Abteilungsleiter, und zwar die Hausdame, der Barchef, der Chiefpurser und Kreuzfahrtdirektorin Elsa.

Nora setzte sich ganz vorne an den Besprechungstisch neben Hausdame Vera.

»Ich habe eigentlich gar keine Zeit. Draußen ist das Barbecue, heute Abend die Gala ...«, moserte Vera prompt. »Was soll das hier werden?«

Nora ignorierte sie und sah gespannt nach vorne.

Lehmann sprach mit unaufgeregter Stimme: »Ich habe euch so kurzfristig herbestellt, weil wir auf eure Hilfe hoffen. Eine Sache vorab. Nichts, was hier besprochen wird, verlässt diesen Raum.«

Alle nickten, doch die Fragezeichen in den Gesichtern wurden größer.

»Klingt ja geheimnisvoll«, murmelte der Chief Purser.

Lehmann fuhr fort: »Wir überprüfen gerade die Umstände von Wolf Kerners Tod. Anna-Lena war an jenem Abend auf dem Sonnendeck und hat gewisse Beobachtungen gemacht. Sie glaubt, eine zweite Person bei Wolf Kerner gesehen zu haben. Möglicherweise wurde Wolf Kerner von dieser Person die Treppe hinab gestoßen. Anna-Lena ist sich jedoch nicht sicher.«

Kreuzfahrtdirektorin Elsa stieß einen erstickten Schrei aus, der Chief Purser riss die Augen auf.

»Er wurde umgebracht?«, fragte der Barchef und klang fasziniert.

»Unsinn«, sagte Lehmann sofort. »Solche Gerüchte will ich nicht hören. Anna-Lenas Angaben sind mit Vorsicht zu genießen, weil sie Alkohol getrunken hatte.«

Hausdame Vera grinste zynisch.

»Wir suchen nun nach möglichen weiteren Zeugen, die Licht in die Sache bringen könnten. Malik hat bereits die Kameraaufnahmen überprüft, ist aber nicht weitergekommen. Malik?« Er sah den Sicherheitsoffizier auffordernd an.

»Genau, ich habe die Aufnahmen gecheckt«, begann Malik, »aber die Außenbereiche werden nicht lückenlos erfasst, es gibt etliche tote Ecken und Winkel – leider. Die

Treppe vom Sonnendeck gehört dazu, der Unfall von Wolf Kerner ist also nicht zu sehen. Wir wissen nicht, was genau sich dort abgespielt hat. Also ...« Er warf einen kurzen Blick auf seine Zettel. »Zur fraglichen Zeit haben sich noch elf Personen an Deck befunden, für einen Spaziergang nach dem Abendessen, um ein wenig an der Außenbar zu sitzen, oder um Fotos vom Sonnenuntergang zu schießen ... Zwölf, wenn man Kerner selbst mitrechnet. Diese elf bewegten sich quer über das Deck, kamen auch am Sonnendeck vorbei – aber ob jemand von ihnen hochgegangen ist, zu Wolf Kerner, lässt sich videotechnisch nicht nachverfolgen.«

»Wer sind die elf?«, fragte der Barchef.

»Das ist der springende Punkt. Vier konnte ich gleich identifizieren – und zwar Dr. Eschweiler und Anna-Lena, die neue Lektorin Sasha Uhrmacher und den Motivationscoach Henry Brandt. Da es sich um Crewmitglieder handelt, kenne ich sie natürlich.«

»Bleiben sieben Personen«, sagte Nora. »Was ist mit denen?«

»Tja, bei den Passagieren bin ich gescheitert. Und darum habe ich euch hergebeten.« Malik wedelte mit einem Stapel Blätter in seiner Hand. »Ihr habt viel mehr Gästekontakt, deshalb könnt ihr diese sieben Personen hoffentlich identifizieren. Ich habe die Videoaufnahmen zwar mit den Fotos aus unserem Bordcomputer abgeglichen, aber es war schon zu dämmerig, und die Gesichter sind zu klein – ich kam nicht weiter.« Malik reichte die Blätter an Nora weiter, die die Ausdrucke nachdenklich studierte.

Nora schüttelte den Kopf. »Tut mir leid, ich erkenne sie auch nicht. Die Aufnahmen sind wirklich schlecht.«

Es handelte sich um eine einzelne Frau, die allein unterwegs zu sein schien, sowie um eine Gruppe von sechs Personen – drei Ehepaare – die offenkundig zusammengehörten.

Sie reichte den Ausdruck an die Hausdame weiter.

Vera warf nur einen kurzen Blick auf die Aufnahmen. »Ach, die sind das. Ehepaar Münz, Kabine 311, Ehepaar Harke, Kabine 303, und Ehepaar Wielewski, Kabine 307.«

»Bist du sicher?«, fragte Malik verblüfft.

Vera verzog verächtlich den Mund. »Natürlich. Ich hatte schon mehrmals das Vergnügen. Sie sind befreundet und reisen zusammen. Sehr anspruchsvoll, vor allem Herr Münz.«

»Darf ich mal sehen?« Der Barchef langte nach den Aufnahmen, dann nickte er. »Ja, eindeutig. Vera hat recht. Diese Passagiere kennt man einfach.« Er und Vera wechselten einen einvernehmlichen Blick.

»Und die Frau? Wer ist das?« Malik wies auf das letzte Foto. »Sie war allein an Deck unterwegs.«

Kreuzfahrtdirektorin Elsa runzelte die Stirn. »Ich glaube, ich erkenne sie. Das ist Paulina Link. Ich habe mich gestern lange mit ihr unterhalten. Sie saß ganz allein in der Sonnenbar und sah so unglücklich aus. Da habe ich mich zu ihr gesetzt.«

»Schön, dann haben wir das ja auch geklärt.« Hausdame Vera erhob sich. »Wir können dann gehen? Ich habe wirklich viel zu tun.«

Lehmann nickte knapp. »Danke. Und noch mal zur Erinnerung: Das Thema hier wird diskret behandelt.«

*

Während die anderen die Brücke wieder verließen, blieben Malik, Nora und Elsa zurück.

»Elf Personen waren also zum Unfallzeitpunkt draußen«, sagte Lehmann. »Die müssen umgehend befragt werden. Mit etwas Glück hat einer von denen etwas Wichtiges gesehen.«

»... oder einer von denen hat Kerner gestoßen«, sagte Malik trocken. »Falls er tatsächlich gestoßen wurde, dann muss es jemand von diesen elf gewesen sein.«

»Sieben«, korrigierte Nora. »Vier von ihnen sind ja Crewmitglieder, die würden doch nicht ...« Sie brach ab, als ihr aufging, dass sie die Crewmitglieder mitnichten ausschließen konnten.

»Unsere Kollegen dürfen wir nicht einfach ausschließen«, sagte Malik auch schon. »Theoretisch könnte jeder von ihnen Kerner so unglücklich gestoßen haben, dass er gestürzt ist. Sasha Uhrmacher oder Henry Brandt, oder sogar Dr. Eschweiler. Selbst Anna-Lena könnte Kerner in betrunkenem Zustand versehentlich angerempelt und zu Fall gebracht haben. Sie war schließlich oben bei ihm auf dem Sonnendeck ...«

Elsa riss vor Schreck die Augen auf. »Sag doch nicht so was, Malik.«

»Wir müssen über alle Möglichkeiten nachdenken«, antwortete Malik schulterzuckend.

Lehmann schüttelte nur den Kopf. »Bevor ihr euch hier weiter in Mutmaßungen und Verdächtigungen ergeht, schlage ich vor, ihr sucht diese elf Personen. Mit Dr. Eschweiler und Anna-Lena haben wir heute schon gesprochen,

die sind erstmal außen vor. Henry Brandt liegt im Hospital, den lassen wir erst mal in Ruhe, der läuft uns ja nicht weg. Was ist mit Sasha Uhrmacher?«

»Die gibt den ganzen Tag über verschiedene Kurse, soweit ich weiß«, sagte Nora.

Elsa nickte zustimmend. »Ja, Sasha holt heute einige Kurse nach, die gestern wegen ihrer Quarantäne ausgefallen sind. Auf eigenen Wunsch.«

»Und die Passagiere finden wir bestimmt jetzt beim Barbecue«, sagte Nora.

»Lass sie in Ruhe essen, Heyden, auf die Stunde kommt es auch nicht an. Und dann bringst du sie hierher auf die Brücke«, sagte Lehmann. »Ihr setzt euch an den Besprechungstisch, dann können Karen und ich den Gesprächen unauffällig folgen. Ich möchte den Eindruck vermeiden, dass das eine große Sache ist, wenn der Kapitän mitmischt.«

»Verstehe«, nickte Nora. »Also soll ich die Gespräche führen?«

»Ja. Du und Malik. Aber bitte diskret, keine plumpen Fragen, die in irgendeiner Weise darauf schließen lassen könnten, dass etwas mit Wolf Kerners Tod nicht stimmt. Und unsere betrunkene Rezeptionistin erwähnst du selbstverständlich auch nicht.«

Keine plumpen Fragen. Nora ärgerte sich, dass Lehmann das extra erwähnte. Sie nickte würdevoll. »Keine Sorge. Ich werde sicher nicht fragen, ob jemand ein Verbrechen beobachtet hat.«

»Heyden«, jammerte Lehmann sofort. »Nur damit wir uns verstehen: Wir suchen keinen *Verbrecher*. Wir überprüfen lediglich, ob Anna-Lenas Beobachtung der Realität entspricht.«

»Ist das nicht das gleiche?«

»Nein, ist es nicht.«

»Okay. Dann versuche ich, die Gäste zu finden.« Nora sah die Kreuzfahrtdirektorin an. »Elsa, begleitest du mich?«

»Natürlich.« Elsa hielt noch immer das Foto von Paulina Link in der Hand. »Diese Frau hat ihre ganze Familie verloren«, sagte sie bedrückt. »Ein Autounfall. Ihr Mann, ihre beiden Kinder – alle tot.«

»Du meine Güte. Das ist ja furchtbar!«, sagte Nora schockiert.

»Ja. Es ist erst ein paar Monate her. Die Kinder waren noch ganz klein, wobei das Alter wohl keine Rolle spielt, bei so einem Unfall.«

Nora lief ein Schauer den Rücken hinunter. Was für eine schreckliche Vorstellung, wenn eine ganze Familie mit einem Schlag ausgelöscht wurde – und nur einer übrig blieb.

»Und nun geht sie allein auf Kreuzfahrt?«, wunderte sich Malik.

»Nein, sie ist nicht allein. Paulina Link hat sich mit dem Ersthelfer und seiner Frau angefreundet. Die beiden haben sich wohl sehr um Paulina gekümmert, nach dem Unfall. Sie hat die beiden zum Dank auf die Kreuzfahrt eingeladen. Sie sagte, sie wollte ihnen damit etwas zurückgeben.«

»Krass«, sagte Malik beeindruckt. »So eine Freundin hätte ich auch gerne.«

Nora warf ihm einen genervten Blick zu. »Echt, Malik. Manchmal bist du geschmacklos.«

Elsa und Nora verließen die Brücke und machten sich auf den Weg zum Pooldeck.

»Glauben Sie, dass da was dran ist?«, fragte Elsa mit verzagtem Blick. »Wurde Wolf Kerner möglicherweise getötet?«

Nora hob die Schultern. »Ich weiß nur, dass Anna-Lena niemals leichtfertig so etwas in den Raum stellen würde – egal, wie viel sie getrunken hatte.«

»Genau das denke ich auch«, sagte Elsa leise.

*

Ein beißender Geruch nach Holzkohle und Grillfleisch lag in der Luft und Maybrit musste hüsteln. Sie hatte Gegrilltes noch nie gemocht – sie hatte schlechte Erinnerungen an schwarz verkohlte Grillwürstchen aus ihrer Kindheit. Paulina und Hanno hingegen waren sofort Richtung Grill gestürmt. Die beiden amüsierten sich offenbar blendend, wie Maybrit mit schmalen Augen beobachtete. Sie wirkten wie ein Paar, wie sie da so einträchtig in der Schlange vor dem Büffet standen und über irgendetwas lauthals lachten. Paulina berührte dabei angelegentlich Hannos Arm, wie zufällig. Maybrit wandte den Kopf von den beiden ab und blickte über das Pooldeck.

Das Barbecue erinnerte mittlerweile an eine ausgelassene Grillparty: Die Bordband spielte live im Hintergrund, die Passagiere tummelten sich mit heiterer Miene an den Stehtischen und es herrschte eine vergnügliche Stimmung. Kaum einer schien noch einen Gedanken an das Virus zu verschwenden. Hier, auf dem Schiff, in diesem Moment, gab es keine Pandemie. Maybrit stand abseits des Getümmels – demonstrativ. Sie würde sich an die Hygienebestimmungen halten. Sie fühlte sich nicht wohl hier zwischen all den lustigen Leuten, die schon jetzt am Mittag ein Bier tranken und zur Musik tanzten. Sie war nicht der »Früh-

schoppen«-Typ, am liebsten hätte sie in aller Ruhe oben im Bordbistro eine Kleinigkeit gegessen. Der Rummel hier stresste sie, die Musik, die lauten Stimmen, die vielen Menschen.

Paulina und Hanno hatten ihren Spaß, schlemmten sich hungrig durch das Angebot, holten sich ständig neue Köstlichkeiten, während Maybrit lustlos in ihrem Kartoffelsalat stocherte. Hanno war immer schon ein geselliger Typ gewesen. Er traf sich gern mit Freunden zum Grillen – nur deshalb hatten sie überhaupt diesen dummen Grillplatz im Garten. Oder er verabredete sich zum Sport, zum Angeln, und so weiter. All die Wochenenden, die sie unterwegs waren, um Freunde und Bekannte in ganz Deutschland zu besuchen – all das ging auf Hannos Initiative zurück. Maybrit fuhr immer nur mit. Sie hatte eigentlich gar keine Lust, ständig auf Achse zu sein. Lieber blieb sie einfach zu Hause, bei Bessy, machte lange Spaziergänge im Wald ...

Eigentlich passte eine Frau wie Paulina viel besser zu Hanno, überlegte Maybrit, während sie die Witwe musterte. In diesem Augenblick bekam man eine Ahnung davon, wie Paulina früher einmal gewesen sein musste: eine fröhliche, aktive Frau, unternehmungslustig und beliebt.

Paulina wirkte ausgelassener denn je. Kein Mensch käme auf den Gedanken, dass sie erst vor kurzem ihren Mann und ihre beiden kleinen Kinder verloren hatte.

Das ist doch nicht normal, dachte Maybrit.

Die Bordband spielte nun einen aktuellen Schlagerhit von Marlene Tischler, und Maybrit beobachtete, wie Paulina begann, auf der Stelle zu tanzen. *Zu tanzen.* Dabei strahlte sie Hanno auffordernd an und versuchte, ihn zum Mitmachen zu animieren. Tatsächlich ließ er sich von ihr auf die provisorische Tanzfläche neben dem Pool ziehen.

Maybrit presste die Lippen zusammen. Was führte diese Frau eigentlich im Schilde?

Die war doch wirklich nicht mehr normal.

Vielleicht dreht sie langsam durch, überlegte Maybrit. Paulina hatte ihres Wissens nach nie eine Therapie gemacht. Eine derart traumatische Erfahrung musste doch behandelt werden. Damit konnte doch kein Mensch allein zurechtkommen.

Vielleicht klammert sie sich deshalb so sehr an uns, überlegte sie weiter. Sie hat niemanden außer uns, mit dem sie darüber sprechen kann. Vielleicht, wenn es einen Psychologen gäbe, dem sie ihr Herz ausschütten könnte, dann würde sie sich auch nicht mehr so auf uns fixieren.

Hanno sollte Paulina vorschlagen, eine Therapie zu machen, er hatte einen guten Zugang zu ihr. Ihr Verhalten war nicht mehr normal. Und vielleicht würde sie dann auch endlich in ein eigenes Leben zurückfinden.

Maybrit sah, wie die Hoteldirektorin und die Kreuzfahrtdirektorin auf die Tanzfläche gingen, Paulina ansprachen und eine Weile mit ihr redeten. Hanno kam unterdessen zurück zu Maybrit.

»Was wollen die von Paulina?«, fragte Maybrit.

Hanno trank durstig von seinem alkoholfreien Bier. »Anscheinend geht es um den Unfall von Wolf Kerner.«

»Was hat denn Paulina damit zu tun?«

»Sie war wohl an Deck an dem Abend.« Hanno kratzte sich am Kopf. »Vielleicht hat sie etwas beobachtet? Keine Ahnung.«

Maybrit beobachtete, wie die Hoteldirektorin und die Kreuzfahrtdirektorin weitergingen und nun eine Gruppe von drei Ehepaaren ansprachen. Paulina blieb allein auf der

Tanzfläche zurück. Sie begann wieder zu tanzen, und es schien sie nicht zu stören, dass niemand sonst mehr tanzte. Ausgelassen klatschte sie zur Musik.

»Sie ist ganz schön aufgedreht.«

»Wer?«, fragte Hanno verwirrt.

»Paulina. Schau sie dir doch an. Sie ist so ... so aufgekratzt. Sie lacht, sie tanzt ...«

»Ach, ist es verboten, dass Trauernde Spaß haben dürfen?«, sagte Hanno. »Ab wann ist es denn wieder angemessen, in der Öffentlichkeit zu lachen? Zu tanzen?«

»So meine ich das nicht ...«

»Soll sie ein Jahr lang schwarz tragen, so wie früher?« Hanno schüttelte missbilligend den Kopf. »Ich hatte dich für fortschrittlicher gehalten, Brit.«

Gekränkt wandte sie sich ab. Immer verstand er sie absichtlich falsch. Da sah sie ihn: Für einen kurzen Moment war er da, gleich neben dem Grill. Der Mann. Und wieder sah er genau in ihre Richtung. Als habe er sie schon länger im Visier gehabt. *Hatte er das?* Noch bevor sie Hanno auf ihn aufmerksam machen konnte, war er zwischen den anderen Gästen verschwunden.

*

»Herr Kapitän! Schön, Sie kennenzulernen«, freute sich Holger Münz. »Ich wollte schon immer mal die Brücke sehen! Das ist ja toll hier. Sagenhaft!« Er sah sich begeistert um.

Kapitän Lehmann lächelte angestrengt.

Die Ehepaare Münz, Harke und Wielewski waren eine befreundete Kegelgruppe, die stets gemeinsam auf Reisen ging. Seit einiger Zeit gehörte auch einmal jährlich eine Kreuzfahrt zum Programm.

Nora und Elsa hatten die Ehepaare wie erwartet auf dem Pooldeck vor gefüllten Tellern angetroffen und sie gebeten, nach dem Essen zur Brücke zu kommen, was sofort auf begeisterte Zustimmung gestoßen war. Auch Paulina Link war dort gewesen und würde zeitversetzt in einer halben Stunde herkommen.

Holger Münz hielt nun sein Smartphone in die Luft. »Darf ich, Herr Kapitän?«

Ehe Lehmann reagieren konnte, stand Holger Münz auch schon Schulter an Schulter neben ihm und grinste in sein Smartphone. Er machte gleich mehrere Selfies.

»Das laden Sie aber nirgendwo hoch«, murrte Lehmann.

Holger Münz gab keine Antwort, während er sein Handy wieder verstaute, seine Ohren wurden aber verdächtig rot. Nora war sich sicher, dass das Foto spätestens heute Abend bei Facebook oder Instagram prangen würde.

Lehmann gesellte sich zur ersten Offizierin ans Steuerpult, augenscheinlich schwer beschäftigt, aber Nora wusste, er hielt die Ohren gespitzt, um dem Gespräch zu folgen.

»Also, warum sind wir hier? Hat es mit dem toten Mann zu tun?«, fragte Holger Münz erwartungsvoll.

Nora und Malik tauschten einen Blick. Offenbar hatte sich der Todesfall längst herumgesprochen – andererseits war es illusorisch gewesen zu glauben, der Unfall hätte geheimgehalten werden können.

Nora lächelte unverfänglich. »Ja, das stimmt. Es geht um den tödlichen Unfall. Wir möchten so viel wie möglich über den Abend in Erfahrung bringen. Deshalb sprechen wir mit allen Personen, die an jenem Abend in der Nähe des Unfallortes waren.«

»Für den Unfallbericht«, ergänzte Malik.

»Verstehe.« Holger Münz nickte eifrig. »Wie können wir Ihnen helfen?«

Offenkundig war Holger Münz der Tonangeber der Gruppe, denn die anderen überließen ihm wie selbstverständlich das Wort.

»Wir haben nur ein paar kurze Fragen«, begann Nora. »Sie waren vorgestern Abend gemeinsam auf dem Außendeck, richtig? Das haben wir anhand von Kameraaufnahmen feststellen können.«

»Ja, das ist korrekt«, sagte Holger Münz feierlich. Er schien das alles furchtbar spannend zu finden. »Wir sind nach dem Abendessen noch raus an Deck. Haben kurz an der Außenbar gesessen und anschließend einen Spaziergang gemacht.« Die anderen nickten zustimmend.

Nora legte das Foto von Wolf Kerner auf den Besprechungstisch, das sie aus dem Bordcomputer ausgedruckt hatte. Sofort beugten sich alle vor und sahen auf die Aufnahme.

»Haben Sie diesen Mann zufällig getroffen?«

»Ist das der Tote?« Holger Münz hob das Bild bis an die Nase.

»Ja.«

»Wie heißt er denn?« Holger Münz leckte sich sensationslüstern über die Lippen.

»Den Namen kann ich Ihnen nicht nennen«, sagte Nora freundlich. »Erinnern Sie sich, ihn vorgestern Abend gesehen zu haben?« Sie sah die anderen der Reihe nach an.

Wieder guckten alle interessiert auf das Foto. Frau Münz war die erste, die sich äußerte. »Ja, wir haben ihn gesehen. Ich erinnere mich. Er stand vor uns an der Außenbar und hat eine Flasche Wein gekauft. Oder?« Sie sah die anderen fragend an.

»Also, ich habe da nicht drauf geachtet, ehrlich gesagt«, meinte Jens Harke.

»Ich auch nicht«, stimmte Peter Wielewski zu.

»Ich schon«, sagte Holger Münz. »Der war da, an der Außenbar. Hundertprozentig. Oder, Biggi? Steffi?«

Die anderen Frauen nickten zögerlich.

»Ja, er wirkte so einsam, wie er da mit der Flasche Wein weglief«, sagte Ute Münz dann mit bedauernder Stimme. »Er hat mir leidgetan, so ganz allein ...«

»Ja«, stimmte Biggi Harke zu. »Genau das habe ich auch gedacht, Ute.«

»Ich hab gehört, der soll ganz schön einen sitzen gehaben haben«, sagte Holger Münz. »Ist er deshalb gestürzt?«

»Da sind Sie falsch informiert. Er war nicht betrunken«, sagte Nora entschieden.

»Er war nicht mehr gut zu Fuß, Holger, das hat man doch gesehen. Und wenn ich mir vorstelle, dass er jetzt tot ist ...«, sagte Ute Münz betrübt.

»Ach, was du immer hast«, sagte ihr Mann.

»Sie haben ihn also an der Außenbar gesehen«, ergriff Malik das Wort, und wieder nickten alle. »Erinnern Sie sich an die Uhrzeit?«

»Puh, das war nach dem Abendessen ... Viertel vor zehn? Oder?« Herr Münz sah die anderen fragend an.

»Ja, kurz vor zehn.« Die anderen stimmten zu.

»Waren Sie die ganze Zeit zusammen?«, fragte Nora.

»Ja, natürlich war immer mal wieder jemand zur Toilette, aber wir haben den ganzen Abend zusammen verbracht.«

»Haben Sie den Mann später noch mal gesehen?«, fragte Malik.

Die sechs sahen sich an, dann war es wieder Holger Münz, der antwortete:

»Wir haben, wie gesagt, ein wenig an der Außenbar gesessen, vielleicht noch zehn Minuten. Dann wurde es den Damen zu kalt.« Er sah die Frauen mit hochgezogenen Augenbrauen an. »Der Seewind war ihnen zu frisch, also machten wir noch einen kleinen Spaziergang, und dann gingen wir wieder hinein. Ich«, Holger Münz tippte mit seinem breiten Zeigefinger auf das Foto, »ich habe gesehen, wie der Mann die Treppe zum Sonnendeck hinaufstieg.«

Nora wechselte einen raschen Blick mit Malik.

»Ja«, bestätigte Frau Harke. »Ich habe auch gesehen, wie er da hoch ist.«

»Sah ganz schön wackelig aus«, nickte auch Peter Wielewski. »Ich habe mich noch gefragt, was der alte Kerl da oben will.«

»Sind Sie auch auf das Sonnendeck gegangen?«, fragte Malik.

»Nein, das sagte ich doch.« Holger Münz schüttelte den Kopf. »Wir sind unten entlanggegangen, nur ein paar Schritte.«

»Haben Sie gesehen, ob nach dem alten Mann – oder vorher – noch andere Personen auf das Sonnendeck gegangen sind?«

Die sechs sahen sich an.

»Nein, ich habe niemanden sonst gesehen«, sagte Holger Münz dann. »Nur den Alten.«

»Was ist mit Ihnen?« Nora sprach nun explizit die anderen der Gruppe an, die sich für ihren Geschmack zu wenig beteiligten. »Haben Sie noch andere Personen gesehen? Frau Münz? Frau Harke? Frau Wielewski?«

»Nein.«

»Nein.«

»Nein, niemanden.«

»Okay.« Malik überlegte kurz. »Das war also das letzte Mal, dass Sie den Mann gesehen haben? Wie er hoch zum Deck stieg? Allein?«

»Ja.« Holger Münz nickte fest. »Genau.«

Nora wollte die Kegelgruppe schon verabschieden, da sagte Frau Münz zögerlich: »Also ich habe noch mal hinaufgesehen, zum Sonnendeck. Da stand er dann an der Reling, fast genau über uns.«

Frau Wielewski nickte. »Ja, genau, das habe ich auch gesehen.«

»Und außerdem ...«, sagte Frau Münz vorsichtig, »Ich meine, dort standen zwei Personen. Oder, Biggi?«

»Also jetzt, wo du es sagst ... Ich glaube, du hast recht. Da kam noch jemand hinzu.«

Nora spannte sich an. Ihr Blick schoss zu Malik.

»Da war niemand«, widersprach Holger Münz da. »Ich habe auch hochgesehen. Der war allein. Stimmt doch, Jens, oder?«

»Puh ...« Jens Harke zuckte nur mit den Schultern.

»Holger, bist du dir sicher?«, fragte seine Frau vorsichtig. »Ich glaube, dass er *nicht* allein war.« Frau Harke und Frau Wielewski nickten zaghaft.

»Kinder, ihr täuscht euch«, sagte Holger Münz entschieden. »Da war sonst niemand. Ihr verwechselt da was. Gestern Nachmittag waren oben auf dem Sonnendeck ein paar Personen. Gestern Abend aber nicht.«

»Da könntest du recht haben ...«

»Ja, so wird es gewesen sein.«

»Ich weiß, was ich gesehen habe«, sagte Holger Münz überzeugt. »Er stand allein da mit seiner Flasche Wein. Glauben Sie mir, Frau Heyden.«

Auch die anderen nickten nun einträchtig. »Ja, Holger, ganz recht.«

Malik machte sich Notizen. »Eine letzte Frage. Den Sturz des Mannes haben Sie nicht gesehen?«

»Natürlich nicht«, rief Frau Harke aus. »Dann hätten wir doch geholfen.«

Auch die anderen schüttelten entsetzt die Köpfe.

»Dann haben Sie vielen Dank.« Nora lächelte und bemühte sich, nicht allzu enttäuscht auszusehen. Sie hatte sich mehr von diesem Gespräch erhofft.

Malik begleitete die Truppe zur Tür und kam dann zurück, die Hände in den Hosentaschen.

Auch Lehmann kam nun zum Besprechungstisch.

»Du hast alles mitbekommen?«, fragte Nora.

Lehmann nickte. »Ja. Wie es scheint, hat Anna-Lena sich geirrt. Es war niemand bei Wolf Kerner, der ihn gestoßen hat.«

Nora sah ihn überrascht an. »So bewertest du das Gespräch?«

»Sechs Personen haben uns soeben bestätigt, dass Wolf Kerner allein auf dem Sonnendeck war. Niemand ist ihm gefolgt.«

»Also, das sehe ich ganz anders«, widersprach Nora. »Die Aussagen waren doch alles andere als zuverlässig. Die Frauen sagten, er sei nicht allein gewesen.«

»Aber dann haben sie ihre Meinung geändert.«

»Ja, nachdem sie miteinander diskutiert haben. Du hast es doch gehört. Dieser Holger Münz hat die anderen doch geradezu überredet, und letztlich haben sie sich gegenseitig versichert, dass Kerner allein gewesen sei.« Sie sah Lehmann empört an. »Dieser Münz ist offensichtlich der Tonangeber der Kegelgruppe. Die anderen haben sich ja gar nicht getraut, ihm zu widersprechen. Ich fand das nicht gerade überzeugend.«

Malik stimmte ihr zu. »Das sehe ich genau so. Die Angaben sind widersprüchlich und bringen uns nicht wirklich weiter.«

»Wir haben ja zum Glück noch andere Personen auf der Liste. Paulina Link müsste jeden Moment hier sein.« Nora sah hinter Malik auf die Wanduhr. »Außerdem sind da noch Sasha Uhrmacher und Henry Brandt, mit denen wir reden werden.«

Lehmann nickte ergeben. »Gut. Vielleicht kommt ja etwas dabei heraus.«

»Übrigens«, sagte Malik. »Als ich Paulinas Daten aufgerufen habe, ist mir etwas Interessantes aufgefallen. Wolf Kerner und Paulina Link stammen aus demselben Ort. Froschhügel. Der Name ist so skurril, das springt einem gleich ins Auge.«

»Tatsächlich?«, wunderte sich Nora.

»Ja. So ein Zufall. Oder?«

*

Es dauerte kaum fünf Minuten, da betrat eine junge Frau zögerlich die Brücke. »Ich sollte mich hier melden ...?«

»Frau Link.« Nora ging ihr entgegen und führte sie zum Besprechungstisch. »Danke, dass Sie hergekommen sind. Nehmen Sie Platz.«

Lehmann stand wieder am Steuerpult und tat uninteressiert, während Malik seinen Stuhl so platzierte, dass er sowohl Nora als auch der Witwe ins Gesicht sehen konnte.

»Das ist mein Kollege Malik, unser Sicherheitsoffizier«, sagte Nora. »Wir haben nur ein paar Fragen an Sie.«

»Fragen, an mich?« Paulina Link sah von einem zum anderen. »Ja, aber worum geht es denn?«

»Es hat leider einen tödlichen Unfall gegeben.« Nora zeigte auch ihr das Foto von Wolf Kerner. »Es geht um diesen Mann. Wir sprechen derzeit mit allen Personen, die vorgestern Abend an Deck waren und eventuell etwas gesehen haben könnten.«

»Ja, ich habe davon gehört ... schrecklich.« Paulina warf einen schnellen Blick auf das Foto, ehe sie wieder Nora ansah. »Aber ich kann Ihnen nicht helfen, ich habe nichts gesehen. Ich weiß nicht mal mehr, ob ich überhaupt draußen an Deck war. Wie kommen Sie denn auf mich?«

»Wir haben die Kameraaufnahmen überprüft, und da waren unter anderem Sie zu sehen«, sagte Malik.

»Oh ...« Paulina Links Augen weiteten sich. »Wirklich?«

Malik schob ihr den Ausdruck herüber, den er von der besagten Aufnahme gemacht hatte. »Das sind doch Sie. Oder?«

»Ja, nun, dann stimmt es wohl. Aber ... aber ich war nur ganz kurz draußen. Mir ging es an dem Abend nämlich nicht so gut.«

»Sie waren rund vierzig Minuten draußen«, sagte Malik.

»Wenn Sie das sagen ...?«

»Wir sprechen mit allen Personen, die auf den Aufnahmen zu sehen sind«, erklärte Nora beruhigend, die spürte, wie nervös Paulina wurde. Malik war aber auch wirklich forsch. »Vielleicht hat jemand etwas beobachtet, was uns weiterhilft.«

»Ich verstehe«, sagte Paulina. »Aber ich fürchte, ich kann Ihnen nicht helfen.«

»Sind Sie diesem Mann dort begegnet?« Nora tippte auf das Foto von Kerner.

»Nein ... Tut mir leid.«

»Kannten Sie ihn denn?«, fragte Malik.

»Nein.«

»Er stammt aus demselben Ort wie Sie«, sagte Malik gedehnt.

»Ach.« Paulina räusperte sich und betrachtete das Foto noch einmal. Ihre Wangen wurden tiefrot. »Jetzt, wo Sie es sagen ... Das ist doch Wolf Kerner, oder?«

Malik nickte bedächtig. »So ist es. Sie kannten ihn also doch?«

»Was heißt kennen ... Er war eine lokale Berühmtheit. Er hat ja mal fürs Fernsehen gearbeitet. Wir wohnten im selben Stadtviertel, aber er war ein Eigenbrötler. Grüßte nicht mal. Seine Frau war nett, aber die ist schon lange tot. Er lebte sehr zurückgezogen. Nun ja, schade, dass er ...« Paulina verstummte.

»Sie haben ihn also nie zuvor an Bord gesehen? Obwohl sie sich kannten?«, bohrte Malik nach. Nora war es unangenehm, wie er mit der Witwe sprach, und sie warf ihm einen warnenden Blick zu, den er jedoch nicht bemerkte. Oder nicht bemerken wollte.

»Nein, ich habe ihn nicht gesehen, nicht, dass ich wüsste. Falls doch, so habe ich ihn nicht erkannt. Man trifft hier ja viele Menschen an Bord ...« Paulina wirkte nun unglaublich nervös. Sie begann, an ihren Haarspitzen zu zupfen und ihr Blick sprang zwischen Nora und Malik hin und her.

»Jemand hat behauptet, Sie hätten mit ihm gesprochen, auf dem Sonnendeck. An jenem Abend, als er starb«, sagte Malik nun. »Sie hätten Streit gehabt.«

Nora fuhr herum. Was sollte der Blödsinn? Das war doch glatt gelogen.

»Jemand ...?« Paulina blinzelte mehrmals. »Aber das kann nicht sein, ich meine ...«

»Oh doch. Sie wurden gesehen. Was sagen Sie dazu?«

Nora funkelte Malik an. Was sollte das? Er konnte doch die Frau nicht mit irgendwelchen Lügen unter Druck setzen.

»Frau Link«, sagte sie beschwichtigend. »Wenn Sie sagen, Sie haben Wolf Kerner nicht gesehen, dann glauben wir Ihnen natürlich.«

»Nun, es ... es stimmt«, sagte Paulina da zu ihrer Überraschung. »Ich habe mit ihm gesprochen. Nur kurz.«

Maliks Mundwinkel zuckten und er wirkte hochzufrieden. »Wo war das? Waren Sie mit ihm oben auf dem Sonnendeck?«

»Nein. Ich ... ich traf ihn gleich am Ausgang. Ich wollte schon wieder hineingehen, da kam er gerade die Tür hinaus. Ich ... Ich erschrak richtig.« Paulina sah sie aus großen Augen an. »Wie gesagt, wir waren fast Nachbarn,

und ich war völlig überrascht, ihn hier zu treffen. Damit hatte ich nicht im Traum gerechnet. Ich habe ihn angesprochen, aber er war genau so unhöflich wie immer. Wissen Sie, er war ein ganz griesgrämiger Mensch. Abweisend. Unfreundlich. Wir haben nicht mal zwei Sätze gewechselt.«

»Hatten Sie Streit?«, fragte Malik erneut und verschränkte die Arme. Er schien sich offensichtlich in der Rolle des Bad Cops zu gefallen, der einer Verdächtigen gnadenlos auf den Zahn fühlte.

Paulina zwinkerte wieder hektisch. Plötzlich hatte sie Tränen in den Augen.

»Was heißt Streit ... Ich ...« Paulina schluchzte leise und wischte sich mit den Fingerspitzen über die Augen.

Nora sah Malik empört an. Jetzt brachte er die Frau auch noch zum Weinen. »Schon gut, Frau Link, ich denke, das reicht. Mehr Fragen haben wir nicht an Sie. Ich begleite Sie hinaus.«

»Warten Sie.« Paulina Link hatte sich wieder gefasst. Ihr Blick war nun trotzig. »Ihre Fragen stören mich nicht, es ist der Gedanke an Wolf Kerner, der mir die Tränen in Augen treibt. Vor Wut. Nur vor Wut. Ich würde Ihnen gern erzählen, wie Wolf Kerner wirklich war. Und das mir sein Tod kein bisschen leidtut. Ich will nicht schlecht über einen Toten reden, aber ...« Sie brach ab und wartete offenbar auf eine Aufforderung weiterzusprechen.

»Erzählen Sie«, sagte Nora.

Paulina holte zittrig Luft. »Ich habe vor einigen Monaten meinen Mann und meine beiden Kinder bei einem Autounfall verloren«, sagte sie leise. »Und ein paar Wochen nach dem Unfall, da ... da habe ich Wolf Kerner zufällig getroffen. Auf dem Friedhof. Er kam vom Grab seiner Frau, und ich war auf dem Weg zum Grab meiner Familie. Er blieb stehen, und ...« Sie schloss die Augen. »Ich dachte, er

spricht mir nun sein Beileid aus. Aber ... Aber das tat er nicht. Im Gegenteil. Er grinste mich nur so höhnisch an und sagte: ›Na, endlich hat es mal den Richtigen erwischt. Ihr Mann hat immer so gerast, ich habe mir schon lange gewünscht, dass der mal nen Unfall baut.‹« Paulina hatte Tränen in den Augen. »Das hat er wirklich gesagt. Stellen Sie sich das mal vor. Im Auto saßen meine Kinder ...« Nun rollten die Tränen. Nora griff rasch nach der Box Papiertücher, die neben einem Desinfektionsmittel auf dem Tisch stand, und schob sie zu ihr. Paulina nahm sich ein Tuch und tupfte sich über die Augen.

»Damals, auf dem Friedhof, da war ich sprachlos. Geschockt. Da konnte ich gar nicht reagieren. Erst später dann kam die Wut darüber, dass ich nicht schlagfertig reagiert habe. Ich habe mir geschworen, dass ich ihm das nächste Mal, wenn ich ihn sehe, so richtig die Meinung sage, aber ich habe ihn nie wieder gesehen – bis vorgestern.«

»Und dann haben Sie ihm die Meinung gesagt?« Malik hob eine Augenbraue.

»Ja. Oh ja.« Paulina sah erst Nora, dann Malik an. Nun umspielte ein bitteres Lächeln ihre Lippen. »Und wissen Sie was? Ich sage nun genau denselben Satz über Wolf Kerner, den er über meinen Mann gesagt hat: ›Endlich hat es mal den Richtigen erwischt.‹« Paulina stand auf. »Ich würde nun gern gehen. Meine Freunde fragen sich sicher schon, wo ich bleibe.«

»Aber ja. Nur eine Frage noch. Nachdem Sie mit Kerner gesprochen haben – was war dann? Haben Sie gesehen, wie Wolf Kerner hoch aufs Sonnendeck ging?«

»Nein, wie ich schon sagte, ging ich weg. Ich drehte mich kein Mal mehr nach ihm um. Ich war so aus der Fassung, ich ging direkt in meine Kabine.«

*

»Was war das, bitte?« Lehmann baute sich mit finsterer Miene vor ihnen auf, kaum, dass die Tür hinter Paulina ins Schloss gefallen war. Er fixierte Malik und schüttelte den Kopf: »Was hast du dir dabei gedacht? Spinnst du? Die Frau ist in Tränen ausgebrochen.«

»Ja, und?« Malik war sich keiner Schuld bewusst. »Es war doch sonnenklar, dass die Dame uns anlügt. Sie hatte Kerner auf dem Foto erkannt, das hat man ihr doch angesehen. Ich lasse mich nicht gern belügen!«

»So geht man doch nicht mit Passagieren um! Ihr hattet die Anweisung, behutsam und diskret vorzugehen. Du warst alles andere als das, mein Freund.«

»Ich hab doch nur ein paar Fragen gestellt. Deshalb war sie doch hier!«, verteidigte sich Malik.

»Ein paar Fragen? Du hast sie aggressiv ins Kreuzverhör genommen.« Lehmann verschränkte verärgert die Arme. »Sie muss uns über nichts Auskunft geben, ist dir das eigentlich klar? Sie muss sich nicht vor uns rechtfertigen. Sie kann auch lügen, so viel sie möchte. Sie ist immer noch Gast an Bord. Ich möchte, dass du dich bei ihr entschuldigst.«

»Bitte?«, protestierte Malik. »Paulina Link hat Wolf Kerner kurz vor seinem Tod noch getroffen, und sie hatten sogar Streit. Vielleicht war sie die zweite Person, die Anna-Lena bei Kerner gesehen hat. Vielleicht hat sie ihn getötet!«

»Ende der Diskussion«, sagte Lehmann nur.

»Aber die Frau lügt doch!«, beharrte Malik stur. »Sie ist ihm stattdessen gefolgt. Sie hat zugegeben, dass sie mit Kerner gestritten hat. Und wer weiß, vielleicht hat sie ihn auch gestoßen.«

Sei einfach still, Malik, dachte Nora. Leg dich nicht mit Lehmann an. Doch der Sicherheitsoffizier wollte nicht einsehen, dass er einen Fehler gemacht hatte: den Fehler, sich Lehmanns Instruktionen zu widersetzen.

Malik sprach einfach weiter: »Sie hatte eine Rechnung mit Kerner offen, das hat sie selbst gesagt. Ich glaube, dass sie ausgerastet ist an dem Abend. Sie hat ihn getötet! Wir müssen da dranbleiben!«

»Was genau hast du an meiner Anweisung, vorsichtig vorzugehen, nicht verstanden?«, fragte Lehmann mit Grabesstimme.

»Ich habe schon verstanden, aber in der Situation eben ...«

»Danke, Malik«, unterbrach Lehmann ihn. »Kümmere dich bitte um die Feuerlöscher. Alle überprüfen, die Liste will ich später sehen.«

»Wie? Warum? Ich dachte, ich soll mit Sasha Uhrmacher sprechen.«

Lehmann wandte sich schweigend ab.

»Ich habe die Feuerlöscher letzte Woche überprüft! Ich ...« Endlich schien Malik zu kapieren. Mit versteinertem Gesicht verließ er die Brücke.

Lehmann war wirklich sauer. Nora nahm einen Schluck Wasser. Ihr Hals war plötzlich ganz trocken. Malik schien Lehmanns Verärgerung nicht zu begreifen. Er fühlte sich im Recht. Er musste noch lernen, dass man sich besser nicht Lehmanns Anweisungen widersetzte – schon gar nicht, wenn er daneben stand.

»Idiot«, murmelte Lehmann.

»Vielleicht liegt Malik aber gar nicht so falsch«, sagte Nora vorsichtig. »Paulina Link hat sich wirklich verdächtig gemacht. Sie ist traumatisiert, der Unfall, bei dem sie ihre Familie verloren hat, ist erst ein paar Monate her. Dann trifft sie Wolf Kerner, hier, unerwartet, mit dem sie noch eine Rechnung offen hat. Sie stellt ihn zur Rede, und dann ...«

»Und dann soll sie ihn die Treppe hinuntergestoßen haben?«

»In der Erregung? Ein Streit, ein Schubser ...? Du hast doch gesehen, wie aufgewühlt sie war.« Nora hob die Schultern.

»Jetzt fängst du auch damit an! Das macht doch keinen Sinn.« Lehmann schüttelte ärgerlich den Kopf. »Paulina Link hat uns freiwillig von ihrer Auseinandersetzung mit Kerner erzählt. Damit würde sie sich doch selbst belasten. Wenn sie Wolf Kerner tatsächlich die Treppe hinuntergestoßen hätte, dann würde sie uns ihr Motiv doch nicht auf die Nase binden.«

»Freiwillig? Sie hat es erst erzählt, als Malik so hartnäckig nachgefragt hat. Ganz ehrlich, Lehmann, ich halte es auch für möglich, dass es sich genauso abgespielt hat.«

»Heyden!« Lehmanns Stimme wurde ungewohnt laut. »Das gefällt mir alles gar nicht. Wir haben nicht den geringsten Anhaltspunkt, dass Anna-Lenas Beobachtung stimmt. Sie war betrunken! Was wir hingegen haben, ist die Aussage von sechs Personen. Und diese sechs Personen sagen, dass Kerner auf dem Sonnendeck allein war. Er wurde nicht gestoßen.«

»Die Aussagen der Kegelleute sind aber nicht sehr überzeugend«, widersprach Nora. »Die Frauen haben gesagt, dass jemand bei Kerner auf dem Sonnendeck war – bis sie sich von Herrn Münz haben verunsichern lassen. Wenn ich

noch einmal alleine mit den Frauen sprechen könnte und ihnen das Foto von Paulina Link zeigen würde ... Das könnte ihrer Erinnerung auf die Sprünge helfen.«

»Das wirst du nicht«, schimpfte Lehmann. »Seid ihr denn alle wahnsinnig? Willst du eine Hetzjagd auf die Witwe veranstalten?«

»Du weißt genau, dass ich das nicht will«, gab Nora ruhig zurück, obwohl ihr Herz hämmerte. Sie fühlte sich zu Unrecht von Lehmann angegriffen. »Fandest du denn nicht, dass Paulina Link sich irgendwie ... irgendwie merkwürdig gegeben hat?«

»Deinen Worten nach ist sie traumatisiert. Da verhält man sich ›merkwürdig‹.«

»Du willst Paulina also nicht näher auf den Zahn fühlen?«

»Ihr habt ihr genug ›auf den Zahn gefühlt‹«, sagte Lehmann scharf. »Nora, mir scheint, du und Malik, ihr wollt hier um jeden Preis etwas konstruieren. Ihr habt die fixe Idee, dass da ein Verbrechen geschehen ist. Wir haben uns die Kameraaufnahmen angeschaut, haben mit Zeugen gesprochen – aber jene Zeugen sagen uns, dass Wolf Kerner allein war. Anna-Lenas zweifelhafte Beobachtungen haben sich *nicht* bestätigt. Sie hat sich getäuscht, Heyden. Und jetzt ist auch gut. Ich werde sicher nicht zulassen, dass eure überambitionierten ›Nachforschungen‹ meine Passagiere belästigen und verstören, Herr im Himmel. Dass ich ausgerechnet dir das erklären muss, Frau Hoteldirektorin.«

»Ich sehe es so: Die Ehepaare haben den eigentlichen Sturz nicht gesehen. Sie haben Wolf Kerner *vorher* gesehen. Es kann durchaus danach jemand bei ihm gewesen sein, ganz so, wie Anna-Lena sagt. Und Anna-Lena ist die einzige wirkliche Augenzeugin des Sturzes. Auch wenn sie betrunken war. Vielleicht war es Paulina Link, die ihn

gestoßen hat, vielleicht auch jemand anderes. Warum verwehrst du dich so gegen die Vorstellung, dass es wirklich so gewesen sein könnte? Dass jemand Kerner getötet haben könnte?«

»Ich wehre mich nicht, ich bremse euch. Wir sind hier nicht die Polizei, Heyden, wir sind ein Gästeschiff. Die Passagiere sind uns anvertraut! Wir müssen sie schützen, nicht ... nicht *jagen*. Du und Malik, ihr seid mir zu übereifrig. Man kann mit falschen Verdächtigungen viel Schaden anrichten. Und wenn ihr anfangt, hinter ›Verdächtigen‹ herzujagen ... Das kann ich nicht gutheißen. Stell dir nur mal vor, unsere liebe Nadja Rindel von der Reederei erfährt davon, wie Malik mit Paulina Link umgesprungen ist.«

»Du hast ja recht, wir sind wohl über das Ziel hinausgeschossen«, sagte Nora schließlich. »Aber nichtsdestotrotz müssen wir dem doch nachgehen, wenn wir den Verdacht haben, dass hier ein Verbrechen geschehen ist. Oder?«

Lehmann stieß die Luft aus. »Das tun wir ja auch. Aber ihr solltet die Passagiere ganz vorsichtig befragen. Das kann doch nicht so schwer sein. «

Nora sah ihn fest an. »Also machen wir weiter? Wir müssen noch mit Sasha Uhrmacher und Henry Brandt sprechen.«

Lehmann sah schweigend vor sich hin. Als Nora schon befürchtete, er würde sie endgültig von der Brücke schmeißen, sagte er: »Du. Du wirst mit Brandt und Uhrmacher sprechen. Malik ist raus.«

Nora nickte.

»Aber diskret.«

Nora nickte wieder. »Diskret.«

»Und taktvoll.«

»Und taktvoll. Ich werde das Feingefühl in Person sein.«

»Dein Wort in Gottes Ohr«, murmelte er.

*

Der Mann schlich schon die ganze Zeit in Nähe der Rezeption herum. Anna-Lena wüsste nicht, dass sie ihn jemals zuvor gesehen hätte, sie konnte ihm weder Namen noch Kabinennummer zuordnen – und das war ungewöhnlich. Normalerweise kannte sie neue Passagiere immer recht schnell, zumal die meisten schnell wegen irgendeiner Frage bei ihr aufkreuzten. Der Mann dort hingegen war noch nie an der Rezeption gewesen – wenn, dann musste es außerhalb ihrer Schicht gewesen sein. Andererseits war sie in der letzten Zeit sehr unkonzentriert. Gut möglich, dass sie ihn schon mal bedient hatte, ohne ihn wirklich zu registrieren.

Anna-Lena kniff die Augen zusammen. Er bewegte sich so, dass sie sein Gesicht gar nicht richtig erkennen konnte. Und er trug einen ausladenden Mundschutz, der sein halbes Gesicht verdeckte. Auch das war ungewöhnlich, weil die meisten Passagiere froh waren, hier an Bord keine Maske tragen zu müssen.

Heute war der Mann ihr schon mehrmals in der Nähe der Rezeption aufgefallen. So langsam fand sie sein Verhalten merkwürdig.

Aber vielleicht war sie auch nur übersensibel. Den ganzen Tag schon hatte sie jeden Gast, der ihr begegnet war, gedanklich abgeglichen mit dem verschwommenen Bild in ihrem Kopf.

Könnte das die Person sein, die ich bei Kerner gesehen habe?

Aber sie erkannte niemanden wieder. Auch den komischen Typen dort bei dem Aufsteller mit den Reisekatalogen erkannte sie nicht wieder.

Und vielleicht hatte sie sich ohnehin getäuscht ... Es machte sie beinahe wahnsinnig, dass sie ihrer Erinnerung nicht trauen konnte.

Vielleicht war wirklich alles Einbildung gewesen, und sie hatte ganz umsonst Kapitän Lehmann und alle anderen verrückt gemacht. Sie suchten nun nach anderen Zeugen, sprachen mit allen Passagieren, die zu jener Zeit an Deck gewesen waren ...

Hilfe, was habe ich da nur angerichtet?, fragte sie sich beklommen. Mit einem Mal wünschte sie sich, sie hätte einfach den Mund gehalten.

Aber der Typ, der nun schon zum dritten Mal heute die Kataloge durchblätterte. Benahm der sich nicht komisch? Er sah nicht zu ihr herüber, sondern schien ganz vertieft ins Lesen. Er tat so betont unauffällig. Und gerade das war so auffällig.

Komischer Vogel. Anna-Lena warf ihm einen letzten Blick zu, dann klingelte ihr Telefon und lenkte sie wieder ab.

*

»Einen wunderschönen Nachmittag, liebe Passagiere, hier spricht Elsa, Ihre Kreuzfahrtdirektorin. Ich hoffe, Sie haben den Tag bis jetzt genossen. In Kürze beginnt unsere Tea-Time im Bordbistro mit leckerem Kuchen und Gebäck ...«

Henry Brandt zuckte zusammen, als schon wieder die Stimme der Kreuzfahrtdirektorin aus dem Bordradio dröhnte. Er hatte vergessen, die Krankenschwester zu bitten, den Ton leiser zu drehen. Er stand auf und schlurfte in den dunkelblauen Schiffspantoffeln zur Tür. Es gab diese Pantoffeln nur in drei Größen, wie er vom Zimmermädchen erfahren hatte: winzig, mittelgroß und Riesenfüße. Er hatte die größte Größe bekommen und nun schlappten sie bei jedem Schritt, aber um kleinere bitten mochte er nicht, weil er nicht dekadent erscheinen wollte.

Als er die Tür zum Arztzimmer öffnete und um die Ecke spähte, saß die Krankenschwester an ihrem Schreibtisch und telefonierte rege. Sie hatte den Hörer unter das Kinn geklemmt und tippte gleichzeitig auf der Computertastatur herum, so bemerkte sie ihn gar nicht. Obwohl sie sich sichtlich bemühte, ihre Stimme zu senken, sprach sie vor Aufregung immer lauter.

Nun, er würde es in ein paar Minuten noch mal versuchen. Henry wollte die Tür gerade wieder schließen, da erstarrte er in der Bewegung. Was sagte sie da? Es verschlug ihm fast den Atem. Wolf Kerner war die Treppe hinuntergestoßen worden? Das hatte die Rezeptionistin beobachtet? Und nun suchte man nach Zeugen? Die ersten Passagiere waren bereits auf der Brücke befragt worden?

So lautlos wie möglich schloss er die Tür und tappte zurück zu seinem Bett. Das Radio war vergessen. Zeugen?, dachte er verwirrt. Sollte er sich melden? *Musste* er sich melden? Er war an jenem Abend draußen gewesen. Dann schüttelte er den Kopf. Nein. Er hatte ja nichts gesehen.

*

Arielles Blick irrte verstört durch den Raum. Die Neuigkeiten hatten sie eiskalt überrascht. Vor allem schockierte es sie, wie schnell Gerüchte auf einem Schiff die Runde machten. Andererseits hätte sie sonst nie so schnell davon erfahren ...

Offenbar suchte man nun nach Personen, die vorgestern Abend an Deck waren.

Man suchte nach Zeugen.

Man suchte nach *ihr*.

War sie etwa beobachtet worden? Hatte jemand gesehen, dass sie Wolf Kerner zu Tode gestoßen hatte?

Sie bekam eine Gänsehaut. Sie war sich so sicher gewesen, dass sie allein gewesen war! Und eine Kamera hatte sich auch nicht in dem Bereich befunden – es sei denn, sie war so gut versteckt gewesen, dass sie sie nicht bemerkt hatte. Aber wenn es Kameraaufnahmen geben würde, dann hätte man sie schon längst gefunden, soviel war klar.

Arielle seufzte angespannt. Wenn ich doch nur alles erzählen könnte, dachte sie. Wenn ich doch nur alles erklären könnte. Ich bin doch keine eiskalte Mörderin! All das Leid, dass Wolf Kerner mir angetan hat. Ein jeder würde verstehen, dass ich nicht anders handeln konnte. Ich wollte ihn ja nicht töten. Aber es ist passiert – und es tut mir nicht leid.

Sie verspürte plötzlich einen entsetzlichen, innerlichen Druck. Die Situation begann, sie zu überfordern.

Es war plötzlich wie früher. Da hatte sie auch unter Druck gestanden, unter so fürchterlichem Druck. Wieder glitten ihre Gedanken zurück in die Kindheit. Sie stammte aus einer sportlichen Familie. Ihre Eltern waren begnadete Leichtathleten gewesen, ihre beiden Brüder spielten hervorragend Fußball. Sie war jedoch die Einzige, die den Wassersport liebte. Auf dem Sportinternat wurde sie zur Topathletin ausgebildet. Sie brachte regelmäßig Medaillen heim, und ihre ganze Familie war stolz. Schon als ganz junges Mädchen war sie ein kleiner Star. Sie konnte bei den Jugend-Europameisterschaften und Weltmeisterschaften gute Platzierungen erringen. Medaillen über Medaillen. Gold. Gold. Gold. Mit sechszehn, siebzehn, achtzehn war sie auf der Höhe ihres Erfolges angelangt. Sie hätte so glücklich sein müssen. Aber da war dieser Druck, dieser ständige Druck ...

*

Nora hätte am liebsten auf der Stelle mit Sasha Uhrmacher und Henry Brandt geredet, um zu klären, ob sie eventuell etwas beobachtet hatten, aber sie musste dringend zurück an die Arbeit. Sie hing bereits ihrem heutigen Zeitplan hinterher, durch den Wirbel, den Anna-Lena unerwartet verursacht hatte. Außerdem hatte Lehmann recht: Henry Brandt lief ihnen nicht weg und Sasha Uhrmacher war ohnehin vorerst mit ihren Kursen beschäftigt. Sehr ärgerlich, dass Lehmann Malik aus dem Verkehr gezogen hatte. Anstatt ihn unsinnigerweise Feuerlöscher prüfen zu lassen, hätte Malik gut mit den beiden sprechen können. Aber es

war nun mal typisch Lehmann, dass er dem Sicherheitsoffizier seine Grenzen aufzeigte. Malik neigte gelegentlich dazu, übermütig zu werden, und er hatte sich eindeutig Lehmanns Anweisung widersetzt: Paulina Link diskret und behutsam zu befragen. Sie verstand Lehmanns Ärger, die Befragung der Witwe war wirklich höchst unglücklich abgelaufen.

Heute Abend fand die große Willkommensgala statt und es gab noch einiges mit dem Maître, dem Chefkoch und der Hostess zu besprechen. Als das erledigt war, kümmerte Nora sich noch rasch um den Papierkram, der sich im Laufe des Tages angesammelt hatte, aber immer wieder schweiften ihre Gedanken ab zu Paulina Link.

Das Problem war: Paulina verhielt sich nun mal auffällig – da war Nora einer Meinung mit Malik. Und die Witwe hätte auch ein Motiv gehabt, Kerner die Treppe runterzustoßen.

Und wenn es so gewesen war? Wenn Paulina ihn wirklich getötet hatte? Nicht mit Absicht, aber wenn es im Affekt passiert war? Ein Streit, ein Stoß ...? Und hätte Wolf Kerner nicht zufällig genau vor der Treppe gestanden, wäre ihm womöglich gar nichts passiert.

Nora rieb sich den Nacken. Könnte, könnte – aber genauso könnte es ganz anders sein. Vielleicht hatte es die zweite Person auch nie gegeben, die Anna-Lena zu sehen geglaubt hatte.

Und vor allem: Wir sind hier nicht die Polizei. Auch da hat Lehmann recht. Wir sind für das *Wohl* unserer Gäste verantwortlich, und nicht dafür, ihnen irgendwelche Straftaten nachzuweisen. Wir dürfen Paulina Link auf gar keinen Fall durch stümperhafte und leichtfertige Nachforschungen Schaden zufügen, dachte Nora. Die Frau hatte genug erlitten.

Nora legte den Kugelschreiber beiseite und stand auf. Die Büroarbeit war fürs Erste erledigt, und nun konnte sie endlich mit Sasha Uhrmacher und Henry Brandt reden.

Sie beschloss, zunächst Henry Brandt im Hospital aufzusuchen. Sie machte einen Abstecher zur Rezeption, aber die Tasche mit Henrys Sachen stand nicht mehr dort.

»Henry Brandt hat seine Tasche schon, oder?«, fragte sie sicherheitshalber. »Sonst hätte ich sie jetzt mitgenommen.«

»Ja, die wurde ihm vorhin schon gebracht«, nickte Anna-Lena.

»Fein.« Nora sah sich um, aber niemand war in der Nähe. Dennoch senkte sie unwillkürlich die Stimme: »Anna-Lena, ruf mal bitte die Daten von Paulina Link im Bordcomputer auf.«

Anna-Lena tat wie geheißen, während Nora den Hals reckte, um auf den Monitor zu schauen. Kurz darauf erschien das Foto von Paulina Link auf dem Bildschirm, das bei der Anreise gemacht worden war. »Könnte das die zweite Person sein, die du bei Wolf Kerner gesehen hast?«

Anna-Lena schüttelte resigniert den Kopf. »Paulina Link? Tut mir leid. Ich kann es nicht sagen. Ausschließen kann ich es jedenfalls nicht.«

»Schon okay.«

»Ist sie etwa verdächtig?«

»Nein«, sagte Nora schnell. »Sie gehört nur zu den Personen, die an jenem Abend draußen waren.«

»Ich kenne Paulina Link. Sie ist eine kleine, zierliche Person«, sagte Anna-Lena nachdenklich. »Sie ist gut einen halben Kopf kleiner als ich. Die Person, die ich gesehen habe, die war genauso groß wie Wolf Kerner, wenn nicht sogar größer. Glaube ich jedenfalls ...«

»Das klingt, als werden deine Erinnerungen konkreter?«, fragte Nora hoffnungsvoll.

»Leider nicht wirklich ... Ich bin mir absolut nicht sicher.«

Nora überlegte einen Moment. Lehmann würde sie umbringen, wenn sie das tat, aber ... »Könntest du mir das Foto von Paulina Link ausdrucken?«

»Aber sicher.« Anna-Lena reichte ihr kurz darauf kommentarlos den Ausdruck. Nora steckte ihn ein, dann ging sie weiter zum Hospital.

Henry Brandt lag mit geschlossenen Augen auf dem Bett, und Nora glaubte schon, er schliefe. Die Tasche mit seinen Sachen stand noch unausgepackt gleich neben der Tür.

Als sie auf Zehenspitzen näher ging, um die Tasche neben das Bett zu stellen, schlug er plötzlich die Augen auf.

»Oh, Frau Heyden. Entschuldigen Sie, ich habe geschlafen.« Er setzte sich umständlich auf. »Danke, dass Sie mir meine Sachen haben bringen lassen. Ich bin noch nicht dazu gekommen, sie auszupacken.«

»Gern geschehen. Soll ich Ihnen beim Auspacken helfen?«

»Danke, das wäre sehr freundlich. Ich fühle mich noch sehr erschöpft.«

Nora räumte die Kleidung in den schmalen Wandschrank und legte die Kosmetiktasche neben das kleine Handwaschbecken. Dann reichte ihm das Foto von der jungen Frau, damit er es neben sein Bett stellen konnte.

»Ist das Ihre Tochter?«, fragte sie.

»Nein.« Blitzschnell drehte Henry Brandt das Foto um. »Um Himmels willen, nein.«

Nora wunderte sich über die hektische Reaktion. »Ich wollte nicht neugierig sein«, entschuldigte sie sich.

»Oh, nein. Es ist nur ...« Henry starrte auf die Bettdecke. »Sie ... sie ist tot.«

»Das tut mir leid«, sagte Nora ehrlich entsetzt. Damit hatte sie nun nicht gerechnet.

»Ja ... mir auch. Mir auch.«

Ein unangenehmes Schweigen machte sich breit.

Dann räusperte sich Nora. »Ich würde Ihnen gern einige Fragen stellen, wenn Sie sich dazu in der Lage fühlen.«

»Aber ja. Worum geht es denn?«

»Wie Sie vermutlich mitbekommen haben, ist vorgestern Abend ein alter Mann gestürzt und hat sich dabei tödlich verletzt.«

»Ja ... Ja, ich hörte davon.« Henry nickte betrübt.

»Sie waren vorgestern Abend auf dem Außendeck, richtig? Wir haben die Kameraaufnahmen ausgewertet und sprechen nun mit allen Personen, die zur fraglichen Uhrzeit draußen waren.«

Er sah sie erschrocken an. »Wenn Sie das so sagen, dann wird es wohl stimmen. Dr. Eschweiler hat Sasha Uhrmacher und mich über das Schiff geführt, und anschließend war ich noch allein ein wenig spazieren.«

Nora zeigte ihm das Foto von Wolf Kerner. »Ist Ihnen dieser Mann vielleicht begegnet? Allein, oder mit einer weiteren Person?«

»Nein.« Er schüttelte den Kopf. »Tut mir leid.«

»Den Sturz haben Sie natürlich auch nicht gesehen«, sagte Nora sicherheitshalber.

»Nein, natürlich nicht.«

Nora überlegte. Sollte sie? Sollte sie nicht? Ehe sie sich bremsen konnte, zog sie das Foto von Paulina Link aus der Tasche. »Kann ich mich darauf verlassen, dass Sie unser Gespräch absolut vertraulich behandeln?«

Henry Brandt nickte ernst. »Als Psychologe nehme ich es sehr ernst mit der Schweigepflicht.«

»Nun ja, Sie sind mir gegenüber nicht verpflichtet, zu schweigen.«

»Sie können sich auf mich verlassen«, sagte Henry Brandt nur, und sah sie abwartend an.

»Ist Ihnen diese Frau an jenem Abend begegnet?«

Henry Brandt betrachtete das Bild eingehend. Dann weiteten sich seine Augen. »Die kenne ich.«

»Ja?« Nora beugte sich vor. »Sie haben sie gesehen?«

»Ja.« Henry schien erleichtert, ihr endlich eine positive Antwort geben zu können. »Die Dame war bei mir im Motivationskurs.«

»Ach, verstehe.« Nora nickte enttäuscht. »Auf Ihrem Abendspaziergang haben Sie sie also nicht getroffen?«

»Nein. Ich habe eigentlich niemanden getroffen. Ich war auch nicht lange draußen, vielleicht fünf Minuten. Es war so windig und ich fühlte mich an dem Abend schon nicht gut, so dass ich beschloss, früh schlafen zu gehen ...«

»Danke«, unterbrach Nora seinen Redefluss. »Mehr Fragen habe ich auch gar nicht. Dann lasse ich Sie nun wieder in Ruhe, Sie wirken noch sehr angeschlagen.«

»Moment ...« Henry Brandt hob die Hand. Er wirkte nun um einiges lebhafter. »Warten Sie bitte.«

»Ja?«

»Also ... Diese Frau, Paulina heißt sie, richtig? Der Nachname ist mir entfallen.«

Nora nickte, ohne ihm mit dem Nachnamen zu helfen.

»Paulina hat mich nach dem Motivationsseminar in meiner Kabine aufgesucht, sie wollte mit mir reden.«

»Sie haben Sie auf Ihre Kabine eingeladen?« Nora runzelte die Stirn.

»Oh nein, sie ist mir gefolgt.« Henry Brandt winkte rasch ab, als er Noras irritierten Blick bemerkte. »Keine Sorge, das nahm ich ihr nicht übel, denn als ich von ihrem Schicksal erfuhr ...« Er unterbrach sich. »Sie wissen um das tragische Schicksal der Frau?«

»Sie hat ihre gesamte Familie bei einem Autounfall verloren.«

Henry Brandt nickte bekümmert. »Ja. Sie hatte das große Bedürfnis, mit mir darüber zu sprechen. Offenbar hat sie nie zuvor mit einem Psychologen oder Trauerbegleiter gesprochen – absolut unverständlich in meinen Augen. Die Frau wurde wohl völlig allein gelassen.«

»Sie hat einen engen Kontakt zum Ersthelfer und seiner Frau, soweit ich weiß«, sagte Nora. »Sie ist sogar mit denen zusammen hier auf dem Schiff.«

»Oh, aha.« Henry Brandt hob verwundert die Hände. »Das hätte ich nicht gedacht, sie kam mir sehr allein vor. Aber es ist natürlich gut, wenn sie enge Freunde hat, das hilft ungemein. Jedenfalls habe ich bei ihr das starke Verlangen gespürt, über den Autounfall zu reden. Das ist eher ungewöhnlich, viele Betroffene ertragen es kaum, davon zu sprechen. Paulina hingegen hat mir sofort ihre traurige Geschichte erzählt ...« Er seufzte tief. »Schlimm, wirklich.«

»Ja.« Nora zögerte, dann entschloss sie sich, die Gelegenheit beim Schopfe zu packen. Henry Brandt hatte ihr versichert, das Gespräch vertraulich zu behandeln, und sie vertraute ihm. Er war ein Mitarbeiter, er war Psychologe – im Grunde war es doch kaum etwas anderes, als wenn sie mit Dr. Birnbaum redete, oder? Sie sagte: »Darf ich Sie etwas fragen? In Ihrer Funktion als Psychologe?«

»Gern.«

»Mich würde Ihre Einschätzung interessieren. Halten Sie es für möglich, also ...« Nora wusste nicht recht, wie sie es formulieren sollte. »Ich möchte Paulina Link weiß Gott nichts unterstellen. Aber Wolf Kerner hatte sie in der Vergangenheit ganz übel gekränkt.«

»Wolf Kerner?«

»Der Mann, der den tödlichen Unfall hatte«, erklärte Nora. »Paulina und er wohnten im selben Ort. Und Wolf Kerner hat vor einiger Zeit eine sehr pietätlose Bemerkung über ihren toten Ehemann gemacht. Paulina war im Innersten getroffen, und als sie ihn hier auf dem Schiff sah, hat sie ihn darauf angesprochen.« Nora zögerte. »Halten Sie es für denkbar, dass die Begegnung sie so ... so aufgewühlt hat, dass sie Wolf Kerner die Treppe hinunter gestoßen hat?«

»Er wurde gestoßen?«

»Das wissen wir nicht«, sagte Nora schnell. »Ich frage nur theoretisch. Ganz theoretisch.« Vielleicht bin ich zu weit gegangen, überlegte sie im selben Moment, aber nun war es zu spät.

»Natürlich. Rein theoretisch.« Henry kratzte sich am Kinn. »Das wäre eine geradezu klassische Tat im Affekt. Aufgestaute Wut, Erregung, Trauer – viele starke Emotionen, die plötzlich explodieren können. Ich kann Paulina nach dem kaum zehnminütigen Gespräch wirklich nicht fachlich beurteilen. Aber denkbar wäre es, natürlich – aber das wäre es auch bei jeder anderen Person. Auch Ihnen hätte das passieren können, Frau Heyden, dass irgendeine Bemerkung von Wolf Kerner Sie derart in Rage versetzt, dass Sie ihn impulsiv stoßen – deshalb heißt es ja Affekthandlung. Dazu braucht es nicht unbedingt eine Vorgeschichte.«

»Verstehe. Würden Sie es Paulina denn zutrauen?«

»So eine Frage kann ich unmöglich beantworten.«

»Natürlich nicht, tut mir leid.« Nora strich sich verlegen eine Strähne aus dem Gesicht. Was machte sie hier eigentlich? Lehmann würde sie umbringen, wenn er davon wüsste. »Okay. Vielen Dank, Henry«, sagte sie und ging zur Tür. »Und bitte, vergessen Sie am besten unser Gespräch.«

»Da fällt mir noch etwas ein. Paulina hat eine merkwürdige Bemerkung fallen lassen. Über Rache und Vergeltung.« Henry Brandt runzelte die Stirn, und Nora schloss die Tür wieder, die sie bereits geöffnet hatte.

»Was für eine Bemerkung?«

»Es klang so, als gäbe sie jemandem die Schuld an dem Autounfall, bei dem ihre Familie starb«, sagte Henry nachdenklich. »Das ist jetzt nur ein Gedanke von mir, ziemlich weit hergeholt, aber ... kann es sein, dass Wolf Kerner in den Autounfall verwickelt war? Sie sagten ja, die beiden stammten aus demselben Ort?«

Nora sah ihn erstaunt an. »Nein. Soweit ich weiß, war kein anderes Fahrzeug beteiligt. Ihr Ehemann hat die Kontrolle verloren.«

»War ja auch nur so ein Gedanke. Vermutlich habe ich Paulinas Äußerungen falsch aufgefasst.«

Nora verabschiedete sich und verließ das Krankenzimmer. Dr. Birnbaum saß an seinem Schreibtisch, vertieft in eine Patientenakte, und sah nicht mal auf, als sie vorbeiging. Nora bemerkte aus den Augenwinkeln die riesige Pralinenschachtel, die sie Henry am Morgen geschenkt hatte – sie lag auf dem gusseisernen Schirmständer, in dem Nora noch nie einen Regenschirm gesehen hatte. Sie fragte sich, wer wohl auf die Idee gekommen war, hier einen Schirmständer aufzustellen, zum Hospital gelangte man in der Regel trockenen Fußes, ohne das Außendeck überqueren zu müssen.

»Haben Sie Henry die Pralinen abgeluchst?«, fragte Nora amüsiert.

»Welche Pralinen?«

»Die auf dem Schirmständer.«

»Ach die ... Die hat er Grietje geschenkt.« Dr. Birnbaum klang verschnupft.

»Oh ... Aber Grietje teilt sie bestimmt mit Ihnen«, sagte Nora tröstend.

»Darauf lege ich doch gar keinen Wert. Ich esse wenig Süßkram.«

Nora schmunzelte nur und verließ dann das Hospital. Das Gespräch mit Henry Brandt hatte sie nachdenklich gestimmt – und verwirrt. Paulina hatte von Rache gesprochen? Hatte Wolf Kerner womöglich tatsächlich in irgendeiner Weise mit dem Autounfall zu tun? Nein. Nora schüttelte den Kopf. Das war doch absurd, da eine Verbindung annehmen zu wollen. Einen solchen Zufall konnte es doch nicht geben.

Nora war inzwischen im Foyer angekommen und machte am »Schwarzen Brett« halt, wo immer ein aktuelles Tagesprogramm aushing. In einer halben Stunde würde Sasha Uhrmacher einen Rücken-Kurs geben, den letzten des Tages. Nora beschloss, frühzeitig hoch ins Sportcenter zu gehen, um Sasha vorher abzupassen.

*

Dr. Eschweiler kam sich ungewohnt schludrig vor. Er trug eine blaue Jogginghose und ein Polo-Shirt, dazu ein Paar Sommerschuhe aus Leinen, weil er keine Turnschuhe besaß. Derart gekleidet saß er für gewöhnlich allenfalls vor dem Fernseher, aber niemals hätte er sich so in die Öffentlichkeit getraut. Hemd und Hose, ordentlich gebügelt, waren für ihn Pflicht – normalerweise. Nun aber war er auf dem Weg in den Sportraum. Er hatte Pause, bevor der große Galaabend begann. Diese freie Zeit wollte er nutzen, um etwas für seine Fitness zu tun.

Nein, es hatte nichts mit einer jungen Lektorin namens Sasha zu tun. Die ältere Männer *faszinierend* fand. Nein, gewiss nicht, er hatte schon seit langem etwas für seine Fitness tun wollen, und heute würde er damit beginnen. Zur Einstimmung ging er die Treppen zum Sportraum zu Fuß hoch – und das allein brachte ihn schon beinahe in Atemnot. Er war einfach zu unsportlich, das musste sich dringend ändern. Und nein, seine Motivation hatte wirklich nichts mit der neuen, sportlichen Kollegin Sasha Uhrmacher zu tun.

Als er den Sportraum erreichte, spähte er vorsichtig durch die Glastür. Gott sei Dank waren kaum andere Passagiere dort. Lediglich zwei der Geräte waren besetzt. Erleichtert trat er ein – und stoppte abrupt. Jetzt erst sah er, dass Sasha Uhrmacher ebenfalls hier war. Zu seinem Entsetzen lag sie auf einer Turnmatte am Boden und machte irgendwelche Dehnübungen mit einem Band. *Oh nein.*

Rückwärts trat er behutsam wieder aus dem Raum, doch sie hatte ihn schon gesehen.

»Hallo, Hans-Bernd.« Sasha winkte ihm munter mit dem pinken Band zu. »Wie schön!«

»Hallo, Sasha. Sie sind ja auch hier«, murmelte er.

»Ja, ich gebe hier regelmäßig Gymnastikkurse, neben meinen Gesundheitsseminaren. Und heute und morgen bin ich fast den ganzen Tag hier, weil ich ausgefallene Kurse nachhole. Hatte ich das nicht erzählt?«

Nein, das hatte sie nicht.

»Ich habe Sie noch nie hier gesehen«, sagte Sasha. »Sie kommen nicht oft her?«

»Ich bin immer sehr beschäftigt.« Er errötete verlegen. »Aber ich will wieder mehr für meine Kondition tun.«

»Guter Plan. Gerade die Crew muss auf ihre Form achten.« Sasha lächelte und deutete um sich. »In einer halben Stunde beginnt mein Rücken-Kurs. Vorher hätte ich Zeit. Ich könnte Sie in die Geräte einweisen. Ich würde Ihnen ein leichtes Training empfehlen, kombiniert für Kraft und Ausdauer. Ein paar Übungen für die wichtigsten Muskelgruppen, etwas Herz-Kreislauftraining ...«

In seiner Vorstellung hatte er sich lediglich auf dem Trimmrad gesehen, aber das wollte er nicht zugeben. Er räusperte sich. »Ja, das wäre sehr nett.«

»Super. Sind Sie bereit? Dann wollen wir mal. Sie müssen sich zunächst aufwärmen. Ich mache vor, Sie machen mir nach.«

Sie wies ihm eine Turnmatte zu und begann mit den Übungen. »Dehnen. Erstmal dehnen.«

Dr. Eschweiler versuchte, die Verrenkungen möglichst elegant zu kopieren, was gar nicht so einfach war. Sasha war derart beweglich, dass er sich unwillkürlich fragte, ob sie eventuell den ein oder anderen Knochen weniger im

Skelett hatte, als er. Aber diese Sportlichkeit lag wohl in der Familie. Mario Uhrmacher war schließlich ihr Bruder. Ein Weltstar. Und Sasha war eine so bodenständige und unauffällige Frau geblieben, dachte er fasziniert.

Nun forderte Sasha ihn auf, Liegestütze zu machen. »Mal sehen, wie viele Sie schaffen. Fünf?«

Fünf?, dachte er gekränkt. So unsportlich war er nun auch nicht. Nach drei Liegestützen jedoch zitterten seine Oberarme, nach vieren schmerzten die Handgelenke.

»Na los, zwei schaffen Sie noch«, rief Sasha fröhlich.

Dr. Eschweiler nickte verbissen. Er würde sich keine Blöße geben. Dann gaben seine Arme nach und er blieb erschöpft auf der Matte liegen.

*

Sasha Uhrmacher schmunzelte, als sich Dr. Eschweiler ein Handtuch um die Schultern legte und aus dem Raum schlich. Der Bordlektor war wirklich total unsportlich. Das erste Training heute hatte zwar nicht mal eine halbe Stunde gedauert, dennoch würde der Ärmste morgen sicher einen höllischen Muskelkater haben. Davon abgesehen war er aber sehr süß. So unbeholfen und hölzern und absolut linkisch im Umgang mit Frauen. Sie gefiel ihm, das hatte sie gleich gespürt, aber er hatte keine Ahnung, wie er damit umgehen sollte. Dr. Eschweiler war gut und gerne zwanzig Jahre älter als sie, aber das Alter hatte für sie noch nie eine Rolle gespielt.

Hatte sie ihm eigentlich schon gesagt, dass sie ihn faszinierend fand?, überlegte sie. Sie hatte ihn gefragt, ob er heute Abend nach dem Gala-Essen noch Lust auf einen Absacker in der Captains Lounge hätte, und es war zu süß gewesen, wie er errötend genickt hatte.

Sasha sah auf ihr Fitnessarmband – nur noch wenige Minuten, dann begann das »Sanfte Rückentraining für Anfänger« – ihr letzter Kurs für heute. Sieben Teilnehmer hatten sich dafür angemeldet und würden sicher gleich eintrudeln.

Das Sportcenter war ansonsten so gut wie leer. Den neuen Regeln gemäß durften sich hier maximal zehn Passagiere gleichzeitig aufhalten, und derzeit rannte lediglich ein älterer Mann schwitzend und mit hochrotem Kopf auf dem Laufband.

Sasha begann, die Turnmatten auszulegen und die Geräte herauszusuchen. Heute würde sie mit dem Gymnastikball und den kleinsten Hanteln arbeiten.

»Junge Frau«, hörte sie da den Mann vom Laufband rufen.

Sie sah auf. »Ja bitte?«

»Geben Sie hier gleich den Rückenkurs?« Der Mann hatte das Laufband angehalten und lehnte sich nun schwer atmend auf die Armgriffe.

»Ja, das ist richtig. Möchten Sie teilnehmen?«

»Haha, nee.« Der Mann lachte japsend. »Aber meine Frau. Die kommt gleich. Wie ist noch gleich Ihr Name?«

»Sasha Uhrmacher.«

»Verwandt mit *dem* Uhrmacher?« Der Blick des Mannes wurde durchdringend.

»Nein.« Sasha wandte sich ab und warf die nächste Turnmatte zu Boden, dass es knallte. Wie sie diese Frage hasste. Natürlich sagte sie immer *Nein.*

Früher hatte es ihr gefallen, einen berühmten Bruder zu haben. Sie war so stolz auf den Kleinen gewesen. Später dann, als er immer bekannter wurde, änderte es sich jedoch. Es wurde immer anstrengender, die Reporter immer nerviger. Sie machte Mario keine Vorwürfe, nein, er konnte ja nichts dafür. Im Gegenteil, er hatte ja versucht, die Familie zu schützen. Doch je mehr Mario versucht hatte, sein Privatleben abzuschirmen, desto mehr jagten die Reporter hinter ihm her. Sie versuchten, auf allen erdenklichen Wegen an ihn heranzukommen – zum Beispiel über sie, seine große Schwester.

Und dann kam der Skiunfall. Seitdem drehten die Leute förmlich durch.

Die Familie hatte eine absolute Nachrichtensperre verhängt, doch das reizte die Medien naturgemäß nur noch mehr. Sie hatten das Haus belagert. Hatten sich ins Krankenhaus eingeschleust, versucht, über Pflegepersonal, Hausmeister oder Ärzte an Infos zu kommen.

Ihre Mutter hatte sogar Klage gegen eine Illustrierte eingereicht, die eine Putzfrau des Krankenhauses gelöchert hatte. Es war grauenvoll gewesen, und es dauerte bis heute an. Noch heute erschienen regelmäßig spekulative Artikel über Marios Zustand.

Aber die Familie hielt zusammen. Es gab genau zwei öffentliche Statements über Marios Gesundheitszustand, kommuniziert über seine Managerin: Einmal, dass Mario aus dem Koma erwacht war. Und ein paar Monate später, dass Mario nun das Krankenhaus verlassen habe und seine Rehabilitation zu Hause fortsetzen werde.

Seitdem wurden keine weiteren offiziellen Angaben mehr zu seinem Gesundheitszustand gemacht. Es ging die Öffentlichkeit nichts an, ganz einfach.

Sasha schob die Turnmatten mit dem Fuß zurecht. Ja, auch sie selbst war bedrängt worden. Reporter hatten ihr auf Schritt und Tritt nachgestellt und mit horrenden Summen gewunken.

Auch jetzt, zwei Jahre nach dem Skiunfall, war das öffentliche Interesse ungemindert groß. Mario Uhrmacher wurde nicht vergessen.

Durch Mario hatte die Familie einigen Reichtum erlangt. Sie besaßen zwei Ferienhäuser, eines in der Schweiz und eines in Schweden. Sie besaßen drei Autos und das große Anwesen nahe Potsdam, wo die Eltern wohnten und Sasha ein eigenes, geräumiges Loft bewohnte. Seit dem Unfall wohnte Mario auch wieder dort ...

Ja, Mario war nie geizig gewesen. Ihr, seiner großen Schwester, hatte er das langersehnte Studium der Ernährungswissenschaften finanziert, nachdem sie als Physiotherapeutin nicht glücklich gewesen war. Er hatte es möglich gemacht, dass sie als Gesundheitsberaterin eine kleine Praxis führen konnte – von deren bescheidenen Einkünften sie ehrlicherweise niemals hätte leben können. Hauptsächlich entwickelte sie dort Ernährungspläne für übergewichtige Kunden – aber ihr Ziel war es gewesen, ein eigenes neues, innovatives Gesundheitskonzept zu entwickeln. Sie hatte geplant, eine Art Kurhaus zu eröffnen, wo mehrtägige Gesundheitsaufenthalte angeboten wurden, mit viel Sport, Kochkursen in gesunder Ernährung, und so weiter.

Sie war kurz davor gewesen, all ihre Vorstellungen zu verwirklichen, doch dann kam die Pandemie, weltweit mussten die Hotels schließen – ein denkbar schlechter Zeitpunkt, um ein Kurhaus zu eröffnen. Also hatte sie die Pläne schweren Herzens auf Eis legen müssen. Während der Monate, die sie zum Nichtstun verdammt war, hatte sie

jedoch weiter geplant, und ihr war aufgegangen, dass sie eigentlich gar nicht über die Voraussetzungen verfügte, ein Kurhaus zu führen. Sie kannte sich in der Hotellerie gar nicht aus. Und so war ihr irgendwann die Idee gekommen, auf einem Kreuzfahrtschiff anzuheuern. Auf See, so hatte sie gedacht, hätte sie auch Ruhe vor all den Reportern. Zu Hause trudelten regelmäßig Werbekataloge von Reedereien ein, dabei hatten ihre Eltern nur ein einziges Mal eine Kreuzfahrt gemacht. Aber die Bilder der luxuriösen Schiffe auf dem weiten Meer hatten sie inspiriert – auf einem Luxusschiff wollte sie ›Hotelluft‹ schnuppern, sehen, wie es hinter den Kulissen ablief und wertvolle Erfahrungen sammeln in der Versorgung von Gästen.

Sasha hatte sich kurzerhand auf einem der elegantesten Schiffe auf dem deutschen Markt beworben: der *Blue Ocean*. Und sie war tatsächlich eingestellt worden. Sie hatte kein schlechtes Gewissen, dass sie ihren familiären Hintergrund verschwiegen hatte. Es ging schlicht und ergreifend niemanden etwas an, fand sie.

Fünf Monate ging ihr Vertrag, anschließend ein paar Wochen Urlaub, und wenn es ihr gefiel, würde sie noch einen zweiten Vertrag dranhängen. Der Verdienst war lausig, aber ums Geld ging es ihr nicht, sondern um wertvolle Erfahrungen, die sie für ihr Kurhaus nutzen konnte. Außerdem war der Job hier ohnehin mehr Spaß als Arbeit: Sie gab Gesundheitsseminare und bot einige Sportkurse an: Bauch-Beine-Po, Rückengymnastik, und so weiter. Außerdem konnte man bei ihr auch Physiotherapiebehandlungen buchen. Kurz: Für die Reederei war sie ein Gewinn, und deshalb hatte man sie wohl auch sofort eingestellt.

Mario ... Wie immer, wenn sie an ihren Bruder dachte, überkam sie ein merkwürdiges Gefühl. So viel Zeit war seit dem Unfall vergangen, und doch noch immer war da der

Schock. Der Unglaube, wie ihr vitaler Bruder von einer Sekunde auf die andere so aus dem Leben herausgerissen wurde.

Und dann dieses elende Schweigen. Sie konnte mit niemanden außerhalb der Familie über den Unfall reden, durfte nicht reden. Niemandem konnte man vertrauen, immer bestand die Gefahr, dass derjenige, den man ins Vertrauen zog, das Vertrauen missbrauchte und mit der Presse redete.

Kein Kommentar. Ich spreche nicht darüber.

Selbst ihren wenigen Freunden gegenüber durfte sie nicht offen sein. Die einen hatten es akzeptiert, die anderen hatten sich gekränkt abgewandt.

Sasha ging zu ihrer Sporttasche und griff zum Handy. Sie loggte sich bei Instagram ein und ging auf Marios Seite. Plötzlich hatte sie wahnsinnige Sehnsucht, sein Gesicht zu sehen. Ihn so zu sehen, wie er früher war. Als er noch *normal* gewesen war.

Sie ging auf seine private Seite, nicht auf die öffentliche Fanseite. Hier hatte nur eine Handvoll enger Freunde und Familienmitglieder Zugang, hier hatte er früher Dinge gepostet, die nicht für die Öffentlichkeit bestimmt gewesen waren. Schnappschüsse aus dem Trainingslager oder aus den Umkleidekabinen vor irgendwelchen wichtigen Spielen, aus allen Städten dieser Welt. Oder einsame Fotos aus den Hotelzimmern. Seit dem Unfall war kein neuer Post hinzugekommen.

Sasha klickte das letzte Foto an, das Mario gepostet hatte: Mario lag auf einer Liege beim Mannschaftsarzt, ihm wurden gerade die Unterschenkel durchgeknetet. Mario wirkte locker und vergnügt und reckte die Hand mit einem Peacezeichen zur Kamera hin. So hatte sie ihn danach nie wieder gesehen.

Sasha loggte sich wieder aus und steckte das Handy zurück. Sie warf sich förmlich auf die Turnmatte und begann mit Liegestützen. Sie hatte plötzlich das Gefühl, sich abreagieren zu müssen.

*

Nora traf Sasha wie erwartet im Fitnessraum an, wo sie gleich den letzten Sportkurs des Tages anleiten würde.

Nora blieb einen Moment an der Tür stehen und beobachtete die sportliche Frau. Sasha war extrem durchtrainiert – in Alltagskleidung fiel das nicht mal sonderlich auf, aber jetzt, im knappen Sportdress ... Nora betrachtete neidisch den durchtrainierten Körper der jungen Frau. Alles wohldefiniert und muskulös – aber nicht zu viel, als dass sie unweiblich gewirkt hätte.

Sasha war so sehr in ihre Übungen vertieft, dass sie Nora nicht gleich bemerkte. Sie lag auf dem Rücken auf einer Turnmatte und hatte die Arme locker hinter dem Kopf gelegt. Ihre leicht angewinkelten Beine schwebten ein paar Zentimeter über dem Boden. Nun hob sie den Oberkörper vom Boden ab.

Nora ging zu ihr. »Hallo Sasha. Die Sit-ups sehen bei Ihnen so leicht aus.«

»Das sind Crunches«, grinste Sasha und machte weiter. »Die Übungen ähneln sich, aber bei den Sit-ups richtet man den Oberkörper vollständig auf, während man bei den Crunches nur leicht die Schulterblätter anhebt.«

»Aha ...« Nora staunte, wie mühelos Sasha dabei sprechen konnte. »Wofür ist das gut?«

»Das stärkt die Bauchmuskulatur.«

Noras Blick wanderte zu Sashas Bauch, wo sich unter dem engen Top tatsächlich ein Sixpack abzeichnete. Dann sagte sie. »Ich habe Dr. Eschweiler vorhin im Korridor getroffen. Er sah richtig fertig aus.«

»Ja, ein wenig aus der Form, der Gute.« Sasha lächelte. »Aller Anfang ist schwer.« Sie setzte sich nun im Schneidersitz hin und sah Nora neugierig an. »Möchten Sie etwa auch ein Training?«

»Gott, nein«, wehrte Nora ab. »Ich laufe hin und wieder mit Lehmann, zu mehr habe ich keine Zeit.«

Sasha hob nur die Augenbrauen. ›Keine Zeit‹ als Ausrede ließ sie offenbar nicht gelten.

»Ich möchte mit Ihnen über vorgestern Abend sprechen«, lenkte Nora rasch ab. »Wie Sie wissen, gab es einen Todesfall.«

»Ja, sehr traurig. Wie kann ich Ihnen denn helfen?«

»Sie waren zum fraglichen Zeitpunkt draußen an Deck, das wissen wir von den Kameraaufnahmen. Wir sprechen gerade mit allen Personen, die vielleicht etwas beobachtet haben könnten.«

»Ja, das stimmt, ich war draußen. Dr. Eschweiler hat mich und Henry Brandt über das Schiff geführt. Wie geht es Henry eigentlich? Ich habe von seiner Erkrankung gehört.«

»Den Umständen entsprechend. Er muss noch ein paar Tage im Hospital bleiben.«

»Der Arme.« Sasha legte fragend den Kopf schräg. »Was meinen Sie damit, Sie sprechen mit allen Personen, die etwas ›beobachtet‹ haben könnten? Was denn beobachtet?«

Nora zeigte ihr das Bild von Wolf Kerner. »Vielleicht haben Sie diesen Mann an Deck gesehen?«

»Ist das der Mann, der gestorben ist?«

»Wolf Kerner, ja. Erinnern Sie sich an ihn? Allein, oder mit einer weiteren Person?«

Sasha betrachtete das Foto intensiv. »Nein, tut mir leid. Der ist mir nicht begegnet.«

»Den Unfall haben Sie also auch nicht gesehen.«

»Natürlich nicht. Dann wäre ich dem Mann sicher zur Hilfe geeilt.«

Nora seufzte innerlich. Exakt die Worte, wie sie sie auch von den anderen gehört hatte. Keiner hatte etwas gehört oder gesehen. Sie sah, wie sich bereits die ersten Teilnehmer für den Gymnastikkurs hinter der Glastür am Eingang einfanden.

»Und ist Ihnen sonst etwas Ungewöhnliches aufgefallen?«

»Leider nein. Allerdings bin ich noch so neu hier an Bord, da weiß ich nicht mal, was hier ›ungewöhnlich‹ ist, und was nicht.«

»Okay. Danke, Sasha, das war's auch schon.«

Nora ging zurück zum Ausgang, doch dann zögerte sie. Das Foto von Paulina schien in ihrer Tasche zu glühen. Lehmann würde sie umbringen, aber ... Aber er würde ja nicht davon erfahren. Und außerdem war Sasha Uhrmacher eine Mitarbeiterin und zur Verschwiegenheit verpflichtet. Es ging hier schließlich um einen klärungsbedürftigen Todesfall – da musste man auch mal ganz schnell und unbürokratisch vorgehen. Sasha saß nun neben ihrem Rucksack, die Wasserflasche in der einen Hand, das Handy in der anderen, und tippte eine Nachricht. Nora ging nochmal zurück, verharrte dann unschlüssig hinter Sasha. *Lehmann würde sie umbringen.*

Unabsichtlich landete Noras Blick auf Sashas Handydisplay und sie sah, was Sasha in ihr Handy tippte: »Hallo Mama, wie geht's? Neues vom Wassermann ...«

Nora trat schnell einen Schritt zurück und räusperte sich. »Entschuldige Sasha, eine Frage noch.«

Sasha fuhr herum. »Ja?« Sie ließ das Handy in den Rucksack fallen.

Nora zeigte ihr das Foto von Paulina Link. »Ganz im Vertrauen. Ist Ihnen diese Frau begegnet?«

»Wann?«

»Vorgestern Abend, an Deck.«

Sasha besah sich auch dieses Foto. »Nein, leider auch nicht. Aber ehrlich gesagt habe ich nicht groß auf mein Umfeld geachtet. Und viele Leute tragen ja auch diese Masken ...«

Nora sah, wie es in ihrem Kopf arbeitete, und sie bereute es, nach Paulina gefragt zu haben. Genau davor hatte Lehmann doch gewarnt.

Nora verließ den Fitnessraum und nickte grüßend den Frauen zu, die im Eingangsbereich darauf warteten, dass der Kurs begann. Sie erschrak: Paulina Link war unter den Teilnehmerinnen. Auch Sasha hatte Paulina am Eingang entdeckt und musterte sie nun mit gerunzelter Stirn.

Ein ungutes Gefühl beschlich Nora. Sie hätte Paulinas Foto nicht herumzeigen dürfen. Sie hatte es Anna-Lena gezeigt, und als sie eben Dr. Eschweiler getroffen hatte, hatte sie es auch ihm unter die Nase gehalten. Und nun Sasha. *Lehmann bringt mich sowas von um.*

Andererseits, was sie in Erfahrung gebracht hatte, entlastete Paulina immerhin: Niemand von ihnen hatte Paulina an Deck gesehen.

*

Sasha Uhrmacher sah die Kursteilnehmerin am Eingang stirnrunzelnd an. War das nicht die Frau von dem Foto? Ja, das war sie. Ob die Dame wohl wusste, dass Nora Heyden ihr Foto umherzeigte und Fragen über sie stellte? Bestimmt nicht.

Dann zuckte Sasha die Schultern. Sie lebte nach dem Motto, leben und leben lassen, und mischte sich tunlichst in anderer Leute Kram nicht ein. Sie holte ihr Handy wieder hervor, um die Nachricht zu beenden und abzuschicken. »Hallo, Mama, wie geht's? Neues vom Wassermann: Er ist tot.«

*

»Einen schönen guten Abend, liebe Passagiere, hier spricht Elsa, Ihre Kreuzfahrtdirektorin. Gleich ist es soweit: Der große Galaabend beginnt. Unser Chefkoch wird für Sie ein exquisites Gala-Menü auf den Tisch zaubern. Im Ocean-Restaurant erwartet Sie ...«

*

Das Telefon klingelte und klingelte.

Maybrit wartete im Bad mit der Puderdose in der Hand, dass Hanno ranging. Aber das Telefon klingelte weiter. Entweder hörte Hanno, der auf dem Balkon saß, das Klingeln einfach nicht, oder er war zu faul, reinzugehen.

Maybrit seufzte, stellte ihre Puderdose auf die Ablage vor dem Spiegel und eilte zum Telefon. Doch noch ehe sie das Gerät erreicht hatte, verstummte es.

Wahrscheinlich war es ohnehin nur Paulina gewesen. Sie hatten verabredet, sich vor dem großen Galaessen zunächst in der Captain's Lounge zu treffen, auf einen Aperitif, und von dort aus dann gemeinsam ins Ocean Restaurant zu gehen.

Maybrit wollte gerade zurück ins Bad, um sich weiter für den Abend aufzustylen, da klingelte es erneut. Sie nahm ab.

»Ja?« Maybrit lauschte in die Leitung. Nichts.

»Hallo? Hallo!« Sie hatte den Eindruck, als sei jemand am anderen Ende – aber er verhielt sich absolut ruhig. Nicht mal ein Atmen war zu hören.

Sie wartete weiter, hielt nun ihrerseits den Atem an. Nichts. Dann ein Klicken, und die Verbindung war unterbrochen.

»Wer war das?« Hanno stand in der geöffneten Balkontür.

»Es war keiner dran.« Langsam legte Maybrit auf.

»Ach so.« Er schlenderte herein und setzte sich auf die Couch. »Wird sich halt jemand verwählt haben.«

»Ja. Wahrscheinlich.«

Maybrit hatte sich gerade ein paar Schritte entfernt, da klingelte wieder das Telefon. Sie ging zurück. »Hallo?«

Wieder war keiner dran. »Hallo?«

Sie hörte nur das Klicken, als aufgelegt wurde.

Was sollte das?

»Das gibt es doch nicht. Derjenige legt immer auf.« Sie lachte nervös.

Es klingelte wieder.

»Das gibt es doch nicht.« Sie starrte auf das Telefon.

»Lass mich mal.« Hanno stand auf und nahm in aller Seelenruhe den Anruf entgegen. »Hallo? Ja, ... Hast du gerade hier angerufen? ... Ach so, ... jaja, natürlich. Bis gleich.« Er legte auf und grinste. »Das war nur Paulina. Sie kommt gerade vom Sport und braucht noch etwas Zeit, um sich fertig zu machen. Wir sollen schon mal vorgehen, in die Captain's Lounge.«

»Paulina?« Maybrit schnappte empört nach Luft. »Redet sie jetzt nicht mehr mit mir, oder was soll das?«

Hanno zuckte mit den Schultern. »Sie sagte, sie war es nicht. Und selbst wenn: Könnte man ihr verübeln, wenn sie nicht mit dir reden möchte? Du warst nicht gerade freundlich zu ihr in letzter Zeit. Ehrlich gesagt hat sie das Gefühl, du würdest sie nicht mögen.«

»Ach. Hat sie sich also bei dir ausgeweint? Na herrlich.« Sie funkelte ihn böse an.

»Maybrit ...«, seufzte er, »sie weiß einfach nicht, was sie machen soll. Sie mag dich, wirklich. Aber du ...«

»Aber ich bin hier die Böse, ich weiß.«

»Sie weiß gar nicht, was sie falsch gemacht hat, warum du plötzlich so sauer auf sie bist.«

»Warum ich sauer bin? Ihr Verhalten ist ganz und gar nicht normal. Sie ist auf uns fixiert. Und jetzt das: Anrufen, auflegen, anrufen, auflegen .... Das ist *nicht* mehr normal. War sie eigentlich schon mal in psychologischer Behandlung?«

»Wie kommst du denn jetzt darauf«, stöhnte Hanno.

»Und? Hat sie mal eine Therapie gemacht? Nein, Oder?«

»Nein, nicht das ich wüsste. Aber das ist auch nicht notwendig.«

»Warum nicht? Paulina war oder ist noch immer schwer traumatisiert. Sie sollte eine Traumatherapie machen, um ihre Trauer zu verarbeiten – darüber habe ich letztens einen Bericht gesehen.«

»So ein Quark«, sagte Hanno ärgerlich. »*Traumatherapie*. Früher gab es so etwas auch nicht. Da kamen die Leute auch alleine klar.«

So wie du?, hätte sie am liebsten geantwortet. Hanno kam doch selbst nicht klar – hatte schlimme Albträume, Nacht für Nacht!

»Rede doch bitte mal mit ihr darüber« Maybrit zwang sich, vernünftig zu bleiben. »Auf dich hört sie. Paulina sucht eindeutig Trost und Halt. Sie benötigt Hilfe, die wir ihr nicht geben können.«

»Sie braucht Freunde, keinen Seelenklempner.«

»Sie hat aber ein Problem, Hanno.«

»Ich glaube, die einzige, die hier ein Problem hat, bist du, Maybrit.«

»Was sagst du da?« Maybrit traute ihren Ohren kaum.

»Du redest ein Problem herbei, Maybrit. Paulina ist traurig und anlehnungsbedürftig, ja. Aber sie ist nicht geistesgestört.«

»Ich finde es unglaublich, wie du diese Frau ständig verteidigst. Immer auf ihrer Seite bist, statt auf meiner«, fuhr sie ihn an. Die folgenden Worte strömten einfach aus ihr heraus. All das wollte sie ihm gar nicht vor den Kopf knallen, aber sie konnte sich nicht mehr bremsen. »Mit wem bist du eigentlich verheiratet? Aber wer weiß schon, was dahinter steckt. Erst schenkt sie uns die Reise, dann kommt sie selbst an Bord. Dann sorgt sie dafür, dass wir beide uns streiten ... Vielleicht war genau das ihr Plan. Vielleicht will sie dich, Hanno, und du läufst blauäugig in ihre Fänge.«

»Also, das ist mir jetzt zu blöd.« Hanno ging zur Tür und nahm seine Jacke. »Du bist eifersüchtig, das ist es. Eifersüchtig auf eine arme Frau, die alles verloren hat. Dazu besteht aber gar kein Grund. Du findest uns in der Captain's Lounge, falls du nachkommen willst.«

Sprachlos sah sie zu, wie er ging. Einfach ging. Und zwar zu Paulina.

*

Maybrit hätte heulen können. Das war doch wirklich unfassbar. Er ließ sie hier sitzen? Am großen Galaabend?

Damit hatte sie nicht gerechnet. Sie hatte ihn provoziert, ja, aber doch nur, um ihn endlich aus der Reserve zu locken. Damit er endlich Farbe bekannte und sich klar auf ihre Seite stellte. Ihr versicherte, dass Paulina wirklich lästig war und man auf jeden Fall etwas unternehmen musste. Das hatte sie gedacht – aber doch nicht, dass er einfach *ging*. Zu Paulina in die Captain's Lounge.

Ihr Blick irrte hilflos durch die Kabine und blieb dann am fremden Pilotenkoffer hängen. Der Anblick trieb ihr endgültig die Tränen in die Augen.

Der blöde Koffer ist auch immer noch hier, dachte sie bedrückt. Natürlich hatte Hanno ihn *nicht* weggebracht, obwohl er es versprochen hatte. Es war, als ob *nichts* von dem, was sie sagte, für ihn noch eine Bedeutung hatte.

Maybrits flaues Gefühl im Magen verstärkte sich, wie immer, wenn sie über den Koffer und die Rolex nachdachte. Sie hatte den Koffer vorhin noch einmal ganz genau begutachtet und abgetastet, aber nichts Auffälliges feststellen können. Aber selbst der Zoll konnte nicht mit bloßem Auge erkennen, ob sich Drogen darin befanden, sondern brauchte einen Spürhund oder ein Röntgengerät.

Vorhin war ihr schon wieder der seltsame Mann begegnet. Er war ihr vom Bordbistro aus bis fast vor die Kabine gefolgt – aber das mochte man damit entschuldigen, dass er auch hier auf dem Gang wohnte.

Wobei, überlegte Maybrit nun, woher wusste sie denn, dass seine Kabine hier im Gang war? Das hatte sie nur immer *angenommen*, weil er ihr mehrmals hier begegnet war ... Vielleicht wohnte er gar nicht hier.

Wer war das nur?

Der Mann musste etwas mit diesem ominösen Koffer zu tun haben, davon war sie mittlerweile überzeugt. Vielleicht verfolgte der Mann nicht ihre Spur, sondern die des Koffers. Vielleicht war er eine Art Privatdetektiv. Oder ein Ermittler, so etwas in der Art. Vielleicht wurde sie beschattet.

Aber würde sich so jemand so töricht anstellen?

Wenn sie tatsächlich von einer professionellen Person observiert werden würde, dann würde sie es ganz sicher *nicht* bemerken. So dilettantisch würde sich ein Spezialist nicht benehmen.

Oder?

Ihr wurde kalt. Das wiederum konnte nur eines bedeuten: Der Mann *wollte*, dass sie ihn bemerkte.

Aber warum nur? Was war denn hier los?

Maybrit ging nicht mehr in die Captain's Lounge, auch ließ sie den großen Galaabend einfach sausen – was ihr schon nach kurzer Zeit leidtat. Sie hatte sich wirklich auf den Galaabend gefreut, auf das tolle Essen, die herausgeputzten Stewards und darauf, den Kapitän live am berühmten Kapitänstisch dinieren zu sehen.

Sie hatte extra ein Abendkleid mitgenommen – wann hatte sie zuletzt mal ein Abendkleid getragen! Hatte sich vorgestellt, zusammen mit ihrem Ehemann schick zu essen, in nobler Gesellschaft ... Und stattdessen saß sie nun hier, allein und hungrig, auf der Kabine.

Maybrit warf sich schließlich aufs Bett, schaltete den Fernseher ein und schaute sich einen Krimi an. Schon nach wenigen Minuten jedoch konnte sie der Handlung nicht mehr folgen – immerzu war sie mit ihren Gedanken bei Hanno und Paulina, die sich nun zu zweit amüsierten. Mittlerweile müssten sie bereits ins Ocean-Restaurant gegangen sein, da das Gala-Essen begonnen hatte. Saßen zu zweit am festlich geschmückten Tisch, dinierten bei Kerzenschein, wie ein Ehepaar ...

Worüber sie wohl sprachen? Über sie?

Maybrit konnte Hanno förmlich vor sich sehen, wie er entschuldigend sagte: »Ach Paulina, sei ihr nicht böse. Ich weiß auch nicht, was sie hat. Sie ist eben so.«

Der Gedanke machte sie so wütend, dass ihr schon wieder die Tränen kamen.

Vielleicht habe ich ja recht damit, was ich Hanno eben an den Kopf geworfen habe, dachte sie. Vielleicht hatte Paulina tatsächlich ein Auge auf ihn geworfen, und, raffiniert wie sie war, war es ihr mühelos gelungen, einen Streit zwischen ihnen zu provozieren.

Paulina würde jetzt die souveräne Trösterin spielen: »Aber Hanno, ich bin Maybrit nicht böse. Sie ist nun mal eine hitzköpfige Person. So ganz anders als ich. Sieh mich an, Hanno, wie liebenswürdig und unkompliziert ich bin, mit meinen blauen Kulleraugen ...«

Oh, ja, vielleicht wollte Paulina einen neuen Mann. Und vielleicht fand Hanno auch gefallen an der Witwe. Paulina hatte ja anscheinend einiges geerbt, arm war sie nicht. Und Hanno, der durch die Pandemie immer größere Geldsorgen hatte ... Vielleicht stellte er sich vor, wie viel einfacher und angenehmer ein Leben mit Paulina sein würde.

Man musste nur noch die dumme Ehefrau loswerden. Vielleicht gehörte all das ja zum Plan? Vielleicht würde ja sie, Maybrit, auf dieser Kreuzfahrt spurlos verschwinden? Davon hatte sie schon so oft gelesen, dass Ehefrauen auf Kreuzfahrten plötzlich verschwanden, und die ach so unschuldigen Ehemänner ja keine Ahnung hatten, was passiert war ... Kein Mensch würde sich wundern, wenn Maybrit eines Morgens nicht mehr da wäre. Über Bord gesprungen ...

Man hatte Hanno und Paulina ja oft genug zusammen gesehen. Jeder würde denken, sie, Maybrit, hätte sich das Leben genommen, aus Eifersucht oder aus Kummer, weil sie von Hanno wegen Paulina verlassen worden war ...

Maybrit wollte gerade den Kopf im Kissen vergraben und hemmungslos losschluchzen, da ließ ein lautes Klopfen sie auffahren.

Im ersten Moment glaubte sie, Hanno sei zurückgekommen, um sich bei ihr zu entschuldigen. Dann fiel ihr ein, dass Hanno ja einen Schlüssel hatte, er würde nicht klopfen. Und entschuldigen würde er sich auch nicht, da kannte sie ihn zu gut.

Es pochte wieder an der Tür.

Maybrit erhob sich vom Bett und wischte sich über die Augen.

»Ja?«

»Roomservice«, sagte eine dunkle Männerstimme.

Roomservice? Sie hatte doch gar nichts bestellt. Ihr Blick schoss zur Uhr: Es war fast zehn.

Es klopfte wieder.

»Moment bitte.« Maybrits Handflächen wurden feucht. Plötzlich musste sie wieder an den komischen Mann denken, der sich so auffällig oft in ihrer Nähe herumgetrieben hatte.

Vielleicht war er das? Stand er jetzt vor ihrer Tür?

Hatte er gesehen, dass Hanno gegangen war und sie allein hier zurückgelassen hatte? Ihr Herz klopfte nun wie wild.

»Hallo?« Wieder die forsche Stimme. »Roomservice. Der Butler.«

Butler? Maybrit ging näher zur Tür, öffnete aber nicht. »Ich habe nichts bestellt.« Ihre Stimme klang sehr hell.

»Ich habe ein Präsent für Sie.«

Ein Präsent? Das konnte auch ein Vorwand sein.

Sei nicht albern, mahnte sie sich dann und atmete tief durch. Dann strich sie sich die Haare glatt und öffnete. Erst spähte sie nur durch einen schmalen Spalt. Allerdings hätte jeder, der gewollt hätte, die Tür nun mit Leichtigkeit aufstoßen können.

»Ja, bitte?«

Vor der Tür stand wirklich ein Butler, in dunkler Uniform und in der Hand hielt er tatsächlich einen Teller mit einer silbernen Abdeckhaube.

»Ich habe ein Präsent für Sie.«

»Ah ...« Zögerlich öffnete sie die Tür weiter.

»Dürfte ich bitte ...?« Der Butler machte Anstalten, die Kabine zu betreten.

»Moment. Von ... von wem ist es denn?« Maybrit stellte sich ihm in den Weg.

»Eine Karte liegt bei«, erklärte der Butler steif. »Ein Gruß von einem Freund.«

»Oh ... ja, nun ...«

»Wenn ich dann bitte dürfte ...?«

Sie trat stumm zur Seite, blieb aber fluchtbereit in der geöffneten Tür stehen. Der Butler ging an ihr vorbei. Sie beobachtete, wie er mit langsamen Bewegungen durch die Kabine schritt und den Teller auf dem Couchtisch platzierte. Die weißen Handschuhe, die er trug, machten sie aus irgendeinem Grund nervös.

Ich werde noch völlig irre, dachte sie. Das ist ein Butler. Er wird schon nicht über dich herfallen und dich erwürgen.

Als der Butler gegangen war, beäugte sie erst misstrauisch den Teller, dann hob sie so vorsichtig die silberne Servierhaube ab, als könne sich darunter eine Zeitbombe verbergen.

Zum Vorschein kam ein Teller mit Pralinen, weißen Pralinen.

Maybrit las das Kärtchen, das dabei lag: *Liebe Maybrit, bitte sei nicht böse auf mich. Lass uns Freundinnen sein. Paulina.*

Das gab es doch nicht! Offenbar saßen Paulina und Hanno gerade beim Galadinner zusammen und hatten die glorreiche Idee, mit Pralinen ließe sich Maybrit schon besänftigen. Nur Hanno wusste, wie sehr sie weiße Schokolade mochte, er musste es Paulina gesteckt haben.

Maybrit zerfetzte die Karte in winzige Schnipsel und ließ sie in den Papierkorb rieseln.

*

Anna-Lena hockte bedrückt an der Rezeption, mutterseelenallein, hinter der Plexiglasscheibe, die sie eben zum x-ten Mal an diesem Abend mit Glasreiniger poliert hatte. Die Korridore waren wie ausgestorben und das Telefon klingelte nur noch sporadisch – wie immer, wenn Galaabend war. Die herausgeputzten Passagiere speisten genüsslich und in aller Ruhe im Ocean-Restaurant, und das festliche Mahl würde sich bis spät in den Abend ausdehnen.

Anna-Lena stützte den Kopf in die Hand. Heute würde sie erst um Mitternacht von der Nachtschicht abgelöst werden, am Galaabend war immer alles anders. Leider. Sie sehnte ihren Feierabend herbei, wollte sich einfach nur verkriechen und im wahrsten Sinne des Wortes die Decke über den Kopf ziehen.

Früher hätte ihr Weg nach Dienstschluss direkt in die Crewbar geführt, um bei einem Getränk mit den Kollegen zu plaudern, Musik zu hören und auszuspannen. Aber seit

Julian sie hatte sitzen lassen, war ihr abends nicht nach Gesellschaft. Die Blicke der anderen. Jeder wusste mittlerweile, was passiert war. Auf einem Schiff gab es keine Geheimnisse. Jeder kannte Julian, kannte sie beide als Paar. Jeder hatte damit gerechnet, dass Julian und Anna-Lena zusammen zurück auf die *Blue Ocean* kommen würden. Aber dann war Anna-Lena allein zurückgekehrt. Die Blicke, die Fragen, das Mitleid ... Nein, das ertrug sie einfach nicht. Sie verbrachte ihre freie Zeit lieber allein und dachte nach.

Überhaupt dachte sie sehr viel nach.

Auch jetzt, wo sie hier so alleine saß, hatte sie wieder viel zu viel Zeit, um nachzudenken. Über Wolf Kerner. Über das, was sie gesehen hatte, oder nicht gesehen hatte.

Und über den Mann.

Der Mann, der sich heute Morgen so an der Rezeption herumgetrieben hatte. Doch dann war er plötzlich weggewesen, und seit sie am frühen Abend aus ihrer Pause zurückgekommen war, war er auch nicht mehr aufgetaucht. Sie hatte schon geglaubt, sich sein merkwürdiges Verhalten eingebildet zu haben – bis er eben wieder im Foyer herumgelungert war.

Plötzlich fröstelte sie. Sie war kein ängstlicher Mensch, bestimmt nicht. Aber leichtsinnig war sie auch nicht. Sie hatte sich immer realistisch gefunden.

War es realistisch anzunehmen, dass die Person, die sie bei Wolf Kerner gesehen hatte, sie ihrerseits gesehen hatte?

Ja.

War sie womöglich in Gefahr?

Ja.

Anna-Lena schluckte trocken. Es war denkbar, dass sie ebenfalls gesehen worden war, von ... von demjenigen, der Kerner getötet hatte. Sie war betrunken gewesen und hatte

versucht, sich zu verstecken, aber ... Sie konnte im Nachhinein nicht beurteilen, ob es ihr gelungen war. Vielleicht hatte sie in ihrem Strandkorb wie auf dem Präsentierteller gesessen, ohne es zu merken?

Blödsinn, sagte sie sich dann. Niemand konnte mich erkennen. Ich saß im Dunklen, während die anderen unter freiem Himmel standen. Ich kann allenfalls als Schatten erkennbar gewesen sein. Niemand kann wissen, dass *ich* dort war.

Oder?

*

Es war beinahe halb zwölf, als Nora ihren letzten Rundgang durch das Schiff startete – an diesem Galaabend um einiges später als üblich. Das Galaessen dehnte sich stets über Stunden aus – kein Wunder bei fünf Gängen –, und wurde genüsslich zelebriert. Auch heute war der Galaabend wieder ein voller Erfolg gewesen, mit einem vorzüglichen Menü. Als Hoteldirektorin hatte Nora ebenfalls am Kapitänstisch gesessen, um die Gäste zu unterhalten. Sogar Lehmann hatte mit den Passagieren am Tisch gescherzt – man hätte fast den Eindruck gewinnen können, der Abend mache ihm Spaß.

Jetzt waren die meisten Passagiere gesättigt und zufrieden auf ihren Kabinen verschwunden, einige wenige waren weitergezogen, um den Abend in der Sonnenbar oder in der Captain's Lounge ausklingen zu lassen.

Nora begann ihren Rundgang an der Rezeption. Anna-Lena saß noch dort, in Kürze würde sie aber von der Nachtschicht abgelöst werden. Die Rezeptionistin sah erschöpft aus. Am Galaabend waren die Schichten nun mal für alle Mitarbeiter länger als üblich – Nora eingeschlossen.

Anna-Lena blickte ihr angespannt entgegen. »Frau Heyden, ich frage mich ... Wegen meiner Beobachtung ... Gibt es da etwas Neues?«

Nora nickte vage. »Wir haben heute mit allen Personen gesprochen, die vorgestern Abend an Deck waren. Niemand konnte deine Beobachtung bestätigen.«

»Niemand hat eine zweite Person bei Wolf Kerner gesehen?«

»Nein. Im Gegenteil, wir haben sogar sechs Passagiere gefunden, die uns versichert haben, dass Wolf Kerner zu dem Zeitpunkt, als er gestürzt ist, allein war.« *Versichert haben.* Nora schüttelte innerlich den Kopf, schließlich war die Kegelgruppe alles andere als *sicher* gewesen, jedenfalls ihrer bescheidenen Meinung nach.

»Wirklich?« Erleichterung zeichnete sich auf Anna-Lenas Gesicht ab. »Dann habe ich mich tatsächlich getäuscht? Puh ... Das lag mir wirklich im Magen. Die Vorstellung, ich hätte da einen Mord beobachtet ...«

Mord beobachtet. Genau die Worte, die man in Lehmanns Gegenwart besser nicht aussprach.

»Dann war es also einfach ein Unfall«, seufzte Anna-Lena. »Zum Glück.«

»Ja, scheint so«, murmelte Nora nachdenklich. Sie war sich der Sache keinesfalls so sicher, wie sie Anna-Lena gegenüber tat.

Die Rezeptionistin wurde lebhafter. »Übrigens, Frau Heyden, ich bekomme hier den ganzen Tag schon Anfragen von einem Journalisten, der näheres über den Tod von Wolf Kerner erfahren will.«

»Bitte?«, sagte Nora erstaunt. »Woher wissen die denn davon?«

Anna-Lena hob ratlos die Schultern. »Gute Frage. Er schreibt mir ständig E-Mails. Keine Ahnung, woher der die Mailadresse der Rezeption hat.«

»Die herauszufinden, dürfte für Journalisten kein Problem sein«, seufzte Nora. Die Adresse war zwar nur einem bestimmten Personenkreis bekannt, aber theoretisch konnte jeder E-Mails an die Rezeption des Schiffes senden. »Von welcher Zeitung?«

»Von der *Tageszeit*.« Anna-Lena beugte sich fragend vor. »War Herr Kerner denn so bekannt, dass sich die *Tageszeit* für ihn interessiert?«

»Offenbar schon. Er hat früher mal als Sportkommentator gearbeitet. In diesen Kreisen wird man ihn sicher nicht vergessen haben. Wie dem auch sei, antworte gar nicht erst. Lösche diese Anfragen. Sie sollen sich an die Reederei wenden, wenn sie Fragen haben.«

»Werde ich machen. Schönen Feierabend, Frau Heyden.«

»Dir gleich auch, Anna-Lena.«

Nora ging weiter. Ihre Beine waren schwer, die Füße schmerzten, wie am Ende eines jeden Tages, an dem sie tausende von Schritte auf dem Schiff zurückgelegt hatte.

Wie jeden Abend warf Nora einen Blick in das Sportcenter, ins Bordtheater, in die Sonnenbar. Überall fanden letzte Aufräumarbeiten statt, bald würde das Schiff in die Nachtruhe gehen. Zuletzt schaute sie in der Captain's Lounge vorbei. Eine Violinistin spielte besinnliche Melo-

dien, und Nora hörte ihr eine Weile von der Tür aus zu. Bis etwa Mitternacht würde die Violinistin hier noch spielen. Nora ließ ihren Blick über die wenigen Gäste an den Tischen wandern. Normalerweise war die Captain's Lounge abends gut besucht – diese Reise jedoch war die Anzahl der Tische reduziert worden, und der Raum wirkte ungewöhnlich leer.

Nora staunte nicht schlecht, als sie Dr. Eschweiler und Sasha Uhrmacher in der hinteren Ecke sitzen sah. Sasha sah Dr. Eschweiler sehr tief in die Augen, während der Lektor gerade etwas erzählte – vermutlich hielt er mal wieder einen Monolog über eines seiner Lieblingsthemen, wie die Verschmutzung der Meere oder den Klimawandel. Ein paar Tische weiter saß Paulina Link mit einem Mann. Sie hatte rosige Wangen und schien sich gut zu amüsieren. Auch ihr Begleiter wirkte vergnügt. Die beiden hatten eben beim Galamenü im Ocean-Restaurant auch schon an einem Tisch gesessen, wie Nora bemerkt hatte. War das nicht derselbe Mann, mit dem sie heute Mittag beim Barbecue so ausgelassen getanzt hatte? Schon das war Nora aufgefallen. Hatte Paulina etwa eine neue Bekanntschaft geschlossen? Manchmal ging das an Bord erstaunlich schnell. Nora betrachtete die Witwe nachdenklich. Irgendetwas störte sie, die junge Frau wirkte eine Spur zu fröhlich, zu aufgesetzt, zu euphorisch ... Als wollte sie um jeden Preis gute Laune versprühen, aber auf Nora wirkte es künstlich. Jetzt warf Paulina lachend den Kopf zurück. Ihre Art hatte beinahe etwas Manisches. So, als würde Paulina etwas ausblenden, überdecken.

Nora winkte eine der Barstewardessen heran. »Sag mal, Lilly, kennst du den Herrn da bei Paulina Link?«

»Das ist Herr Petri«, sagte Lilly, die mit ihren einsachtzig auffallend groß war. Zugleich war sie so schmal und langgliedrig wie ein Topmodel. Sie bewegte sich durch den Raum mit der anmutigen Eleganz einer Ballerina.

»Reist Herr Petri allein?«, fragte Nora.

»Nein, er ist mit seiner Frau an Bord. Sie sind mit Frau Link gut befreundet. Frau Petri fühlt sich heute Abend aber nicht wohl, sagt er.«

»Ach! Danke dir, Lilly.« Lilly catwalkte wieder davon. Bei Nora war der Groschen gefallen. Das war also der Ersthelfer, von dem Elsa erzählt hatte, der, dem Paulina Link die Reise geschenkt hatte. Und immer traf man ihn allein mit Paulina, ohne Ehefrau ... War da was im Gange? Ich würde als Frau besser auf meinen Mann aufpassen, dachte Nora verwundert.

»Schönen guten Abend«, raunte ihr plötzlich jemand ins Ohr. Nora drehte den Kopf und sah direkt in Maliks dunkle Samtaugen. Sie machte einen Schritt zurück. Malik kam ihr neuerdings immer sehr nahe.

»Malik. Na, alle Feuerlöscher überprüft?«

»Haha.« Malik verzog missmutig den Mund. »Ich habe zwei Stunden gebraucht. Das war überflüssig, wirklich.«

»Du hast dich offen Lehmanns Anweisung widersetzt«, erinnerte Nora ihn. »Du warst zu grob zu Paulina Link, das geht wirklich nicht. So geht man nicht mit Gästen um.«

»Es war doch unser Job, die Zeugen zu befragen.« Malik zuckte trotzig mit den Schultern, schien noch immer nicht einzusehen, dass er sich falsch verhalten hatte. Nun entdeckte auch er Paulina. Die Witwe hatte begonnen, wild mit den Händen gestikulierend etwas zu erzählen.

»Na sowas«, sagte er gedehnt. »Die Dame hat sich ja erstaunlich schnell erholt von meiner ›groben‹ Befragung. Wer ist denn der Typ da bei ihr?«

»Das ist ihr Bekannter, dieser Ersthelfer.«

»Soso. Der Bekannte.« Malik hob vielsagend die Augenbrauen. »Jedenfalls scheint sie mir wie ausgewechselt. Heute Mittag sitzt sie vor uns wie ein Häufchen Elend, und sieh sie dir jetzt an! Ich bleibe dabei, die Dame ist doch nicht ganz koscher. Und wenn eine Augenzeugin ein mögliches Tötungsdelikt beobachtet, dann müssen wir dem nachgehen und Verdächtige befragen.«

»*Tötungsdelikt. Augenzeugin. Verdächtige befragen.* Genau mit dieser Wortwahl hat Lehmann ein Problem«, seufzte Nora. »Wir sind hier nicht die Kripo, die Tatverdächtige verhört. Wir sind ein schwimmendes Hotel mit zahlenden Gästen. Wir waren vielleicht wirklich etwas zu ... fasziniert ... von dem Gedanken, dass mit Kerners Tod womöglich etwas nicht stimmt. Und jetzt ist es an der Zeit, einzusehen, dass Anna-Lena sich einfach getäuscht hat. Ich habe vorhin mit Henry Brandt und Sasha Uhrmacher gesprochen – während du die Feuerlöscher kontrolliert hast –, und auch die beiden können Anna-Lenas Beobachtung nicht bestätigen. Niemand außer Anna hat jemanden bei Wolf Kerner auf dem Sonnendeck gesehen – geschweige denn, dass jemand gesehen hat, wie er die Treppe hinunter gestoßen wurde. Und selbst Anna-Lena ist sich nicht sicher, ob sie sich nicht doch alles nur eingebildet hat.«

Malik zuckte wieder mit den Schultern. »Tja. Dann wird es wohl so gewesen sein.«

»Ich denke, wir sollten einfach froh sein, dass sich der Verdacht nicht bestätigt hat«, sagte Nora. »Oder? Es wäre doch eine schlimme Vorstellung, wenn Kerner tatsächlich getötet worden wäre.«

»Sie haben recht.« Malik klang nicht im mindesten überzeugt. »Schönen Feierabend«, wünschte er dann.

»Schönen Feierabend, Malik.«

Noras letzter Weg an diesem Abend führte schließlich an den Bordshops vorbei Richtung ihrer eigenen Kabine. Jetzt wollte sie nur noch unter die Dusche und dann ein paar Minuten die Beine hochlegen, vielleicht noch ein wenig fernsehen. Auch wenn es schon spät war, so brauchte sie gar nicht erst den Versuch unternehmen, sich übergangslos ins Bett zu legen. Sie benötigte immer eine gewisse Zeit, um runterzukommen. Im Kühlschrank wartete ein Stück Kirschstreuselkuchen auf sie, das sie sich am Nachmittag bei der Kaffeestunde gesichert hatte, und das sie sich gleich noch gönnen wollte. Zusammen mit einer großen Tasse Gute-Nacht-Tee.

Schon bei dem Gedanken daran überfiel sie schlagartig die Müdigkeit. Es war wirklich ein langer Tag gewesen. Im Treppenhaus blieb sie kurz stehen und wischte mit dem Ärmel über Fingerabdrücke an der Spiegelwand.

»Guten Abend. War die Putzfrau nicht gründlich?«, hörte sie eine Stimme in ihrem Rücken.

»Frau Münz.« Nora erkannte die Frau im Spiegel und drehte sich lächelnd um. »Guten Abend.«

»Der Galaabend war herrlich«, strahlte Frau Münz. Sie war sichtbar herausgeputzt mit Abendkleid und frisch gelegten Haaren. Für ihr Alter hatte sie eine erstaunlich rosige, glatte Haut. »Das Essen – fabelhaft!«

»Das freut mich. Sind Sie ganz allein unterwegs?«

»Ich war noch mit unseren Bekannten in der Sonnenbar, mein Mann ist schon nach dem Galaessen auf die Kabine gegangen, er war müde.« Sie zögerte. »Aber gut, dass ich Sie hier treffen. Sie hatten uns doch heute Mittag über den Abend befragt, an dem der alte Mann den tödlichen Unfall hatte.«

»Ja genau. Ist Ihnen noch etwas dazu eingefallen?«

»Nun, mein Mann ist ja der Überzeugung, dass der alte Herr allein war.« Frau Münz schüttelte den Kopf. »Ich habe wieder und wieder darüber nachgedacht. Mein Mann liegt falsch. Der Herr war nicht allein dort oben auf dem Sonnendeck. Er hat mit jemandem gesprochen. Da bin ich mir ganz sicher – egal, was mein Mann sagt.«

Nora schwieg ein paar Sekunden. Ihre Müdigkeit war wir weggeblasen, stattdessen begann ihr Herz hart zu klopfen. »Aber nun sind Sie sich sicher, den Verstorbenen mit einer zweiten Person gesehen zu haben?«

»Ja. Das bin ich. Die Flasche Wein, die er in der Hand hielt ... Ja, das war er. Und er war nicht allein. Ich habe beide Personen deutlich gesehen.« Frau Münz wirkte nun sehr sicher. »Wir haben eben noch einmal ausgiebig darüber gesprochen – als mein Mann schon weg war. Da konnten wir frei reden. Meine Freundinnen sagen das Gleiche. Wir sind uns sicher, dass da oben zwei Personen standen. Auch wenn mein Mann uns vom Gegenteil überzeugen wollte. Ich finde, das sollten Sie wissen.«

»Kannten Sie die zweite Person?«

»Nein. Sie trug zudem eine Kapuze oder Mütze und einen Mundschutz. Man konnte das Gesicht nicht erkennen.«

Genau das hatte Anna-Lena auch gesagt.

»Und ... sah es aus, als hätten die beiden Streit? Kam es zu Handgreiflichkeiten?«

»Das weiß ich leider nicht, da wir weitergegangen sind. Da jedenfalls hatte ich nicht den Eindruck, dass die beiden sich streiten würden.«

»Aber Sie sind sich sicher, dass Wolf Kerner nicht allein war.«

»Ja, ganz sicher.« Die Frau nickte nachdrücklich. »Auch wenn mein Mann etwas anderes behauptet. Wissen Sie, Frau Heyden, mein Mann will immer Recht haben. So ist er eben. Seine Meinung zählt. Er würde niemals zugeben, dass er sich irrt.«

*

Nora kickte ihre Pumps von den Füßen, kaum, dass sie ihre Kabine betreten hatte. Ihre Füße schmerzten, und zu gern hätte sie endlich die Beine hochgelegt. Aber das musste warten. Sie griff zum Telefon. Was Frau Münz ihr soeben mitgeteilt hatte, änderte alles, das konnte nicht bis morgen früh warten. Sie wählte Lehmanns Privatnummer im Kapitänszimmer, da sie annahm, dass er sich nach Ende der Gala direkt in seine Kabine zurückgezogen hatte. Als er jedoch nicht abnahm, wählte sie die Nummer der Brücke. Dort meldete sich Karen, die Erste Offizierin, und reichte den Hörer sogleich an Lehmann weiter, der neben ihr gestanden haben musste.

»Lehmann? Ich dachte, du hast Feierabend?«, fragte Nora verdutzt.

»Ich muss noch ein paar Dinge mit Karen besprechen. Was gibt's?«

»Ich habe Neuigkeiten. Frau Münz von der Kegelgruppe hat mich eben im Korridor ange...«

»Warte, Heyden«, unterbrach er sie. »Ich rufe dich gleich zurück. Fünfzehn Minuten, okay?«

Schon hatte er wieder aufgelegt.

Nora zuckte mit den Schultern. Fünfzehn Minuten reichten locker für die langersehnte Dusche – sie war sogar noch schneller. Kaum zehn Minuten später saß sie im Trainingsanzug, mit einem Handtuch auf dem Kopf, auf dem Bett. Wenn sie eines auf dem Schiff gelernt hatte, dann, sich in Windeseile und zeitsparend fertigzumachen.

Sie holte den Teller mit dem Kirschstreuselkuchen aus dem Kühlschrank und brühte sich einen Gute-Nacht-Tee, dann setzte sie sich mit dem Laptop auf den Knien auf die Couch.

Wenn Anna-Lena von Reportern belästigt wurde, kursierten im Internet womöglich schon Meldungen über Wolf Kerners Tod. Nora fand es erstaunlich, dass sich die Presse für Kerners Tod interessierte. Er musste prominenter gewesen sein, als sie gedacht hatte. Andererseits riefen Todesfälle auf Kreuzfahrtschiffen immer ein besonderes Interesse bei den Medien hervor, dazu musste der Tote nicht unbedingt berühmt sein.

Nora fand tatsächlich einige kurze Meldungen. In einer hieß es: *»Wolf Kerner auf Kreuzfahrt zu Tode gestürzt. Der frühere Ruderweltmeister Wolf Kerner (68) ist ersten Informationen nach auf einer Kreuzfahrt tödlich verunglückt. Nach seinem Rückzug aus dem Leistungssport war Kerner als Trainer und Sportkommentator tätig. Der ›Wassermann‹ lebte in den letzten Jahren von der Öffentlichkeit zurückgezogen.«*

Weltmeister im Rudern. Nora pfiff leise. Sieh an. Das hätte sie ihm gar nicht zugetraut, und davon gehört hatte sie auch noch nie – aber seine großen Erfolge waren ja auch Jahrzehnte her.

Sie machte eine weitere erstaunliche Entdeckung: Wolf Kerner besaß einen eigenen Twitter-Account. Der Link dazu erschien gleich, wenn man seinen Namen in die Suchmaschine eintippte.

Nora zog erstaunt die Augenbrauen hoch. Damit hatte sie nicht gerechnet, aber seit Ex-Präsident Trump Twitter gesellschaftsfähig gemacht hatte, benutzte so gut wie jede in der Öffentlichkeit stehende Persönlichkeit Twitter, um mit der Welt zu kommunizieren.

Wolf Kerner war jedoch auf seinem Account nicht sehr aktiv gewesen. Er folgte dort nur einer Handvoll Menschen, und hatte selbst ebenfalls nur wenige Follower. Und obwohl er seit sechs Jahren bei dem Dienst angemeldet war, hatte er kaum mehr als dreißig Tweets abgesetzt. Der letzte Tweet war gut vier Monate alt, es ging um die kommende Fußball-WM, die aufgrund der anhaltenden Pandemie auf der Kippe stand, deren Austragung Kerner jedoch befürwortete. Auch bei seinen anderen Tweets ging es hauptsächlich um Sport. Nora scrollte sich langsam durch. Er hatte Sportereignisse kommentiert oder Artikel geteilt, die er erwähnenswert fand. Plötzlich sprang ihr ein bekannter Name ins Auge. Nora starrte verdutzt auf den Monitor. Wolf Kerner hatte ein Foto von Mario Uhrmacher auf dem Fußballfeld geteilt, und dazu geschrieben:

»Gute Besserung, mein Freund, und viel Kraft deiner Familie.« Der Tweet war rund zwei Jahre alt und unmittelbar nach Mario Uhrmachers Skiunfall abgesetzt worden.

Mein Freund? Nora konnte kaum glauben, was sie da las. Sie lehnte sich zurück und sah perplex auf das Bild von Mario Uhrmacher. Die Ähnlichkeit mit Sasha war unverkennbar.

Das war ja interessant. *Mein Freund.* Der Tweet klang sehr vertraut. Hatten Wolf Kerner und Mario Uhrmacher sich etwa gekannt? Das wäre ja ein bemerkenswerter Zufall. Andererseits war die Sportwelt vermutlich klein, und man ›kannte‹ einander – genauso, wie Nora sämtliche Kapitäne und Hoteldirektoren anderer Kreuzfahrtschiffe kannte.

Und was war mit Sasha? Nora spitzte nachdenklich die Lippen und las erneut den letzten Zeitungsartikel. *Der Wassermann.* Sasha hatte in der Whatsapp-Nachricht an ihre Mutter, die Nora unabsichtlich gelesen hatte, einen ›Wassermann‹ erwähnt – ob damit Wolf Kerner gemeint gewesen war? Hieß das, Sasha hatte Kerner ebenfalls gekannt? Womöglich persönlich?

Nora kniff verwirrt die Augen zusammen und versuchte, sich an das Gespräch mit Sasha zu erinnern.

Hatte Sasha verlauten lassen, dass sie Wolf Kerner kannte? Nein, Nora hatte vielmehr den Eindruck gehabt, als sei ihr der Name nie zuvor untergekommen.

Aber ich habe sie nicht konkret gefragt, ob sie ihn kennt, dachte Nora. Und Sasha war so wahnsinnig zugeknöpft ...

In dem Moment klingelte das Telefon. Lehmann, endlich.

Nora musste sich erst wieder sammeln, dann sagte sie: »Lehmann, hallo. Ich muss dich unbedingt sprechen.«

»Na dann schieß los.«

»Persönlich. Kannst du kurz vorbeikommen? Ich würde ja zu dir gehen, aber ich sitze hier mit nassen Haaren.«

Lehmann stöhnte leise. »Hast du mal auf die Uhr gesehen? Es ist Mitternacht. Kann das nicht bis morgen warten?«

»Nein. Und vor allem habe eine Bitte: Du musst mir nämlich dringend etwas mitbringen.«

»Muss ja wirklich wichtig sein ...«

»Es *ist* wirklich wichtig.«

*

Es war schon Mitternacht und Hanno war noch immer nicht zurück. War denn der Galaabend noch nicht zu Ende? Hanno und Paulina mussten sich ja bestens amüsieren.

Aufgewühlt ging Maybrit in der Kabine auf und ab, sie konnte einfach nicht mehr dasitzen und sich vormachen, es interessiere sie nicht, was die beiden trieben. Sie hatte durch die verschiedenen Fernsehprogramme gezappt und versucht zu lesen, ans Schlafengehen war schon gar nicht zu denken.

Wo blieb Hanno?

Sie hatte damit gerechnet, dass er recht bald zurückkommen würde, reumütig, sie um Verzeihung bitten würde.

Um Verzeihung bitten! Daran hatte sie wirklich geglaubt. Aber nein – er fühlte sich überhaupt nicht im Unrecht, sondern ließ sie hier tatsächlich den ganzen Abend schmoren und vergnügte sich mit einer anderen Frau.

Böse starrte sie auf die albernen Pralinen. Paulina war einfach unglaublich, so naiv, dass es schon fast wehtat. *Liebe Maybrit, sei nicht böse, bitte lass uns Freundinnen sein.*

Maybrit setzte sich schließlich auf das Sofa und nahm ihr Smartphone, um sich ein wenig auf Instagram abzulenken. Sie postete auf ihrem Account hauptsächlich Fotos von Bessy. Bessy im Garten, Bessy im Wald, Bessy in ihrem Körbchen beim Schlafen. Und Bessy hatte viele Follower, die bei jedem neuen Foto fleißig Herzchen verteilten. Sehnsüchtig blätterte sie die Fotos durch. Sie hatte eben Jenna angerufen. Ja, sie hatte sich nicht mehr beherrschen

können. Bei all dem Kummer, den Hanno ihr hier bereitete, hatte sie wenigstens von ihrer Nachbarin hören wollen, dass es Bessy gutging und zu Hause alles in Ordnung war. Jenna hatte wie immer dezent genervt geklungen, ihr aber versichert, auch heute sei weder das Haus abgebrannt noch der Hund ausgebüchst.

Maybrit legte das Smartphone beiseite. Schluss jetzt, sie würde sich nun ihr Nachthemd anziehen und sich ins Bett legen. Hanno sollte nicht denken, sie habe sehnsüchtig auf ihn gewartet. Da hörte sie ein Geräusch an der Kabinentür.

Endlich, Hanno, dachte sie. Schnell streifte sie das Nachthemd über und schlüpfte unter die Bettdecke. Dann knipste sie das Licht aus und presste die Augen zusammen, und wartete. Nichts geschah. Keine Türklinke, die hinabgedrückt wurde, keine Tür, die sich öffnete. Kein Hanno. Aber ... sie hatte doch etwas gehört?

Angestrengt lauschte Maybrit in die Dunkelheit.

Da, da war es wieder. Eine ... eine Art Reiben an der Tür, als ... als presse da draußen jemand sein Ohr an die Tür, um ins Innere zu horchen.

Sie hielt den Atem an. Stille. Dann wieder das Reiben.

Sie fuhr auf und knipste das Licht an. Da war doch jemand. An der Tür.

Sie sprang aus dem Bett und streifte sich mit hämmerndem Herzen den Bademantel über. Dann starrte sie auf die Tür, erwartete fast, dass sich jeden Moment die Klinke nach unten bewegte. Nichts geschah.

Ihr Blick zuckte zum Telefon. Sollte sie Hilfe rufen? An der Rezeption anrufen? Sie könnte erklären, dass das alles mit den Koffer zusammenhängen musste. Dass sie verfolgt wurde, seit sich der Koffer in ihrem Besitz befand. Dass vielleicht Drogen darin versteckt waren ...

Sei nicht albern, sagte sie sich dann. Man wird dich ja für übergeschnappt halten.

Sie ignorierte ihr hämmerndes Herz, ging zur Tür und öffnete. Da war niemand. Na also. Sie atmete tief durch. Natürlich war da niemand.

Dann trat sie einen Schritt vor, sah erst nach links, den Korridor hinab, dann nach rechts. Sie erschrak.

*

Maybrit sah noch, wie ein Schatten in der Nachbarkabine verschwand.

Wer war das?

Ihr wurde ganz flau.

Hatte eben tatsächlich jemand vor ihrer Kabinentür gestanden, sein Ohr an das Holz gepresst und gelauscht, ob sie da war?

Ihre Knie wurden ganz weich, und sie musste sich gegen die Wand lehnen.

War das *dieser Mann* gewesen? Wusste er, dass sie allein war? Wollte er jetzt zu ihr? Um den Koffer zu holen? Um ihr etwas anzutun?

Sie hatte Angst.

Als sich von der anderen Seite her plötzlich Schritte näherten, hätte sie fast aufgeschrien. Aber es war nur der Butler, derselbe, der ihr vorhin die Pralinen gebracht hatte. Er nickte ihr im Vorbeigehen höflich zu.

»Entschuldigung«, rief sie ihm nach.

»Bitte?« Er blieb stehen.

»Wer wohnt da?« Sie deutete auf die Kabine, in der der Schatten verschwunden war.

»Da?« Der Butler runzelte die Stirn. »Niemand. Es ist nur jede dritte Kabine belegt.«

»Aber ... Sind Sie sicher?«

»Ja.« Der Butler ging weiter.

Maybrit blieb mit rasendem Herzen zurück. Aber da war doch jemand gewesen! Oder nicht?

Sie starrte auf die Nachbarkabine. War er da drin? Wollte er ihr auflauern? Oder hatte sie sich getäuscht?

Die Rolex, oder die Drogen, oder was auch immer es mit dem verdammten Koffer auf sich hatte ... Wahrscheinlich schwebte sie in höchster Gefahr!

Schluss jetzt. Sie rief sich energisch zur Ordnung. Du benimmst dich albern, hysterisch!

Sie ging zurück in die Kabine. Sie würde sich jetzt wieder ins Bett legen und schlafen. Du meine Güte, so kannte sie sich ja gar nicht.

Hier war sie sicher.

Sie hatte sich gerade die Decke unters Kinn gezogen, als sie ein Geräusch hörte. Diesmal kam es nicht von der Tür, sondern aus der anderen Richtung. Vom Balkon.

Der Balkon!

Ihr wurde eiskalt, als ihr aufging, was das bedeutete:

Die Balkone waren durch eine Verbindungstür miteinander verbunden. Das Reinigungspersonal nutzte diese Türen, um von einem Balkon auf den nächsten zu gelangen, ohne die Kabinen betreten zu müssen. Derjenige, der in der Nachbarkabine verschwunden war, konnte leicht über den Balkon in ihre Kabine eindringen ...

Wie gelähmt lag sie da. Hatte sie die Balkontür verriegelt? Sie erinnerte sich nicht mehr. Wahrscheinlich hatte sie sie einfach nur zugedrückt ...

Jemand, der sich da draußen auf dem Balkon befand, musste die Balkontür einfach nur aufdrücken ...

Sie schrie auf, als plötzlich jemand die Tür aufstieß. Die Balkontür, nein, die Eingangstür ...

Das Licht ging an.

»Maybrit. Meine Güte, was ist denn los?« Auf einmal stand Hanno neben ihrem Bett.

»Es war jemand auf unserem Balkon«, rief sie aufgeregt. »Von nebenan ist er ...«, sie musste hicksen, »ist er gekommen!«

»Die Nachbarkabinen stehen doch leer.«

»Ja eben! Er muss sich da irgendwie eingeschlichen haben. Ich habe Geräusche gehört, ganz deutlich.«

Hanno stand der Zweifel ins Gesicht geschrieben. »Sag mal ... Hast du getrunken?«

»Nein! Es war jemand ... Und im Korridor, der Schatten ... und die Ohren!«

»Ohren?«

»An der Tür, ich habe es doch gehört!« Sie klang verrückt, bemerkte sie, und das brachte sie fast zum Heulen. »Wo warst du überhaupt so lange!«

»Wenn ich geahnt hätte, dass du hier beinahe durchdrehst ...«

»Durchdrehst?«, schrie sie auf, und es war ihr egal, dass man sie vermutlich im Korridor hören konnte. »Das liegt doch nur an dem scheiß Koffer. An der Uhr! Es macht mich wahnsinnig, dass das Zeug noch immer hier ist. Bring endlich den verdammten Koffer weg.«

*

Lehmann war noch nicht gekommen, dabei war es nun nach Mitternacht.

Hoffentlich hatte er seine Meinung nicht geändert, dachte Nora, aber nein – Lehmann hielt immer Wort. Die bleierne Müdigkeit von vorhin war verflogen, stattdessen hatte eine nervöse Unruhe sie erfasst. Die Kegel-Frauen hatten eine zweite Person gesehen. Also doch!

Nora verdrückte den letzten Bissen ihres Kirschstreusels, der leider viel zu süß war, und sofort meldete sich ein schier unbändiger Heißhunger auf etwas Salziges. Also aß sie noch von den Stapelchips mit Zwiebelgeschmack, die sie im Bordshop entdeckt und unter Anetas amüsierten Blicken gekauft hatte. Anschließend betastete sie mit schlechtem Gewissen ihren Bauch. Sie hatte an diesem Abend wirklich allerhand gegessen, erst das üppige Galaessen, dann der »Nachtisch« hier auf der Kabine ... Sasha kam ihr in den Sinn, durchtrainiert, mit Sixpack. Das Bild wurde abgelöst von der langbeinigen Lilly, die kein Gramm Fett auf den knochigen Hüften hatte. Nora haderte eigentlich nicht mit ihrer Figur und sie gehörte auch nicht zu den Frauen, die ständig auf die Waage stiegen. Genaugenommen hatte sie nur eine sehr vage Vorstellung von ihrem Gewicht. Solange sie noch in ihre Uniform passte, war alles in Butter. Aber ... Sie sorgte sich mehr um ihre Gesundheit. Sie aß lauter ungesunden Süßkram und salzige Snacks, viel zu viel davon ›mal eben‹ zwischendurch. Das war einfach nicht gesund. Und Sport hatte sie auch schon mal mehr getrieben ... Sie war in den letzten Monaten wirklich faul geworden. Sie war immer ein sportlicher Mensch gewesen,

aber derzeit würde sie kaum eine Joggingrunde mit Lehmann überleben. Früher war sie häufig gemeinsam mit Lehmann in den Häfen gejoggt, aber das würde es auf dieser Reise nicht geben.

Ja, musste Nora zugeben, sie hatte alles ein wenig schleifen lassen, und nun fühlte sie sich eingerostet, steif und absolut nicht fit. Das musste sich dringend ändern. Selbst Dr. Eschweiler ging neuerdings ins Sportcenter!

Früher hatte sie jeden Morgen und jeden Abend Sit-ups und Liegestütze gemacht – es war wohl an der Zeit, diese Routine wieder aufzunehmen. Am besten jetzt gleich.

Nora legte sich flach auf den Boden, dann schob sie die Arme unter den Kopf und winkelte die Beine an.

»Okay«, sagte sie sich. »Dann wollen wir mal.«

Mit zwanzig Wiederholungen wollte sie anfangen, zum Aufwärmen. Früher hatte sie fünfzig gemacht.

»*Ahhh* ...«

Sie schaffte neun. Dann begannen ihre Bauchmuskeln schmerzhaft zu zwicken.

Es klopfte an ihrer Tür – dreimal kurz, das dürfte Lehmann sein.

»Komm rein«, rief sie. Ermattet blieb sie auf dem Boden liegen und sah zur Tür. Wie erwartet trat Lehmann ein. Mit in den Taschen geschobenen Händen blickte er auf sie herab.

»Was machst du da unten?«

»Crunches.«

»Kann man das essen?«

»Haha.« Nora rappelte sich auf und strich sich Flusen von der Hose. »Das macht man jetzt so, die Übungen hat Sasha mir gezeigt. Davon bekommt man ein Sixpack.«

»Das kann man trinken.«

»Scherzkeks.« Nora verzog die Mundwinkel. »Danke, dass du noch hergekommen bist. Setz dich.«

»Ich bin gespannt, was sich in der Stunde, seit wir uns eben verabschiedet haben, ereignet hat.« Lehmann hockte sich in den Sessel. »Also?«

»Frau Münz hat mich vorhin angesprochen. Du weißt schon, die Dame aus der Kegelgruppe. Sie ist sich nun sicher, dass eine zweite Person bei Wolf Kerner auf dem Sonnendeck war. Sie hat sich heute Morgen nur nicht getraut, ihrem Mann zu widersprechen.« Nora sah Lehmann gespannt an.

»Aha. Und das sollen wir nun also glauben.«

»Frau Münz hat auch noch mal mit ihren beiden Freundinnen darüber gesprochen«, fuhr Nora fort. »Alle drei sind sich nun sicher, Kerner mit einer weiteren Person gesehen zu haben. Sie hatten sich nur von Herrn Münz dominanter Art heute Mittag einschüchtern lassen – ganz so, wie ich vermutet hatte.«

»Aha. Und nun sind sie also sicher?« Lehmanns Augenbrauen wanderten skeptisch nach oben. »Ehrlich gesagt scheinen mir die Damen nicht gerade zuverlässig. Mal behaupten sie dieses, ein paar Stunden später das Gegenteil. Immer, nachdem sie miteinander getratscht haben ...«

»Lehmann, sieh doch ein: Es wurde eine zweite Person bei Kerner gesehen«, sagte Nora beschwörend. »Nicht nur von Anna-Lena, sondern auch von den Kegel-Frauen.«

»Einer glaubwürdiger als der andere ...«

»Ich glaube, es gibt diese zweite Person«, sagte Nora eindringlich. »Wir müssen sie finden. Nur diese Person kann uns wirklich sagen, was geschehen ist.«

Lehmann hob die Hände. »Das haben wir doch versucht. Genau deshalb haben wir heute mit jedem gesprochen, der an jenem Abend draußen unterwegs war. Was aber zu nichts geführt hat.«

»Weil jemand von ihnen gelogen hat.«

»Ach?«

»Ja«, sagte sie. »Natürlich hat uns derjenige, der bei Kerner war, angelogen. Warum sollte er sich auch selbst belasten? Das wäre ja schön blöd. Du hast es doch selbst heute Morgen gesagt – vielleicht hat derjenige Angst, wir könnten ihn wegen unterlassener Hilfeleistung drankriegen oder ihn des Totschlags verdächtigen.« *Oder des Mordes*, zuckte Anna-Lenas helle Stimme durch ihren Kopf.

Lehmann glaubte nicht an die ominöse zweite Person, das sah sie ihm an. Er glaubte weder Anna-Lena noch den Kegelfrauen, die sich ja leider allesamt nicht sehr vertrauenswürdig erwiesen hatten.

Für einen Augenblick duellierten sich ihre Blicke, ehe Nora sich abwandte und nach der Dose Chips griff. Sie bot Lehmann der Form halber davon an. Als er nur abwinkte, schüttete sie sich selbst ein paar Chips in die Hand.

»Okay«, sagte Lehmann dann. »Angenommen, du hast recht. Wen hast du da im Verdacht? Wer könnte deiner Meinung nach die zweite Person gewesen sein? Die, die uns anlügt? Diese Witwe?«

»Ich weiß es nicht«, seufzte Nora. »Fakt ist: Es muss jemand von den elf sein, deren Namen wir haben. Wir haben die Kameraaufnahmen. Wir *wissen*, wer an Deck war. Es *muss* jemand von denen bei Kerner gewesen sein. Paulina Link hätte durchaus ein Motiv gehabt. Andererseits, niemand sonst hat Paulina auf dem Sonnendeck gesehen,

schon gar nicht mit Kerner zusammen. Und Anna-Lena sagte, die Person, die Wolf Kerner gestoßen hat, muss größer gewesen sein. Paulina Link ist sehr zierlich.«

»Du hast mit Anna-Lena über Paulina Link gesprochen?«

»Ja, ich habe ihr das Foto gezeigt, weil ich gehofft habe, dass sie sich dadurch eventuell erinnert. Aber das hat sie nicht.« Nora bemerkte beklommen, wie Lehmanns Miene unheilvoll wurde.

»Und was meinst du mit ›niemand sonst hat Paulina gesehen‹?« Lehmanns Blick wurde noch finsterer. »Wem hast du Paulinas Foto noch gezeigt?«

Nora knabberte mit gesenktem Kopf ein paar Chips, ehe sie vorsichtig sagte: »Na ja ... Dr. Eschweiler.«

»Und wem noch?«, fragte Lehmann mit Grabesstimme.

»Sasha Uhrmacher und ... und Henry Brandt.«

»Heyden«, schimpfte Lehmann los. »Das ist jetzt nicht dein Ernst. Du bist mit dem Foto von Paulina Link herumgegangen? Entgegen meiner ausdrücklichen Anweisung? Bist du von allen guten Geistern verlassen?«

»Das waren doch nur Crewmitglieder. Die gehören doch zu uns«, verteidigte sich Nora. »Ich wollte doch nur wissen, ob sich jemand an Paulina erinnert. Das ist doch wichtig, Lehmann. Und das Foto hilft nun mal der Erinnerung auf die Sprünge – dachte ich.«

»Dachtest du! Herrgott. Hatte ich dir nicht ausdrücklich untersagt, die arme Frau weiter da mit reinzuziehen? Was soll denn das werden? Eine Hexenjagd?«

Nora reckte trotzig das Kinn vor. »Ich sollte doch mit der Crew sprechen.«

»Du hast mich absichtlich falsch verstanden, Heyden, und das weißt du.«

»Sorry«, sagte sie. »Aber Paulina Link hat sich nun mal auffällig verhalten. Auch Henry Brandt sagt, aufgrund ihrer traurigen Geschichte könnte sie durchaus zu einer Affekthandlung fähig sein.«

Lehmann schüttelte fassungslos den Kopf. »Du hast *auch noch* mit Herrn Brandt vertraulich über Paulina Link gesprochen?«

»Vertraulich, ja«, betonte Nora. »Er ist Psychologe, Lehmann. Und er ist bei uns angestellt. In seinem Vertrag steht eine Verschwiegenheitsklausel, was den Gästekontakt betrifft! Warum sollte ich seine Kompetenz nicht nutzen? Ich habe ihm nur ganz allgemein ein paar Fragen gestellt.«

Lehmann vergrub den Kopf in den Händen, und Nora biss sich auf die Lippen. War sie zu weit gegangen? Würde er sie nun auch Feuerlöscher kontrollieren schicken, wie Malik?

Lehmann sah wieder auf. Sein Blick war beinahe wild. »Deine Schnüffelei kann ich nicht gutheißen, Heyden. Ich will mir gar nicht ausmalen, wenn Nadja Rindel das alles zu Ohren kommt«, schimpfte er. »Stell dir vor, Paulina Link beschwert sich bei der Reederei? Dazu hätte sie wahrlich allen Grund, so muss man sich als Gast wirklich nicht behandeln lassen.« Er raufte sich durch die Locken. »Ich musste schon so oft meine schützende Hand über dich halten. Durch solche Verdächtigungen und Vorurteile kann man unschuldige Menschen in Teufels Küche bringen.«

»Ich will doch nur wissen, was passiert ist. Tut mir leid Lehmann.« Sie sah ihn zerknirscht an. Sie wusste, dass sie Lehmanns Geduld mal wieder überstrapaziert hatte. Sie wusste auch, dass sie sich mehr herausnehmen durfte, als jeder andere an Bord. Aber sie durfte den Bogen auch nicht überspannen. »Muss ich jetzt auch Feuerlöscher kontrollieren?«

Lehmann warf ihr einen resignierten Blick zu. »Halte dich von nun an einfach etwas zurück, Heyden.«

»Ja, versprochen. Hast du den Kalender?«, fragte sie dann schnell. Sie hatte ihn gebeten, Wolf Kerners Terminkalender mitzubringen, der sich in Kerners Gepäck im Abstellraum auf der Brücke befand.

Lehmann zog stumm ein kleines Büchlein aus seiner Jackettasche. »Was willst du damit?«

»Ich muss etwas nachsehen.«

»Das ist eigentlich privat, Heyden.« Lehmann beobachtete, wie sie begann, im Kalender zu blättern. »Du schnüffelst schon wieder herum!«

»Ich schnüffle nicht. Mir ist beim Packen nur etwas ins Auge gefallen.«

»Aha.«

»Ja.« Sie studierte den Kalender, dann sah sie triumphierend auf. »Ich habe mich richtig erinnert. Wolf Kerner hat sich mehrere Termine bei Sasha Uhrmacher eingetragen. Zur Physiotherapie. Einen hatte er offenbar bereits wahrgenommen, am Tag vor seinem Tod.«

»Ja, und? Ist das ungewöhnlich?«

»Sasha hat das gar nicht erwähnt. Das wundert mich. Ich habe doch vorhin mit ihr gesprochen, weil sie am Unfallabend auch an Deck war. Sie hat so getan, als höre sie den Namen Wolf Kerner zum ersten Mal.«

»Vielleicht hatte er den Termin abgesagt?«, meinte Lehmann. »Nur, weil es im Kalender steht, muss er ja nicht hingegangen sein.«

»Dahinter steht in Klammern: 85 Euro – bezahlt.« Nora tippte auf den Eintrag. »Bezahlt werden die Behandlungen immer erst hinterher. Ich kann das auch noch mal auf seinem Bordkonto checken, aber ich möchte wetten, dass

der Eintrag stimmt. Warum also erinnert sich Sasha nicht an jemanden, den sie 45 Minuten lang behandelt hat? Vor allem, wenn er einen Tag später tot ist?«

»Vielleicht kann sie sich schlecht Namen merken? Ich würde einen Passagier auch nicht wiedererkennen, wenn ich ihn einmal getroffen habe.«

»Du *willst* sie nicht wiedererkennen.« Nora grinste kurz. »Ich finde das jedenfalls sehr eigenartig. Ich meine, der Mann ist tot. Und Sasha erzählt *nichts*?«

»Tja ...«

»Außerdem kannte Wolf Kerner offenbar Sashas berühmten Bruder, Mario.«

»Den Fußballer? Wie kommst du darauf? Steht das auch in dem Kalender?«

»Nein, bei Twitter. Wolf Kerner hat dort eine Beileidsbekundung gepostet, nach Marios Unfall. Es klang so, als würden die beiden sich kennen.«

»Twitter.«

»Ja, ich habe eben ein wenig gegoogelt, und ... Ach, egal. Jedenfalls kennen die sich anscheinend. Das fand ich hochinteressant.«

»So außergewöhnlich wäre das nicht. Kerner war doch früher Sportkommentator. Da sind sich die beiden sicher mal über den Weg gelaufen.«

»Ja, genau.« Nora nickte eifrig. »Und ich könnte mir vorstellen, dass auch Sasha Wolf Kerner kannte. Ich meine, ihn *vorher* schon kannte.« Sie sah Lehmann gespannt an. »So als Schwester, da besucht man doch auch Fußballspiele und Sportveranstaltungen, und so weiter ... Könnte doch sein, oder?«

»Worauf willst du eigentlich hinaus, Heyden?«

Nora knabberte an ihren Chips, um Zeit zu gewinnen und zu überlegen, worauf sie eigentlich hinaus wollte. Sie wusste es selbst nicht so genau. »Wir suchen doch nach einer Person, die uns heute nicht ganz die Wahrheit gesagt hat, als wir sie befragt haben. Tja, und nun stellt sich heraus, dass Sasha irgendwie ... na ja, nicht ganz ehrlich war.«

Lehmann war anzusehen, dass er diesen Sachverhalt nicht ganz so spannend fand wie Nora. »Frag sie doch einfach danach.«

Nora nickte. »Genau das werde ich machen.«

Lehmann seufzte. Dann blickte er angewidert auf die Dose Chips. »Wie kannst du nur so etwas essen, Heyden. Das hat doch mit Kartoffel gar nichts mehr zu tun. Das Zeug besteht aus trockenem Kartoffelmehl, Stärke, Fett und Aromastoffen ...«

»Aber es schmeckt.«

»Ich zweifle an deinen Geschmacksnerven. Es wird wirklich höchste Zeit, dass ich endlich für dich koche, damit du mal etwas Vernünftiges zwischen die Zähne bekommst.« Er blinzelte ihr zu.

»Na, du bist von deinen Kochkünsten aber sehr überzeugt«, sagte Nora. Ihr Blick fiel auf seine Hand. »Dein Handgelenk sieht immer noch übel aus.«

»Ich weiß. Ich creme und creme. Irgendwie wird es eher schlimmer als besser.« Lehmann zuckte mit den Schultern.

»Sieht aus, als ob es sich entzündet.«

Lehmann nickte nachdenklich. »Du hast recht. Ich sollte die Hand besser schonen. Vor allem, weil ich sie morgen Abend ja zum Kochen brauche ... Ich denke, ich sage alle anderen Veranstaltungen morgen besser ab.«

»Oh nein, mein Guter.« Nora verstand die Anspielung sofort. »Die ›Fragestunde mit dem Kapitän‹ findet statt, mit dir. Dafür brauchst du deine Hand gar nicht.«

Lehmann verzog den Mund, dann stand er auf. Müde reckte er sich. »Heyden, es ist fast eins. Ich schlage vor, wir sprechen morgen früh weiter.«

»Was!« Nora starrte auf die Uhr. Tatsächlich.

»Komm bitte morgen früh zur Brücke«, sagte Lehmann. »Und wir überlegen, wie wir in der Sache Wolf Kerner weiter vorgehen.«

*

Arielle starrte wie gebannt ins nachtschwarze Meer. Sie hatte sich dicht vor das runde Bullauge gestellt und betrachtete schon seit geraumer Zeit das Wirbeln und Strudeln hinter dem Glas. Das Bullauge befand sich genau am Meeresspiegel, und ein wenig war es so, als tauche man direkt durch das Wasser. Die Wellen spritzten gegen das Glas, und bei Tageslicht wirbelte und umspülte das Wasser das kleine Fenster wild und weißschäumend. Jetzt war die Nacht schwarz, und sie konnte das Meer mehr erahnen, als dass sie es sah, dennoch fühlte sie sich allein durch die Nähe des Wassers eigentümlich beruhigt. Sie spürte die Urgewalt der See durch den Schiffskörper hindurch.

Arielle, *die Meerjungfrau*. Die Vorstellung, mit der *Blue Ocean* über mehrere Tage hinweg auf See zu kreuzen, hatte sie im Vorfeld mit freudiger Erregung erfüllt. Wasser, so weit das Auge reicht. Wellen, Seeluft, Möwen. Morgens nach dem Aufstehen der erste Blick auf das Meer, abends

vor dem Schlafengehen der letzte. So hatte sie sich das ausgemalt. Sonnenaufgänge, Sonnenuntergänge, über den Wellen.

Doch dass sie nun hier saß, wie gelähmt vor Angst und Unglauben, weil sie einen Menschen getötet hatte und nicht wusste, wie es weitergehen würde ...

Ein ähnliches Gefühl hatte sie früher überfallen, in der Nacht vor wichtigen Schwimmwettkämpfen. Wenn sie vor Angst nicht hatte schlafen können. Wenn ihr Magen ein einziger Klumpen gewesen war. Ihr ganzer Körper vor Nervosität zitterte.

Wenn sie sich fragte: Warum? Warum mache ich das nur?

Und sie wusste, dass es keinen Ausweg gab.

*

Es war mitten in der Nacht. Drei oder vier Uhr morgens. Nora konnte einfach nicht schlafen, wälzte sich ruhelos im Bett – und diesmal konnte sie nicht widerstehen. Sie stand auf, verließ die Kabine und huschte durch die einsamen Korridore zu ihrem Büro. Dort kramte sie hastig im Schreibtisch und holte den Blister hervor. Noch im Büro nahm sie eine Tablette. Und noch eine. Sofort überkam sie eine selige Entspannung. Dann huschte sie zurück zu ihrer Kabine. Doch die Tür war zu. Was zum ...? Sie erschrak und rüttelte an der Klinke – verschlossen. Wie konnte das sein? Sie war ausgesperrt! Mitten in der Nacht stand sie hier, im Nachthemd, im Flur – und jeden Moment konnte jemand vorbeikommen. Wie sollte sie das erklären? Sie rüt-

telte erneut an der Tür. Lehmann würde fragen, wo sie gewesen war. Nora rüttelte und rüttelte. Warum war die Tür verschlossen? Sie würde erklären müssen, dass sie in ihr Büro gegangen war, um die Tabletten zu nehmen ...

Nora schlug mit rasendem Herzen die Augen auf. Es dauerte die gewissen zwei, drei Sekunden, ehe sie realisierte, dass sie alles nur geträumt hatte, dass sie in ihrem Bett lag, die Finger um die Decke gekrampft.

Sie hatte die Tabletten natürlich *nicht* angerührt – auch wenn sie vorhin, vor dem Einschlafen, kurz darüber nachgedacht hatte.

Seufzend drehte sie sich mit dem Gesicht zur Wand. Sofort war ihr Kopf wieder voller Gedanken, die gleichen Gedanken, die sie vor dem Einschlafen beschäftigt hatten. Die zweite Person ... Nicht nur Anna-Lena hatte eine zweite Person bei Kerner gesehen – auch die Frauen aus der Kegelgruppe bestätigten nun die Beobachtung. Es war jemand bei Wolf Kerner auf dem Sonnendeck gewesen. Es gab die zweite Person. Auch wenn Lehmann nicht davon überzeugt war.

Aber wer? Wer war es?

Es kam nur jemand aus dem begrenzten Personenkreis in Frage, den sie bereits durch die Kameraaufnahmen identifiziert hatten. Einer von elf.

Paulina Link? Möglich. Die Witwe hatte selbst zugegeben, Streit mit Kerner gehabt zu haben ... War sie ihm gefolgt und hatte ihn gestoßen? Aber dem sprach entgegen, dass niemand Paulina Link später noch gesehen hatte, und Anna-Lena sagte, die zweite Person sei größer gewesen ...

Einer von elf.

Sasha Uhrmacher? Sie hatte Kerner offenbar gekannt, er war sogar bei ihr in Behandlung gewesen. Warum hatte Sasha das nicht erwähnt? Gab es dafür einen Grund?

Einer von elf.

Oder jemand aus der Kegelgruppe? Die Kegelfreunde waren nicht die ganze Zeit zusammengewesen, immer wieder hatte sich einer von ihnen aus der Gruppe gelöst, um zur Toilette zu gehen. Vermeintlich. Theoretisch konnte jeder von ihnen auch bei Kerner gewesen sein. Es konnte auch sein, dass die anderen davon wussten und denjenigen deckten. Sechs Freunde, die zusammenhielten. Aber, warum hätten die Frauen dann später ihre Aussage ändern sollen? Warum war Frau Münz zu ihr gekommen? Ein schlechtes Gewissen?

Aber selbst, wenn tatsächlich eine zweite Person bei Kerner gewesen war – so hieß das noch lange nicht, dass diese Person ihn gestoßen hatte. Kerner konnte ohne Fremdverschulden gestürzt sein.

Vielleicht hatte die zweite Person den Sturz hautnah miterlebt und es dann mit der Angst zu tun bekommen, als sie festgestellt hatte, dass Kerner tot war ...

Noras Kopf begann zu schwirren. Sie mussten die zweite Person unbedingt finden. Nur sie konnte aufklären, was wirklich passiert war.

Nora presste fest die Augen zusammen. So stark wurde der Drang nach einer einzigen Tablette aus dem Blister in ihrem Schreibtisch, um das Gedankenkarussell endlich zum Stehen zu bringen.

Hat uns jemand angelogen?, war ihr letzter Gedanke, ehe sie endlich einschlief.

Seetag 4

Hat jemand gelogen?, war ihr erster Gedanke am nächsten Morgen. Nora wurde wach, noch bevor ihr Handywecker losging. Schläfrig schaltete sie den Alarm aus, um dem nervigen Weckton zu entgehen, und wäre beinahe erneut eingenickt. Seufzend schwang sie die Beine aus dem Bett, dann blieb sie grübelnd auf der Bettkante sitzen.

Wie zuverlässig war die Aussage der Kegel-Frauen, die nun behaupteten, doch eine zweite Person bei Kerner auf dem Sonnendeck gesehen zu haben? Und Sasha Uhrmacher hatte Wolf Kerner offenbar gekannt. Nur, warum hatte Sasha das verheimlicht? Hatte das einen tieferen Grund, und wenn ja, welchen? Fragen, die sie unbedingt klären musste.

*

»Neeeiiiin ... Ahh ...«

Maybrit verdrehte nur die Augen, dann erhob sie sich lautlos aus dem Bett.

»Ahhh ...«, jammerte Hanno im Schlaf vor sich hin, von Albträumen gequält. Diesmal weckte sie ihn nicht. Ihr Mitleid war verflogen, endgültig. Stattdessen ging sie duschen, so leise und vorsichtig, wie es ihr möglich war. Als sie zurückkam, schlief Hanno wieder friedlich wie ein Baby. Geräuschlos zog sie sich Schuhe und Jacke an und schlich zur Tür. Sie würde nur zehn Minuten weg sein, Hanno würde gar nichts davon mitbekommen.

Sie hatte in der vergangenen Nacht einen Entschluss gefasst und würde ihn nun umsetzen.

Leise verließ sie die Kabine und ging geradewegs zur Rezeption. Die Korridore waren ruhig und leer, keine Menschenseele war unterwegs.

Es war erst kurz vor sieben, noch nicht einmal die Kabinenstewardessen hatten mit der Arbeit begonnen – sie starteten in der Regel um halb acht. Auch das Foyer und die Rezeption waren verwaist, bis auf die Rezeptionistin, die trotz der frühen Stunde munter wirkte.

»Guten Morgen.« Die Rezeptionistin lächelte freundlich-professionell. »Wie kann ich Ihnen helfen?«

Ehe sie es sich anders überlegen konnte, fragte Maybrit: »Wurde eventuell ein Koffer als vermisst gemeldet?«

»Ein Koffer?«, fragte die Rezeptionistin erstaunt. »Wie meinen Sie das?«

»Mein Mann und ich ... also, wir haben einen Koffer bei uns auf der Kabine, der uns nicht gehört.« Maybrit merkte selbst, wie sonderbar das klang. Entsprechend verwirrt schaute die Rezeptionistin drein.

»Sie haben einen Koffer gefunden?«

»Also ... Nun, er wurde fälschlicherweise auf unsere Kabine gebracht.«

»Das passiert leider schon mal. Moment bitte.« Die Rezeptionistin durchblätterte ein kleines Notizbuch. »Oh ... das ist seltsam. Ich habe gar keine Meldung, dass jemand einen Koffer vermisst gemeldet hätte.«

»Nicht? Wie merkwürdig. Es ist eine wertvolle Uhr im Koffer, und ...« Maybrit stockte und wurde rot.

»Sie haben den Koffer geöffnet?« Die Rezeptionistin runzelte leicht die Stirn.

»Ver... versehentlich. Wir haben den Koffer versehentlich geöffnet, weil wir dachten, er gehört uns«, stotterte Maybrit. *So ein Blödsinn.* Man erkannte doch sein eigenes Gepäck. *Verdammt, Hanno. Ich habe gleich gesagt, wir dürfen den Koffer nicht öffnen.*

Das Lächeln der Rezeptionistin wurde nun schmaler. »Bringen Sie den Koffer bitte hierher. Ich frage bei den Kollegen nach, ob jemand etwas von einem vermissten Koffer weiß. Irgend jemandem muss er ja gehören.«

»Ja natürlich«, sagte Maybrit verlegen. »Das werde ich. Ich hätte ja schon längst, aber ...«

Schnell drehte sie sich und und ging davon. Zunächst fühlte sie sich abgrundtief erleichtert. Endlich, endlich war das Koffer-Problem gelöst. Doch mit jedem Schritt, den sie näher an ihre Kabine kam, nahm ihr schlechtes Gewissen zu.

Mist, dachte sie. Hanno bringt mich um, wenn er davon erfährt.

*

»Guten Morgen, liebe Passagiere, hier spricht Elsa, Ihre Kreuzfahrtdirektorin. Wir starten heute sportlich in den Tag: Unsere Gesundheitsberaterin Sasha Uhrmacher lädt Sie ein zur Morgengymnastik, der Kurs wird auch live im Bordfernsehen übertragen. Um zehn Uhr findet im Bordtheater die »Fragestunde mit dem Kapitän« statt – unser

Kapitän freut sich bereits auf Ihre zahlreichen Fragen. Aufgrund der begrenzten Teilnehmerzahl wird auch diese Veranstaltung auf Kanal 2 übertragen. Im Anschluss ...«

*

Henry Brandt lauschte angestrengt der Durchsage. Der Ton des Radios war mittlerweile runtergedreht worden, von Krankenschwester Mieke oder Grietje – nur war er jetzt so leise, dass er beinahe nichts mehr verstand.

Egal, die Durchsage war für ihn ohnehin ohne Bedeutung, er konnte an keiner Veranstaltung teilnehmen. Er war hier eingesperrt, in seinem Krankenzimmer – so fühlte es sich zumindest an.

Langsam sah er auf. Am Ende des Raumes gab es ein Bullauge, kein richtiges Fenster wie in seiner Suite, weil sich das Hospital unten im Schiff befand, gleich an der Wasserlinie. Vorhin hatte er lange davorgestanden und das strudelnde Wasser angeschaut – aus dieser Perspektive war das Meer ungemein interessant.

Jetzt saß er wieder betrübt auf dem Bett.

Eingesperrt war er. So, wie es sich für Monster gehörte, ging ihm durch den Kopf. Für Mörder. Für Menschen, die getötet hatten.

Sein Blick verharrte unwillkürlich auf der Fotografie des Mädchens. Oft konnte er gar nicht glauben, dass er so viele Jahre damit durchgekommen war. Niemand ahnte etwas. Zumindest hatte ihn nie jemand danach gefragt ... Unglaublich, eigentlich.

Wie schnell das Mädchen in Vergessenheit geraten war. Als hätte es sie nie gegeben.

Beinahe zärtlich glitt sein Blick über das so junge Gesicht.

Ich bin der Einzige, der noch an sie denkt, dachte er. Dann wandte er sich schnell ab, da ihm diese Feststellung alberne Tränen in die Augen trieb.

*

Heute war das Meer besonders schön. Ein ganz sanftes, helles Blau, die Oberfläche fast spiegelglatt. Kaum ein Kräuseln war zu sehen. Arielle hätte stundenlang durch das Bullauge schauen mögen. Fast fühlte sie den Wind in den Haaren, die Brise im Gesicht. Schweren Herzen wandte sie sich ab. Ein neuer Tag lag vor ihr. Sofort erfasste sie wieder die Nervosität.

Ich habe getötet.

Würde man ihr heute auf die Schliche kommen? Nora Heyden hatte die Nachforschungen gewiss noch nicht aufgegeben. Den ganzen Tag über hatte sie gestern Fragen gestellt.

Ob sie etwas herausgefunden hatte?

Das Schlimme war, dass sie hier auf dem Schiff festsaß. Sie konnte nicht einfach abhauen – sie musste hierbleiben und der Dinge harren. Sich ruhig verhalten, unauffällig. Hoffen, dass Nora Heyden bei ihrer Schnüffelei nicht auf ihre Spur kam.

*

Ah, der Rücken. Und der Nacken. Und die Beine, vor allem die Beine ... Dr. Eschweiler ging vorsichtig den Korridor entlang. Jede falsche Bewegung schmerzte. Jede richtige Bewegung auch. Er stöhnte verhalten, als er die letzten Treppenstufen zum Bordbistro erklomm. Seine Oberschenkelmuskulatur schien sich über Nacht um einige Zentimeter verkürzt zu haben. Herr im Himmel, so einen Muskelkater hatte er seit Jahren nicht mehr gehabt.

Gestern Abend hatte er davon noch nichts gespürt, da hatte er noch frohen Mutes das Galamenü genossen. Heute Morgen jedoch ... *Aaah.* Wie konnte das sein?

Und gleich musste er auch noch auf die Bühne – nach dem Frühstück fand im Bordtheater die »Fragestunde mit dem Kapitän« statt, wo er sich zusammen mit Kapitän Lehmann den Fragen der Passagiere stellen würde. Zig Augenpaare würden auf ihn gerichtet sein, hoffentlich merkte man ihm nicht an, wie lädiert er sich fühlte.

Die »Fragestunde« war eine Premiere, so etwas hatte es in all den Jahren noch nicht gegeben. Dr. Eschweiler war eigentlich nur dabei, weil Kapitän Lehmann ihn vorgestern nach dem Mittagessen abgefangen und verstohlen in den Seitengang gewinkt hatte.

»Ich bitte Sie inständig, Herr Dr. Eschweiler, begleiten Sie mich zu dieser Fragestunde«, hatte Lehmann flehentlich gewispert. »Lassen Sie mich nicht allein. Stehen Sie mir bei. Das werde ich Ihnen nie vergessen.«

Natürlich hatte Dr. Eschweiler eingewilligt, es hatte ihn geehrt, dass der Kapitän solchen Wert auf seine Gesellschaft legte.

»Ich stehe tief in Ihrer Schuld«, hatte Lehmann geseufzt. »Aber erzählen Sie Nora nichts davon, dass ich Sie gefragt haben. Sagen Sie ihr bitte, es sei Ihr Wunsch gewesen, mitzumachen.«

Dr. Eschweiler erreichte das Bordbistro – nie war ihm der Weg dorthin beschwerlicher vorgekommen. Er war um einiges später als sonst, heute war er kein ›Early-Bird‹, sondern das reguläre Frühstück war längst im Gange und entsprechend voll war es bereits. Er steuerte den erstbesten Tisch an, der noch frei war, wobei er sich bemühte, nicht zu humpeln. Gerade, als er erleichtert auf den Stuhl sinken wollte, hörte er seinen Namen. Die wohl schönste Stimme, die er kannte, rief ihn. Sein Herz klopfte schneller, als er sich umdrehte.

»Dr. Eschweiler. Huhu. Hier ist noch frei.« Sasha Uhrmacher winkte ihm fröhlich von einem Ecktisch aus zu. Schlagartig vergaß er die schmerzenden Glieder. Wie auf Wolken ging er zu ihr und ließ sich aufatmend auf den Stuhl fallen. Sogleich war ein Kellner bei ihm und schenkte ihm Kaffee ein. Sasha saß vor einer fast leeren Müslischale, also musste sie schon länger hier sitzen.

Dr. Eschweiler sah hinüber zum Frühstücksbüffet, das heute unerreichbar weit entfernt schien, und beschloss, sich erst ein Weilchen bei seinem Kaffee zu erholen.

»Alles in Ordnung mit Ihnen?«, fragte Sasha.

»Alles bestens.« Dr. Eschweiler lächelte angestrengt. »Könnte nicht besser sein.«

»Es sah so aus, als ob Sie humpeln.«

»Ich? Nein. Also ... höchstens ein wenig.«

»Vielleicht haben wir gestern doch ein wenig übertrieben. Tut mir leid«, sagte Sasha schuldbewusst. »Sie haben sicher Muskelkater.«

»Es ist nicht schlimm, wirklich nicht«, log er. »Ich ... Ich freue mich schon auf das nächste Training ... heute.«

»Mit Muskelkater ist nicht zu spaßen«, sagte Sasha entschieden. »Sie sollten sich Ruhe gönnen.«

Das klang wie Musik in seinen Ohren, doch wollte er sich seine Erleichterung nicht allzu deutlich anmerken lassen. »Aber es ist wirklich nicht schlimm.«

»Keine Widerrede. Nichts da, Hans-Bernd. Die Gesundheit geht vor. Sie kurieren sich erst mal aus.« Sie hob mahnend den Zeigefinger. »Versprechen Sie mir das? Kein Sport mehr für die nächsten Tage. Wehe, ich treffe Sie im Fitnessraum.«

»... kein Sport mehr«, wiederholte er treuherzig. »Ich verspreche es.«

»Wissen Sie, Hans-Bernd, manche Menschen wären froh, wenn sie ihre Muskeln noch spüren könnten«, sagte Sasha plötzlich und ihr Gesicht wurde tieftraurig. Gedankenverloren löffelte sie ihre Müslischale leer.

Dr. Eschweilers Magen knurrte leise, was ihm peinlich war. Hoffentlich hatte Sasha das nicht gehört. Gern hätte er sich nun ein ordentliches Frühstück geholt, aber er traute sich nicht, unter Sashas Blicken zum Büffet zu hinken. Er hoffte, dass sie gleich gehen möge, doch stattdessen schlug Sasha nun die Beine übereinander und sagte angelegentlich: »Die Hoteldirektorin war gestern bei mir. Sie stellte so merkwürdige Fragen, über den Tod des alten Mannes. Wie hieß er noch gleich ...?«

»Wolf Kerner. Ja, mir hat sie auch Fragen gestellt. Sie gehen der Sache nach. Nora Heyden ist ein gründlicher Mensch.«

»Der Sache, ja ...« Sasha nickte. Sie beugte sich leicht vor, und plötzlich lag ihre Hand ganz zufällig auf seiner. »Sagen Sie, Hans-Bernd, hat sich bei der ›Sache‹ schon etwas Neues ergeben?«

Dr. Eschweilers Hand brannte wohlig unter ihrer Berührung. »Nein ... Nichts Neues. Außer Anna-Lena hat offenbar niemand Beobachtungen gemacht.« Er hatte Mühe, den Satz unfallfrei über seine nervösen Lippen zu kriegen.

»Aha. Ja, was Anna-Lena da beobachtet hat ... Was genau hat sie eigentlich beobachtet?«

»Anna-Lena ist sich ja nach wie vor nicht sicher, ob sie tatsächlich gesehen hat, wie jemand Wolf Kerner die Treppe hinuntergestoßen hat, oder ob sie sich das nur eingebildet hat.«

»Ja ... ja, dem muss man natürlich nachgehen«, sagte Sasha nachdenklich, und ihre Fingerspitzen strichen über seinen Handrücken. »Die Treppe hinuntergestoßen, das wäre wirklich furchtbar.«

»Das stimmt.«

»Also gibt es bislang keine weiteren Zeugen? Nur Anna-Lena?«

Dr. Eschweiler zuckte mit den Schultern, was ein heftiges Ziehen in seinem Nacken zur Folge hatte. »Offenbar nicht, aber man hält weiter Augen und Ohren offen.«

»Aber das erklärt natürlich, weshalb Nora Heyden ...«

»Was sagten Sie?« Dr. Eschweiler hatte den Rest des Satzes nicht richtig verstanden. Seine Hand loderte mittlerweile.

»Nichts. Schon gut.« Sasha lächelte ihn an. Dann nahm sie ihre Hand von seiner, und sofort überkam ihn eine Art lächerlicher Trennungsschmerz. Dann trank sie ihren Orangensaft aus und stellte ihr Geschirr zusammen. »Wie dem auch sei. Ich muss nun los, Hans-Bernd. In fünfzehn

Minuten gebe ich schon den ersten Morgengymnastikkurs.« Sie erhob sich. »Und nicht vergessen: Sie erholen sich erst mal.«

»Ach, Sasha!«, hörten sie da eine Stimme. Hoteldirektorin Nora Heyden kam geschäftig heran.

»Guten Morgen zusammen.« Nora Heyden hatte den Tisch erreicht. »Sasha, ich müsste kurz mit Ihnen sprechen.«

Dr. Eschweiler kannte Nora Heydens Miene. Sie hatte wohl ein Hühnchen mit Sasha zu rupfen. Er erhob sich diskret von seinem Stuhl, wobei seine Schenkel wieder zwickten. Er ließ die Damen besser allein.

*

Es kam Nora sehr gelegen, dass sie Sasha Uhrmacher zufällig im Bordbistro antraf. Sie hatte gerade ihren morgendlichen Rundgang durch das Schiff beendet und als letzte Station hatte sie sich in der Küche des Bordbistros noch schnell einen Kaffee trinken wollen, bevor sie ihr Morgenmeeting mit den Abteilungsleitern begann.

»Tut mir leid.« Sasha stand auf, mit dem Geschirr in der Hand. »Ich muss hoch ins Sportcenter. Mein erster Kurs beginnt gleich.«

»Es dauert nicht lange.« Nora setzte sich und sah sie abwartend an.

»Gut, ein paar Minuten habe ich noch.« Auch Sasha setzte sich wieder, während Dr. Eschweiler taktvoll seine halbvolle Kaffeetasse stehen ließ und davonging – obwohl er noch gar nichts gegessen hatte. Nora war, als humple er ein wenig.

»Worum geht es denn?«

»Um Wolf Kerner«, kam Nora sofort zur Sache. »Er hatte einen Termin bei Ihnen zur Physiotherapie. Oder?«

Sasha runzelte die Stirn. »Einen ...? Ach, richtig. Er hatte bei mir einen Termin, ja.«

»Er hatte nicht nur einen Termin gebucht, sondern gleich mehrere ausgemacht«, sagte Nora. »Wobei er die anderen ja nicht mehr wahrnehmen konnte.«

»Ja, er hatte wohl gravierende körperliche Beschwerden.« Sasha sah auf ihre Armbanduhr. »Frau Heyden, ich hab wirklich nicht viel ...«

»... Zeit, ich weiß. Ich frage mich nur, warum Sie das gestern nicht erwähnt haben, als wir uns über Wolf Kerner unterhalten haben?«

»Ich hielt es nicht für wichtig.« Sasha begann, den Zuckerstreuer hin und her zu schieben. Das Thema schien sie nervös zu machen.

»Wolf Kerner hat Ihren Bruder gekannt.«

Sasha kippte vor Schreck fast den Zuckerstreuer um. »Wie kommen Sie denn darauf? Das ist ja abstrus, Entschuldigung.«

»Kerner hat bei Twitter eine Nachricht gepostet, die klingt, als seien Ihr Bruder und er gut bekannt gewesen. Ich habe es gestern zufällig im Internet gefunden.«

»Nur, weil man sich bei Social Media ›kennt‹, ist man noch lange nicht befreundet.«

»Ich weiß. Aber die Nachricht klang sehr persönlich. Daher dachte ich, ...«

»Viele Leute wollten mit meinem Bruder ›befreundet‹ sein.« Sasha nahm die Hand vom Zuckerstreuer und ballte sie zur Faust. »Was glauben Sie, wie viele ›alte Freunde‹ plötzlich auf der Matte standen, als Mario berühmt wurde.«

»Gehörte Kerner zu den alten Freunden?«

»Ich bin über die Bekanntschaften meines Bruders nicht im Bilde. Warum fragen Sie eigentlich das alles?«

Nora sah sie fest an. »Sasha, Sie wussten genau, wer Wolf Kerner war. Sie haben ihn nicht erst hier auf dem Schiff bei der Physiotherapie kennengelernt. Habe ich recht?«

»Nein.« Sasha stand endgültig auf und nahm ihren Rucksack. »Entschuldigung, aber ich muss wirklich gehen.«

»Der Wassermann«, sagte Nora.

Sasha erstarrte. »Was?«

»Sie haben Wolf Kerner gestern ›den Wassermann‹ genannt. Das ist sein Spitzname in der Sportlerwelt. Ich hatte ihn nie zuvor gehört, aber Sie kennen diesen Spitznamen.« Nora verriet lieber nicht, dass sie das nur wusste, weil sie auf Sashas Handy gelinst hatte.

Sasha war jedoch zu perplex, um sich darüber zu wundern. Ihr schien es die Sprache verschlagen zu haben.

»Es ist doch kein Verbrechen, wenn Sie Wolf Kerner kannten, Sasha. Ich wundere mich nur, warum Sie nichts davon gesagt haben.«

Sasha seufzte. Dann sagte sie: »Ich muss wirklich hoch in den Fitnessraum. Wenn Sie mich begleiten, erzähle ich Ihnen auf dem Weg alles.«

»Okay.« Auch Nora stand auf. Sie brachten das schmutzige Geschirr in den Geschirrwagen, dann verließen sie das Bistro und Sasha begann zu erzählen.

»Ich kannte Wolf Kerner tatsächlich, flüchtig zumindest«, sagte Sasha, als sie den Korridor entlang gingen Richtung Fahrstuhl. »Über meinen Bruder. Die Welt im Hochleistungssport ist klein, da kennt jeder jeden irgendwie. Und Wolf Kerner kommt ja auch aus der Sportwelt.«

Nora nickte. »Wolf Kerner hat früher fürs Fernsehen gearbeitet. Als Sportkommentator.«

»Ja. Genau. Und er war als junger Mann selbst im Leistungssport aktiv.«

»Rudern, oder?«

»Rudern, Schwimmen ... Alles, was irgendwie mit Wasser zu tun hat. Daher auch sein Spitzname. Insider wissen sofort, von wem die Rede ist, wenn über ›den Wassermann‹ gesprochen wird. Kerner ist – war – in der Sportwelt kein Unbekannter.«

Sie traten in den Fahrstuhl und Nora drückte den Knopf zum »Sportcenter« und der Fahrstuhl setzte sich in Bewegung.

»Warum wollten Sie die Bekanntschaft denn vor uns verbergen?«

»Ich wollte nichts ›verbergen‹«, sagte Sasha seufzend. »Frau Heyden, Sie wissen doch, dass ich einfach jedes Thema meide, das mit meinem Bruder zu tun hat. Und außerdem tut all das doch wirklich nichts zur Sache.«

Nora musterte Sashas Gesicht in der verspiegelten Wand. »Ich frage mich, Sasha: Was wollte Wolf Kerner von Ihnen? Warum hat er die vielen Termine bei Ihnen gebucht? Ging es ihm tatsächlich um seine Gesundheit?«

»Von wegen. Er war neugierig.« Sashas hübsches Gesicht wurde finster. »Wolf Kerner wollte sich nicht von mir behandeln lassen, er wollte mich über Mario aushorchen. Die Termine zur Physiotherapie waren nur ein Vorwand.«

»Das dachte ich mir«, sagte Nora. »Sehen Sie, Sasha, genau so etwas hat die Reederei wohl befürchtet. Dass Ihnen Passagiere Probleme bereiten könnten, wenn sie herausfinden, wer Sie sind. Dass man Sie belästigt, Ihnen nachstellt ... So, wie es Wolf Kerner offenbar geplant hatte.«

Sasha nickte steif. »Ich wusste immer, dass das passieren kann, wenn ich hier arbeite. Aber ich habe gehofft, dass es eben *nicht* passiert. Wolf Kerner hat mich leider erkannt, ja. Gleich, als er zum ersten Mal ins Behandlungszimmer kam, fing er schon an, Fragen zu stellen. Wollte wissen, wie es Mario geht.«

Der Fahrstuhl hielt mit einem kaum merklichen Ruck, dann öffneten sich die Türen. Bis zum modernen »Sportcenter« waren es nur noch wenige Schritte. Es war übrigens Nadja Rindels Idee gewesen, den Fitnessraum in »Sportcenter« umzubenennen, fiel Nora ein. Seit neustem prangte die Bezeichnung groß an der Glastür und auf sämtlichen Hinweisschildern.

Inzwischen hatten sie das Sportcenter erreicht. An der Tür blieben sie stehen und Nora sah, dass die ersten Kursteilnehmer sich bereits eingefunden hatten und miteinander redeten.

»Danke Sasha«, sagte Nora. »Ich denke, ich verstehe nun, warum Sie mir gestern von Ihrer Bekanntschaft mit Wolf Kerner nichts erzählt haben.«

Sasha verschränkte die Arme und schwieg ein paar Augenblicke. Dann sagte sie ganz sachlich: »Frau Heyden, Sie gehen davon aus, dass Wolf Kerner getötet wurde, oder? Dass sein Tod kein Unfall war.«

»Aber nein. Wie kommen Sie darauf?«, widersprach Nora überrascht, aber selbst in ihren Ohren klang es wenig überzeugend.

»Dr. Eschweiler hat mir eben davon erzählt. Die Rezeptionistin hat wohl entsprechende Beobachtungen gemacht?«

»Wir gehen einfach ein paar Unklarheiten nach. Es kann keine Rede davon sein, dass wir glauben, er sei getötet worden. Solche Gerüchte sollten nicht in Umlauf geraten.«

Sasha lächelte halbherzig. »Ich tratsche gewiss nicht. Aber wundern täte es mich nicht, wenn ihn jemand umgebracht hat. Frau Heyden, ich verrate Ihnen mal was. Wolf Kerner war kein Heiliger. Und es gab sicher so einige Menschen, die ihm nicht wohlgesonnen waren. Sein Tod wird einigen sehr gelegen kommen.«

Nora sah sie erstaunt an. »Was meinen Sie damit?«

Sasha machte einen Schritt in den Raum. »Mehr sage ich dazu nicht. Entschuldigen Sie mich nun, ich muss wirklich mit dem Kurs beginnen.«

»Moment, wenn Sie etwas -«, begann Nora, aber Sasha winkte bereits die Kursteilnehmer zu sich heran.

»Wenn Sie etwas wissen, dann müssen Sie es mir erzählen«, sagte Nora eindringlich, wenngleich ihr klar war, dass Sasha ihr natürlich rein gar nichts erzählen *musste.*

Auch Sasha schien das klar zu sein. Sie begann, die Teilnehmer auf ihre Plätze an den Matten zu dirigieren. »Frau Juhnke, bitte gehen Sie noch einen Schritt weiter nach links, danke. Frau Heyden«, sagte sie schließlich, »ich kann Ihnen wirklich nicht mehr sagen. Nichts, was wichtig oder von Belang wäre.«

Doch so leicht wollte Nora sie nicht davonkommen lassen. »Sasha, was soll das? Sie machen hier merkwürdige Anspielungen, rücken aber nicht mit der Sprache heraus. Soll ich den Kapitän informieren? Möchten Sie lieber mit ihm sprechen?«

Sasha schüttelte nur den Kopf. »Bitte, vergessen Sie einfach, was ich gesagt habe. Es ist nicht wichtig, wirklich. Außerdem will ich keine Probleme kriegen, ich will einfach nur meine Ruhe. Wirklich, das war nur so dahergeredet.« Sie drehte sich um und rief in den Raum: »Guten Morgen, meine Lieben. Dann legen wir direkt mal los. Zunächst einmal lassen wir unsere Arme kreisen ...«

Nora verließ das Sportcenter. Sasha würde nichts mehr sagen. Diese Frau war wirklich extrem verschwiegen und verschlossen, und jetzt machte sie auch noch so geheimnisvolle Andeutungen.

Grübelnd machte sich Nora auf den Weg zum Konferenzraum. Sie musste sich beeilen, gleich begann das Morgenmeeting, und eines ihrer Prinzipien war, niemals zu spät zu einem Termin zu kommen. Ihre Pünktlichkeit war legendär und hatte den praktischen Nebeneffekt, dass sich auch andere in ihrer Gegenwart meist nicht verspäteten.

Warum machte Sasha Uhrmacher so rätselhafte Bemerkungen, wenn sie sich dann doch nicht dazu äußern wollte? Ich hätte stärker nachhaken sollen, dachte Nora und ärgerte sich, dass sie Sasha so leicht hatte davonkommen lassen. Andererseits hatte sie Lehmanns Mahnung noch im Ohr, es ruhiger angehen zu lassen und andere nicht mit ihren Fragen zu bedrängen.

Als sie an der Rezeption vorbeikam, hielt Anna-Lena sie auf.

»Frau Heyden, der Reporter von der *Tageszeit* lässt einfach nicht locker. Er hat irgendwie die Telefonnummer herausgefunden und schon drei Mal angerufen.«

»Angerufen?«, wiederholte Nora. »Das glaub ich jetzt nicht!«

»Ja, der ist wirklich hartnäckig. Er würde gern mit jemanden sprechen, der an Bord ›etwas zu sagen hat‹. Am liebsten mit dem Kapitän.«

»Na, den Humor möchte ich haben. Also, das geht so nicht. Der kann dich hier nicht pausenlos belästigen. Beim nächsten Mal stellst du ihn bitte durch in mein Büro. Ich werde ihm Beine machen.«

*

Nora hielt ihr Morgenmeeting kurz, viel gab es heute nicht zu besprechen – jedenfalls nicht in großer Runde. Mit dem Crewpurser und dem Proviantmeister würde sie später noch einmal separat einige Dinge klären, dann allerdings in ihrem Büro.

Nach dem Meeting ging sie sofort hoch zur Brücke. Sie war gespannt, wie Lehmann über das weitere Vorgehen entschieden hatte.

Lehmann, Malik und Karen standen mit ernsten Mienen beieinander.

Nora ging näher. Sie redeten über die Kegelgruppe, das hörte sie sofort.

»Morgen, Heyden«, sagte Lehmann. »Ich habe Karen und Malik soeben darüber informiert, dass die Frauen aus der Kegelgruppe nun der Ansicht sind, es sei doch eine zweite Person bei Kerner gewesen.«

»Ja, genau«, sagte Nora eifrig. »Frau Münz hat es mir gestern bestätigt: Es war offenbar wirklich eine zweite Person bei Kerner. Und wenn eine zweite Person bei Kerner war, dann bedeutet das, dass uns gestern jemand angelogen hat. Und ...«

»Moment, Moment, nicht so schnell, Heyden«, unterbrach Lehmann. »Eins nach dem anderen. Karen und Malik sollen zunächst versuchen, die Ehepaare einzeln zu erwischen und noch mal zu befragen.«

»Aha ...«, sagte Nora verdutzt. Malik war also wieder mit im Boot, Lehmanns Unmut auf den Sicherheitsoffizier war offenbar verflogen. Wenn Malik klug war, nutzte er seine zweite Chance und verhielt sich mustergültig.

»Aber warum soll die Kegelgruppe denn nochmal befragt werden?«, fragte Nora.

»Diese Frau Münz hat dich gestern zu später Stunde nach der Gala angesprochen, und wer weiß, vielleicht war sie nicht mehr ganz nüchtern ...«

»Sie machte auf mich einen klaren Eindruck.«

»Wie dem auch sei. Natürlich müssen wir ein zweites Mal mit den Herrschaften sprechen, um abzuklären, wie glaubwürdig ihre Aussagen diesmal sind.« Lehmann lächelte schief. »Und wer weiß, vielleicht haben sie ihre Meinung über Nacht auch wieder geändert ...«

»Und warum Karen? Warum nicht ich?«

»Du hast genug um die Ohren, Heyden. Außerdem halte ich es für sinnvoll, wenn die Befragung diesmal die Erste Offizierin im Verbund mit dem Sicherheitsoffizier unternimmt. Die Herrschaften sollen sich dem Ernst der Lage bewusst sein. Dieses Hin- und Her muss ein Ende haben. Ich will nicht heute dieses und morgen jenes von ihnen hören.«

»Verstehe.« Nora nickte, fühlte sich aber dennoch irgendwie übergangen. Aber Lehmann hatte natürlich recht: Wenn die Erste Offizierin und der Sicherheitsoffizier das Gespräch führten, hatte das natürlich gleich ein ganz anderes Gewicht. Schluss mit lustig, würde ihre Mutter sagen.

»Ich habe eben mit Sasha Uhrmacher gesprochen«, wechselte sie das Thema. »Sasha kannte Wolf Kerner wirklich schon von früher.«

»Ach«, staunte Malik. »Die kannten sich?«

Auch Karen hob verwundert ihre Augenbrauen.

»Ja, durch ihren Bruder, den Fußballer«, sagte Nora. »Es war Sasha jedoch zu privat, uns davon zu erzählen.«

»Das ist ja interessant«, sagte Malik gedehnt. »Ein erstaunlicher Zufall.«

Nora nickte nur. »Noch interessanter ist allerdings, dass Sasha nebulöse Andeutungen gemacht hat. Sie sagte, Kerners Tod komme einigen Leuten sicher sehr gelegen.«

»Was will sie damit andeuten?«, fragte Malik skeptisch. »Will sie andeuten, Kerner sei umgebracht worden?«

Nora zuckte mit den Schultern. »Ich frage mich auch, was diese Bemerkung sollte. Ich werde auf jeden Fall noch mal nachhaken.«

»Umgebracht ...« Lehmann seufzte abgrundtief. »Wolf Kerner war kein beliebter Mann, wie wir mittlerweile wissen. Aber glaubt ihr denn wirklich, dass jemand eigens auf das Schiff kommt, um ihn die Treppe hinunter zu schubsen ...?«

Die sonst immer so nüchterne Karen lächelte über seine Worte. Nora hingegen fand die Vorstellung gar nicht so absurd. Leute wurden nun mal umgebracht, oft aus Gründen, die für die Gesellschaft kaum nachvollziehbar waren. Mörder handelten eben nach ihren ganz eigenen Regeln.

Aber darüber würde sie jetzt sicher keine Diskussion starten. Sie war froh, dass Lehmann die Kegelgruppe nochmal befragen ließ.

Nora sah auf die Uhr. »Lehmann. In einer Stunde geht es los«, mahnte sie.

»Womit?«

Nora lächelte diabolisch. »Du weißt, wovon ich rede. Die Fragestunde.«

»Heyden ...« Er sah sie flehentlich an. »Muss ich wirklich ...?«

»Ja.«

»Habe doch ein Herz«, sagte er kläglich. »Fragestunde! Ich will nicht ausgefragt werden.«

»Ach Lehmann, sei tapfer. Sag mal, warum ist Dr. Eschweiler jetzt eigentlich auch dabei?«

»Das weiß ich auch nicht.« Lehmann band sich umständlich den Zopf neu. »Hat mich auch gewundert. Er wollte unbedingt dabei sein, er hat mich förmlich bekniet.«

»Ah ja.« Nora warf ihm einen skeptischen Blick zu.

Lehmann hüstelte und griff sich an den Hals. »Ich glaube, Dr. Eschweiler muss da alleine durch. Ich fühle so ein Kratzen im Hals ... Ich begebe mich besser in Quarantäne. So sollte ich nicht vor die Passagiere treten.«

Nora lachte auf. »Ganz bestimmt nicht, mein Lieber. Du bist kerngesund. Ich hole dich ab. In einer Stunde.«

Auf die Minute eine Stunde später holte Nora den widerwilligen Lehmann von der Brücke ab.

»Ich will nicht!«, moserte Lehmann.

Nora schob ihn mit sanftem Nachdruck ins Treppenhaus. »Es wird dir sicher Spaß machen.«

»Haha, du warst auch schon lustiger, Heyden.«

Je näher sie dem Bordtheater kamen, desto langsamer wurde Lehmann.

»Lehmann!« Nora seufzte. »Trödel nicht so.«

»Ich trödel nicht.«

Nora sah, dass Lehmann Handgelenk noch immer feuerrot war und von der Salbe glänzte. Es schien sich nicht im mindesten zu bessern.

»Tut das eigentlich weh?«, fragte sie und zeigte auf seine Hand.

»Nein, das nicht. Es spannt ein wenig.« Lehmann betrachtete seinen Arm stirnrunzelnd. »Dr. Birnbaums Salbe hilft jedenfalls gar nicht. Na ja.«

Sie hatten das Theater erreicht. Die ersten Passagiere saßen bereits auf ihren Plätzen. Kreuzfahrtdirektorin Elsa hantierte vor der Bühne mit der Filmkamera herum, mit der die Veranstaltung im Bordfernsehen übertragen werden würde. Auf der Bühne standen bereits drei Stühle – noch waren sie leer.

»Wo ist denn Dr. Eschweiler?« Lehmann sah sich nervös um. »Warum ist er nicht hier? Er hat es mir versprochen.«

»Der kommt schon noch, auf Dr. Eschweiler ist Verlass.« Nora tätschelte ihm tröstend den Rücken. »Na los, Lehmann. Geh doch schon mal rein.«

Sie beobachtete, wie Lehmann widerwillig Richtung Bühne trödelte. Weitere Zuhörer betraten den Raum und suchten sich freie Plätze. Dann sah sie eine bekannte Gestalt, die zielstrebig den Eingang ansteuerte. Paulina Link.

»Moment bitte«, hielt Nora die Witwe auf. »Hätten Sie vielleicht zwei Minuten Zeit für mich?«

Paulina Link nickte überrascht und lächelte. »Natürlich, Frau Heyden.«

Sie traten ein paar Schritte beiseite, um ungestört reden zu können.

Dann sagte Nora: »Ich habe nur noch eine Frage. Es geht noch mal um Wolf Kerner. Sie haben doch mit ihm in einem Ort gewohnt?«

Paulinas Lächeln kühlte um ein paar Grad ab. »Ja, genau, allerdings hatten wir so gut wie keinen Kontakt, falls Sie das meinen.«

»Wie war denn sein Verhältnis zu den Nachbarn? War er beliebt?«

»Er war ein Arschloch«, zischte Paulina. »Man hat ihn verabscheut.«

»Oh.« Nora tat erstaunt. »Womit hat er sich denn so unbeliebt gemacht?«

»Weil er mal fürs Fernsehen gearbeitet halt, war er wohl ziemlich abgehoben. Außerdem war er ja mal Weltmeister, im Rudern. Hielt sich wohl für was Besseres. Er war unsympathisch. Grüßte nicht, redete nicht ... Ein Eigenbrötler halt. Seine Frau damals, die war ganz anders. Aber er ... Bei lauten Feiern rief er gern mal die Polizei wegen Ruhestörung. So einer war das. Niemand im Ort mochte ihn.«

»Aha.« Nora nickte. Ja, das klang unschön, aber doch eher harmlos. Kein Grund, ihn dafür umzubringen. Oder hatte es Nachbarschaftsstreitigkeiten gegeben, die über das normale Maß hinaus gingen?

»Hatte er denn mal größere Auseinandersetzungen mit den Nachbarn? Manchmal landen solche Dinge ja vor Gericht.«

»Ach, nicht das ich wüsste.« Paulina zuckte mit den Schultern. Dabei rutschte ihr der Riemen der Handtasche von der Schulter und sie schob ihn genervt wieder hoch. »Er hatte halt einen Promi-Bonus, man ließ ihm viel durchgehen.«

»Verstehe. Er war also harmlos, aber lästig.«

»Harmlos ... Ich weiß nicht, ob er so harmlos war. Es gab ein paar Gerüchte im Ort über ihn. Und ehrlich gesagt, ich glaube nicht, dass es nur Gerüchte waren. Ich traue dem Kerl alles zu.«

Nora horchte auf. Darauf hatte sie gewartet. »Um was ging es denn?«

Paulina zuckte wieder mit den Schultern, wieder rutschte der Riemen. »Er ist tot, ist es nicht egal?«

»Nein, ich wüsste gern, was so ›geredet‹ wurde. Was für Gerüchte gab es in Ihrem Ort über Wolf Kerner?«

»Ich gehöre wirklich nicht zu den Leuten, die sich an Tratsch beteiligen«, sagte Paulina, nur um im selben Atemzug hinzuzufügen: »Na ja, es waren halt Sachen, die man sich so erzählt. Ich weiß nicht, ob da wirklich etwas dran ist, aber wie gesagt, ich traue ihm alles zu. Ich glaube nicht, dass es nur Gerüchte waren.«

»Worum ging es?« Nora musste sich beherrschen, nicht ungeduldig zu klingen.

Paulina hängte ihre Handtasche über die andere Schulter. Sie senkte die Stimme, als sie weitersprach: »Aber das haben Sie nicht von mir. Wie gesagt, ich tratsche nicht.«

»Natürlich nicht.«

»Also ... Ich kenne mich da wirklich nicht aus. Eigentlich weiß ich nur davon, weil sich Jannick – mein verstorbener Mann – immer darüber aufgeregt hat. Mein Mann hat sich sehr für Sport interessiert – egal, welche Sportart, er sah sich alles gern im Fernsehen an. Vor fünf Jahren sind wir

sogar mal nach Frankreich gefahren, um ein paar Etappen der Tour de France live anzuschauen. Er selbst fuhr auch leidenschaftlich gern Rennrad, in den Sommermonaten konnte er stundenlang unterwegs sein ... Jedenfalls, mein Mann ... na ja, wenn wir Wolf Kerner mal zufällig auf der Straße trafen, dann sagte Jannick immer, dass Leute wie Kerner den Sport zu Grunde richten würden. Einmal hat mein Mann ihn im Vorbeigehen sogar ›Verbrecher‹ genannt.« Paulina hielt inne und sah Nora verstört an, als sei ihr erst jetzt etwas klar geworden. »Vielleicht war Wolf Kerner deshalb nicht gut auf meinen Mann zu sprechen, vielleicht war das ja der Grund für die Szene auf dem Friedhof.«

»Tut mir leid, ich kann Ihnen nicht folgen«, sagte Nora. »Verbrecher? Gerüchte? Was wurde Wolf Kerner denn vorgeworfen?«

Paulina sah sich verschwörerisch um, als würde sie mit ihren folgenden Worten ein Staatsgeheimnis verraten. »Es geht um ... um Epo.«

»Epo?«

»Ja.«

Nora kannte diesen Begriff nur in einem Zusammenhang. »Sie sprechen von Doping?«

Paulina nickte. »Ja.«

»Doping«, wiederholte Nora perplex. »Wie genau meinen Sie das?«

»Na, der Kerner soll damit zu tun gehabt haben.«

Nora nickte schweigend. Sie ließ sich diese verblüffende Information durch den Kopf gehen. Sie hatte mit vielem gerechnet, aber nicht damit. »Sie sagen also, dass es Gerüchte gab, Wolf Kerner sei in ... in Sportdoping verwickelt?«, fragte sie sicherheitshalber noch einmal nach. »Also, verbotene Aufputschmittel und so weiter?«

Paulina nickte wieder. »So munkelte man jedenfalls bei uns im Ort. Jannick nannte ihn immer einen Drogenhändler. Kerner soll so einige Sportler mit Dopingmitteln versorgt haben – früher soll er da groß im Geschäft gewesen sein. Ob er in den letzten Jahren damit noch zu tun hatte, weiß ich nicht.«

Doping ... Nora führte sich das Bild von Wolf Kerner vor Augen. Schon als er vor Jahren das erste Mal mit seiner Frau an Bord gekommen war, war er ihr alt und gebrechlich erschienen. Es war schwer, ihn sich im Umfeld des Leistungssports vorzustellen. Aber – Kerner war sogar Ruderweltmeister gewesen, in jungen Jahren, das durfte man nicht vergessen.

Hatte Sasha Uhrmacher darauf angespielt? Auf Doping? Hatte sie darüber nicht sprechen wollen? Aber warum nicht? Vielleicht, weil Sasha durch ihren Bruder selbst dem Leistungssport verbunden war und einer Krähe der anderen kein Auge aushackte?

»Kerner hat früher ja selbst Leistungssport auf hohem Niveau betrieben, er war ja sogar Ruderweltmeister. Darauf ist man im Ort heute noch stolz. Weltmeister! Aber wenn Sie mich fragen – das ist er bestimmt nicht auf legalem Wege geworden«, sagte Paulina verächtlich. »Der war garantiert selbst gedopt bis in die Haarspitzen – Wolf Kerner war nie ein ehrlicher Mensch.«

»Aber das alles sind nur Gerüchte«, fasste Nora zusammen. »Ihm wurde nie etwas nachgewiesen?«

»Soweit ich weiß nicht – das hätte im Ort ganz gewiss die Runde gemacht. Bei uns weiß jeder, wer welchen Dreck am Stecken hat. Vor allem, weil ...« Paulina brach plötzlich ab und runzelte die Stirn.

»... weil was?«

Paulina strich sich fahrig eine Strähne aus dem Gesicht. »Mir ist da gerade etwas eingefallen. Vor ein paar Jahren ist ein junger Radsportler aus dem Nachbarort urplötzlich an Herzversagen gestorben. Ich glaube, der war gerade mal neunzehn Jahre alt. Man fand heraus, dass er Epo gespritzt hatte – aber man konnte nie klären, woher er das Zeug hatte. Hinter der Hand aber war man sich sicher, dass Wolf Kerner damit zutun hatte. Mein Mann hat sich monatelang noch darüber aufgeregt. Alle im Ort haben das ...«

»Ein toter junger Sportler? Wie furchtbar ...«, sagte Nora und dachte angestrengt nach. Dann fragte sie: »Wissen Sie noch den Namen?«

»Nein, den habe ich mir wirklich nicht gemerkt. Ist auch schon bestimmt fünf, sechs Jahre her.«

»Dann hat sich Kerner im Ort also keine Freunde gemacht.«

»Nein, gewiss nicht.« Paulina hob die Hände. »Aber das wissen Sie alles nicht von mir. Ich bin wirklich niemand, der tratscht.«

*

Hanno und Maybrit fanden einen Platz direkt neben dem Eingang des Bordtheaters. Die »Fragestunde« wollten sie sich nicht entgehen lassen. Kapitän Lehmann stand bereits vor der Bühne und besprach sich mit der Kreuzfahrtdirektorin.

Maybrit sah sich um. Das Bordtheater war nur gut zur Hälfte besetzt, vermutlich war wie immer die Teilnehmerzahl begrenzt worden.

»Soll ich gleich mal fragen, was man so verdient als Kapitän?«, sagte Hanno.

»Bloß nicht! Das ist peinlich.« Maybrit entdeckte draußen vor der Tür Paulina, in ein reges Gespräch mit der Hoteldirektorin vertieft. Während sie noch überlegte, was die beiden wohl so eifrig zu bereden hatten, betrat plötzlich der Mann den Raum. Er blieb in der Tür stehen und ließ seinen Blick langsam über die Anwesenden wandern, als suche er jemanden. Als suche er *sie*. Als er bei Maybrit angelangt war, verharrte er sekundenlang.

»Nein«, flüsterte sie mit aufgerissenen Augen. Ihr fiel siedend heiß ein, dass der Koffer noch immer in der Kabine stand. Warum hatte sie ihn vorhin nicht direkt zur Rezeption gebracht, als sie die Sache gemeldet hatte?

Der Mann starrte sie weiter an, und sie war ebenso unfähig, den Blick von ihm zu lösen.

»Nein«, flüsterte sie wieder.

»Was sagst du?«, fragte Hanno.

Der Mann drehte sich endlich weg, und Maybrit fand ihre Sprache wieder. »Da. Da ist er.«

»Wer?« Hanno sah sich ebenfalls um. »Ich weiß nicht, wen du meinst.«

»Der Mann.« Ihre Stimme klang seltsam schrill.

»Welcher Mann? Was hast du denn?«

Maybrit antwortete nicht. Sie erhob sich sehr langsam, den Mann fest im Blick. Wenn sie das Theater verlassen wollte, musste sie direkt an ihm vorbeigehen, denn er stand genau neben dem Eingang.

»Wo willst du denn hin?«, hörte sie Hanno verwirrt fragen.

Maybrits Herz schlug bis zum Hals, dennoch schaffte sie es, ganz ruhig an dem fremden Mann vorbeizulaufen. Er hatte seine Aufmerksamkeit nun scheinbar auf die Bühne gerichtet.

Vor der Tür hatten Paulina und Nora Heyden gerade ihr Gespräch beendet, und die Hoteldirektorin war im Begriff, zu gehen. Maybrit stellte sich ihr förmlich in den Weg.

»Frau Heyden. Bitte warten Sie.«

Nora Heyden lächelte freundlich. »Guten Tag. Kann ich etwas für Sie tun?«

»Was ist denn los?«, fragte Hanno gereizt, der ihr gefolgt war.

Auch Paulina glotzte sie mit großen Augen an. »Was hast du denn, Maybrit?«

Maybrit zeigte mit zitternder Hand auf den Mann, der noch immer neben dem Eingang stand.

»Dieser Mann verfolgt mich. Seit Tagen schon. Ich ... ich möchte das melden.«

Nora Heyden folgte ihrem Finger. »Der Mann neben der Tür? Er verfolgt Sie?«

»Ja. Er stellt mir nach, er ... er beobachtet mich, und ... Ich weiß nicht, wieso.«

Maybrit hörte Hanno leise seufzen und Paulina aufkeuchen.

Auf dem Gesicht der Hoteldirektorin zeichnete sich pure Verwunderung ab. »Moment, bitte.«

Zu Maybrits Entsetzen holte Nora Heyden nun den Mann hinzu. Der hagere Mann trug wie immer einen Mundschutz, der sein halbes Gesicht verdeckte. Mit gerunzelter Stirn stand er neben der Hoteldirektorin. Maybrit wurde es ganz flau.

»Darf ich vorstellen?«, sagte Nora Heyden nun. »Das ist unser Bordlektor, Dr. Eschweiler.«

»Aha. Und wir sind die Petris«, sagte Hanno gedehnt. »Maybrit und Hanno Petri.«

Bordlektor? Maybrit starrte den Mann an. Dann stieß sie hervor: »Warum verfolgen Sie mich?«

»Bitte? Ich ...?« Der Lektor schaute verwirrt von einem zum anderen. »Ich verfolge Sie?«

»In der kleinen Galerie, bei der Kunstausstellung. Und auf dem Außendeck. Und im ... im Korridor.« Maybrits Stimme zitterte vor Aufregung. »Immer sind Sie in ... in m-meiner Nähe.«

»Tut mir leid. Ich kenne Sie doch gar nicht.« Dr. Eschweiler warf Nora Heyden einen hilfesuchenden Blick zu. »Ich kenne diese Frau wirklich nicht. Ich würde doch nie ...!«

»Seit Tagen folgen Sie mir.« Maybrit hatte sich wieder im Griff. Sie stemmte die Hände in die Hüften. »Ich fühle mich bedroht. Was führen Sie im Sinn?«

»Gar nichts! Mir war gar nicht bewusst, dass ich ... dass Sie ...« Dr. Eschweiler sah ehrlich entsetzt aus. »Um Gottes willen. Ich verfolge doch nicht ... Bitte denken Sie nicht ....«

»Sie waren sogar an meiner Kabine, gestern Nacht. Nummer 204.«

»Ich ... ich wohne da. Ich meine, ich wohne in der 210«, stotterte Dr. Eschweiler, seine Brille war vor Aufregung leicht beschlagen.

»Wollen Sie den Koffer? Den können Sie haben! Bitte! Bitte nehmen Sie ihn endlich!«

»Was für ein Koffer?«, rief Dr. Eschweiler erregt aus.

»Nun mal mit der Ruhe«, ging Nora Heyden dazwischen. »Ich denke, wir können das schnell aufklären. Herr Dr. Eschweiler, was sagen Sie denn dazu?«

»Wie gesagt, ich wohne im selben Gang wie Frau ... Frau ...«

»Petri.«

»... Frau Petri. Natürlich trifft man sich da im Korridor! Und ja, ich habe mir auch die Kunstausstellung angesehen.« Dr. Eschweiler standen schon kleine Schweißtröpfchen auf der Stirn. »Und ja, ich gehe auch regelmäßig an Deck spazieren. Natürlich tue ich das. Aber mir ist nie aufgefallen, dass ich dieser Frau ... also, dass ich ihr folge ... Das muss ein Zufall gewesen sein.«

»Das denke ich auch«, sagte Nora beschwichtigend. »Solche dummen Zufälle gibt es nun mal – dass man eine bestimmte Person immer wieder trifft. Ich kenne das selbst. Und gerade, weil man dann auf die Person verstärkt achtet, glaubt man, man träfe sie besonders häufig.« Sie sah Maybrit an. »Frau Petri, ich versichere Ihnen, unser Bordlektor ist ein herzensguter Kerl. Sie brauchen wirklich keine Angst vor ihm zu haben.«

Hanno Petri nickte zustimmend. »Siehst du, Maybrit, du hast dir da mal wieder was eingebildet.«

»Was heißt denn hier ›mal wieder‹«, fuhr Maybrit ihn an. Ihre Wangen brannten, so peinlich war ihr das alles inzwischen.

»Herr Dr. Eschweiler!«, hörten sie da eine Stimme vom Bordtheater her. »Wo bleiben Sie denn? Lassen Sie mich nicht hängen!«

Alle Köpfe wandten sich um. Kapitän Lehmann stand dort und blickte den Bordlektor flehentlich an.

»Entschuldigung, aber ich müsste jetzt gehen, die Fragestunde beginnt gleich ...« Dr. Eschweiler trat nervös auf der Stelle.

»Gehen Sie nur. Sonst verzweifelt unser Kapitän«, sagte Nora Heyden schmunzelnd und der Lektor eilte erleichtert davon.

Maybrit legte sich eine Hand an die hochrote Wange. »Tut mir leid, Frau Heyden, aber ich habe wirklich geglaubt ...«

»Meine Frau ist einfach etwas überdreht«, unterbrach Hanno sie in entschuldigendem Tonfall. »Sie ist schon seit ein paar Tagen so gereizt.«

Das wollte Maybrit nicht auf sich sitzen lassen. »Gestern Nacht war wirklich jemand vor unserer Tür«, sagte sie nachdrücklich. »Als ich nachsah, sah ich noch, wie jemand in der Nachbarkabine verschwand. Obwohl die gar nicht bewohnt ist! Ich bilde mir das alles doch nicht ein!«

»Wir nehmen derzeit Wasserproben aus den leerstehenden Kabinen«, erklärte Nora Heyden. »Gestern Abend war Ihr Korridor an der Reihe. Sie werden einen unserer Matrosen gesehen haben.«

*

Nora Heyden verabschiedete sich und eilte weiter. Maybrits Wangen brannten heiß. Sie wäre am liebsten im Boden versunken, so peinlich war ihr das alles. Der Bordlektor. Es war nur der Bordlektor gewesen, der zufällig ein paar Kabinen weiter wohnte, und den sie zufällig des Öfteren getroffen hatte. Kein Stalker. Oder Meuchelmörder. Kein Mafioso. Sondern ein harmloser Lektor.

Mit hochrotem Kopf stand sie vor dem Theater. Die Hoteldirektorin musste sie ja für völlig paranoid halten, und der Bordlektor erst ... *und Paulina.* Paulina hatte neben der Hoteldirektorin gestanden und mitbekommen, wie Maybrit sich bis auf Knochen blamiert hatte.

»Maybrit, da hast du dir ja was geleistet«, sagte Hanno da auch noch und schüttelte den Kopf. »Ganz ehrlich. *Der Mann verfolgt mich* ... Wie kommst du nur darauf!«

»Ist ja schon gut!«, fauchte sie gequält.

»Du Arme.« Nun trat Paulina näher und war im Begriff, ihre Hand mitfühlend auf Maybrits zu legen. »Du musst dich ja ganz schön erschreckt haben.«

Maybrit zog heftig ihren Arm zurück. »Das war ein Missverständnis.«

»Wenn ich etwas für dich tun ...«

»Oh ja. Du könntest mich und meinen Mann allein lassen, wir haben etwas zu besprechen.«

Paulina sah Hanno fragend an, als erwarte sie, dass er Maybrit widersprach. Als er das nicht tat, sagte sie: »Gut, ich gehe dann schon mal hinein.«

Hanno wartete, bis Paulina außer Hörweite war, dann sagte er ärgerlich: »Musst du denn immer so unmöglich zu ihr sein? Was ist eigentlich los mit dir? So langsam habe ich den Eindruck, du spinnst.«

Maybrit hätte heulen können, vor Wut und vor Scham. »Ja, ich werde auch langsam verrückt. Und alles nur wegen des verdammten Koffers. Der teuren Rolex. Ich habe dir gesagt, dass diese Uhr mich wahnsinnig macht. Ich fühlte mich wirklich verfolgt! Der Koffer gehört doch jemandem, jemand muss doch danach suchen!«

»Offenbar nicht.«

Maybrit hob trotzig das Kinn. »Ich bin froh, dass ich das endlich gemeldet habe.«

»Was soll das heißen?« Hanno runzelte die Stirn.

»Ich war an der Rezeption. Heute Morgen. Ich habe endlich Bescheid gesagt, dass wir einen fremden Koffer bei uns haben.«

Ein paar Sekunden sagte er nichts. Dann: »Du hast was?«

»Du hast mich schon verstanden.«

»Ich glaube es nicht.« Er sah sie mit einem beinahe mitleidigen Blick an. »Wie kann man nur so dumm sein!«

»Ich bin nicht dumm. Ich bin ehrlich.« Sie musste mehrmals blinzeln, um die Tränen zurückzuhalten. Plötzlich war ihr alles zu viel.

Hanno schüttelte noch einmal den Kopf. Daran, wie seine Stirnader zu pochen begann, erkannte sie, wie sauer er war. »Ehrlichkeit bringt einen nicht sehr weit im Leben. Wir hätten das Geld so gut gebrauchen können. Du hast den Koffer also weggebracht?«

»Noch nicht. Aber das werde ich!«

Plötzlich erklang lauter Applaus aus dem Theater. Offenbar hatte die Fragestunde nun begonnen. In der Tat saßen nun der Kapitän, die Kreuzfahrtdirektorin und Dr. Eschweiler nebeneinander auf der Bühne. Kreuzfahrtdirektorin Elsa sprach gerade ein paar einführende Worte, ihre helle Stimme klang feierlich durch den Raum: »... Jahren Kapitän an Bord der *Blue Ocean.* Und heute wird er sich zum ersten Mal Ihren Fragen stellen. Er freut sich schon darauf.« Wieder erklang Applaus.

»Wir sollten reingehen«, sagte Hanno frostig.

Maybrit trat einen Schritt zurück. »Nein, mir ist nicht mehr danach. Ich gehe zurück auf die Kabine. Ich habe Kopfschmerzen.«

»Jetzt sei doch nicht albern.«

»Ich meine es ernst. Mir ist nicht wohl.«

»Wie du meinst.« Er drehte sich genervt um. »Dann bis später.«

Maybrit sah ihm nach, wie er im Bordtheater verschwand und sich neben Paulina setzte.

Ihr Kopf schmerzte wirklich, und ihr Puls raste noch immer. Am liebsten würde sie sich für den Rest des Tages verstecken. Langsam ging sie zurück zur Kabine. Gern hätte sie eine Schmerztablette genommen, aber sie hatte gar keine eingepackt. Normalerweise nahmen weder sie noch Hanno je irgendwelche Medikamente, so dass die wenigen Mittel in der Hausapotheke längst abgelaufen waren.

Seit sie hier auf dem Schiff war, hatte Maybrit beständig leichtes Kopfweh. Es mochte an den ungewohnten Schiffsbewegungen liegen – denn obwohl kein Seegang herrschte, so spürte sie doch ein kaum wahrnehmbares, aber kontinuierliches Schwanken. Der Stress mit dem fremden Koffer und mit Paulina tat sein übriges, dass es hinter ihrer Stirn pochte.

Maybrit überlegte, ob sie im Bordhospital nach einer Packung Schmerztabletten fragen sollte, beschloss dann aber, sich erst einmal in die ruhige Kabine zurückzuziehen und ein wenig auszuruhen.

Aufatmend lehnte sie sich für einen Moment gegen die Tür, dann kniff sie die Augen zusammen. Da stand der verfluchte Koffer, vor der Wand. Sofort wurde ihr Kopfschmerz stärker. Sie würde ihn gleich zur Rezeption bringen, aber erst musste sie sich ausruhen. Sie nahm kurzerhand den Koffer und brachte ihn hinaus auf den Balkon. Sie konnte den Anblick nicht mehr ertragen.

*

Doping. Das war wirklich hochinteressant, dachte Nora. Sie war auf dem Weg zurück in ihr Büro, nachdem sie Lehmann im Bordtheater abgeliefert und sich vergewissert hatte, dass er auch tatsächlich dortblieb. Sie hätte zwar gern bei der »Fragestunde« Mäuschen gespielt, aber dafür fehlte ihr die Zeit. Ihr Terminplan war straff, schließlich wollte sie am Abend einige Stunden eher Feierabend machen, um sich von Lehmann bekochen zu lassen. Mittlerweile war sie froh, dass Karen und Malik die Kegelgruppe befragten – Lehmann hatte recht, das hätte sie unmöglich auch noch geschafft.

Nora startete sofort den PC, als sie ihr Büro betreten hatte. In einer halben Stunde standen die Besprechungen mit dem Crewpurser und dem Proviantmeister an, und vorher müsste sie eigentlich Papierkram erledigen, aber ... Grübelnd starrte sie auf den Monitor. Was sie gerade von Paulina Link erfahren hatte, war wirklich krass. Doping, ein toter, junger Sportler.

Stimmten die Gerüchte überhaupt? Bei Doping war viel Geld im Spiel, sehr viel Geld, schätzte Nora. Und Wolf Kerner hatte sich seit Jahren teure Luxuskreuzfahrten leisten können ...

War es das, was Sasha so geheimnisvoll angedeutet hatte?

Nora schüttelte seufzend den Kopf. Sasha war wirklich derart diskret und verschwiegen, aber unter diesen Umständen hätte sie ruhig etwas redseliger sein dürfen. Aber konnte man ihr einen Vorwurf machen, dass sie sich wei-

gerte, Gerüchte zu verbreiten? Sasha wollte selbst nicht ausgefragt werden, also redete sie auch nicht über andere – das war nur konsequent.

Wolf Kerner war sein Leben lang im Spitzensport aktiv gewesen. Erst als Athlet, dann als Trainer, zuletzt als Sportkommentator. Es war nicht unwahrscheinlich, dass er in seiner Laufbahn mit Doping in Kontakt gekommen war, und ja, möglicherweise hatte er selbst eine Rolle im Dopingsystem gespielt.

Falls die Gerüchte stimmten, so hatte es sicherlich so einige Menschen gegeben, die nicht gut auf Kerner zu sprechen gewesen waren. Die womöglich ein Motiv gehabt hatten, ihn zu töten. Stichwort: ein toter junger Radsportler ...

Eines war klar: Diese neuen Informationen warfen ein neues Licht auf Kerners Tod.

Nora überlegte kurz, dann gab sie in die Suchmaschine ein: Radrennfahrer, Tod, Froschhügel

Auf Anhieb erschienen mehrere Artikel von Radrennfahrern, die in den letzten Jahren zu Tode gekommen waren – in Deutschland, in Belgien, in den Niederlanden. Alles junge Männer um die zwanzig. Alle – vermeintlich – kerngesund. Nora erschrak über die Anzahl. *Wahnsinn.* Sie überflog die Artikel. Eines verwunderte sie jedoch: Es war nie von Doping die Rede – die Artikel nannten als Todesursache »Herz-« oder »Kreislaufversagen« – als sei es völlig normal, dass junge, sportliche Männer urplötzlich an Herzversagen starben.

Dann fand sie, was sie suchte: Vor sechs Jahren war ein neunzehnjähriger Radrennfahrer, der kurz zuvor einen Profivertrag unterschrieben hatte, eines Nachts urplötzlich im Schlaf verstorben. Er stammte aus Froschhügel. Nora bekam eine Gänsehaut bei der Vorstellung. Im Schlaf, ein-

fach so, tot. Mit neunzehn. Ismail G. – der Nachname war nur abgekürzt, doch es war keine Kunst, den vollständigen Namen herauszufinden. Ismail Grebe wurde in mehreren Todesanzeigen erwähnt und besaß sogar ein virtuelles Grab auf einem Online-Friedhof.

Nachdenklich schaute sie auf den Monitor. Dann öffnete sie ein neues Fenster mit der Passagierliste und tippte hastig den Namen ein. Nein. Es war niemand namens Grebe hier an Bord. Keine Eltern, Geschwister oder andere Personen dieses Namens, die womöglich Ismails Tod hatten rächen wollen und Wolf Kerner in den Tod gestürzt hatten.

Schade, dachte Nora, aber das wäre wohl zu einfach gewesen.

Nora sah auf ihre Uhr und stand auf. In einer Viertelstunde begann ihre Besprechung mit dem Crewpurser – es blieb also etwas Zeit, um vorher noch schnell zum Sportcenter zu laufen. Wenn jemand wusste, ob an diesen Gerüchten etwas dran war, dann Sasha Uhrmacher.

Als sie das Sportcenter erreichte, war der aktuelle Gymnastikkurs noch nicht beendet. Die Teilnehmer lagen noch auf ihren Turnmatten und machten die Beinübungen, die Sasha Uhrmacher ihnen zeigte.

Nora tat, als wolle sie den Raum inspizieren, wie sie es ohnehin jeden Tag tat, und schlenderte angelegentlich herum. Sie schaute in den Kühlschrank, in dem immer Wasserflaschen für die Passagiere bereitstanden, sie rückte den Stapel frischer Handtücher gerade und dann warf sie einen Blick auf die Teilnehmerliste, die hinter dem Empfangstresen lag, ob Sasha diese auch ordentlich führte. Nora fand nichts zu bemängeln, Sasha arbeitete sehr korrekt. Nora legte die Liste wieder zurück, und im selben

Moment beendete Sasha den Gymnastikkurs. Die Teilnehmer verließen den Raum, nur zwei von ihnen blieben, um noch an den Geräten zu trainieren.

Sasha stand nun neben einem Korb mit kleinen Hanteln, die die Teilnehmer benutzt hatten, und begann, sie zu reinigen. Nora ging zu ihr. Es roch durchdringend nach Desinfektionsmittel.

»Frau Heyden, haben Sie noch Fragen an mich?« Sashas Miene war freundlich, aber aufmerksam.

»Genau. Vielleicht können Sie mir weiterhelfen.«

»Wenn es Sie nicht stört, wenn ich währenddessen aufräume ...« Sasha wies auf den Korb mit Hanteln.

»Nur zu«, nickte Nora, und Sasha nahm die nächste Hantel, um sie abzuwischen. »Sie sagten vorhin, dass Wolf Kerners Tod gewissen Leuten entgegenkommt. Wie haben Sie das gemeint?«

Sasha wehrte sofort ab. »Das war nur so dahingesagt.«

Nora ließ ihr Lächeln kühler werden. »Jetzt reden Sie bitte Klartext, Sasha. Wolf Kerner hatte mit Doping zu tun, richtig?«

Sasha sah sie erschrocken an. Ihre Sommersprossen hoben sich deutlich auf der hellen Haut hervor. »Wie kommen Sie darauf?«

»Gerüchte«, sagte Nora nur und wich einem Sprühnebel aus Desinfektionsspray aus, als Sasha heftig auf die Düse drückte.

»Gerüchte?«

»Genau. Haben Sie die Gerüchte auch schon mal gehört?«

Sasha ging in die Knie und band die Schleife ihres Schuhs neu, obwohl die sich gar nicht gelockert hatte. »Ich möchte wirklich nicht darüber reden, Frau Heyden.«

»Worüber nicht?«, fragte Nora und sah auf Sashas gesenkten Kopf. »Darüber, dass die Gerüchte stimmen? Dass Wolf Kerner in Dopinggeschäfte verwickelt war?«

Sasha gab nach. Sie stand wieder auf und verschränkte die Arme. »Ach, was soll's. Im Grunde ist es ein offenes Geheimnis. In der Sportwelt weiß jeder davon.«

»Hat Wolf Kerner Sportler mit verbotenen Mitteln versorgt?«

Sasha lächelte kurz und schüttelte den Kopf. »Nein, so banal nun auch wieder nicht. Wolf Kerner war doch kein Hinterhofdealer. Nein, er war mehr für das Organisatorische zuständig. Er konnte gewisse Kontakte herstellen, beziehungsweise hatte gute Kontakte zu Ärzten und zur Pharmaindustrie und so weiter, um gewisse Medikamente zu besorgen.«

»Verstehe. Und diesen ›Geschäften‹ ist er noch immer nachgegangen?«

Sasha zuckte mit den Schultern. »Das weiß ich nicht.« Dann starrte sie wieder schweigend vor sich hin.

Nora seufzte innerlich. »Ihre Diskretion in allen Ehren«, sagte sie dann. »Aber Wolf Kerner ist tot. Bitte sagen mir einfach alles, was Sie wissen.«

Sasha schien mit sich zu ringen. Dann sagte sie: »Ich kenne auch nur die Gerüchte. Wolf Kerner war in der Sportszene ein einschlägiger Name. Nach dem Ende seiner eigenen Ruder-Karriere war er einige Jahre als Trainer recht erfolgreich, anschließend dann wirkte er in verschiedenen Positionen hinter den Kulissen mit. Immer wieder wurde er mit Doping in Verbindung gebracht, und ich schätze, er hat viele Jahre lang gut daran verdient. Oder was glauben Sie, warum er sich Kreuzfahrten mit der *Blue Ocean* leisten konnte? Als drittklassiger, abgehalfterter Sportkommentator, nach dem kein Hahn mehr kräht? Aber wie gesagt,

das sind Gerüchte. Offenbar konnte ihm nie was nachgewiesen werden, denn er hat ja bis zuletzt unbehelligt gelebt.«

Nora nickte nachdenklich. »Warum haben Sie mir all das nicht gleich erzählt?«

»Mich kümmert nicht, was andere machen.« Sasha nahm ihren Rucksack vom Boden. »Ich rede nicht über andere. Genauso, wie ich selbst in Ruhe gelassen werden will, lasse ich andere in Ruhe. Ganz einfach.«

»Eine Frage noch: Wolf Kerner soll am Tod eines jungen Radsportlers schuld sein. Ismail Grebe. Haben Sie davon schon mal gehört?«

»Nein. Ich habe jetzt übrigens Pause. Falls noch etwas ist, finden Sie mich in meiner Kabine. Ich muss eines meiner Ernährungsseminare vorbereiten.« Sasha schulterte ihren Sportrucksack und ging davon.

*

Wie peinlich. Noch immer quälte es Maybrit, wie sie sich vorhin vor allen Leuten blamiert hatte. Sie konnte dem Bordlektor doch nie wieder über den Weg laufen!

Ihre Kopfschmerzen waren mittlerweile so stark, dass sie es nicht mehr aushielt und nun doch zum Bordhospital ging, um sich Schmerztabletten geben zu lassen. Der Schiffsarzt war nicht da, aber die nette Krankenschwester mit dem holländischen Akzent gab ihr anstandslos eine Packung. Noch vor Ort nahm sie eine Tablette, aber es würde dauern, bis sie endlich wirkte.

Langsam ging sie zurück zu ihrer Kabine. Sie würde sich noch ein Weilchen hinlegen. Im Treppenhaus blieb sie kurz stehen und griff sich an den Kopf. Heute war es wirklich besonders schlimm.

»Geht es Ihnen gut?«, fragte da eine Stimme hinter ihr.

Maybrit wandte vorsichtig den Kopf und sah in auffallend grüne Augen. »Danke, ja«, log sie. Die Frau trug moderne Fitnesskleidung und hatte einen Rucksack auf dem Rücken, als käme sie gerade vom Sport. »Ich habe nur Kopfweh. Ich muss mich hinlegen.«

»Mein Name ist Sasha, ich bin Gesundheitsberaterin an Bord.« Die Frau lächelte freundlich, und nun erkannte Maybrit sie. Das war das Gesicht von dem Flyer aus dem Ernährungsseminar, das ausgefallen war.

»Kommen Sie, ich begleite Sie zu Ihrer Kabine«, sagte Sasha Uhrmacher.

»Das ist nicht nötig. Ich will Sie nicht aufhalten«, wehrte Maybrit ab, aber die Frau fasste sie entschlossen am Arm.

»Ich habe gerade Pause. Also, wo müssen Sie hin?«

Maybrit gab nach und tappte schweigend neben Sasha Uhrmacher her, die munter erzählte, dass das Ernährungsseminar, das ja leider ausgefallen war, morgen nachgeholt werden würde.

Sie erreichten die Kabine und Maybrit schloss auf. Ahh. Wieder stach es heftig hinter ihrer Stirn, und ihr wurde kurz schwindelig. Sie musste sich am Türrahmen abstützen.

»Soll ich vielleicht den Arzt rufen?«, fragte Sasha Uhrmacher besorgt.

»Nein, ich komme ja gerade aus dem Hospital, man hat mir Tabletten gegeben.«

Sashas Blick war mitfühlend. »Sie sehen wirklich schlecht aus. Und das im Urlaub ...«

»Ich weiß auch nicht, was mit mir los ist. Es ist wohl alles zu viel ...«, brach es da aus Maybrit heraus. »Es sollte eine so schöne Reise werden, und dann kommt alles anders ... Eine lästige Bekannte ist an Bord und klammert sich an uns. Dann war da dieser Mann ... Ich dachte, er würde mich verfolgen. Ich habe mich richtig blamiert ... Und dann dieser Koffer, der uns nicht gehört, mit der teuren Rolex ...« Maybrit stoppte sich erschrocken. Sie musste ja irre klingen. Sie war sonst gar nicht der Typ, der Fremden sein Herz ausschüttete.

»Ein Koffer? Eine teure Uhr?«, fragte Sasha verwundert.

»Ja, er wurde uns einfach auf die Kabine gebracht, ein Versehen, und mein Mann wollte ihn erst gar nicht zurückgeben ... Ach, das hat mich wirklich verrückt gemacht.« Maybrit fasste sich an den pochenden Schädel.

»Der Koffer ist noch bei Ihnen?«

Wieder fühlte Maybrit entsetzliche Scham darüber, dass sie den Koffer nicht längst zurückgebracht hatten. Schnell sagte sie: »Ja, aber ich habe das Missverständnis schon aufgeklärt. Wir werden den Koffer natürlich zur Rezeption bringen. Aber erst muss ich mich jetzt ausruhen ...«

»Ich kann den Koffer mitnehmen. Geben Sie ihn mir ruhig.«

»Aber nein, das mache ich selbst. Vielen Dank für Ihre Hilfe«, sagte Maybrit und schloss die Tür, bevor Sasha Uhrmacher noch etwas erwidern konnte. Dann tappte sie zum Sofa und ließ sich erschöpft nieder. Sie griff nach ihrem Handy und wählte.

»Jenna, hallo, ich bin es. Ich wollte nur hören, ob alles in Ordnung ist.«

»Maybrit.« Jennas Stimme klang fast resigniert. »Bessy geht es gut. Alles bestens hier. Und bei euch?«

»Ja, alles super! Es ist toll hier«, log Maybrit. »Dann ... dann noch einen schönen Tag.«

»Euch auch«, seufzte Jenna.

Maybrit legte auf. Sie fühlte sich etwas besser.

*

Noras Morgen verlief hektisch. Kaum war sie aus dem Sportcenter an ihren Schreibtisch zurückgekehrt, klopfte schon der Crewpurser an ihre Tür, um über den nächsten Crewwechsel zu sprechen. Anschließend erschien im fliegenden Wechsel der Proviantmeister, der sich darüber beklagte, dass durch die langen Monate des Stillstandes die Lagerbestände katastrophal seien. Es würde Wochen dauern, alles nach und nach aufzustocken – nicht nur die Lebensmittelvorräte, auch Büromaterialien und Hotel- oder Gastronomieartikel.

Noras Gedanken wanderten jedoch immer wieder zu Wolf Kerner. Doping ... War Kerner tatsächlich Schuld am Tod eines Sportlers? Das wäre ja wirklich ein Ding.

Wie gefährlich war Doping eigentlich? War es ähnlich wie bei Heroin – dass eine Überdosis sofort zum Tod führte? Nora musste gestehen, dass sie absolut keine Ahnung von dem Thema hatte. Sie wusste nicht viel mehr, als dass alle paar Jahre mal ein »Dopingskandal« die Sportwelt erschütterte. Vielleicht sollte sie sich mal mit Dr. Birnbaum unterhalten, als Arzt konnte er ihr da sicher weiterhelfen.

Sie beschloss, in die Kantine zu gehen, um eine Kleinigkeit zu essen. Es war ohnehin Mittagszeit, und außerdem bestand die große Chance, dass sie dort auf Dr. Birnbaum traf. Der Arzt war ein Gewohnheitstier, man fand ihn Tag für Tag zuverlässig um Punkt zwölf beim Mittagessen.

Nora wartete vor der Kantine, las angelegentlich die Mitteilungen am Schwarzen Brett, und tatsächlich bog der Schiffsarzt auf die Minute pünktlich um die Ecke.

»Dr. Birnbaum, Moment. Wie gut, dass ich Sie treffe.« Nora versuchte es mit einem charmanten Lächeln. »Ich habe eine kurze Frage.«

»Na, so ein Zufall«, brummte Dr. Birnbaum. »Frau Heyden, ich wollte gerade zu Tisch gehen. Ich habe Hunger. Und Ihre ›kurzen‹ Fragen kenne ich.«

»Es dauert wirklich nicht lange.«

»Wenn es nicht sehr dringend ist, würde ich gern ...«

»Es ist dringend. Aber ich habe auch noch nichts gegessen, falls es Sie nicht stört, würde ich mich zu Ihnen setzen.«

Der Schiffsarzt brummte etwas Unverständliches, was Nora einfach mal als Zustimmung nahm.

Statt eines warmen Essens holte sie sich nur ein Brötchen und vier Einzelportionen Nutella. Sie wollte sich den Appetit aufsparen für heute Abend, schließlich kochte Lehmann nicht alle Tage für sie. Sie setzte sich schon mal an einen der hinteren Tische. Aus den Augenwinkeln sah sie, wie der Schiffsarzt vor der Essensausgabe von einer Spa-Mitarbeiterin in ein Gespräch verwickelt wurde. Steffi war seit einigen Jahren für die Reederei beschäftigt und ließ sich nach einer durchfeierten Nacht gern mal krankschreiben, was jedoch nie Konsequenzen für sie hatte. Da ihre Tante

irgend eine gehobene Position bei der Reederei Beerbaum innehatte, durfte sich Steffi mehr leisten als andere Mitarbeiter.

In dem Moment sah Nora, wie auch Lehmann die Kantine betrat. Sie wollte sich noch wegducken, aber Lehmann hatte sie schon gesehen und winkte ihr fröhlich zu. Mist. Sie hätte lieber Dr. Birnbaum allein gesprochen.

Lehmann und der Arzt setzten sich kurz darauf zu ihr. Dr. Birnbaum mit einer doppelten Portion Spaghetti carbonara, Lehmann nur mit einem Salat und einem Stück Kräuterbaguette.

»Guten Appetit«, wünschte Dr. Birnbaum. »Herr Kapitän, halten Sie Diät?«

»Nein, aber mich erwartet heute ein besonderes Abendessen. Da halte ich mich jetzt lieber zurück.«

Nora grinste und bestrich je eine Brötchenhälfte mit der doppelten Portion Nutella. Unter Lehmanns kritischem Blick.

»Zucker. Palmfett«, kommentierte Lehmann. »Ein Bruchteil Haselnuss. Ein Hauch Kakao. Wie kannst du nur.«

»Es ist lecker.«

»Wirklich, Heyden, das ist braun gefärbtes Fett. Das kann man nicht mal Schokolade nennen.«

»Nun mobbe mich doch nicht wegen meiner Essgewohnheiten.« Sie biss herzhaft ab.

»Ich will nur dein Bestes, Heyden. Heute Abend ...«

»... kochst du mir endlich mal etwas Vernünftiges, ich weiß.« Sie zwinkerte ihm zu. Lehmann nickte nur und schob sich die Gabel mit einem aufgespießten Stück Paprika in den Mund.

Dr. Birnbaum sah zwischen ihnen hin und her.

»Lehmann kocht heute Abend für mich«, erklärte Nora.

»Ach so.« Dr. Birnbaum schien sich nicht darüber zu wundern. »Also, Frau Heyden, worum geht es?« Er griff nach seinem Glas und trank einen großen Schluck.

»Epo. Was können Sie mir über Epo sagen?«

»Epo?« Dr. Birnbaum ließ das Glas wieder sinken. »Wie kommen Sie denn jetzt darauf?«

»Das erkläre ich später.« Nora traute sich nicht, schon jetzt Wolf Kerners Namen zu erwähnen.

»Epo, Kurzform von Erythropoietin, ist ein Mittel, mit dem die Bildung der roten Blutkörperchen angekurbelt wird«, erklärte Dr. Birnbaum. »Zum Beispiel nach einem großen Blutverlust infolge eines Unfalls. Aber auch bei nierenkranken Patienten, die auf eine Dialyse angewiesen sind, wird Epo eingesetzt, um die Blutarmut zu behandeln. Auch nach Chemotherapien kann Epo zum Einsatz kommen.«

»Epo wird aber nicht nur zu therapeutischen Zwecken eingesetzt«, sagte Nora. »Ich kenne den Begriff hauptsächlich aus dem Sport. Doping.«

»Ja, das auch.« Dr. Birnbaum nickte. Lehmann pikste mit argwöhnischer Miene Salat auf die Gabel.

»Könnten Sie mir erklären, wie genau das funktioniert? Also, wie Sportler mit Epo gedopt werden?«, fragte Nora.

»Interessiert Sie das wirklich?«

»Ja!« Nora nickte bekräftigend.

»Blutdoping ist vor allem im Ausdauersport verbreitet. Epo ist eigentlich ein körpereigenes Hormon, es kann jedoch auch künstlich hergestellt werden. Epo stimuliert wie gesagt die Bildung von Hämoglobin, also roten Blutkörperchen. Dadurch kann vermehrt Sauerstoff aufgenommen werden und das verbessert die Ausdauerleistung eines

Sportlers.« Dr. Birnbaum brach ab und führte sich eine volle Gabel zum Mund. Mit gutem Appetit begann er zu kauen.

»Verstehe«, sagte Nora nachdenklich. »Aber es gibt doch Doping-Kontrollen. Fällt das nicht auf?«

»Ja. Heutzutage lässt sich Epo im Blut nachweisen. Ich weiß nicht, ob es überhaupt noch verwendet wird. Es gibt längst andere Mittel, die einfacher zu verabreichen sind, etwa in Tablettenform, und weit schwerer nachzuweisen sind. Noch vor wenigen Jahren hingegen war Epo-Doping unmöglich nachzuweisen, da man labortechnisch nicht in der Lage war, künstlich hergestelltes Epo von dem körpereigenen Hormon zu unterscheiden. Epo war über Jahre hinweg ein beliebtes Dopingmittel.« Dr. Birnbaum aß eine weitere Gabel voll, ehe er weitersprach. »Heutzutage gibt es, wie gesagt, bessere Möglichkeiten zu dopen. Man entwickelt sich schließlich weiter. Weitaus schwieriger nachzuweisen ist etwa das Eigenblutdoping, weil diese Methode – wie der Name sagt – auf dem eigenen Blut des Sportlers beruht. Auch beim Eigenblutdoping wird die Konzentration der roten Blutkörperchen im Blut erhöht.«

»Und wie funktioniert das?«

Dr. Birnbaum seufzte. »Das möchten Sie auch wissen?«

»Ja.«

»Dem Sportler wird einige Wochen vor dem Wettkampf Blut abgenommen, bis zu einem Liter. Der Sportler trainiert trotz des Blutverlusts weiter, und sein Körper bildet das Blut neu nach. Das abgezapfte Blut wird indes aufwendig aufbereitet, um die roten Blutkörperchen herauszulösen, bis eine konzentrierte Menge zurückbleibt. Diese Masse wird mit gerinnungshemmenden Mitteln versetzt und kühl aufbewahrt oder eingefroren – bis sie dem Sportler wieder zugeführt wird, zeitnah vor einem Wettkampf.«

»Wir essen ...«, stöhnte Lehmann.

»Du meine Güte, was für eine Prozedur.« Auch Nora verzog den Mund.

»Eigenblutdoping ist effektiv«, sprach Dr. Birnbaum ungerührt weiter. »Vor dem entscheidenden Wettkampf bekommt der Sportler das aufbereitete Blut wieder zugeführt, durch eine simple Transfusion. Das geschieht ganz unkompliziert, oft direkt vor dem Wettkampf im Hotelzimmer oder im Auto auf dem Parkplatz ... Dadurch steigt das Blutvolumen im Körper massiv an. Der Sportler profitiert nun durch die erhöhte Menge an Hämoglobin und kann eine stärkere Leistung erbringen. Gelegentlich wird auch fremdes Blut verwendet, dazu muss man aber einen ›Spender‹ mit der gleichen Blutgruppe und dem gleichen Rhesusfaktor finden.«

»Das klingt ja gruselig.« Nora schob ihren Teller endgültig von sich. »Und das wird so tatsächlich praktiziert?«

»Ja. Eigenblutdoping ist auf direktem Wege kaum nachweisbar, da es sich schließlich um das eigene Blut des Athleten handelt. Man muss die Doper schon auf frischer Tat ertappen, um sie zu überführen – und zwar wortwörtlich. Bei Razzien sucht die Polizei nach Blutbeuteln oder andere Utensilien. Oder man sucht nach frischen Einstichstellen.«

»Aber ... Blutabnehmen und so weiter, das kann doch kein Laie«, wunderte sich Nora. »Da müssen doch Fachleute beteiligt sein. Ärzte.«

»So ist es auch. Dopingärzte ... Einige meiner Kollegen ›forschen‹ mit Eifer in diesem Bereich«, sagte Dr. Birnbaum verächtlich. »Mit Doping lässt sich leicht ein goldenes Näschen verdienen. Doping ist eine Wissenschaft für sich, es gibt unglaublich viele Methoden, um zu dopen. Wir reden nicht nur von Blutdoping, wie reden von Anabolika, von

Wachstumshormonen, von Gendoping ... es nimmt kein Ende.« Er brach ab und sah sie skeptisch an. »Jetzt bin ich aber gespannt, warum Sie sich dafür interessieren.«

»Wolf Kerner soll mit Doping zu tun gehabt haben.« Nora warf Lehmann einen vorsichtigen Blick zu. Fast befürchtete sie, er könne lauthals anfangen zu lachen. Stattdessen spießte er nur hochkonzentriert weitere Salatblätter auf die Gabel. Sie erklärte: »Er soll mit Epo gehandelt haben – oder wie man das nennt. In seinem Heimatort gab es wohl entsprechende Gerüchte, wie Paulina Link sagte.«

Lehmann ließ von seinem Salat ab. »Gerüchte, Heyden. Auf solche Gerüchte sollte man nicht viel geben.«

»Sasha Uhrmacher hat auch davon gehört. Und Sasha ist eine Insiderin, durch ihren Bruder hat sie mitbekommen, was in der Sportwelt so alles abgeht.«

»Doping ist strafbar. Glaubst du nicht, Wolf Kerner wäre längst dafür belangt worden, wenn die Gerüchte stimmten?«

»Wenn man ihm nie etwas nachweisen konnte? Oder ihm nie etwas nachweisen *wollte*? Es war offenbar ein offenes Geheimnis, dass Kerner mit Doping zu tun hat. Und Dopingsünder werden offenbar nur halbherzig verfolgt – es lässt sich einfach zu viel Geld mit Hochleistungssport verdienen.« Nora wandte sich an Dr. Birnbaum. »Kerner war doch früher Leistungssportler. Weltmeister im Rudern. Glauben Sie, er hat früher selbst gedopt?«

»Zu der Zeit, als Wolf Kerner aktiv war, wurde munter gedopt und experimentiert, vor allem mit anabolen Steroiden.« Dr. Birnbaum wiegte den Kopf. »Ich weiß aus seiner Krankenakte hier an Bord, dass er unter einigen Beschwerden litt, die aus seiner Zeit als Sportler stammten. Bestimmte Leiden davon sind typische Spätfolgen von

Doping. Den Verdacht hatte ich schon länger – ich kannte Wolf Kerner ja, da er und seine Frau langjährige Stammgäste an Bord waren.«

»Und nach Ende seiner eigenen Karriere hat er verbotene Mittel für andere Sportler organisiert«, überlegte Nora.

»Sagt der Dorftratsch.« Lehmann schüttelte missbilligend den Kopf. »Wirklich Heyden, du solltest nicht viel auf diesen Klatsch geben. Ich dachte«, wandte er sich dann an den Arzt, »der Leistungssport sei heutzutage weitestgehend sauber. Es gibt doch scharfe Dopingkontrollen. Die Labore sind mit ihren Analysemöglichkeiten doch heutzutage sehr weit entwickelt.«

Dr. Birnbaums Miene wurde beinahe mitleidig. »Von wegen. Auch heute noch wird gedopt, und zwar raffinierter als je zuvor. Man sieht es doch auf den ersten Blick: Jahr für Jahr werden etwa in der Leichtathletik oder in anderen Sportarten neue Höchstleistungen vollbracht und Weltrekorde aufgestellt. Wie soll das denn möglich sein? Wie sollte denn bitte heutzutage ein ›sauberer‹ Sportler einen Rekord brechen können, der früher einmal von einem erwiesenermaßen schwergedopten Sportler aufgestellt wurde?«

»Durch gesunde Ernährung«, sagte Lehmann und hob die Augenbrauen.

Dr. Birnbaum lachte kurz. »Ja, genau. Durch verbesserte Ernährung und optimierte Trainingspläne.« Wieder lachte er. »Das wird gern behauptet: Dass man heutzutage eben mehr über Ernährung und Training weiß und die Sportler deshalb bessere Leistungen erbringen. Aber bitte, wer soll das denn glauben.«

»Sie glauben, in jeder Sportart wird gedopt?«, fragte Nora.

»In jeder vielleicht nicht, aber es gibt wohl kaum eine Disziplin, wo nicht getrickst wird.« Dr. Birnbaum nickte gleichmütig. »Es ist ein Elend. Es werden Leistungen eingefordert, die ein Sportler auf natürlichem Wege gar nicht mehr erbringen kann. Es wird Übermenschliches verlangt, das nur durch Doping möglich ist. Ich glaube, alle erfolgreichen Nationen dopen ihren Spitzensportler. Auch heute noch. Und zwar in so gut wie jeder Sportart. Kein Sportler kann heutzutage Weltspitzenniveau erreichen, wenn er nicht dopt.«

»Harte Worte«, meinte Lehmann.

»Gut, vielleicht bin ich ein wenig streng«, lenkte Dr. Birnbaum ein, »aber es wird eben sehr viel getrickst. Dann erhält der Sportler eben ein ärztliches Attest, dass er gewisse Medikamente aus gesundheitlichen Gründen nehmen muss. Erstaunlich viele Skilangläufer haben Asthma, ist das nicht verwunderlich? Oder Turnerinnen mit ADHS, für das sie unbedingt Ritalin nehmen müssen – was rein zufällig auch die Konzentrationsfähigkeit erhöht, was auf dem Schwebebalken natürlich nicht unwillkommen ist. Nun ja. So ist es eben. Selbst Ausnahmetalente würden es nie an die Weltspitze schaffen und nur Mittelklasse bleiben, wenn man nicht das Optimum durch leistungssteigernde Mittel herauskitzeln würde. Verstehen Sie mich nicht falsch: Ein mittelmäßiger Sportler wird auch durch Doping niemals an die Weltspitze gelangen. Aber ein Ausnahmeathlet *muss* dopen, wenn er oben mitmischen will. Meine Meinung.«

»Ehrliche Sportler haben also das Nachsehen«, sagte Nora. »Das würde mich völlig demotivieren. Ich hätte gar keine Lust mehr, für Wettkämpfe zu trainieren, wenn es dort so unfair zugeht. Wenn ich von Leuten geschlagen werde, nur weil die gedopt sind.«

»Der Spitzensport ist nur mehr eine Farce. Es messen sich dort nicht nur die Sportler, sondern auch die Mediziner. Welcher Dopingarzt kann seine Sportler am effektivsten dopen? Es gibt keinen ehrlichen Spitzensport mehr, davon bin ich überzeugt.«

»Und die Dopingtests? Es gibt doch Anti-Dopingagenturen. Es kann doch nicht sein, dass die wegschauen?«, fragte Nora.

»Die Dopingmafia ist ihnen immer einen Schritt voraus. Die Sportler werden mit Mitteln gedopt, die mit den aktuellen Dopingtests gar nicht nachweisbar sind. Vielleicht erst in fünf oder zehn Jahren. Die Anti-Doping-Labore hinken mit ihren Analysemöglichkeiten einfach gewaltig hinterher, teilweise um viele, viele Jahre. Deshalb werden Blutproben auch aufbewahrt. Kürzlich erst wurden mehrere Medaillengewinner der Olympischen Spiele von vor zehn Jahren nachträglich disqualifiziert, weil erst heute bei Analysen festgestellt werden konnte, dass die Medaillenträger gedopt waren.«

»Wahnsinn«, staunte Nora. All das hörte sie zum ersten Mal.

»Frau Heyden, die Sportler heutzutage sind sehr, sehr präzise gedopt. Es gibt bestimmte, genau festgelegte Grenzwerte für verschiedene Blutwerte, die nicht überschritten werden dürfen. Der Hämoglobinwert etwa darf nicht zu hoch sein. Die Sportler können ganz exakt an diesen, so eben noch erlaubten Wert herangedopt werden.«

»Wenn Tempo hundert erlaubt ist, fahre ich auch Tempo hundert«, brummte Lehmann.

»Genau.« Dr. Birnbaum nickte anerkennend. »So ist das Prinzip. Diese Grenzwerte werden ja von den Verbänden festgelegt und gelegentlich geändert. Was gestern noch erlaubt war, ist heute verboten, und umgekehrt. Erstaun-

licherweise passen sich die Blutwerte der Sportler diesen offiziellen Werten wie von Zauberhand an – obwohl die Blutwerte eigentlich konstant sein müssten. Immer dann, wenn die offiziellen Grenzwerte von den Verbänden gesenkt oder erhöht werden, dann sinken oder steigen ganz plötzlich auch die Blutwerte der Sportler – ein Phänomen.«

»Ein Schelm, wer Böses denkt«, murmelte Lehmann. Er hatte seine Salatschüssel geleert und lehnte sich nun zurück.

»Aber Doping ist doch gefährlich«, sagte Nora. »Paulina Link erzählte mir, dass ein junger Radrennfahrer aus ihrer Gegend an einem Herzinfarkt gestorben ist, nachdem er gedopt hatte.«

»Kein Einzelfall«, nickte Dr. Birnbaum. »Besagtes Epo zum Beispiel ist hochgefährlich. Epo war lange Zeit sehr beliebt gerade unter den Radsportlern. Wie ich Ihnen ja eben erklärt habe, führt Epo dazu, dass vermehrt rote Blutkörperchen gebildet werden. Doch das hat den Nachteil, dass die Viskosität und Gerinnungsneigung des Blutes massiv erhöht ist.«

Nora hob die Hand. »Moment. Ich verstehe nur Bahnhof.«

»Das Blut dickt an«, erklärte Dr. Birnbaum salopp. »Durch die drastisch erhöhte Zahl roter Blutkörperchen wird das Blut dick wie Pudding. Es steht fast in den Adern, so zähflüssig wird es. Hochgefährlich.« Er rieb die Fingerspitzen gegeneinander, als befinde sich dort eine zähe Masse. »Das Blut fließt nicht mehr richtig durch den Körper. Thrombosen, Herzinfarkte, Schlaganfälle können eintreten. Es ist tödlich. Gerade unter den jungen Radsportlern gab und gibt es dramatisch viele Todesfälle aus genau diesem Grunde. Manchmal brechen die Sportler einfach tot zusammen.«

»Das ist ja grauenhaft.« Nora schüttelte fassungslos den Kopf. »Und da wird nicht genauer hingeschaut? Das kann doch nicht sein.«

»Es ist viel Geld im Spiel«, sagte Dr. Birnbaum lapidar. »Je mehr Geld, je blinder sind die Verantwortlichen. Es geht um Spitzensport, der Stadien füllt und Millionen vor die Fernseher lockt ... Da werden einfach gewisse Opfer gebracht.«

»Fußball soll ja sauber sein«, wandte Lehmann. »Da geht es auch um Millionen.«

»Herr Kapitän.« Dr. Birnbaums Miene wurde beinahe mitleidig. »Glauben Sie das wirklich? Gerade im Fußball wird doch kaum auf Doping getestet. Die Dopingkontrollen sind im Vergleich mit anderen Sportarten lächerlich.«

»Ich bin erschüttert«, sagte Lehmann. »Sie zerstören mein Weltbild.«

»Gerade im Fußball wird mit allen Finessen vorgegangen. So ein Spitzenfußballer ist ein wertvolles Gut. Millionenschwer. Da wird alles getan, um den Spieler fit zu halten. Verletzungen wie Kreuzbandrisse oder Ähnliches sind erstaunlich schnell ausgeheilt. Es gibt medizinische Möglichkeiten, um Sehnen und Knochen und Muskeln schneller heilen zu lassen, davon hat ein Normalmensch doch keine Vorstellung. Aber dann wird es nicht ›Doping‹ genannt, sondern ›Therapie‹. Im Fußball sind Präparate erlaubt, die in jeder anderen Sportart als Dopingmittel verboten sind. Verrückt, oder?«

»In der Tat. Das habe ich nicht gewusst«, gestand Lehmann.

»Weil darüber geschwiegen wird. Fußball ist eine der beliebtesten Sportarten der Welt. Da *möchte* man einfach nicht genau hinschauen. Auch die Fans nicht. Dabei ist es doch offensichtlich, was sich auf dem Spielfeld abspielt.

Vergleichen Sie doch nur mal die Kilometerzahl, die ein Fußballer heutzutage während eines Spiels zurücklegt, mit der Zahl von früher. Heutzutage läuft ein Profi um die zehn Kilometer pro Spiel, oft auch mehr. Ein Pelé oder Beckenbauer früher kamen nur auf drei oder vier Kilometer pro Spiel. Und trotzdem sind die Spieler heute allenfalls ein wenig außer Atem, nachdem sie neunzig Minuten gesprintet sind ...«

»Sie glauben, die sind alle gedopt? Das wäre ja Wahnsinn«, sagte Nora entgeistert.

»Gut, vielleicht sehe ich etwas zu schwarz. Aber ich vergleiche die Zahlen und wundere mich. Im Fußball wird vor allem auf Schmerzmittel zurückgegriffen, um trotz Verletzungen spielen zu können. Viele Fußballer werfen Schmerztabletten ein wie Smarties.«

Dr. Birnbaum sah einen Moment nachdenklich auf seinen Teller, als frage er sich, wann sich dieser nur geleert hatte. Dann blickte er auf. »So, und nun müssten Sie mich entschuldigen. Ich möchte in meiner Pause an die frische Luft, ehe die Sprechstunde weitergeht.«

*

Nora sah dem Schiffsarzt grübelnd nach. Ihr schwirrte der Kopf. Sie hatte sich nie zuvor mit Doping beschäftigt. Alles, was Dr. Birnbaum ihr erzählt hatte, war Neuland für sie.

»Heyden, ich kenne deinen Gesichtsausdruck«, sagte Lehmann argwöhnisch. »Als das Wort ›Fußball‹ fiel, hast du plötzlich ganz komisch geguckt.«

»Na ja, ich frage mich ...« Nora biss sich auf die Lippen.

»Ich ahne es ...«

»Wolf Kerner und Mario Uhrmacher kannten sich doch.« Nora zögerte. Sie war sich nicht sicher, ob sie sich nicht vollkommen lächerlich machte, wenn sie ihren Gedanken aussprach. Sie tat es dennoch: »Vielleicht kannten sie sich, weil Wolf Kerner Mario Uhrmacher beim Doping geholfen hat?«

Lehmanns Reaktion fiel genauso aus, wie sie befürchtet hatte: Er schmunzelte amüsiert. »Heyden, das ist aber weit hergeholt.«

»Aber es wäre möglich«, sagte Nora nachdenklich. »Vielleicht steckt sogar noch mehr dahinter. Doping ist riskant, du hast Dr. Birnbaum doch gehört: Die Sportler fallen manchmal einfach tot um. Und Mario Uhrmacher hatte doch diesen schweren Skiunfall. Was, wenn der durch Doping verursacht wurde ...?«

Lehmann schüttelte resigniert den Kopf. »Das ist ja noch weiter hergeholt, Heyden. Das ist jetzt nicht dein Ernst, oder?«

»Na ja ... Es könnte doch sein. Schließlich verhält sich Sasha reichlich sonderbar, oder? Sie wollte die Verbindung zu Kerner um jeden Preis geheim halten.«

Lehmann seufzte nur.

»Okay, lassen wir Mario Uhrmacher mal beiseite«, lenkte Nora ein. »Trotzdem: Ich habe einfach das Gefühl, dass Kerners Tod etwas mit Doping zu tun hat. In Kerners Heimatstadt soll sogar ein junger Sportler zu Tode gekommen sein durch Doping – und Kerner wird damit in Verbindung gebracht. Das sagt jedenfalls Paulina Link.«

»Aber das sind nur Gerüchte«, erinnerte Lehmann sie.

»Auch Sasha hat diese Dopinggerüchten bestätigt. Sie sagte, Kerner sei in der Sportwelt ein einschlägiger Name gewesen.«

»Du willst also sagen, dass jemand hier an Bord sich an Kerner gerächt hat?«, fragte Lehmann gedehnt. »Wegen Doping?«

»Na ja ... ja.«

»Oh nein«, seufzte Lehmann da.

»Was?« Nora folgte seinem Blick: Sasha kam mit einem Essenstablett auf sie zugesteuert.

*

»Ist hier noch frei?«, fragte Sasha gut gelaunt.

»Aber ja. Setzen Sie sich«, sagte Nora.

»Nein, eigentlich wollten wir gerade gehen«, sagte Lehmann und warf Nora einen warnenden Blick zu, den sie geflissentlich ignorierte.

»Wollten wir nicht.« Nora lächelte Sasha zu. »Wir leisten Ihnen noch ein wenig Gesellschaft.«

»Bitte Heyden ...«, murmelte Lehmann gequält.

Sasha stellte ihr Tablett ab und daneben eine Flasche Energiedrink. Sie bemerkte Lehmanns kritische Miene und sagte lachend: »Ich weiß, ich weiß, das Zeug ist pures Gift. Verraten Sie bloß nicht, dass ich als Ernährungsberaterin so ein Zeug trinke! Aber ab und zu muss das einfach sein. Hier auf dem Schiff sind die Tage so lang, ich habe das Gefühl, dass ich den ganzen Tag auf den Beinen bin.«

Nora nickte verständnisvoll. Dann sagte sie harmlos: »Ja, da muss man sich halt ab und zu ein bisschen aufputschen. Dopen, könnte man sagen.« Sie lachte unschuldig. »Wir haben nämlich gerade über Doping gesprochen. Dr. Birnbaum hat uns erklärt, was im Leistungssport so los ist, das ist ja erschreckend.«

Sasha ließ sich von Noras unschuldiger Miene nicht täuschen. »Doping«, wiederholte sie gedehnt. »Das Thema interessiert Sie offenbar sehr.«

»Ich finde es immer noch schockierend, dass Wolf Kerner darin verwickelt gewesen sein soll.«

Sasha verzog spöttisch die Lippen. »Sie würden staunen, wer alles ›darin verwickelt‹ ist.«

»Sie kennen sich in der Thematik gut aus«, sagte Nora.

Sasha zuckte mit den Schultern und trank einen Schluck Energiedrink. »Mein Bruder war ein Weltklasseathlet. Da kriegt man so einiges mit, was im Spitzensport abgeht. Es ist nicht schön, das sage ich Ihnen.«

»Dr. Birnbaum sagt, auch im Fußball wird unverdrossen gedopt.«

»Offiziell nicht, nein.« Sasha lächelte spöttisch. »Es wird immer behauptet, der Fußball sei ›sauber‹. Von wegen. Es gibt flächendeckendes Doping auch im Profifußball. Wie in jeder anderen Sportart, die auf Hochleistungsniveau betrieben wird, auch. Manchmal wird es vom Club geduldet, manche Spieler versorgen sich auf dem Schwarzmarkt.«

Nora wechselte mit Lehmann einen Blick. Genau, wie Dr. Birnbaum gesagt hatte. »Dopingmittel können doch gefährlich sein«, sagte sie dann. »Es kommt immer wieder zu Todesfällen von jungen Sportlern.«

»Oh ja. Manche gehen bis zum Äußersten. Einer von Marios ehemaligen Mannschaftskollegen ist tot auf dem Spielfeld zusammengebrochen – wobei es offiziell ein unentdeckter Herzfehler war«, schob Sasha verächtlich hinterher.

Wieder wechselten Lehmann und Nora einen Blick. Da Lehmann keine Anstalten machte, in das Gespräch einzugreifen oder sie zu stoppen, beschloss Nora, sich noch weiter vorzuwagen.

»Der Skiunfall ... Ich frage mich ...«

»Ja?« Sashas Stimme klang plötzlich messerscharf. Alles an ihr war nun in Alarmbereitschaft.

»Ist Ihr Bruder durch Doping zu Schaden gekommen?«, fragte Nora vorsichtig.

»Nein. Was deuten Sie hier an, Frau Heyden? Ich weiß von Mario, dass er Präparate nahm, um die Regeneration zu fördern. Aber das war's. Mein Bruder hat nie gedopt.«

»Ich dachte nur ... Ihr Bruder und Wolf Kerner kannten sich. Da frage ich mich ...«

»Schämen Sie sich nicht?«, unterbrach Sasha sie heftig. »Sie sind nicht gerade subtil, Frau Heyden! Meinem Bruder Doping zu unterstellen?«

»Das wollte ich nicht«, murmelte Nora wenig überzeugend.

»Doch. Sie fragen sich, ob Wolf Kerner meinem Bruder zu unerlaubten Substanzen verholfen hat. Und Sie fragen sich, ob Marios Unfall eventuell durch Doping verursacht wurde. Ob er gar auf der Piste zusammengebrochen ist.«

Nora schwieg betreten. Ja, genau das hatte sie sich gefragt.

»Ich weiß ja nicht, was Ihnen der Schiffsarzt alles erzählt hat«, fuhr Sasha verärgert fort. »Aber wir reden von einem hochprofessionellem Geschäft. Da wird nicht herum-

gestümpert und von Hinz und Kunz blauäugig Mittelchen eingenommen. Was glauben Sie denn? Marios Unfall hatte nichts mit Doping zu tun. Und schon gar nicht mit Wolf Kerner.«

»Tut mir leid.«

»Es war ein Unfall. Nichts anderes als ein Unfall.« Sasha holte tief Luft. »Mario war zur Erholung ein paar Tage in den Bergen, in unserer Almhütte. Er ging zum Skifahren, und ... Die Bergrettung informierte uns zwei Stunden später. Mario hatte bei der Abfahrt die Kontrolle verloren, war gestürzt und gegen einen Baum geschleudert. Aber das wissen Sie sicher, die Medien haben ja wochenlang über nichts anderes berichtet.«

Nora nickte verhalten.

»Es muss heftig gewesen sein, laut Augenzeugen überschlug er sich mehrmals, krachte gegen den Baum und blieb dann reglos liegen. Man dachte wirklich, er hätte sich das Genick gebrochen. Aber er überlebte, und ...« Sasha brach ab. »Er war nicht gedopt, er war ein ehrlicher Sportler. Immer schon. Er hat Doper verachtet. Mehr gibt es nicht zu sagen. Mehr wird niemand jemals erfahren.«

»Darf ich fragen, warum Sie und Ihre Familie seinen Gesundheitszustand so geheimhalten?«, fragte Lehmann. »Immerhin ist er doch eine Person von öffentlichem Interesse.«

»Für uns zählt nur, was in Marios Interesse ist. Und Mario hätte nie gewollt, dass die Öffentlichkeit ihn so ... so sieht. Niemals wird etwas über seinen Zustand nach außen dringen«, sagte Sasha entschieden. »Marios Zustand geht niemanden etwas an. Wir werden die elende Neugier der Öffentlichkeit und der Presse nicht stillen. Aber eines versichere ich Ihnen, Frau Heyden. Mein Bruder war an jenem

Tag nicht gedopt. Schon gar nicht von Wolf Kerner.« Sasha sah sie finster an. »Ich weiß, was Sie denken. Aber ich hatte keinen Grund, Wolf Kerner zu ermorden.«

*

»Wenn Sie so von mir denken, dann sollte ich meine Tätigkeit wohl besser auf der Stelle niederlegen.« Sasha nickte steif. »Also, solche Mutmaßungen ...«

»Wir unterstellen Ihnen nichts dergleichen«, sagte Lehmann beschwichtigend. »Verstehen Sie unsere Nachfragen bitte nicht falsch. Hier auf dem Schiff herrscht manchmal ein rauer Ton.«

»Ach so, ich bin also zu empfindlich.« Sasha verzog den Mund. Dann sah sie schweigend auf ihren Teller und begann, zu essen.

Nora und Lehmann ließen Sasha am Tisch zurück.

»Ach, Heyden«, sagte Lehmann und seufzte abgrundtief, als sie die Kantine verließen. »›Ich bin das Feingefühl in Person‹ – erinnerst du dich?«

»...«

»Sasha soll Wolf Kerner auf dem Gewissen haben? Weil der ihren Bruder gedopt hat? Hast du das wirklich geglaubt?«

»War ja nur so eine Idee«, murmelte Nora.

»Sasha wäre dir fast an die Gurgel gegangen.«

»Ich habe nur Fragen gestellt. Sie ist aber auch überempfindlich, wenn es um ihren Bruder geht.«

Sie hatten das Foyer erreicht. Lehmann würde hoch zur Brücke gehen, Nora in ihr Büro.

Dann fiel ihr etwas ein.

»Wie weit sind Karen und Malik eigentlich mit der Befragung der Kegelgruppe?«, wollte Nora wissen.

»Zwei Ehepaare haben sie schon gesprochen, das dritte war wohl vorhin nicht erreichbar, da in der Sauna.«

»Ich bin gespannt, was dabei rumkommt.«

Lehmann hob zum Abschied die Hand. »Ich rufe dich an, sobald es etwas Neues gibt.«

*

Arielle wusste, sie kamen ihr immer näher. Sie waren ihr auf der Spur. Die Hoteldirektorin stellte Fragen, viele Fragen an viele Leute.

Sie ahnten, dass Wolf Kerner nicht aus eigener Tollpatschigkeit heraus gestürzt war. Sie ahnten, dass er gestoßen worden war.

Jemand hatte sie gesehen. Diese Rezeptionistin. Anna-Lena.

Arielle schnippte die Fingernägel gegeneinander, immer wieder, schon seit Minuten. Ein Tick, den sie mit den Jahren entwickelt hatte: Immer, wenn sie nervös war, musste sie mit den Nägeln schnippen. Das knisternde Geräusch, das dabei entstand, hörte sie selbst gar nicht, sie war aber schon mehrfach von Mitmenschen darauf hingewiesen worden.

»Kannst du das bitte sein lassen? Dieses Schnippen? Das nervt.«

Sie hatte versucht, sich diesen Tick abzugewöhnen – aber das Problem bei Ticks war eben, dass man sie selber oft gar nicht bemerkte.

Arielle schnippte weiter mit den Fingernägeln und starrte auf die Tür, als erwarte sie, dass sie sich jeden Moment öffnete. Sie ging ihre Möglichkeiten durch.

Sollte sie sich stellen? Oder einfach abwarten? Oder darauf hoffen, dass sie unbehelligt die Reise beenden konnte, und dann untertauchen?

*

Maybrit trank mit langsamen Schlucken ein Glas lauwarmes Wasser. Sie hatte es sich im Bad aus dem Hahn genommen – es schmeckte nach Chlor. War das überhaupt Trinkwasser? Das Wasser lagerte doch sicher lange Zeit in Wassertanks. Vielleicht sollte sie besser das in Flaschen abgefüllte Wasser trinken, aber das war ihr zu kalt gewesen. Na, egal, sterben würde sie daran schon nicht. Ihrem Kopf ging es besser, nachdem sie die Schmerztablette genommen und mit geschlossenen Augen auf der Couch gelegen hatte. Mittlerweile war es schon Mittag, wie sie mit einem Blick auf die Uhr feststellte. Die »Fragestunde« war längst zu Ende und das Mittagessen hatte schon begonnen, doch Hanno hatte sich noch nicht blicken lassen.

Wahrscheinlich war er noch sauer, dass sie ihn vorhin so blamiert hatte. Inzwischen konnte sie selbst nicht mehr verstehen, was in sie gefahren war. So auszuticken, in aller Öffentlichkeit. Was mochte Nora Heyden nur von ihr denken, ganz zu schweigen der Bordlektor, der sie für vollkommen bekloppt halten musste. Sie konnte sich doch nie wieder in einen Vortrag von ihm trauen.

Ich will nach Hause, dachte Maybrit betrübt. Nach Bessy. Einfach nur weg von hier.

Es klopfte an der Tür, was Maybrit veranlasste, aus dem Bett aufzustehen. Schnell fuhr sie sich mit den Fingern durch die Haare und checkte im Wandspiegel ihr Augenmakeup, wischte sich schwarze Streifen aus den Augenwinkeln. Vermutlich war es nur das Zimmermädchen, da die Kabine noch nicht gereinigt worden war. Andererseits hatte Maybrit extra die rote Karte an die Türklinke gehängt, um nicht gestört zu werden. Durfte das Zimmermädchen dann überhaupt klopfen?

Sie runzelte die Stirn. Ja, das war die Frage: Wer besaß überhaupt die Dreistigkeit, zu klopfen, trotz roter Karte?

Sie öffnete. Und seufzte auf. »Paulina. Das hätte ich mir denken können.«

Paulina sah sie besorgt an. »Geht es dir schon besser? Wir wollten jetzt mittagessen. Hanno ist schon vorgegangen ins Bistro. Er meinte, du würdest schon nachkommen. Ich wollte lieber mal nach dir sehen.«

Hanno hat also keinen Grund gesehen, selbst nach mir zu sehen, dachte Maybrit. »Ich habe keinen Hunger.«

Paulina zog bekümmert die Stirn kraus. »Geht es dir noch nicht besser?«

Maybrit hatte keine Lust, darauf zu antworten. »Richte Hanno aus, ich habe keinen Appetit.« Sie wollte die Tür wieder schließen, in dem Moment stellte Paulina ihren Fuß dazwischen.

»Was soll das?«, fragte Maybrit ärgerlich. Sie hätte nicht üble Lust, Paulinas Fuß einzuklemmen.

»Ich wollte mit dir reden, allein.«

Bloß nicht. »Später vielleicht ... Tschüss, Paulina.«

»Nein. Jetzt.« Paulina wirkte nun sehr entschlossen. Sie drückte mit erstaunlicher Kraft die Tür auf und ging, ohne zu fragen, an ihr vorbei in die Kabine. »Wir reden jetzt, Maybrit. Ich möchte das ein für alle Mal geklärt haben. Ich möchte verstehen, was dein Problem ist.«

»Da gibt es nichts zu klären.« Maybrit verschränkte ärgerlich die Arme. Was sollte das hier werden? Nun sollte sie auch noch erklären, was ihr ›Problem‹ war? Paulina hatte nicht das Recht, eine Erklärung zu verlangen. Allein das war doch die Höhe! Dieser ganze Kontakt wurde ihr doch aufgezwungen. Sie wollte nicht reden, keine Erklärungen abgeben, sich schon gar nicht rechtfertigen.

»Ich verstehe gar nicht, was du gegen mich hast.« Paulinas Unterlippe zitterte nun. »Ich merke, dass du mich nicht magst. Aber ich verstehe nicht, warum nicht. Ich wäre so gern mit dir befreundet, und ...« Da sah sie die weißen Pralinen, die noch immer unangetastet auf dem Schreibtisch standen. »Oh. Du hast ja noch gar nicht probiert. Ich habe die weißen Pralinen extra beim Konditor für dich bestellt ... Magst du keine Pralinen? Hanno sagte doch ...?«

Als Paulina sie mit waidwundem Blick ansah, reichte es Maybrit. »So. Ich sage dir jetzt mal was, Paulina: Ich-möchte-nicht-deine-Freundin-sein.« Sie schnappte sich den Teller mit den Pralinen und pfefferte ihn in den Papierkorb neben dem Schreibtisch. Sie traf nicht genau und ein paar Pralinen fielen neben dem Korb zu Boden. Der Teller hingegen zerbrach. Scherben klirrten ineinander.

Paulina zuckte zurück. »Aber Maybrit ... was ... was ...?«

»Was los ist? Du. Du gehst mir auf den Keks. Seit langem! Du gehst bei uns ein und aus. Du rufst an. Du schenkst meinem Mann und mir eine Luxusreise, und dann lädst du dich selbst mit ein. Es. Reicht. Mir.«

Paulina wurde ganz blass. Maybrit sah, wie ihre Worte die Witwe trafen, aber sie konnte sich nicht mehr bremsen. All die Dinge, die sie Paulina schon immer hatte sagen wollen, schossen nun aus ihr heraus. »Tut mir leid, dir das so deutlich sagen zu müssen, aber du bist krank, Paulina. Du gehörst in Therapie. Dringend.«

Paulina starrte sie nur an.

»Du bist krank«, wiederholte Maybrit. »Es ist nicht normal, wie du dich an Hanno und mich klammerst. Merkst du es nicht?«

Paulina wurde immer blasser.

»Du bist schwer traumatisiert, das ist ja verständlich. Und weil du keine Familie mehr hast, hängst du dich nun an uns. Ja, es tut mir leid für dich, wirklich. Aber du musst dir Hilfe holen. So kann das nicht weiter gehen, deine Geschenke, deine Besuche. Das ist unerträglich.«

»Sei ruhig«, sagte Paulina tonlos.

»Nein. Ich war viel zu lange ruhig. Viel zu lange nachsichtig mit dir. Jetzt hörst du mir mal zu: Du lässt ab sofort die Finger von Hanno. Du rufst ihn nicht mehr an, du kommst nicht mehr vorbei, du lässt uns einfach in Ruhe. Such dir andere Freunde.« Maybrit wies zur Tür. »Und nun geh bitte. Mehr habe ich nicht zu sagen.«

Statt zu gehen, lehnte sich Paulina nun mit verschränkten Armen gegen den Schreibtisch.

»Du hast vielleicht nichts mehr zu sagen, aber ich schon. Ich möchte dir etwas erzählen.«

»Geh bitte. Es interessiert mich nicht.«

»Oh doch. Ich glaube, dass es dich sehr wohl interessieren wird.« Paulina zeigte nun ein seltsames Lächeln. »Es geht um die Unfallnacht, als meine Familie starb ...«

Maybrit stöhnte auf. »Nicht schon wieder. Ich kann es nicht mehr hören. Es tut mir leid für dich, wirklich. Aber wie ich schon sagte: Suche dir einen Therapeuten, dem du deine Geschichte erzählen kannst.«

»Du solltest mir zuhören. Es geht um Hanno.«

»Lass Hanno aus dem Spiel. Ich weiß nicht, was du bezweckst, ob du romantische Gefühle für ihn hegst, oder ob du -«

»Pscht«, unterbrach Paulina sie ungeduldig und sprach schnell weiter: »Du fragst dich doch sicher, woher seine Albträume kommen?«

Maybrit schnappte nach Luft. Paulina wusste von Hannos Albträumen? Er hatte ihr davon erzählt?

»Raus!«, sagte sie mühsam beherrscht.

»Die Albträume«, wiederholte Paulina. »Ich denke, ich habe die Antwort darauf.«

*

»Ich rufe dich an, wenn es etwas Neues gibt. Dann besprechen wir alles Weitere«, hatte Lehmann gesagt. Nora saß wieder in ihrem Büro und versuchte, sich zu konzentrieren. Aber das war gar nicht so einfach, wenn man immer wieder zum Telefon sah und hoffte, es möge endlich klingeln.

Vor ihr lag ein Batzen Dokumente, die sie ausfüllen musste – Organisatorisches für die nächste Reise, wichtige Dokumente, die Nadja Rindel noch heute zugemailt haben wollte. Nora seufzte. Los jetzt, an die Arbeit. Sie nahm das erste Blatt und begann, zu lesen.

Doping, Fußball ... Hing das alles irgendwie zusammen?

Sie ließ die Hände sinken und sah erneut auf ihr stummes Telefon. Sie brannte darauf zu erfahren, ob Malik und Karen bei der erneuten Befragung der Kegelgruppe etwas Neues erfahren hatten. Aber das Telefon blieb stumm.

*

»Hanno hat mit dir über seine Albträume gesprochen?«, fragte Maybrit widerwillig. Paulina stand ihr noch immer gegenüber, mit diesem selbstgerechten Gesichtsausdruck. Einerseits hätte Maybrit sie am liebsten eigenhändig aus der Kabine geworfen, andererseits erkannte sie, dass Paulina über irgendetwas im Bilde war. Dass Paulina mehr wusste, als sie selbst.

»Was weißt du über die Albträume, Paulina?«

»Ich weiß, dass Hanno sich schuldig fühlt.«

»Warum sollte er? Er hat getan, was in seiner Macht stand. Hanno war als erster an der Unfallstelle und hat versucht, deiner Familie zu helfen. Es war doch nicht seine Schuld, dass jede Hilfe zu spät kam.«

»Nun ... das hat er immer erzählt.«

»Ja, und? Zweifelst du das etwa an?«, fragte Maybrit scharf.

»Ja.«

»Wie kannst du es wagen«, rief Maybrit empört. »Geh jetzt bitte, Paulina, das hier macht ja keinen Sinn.«

Doch Paulina dachte nicht daran, zu gehen. »Ich weiß, was wirklich passiert ist.«

»Wie, *wirklich*? Wir wissen, was passiert ist.«

»Ich habe den Unfall miterlebt«, sagte Paulina und ihre selbstgerechte Miene schwand endlich. »Ich habe mit meinem Mann telefoniert, während ... während es geschah.«

Maybrit starrte sie an. »Dein Mann hat telefoniert?«

»Ja.«

»Ist er deshalb von der Fahrbahn abgekommen? Weil er ein Handy in der Hand hatte?«

»Nein.« Paulina Blick wurde leblos. »Jannick hat immer eine Freisprechanlage benutzt. Das kann man ihm nicht zum Vorwurf machen ...«

»Ihr habt also telefoniert?« Maybrit konnte es nicht fassen. Das hörte sie zum ersten Mal. »Während der Unfall geschah? Das ist ja unglaublich.«

»Ja, ich hatte ihn anzurufen, um zu fragen, ob sie schon auf dem Heimweg sind. Wir haben sogar über zwanzig Minuten lang telefoniert. Ich habe die Kinder im Hintergrund miteinander streiten hören, sie waren müde, und dann wurden sie immer quengeliger ...« Sie brach ab und hing ihren Gedanken nach.

Maybrit versuchte, das Gesagte zu begreifen. Paulina war tatsächlich *am Telefon* gewesen, als der Unfall geschah? Als ihre Familie getötet wurde?

»Das war das Letzte, was ich von meinen beiden Kleinen hörte. Wie sie knatschig wurden und um eine Tüte Fruchtgummis stritten«, fuhr Paulina kaum vernehmbar fort. »Ich fragte meinen Mann: ›Streiten sie etwa um Süßigkeiten?‹ Er sagte: ›Ja, Oma hat ihnen Gummibärchen geschenkt.‹ Ich wurde böse und sagte: ›Muss das sein? Ich bereite das Abendessen vor, sie sollen vorher keine Süßigkeiten essen. Das weißt du genau.‹ Und er antwortete: ›Nun sieh das doch nicht so eng. Sie sind so selten bei ihrer Oma.‹ Und ich habe gesagt: ›Sie haben sich die Mägen bestimmt mit Kuchen und Kekse vollgestopft, wie immer.‹«

Maybrit bekam eine Gänsehaut, als Paulina das letzte Gespräch mit ihrem toten Mann Wort für Wort wiedergab. Sie schien sich jeden Satz gemerkt zu haben, vermutlich war sie dieses Gespräch wieder und wieder und wieder durchgegangen.

Paulina sah sie nun aus riesigen Augen an. »Weißt du, seine Mutter hat die Kinder immer mit ungesundem Kram gefüttert, wenn sie dort waren. Kekse, Schokolade, Selbstgebackenes. Wir hatten regelmäßig Streit deswegen, weil ich die Kinder gesund ernähren wollte, aber seine Mutter sich einfach immer wieder darüber hinwegsetzte. Nach jedem Besuch waren die Kinder richtig aufgedreht von all dem Zucker, manchmal bekam die Kleine sogar Bauchweh ... Ach, wie oft habe ich ihm gesagt, er solle darauf achten. Aber auf mich hat man ja nicht gehört.« Paulina sprach ruhig und leise, fast emotionslos.

Maybrit hörte ihr stumm zu. Gleichzeitig hämmerte es in ihrem Hirn: *Sie hat so oft über den Unfall gesprochen – warum hat sie nie erwähnt, dass sie am Telefon dabei gewesen war?*

»Du ... du warst also in der Leitung, als es geschah?«, hakte sie ungläubig nach. Was für eine grausame Vorstellung, live am Telefon den Tod der eigenen Familie mitzuerleben.

»Ja.« Paulina nickte mehrmals. »Ja. Wir hatten schon rund zwanzig Minuten telefoniert. Ich habe später auf meinem Handy nachgeschaut. Nach einundzwanzig Minuten und 34 Sekunden brach das Gespräch plötzlich ab. Ganz unvermittelt.«

In der Kabine herrschte eine düstere Stille. Maybrits Herz schlug hart, als sie bildlich vorstellte, was Paulina in diesen Sekunden durchgemacht haben musste. Plötzlich war das Gespräch weg ...

»Hast du ... hast du mitbekommen, wie ...?«

»Er brach einfach mitten im Satz ab.« Paulina senkte den Kopf. »Ich weiß noch seinen letzten Satz: Er sagte gerade: ›Öffne doch bitte schon mal das Garagentor und mach das Licht an, damit ich direkt in die Garage fahren kann.‹ – wir hatten kein elektrisches Garagentor.« Sie schwieg wieder einige Sekunden. »Ich habe es gemacht. Ich habe das Garagentor geöffnet und das Licht eingeschaltet, aber der Wagen ist nie zu Hause angekommen.«

Maybrit wusste nicht, was sie sagen sollte, aber Paulina schien gar keine Reaktion zu erwarten. Ihr Blick war nun sehr fern.

»Plötzlich war das Gespräch weg. Mitten im Satz. Ich habe mich gewundert. Ich habe natürlich sofort versucht, ihn wieder anzurufen. Aber es nahm niemand ab. Ich versuchte es wieder und wieder. Nichts.«

Maybrit spürte, wie sich ihr die Haare sträubten vor dem, was nun kam.

Paulina sah sie mit leeren Augen an. »Habe ich da schon an einen Unfall gedacht? Nein. Natürlich nicht. Wer rechnet denn damit? Ich glaubte, der Akku sei leer. Oder er hätte einfach aufgelegt und keine Lust mehr gehabt, mit mir zu sprechen. Weil ich mich ja darüber beschwert hatte, dass die Kinder diesen Süßkram gegessen hatten. Ich dachte, er sei genervt von mir und wollte deshalb nicht mit mir telefonieren. Er ... er machte das manchmal. Einfach auflegen.«

»Oh.«

»Ja.«

Maybrit wartete, dass Paulina weitersprach, doch sie schwieg, in Erinnerungen versunken.

Maybrit bemerkte, dass ihr Mitgefühl für Paulina wuchs. Die Familie zu verlieren war das eine. Quasi live am Telefon mit dabei zu sein, war noch mal um einiges krasser. Ich würde verrückt werden, dachte sie.

Paulina schwieg noch immer, doch ihrer bewegten Mimik war anzusehen, wie stark sie emotional gerade die Situation wieder durchlebte.

»Weiß die Polizei von dem Telefonat?«, fragte Maybrit schließlich.

»Ja. Natürlich. Sie haben es bei der Unfallaufnahme direkt gesehen, dass das Handy zum fraglichen Zeitpunkt eingeschaltet war. Dass er mit mir telefoniert hatte. Sie glauben, dass er dadurch abgelenkt war – trotz Freisprechanlage. Jedes Telefonat lenkt ab, und vielleicht war es genau dieser hundertstel Sekundenbruchteil, der dafür verantwortlich war, dass er die Kontrolle über den Wagen verloren hat.«

»Es herrschte Blitzeis ... oder?«

»Ja. Gerade dann hätte er nicht telefonieren dürfen und hätte sich voll auf den Verkehr und auf seinen Wagen konzentrieren müssen. Ich habe die unterschwelligen Vorwürfe der Polizei sehr wohl wahrgenommen. Und ich bin ebenso Schuld, weil ich schließlich mit ihm gesprochen habe, über zwanzig Minuten lang. Ich hätte das Gespräch beenden müssen.« Paulina atmete zittrig ein. »Die Polizei hat es nicht ausgesprochen, aber ich habe es in ihren Blicken gesehen. *Sie haben Ihren Mann bei diesen Witterungsbedingungen zwanzig Minuten lang abgelenkt. Hätten Sie nicht angerufen, hätte seine volle Konzentration der Straße gegolten.* Weißt du, wie elend es mir erging mit dieser Erkenntnis?«

»Das kann ich mir vorstellen«, murmelte Maybrit betroffen. »Aber du konntest doch nicht wissen ...«

»Doch. Natürlich wusste ich, dass Blitzeis gemeldet war. Deshalb rief ich ja an. Um zu fragen, wann sie endlich zu Hause seien.« Paulina fasste sich an den Kopf. »Ich habe euch nie davon erzählt, weil ich mich so sehr schäme.«

»Du darfst dir nicht die Schuld geben«, sagte Maybrit lahm. Es war wie eh und je: Paulina jammerte und suchte Trost. Plötzlich war Maybrits Wut wieder da. So leid es ihr tat, aber Paulina schleppte ein riesengroßes Päckchen aus Schuldgefühlen, Selbstvorwürfen und Trauer mit sich herum. Es gab nur eine Lösung.

»Du brauchst professionelle Hilfe, Paulina. Du musst all das aufarbeiten, allein schaffst du es doch nie, da herauszuk...«

Paulina schnitt ihr das Wort mit einer harschen Geste ab. »Er wurde verfolgt.«

»Was?«

»Verfolgt. Ja. Mein Mann wurde von einem anderen Wagen verfolgt und bedrängt.«

»Es hieß doch, die Straße sei leer gewesen«, sagte Maybrit verwirrt. »Auch Hanno sagte, keine Menschenseele sei an diesem Abend unterwegs gewesen, weil das Unwetter angekündigt war ...«

»Mein Mann erwähnte diesen Wagen, der seit Ewigkeiten hinter ihm herfuhr, in unserem Telefonat. Der konnte ihn aufgrund des Überholverbotes wohl nicht überholen, aber er drängelte. Er ist wohl sehr dicht aufgefahren. ›Er klebt mir fast an der Stoßstange‹, hat Jannick mehrmals gesagt, ›dieser Idiot.‹« Sie machte eine Pause. »Er hat während unseres Telefonats ein paar Mal über diesen Fahrer gemeckert. ›Jetzt drängel nicht so, du Idiot‹, hat er bestimmt fünfmal gesagt, und ›Jetzt auch noch mit Lichthupe, du Spinner‹.«

»Du meine Güte.«

»Ja. Einmal hat Jannick gesagt ›Ich hab Kinder im Auto, du Idiot, ich fahr nicht schneller‹.« Paulina holte tief Luft. »Dann war das Gespräch weg, und ... Ich bin der Überzeugung, dass der Drängler den Unfall verursacht hat. Ein aggressiver Drängler war über mehrere Kilometer hinter ihm. Er ist aufgefahren, viel zu dicht, hat die Lichthupe betätigt.«

»Das ist doch Nötigung!«

»Ja. Genau. Ich bin felsenfest davon überzeugt, dass dieser Drängler ihn in den Unfall getrieben hat.«

»Und Unfallflucht hat er auch begangen«, sagte Maybrit schaudernd. »Die Polizei weiß nichts davon?«

»Nein.«

»Warum denn nicht? Warum hast du ihnen denn nicht von dem Drängler erzählt?« Maybrit war fassungslos. Gleichzeitig keimte in ihr ein dunkler Verdacht. »Man muss dieses Drängler doch zur Rechenschaft ziehen.«

»Maybrit, ich stand völlig unter Schock. Ich hatte meine Familie verloren. An den Drängler habe ich überhaupt nicht mehr gedacht in dem Moment, das kannst du mir glauben. Ich weiß gar nicht, wie ich die folgenden Tage, Wochen, Monate überhaupt überlebt habe. Ich weiß nichts mehr aus dieser Zeit, was ich gesagt oder getan habe ... Habe ich gegessen? Getrunken? Mit wem habe ich geredet? Was habe ich gemacht? Als man mir die grausame Nachricht überbrachte, schaltete irgendetwas in meinem Gehirn aus. Einfach aus. Ich habe diesen Drängler schlicht vergessen. Ich habe der Polizei nicht davon erzählt, weil ich es nicht konnte. Es war aus meinem Hirnspeicher gelöscht, einfach weg. Es fiel mir erst viel, viel später wieder ein.« Sie zögerte, ehe sie fragte: »Weißt du, wann mir dieser Drängler erst wieder einfiel?«

»Wann?« Maybrits Mund wurde ganz trocken.

»Als ich den SUV in eurer Garage sah. Den silbernen.«

Maybrit fühlte, wie sich eine eiserne Klammer um ihr Herz spannte. »Du willst doch wohl nicht sagen ...«

»Hanno hat gedrängelt.« Paulina klang ganz sachlich.

Maybrit schüttelte den Kopf. »Du bist ja verrückt.«

»Es ist die Wahrheit, Maybrit.«

»Erzähl doch nicht so einen Scheiß«, rief Maybrit aus. »Wie kommst du nur darauf. In deinem Hirn muss wirklich ganz gewaltig etwas gestört sein.«

»Mein Mann hat den Wagen beschrieben«, sagte Paulina ruhig. »Ein silberner SUV. Mit einem Kennzeichen aus unserem Ort-«

»Silberne SUVs gibt es wie Sand am Meer.«

»... mit den Zahlen 508. Fünfter August, das ist doch dein Geburtstag, Maybrit.« Paulinas Blick war nun beinahe mitleidig. »Mein Mann hat das Kennzeichen genannt und zu mir gemeint: Merk dir das. Den zeig ich an, wenn ich zu Hause bin.«

»Du lügst. Das denkst du dir aus.« Maybrit wurde es plötzlich unerträglich heiß. Nein. Das konnte nicht sein.

»Warum sollte ich? Es ist die Wahrheit. Hanno hat gedrängelt, kilometerlang, in seinem silbernen SUV. Bis Jannick schließlich die Kontrolle über den Wagen verlor.«

»Das ist ja Irrsinn«, stieß Maybrit aus. Ihre Knie drohten, nachzugeben. »Du weißt ja nicht, was du da sagst. Hau ab, Paulina. Ich will dich nicht mehr sehen. Nie wieder.«

Doch Paulina sprach unbeeindruckt weiter. »Und dann, als der Unfall passiert war, hat Hanno eiskalt angehalten und sich als Ersthelfer inszeniert. Clever, oder?« Sie sah Maybrit fest an. »Dein Mann ist Schuld.«

»Nein, er ...«

»Er ist Schuld! Dein Hanno hat meine Familie umgebracht.«

»Nein, ...«

»Und seitdem quälen ihn die Albträume. Nacht für Nacht.«

Sei still. Maybrit wusste nicht, ob sie laut gesprochen oder nur gedacht hatte. Hatte Hanno tatsächlich den anderen Wagen genötigt? Hanno war ein guter Autofahrer, ruhig und besonnen. Meistens. Manchmal jedoch, wenn er Stress hatte, wurde er sehr ungeduldig ... Aber nein. Selbst, wenn Hanno an diesem Abend unter Zeitdruck gestanden hatte, hätte er niemals ... niemals ... Oder doch?

An jenem Samstag hatte sich Hanno nur mit einem Freund getroffen. Er war auf dem Rückweg nach Hause gewesen. Er hatte keinen Grund gehabt, gestresst zu sein, es hatte keinerlei Termindruck bestanden ... *Warum zum Teufel hatte er dann so gedrängelt?*

*

Maybrits Mund war staubtrocken. Sie lügt, Paulina lügt doch. Mühsam formte sie die nächsten Worte: »Warum bist du nicht zur Polizei gegangen, als dir all das wieder einfiel?«

Paulina lächelte kummervoll. »Ich hatte mich schon mit euch angefreundet, mit dir, mit Hanno. Wir sind doch inzwischen Freunde, nicht wahr?«

»...«

»Ich kenne Hanno und ich weiß, dass er ein guter Kerl ist. Er hat den Unfall nicht mit Absicht provoziert. Er hatte es eilig – und ich kenne meinen Mann.« Paulina seufzte. »Manchmal hat er andere Autofahrer geärgert, besonders,

wenn er merkte, dass sie es eilig hatten. Ich kann mir gut vorstellen, dass Jannick absichtlich sehr langsam gefahren ist ...«

»Warum bist du nicht zur Polizei gegangen?«

»Hanno hat sich um mein sterbendes Mädchen gekümmert. Deshalb habe ich bislang geschwiegen.«

»Nein.« Maybrit schüttelte erneut den Kopf. »Ich glaube dir einfach nicht, was du mir hier erzählst.«

»Es ist die Wahrheit. Hanno hat meine Familie umgebracht.«

»Du bist wahnsinnig.« Maybrit sah schwarz. »Wahnsinnig. Krank. Ich will deine kranken Lügen nicht hören. Das ... das denkst du dir doch nur aus. Du willst Hanno. Das ist es. Du willst einen Keil zwischen uns treiben, damit du ihn für dich hast.«

»Das sind keine Lügen, Maybrit. Hannos Albträume sind real. Er weiß um seine Schuld.« Paulina trat noch einen Schritt auf sie zu, so dicht, dass Maybrit die blassen Sommersprossen auf der Nase sehen konnte, die unter dem Puder durchschimmerten.

»Lass uns in Ruhe.« Mit aller Kraft stieß Maybrit Paulina von sich. Paulina stolperte zurück, fiel über ihre am Boden stehenden Handtasche und verlor das Gleichgewicht. Sie ruderte noch mit den Armen, konnte sich aber nicht mehr abfangen. Mit dem Hinterkopf schlug sie gegen die Tischkante und rutschte schwer zu Boden.

Dieses entsetzliche Geräusch, als Paulinas Kopf auf die Kante traf, würde Maybrit nie vergessen.

*

Die Zeit schien plötzlich langsamer zu vergehen. Paulina sackte auf dem Boden zusammen, unter ihrem Kopf bildete sich eine Blutlache. Immer mehr Blut sammelte sich dort auf dem Boden.

Maybrit starrte wie paralysiert auf sie hinab. Paulina regte sich nicht mehr. Die Augen geschlossen, das Gesicht plötzlich leichenblass. Die Sommersprossen stachen noch stärker hervor denn je.

Was ist mit ihr?, dachte Maybrit benommen.

»Paulina?«, flüsterte sie dann. Sie beugte sich mit ausgestreckter Hand hinab, konnte die Frau aber nicht anfassen. Stattdessen richtete sie sich wieder auf und wich ein paar Schritte zurück. »Paulina.«

Maybrit wich noch weiter zurück, bis sie mit dem Rücken an der Wand stand. *Scheiße.*

*

»Maybrit? Maybrit.«

Maybrit realisierte kaum, dass Hanno die Kabine betreten hatte. Erst, als er an ihr vorbei hastete, bemerkte sie ihn.

»Scheiße. Was ist passiert?«, fluchte er.

»Sie ist hingefallen.« Noch immer konnte sie ihren Blick nicht von Paulina abwenden, deren Kopf nun inmitten eines roten Sees lag. Ihre blonden Haare waren rötlich verklebt.

»Maybrit.« Hanno packte sie grob am Arm und schüttelte sie, da erst fand sie zurück in die Realität.

»Was ist los? Ich sitze da im Bistro und warte und warte auf euch ... Was ist mit Paulina?« Er starrte auf die leblose Witwe hinab. »Was ... was ist denn mit ihr?«

»Ich ... ich weiß nicht.«

Hanno sah aus, als ob ihm gleich übel würde. »Was hast du gemacht?«, fragte er mit belegter Stimme und wandte den Blick ab. »Was hast du getan, Maybrit?«

»Gar nichts, ich ...«, stammelte Maybrit. »Ich habe nur ...«

»Scheiße nochmal.« Er presste sich die Hand vor den Mund. Er konnte kein Blut sehen, fiel Maybrit ein. Das viele Blut ...

»Tu doch was«, herrschte er sie nun an. »Scheiße, so viel Blut. Hol Tücher. Handtücher. Schnell.«

Maybrit zwinkerte heftig die Tränen zurück, aber sie ließen sich nicht aufhalten. Sie tappte wie benommen ins Bad und zog die beiden Duschtücher von der Stange an der Wand.

Sie ging vor Paulina in die Knie und wickelte ihr ungeschickt die Tücher um den Kopf.

Der blütenweiße Stoff färbte sich sekundenschnell blutrot.

Immerhin lebt sie noch, wenn sie so blutet, schoss ihr durch den Kopf. Mit butterweichen Beinen stand sie wieder auf.

»Sie ist bewusstlos«, sagte Hanno. »Ruf den Arzt.«

Maybrit konnte sich nicht rühren. Wie versteinert starrte sie auf die leblose Frau am Boden, unter deren Kopf immer mehr Blut durch die Handtücher in den hellen Teppich sickerte.

Sie erschrak, als Hanno sie grob zur Seite stieß, um an ihr vorbei zum Telefon zu gelangen. Sie hörte, wie er mit der Rezeptionistin sprach, mit drängender Stimme.

»Hier ist ein Unfall passiert. Wir brauchen dringend den Arzt hier. Kabine 204.«

Er hockte sich nun neben Paulina auf den Boden. Beinahe zärtlich, so kam es Maybrit vor, hielt er ihre Hand.

»Warte draußen auf den Arzt«, befahl er, ohne den Blick von Paulina abzuwenden.

»Ich ...«

»Geh raus, verdammt noch mal.«

*

Es dürfte kaum länger als zwei Minuten gedauert haben, bis der Schiffsarzt eintraf, doch fühlte es sich an wie eine Ewigkeit. Unmittelbar nach dem Arzt kamen zwei Matrosen, die eine Trage dabei hatten, um Paulina ins Hospital transportieren zu können. Maybrit verfolgte das Geschehen starr vor Entsetzen von der Tür aus, da der Arzt sie aus der Kabine geschickt hatte. Paulina hatte inzwischen das Bewusstsein wiedererlangt, war aber noch völlig benommen. In der Kabine brach kurz eine stille Geschäftigkeit aus, dann war der Spuk vorbei, und Maybrit und Hanno blieben allein zurück.

Maybrit spürte Hannos Hand in ihrem Rücken und mit Nachdruck drückte er sie auf das Sofa.

»Setz dich.«

Maybrit starrte auf den riesigen Blutfleck auf dem Teppich, der zurückgeblieben war. Ob wir die Reinigung bezahlen müssen?, ging ihr durch den Kopf.

Hanno lief an ihr vorbei und blieb vor dem Balkonfenster stehen. Regungslos sah er hinaus auf das Meer, das in seiner Farbe heute kaum vom graublauen Himmel zu unterscheiden war.

»Hingefallen«, sagte er schließlich mit Grabesstimme, ohne sich umzudrehen. »Paulina ist hingefallen?«

»Ja ...«

»Einfach so? Mit dem Kopf gegen die Schreibtischkante?«

»Es war ein Unfall.«

»Was hast du ihr getan, Brit?« Nun wandte er den Kopf. Sein Gesicht war so ausdrucksleer, dass sie erschrak.

»Nichts. Wirklich, ich ...«

»Lüg doch nicht. Ich kenne dich, Brit. Ihr hattet Streit.«

Maybrit sah ihn nur hilflos an.

»Hast du sie angegriffen?«

Angegriffen. Wie das klang. »Ich habe sie nicht ... Es ist einfach passiert. Sie kam mir zu nahe.«

»*Herrgott.*«

»Es war nur ein kleiner Stoß.«

»Warum?« Hanno begann, durch die Kabine zu tigern. »Ich wusste, dass du sie nicht ausstehen kannst. Aber dass du sie körperlich angehst ... Maybrit, das ist Körperverletzung. Man, man, man.«

»Sie weiß alles, Hanno.«

»Was weiß sie?«

Maybrit streckte den Arm nach ihm aus. Dabei bemerkte sie, dass ihre Finger blutig waren. Paulinas Blut. Hanno blieb vor ihr stehen.

»Was weiß sie?«, wiederholte er.

»Sie war am ... am Telefon.«

»Am Telefon?«

»Ja. Sie hat mit ihrem Mann telefoniert, als der Unfall passierte.«

Er runzelte die Stirn. »Jetzt rede doch mal Klartext. Worum geht es hier?«

»Sie weiß alles. Du warst hinter dem Wagen, du hast gedrängelt. Wegen Dir ist der Unfall passiert.«

*

Hannos Gesicht wurde noch fahler, als er die volle Bedeutung ihrer Worte erfasste.

Doch ehe er antworten konnte, klingelte das Kabinentelefon.

Mit blutleeren Lippen nahm er den Hörer ab. »Ja ... hm ... Jaja ... aha.«

Maybrit beobachtete ihn mit klopfendem Herzen.

»Das war die Krankenschwester.« In Zeitlupe legte Hanno auf. Nun standen Schweißperlen auf seiner Stirn. »Wir sollen sofort ins Hospital kommen. Der ... Der Schiffsarzt möchte mit uns sprechen.«

»Oh ...«

»Wer weiß, was Paulina ihnen alles erzählt hat«, stammelte er. Dann fasste er sie schmerzhaft an den Oberarmen. Einen Moment lang fürchtete sie, er würde sie schlagen. Dann fasste er sie am Kinn und zwang sie, ihn

anzusehen. »Du wirst dich entschuldigen. Du weißt nicht, was in dich gefahren ist, und es tut dir alles entsetzlich leid. Verstanden? Das ist unsere einzige Chance.«

*

Noch immer kein Anruf. Nora starrte auf das Telefon. Die Dokumente hatte sie mittlerweile ausgefüllt und an Nadja Rindel gemailt. Außerdem hatte sie ein wenig Ablage gemacht und die Regalfächer entstaubt – alles, um einen Grund zu haben, noch etwas Zeit im Büro zu verbringen, obwohl sie eigentlich dringend einen Abstecher in die Bordwäscherei machen wollte. Wie sie von Hausdame Vera erfahren hatte, hatte heute einer der philippinischen Mitarbeiter Geburtstag, und Nora hatte sich zur Gewohnheit gemacht, allen Mitarbeitern an Bord stets persönlich zu gratulieren. Aber das musste warten, bis ... *Warum zum Teufel rief Lehmann nicht endlich an?* Mittlerweile mussten Karen und Malik doch mit den Ehepaaren gesprochen haben.

Nora biss sich auf die Lippen. Sie konnte unmöglich noch mehr Zeit hier im Büro vertrödeln. Sie zögerte kurz, dann griff sie selbst zum Hörer und rief auf der Brücke an. Schon nach kurzem Klingeln hob Lehmann persönlich ab.

»Heyden, hallo!«, sagte er erstaunt. »Was gibt's?«

Sollte das ein Scherz sein? »Ich wollte wissen, ob es schon etwas Neues gibt von Karen und Malik?«

»Ach so. Ja, sie haben mit allen Ehepaaren gesprochen. Sie sind schon ein Weilchen wieder hier.«

Nora stieß empört die Luft aus. »Du wolltest mir doch sofort Bescheid geben!«

»Entschuldige. Das hatte ich noch vor.«

Das durfte doch nicht wahr sein. »Ich komme sofort auf die Brücke«, sagte sie entschieden und legte auf.

Schönen Dank auch, ärgerte sie sich. Und ich sitze hier auf heißen Kohlen.

So schnell es ihre Pumps erlaubten, lief sie hinauf zur Brücke. Lehmann stand mit Karen und Malik neben dem Steuerpult, als sie eintrat.

Malik bemerkte sie als erster. »Hallo, Frau Heyden. Ich wollte Sie gerade anrufen.«

»Besser spät als nie«, murmelte sie.

»Bitte?«

»Egal. Und?« Sie sah von einem zum anderen. »Was hat die Befragung ergeben?«

»Nicht viel.« Malik zog eine Grimasse. »Karen und ich haben mit jedem der Kegeltruppe nochmal gesprochen. Einzeln, diesmal. Die drei Frauen sagen: Ja, da war eine zweite Person bei Kerner auf dem Sonnendeck. Die drei Männer sagen: Nein, Kerner war allein.«

»Aussage gegen Aussage, könnte man sagen«, ergänzte Karen.

»Na super«, stöhnte Nora auf. »Das gibt es doch nicht. Das bringt uns keinen Schritt voran.«

Frustriert ließ sie sich auf einen Stuhl am Besprechungstisch fallen. »Und jetzt?«

Lehmann, Malik und Karen wechselten einen Blick. »Wir haben gerade darüber beraten, was jetzt am besten zu tun ist«, erklärte Lehmann dann.

Nora fühlte einen Stich. Deshalb hatte sie solange auf den Anruf warten müssen! Weil Lehmann mit Malik und Karen das weitere Vorgehen besprochen hatte – ohne sie.

»Aha«, sagte sie betont gelassen. »Und? Zu welchem Ergebnis seid ihr gekommen?«

»Wir werden die Polizei einschalten müssen«, sagte Lehmann. »Dieser Todesfall zieht einfach zu viele Fragen nach sich – für die Klärung dieser Fragen bin ich jedoch weder zuständig, noch bin ich in der Lage, sie zu klären. Karen wird die Reederei informieren.«

Nora nickte. Ja, das war wohl das einzig Richtige, wenn die Polizei sich der Sache annahm. Trotzdem war sie sauer, dass Lehmann die Entscheidung ohne sie gefällt hatte. Nicht mal ihre Meinung dazu hatte er hören wollen? Das wurmte sie enorm.

»Die Polizei also. Die kommt aber erst im nächsten Hafen an Bord«, sagte Nora. »Was geschieht bis dahin?«

Lehmann sah sie nur an und hob die Schultern.

»Nichts?«, fragte Nora.

»Wir können hier nichts mehr machen, Heyden.«

Malik und Karen nickten bestätigend.

»Aber ...«

»Nichts aber. Heyden. Wir führen die Reise ganz normal zu Ende. Es sind nur noch sechs Tage.«

Das Telefon klingelte und Malik nahm ab. Sein Gesicht wurde ernst, während er zuhörte. Mit gerunzelter Stirn legte er auf. »Das war Dr. Birnbaum. Es hat einen Unfall gegeben. Paulina Link ist im Hospital.«

»Was ist passiert? Ist sie schwer verletzt?« Nora erhob sich alarmiert.

Malik zuckte mit den Schultern. »Wohl nicht. Sie ist in der Kabine gestürzt und hat sich den Kopf angeschlagen.«

»Oh je.«

»Dr. Birnbaum sagte, in der Kabine sähe es aus wie auf einem Schlachtfeld. Muss wohl gereinigt werden. Ich sehe mal nach dem Rechten.«

»Ich komme mit«, beschloss Nora. Hier war ohnehin alles gesagt. Gemeinsam verließen sie die Brücke. »Wohin müssen wir?«

»Kabine 204.«

Als sie an der Rezeption vorbeikamen, rief Anna-Lena:

»Frau Heyden, Moment. Der Reporter ...«

»Jetzt nicht«, sagte Nora barsch und ging weiter.

»Reporter? Welcher Reporter?«, fragte Malik.

»Ach, so ein Typ von der *Tageszeit*, der ständig anruft und Infos will. Jetzt hat er sogar die Telefonnummer der Rezeption herausgefunden. Ich werde die Sache der Reederei melden, so geht das nicht.«

Sie erreichten Kabine 204. Die Tür war in der Eile nicht geschlossen worden, sondern nur angelehnt.

Sie traten ein, und Nora sah verblüfft auf das Doppelbett. Außerdem standen vor der Garderobe sowohl Herren-, als auch Damenschuhe.

»Sind wir hier richtig?«, fragte sie verwundert. »Hier wohnt doch ein Paar.«

»Wir sind richtig.« Malik war weitergelaufen und stand nun vor dem Schreibtisch. Er sah hinab auf den riesigen Blutfleck. Nora folgte ihm verwirrt. Diese Kabine war eindeutig nicht die von Paulina Link.

»Aber ich verstehe nicht ... Wer wohnt denn hier?« Sie nahm eine Karte zur Hand, die auf dem Schreibtisch lag: Es war die Tischplatzreservierung für das Ocean-Restaurant. Dort stand auch der Name der Kabineninhaber.

»Ehepaar Petri«, sagte Nora. »Hier wohnen Paulinas Bekannte. Sie war also hier, als sie stürzte ...«

»Offenkundig.«

Nun betrachtete auch Nora den Blutfleck. Ihr war zu Hause mal ein Glas Rotwein umgekippt und auf den Teppich gelaufen, das Ergebnis hatte ähnlich ausgesehen. Ihr

Blick wanderte weiter. Neben dem Papierkorb lagen Porzellanscherben. Wenn sie nicht alles täuschte, war das mal ein Dessertteller aus dem Bistro gewesen.

»Sieht fast aus, als habe es hier einen Kampf gegeben«, murmelte sie. »Ich sage Vera Bescheid. Das muss sofort gereinigt werden, ehe es eintrocknet.«

*

»Ich bin einfach dumm gefallen«, sagte Paulina. »Mir wurde schwarz vor Augen.«

Dr. Birnbaum sah sie zweifelnd an. »Einfach so?«

»Mir ist schwindelig geworden.«

»Kommt das häufiger vor, dass Ihnen plötzlich schwindelig wird?«

»Manchmal.«

Der Schiffsarzt war offenbar aus seiner Pause gerissen worden, denn er trug Sandalen ohne Socken und eine kurze Hose unter dem hastig übergeworfenen Arztkittel.

»Mein Kreislauf ... Ich bin schon ein paar Mal zusammengeklappt, seit ich meine Familie verloren habe.« Paulina log, ohne rot zu werden.

Hätte sie es nicht besser gewusst, so hätte Maybrit ihr jedes Wort geglaubt. Paulina lag mit einem Kopfverband in dem breiten Krankenbett, wirkte aber schon wieder munter. Ihr Blick war klar und konzentriert und sie beantwortete Dr. Birnbaums Fragen ruhig. Maybrit und Hanno waren in der Tür des Krankenzimmers stehengeblieben, unsicher, ob sie hineingehen sollten, solange der Arzt noch mit Paulina beschäftigt war.

»Sie sind miteinander befreundet?«, wandte sich Dr. Birnbaum nun an Hanno.

»Ja, genau. Wir reisen gemeinsam.« Hanno war leichenblass. Auf seiner Stirn stand feucht der Schweiß. Er sah aus, als machte er sich größte Sorgen um Paulina – auch der Arzt schien das so zu deuten.

»Es sieht schlimmer aus, als es ist. Das ist bei Kopfwunden häufig so«, sagte Dr. Birnbaum. »Ich möchte Ihre Freundin dennoch bis heute Abend hierbehalten, zur Beobachtung. Sie hat eine Platzwunde am Hinterkopf und eine leichte Gehirnerschütterung.« Dr. Birnbaum sah Paulina mahnend an. »Sie verhalten sich bitte noch ein Weilchen ruhig. Stehen Sie nicht ohne Hilfe auf, Ihnen könnte wieder schwindelig werden. Wenn Sie zur Toilette müssen, sagen Sie der Krankenschwester Bescheid.«

Der Arzt verließ das Krankenzimmer, und Hanno und Maybrit traten näher an das Bett herein.

»Danke, Paulina«, sagte Hanno und stieß Maybrit grob in die Rippen.

»Danke, Paulina«, murmelte auch sie.

Paulina nickte nur, mit einer sehr vorsichtigen Bewegung. Abwartend hielt sie den Blick auf Hanno gerichtet.

»Wie geht es dir?«, fragte er und grinste unsicher. »Dumme Frage, ich weiß ...«

»Mein Kopf tut weh, aber es geht schon.« Paulina lächelte kurz.

Hanno schloss die Augen und rieb mit dem Finger über die Lider. Dunkel zeichneten sich die Bartstoppeln auf seinen bleichen Wangen ab. Dann räusperte er sich und fragte: »Du ... du hast mit deinem Mann telefoniert, als der Unfall geschah?«

»Ja.« Paulina nickte wieder. Sie war ganz ruhig. »Das ist richtig.«

»Und er ... und du ...«

»Mein Mann hat mir den Wagen beschrieben, der ihn bedrängt hat. Deinen Wagen.«

»Es tut mir so leid«, platzte Hanno heraus. »Ich hatte es eilig, ich wollte einfach nach Hause, bevor das Unwetter losgeht. Ich hatte einen langen Tag, ich war müde, und der Wagen vor mir ... Herrgott.« Er raufte sich mehrmals durch die Haare. »Er fuhr so langsam. Er fuhr extra langsam. Es waren siebzig erlaubt, und er fuhr gerade mal fünfzig. Er hat mich absichtlich aufgehalten.«

»Es war Glätte angekündigt«, sagte Maybrit leise. »Natürlich fährt man da langsam.«

»Er ist vor mir hergekrochen, im Schneckentempo.« Hanno rieb sich die Augen. »Die Landstraße war leer, weit und breit kein Verkehr, und dann war vor mir dieser Wagen und ist so verdammt gekrochen.«

Paulina lächelte schmerzlich. »So war Jannick. Das habe ich mir fast gedacht.«

»Warum hast du nicht einfach überholt?«, fragte Maybrit tonlos.

»Überholverbot! Das ist es ja!«

»Dann wärst du eben hinter ihm geblieben, warum hast du dich denn so aufgeregt?« Maybrit konnte es einfach nicht begreifen. Am liebsten hätte sie ihn geschüttelt. »Du hattest doch keine Termine, nichts!«

»Du weißt, wie sehr mich solche Sonntagsfahrer nerven«, sagte er hilflos.

»Du hast gedrängelt und die Lichthupe betätigt.«

»Ja ... ich war sauer. Richtig sauer. Weil ich genau wusste, der Typ macht es extra. Das war Behinderung. Verkehrsbehinderung. Natürlich ist mir da fast der Kragen geplatzt.«

»Er hatte zwei kleine Kinder im Auto.«

»Das wusste ich doch nicht. Ich wusste nicht, das Kinder im Auto sind.« Hanno schloss die Augen und legte Daumen und Zeigefinger auf die Lider. »Ich konnte nicht sehen, dass Kinder auf dem Rücksitz sitzen. Sonst ... Sonst hätte ich nicht so gedrängelt.«

Dann herrschte Schweigen. Maybrit starrte mit schmerzendem Herzen zu Boden.

»Deine Albträume zeigen, wie sehr dich die Schuldgefühle plagen«, sagte Paulina schließlich sanft. »Hanno, ich habe dir längst verziehen. Du hast meine Tochter im Arm gehalten, als sie starb. Das werde ich dir nie vergessen.«

»Danke, Paulina. Ich schwöre dir, wenn ich das alles nur rückgängigmachen könnte. Wenn ich nur wieder gutmachen könnte ...«

Paulina lächelte ihn an. »Ich möchte die Einliegerwohnung in eurem Haus. Ich kann einfach nicht allein sein. Das würde mir eine große Freude machen.«

Maybrit sah panisch zu Hanno. Das also wollte Paulina! Deshalb diese vermeintliche Großmut. Aber das Thema war doch erledigt. Oder?

Maybrit spürte, wie ihr übel wurde.

»Das geht nicht«, presste Maybrit hervor. Hilflos sah sie Hanno an. Warum sagte er denn nichts?

»Falls das nicht gehen sollte, Maybrit, dann werde ich die Sache öffentlich machen müssen.« Paulinas Miene wurde kühl. »Die Presse wird sich sicher dafür interessieren. Ihr wisst, was das für euer Geschäft bedeutet? Ihr seid durch die Pandemie ohnehin gebeutelt, und dann noch schlechte Publicity ... Und wer weiß, vielleicht wird der Unfall noch mal genauer von der Polizei untersucht? Es wird immer

härter gegen Raser und Drängler im Straßenverkehr vorgegangen. Vor allem, wenn es sich um tödliche Unfälle handelt.«

Hanno nickte mechanisch. »Aber natürlich wirst du die Wohnung bekommen Paulina.«

Paulina strahlte. »Seht ihr. Alles wird gut. Und jetzt würde ich mich gern ausruhen.« Sie schloss die Augen.

Hanno zog Maybrit aus dem Krankenzimmer und bugsierte sie durch das Sprechzimmer hindurch nach draußen. Die Krankenschwester, die dort an ihrem Schreibtisch saß, blickte ihnen verwundert nach, als sie so wortlos verschwanden.

*

Erst vor der Tür fand Maybrit ihre Sprache wieder. »Was soll denn das, Hanno? Du hattest mir versprochen, dass diese Frau nicht bei uns-«

»Pscht.« Hanno fuchtelte mit der Hand. »Leise, Mensch. Das muss doch niemand mitkriegen.«

Maybrit sah sich um. Sie befanden sich im Wartebereich des Hospitals – der jedoch vollkommen leer war. Niemand, der hätte zuhören können. Es standen mehrere verwaiste Stühle an der Wand, die zu den Sprechzeiten sicher immer belegt waren.

Hanno drückte Maybrit auf einen der Stühle, während er selbst davor stehen blieb.

Maybrits Kopf schmerzte fürchterlich, fast so, als sei sie selbst eben gegen eine Tischkante geschlagen.

»Sie ist krank, Hanno, krank! Merkst du das nicht? Ich will nicht, dass sie dort einzieht«, wiederholte sie, um einen ruhigen Ton bemüht. »Stell dir vor, wir bekommen mal ein Kind ... Nein, sie kann unmöglich dort wohnen.«

»Maybrit. Wir haben keine Wahl. Du hast sie gehört. Sie will alles öffentlich machen, wenn wir uns querstellen. Das kann den Todesstoß für unser Geschäft bedeuten. Oder schlimmer noch, wenn die Polizei Ermittlungen aufnimmt ...«

»Aber ... Aber es gibt keine anderen Zeugen. Oder? Die Polizei geht davon aus, dass ihr Mann den Unfall selbst verschuldet hat, weil er telefoniert hat!«

»Willst du es darauf ankommen lassen?« Hanno lachte bitter auf. »Drei Menschen sind bei dem Unfall gestorben. Und wenn Paulina mit dieser neuen Information mich betreffend tatsächlich an die Öffentlichkeit geht, wird man sich der Sache sicher noch mal annehmen. Paulina hat recht: Verkehrsdelikte werden härter bestraft als früher. Raser müssen neuerdings sogar mit einer Mordanklage rechnen. Mir droht womöglich Gefängnis! Ich bin doch kein Verbrecher!«

Doch, dachte Maybrit. Du *bist* ein Verbrecher, Hanno. Du hast wissentlich in Kauf genommen, dass die Insassen in dem Wagen vor dir, den du so bedrängt hast, zu Schaden kommen. *Dass sie sterben.*

In dem Moment öffnete sich die Tür des Hospitals und ein Mann kam heraus – ein weiterer Patient, wie der Morgenmantel vermuten ließ. Er nickte ihnen zu und begann, langsam den Gang entlangzuwandern. Offenbar wollte er sich ein wenig die Beine vertreten – in viel zu großen Schlappen.

Maybrit wartete, bis der Mann außer Hörweite war, dann sagte sie leise: »Aber Paulina erpresst uns. Verstehst du das nicht? Sie wird immer ein Druckmittel gegen dich, gegen uns in der Hand haben.«

»Was sollen wir denn machen? Verrate es mir!«, antwortete er ebenso leise.

Maybrit wusste keine Antwort.

»Soll sie in die Wohnung ziehen«, sagte Hanno. »Das ist unsere einzige Chance, aus der Sache heil herauszukommen. Wenn wir nicht wollten, dass unser Leben zerstört wird.«

»Sie will Teil unserer Familie sein.« Maybrit konnte nicht verhindern, panisch zu klingen. »Eine fremde Frau. Sie wird unser Familienleben zerstören!«

Hanno sah sie hart an. »Wenn ich im Gefängnis lande, gibt es keine Familie mehr.«

*

Henry Brandt schlappte in langsamen Schritten den Korridor vor dem Bordhospital entlang. Nachdem er so lange im Bett herumgelegen hatte, hatte er heute erstmals von Dr. Birnbaum die Erlaubnis bekommen, aufzustehen und sich ein wenig die Beine zu vertreten.

»Aber nur kurz. Übernehmen Sie sich nicht. Und bleiben Sie in der Nähe.«

Also bitte, er würde sich sicherlich nicht im Bademantel, den er noch immer trug, über das Schiff bewegen. Der Bademantel, der vom Schiff gestellt wurde, war ihm erstens zu kurz und zweitens zu weit und schlackerte ihm lose um

die Knie. Aber hier unten sah ihn ja niemand – das hatte er zumindest gedacht. Dummerweise saß ausgerechnet jetzt ein Ehepaar im Wartebereich. Aber die beiden waren so mit sich beschäftigt, sie beachteten ihn gar nicht. Sie diskutierten leise, aber sehr erregt, und ihren Gesichtern war anzusehen, dass sie unter fürchterlichem psychischen Druck stehen mussten. Der Psychologe in ihm hätte ihnen beinahe seine Hilfe angeboten, aber nur beinahe. Tatsächlich war es ihm völlig egal.

Das andere Krankenzimmer war vorhin belegt worden – er hatte an der Tür gelauscht und den Wirbel mitbekommen. Paulina Link war dort eingeliefert worden – die merkwürdige Witwe, die ihn bis zu seiner Kabine verfolgt hatte. Sie war offenbar gestürzt und hatte sich eine Kopfwunde zugezogen. Darüber hatte er eine Weile nachgedacht. Sehr merkwürdig, das alles. Vielleicht hatte sich die Witwe auch selbst etwas angetan? Sie war ihm von Anfang an so komisch vorgekommen. Und Nora Heyden hatte auch so komisch nach ihr gefragt ... Wie dem auch sei. Es interessierte ihn im Grunde gar nicht.

Er ging weiter, weg von den beiden. Hier unten gab es kein Tageslicht, nur die unnatürliche Schiffsbeleuchtung. Er hätte gern mal wieder die Sonne gesehen, frische Luft geschnuppert. Vielleicht durfte er morgen ja bis auf das Deck gehen.

Plötzlich hastete die Frau des Ehepaares an ihm vorbei und verschwand im Treppenhaus nach oben, während der Ehemann zurückblieb, zusammengesunken saß er noch immer auf dem Stuhl im Wartebereich.

Langsam schlenderte Henry zurück. Der Mann blickte nicht mal auf, als Henry an ihm vorbeiging. Henry wollte gerade reingehen, da sagte der Mann doch noch: »Hallo.«

»Hallo.« Henry drehte sich nur halbherzig um.

»Sie sind doch der Psychologe?«, fragte der Mann und grinste verlegen. »Ich kenne Ihr Foto aus dem Tagesprogramm.«

Henry nickte.

»Setzen Sie sich doch!« Der Mann klopfte auf den freien Stuhl neben sich.

Henry seufzte innerlich und wusste, dass er keine Wahl hatte. Ergeben nahm er neben dem Mann Platz. Da war er wieder, dieser Blick. Dieser Mann da sehnte sich nach Trost, nach einem verständnisvollen Zuhörer. Er würde ihm nun seine ganze traurige Geschichte erzählen.

Der Mann sagte: »Ich bin Hanno. Hanno Petri. Und ich ... also ... Es gibt da was ...«

Henry lächelte matt. »Vielleicht kann ich Ihnen ja helfen? Erzählen Sie nur.«

*

Nora hatte die Hausdame informiert, dass die Kabine der Petris umgehend gereinigt werden musste, dann war sie endlich in die Wäscherei gegangen, um dem Wäschereimeister zum Geburtstag zu gratulieren. Danach ging sie zurück in ihr Büro, wo sie sich nachdenklich an ihren Schreibtisch setzte. Sie würde heute keine Pause mehr machen, sondern durcharbeiten, da sie ja heute Abend eher Feierabend machen wollte. Sie war sehr gespannt auf das Abendessen mit Lehmann, wenngleich sich nun komischerweise eine leichte Nervosität einstellte. Ich habe schon tausend Mal mit Lehmann zu Abend gegessen, kein Grund,

nervös zu sein, sagte sie sich ärgerlich. Sie wusste auch nicht, warum es sich diesmal anders anfühlte. Schnell schob sie den Gedanken beiseite.

Lehmann wollte also die Polizei informieren. Gut. Genug Verdachtsmomente, dass der tödliche Unfall von Wolf Kerner möglicherweise gar kein Unfall war, gab es ja. Hier an Bord traten sie auf der Stelle, und Lehmann hatte recht – sie waren nun mal keine Kriminalbeamte. Sollte es sich tatsächlich um ein Tötungsdelikt handeln, so war es nicht ihre Aufgabe, dies aufzuklären. Ganz einfach. Sie hatten ihr möglichestes getan, um den Todesfall näher zu beleuchten – aber nun waren sie an ihre Grenzen geraten.

Nora überlegte, wie wohl die polizeilichen Ermittlungen vonstattengehen würden. Vermutlich würde die Polizei ähnlich vorgehen wie sie, sich die Personalien geben lassen und alle ›Zeugen‹ befragen. Ein immenser Aufwand wohl, denn die Passagiere kamen aus allen Ecken Deutschlands.

Sicher wird man mit mir sprechen wollen, überlegte Nora weiter, schließlich war ich diejenige, die hier an Bord die Untersuchungen vorangetrieben hat. Sie hatte in der Vergangenheit schon das ein oder andere Mal mit der Polizei sprechen müssen, wenn es hier an Bord zu Todesfällen gekommen war. Die unspektakuläre Effizienz der Beamten hatte sie stets beeindruckt.

Ein Mord an Bord? Was Nora in helle Aufregung versetzt hatte, war für die Polizei Alltag gewesen. Unaufgeregt wurden Fragen gestellt und Aufzeichnungen gemacht. Es hatte nichts gemein mit Fernsehkrimis, wo bei Mordermittlungen stets ein riesen Aufwand betrieben wurde, Spurentechniker jedes Fitzelchen untersuchten und hartnäckig jeder Spur nachgegangen wurde. In Wirklichkeit war es ganz anders. Viel gelassener, ruhiger. *Langweiliger.*

In dem Moment ging Noras Telefon. Anna-Lenas genervte Stimme klang aus dem Hörer: »Frau Heyden. Der Reporter ist wieder in der Leitung. *Schon* wieder. Ich weiß wirklich nicht mehr, was ich noch machen soll. Er lässt sich nicht abwimmeln.«

»Okay. Jetzt reicht's mir. Stell ihn bitte durch.« Nora wartete kurz, dann sagte sie schroff: »Heyden, Hoteldirektorin.«

»Veit Moll hier, von der *Tageszeit*. Ich grüße Sie, Frau Heyden. Schön, dass Sie sich Zeit für mich nehmen.« Eine überraschend charmante und sympathische Stimme. Ein Charmeur also, dachte Nora, dessen Strategie es vermutlich war, Frauen um den Finger zu wickeln, um an Informationen zu kommen. Nur dass er sich bei ihr das Süßholzraspeln sparen konnte.

»Herr Moll, ich habe Ihnen nichts mitzuteilen. Für Fragen wenden Sie sich bitte an die Reederei. Und unterlassen Sie weitere Anrufe, ich schätze es nicht, wenn meine Mitarbeiter belästigt werden.«

Veit Moll tat erstaunt. »Belästigt? Das war nicht in meiner Absicht. Ich entschuldige mich vielmals! Ich möchte nur zwei, drei Dinge mit Ihnen besprechen, Frau Heyden. Schließlich möchte ich keine Dinge in meinem Artikel veröffentlichen, die womöglich nicht korrekt sind ...«

»Wenden Sie sich an die Reederei. Guten Tag.« Nora wollte auflegen, als er rief:

»Moment, Frau Heyden. Wolf Kerner ist tot. Auf Ihrem Schiff gestorben.« Er ließ ein leises, wohlklingendes Lachen hören. »Es dürfte Sie interessieren, welche Informationen ich bereits für meinen Artikel gesammelt habe.«

»Das glaube ich nicht.«

»Das glaube ich schon.« Veit Molls Stimme wurde ernst, jeder Schalk war nun verschwunden. »Wolf Kerner starb an einem Sturz, richtig? Und Sie gehen dem Verdacht nach, dass er gestoßen wurde, richtig? Wir sprechen also von einem Tötungsdelikt, wenn nicht sogar von Mord?«

»Dazu sage ich nichts«, sagte Nora sauer. Woher wusste der Kerl überhaupt so viel? Irgendwo musste etwas durchgesickert sein, verdammt. Vielleicht sogar durch irgendeinen Mitarbeiter der Reederei.

»Frau Heyden, ich verfüge über Informationen, die Licht ins Dunkel bringen dürften.«

»Dann gehen Sie damit zur Polizei.« Nora fragte sich, warum sie nicht endlich auflegte.

»Sie haben wahrscheinlich einen Mörder an Bord. Sie gefährden die Sicherheit Ihrer Passagiere, wenn Sie mir nicht zuhören. Die Polizei kann wenig ausrichten – Sie befinden sich mitten auf dem Meer, hunderte Seemeilen vom nächsten Hafen entfernt.«

Nora verdrehte die Augen, weil Veit Moll plötzlich so dramatisch klang. »Wenn Sie meinen. Also gut. Ich höre. Was haben Sie mir mitzuteilen?«

Veit Moll lachte wieder sein charmantes Lachen. »Nicht so schnell. Im Gegenzug möchte von Ihnen ein paar handfeste Fakten, die ich nutzen kann. Wann und wie ist Wolf Kerner genau zu Tode gekommen, wer hat ihn gefunden, was genau wissen Sie über den Abend, und so weiter.«

»Darauf lasse ich mich nicht ein. Das darf ich gar nicht.«

Er seufzte geduldig. »Selbstverständlich wären Sie als meine Quelle streng anonym.«

»Ich werde jetzt auflegen, Herr Moll.« Doch sie tat es nicht.

Veit Moll spürte ihr Zögern. Er ließ ein gedämpftes, schlürfendes Geräusch hören, als nähme er einen großen Schluck Kaffee, bevor er fortfuhr: »Der Fußballspieler Mario Uhrmacher ist Ihnen ein Begriff?«

»Ja«, sagte Nora nach einigen Sekunden perplex. Das Letzte, was sie erwartet hatte, war, diesen Namen zu hören. »Was hat Mario Uhrmacher mit all dem zutun?«

»Ich beantworte Ihre Fragen, wenn Sie meine beantworten.«

Lehmann bringt mich um, dachte Nora und schloss die Augen. Diese verdammte Neugier. »Also gut.«

Veit Moll holte hörbar tief Luft. »Wolf Kerner hat mich vor kurzem kontaktiert. Er wollte mir Informationen verkaufen – angeblich hatte er neue Infos über Mario Uhrmachers Zustand. Das wäre natürlich eine Sensation. Die Welt will seit Jahren wissen, wie es Mario Uhrmacher geht.«

Nora ließ die Worte sacken. Ungläubig lauschte sie in den Hörer.

Veit Moll sprach weiter: »Ich habe Familie Uhrmacher selbstverständlich um Stellungnahme gebeten, aber sie blockt ab. Diese Familie blockt immer ab. Ich wollte ihnen die Möglichkeit geben, sich selbst zu Marios Zustand zu äußern, ehe ich gegen ihren Willen auf gekaufte Informationen zurückgreife.«

»Wie nobel von Ihnen.« Nora versuchte, die Neuigkeiten zu verdauen. »Wolf Kerner hatte also Informationen über Mario Uhrmacher? Wie soll das möglich sein? Mario wird streng abgeschirmt.«

»Tja. Kerner hat mir Fotos angeboten, die er angeblich mit seinem Handy gemacht hat. Er ist wohl vor einigen Wochen auf das Anwesen der Uhrmachers gelangt und hat Mario dort angetroffen. Wie und in welchem Zustand – das zeigen wohl die Fotos. Kerner hat sich nicht näher

geäußert, aber entsprechende Andeutungen gemacht. Ich habe diese Fotos nie gesehen – allerdings klang Kerner für mich glaubhaft, und ich habe keine Zweifel, dass die Fotos tatsächlich existieren.«

»Ich finde es geschmacklos!«, sagte Nora. »Sie haben also tatsächlich Fotos von Kerner gekauft? Die illegal und gegen den Willen der Familie gemacht wurden? Und wollen Sie in der *Tageszeit* veröffentlichen? Geschmacklos!«

»Nein, nein.« Veit Moll klang nun verdrossen. »Das ist es ja. Kerner hatte mir die Fotos noch nicht gegeben. Das Geschäft war noch nicht über die Bühne gegangen, wenn man so will. Kerner hatte keine Eile, sondern wollte erst ›Urlaub‹ machen. Mittlerweile kann ich mir jedoch einiges zusammenreimen. Sasha Uhrmacher ist bei Ihnen als Gesundheitsberaterin an Bord, richtig? Ich schätze, Kerner wollte ein doppeltes Spiel spielen. Vermutlich wollte er ihr ebenfalls die Fotos anbieten.« Wieder erklang das schlürfende Trinkgeräusch. »Die Uhrmachers sind millionenschwer. Sie können und wollen sicher mehr zahlen, als unsere Zeitung. Vielleicht hat Kerner darauf spekuliert, dass die Uhrmachers mehr locker machen würden, als die *Tageszeit* – wobei wir nicht geknausert hätten, das sage ich Ihnen.«

Nora bemerkte, wie feucht ihre Handflächen während des Gesprächs geworden waren. »Was genau erwarten Sie von mir?«

»Nun ... Jetzt ist Kerner tot. Nachdem er Sasha Uhrmacher vermutlich mit den Fotos erpresst hat.« Der Reporter ließ einige Sekunden verstreichen. »Welche Schlüsse Sie daraus ziehen, überlasse ich Ihnen. Aber ... Die Fotos sind Ihnen nicht zufällig untergekommen?«

Die Fotos. Er wollte also die Fotos. »Sie glauben doch nicht ernsthaft, dass ich Ihnen solche illegalen Bilder aushändigen würde?«

»Nein. Aber man kann ja mal fragen.« Er lachte wieder sein charmantes Lächelns. »Aber ich wäre Ihnen dankbar, wenn Sie Ihren Teil der Abmachung einhielten und mir nun ein paar Fragen beantworten würden.«

Zähneknirschend beantwortete Nora dem Reporter exakt fünf Fragen, versuchte, so unverfänglich wie möglich bleiben, und legte dann langsam auf. Dann stand sie auf, fühlte sich unwirklich wie in Trance, und ging zur Brücke.

*

»Wolf Kerner wollte geheime Information über Mario Kerner an die Presse verscherbeln. Wenn das stimmt ...« Nora stand erhitzt vor Lehmann. Sie hatte ihm und Malik das Gespräch in allen Einzelheiten wiedergegeben.

»Hammer«, murmelte Malik.

»Wisst ihr, was das bedeutet?« Nora sah beide abwechselnd an. »Es ging nie um Doping! Es ging um diese Fotos!«

»Sasha hätte ein fabelhaftes Motiv gehabt, Kerner die Treppe runterzustoßen«, sagte Malik.

»Sasha hat sich von Anfang an merkwürdig verhalten«, sagte Nora aufgeregt. »Sie war nie ganz ehrlich zu uns. Erst verschweigt sie bei der Bewerbung, dass sie die Schwester von Mario Uhrmacher ist. Dann hat sie uns verschwiegen, dass sie Wolf Kerner kennt ... Sasha war draußen an Deck, als der Unfall passierte ...«

Malik nickte. »Das ergibt Sinn: Kerner hatte Sasha direkt an Bord aufgesucht. Er hatte mehrere Termine zur Physiotherapie bei ihr gebucht, aber in Wirklichkeit hat er sie mit den Fotos erpresst. Der Reporter hat garantiert recht damit, dass Kerner ein doppeltes Spiel gespielt hat. Kerner hat die Fotos der Presse angeboten, aber zugleich hat er versucht, die Uhrmacher-Familie zu erpressen.«

»Moment, Moment«, sagte Lehmann, der schweigend zugehört hatte. »Erstmal, Heyden: Der Reporter hat dir all das erzählt? Einfach so?«

Nora wurde rot. »Also ... Na ja. Ich habe ihm ein paar Fragen beantwortet. Klitzekleine Fragen.«

»Aha.« Lehmann seufzte. »Leute, jetzt beruhigt euch mal wieder. Bevor ihr euch hier weiter in Mutmaßungen versteigt, schlage ich vor, wir sprechen erst mal mit Sasha. Vielleicht ist alles ganz anders, als dieser dubiose Reporter es darstellt. Die *Tageszeit* ist nicht gerade für ihre Seriosität bekannt. Heyden, der Kerl kann dir sonst was erzählt haben, nur um dir ein paar Informationen zu entlocken.«

Nora senkte den Kopf und schwieg. Damit konnte Lehmann natürlich durchaus recht haben. Sie hatte diesem Veit Moll vorbehaltlos geglaubt. Wie dumm von ihr! Ausgerechnet einem Reporter der *Tageszeit* so auf den Leim zu gehen, obwohl sie doch der felsenfesten Überzeugung gewesen war, er könne sie nicht um den Finger wickeln.

»Malik, hol Sasha her«, befahl Lehmann. »Wir hören uns mal ihre Sicht der Dinge an.«

*

Arielle hatte viel nachgedacht.

Nora Heyden war eine clevere Frau. Sie stellte Fragen und sie hatte einen guten Instinkt. Sie kam der Wahrheit immer näher. Sie hatte eine Fährte aufgenommen und würde nicht mehr davon ablassen.

Bald, schon bald, würde Nora Heyden auf ihre Spur kommen.

Arielle nickte langsam. Hatte der Gedanke, gefasst zu werden, ihr noch in der Nacht zuvor vor Angst den Atem geraubt, so war sie mittlerweile ganz ruhig.

Arielle hatte keine Angst mehr, gefasst zu werden – mittlerweile wartete sie sogar darauf. Denn nur so würde die Wahrheit ans Licht kommen.

Inzwischen war sie sogar froh, dass sie Kerner getötet hatte. Ja, es war ein Reflex gewesen, ungeplant, eine Affekthandlung – aber nun war sie froh, wie alles gekommen war.

Jetzt war es Zeit für die Wahrheit.

Jeder sollte die Wahrheit erfahren – erfahren, warum Wolf Kerner es *verdient* hatte, zu sterben.

Wie viele Menschenleben hatte Wolf Kerner wohl auf dem Gewissen? Wie viele junge Sportler, die durch ihn Schaden genommen hatten?

Hatte da irgendjemand jemals nachgefragt?

Hatte irgendjemand Kerner jemals zur Rechenschaft gezogen?

Nein.

Niemand.

Bis jetzt.

Arielle empfand keinen Stolz auf das, was sie getan hatte. Sie hatte schon häufiger gehört, dass eine bestimmte Art von Mördern unglaublich stolz auf ihre Taten waren, sie dürsteten förmlich nach den Schlagzeilen, der zweifelhaften Berühmtheit, ja, sie rühmten sich mit ihren Taten.

Arielle schnippte mit den Fingernägeln, schnippte und schnippte. Heute hörte sie das Geräusch sogar selbst – ihr war, als stünde sie neben sich.

Nein, rühmen wollte sie sich nicht mit Kerners Tod, den sie so ja gar nicht geplant hatte. Dennoch musste die Öffentlichkeit erfahren, was der wahre Hintergrund seines Ablebens war – *warum* sie so plötzlich die Kontrolle verloren und ihm den Todesstoß versetzt hatte.

Es bestand die Gefahr, dass Kerners Tod einfach als trauriger Unfall abgehakt werden würde. Alles würde in Vergessenheit geraten. Alles, was er getan hatte. Vergraben und vergessen.

Nein.

Das durfte nicht geschehen. Die Welt *musste* erfahren, was vorgefallen war. Alle Welt musste die Geschichte dahinter erfahren, die entsetzliche Geschichte.

Arielles Fingerkuppen schmerzten schon von all dem Schnipsen.

Wolf Kerner durfte nicht davonkommen. Sogar im Tode würde er noch davonkommen, wenn sie nicht die Wahrheit kundtat. Arielle sah schon die bedauernden Nachrufe vor sich, in den wärmsten Tönen würde man von Kerner sprechen. Ihn verklären.

Nein. Das durfte nicht geschehen. Die Wahrheit musste endlich ans Licht kommen.

Sie hatte keine Wahl. Sie hatte nie eine Wahl gehabt. Sie würde sich opfern, einmal mehr, so, wie sie ihr Leben lang schon das Opfer gewesen war.

Sie würde die Tat gestehen.

*

Maybrit starrte auf den riesigen Blutfleck vor dem Sofa. Gerade hatte die Hausdame geklopft und den Fleck begutachtet, dann hatte sie mit verkniffener Miene gemeint, es käme gleich jemand vom Personal für die Reinigung.

Maybrit wandte schnell den Blick ab. Reglos stand sie da, zwischen Sitzecke und Balkon, den Kabinenschlüssel noch in der Hand, und versuchte, ihre Gedanken zu sortieren.

Nachdem sie Hanno im Wartebereich des Hospitals zurückgelassen hatte, war sie direkt hierher zurückgestürmt. Sie hatte damit gerechnet, dass er ihr folgen würden, doch das hatte er nicht getan.

Hanno, der den Tod von drei Menschen auf dem Gewissen hatte.

Der Nacht für Nacht Albträume hatte, der dieses schreckliche Geheimnis dennoch für sich behalten hatte.

Auf dieser Reise, dachte Maybrit fassungslos, lerne ich einen völlig neuen Hanno kennen. Wobei ›neu‹ wohl nicht korrekt war – er musste schon immer so gewesen sein, nur hatte er sein wahres Wesen bislang geschickt verborgen. Oder sie hatte es einfach nicht erkannt.

Ja, Hanno hatte Seiten an sich gezeigt, die sie abschreckten. Angefangen mit der kriminellen Energie, mit der er die teure Rolex aus dem Koffer einfach hatte unterschlagen wollen, bis hin zu der Tatsache, dass er mutmaßlich einen schweren Verkehrsunfall verursacht hatte. Und dass er zu feige gewesen war, dazu zu stehen. Bis heute gehofft hatte, dass es niemand je herausfinden würde.

Wie erbärmlich. Maybrit konnte nicht verhindern, dass Verachtung in ihr aufstieg. Sie hatte immer zu Hanno aufgesehen – war ihre Wahrnehmung von ihm denn so grundfalsch gewesen? Hatte sie in einer Illusion gelebt?

Ich will nach Hause, dachte Maybrit kläglich. Mir wird das alles zu viel. Ein paar Tage noch musste sie durchhalten, dann war sie endlich wieder zu Hause bei Bessy. Ihre Hand zuckte zum Handy, um Jenna anzurufen, aber sie hatte schließlich heute schon angerufen. Sie würde sich bis morgen gedulden. Jenna sollte schließlich denken, sie hätten hier einen Heidenspaß und verschwendeten kaum einen Gedanken an zu Hause.

Zu Hause ... Maybrit kamen erneut die Tränen, als sie daran dachte, dass man ihr selbst ihr Zuhause nehmen würde. Wenn erst mal Paulina in der Einliegerwohnung leben würde, gab es das Zuhause, wie sie es kannte, nicht mehr ...

Ein energisches Klopfen an der Kabinentür riss sie aus den Gedanken. Das laute Geräusch hallte in ihrem schmerzenden Kopf wieder. Müde erhob sie sich.

Das war sicher das Reinigungspersonal, um den Fleck zu entfernen.

Doch zu ihrer Überraschung stand vor der Tür diese Lektorin, Sasha Uhrmacher, die sie vorhin begleitet hatte.

Sasha Uhrmacher wirkte abgehetzt, als habe sie den Weg hierher in schnellem Tempo zurückgelegt.

»Hallo, Maybrit. Ich wollte nur hören, wie es Ihnen geht. Sie wirkten eben so mitgenommen.«

»Es geht mir schon besser.«

»Sie sehen auch schon besser aus«, behauptete Sasha Uhrmacher. Maybrit bezweifelte das.

Sasha Uhrmacher lächelte seltsam starr. Ohne zu fragen, trat sie ein, ging einfach an Maybrit vorbei in den Raum. Maybrit ließ sie überrascht passieren. Sie beobachtete irritiert, wie Sasha Uhrmacher begann, in der Kabine hin und her zu gehen und sich hektisch umzusehen.

»Entschuldigung ...?«, sagte Maybrit, als sie sich wieder gefasst hatte. »Kann ich Ihnen helfen?«

»Was ist denn hier passiert?«, fragte Sasha Uhrmacher statt einer Antwort und sah auf den Blutfleck zu ihren Füßen.

»Ein Unfall. Frau Uhrmacher, also ... Suchen Sie etwas?«, fragte Maybrit etwas forscher. Wieder bekam sie keine Antwort. Sasha ging weiter durch die Kabine.

»Sie sprachen vorhin von einem Koffer, der Ihnen nicht gehört?« Nun kniete sie sich sogar hin und schaute unter das Bett. »Ich brauche diesen Koffer.«

»Bitte?«

»Der Koffer. Wo ist der Koffer?«

»Gehört er etwa Ihnen?«, fragte Maybrit verwirrt.

»Nein. Er gehörte Wolf Kerner.« Sasha Uhrmacher stand wieder auf. Die Sommersprossen in ihrem Gesicht schienen zu glühen.

»Wolf Kerner? Wie kommen Sie darauf?«

»Die Rolex. Sie sprachen von einer teuren Rolex, die in dem Koffer ist. Wolf Kerner besaß so eine.« Sasha Uhrmacher öffnete nun die Schranktür. »Also? Wo ist der Koffer?«

Maybrit war völlig überrumpelt. Ungläubig sah sie zu, wie sich die fremde Frau nun an ihrem Kleiderschrank zu schaffen machte. *Wie absurd.*

Plötzlich erklang ein metallisches Zirpen, das Maybrit nicht gleich zuordnen konnte. Es klang wie ein nerviger Handyklingelton. Sasha Uhrmacher griff an ihren Gürtel

und schaute auf einen kleinen Pager. Dann zuckte sie mit den Achseln und suchte weiter. Mit geschäftsmäßiger Stimme sage sie: »Maybrit, Sie erzählten, niemand habe den Koffer als vermisst gemeldet. Das konnte er ja auch nicht – Wolf Kerner war ja schon tot.«

Maybrit konnte nicht glauben, was sich in diesem Raum gerade abspielte. Die Frau war ihr unheimlich. Sasha Uhrmacher verhielt sich ... *gestört*. Jetzt steckte sie mit dem Kopf im Kleiderschrank. Als sie wieder hervorkam, war ihr das Zopfgummi aus den Haaren gerutscht.

Maybrit bemühte sich um eine feste Stimme. »Was wollen Sie von mir? Wollen Sie die Uhr?«

»Nein, ich will nicht die verdammte Rolex.« Sasha Uhrmacher fuhr sich fahrig durch die roten Locken, die sich nun wirr um ihr Gesicht kringelten. »Die Rolex habe ich ihm doch selbst gegeben – für sein Schweigen. Aber er wollte mehr, viel mehr Geld.«

»... Schweigen?« Maybrit verstand gar nichts mehr.

»Wo ist der Koffer?«

»Ich verstehe nicht ...«

»Geben Sie mir das Handy!«

»Was?« Welches Handy zum Teufel?

Sasha Uhrmacher trat noch näher. »Ich will nicht die Uhr. Ich will das Handy. In dem Koffer muss ein altes Smartphone gewesen sein.«

»Ein altes ...« Maybrit war unfähig, zu reagieren. Zu sehr war ihr Hirn damit beschäftigt, die aberwitzigen Geschehnisse hier einzuordnen. Gib ihr einfach den Koffer, dachte sie dann, doch gerade, als sie sich zum Balkon bewegen wollte, wo der Koffer noch immer stand, riss Sasha sie zurück.

»Hiergeblieben! Sie bleiben schön hier! Und tun Sie nicht so unschuldig!«, rief Sasha erbost. »Sie wissen genau, wovon ich rede! Haben Sie sich die Fotos angeschaut?«

»Welche Fotos denn?«, jammerte Maybrit auf. Sashas roher Griff hatte ihr wehgetan.

»In dem Koffer war ein Handy, und auf dem Handy waren Fotos! Her damit!« Plötzlich hielt Sasha ein Messer in der Hand. Maybrit hatte keine Ahnung, woher es plötzlich kam. Sasha Uhrmacher musste es bereits mitgebracht haben.

Drohend stand Sasha nun vor ihr. Das Messer war lang und scharf. Maybrit fühlte sich wie in einem Albtraum. Das konnte nicht wahr sein. Das durfte nicht wahr sein. Sie stand genau in der geöffneten Balkontür, vor ihr eine Frau, die sie mit einem Messer bedrohte. Hinter ihr rauschte das Meer.

»Hilfe«, rief Maybrit unvermittelt, und absurderweise kam sie sich lächerlich dabei vor. »Hilfe!«

»Ruhe!« Sasha Uhrmacher hob ruckartig das Messer. »Sei ruhig. Wo ist der Koffer? Ich will nur das Handy. Wenn Sie nicht sofort das Handy rausrücken, dann ... dann passiert ein Unglück.«

*

Dr. Eschweiler ächzte leise, als er endlich seine Kabine erreichte. Der Muskelkater war noch schlimmer geworden, und er wusste kaum noch, wie er sich bewegen sollte. Jetzt würde er sich ganz ruhig an seinen Schreibtisch setzen und am neuen Vortrag arbeiten, den er in den nächsten Tagen halten würde.

Er war gerade im Begriff, seine Kabine aufzuschließen, da hörte er es:

»Hilfe.«

Leise nur, und es klang beinahe fragend – als ob derjenige sich selbst nicht sicher sei, ob er tatsächlich Hilfe benötigte. Dr. Eschweiler sah sich irritiert um. Der Ruf war doch aus einer der Nachbarkabinen gekommen? Wenn ihn nicht alles täuschte, aus jener Kabine, in der diese überdrehte Frau wohnte. Diese Verrückte. Die, die ihn heute Morgen bezichtigt hatte, sie zu verfolgen. Nur weil man sich zufällig des Öfteren über den Weg gelaufen war. Er hatte sich wie ein Triebtäter gefühlt ob dieser paranoiden Anschuldigungen. Gott sei dank hatte Nora Heyden die Sache rasch aufklären können. Aber den ganzen Nachmittag noch hatte er darüber nachdenken müssen – wie leicht man als Mann doch unter Verdacht geriet. Wie leicht man in Verruf gebracht werden konnte. Man möge sich nur vorstellen, die Unterstellungen der Frau hätten auf dem Schiff die Runde gemacht. Dr. Eschweiler, ein Lustmolch, der den weiblichen Gästen hinterhersteigt. Sein Ruf hätte gelitten. Man hätte ihn schräg angesehen. Er hätte seine Unschuld beweisen müssen. In solch einem Falle galt für die beschuldigten Männer irgendwie nie die Unschuldsver-

mutung, sondern die Schuldsvermutung – das hatte er immer schon gedacht, wenn derlei Fälle durch die Presse gingen. *Schuldig bis zum Beweis deiner Unschuld.*

Er sah auf die Nachbartür, die nur angelehnt war.

Warum rief sie um Hilfe? Hatte sie etwa ihn gemeint? Hatte sie ihn gesehen und mal wieder geglaubt, er lauere ihr im Korridor auf?

Dr. Eschweiler schüttelte den Kopf und drückte seine eigene Kabinentür auf.

»Hilfe«, hörte er wieder.

Dr. Eschweiler trat in seine Kabine. Diese Frau war nicht ganz dicht, dachte er bei sich. Besser, er reagierte gar nicht erst. Von dieser Frau hielt er sich lieber ganz, ganz fern.

*

»Sasha ist verschwunden.« Mit finsterer Miene kam Malik zurück auf die Brücke. »Ich kann sie nirgendwo finden.«

»Was soll das heißen?« Lehmann sah Malik mit versteinertem Gesicht an. »Sie kann doch nicht weg sein.«

»Ich habe sie mehrfach angepaged – sie hat nicht reagiert. Dann war ich bei ihrer Kabine, im Sportcenter und in der Kantine – sie ist nicht zu finden.«

»Ich will sie auf der Stelle sprechen«, sagte Lehmann ärgerlich. »Wo kann sie sein? Und warum reagiert sie nicht auf ihren Pager?«

Nora hob ratlos die Schultern. Dass Sasha nichts von sich hören ließ, war wirklich merkwürdig – zumal die Mitarbeiter angewiesen waren, schnellstmöglich zurückzurufen, wenn sie angepaged wurden. »Womöglich hat sie ihren Pager vergessen?«

»Sasha weiß doch, dass sie den Pager immer bei sich tragen muss. Und dass sie sich sofort melden muss, wenn jemand von der Brücke mit ihr sprechen will«, schimpfte Malik. »Es könnte sich schließlich um einen Notfall handeln.«

In dem Moment klingelte endlich das Telefon.

»Na endlich.« Malik stürzte zum Gerät und hob den Hörer ab. »Sasha, wir suchen Sie seit ... Oh.« Er stutzte und hörte aufmerksam zu. Sein Gesicht wurde ernst. »Ja? Aha. Ja ... Ich kümmere mich darum.« Er legte auf. »Das war die Rezeption. Dr. Eschweiler hat Hilferufe aus einer Kabine gehört. Hilferufe einer Frau. Ich soll mal nach dem Rechten sehen.«

Nora schrak auf. »Was sagst du? Eine Frau? Aus welcher Kabine?«

»Aus der 204«, sagte Malik und klang beinahe erstaunt.

»Das ist die Kabine der Petris!«, rief Nora. »Aber da waren wir doch eben noch.«

»Ihr meint, das ist die Kabine, wo diese Witwe gestürzt ist?«, fragte Lehmann stirnrunzelnd. »Wo dieser riesige Blutfleck ist?«

Malik und Nora nickten simultan.

»Und jetzt gibt es von dort schon wieder Hilferufe?« Lehmann verschränkte die Arme. »Da stimmt doch was nicht. Das sehe ich mir selbst an. Malik, du kommst mit. Und Heyden, du bleibst hier«, schob er nach, als sich auch Nora in Bewegung setzte. »Du hältst hier die Stellung. Vielleicht meldet sich Sasha ja endlich.«

Nora biss sich kurz auf die Lippen, wartete, bis Lehmann und Malik durch die Tür verschwunden waren, dann folgte sie ihnen.

*

Die Tür von Kabine 204 war nur angelehnt, dennoch war kein Ton im Innern zu hören. Lehmann trat sehr dicht an die Tür heran und spähte durch den Spalt. Nora hielt den Atem an und lauschte ebenfalls. Sie stand ein paar Schritte zurück, neben Malik, der mit finsterem Blick die Tür im Visier hatte.

Aus einer anderen Kabine kam ein Zimmermädchen und raschelte mit einer vollen Mülltüte. Nora bedeutete ihr, ruhig zu sein, indem sie nachdrücklich den Zeigefinger an die Lippen legte. Das Zimmermädchen guckte erstaunt, verstand aber und verschwand auf leisen Sohlen wieder in der Nachbarkabine.

»Hallo?«, sagte Lehmann mit ruhiger Stimme und klopfte dann einmal kurz gegen das Holz. »Hier ist der Kapitän. Hallo?«

Von drinnen war ein erstickter Schrei zu hören.

Nora machte unwillkürlich einen Schritt vor, aber Lehmann hob warnend die Hand. »Was machst du hier, Heyden?«, sagte er leise, aber unüberhörbar verärgert. »Bleib bitte weg. Ich sehe mal nach.«

Nora trat einen Minischritt zurück, und Lehmann schob die Tür Zentimeter um Zentimeter weiter auf. Nora spähte an seiner Schulter vorbei. Sie unterdrückte ein Keuchen: Sasha Uhrmacher stand mit dem Messer in der Hand vor Maybrit Petri.

Sie spürte, wie Malik sich neben ihr anspannte wie ein Bogen.

»Sasha«, sagte Lehmann ruhig und machte einen vorsichtigen Schritt ins Zimmer. »Nicht erschrecken. Hier ist der Kapitän.«

Sasha fuhr herum und richtete das Messer nun auf Lehmann. »Was machen Sie denn hier!« Ihre Stimme klang aufgewühlt. Maybrit Petri begann, bei Lehmanns Anblick vor Erleichterung zu zittern und lautlos zu weinen.

»Alles gut.« Lehmann hob beschwichtigend die Hände. »Ganz ruhig. Sie legen jetzt das Messer weg und wir vergessen das alles hier, okay?«

»Gehen Sie!«

»Was ist denn passiert?« Lehmann war die Ruhe selbst. »Sie sind doch eine vernünftige Frau. Kommen Sie, erklären Sie mir alles.«

»Lassen Sie mich. Sie verstehen das nicht!«, rief Sasha, klang aber schon unsicherer.

»Erklären Sie es mir. Aber legen Sie erst das Messer weg.«

»Nein, ich muss ... Ach, Scheiße!« Sashas Hand begann zu zittern.

Nora trat nun neben Lehmann, was ihr einen wütenden Blick einbrachte.

»Geh raus, verdammt«, fluchte er kaum hörbar.

Nora ignorierte ihn. Obwohl ihr das Herz bis zum Hals schlug, versuchte sie, Sasha beruhigend anzulächeln.

Sashas Blick hetzte zwischen Nora und Lehmann hin und her. Maybrit Petri nutzte den Moment der Ablenkung, um hinter Sashas Rücken hinaus auf den Balkon zu hetzen. Sie verschwand hinter dem Wandvorsprung aus dem Blickfeld.

»Ich will doch nur das Handy«, rief Sasha.

»Welches Handy?«

»Na, Kerners Handy!«, rief Sasha aufgebracht, als müsse jeder wissen, wovon sie sprach. Noch immer hielt sie das Messer eisern umfasst.

»Wir würden Ihnen gern helfen«, sagte Lehmann sachlich, als bemerke er das Messer gar nicht. »Wir müssen nur wissen, worum es hier geht.«

»Es geht um Mario«, stieß Sasha hervor. »Mario hat so viel durchgemacht. Und dann kommt Wolf Kerner, und ...« Sie sah das Messer in ihrer Hand an. Ihre Miene wurde hilflos, dann ließ sie den Arm kraftlos herabsinken.

»Er hat Fotos von Ihrem Bruder gemacht, richtig?«, sagte Nora leise. »Wir wissen Bescheid.«

»Sie wissen ...?« Sasha lehnte sich erschöpft gegen die Balkontür, die Maybrit inzwischen von außen geschlossen hatte. Nora ging langsam auf sie zu. Sie hörte Lehmann unwillig zischen.

»Wolf Kerner hat Sie erpresst, oder?«, fragte Nora sanft.

»Ja. Kerner hat Fotos von Mario gemacht. Er kannte unser Anwesen und ist einfach hingefahren. Die Adresse ist eigentlich geheim, aber Mario muss sie ihm irgendwann einmal verraten haben, sie waren doch befreundet.« Sasha verzog kläglich das Gesicht. »Schöner Freund, nicht war? Es war Herbst. Die Bäume und Sträucher trugen kein Laub mehr und die Sicht auf das Grundstück war etwas freier. Durch den Zaun kann man im Herbst hindurchschauen.

Es ist ein hoher Zaun, aber ... Nun ja. An diesem Tag war Mario im Garten und Kerner hat ihn ... ihn heimlich durch den Zaun fotografiert. Er hat Mario einfach fotografiert.«

»So ein Schwein«, murmelte Malik von der Tür her.

Sasha wischte sich mit bebender Hand über die Augen. »Die Aufnahmen sind viel wert. Alle Welt will wissen, wie es um Mario aktuell bestellt ist. Mario ist nicht mehr der Alte, wissen Sie. Er ist ... ist anders. Anders, als die Welt ihn kennt. Mario würde nicht wollen, dass die Öffentlichkeit ihn so sieht. Niemand soll ihn so zu Gesicht bekommen. Und Kerner hat ihn einfach ... einfach fotografiert und wollte das große Geld damit machen.«

»Wolf Kerner hat die Fotos der *Tageszeit* angeboten«, sagte Nora. »Richtig? Ein Reporter hat uns alles erzählt.«

»Ja. Er wollte die Fotos skrupellos verschachern. Unsere Familie hat so viel gelitten seit Marios Unfall. Und dann kommt Kerner und fügt uns noch mehr leid zu«, rief Sasha aufgeregt und machte eine ruckartige Bewegung mit dem Messer.

»Sasha«, sagte Nora beschwichtigend und ging vorsichtig noch einen Schritt auf Sasha zu, die das Messer noch immer in der Faust hielt. Sie fürchtete, die aufgeregte Frau könne sich womöglich selbst verletzen. »Wie können wir Ihnen helfen?«, versuchte sie es erneut.

»Der Koffer! Ich muss den Koffer finden.« Sashas Blick hetzte suchend umher. Die Hand mit dem Messer hing nun schlaff herunter und Nora nutzte die Chance, um ihr ruhig das Messer abzunehmen. Sasha bemerkte es gar nicht. Aufatmend trat Nora wieder einen Schritt zurück.

Lehmann ergriff das Wort. Von seiner ruhigen, väterlichen Art war nun nichts mehr zu spüren. Übellaunig sagte er: »Warum sind Sie in dieser Kabine? Warum bedrohen Sie diese Frau mit einem Messer? Sind Sie wahnsinnig geworden?«

Sasha erschrak sichtlich vor dem plötzlichen Stimmungsumschwung. »Die Fotos ... Ich muss die Fotos finden! Wolf Kerner ist tot, aber die Fotos sind immer noch existent. Und das Handy ist hier irgendwo – ich muss das Handy finden.«

»Frau Petri hat das Handy?«, mischte sich nun auch Malik ein. »Verstehe ich das richtig?«

»Ja, es-ist-im-Koffer«, jammerte Sasha gequält auf. Sie schien sich zu wundern, warum keiner sie verstand. »Frau Petri hat den Koffer! Er muss hier irgendwo sein ...« Wieder sah Sasha sich suchend um. »Sie hat den Koffer hier irgendwo versteckt! Nun helfen Sie mir doch suchen.«

Nora trat mit dem Messer ein paar Schritte zurück, in Sicherheit. »Okay, Sasha. Sie sind hier, weil Sie einen Koffer suchen?«

»Er ist hier«, erklang Maybrit Petris zaghafte Stimme vom Balkon. Sie hatte die Tür wieder geöffnet und lugte vorsichtig hinein. Sie deutete auf einen kleinen Pilotenkoffer zu ihren Füßen. »Das ist der verdammte Koffer. Ich habe ihn rausgestellt, weil mich der Anblick so gestört hat.«

»Das Handy!« Sasha stürzte los und rempelte dabei Nora an, die sich unglücklich am Messer verletzte. Die Klinge war verdammt scharf. Sofort tropfte Blut zu Boden.

»Scheiße«, fluchte sie und steckte sich den Daumen in den Mund.

Malik war ebenfalls vorgesprungen und nahm Sasha hart beim Arm. »Jetzt reiß dich mal zusammen, Sasha!«, schnauzte er.

»Bring sie auf die Brücke«, sagte Lehmann eisig. Dann wandte er sich mit besorgtem Blick an Nora: »Bist du verletzt?«

»Hab mich geschnitten«, nuschelte Nora mit dem Finger im Mund.

»Ich habe ein Pflaster, Moment.« Maybrit Petri stürzte ins Bad und kam kurz darauf mit einem langen Streifen Heftpflaster zurück. Nora verklebte den Finger gleich mehrfach. Es zwickte nun ganz schön heftig. Malik führte eine widerstrebende Sasha aus der Kabine, die sich immer wieder umsah.

Maybrit Petri ging zitternd zum Sofa und setzte sich. Dann starrte sie mit leerem Blick vor sich hin.

»Also, Frau Petri, was ist das für ein Koffer? Was hat es damit auf sich?«, fragte Lehmann seufzend.

»Ja, das weiß ich doch nicht!«, antwortete Maybrit Petri verstört. »Er wurde uns einfach auf die Kabine gebracht. Es steht sogar unsere Kabinennummer darauf – ich wollte ihn loswerden, schon lange. Und jetzt sagt diese ... diese Frau Uhrmacher, er gehöre Wolf Kerner? Ich verstehe gar nichts mehr!«

»Warum haben Sie ihn nicht einfach zurück zur Rezeption gebracht?«, wollte Lehmann wissen.

Maybrit Petri wurde flammendrot. »Das wollte ich ... also ... Wir hatten das vor. Ich ... ich habe das heute Morgen gemeldet.«

Nora betrachtete nachdenklich den Kofferanhänger. Dann sah sie auf. »Ich denke, ich weiß, was passiert ist. Das ist nicht Ihre Kabinennummer. Sie wohnen in der 204. Wolf Kerner wohnte in der 207.« Nora tippte auf das Schildchen. »Die Handschrift ist undeutlich – die 7 sieht aus wie eine 4. Das ist ein geradezu klassisches Missver-

ständnis. Genau aus diesem Grund landet Gepäck häufig vor der falschen Kabinentür, einfach, weil man die Zahlen falsch entziffert. Sehen Sie?« Nora zeigte ihr den Anhänger.

Maybrit Petri beugte sich fassungslos vor. »Sie haben recht! Jetzt sehe ich es auch. Das soll gar keine Vier sein, sondern eine Sieben. Das ... das gibt es ja nicht.« Sie fuhr sich mit zittriger Hand über die Stirn. »Meine Güte, wie verrückt! Bitte, nehmen Sie den Koffer! Nehmen Sie ihn nur mit.«

Lehmann ging vor dem Koffer in die Knie. »Das Schloss ist beschädigt. Haben Sie den Koffer geöffnet?«

Maybrit Petri schien am liebsten im Boden versinken zu wollen. »Ja, also, mein Mann ... wir wussten ja nicht ...« Sie brach ab und starrte auf ihre Füße.

»Haben Sie etwas entwendet?«

»Nein!« Maybrit Petri wurde noch roter. »Das würden wir nie ...«

Lehmann richtete sich wieder auf. »Wir nehmen den Koffer mit. Heyden, kommst du?« Er ging zur Tür.

»Ich komme gleich nach«, sagte Nora. Dann wandte sie sich noch mal an Maybrit. »Geht es Ihnen gut? Ich würde Sie ungern allein lassen. Wo ist denn Ihr Mann?«

»Das weiß ich nicht«, weinte Maybrit. »Wir streiten uns die ganze Zeit schon.«

»Was ist denn hier los?«, kam in dem Moment erstaunte Stimme von der Tür. »War das eben der Kapitän? Was wollte der hier? Oh – Frau Heyden! Was ist denn hier los, Maybrit?«

»Hanno!« Maybrit flüchtete in die Arme ihres Mannes. »Du glaubst ja nicht, was passiert ist ... Diese Verrückte ... Und alles nur, weil du den Koffer ...«

»Was ist mit dem Koffer?« Hanno streckte schon die Hand danach aus, aber Nora zog ihn rasch an sich.

»Den nehmen wir mit«, erklärte Nora und ging zur Tür. »Sie hätten sich viel Ärger erspart, wenn Sie das Missverständnis gleich gemeldet hätten.«

»Das hatten wir vor«, beteuerte Hanno Petri. »Wir wollten nichts unterschlagen, nicht, dass Sie das denken! Aber es ist doch nicht unser Verschulden, wenn Ihre Mitarbeiter nicht aufpassen und das Gepäck zur falschen Kabine bringen.«

*

Nora folgte Lehmann auf die Brücke. Ihr Daumen pochte schmerzhaft und die Pflasterschicht war schon blutdurchweicht. Sie wickelte zusätzlich ein Papiertaschentuch um den Finger. Sie musste unbedingt das Pflaster tauschen – später.

Auf der Brücke saß eine leichenblasse Sasha am Besprechungstisch. Wie ein Häufchen Elend hockte sie vor Lehmann und Malik, die sich mit verschränkten Armen vor ihr aufgebaut hatten.

Sasha hatte Tränen in den Augen. »Ich wollte ihr nichts tun«, beteuerte sie gerade. »Ich hätte Maybrit doch nichts getan. Sie sollte mir doch nur das Handy geben ...« Dann begann sie, leise zu weinen.

Nora trat neben Lehmann.

»Sie haben die Frau mit einem Messer bedroht«, sagte Lehmann. »Was zum Teufel ist denn in Sie gefahren?«

»Es tut mir leid. Ich weiß auch nicht, was in mich ...« Sasha brach ab und schüttelte den Kopf.

Nora setzte sich ihr gegenüber. »Bitte erklären Sie uns doch in aller Ruhe, worum es hier geht«, sagte sie. »Wir müssen die Zusammenhänge verstehen. Wolf Kerner hatte also Fotos von ihrem Bruder gemacht. Illegal. Haben Sie erst hier auf dem Schiff davon erfahren? Hat Wolf Kerner Sie hier auf dem Schiff erpresst?«

»Ich weiß schon länger von den Fotos«, sagte Sasha. »Kerner kam vor einigen Wochen auf unsere Familie zu und erzählte, dass er im Besitz brisanter Fotos sei und er sie der Presse anbieten werde. Falls wir ihm nicht mehr Geld dafür böten als die *Tageszeit*. Also bezahlten wir ihn.« Sasha atmete zittrig durch. »Er bekam Wertgegenstände. Einen teuren Wagen und eine Rolex. Er wollte das so – eine Geldüberweisung könnte ihn angreifbar machen, sagte er. Wir waren naiv genug, zu glauben, damit sei nun Ruhe. Wir haben auch nichts mehr von ihm gehört – bis er mich hier an Bord plötzlich angesprochen hat. Und mehr wollte, mehr Geld.«

»So ein Schwein«, sagte Malik. »Warum haben Sie ihn nicht angezeigt?«

»Das ging nicht. Wir müssen meinen Bruder schützen. Eine Anzeige, Polizei, Gerichtstermine ... Das hätte doch einen riesengroßen Wirbel gegeben. Nein. Das mussten wir um jeden Preis vermeiden. Um jeden Preis«, wiederholte Sasha. »Wir haben das in aller Diskretion ›erledigt‹. Dachten wir jedenfalls.«

»Wie kam es, dass Sie beide hier an Bord waren? Das kann doch kein Zufall gewesen sein?«, fragte Nora.

»Wie man's nimmt.« Sashas Finger krampften sich ineinander. Auf dem Handrücken trat eine bläuliche Sehne hervor. »Kerner erzählte mir, die Reederei habe ihm diese Sonderkreuzfahrt angeboten, weil er zu den Stammgästen gehöre. Das hätte ihn aber nie interessiert – wenn er nicht

im Reisekatalog gesehen hätte, dass ich bei den Lektoren abgebildet bin. Natürlich war das ein riesengroßer Zufall. Dann ist er auf die Idee gekommen, die Reise zu nutzen, um an mich heranzukommen und mich weiter unter Druck zu setzen. Gleich am ersten Tag hatte er einen Termin bei mir gebucht, um noch mehr Geld aus mir zu pressen.« Dann sah sie Nora flehentlich an. »Frau Heyden. Das Handy ... Die Fotos! Bitte, geben Sie mir das Handy. Die Fotos dürfen nicht in falsche Hände geraten. Die Fotos dürfen keinesfalls an die Presse gelangen! Das Handy muss in dem Koffer sein.« Sasha wandte sich unruhig um. »Wo ist der Koffer?«

»Wir haben ihn sicher verstaut«, sagte Malik von der Tür her.

»Woher wussten Sie, dass Kerners Koffer bei den Petris war?«, fragte Nora.

»Kerner hatte mir erzählt, dass er noch auf seinen Koffer wartet. Der Koffer sei ihm noch nicht auf die Kabine gebracht worden und das Handy befände sich darin – hoffentlich kämen die Fotos nicht in falsche Hände. Er hat sich köstlich darüber amüsiert, wie sehr mich diese Vorstellung erschreckt hat.« Sasha schluckte. »Dann traf ich Frau Petri, die mir erzählte, bei ihr sei ein fremder Koffer auf der Kabine. Da zählte ich eins und eins zusammen. Vor allem, weil Frau Petri von einer Rolex sprach, die in dem Koffer sei. Die Rolex habe ich Kerner selbst vor einigen Wochen gegeben, für sein Schweigen ...« Wieder sah sie Nora flehentlich an. »Frau Heyden, ich brauche wirklich das Handy.«

»Jetzt vergessen Sie mal das Handy«, raunzte Lehmann. »Ich will wissen, was in der Nacht passiert ist, als Wolf Kerner starb.«

Sasha wandte ihm ruckartig den Kopf zu. »Ich habe doch schon alles erzählt.«

»Was ist an Deck geschehen?«

»Ich weiß nicht, was Sie meinen.« Sie legte sich eine Hand an die Stirn. »Was wollen Sie eigentlich von mir?«

»Wolf Kerner hat Ihre Familie mit brisanten Fotos von Mario erpresst«, sagte Lehmann bewundernswert geduldig. »Sie haben ihn für sein Schweigen bezahlt, aber er wollte mehr Geld. Ich kann mir denken, was im Weiteren passiert ist.«

Sasha hob argwöhnisch den Blick. »So?«

»Wolf Kerner hat Sie hier an Bord aufgesucht. Er hatte einen Termin zur Physiotherapie bei Ihnen gemacht, um an sie heranzukommen. Dann hat er sie abermals mit den Fotos erpresst, er wollte noch mehr Geld ... Und dann kam jener Abend. Sie trafen Kerner an Deck, eines kam zum anderen, Sie hatten Streit – und dann haben Sie ihn gestoßen.«

»Nein!«, rief Sasha aufgeregt. »Das ist doch Unsinn! Ich habe ihn nicht umgebracht! Sie können doch nicht ... Ich war das nicht!«

Lehmann und Malik wechselten einen Blick.

»Ich bin froh, dass Kerner tot ist«, fuhr Sasha erregt fort. »Dieser Mann hatte kein Gewissen. Er hat die Lage meiner Familie skrupellos ausgenutzt, aber ... aber ich bringe doch niemanden um! Ich wollte nur nicht, dass er die Fotos ... die Fotos ...«

»Nun beruhigen Sie sich bitte«, sagte Lehmann reserviert. »Alles weitere klären Sie bitte mit der Polizei. Sie sind fristlos entlassen, ich denke, das versteht sich von selbst. Sie werden von all Ihren Aufgaben entbunden und werden ab sofort keinerlei Sportkurse oder Seminare mehr geben. Vielmehr muss ich Sie unter Arrest stellen. Sie werden

unverzüglich in unsere Sicherheitskabine verbracht, da die berechtigte Gefahr besteht, dass Sie unsere Passagiere oder sich selbst gefährden könnten.«

»Aber ich habe ihm nichts getan!«

»Das klären Sie, wie gesagt, mit der Polizei.«

Sasha starrte ihn aus aufgerissenen Augen an. Sie öffnete den Mund, um zu protestieren, nickte dann aber.

»Sobald wir zurück in Hamburg sind, werden Sie der Polizei überstellt. Sie haben eine Frau mit dem Messer bedroht – und es besteht der Verdacht, dass Sie den Tod von Wolf Kerner verschuldetet haben.«

Sasha schien zu resignieren. Ein letztes Mal widersprach sie: »Das mit Frau Petri tut mir leid, aber Wolf Kerner habe ich nichts getan. Wirklich nicht. Das war ich nicht.«

Lehmann wandte sich von ihr ab, er war fertig mit ihr. »Malik, begleite Sasha bitte. Sie soll ein paar Sachen zusammenpacken und dann bringst du sie in Kabine 013.« 013 – die Nummer der Sicherheitskabine. Ausbruchsicher, mit fest verankertem Inventar.

Malik nickte und bedeutete Sasha, ihm zu folgen.

Kurz vor der Tür drehte Sasha sich noch einmal um. Ihr Gesicht war fahl, die Augen gerötet. »Ihr Handgelenk«, sagte sie zu Lehmann, »sieht schlimm aus. Da sollten Sie was machen.«

»Das versuche ich. Seit Wochen.«

»Darf ich mal sehen?«

Lehmann überlegte, dann hielt er ihr zögerlich den Arm hin.

Sasha kam näher und beugte sich vor. »Ein starker Ausschlag, bereits entzündlich. Waren Sie schon mal beim Arzt?«

»Natürlich. Dr. Birnbaum meint, es könnte eine Allergie sein, aber gegen was, das wissen wir nicht.«

»Aha, ja.« Sasha sah auf. »Sie cremen sich immer ein?«

»Ja, jeden Tag.«

»Welche Creme benutzen Sie?«

Lehmann holte das Tübchen aus der Tasche. »Zuerst eine gewöhnliche Wundsalbe, gestern dann hat mir Dr. Birnbaum diese cortisonhaltige Salbe gegeben, weil keine Besserung eintrat.«

»Es ist vermutlich wirklich eine Allergie. Ich tippe auf Lanolin. Wollwachs. Das Zeug ist in so gut wie jeder Salbe drin, auch in dieser.« Sie klopfte auf das Tübchen. »Kein Wunder, wenn die Salbe Ihnen nicht hilft, sondern der Ausschlag sogar schlimmer wird. Sie sind gegen die Salben selbst allergisch. Lassen Sie am besten jegliche Salben und Cremes einfach weg. Waschen Sie die Salbe jetzt sofort ab. Lassen Sie mal vierundzwanzig Stunden nichts als Luft an Ihre Haut. Der Zustand dürfte sich schnell bessern.«

Sasha wandte sich wieder Malik zu, und die beiden verließen die Brücke.

Lehmann sah ihr verblüfft nach. »Meinst du, sie hat recht?«, fragte er dann.

»Einen Versuch ist es wert. Es klingt jedenfalls plausibel.«

Nora folgte ihm zum Handwaschbecken im Nebenraum, wo er sich vorsichtig das Handgelenk wusch.

»Irgendwie kann ich Sasha verstehen«, sagte Nora dann und beobachtete, wie er die Haut trocken tupfte. »Sasha wollte ihren Bruder schützen. Um jeden Preis.«

»Deshalb tötet man doch keinen Menschen.«

Nora hob ratlos die Schultern. »Ich glaube nicht, dass sie Kerner hat töten wollen. Ich denke, es ist einfach passiert.«

»Das wird das Gericht klären.«

»Ja ...« Nora verzog den Mund, weil ihr Daumen stechend schmerzte.

»Und was ist mit dir? Du bist doch auch lädiert.« Lehmann sah skeptisch auf ihre Hand mit dem blutigen Papiertuch.

»Das ist doch nur ein Kratzer. Muss nur ein neues Pflaster drauf.«

»Von wegen! So wie das blutet, ist dein halber Finger ab. Du gehst jetzt ins Bordhospital und lässt dich verarzten«, schimpfte Lehmann.

»Okay, okay.«

»Und um neun treffe ich dich wieder hier.«

»Um neun?«, fragte sie verwundert. »Ich arbeite mindestens bis zehn. Warum?«

Lehmann sah sie nur finster an.

Da fiel es ihr siedendheiß ein. »Ach, natürlich. Heute Abend ist ja unser ...« Date, hätte sie beinahe gesagt, »... Abendessen. Ja, klar.«

»Du hast es vergessen.«

»Natürlich nicht. Also, um neun sagst du?«

»Genau. Um neun. Hier im Kapitänszimmer. Schaffst du das?«

»Ja, klar, das schaffe ich.«

»Prima. Und jetzt ...«, Lehmann hob mahnend den Zeigefinger, »ab zu Dr. Birnbaum. Und bestell ihm einen schönen Gruß von mir. Stichwort: Wollwachs!«

*

Arielle fühlte es. Die Stunde der Wahrheit war gekommen. Jahrzehntelanges Schweigen fand nun ein Ende. Jahrzehntelanges Leiden war nun vorbei.

Sie würde auspacken. Alles.

Sie würde ihre Strafe dafür demütig annehmen, denn nach den Gesetzmäßigkeiten dieser Welt gehörte eine Tat wie die ihre gesühnt. Selbstjustiz durfte es nicht geben. Natürlich nicht. Sie würde den Preis für ihre Tat zahlen. Anders als Wolf Kerner, der zu feige war, sich der Justiz zu stellen.

*

»Das muss genäht werden.«

»Och nee«, stöhnte Nora. »Haben Sie nicht ein dickes Pflaster und fertig?«

»An dieser Stelle würde die Wunde bei jeder Bewegung wieder aufreißen.« Dr. Birnbaum sah sie verdrießlich an. »Was haben Sie überhaupt damit gemacht? Ist das ein Papiertuch? Wollten Sie eine Blutvergiftung riskieren? So eine Wunde gehört gereinigt, desinfiziert und abgedeckt und sofort behandelt. Nächstes Mal kommen Sie sofort zu mir.«

»Okay ...«

Nora starrte angestrengt an die Decke, während Dr. Birnbaum ihre Hand verarztete. Sie war noch nie in ihrem Leben genäht worden und fand es äußerst unangenehm. Sie

lenkte sich ab, in dem sie darüber nachdachte, wie um Himmels willen sie es schaffen sollte, heute Abend um neun Uhr fertig zu sein. Bei all der Aufregung hatte sie die Verabredung mit Lehmann tatsächlich vergessen. Sie musste vorher duschen und sich umziehen, das bedeutete, dass sie spätestens um acht Feierabend machen musste. Nur wie?

»So, das war's«, sagte Dr. Birnbaum und Nora sah wieder auf ihre Hand. Sie hatte einen geradezu lächerlich dicken Verband erhalten.

»Muss das sein?«, protestierte sie. »Die Passagiere denken ja, Sie hätten mir die Hand amputiert. Wie soll ich denn damit arbeiten!«

»Gar nicht. Darum geht's ja.« Dr. Birnbaum zog die Gummihandschuhe aus und warf sie in den Papierkorb. »Sie schonen Ihre Hand bitte. Dem Kapitän hätte ich auch einen Gips anlegen sollen, sonst heilt sein Ausschlag nie.«

»Apropos ... Könnte Lehmanns Ausschlag auf Wollwachs zurückgehen?«

»Wollwachs ...?«, sagte Dr. Birnbaum verwundert. Er rückte nachdenklich seine Brille zurecht. »Wollwachs ... Wie kommen Sie darauf?«

»Unsere Gesundheitsberaterin – ehemalige, muss ich jetzt wohl sagen –, hat diese Vermutung geäußert.«

»Also ...« Dr. Birnbaum nickte zögernd. »Wollwachs! Natürlich. Der Gedanke ist mir auch schon gekommen. Der Kapitän sollte besser keine lanolinhaltigen Produkte mehr verwenden. Die Salbe, die ich ihm gegeben habe ...« Dr. Birnbaum erstarrte. »Am besten, ich rufe ihn gleich an.«

Er griff zum Telefon, und während er wählte, fragte Nora: »Wie geht es Henry heute?«

»Ich bin zufrieden. Ein, zwei Nächte würde ich ihn gern noch hierbehalten – dann kann er zurück in seine eigene Kabine.«

»Ich sage ihm kurz Hallo.« Nora stand auf und klopfte an die Tür. »Hallo Henry. Alles gut bei Ihnen?«

»Hallo, Frau Heyden. Ja, danke, ich fühle mich schon wesentlich besser.« Henry starrte bestürzt auf den voluminösen Verband. »Haben Sie sich die Hand gebrochen?«

»Nur in den Finger geschnitten.«

»Ah ...«

»Halb so wild.« Nora lächelte ihm zu, aber das Lächeln wirkte offenbar aufgesetzt, denn Henry Brandt musterte sie aufmerksam.

»Ich möchte Ihnen nicht zu nahe treten, Frau Heyden, aber Sie wirken auf mich sehr aufgewühlt.« Er lächelte entschuldigend. »Tut mir leid, als Psychologe kann ich nicht aus meiner Haut.«

Nora überlegte, wie viel sie ihm verraten durfte. Einerseits hatte sie ihn zuvor schon ins Vertrauen gezogen, andererseits war Lehmann darüber nicht sehr glücklich gewesen. Sie beschloss, sich vage zu halten. »Nun, wir konnten heute Wolf Kerners Tod aufklären. Es war leider kein Unfall, sondern er wurde wohl tatsächlich die Treppe hinuntergestoßen.«

Henry sah sie schockiert an. »Von wem?«

»Wir haben eine Frau ermittelt, die hoch verdächtig ist, aber das wird die Polizei klären.«

Henry setzte sich aufrechter hin. Er griff nach seinem Wasserglas und führte es so hastig zum Mund, dass es überschwappte. Auf seiner Brust bildeten sich dunkle Wasserflecken. »Eine Frau?« Er wirkte plötzlich unglaublich nervös. »Paulina Link? Haben Sie etwa Paulina Link überführt?«

»Nein.« Nora wunderte sich über seine plötzliche Unruhe. »Es ist nicht Paulina Link. Die hatten wir völlig zu unrecht verdächtigt. Nein, es ist leider unsere Kollegin, Sasha Uhrmacher. Sie hatte ihre Gründe.«

»Sasha Uhrmacher!« Henry starrte sie an. »Da ist ja ...«

»Ich kann es auch kaum glauben.«

»Aber ... Wie kommen Sie denn auf Sasha? Ich meine ...?«

»Ich kann nicht zu sehr ins Detail gehen, aber wie Sie bestimmt wissen, hat Sasha einen sehr berühmten Bruder. Wolf Kerner hat Sashas Familie mit heiklen Fotos des Bruders erpresst. Wir gehen davon aus, dass Sasha Kerner aus diesem Grunde gestoßen hat. Wahrscheinlich war es gar keine Absicht – es war schließlich nicht vorauszusehen, dass Kerner bei dem Sturz stirbt. Aber ...« Nora zuckte mit den Schultern. »Darüber werden die Gerichte befinden. Es wird sicher umfangreiche Ermittlungen geben.«

Henry war ganz still geworden. Schweigend griff er nach dem Foto der jungen Frau, das auf seinem Nachtisch gestanden hatte. Mit versunkenem Blick betrachtete er es, sehr, sehr lange.

Nora legte fragend der Kopf schräg. Henry schien ihre Anwesenheit von einer Sekunde auf die nächste vergessen zu haben. Also erhob sie sich und wandte sich zur Tür. »Dann noch einen schönen Abend, Henry. Wie ich höre, haben Sie es bald geschafft und dürfen das Krankenlager hier verlassen.«

Als sie schon an der Tür war, hörte sie seine fast tonlose Stimme. »Sasha Uhrmacher hat nichts mit Kerners Tod zu tun.«

Nora drehte sich wieder zu ihm. Sie musste sich verhört haben. »Was sagten Sie?«

»Sasha hat nichts mit Kerners Tod zu tun.« Er schien noch etwas sagen zu wollen, schwieg dann aber wieder, den Blick unverwandt auf die Fotografie gerichtet.

»Was soll das heißen?«

Er antwortete nicht.

»Henry?«, sagte Nora noch mal. »Was meinen Sie damit?«

»Sagt Ihnen der Name Arielle etwas?«, fragte er zurück.

»Arielle? Die Meerjungfrau?«

»Arielle Loos.«

»Loos? Nein, tut mir leid. Henry, ich verstehe nicht ganz, was Sie mir mitteilen wollen.«

»Hier«, sagte er und zeigte mit einem wehmütigen Lächeln auf das Foto. »Das ist sie. Arielle. Das war sie, muss ich wohl sagen. Sie ist tot.«

*

Nora nickte. Henry hatte doch mal erwähnt, dass das Mädchen tot war. Noch immer hatte sie keine Ahnung, wer das sein könnte – Henrys betrübter Miene nach zu urteilen musste sie ihm jedoch sehr viel bedeuten. »Wer war sie denn?«

»Sie war eine Schwimmerin, in der ehemaligen DDR. Ein Jungstar. Hat eine Goldmedaille nach der anderen geholt. ›Arielle‹ Loos – wirklich nie gehört?« Henry sah sie mit einem derart hoffnungsvollen Blick an, dass es Nora fast leidtat, ihn enttäuschen zu müssen. »Tut mir leid. Was ist mit Arielle geschehen? Woran ist sie gestorben?«

Henry machte eine unwirsche Handbewegung. »Nicht so schnell. Es ist eine lange Geschichte. Ich würde gern ... Ich beginne am besten ganz am Anfang.«

Nora sah unauffällig auf ihre Armbanduhr. In zweieinhalb Stunden begann ihr freier Abend – das ›Date‹ mit Lehmann rückte näher. Sie musste vorher noch einiges erledigen, beziehungsweise delegieren. Und dann musste sie sich in Schale schmeißen. Was zum Henker sollte sie nur anziehen? Formal? Lässig? Schick? »Henry, leider habe ich nicht mehr viel Zeit. Ich höre mir die Geschichte gern ein andermal an.«

Henry sprach einfach weiter. »Man nannte sie Arielle, weil sie dem Wasser so verbunden war. Wie ein Fischlein schwamm sie, schwamm allen davon. Später gehörte sie zur Weltspitze, hat viele Medaillen gewonnen. Ein Jammer, dass Ihnen der Name nichts sagt, aber Sie sind wohl noch zu jung, Frau Heyden. Die Geschichte ist beinahe vierzig Jahre her.«

Nora machte einen Schritt zur Tür. »Tut mir leid, aber ich muss jetzt wirklich gehen.«

Henry reagierte gar nicht auf sie. Mit betrübten Blick sagte er:

»Arielle ist schnell in Vergessenheit geraten. Niemand hat sich mehr für sie interessiert, als sie die Leistung nicht mehr bringen konnte. Abserviert und vergessen.«

»Ja, das hört man häufiger – dass Sportler plötzlich vor dem Nichts stehen, wenn ihre Karriere endet.«

»Das haben Sie treffend formuliert.« Henry legte das Foto nun beiseite. »Diese Sportler opfern ihr Leben dem Sport, ihre Kindheit, ihre Jugend, und dann ... Ich kenne das nur zu gut.«

»Waren Sie auch ein Sportler?«, erkundigte sich Nora und sah wieder auf ihre Uhr. Wie konnte sie schnell hier verschwinden, ohne allzu unhöflich zu sein? Vielleicht interpretierte Henry ja ihre Blicke auf die Uhr richtig ...

»Ja, ich war ein Sportler. Das hätten Sie nicht gedacht, wie? Ich war ein begabtes Kind und wurde schon sehr früh von Talentscouts entdeckt.«

»Ach. Das ist ja interessant«, log Nora. »Henry, ich müsste jetzt wirklich ...«

»Schwimmen.« Er lächelte. »Ich habe geschwommen.«

»Ach«, sagte Nora wieder. Sie glaubte, zu begreifen. Sie setzte sich wieder und beschloss, noch ein paar Minuten zu bleiben. »Dass heißt, Sie und Arielle ...«

»Ich kam auf ein Sportinternat, als junges Ding, und von da an war es mit meiner Kindheit vorbei«, erzählte Henry weiter. »Jeden Tag musste ich trainieren, stundenlang. Bahn um Bahn musste ich schwimmen, und wenn ich nicht schnell genug war, so musste ich noch eine Bahn extra schwimmen. So lange, bis mein Trainer zufrieden war. Wie oft war ich am Ende meiner Kräfte.«

Nora nickte verständnisvoll, sagte aber nichts mehr. Henry ging sowieso nicht auf sie ein.

»Heutzutage ist es anders, aber Sie glauben gar nicht, unter welchen Umständen wir Kinder in der DDR trainiert wurden. Es war unmenschlich. Und weil ich zu den besten gehörte, bekam ich noch mehr Druck. Der Ton war rau, es wurde geschimpft und getriezt. Ich hatte immer Angst. Ich hatte solche Angst, zum Training zu gehen. Das Geschreie. Das Gemeckere. Ich war ein sensibles Kind, ich bekam richtig Magenschmerzen vor jedem Training ... Aber ich musste hin.«

»Oh je ...«, sagte Nora mitfühlend. »Haben Ihre Eltern denn nichts bemerkt?«

»Ich kam in ein Sportinternat, da war ich noch nicht einmal zehn. Ich kam weg von meinen Eltern, weg von zu Hause. Ich war ihnen völlig ausgeliefert ...« Sein Blick wurde fern.

»Wem ausgeliefert?«

»Meinen Trainern.«

»Tut mir leid für Sie, Henry. Ich habe davon gehört, wie streng es in der DDR zugegangen sein soll.«

»Streng?« Er lachte bitter auf. »Wir wurden gedrillt wie Soldaten, Kindersoldaten. Ein übermenschliches Training, Tag für Tag, stundenlang. Egal, wie sehr der Körper schmerzte. Egal, ob man verletzt war. Es wurde trainiert. Meinen Eltern traute ich mich nie, etwas zu sagen. Ich sah sie ja sowieso kaum. Nein, ich hielt durch, denn wer dem Pensum nicht standhielt, wurde gnadenlos aussortiert. Davor hatte ich auch Angst. Ich wollte nicht versagen, meine Eltern waren doch so stolz auf mich.«

»Und dort im Sportinternat lernten Sie Arielle kennen?«, versuchte Nora den Bogen zu spannen.

»Bitte?«, fragte er zerstreut.

»Arielle. Sie war auch auf dem Sportinternat?«

Henry ließ den Kopf sinken. »Ja.«

»Sie kannten sich vermutlich sehr gut?«

»Ja, das könnte man so sagen ... Ich kannte sie sehr gut. Ich kannte niemanden besser als sie.« Er hielt einen Moment inne, dann sagte er dumpf: »Arielle hat dieses Internat nicht überlebt.«

»Das ist traurig. Darf ich fragen, woran sie gestorben ist?«

»Sie wurde *umgebracht*.«

Nora hatte so etwas beinahe vermutet. »Das tut mir leid. Hat man den Täter gefunden?«

»Nein. Nie. Der Täter wurde nie zur Rechenschaft gezogen.«

Etwas an der Formulierung ließ Nora aufmerken. »Was heißt, ›nicht zur Rechenschaft gezogen‹, – das klingt ja beinahe so, als hätten Sie eine Vermutung, wer der Täter war?«

Henry sah sie finster an. »Ich weiß es sogar. Wolf Kerner war es.«

Sekunden verstrichen, ehe Nora etwas erwidern konnte.

»Wolf Kerner? Sie sagen ... Wolf Kerner hat mit dem Tod des Mädchens zu tun?«

»Oh ja. Oh ja.« Henry nickte nachdrücklich. »Wolf Kerner hat Arielle auf dem Gewissen.«

*

Diese Information haute sie um. »Wie kann das sein?«, fragte Nora verwirrt.

»Wolf Kerner war Trainer in unserem Sportinternat.«

»Was für Zufall ... Ich meine, ich habe gehört, dass er früher als Trainer gearbeitet hat, aber ...«, stotterte Nora, »aber war er nicht Ruderer?«

»Das war er, ja. Wolf Kerner war selbst Leistungssportler. Bevor er Schwimmtrainer wurde, war er recht erfolgreich im Ruderteam der DDR. Irgendwie ist er danach aber zu den Schwimmern gekommen und hat den Schwimmnachwuchs trainiert. Man nannte ihn den Wassermann. Später dann, nach der Wende, hat er eine ganz andere Karriere eingeschlagen und vor allem als Sportkommentator gearbeitet.«

»Und Sie sagen ... Er hat ein Mädchen umgebracht?«, fasste Nora nach. Sie konnte es nicht glauben.

»Lassen Sie mich erzählen. Es ist eine lange Geschichte. Er hat also den Nachwuchs trainiert. Mit eiserner Hand.« Henrys Stimme wurde leiser. »Er verlangte viel von seinen Schützlingen ab, viel zu viel. Er hat uns seelisch und körperlich kaputt gemacht. Kerner war ein Sadist, er quälte uns. Es half kein Bitten, kein Weinen. Selbst bei Verletzungen bekamen wir nur Schmerzmittel und mussten trotzdem unser Pensum absolvieren. Wir hatten alle Angst vor ihm. Sein Ton war derb, er brüllte und schrie oft herum, und gelegentlich rutschte ihm auch mal die Hand aus. Oh ja, auch vor körperlichen Züchtigungen schreckte er nicht zurück.«

»Das tut mir sehr leid. Ich weiß gar nicht, was ich sagen soll, Henry.«

»Ich war doch noch ein Kind. Man hat mich meiner Kindheit und Jugend beraubt. Ich wurde gedrillt wie ein Sportsoldat. Wissen Sie, Frau Heyden, ich habe so gern geschwommen. Als Kind verbrachte ich meine ganze Freizeit im Wasser, nichts tat ich lieber. Später dann wurde das tägliche Training zur Last. Jegliche Freude am Schwimmen kam abhanden. Und seit dem Ende meiner Karriere habe ich nie wieder einen Fuß in ein Schwimmbad gesetzt. Keine einzige Bahn habe ich mehr geschwommen. Wenn ich nur Chlor *rieche*, wird mir schon übel und ich kriege Schweißausbrüche.«

»Das muss schlimm gewesen sein.«

»Schlimm ...«, sagte er sinnierend. »Ja, das harte Training war schlimm. Aber noch schlimmer war, was uns zusätzlich angetan wurde. Was glauben Sie, was man uns Kindern im Internat täglich verabreicht hat? Viele, viele bunte Pillen. *Vitamine.* So hat man uns und unseren Eltern gesagt. Das

seien alles nur Nahrungsergänzungsmittel, die besonders gesund für uns seien. Damit uns das harte Training nicht so anstrengt und wir uns schneller davon erholen. Damit wir noch härter trainieren können.«

»Sie wurden gedopt!«, sagte Nora. »Ich habe erfahren, dass Kerner in Sportdoping verwickelt gewesen sein soll. Er hat sie gedopt?«

Henry legte den Kopf in den Nacken und schloss kurz die Augen. »In Sportdoping verwickelt … Das ist viel zu harmlos formuliert, für das, was er getan hat. Kerner hatte immer schon mit verbotenen Substanzen zutun. Auch er selbst hat während seiner aktiven Karriere als Ruderer wohl reichlich illegale Mittel konsumiert. Er war ein körperliches Wrack. Schon als er unser Trainer war, hatte er Probleme mit seinen Knochen. Leider hat er dennoch überlebt und ist nicht, wie so viele andere Doper, vorzeitig an Herzversagen oder Ähnlichem gestorben. Ja, Kerner hat uns gedopt. Ohne unser Wissen.«

»Blutdoping? Mit Epo?« Falls Nora geglaubt hatte, ihn mit ihrem neuerlangten Wissen über Dopingmethoden beeindrucken zu können, so hatte sie sich getäuscht. Henry winkte nur ungeduldig ab.

»Epo? Das gab es damals noch nicht. Nein, man gab uns anabole Steroide. Das war die gängige Praxis. Weiß Gott, es wurde mit allem Möglichen experimentiert …«

»Sie bekamen Anabolika? Als Kind?«

»Ja. Und ich möchte behaupten, dass kaum ein Kind im Leistungssport in der DDR nicht gedopt wurde.«

»Davon habe ich schon gehört«, sagte Nora betroffen.

»›Unterstützende Mittel‹, so sagte man dazu. Klingt das nicht harmlos? Aber diese Mittel waren alles andere als harmlos. Das weiß man heute. Noch heute leiden die Dopingopfer unter den Folgen. Nicht wenige haben

schwerste gesundheitliche Schädigungen davongetragen.« Er fuhr sich aufgeregt durch die Haare. »Es geschah natürlich im Geheimen, wir jungen Sportler haben nicht gewusst, was diese ›Vitaminpillen‹ in Wirklichkeit sind. Später hatten wir einen Verdacht, ja, als wir bemerkten, wie sonderbar sich unsere Körper veränderten. Dass wir ›anders‹ wurden. Aber offiziell wurde darüber nie geredet. Ich habe erst Jahre später erfahren, wie das Mittel überhaupt hieß, dass man mir gegeben hat.«

»Wolf Kerner war also Ihr Trainer und hat Ihnen die verbotenen Mittel gegeben?«

»Ja. Wolf Kerner persönlich verteilte die Drogen und passte auf, dass wir sie auch einnahmen, die Vitamine. Uns wurde eine Handvoll bunter Bonbons in die Hand gedrückt und die hatten wir zu nehmen. Unter Aufsicht, damit auch ja niemand sich verweigerte.« Er stockte. »Wir wussten nicht, was für ein Gift wir da bekamen. Wir waren so ahnungslos und unschuldig. Wissen Sie, Frau Heyden, wir im Schwimmsport waren wohl besonders von Doping betroffen, weil sich bei uns fast sofort eine Leistungssteigerung einstellte und die Erfolge sofort da waren. Ich spürte auch selbst, dass diese ›Vitamine‹ wirkten. Ich wurde plötzlich schneller. Und baute so schnell Muskeln auf, meine Oberarme und die Oberschenkel ... Ich war schon immer schnell, aber plötzlich verbesserten sich meine Zeiten noch einmal spektakulär.«

»Wie alt waren Sie denn da?«

»Dreizehn, vierzehn? Das Training war die Hölle. Wie oft habe ich heimlich geweint. Ich hatte keine Kindheit ...« Henrys Augen wurden feucht. »Menschen wie Wolf Kerner wussten genau, was sie uns antun. Was diese Mittel mit uns anstellen. Es war ihnen egal. Nur die Leistung zählte. Ohne

Rücksicht auf Verluste. Ohne Rücksicht auf unsere Gesundheit. Diese Mittel sorgen dafür, dass der Körper über die eigenen Grenzen hinaus belastet wird.«

Henry ließ seine Schultern Kreisen und verzog schmerzhaft den Mund.

»Es ist, wie wenn man junge Pferde hochzüchtet für den Leistungssport. Ein Pferd, das mit drei, vier Jahren über ein hohen Parcours gejagt wird, dessen Knochen sind auch bald kaputt. So war es mit uns jungen Sportlern. Die schlimmen Folgen treten oft erst Jahre später auf.« Erregt hob er die Hand. »Die jahrelange Überlastung verursacht irreparable Schäden. Was glauben Sie, wie viele von uns heute in medizinischer Behandlung sind – wegen Spätfolgen unterschiedlicherster Art. Berufsunfähigkeit, Frührente ...«

»Schrecklich.«

»Heute weiß ich, dass uns im Internat hauptsächlich Anabolika verabreicht wurden. Ihnen sagt der Name Oral-Turinabol etwas?«

»Schon mal gehört, ja.« Nora nickte vorsichtig. »Das war ein gängiges Dopingmittel in der DDR?«

»Exakt, in der DDR entwickelt und vertrieben und ab Ende der sechziger Jahre flächendeckend an die Sportler dort verteilt. Frau Heyden, es wurde einiges aufgearbeitet in den letzten Jahren. Heute weiß man, dass alle Schwimmerinnen der DDR-Nationalmannschaft ausnahmslos gedopt waren. Spätestens ab dem vierzehnten Lebensjahr – darüber gibt es Unterlagen.« Henry Brandt schüttelte resigniert den Kopf. »Aber es gilt als sicher, dass die Sportler viel jünger waren, als man mit dem Doping begann. Man weiß von Fällen, wo bereits Siebenjährigen Anabolika verabreicht wurden.«

»Furchtbar, dass so etwa möglich war!«

»Wir reden von Staatsdoping, das von den höchsten staatlichen Stellen gebilligt oder sogar gefördert wurde.«

»Wusste man denn damals bereits, wie schädlich Doping ist?«

Er lachte auf. »Oh ja. Als ich gedopt wurde, in den achtziger Jahren, da wusste man längst, welche Schäden diese Mittel anrichten. In den letzten Jahren der DDR gab es sogar immer mehr Trainer, die sich weigerten, ihre Schützlinge zu dopen – es ist müßig zu erwähnen, dass diese ihre Trainerstelle schnell los waren. Wolf Kerner jedoch nicht. Er dopte fleißig weiter. Und ehemaliger Sportler wie ich«, er klopfte sich gegen Brust, »leiden bis heute unter den Folgen. Anabolikamissbrauch führt zu schweren Leberschädigungen, aber auch das Herz wird in Mitleidenschaft gezogen. Herzversagen ist eine häufige Todesursache unter ehemaligen Sportlern, die einmal mit Anabolika gedopt haben. Mittlerweile weiß man, dass Dopingopfer früher sterben als der Durchschnitt. Fünf Jahre, zehn Jahre, mindestens – so sieht es aus.«

*

»Musste Wolf Kerner deshalb sterben?«, fragte Nora vorsichtig. Sie hatte plötzlich eine diffuse Vermutung, wie die Geschichte weitergehen würde. Arielle Loos und Henry Brandt waren in ihrer Jugend befreundet oder gar ein Paar gewesen. Zusammengeschweißt durch die harte Zeit im Sportinternat. Diese Arielle starb, und Wolf Kerner war darin verwickelt. Oder gar Schuld an ihrem Tod. Vielleicht

war sie durch Doping gestorben. Irgendetwas war jedenfalls vorgefallen. *Und nun hatte Henry Brandt sich an Wolf Kerner gerächt.*

Henry nickte nur stumm.

»Er musste sterben, weil er Arielle umgebracht hat?«

»Ja.«

Noras Herz schlug hart gegen den Brustkorb. Hatte er gerade zugegeben, Wolf Kerner ermordet zu haben? »Verstehe ich Sie richtig, dass ...«

»Nein, nichts verstehen Sie!«, fuhr Henry da so heftig auf, dass Nora zusammenzuckte. »Sie können gar nichts verstehen.« Er begann, fieberhaft mit den Fingernägeln zu schnipsen, was er selbst aber gar nicht zu bemerken schien. Dann sprang er aus dem Krankenbett und breitete die Arme aus. »Sie verstehen gar nichts. Entschuldigen Sie mich.«

Henry ging leicht gebückt in den angrenzenden Waschraum. Nora sah ihm perplex nach. In einem hatte er recht: Sie verstand tatsächlich nichts.

Nora hörte das Wasser laufen und Waschgeräusche, als spritze sich Henry Wasser ins Gesicht. Sie wartete und versuchte irgendwie, ihre Gedanken zu sortieren.

Henry Brandt hatte mit dem Tod von Wolf Kerner zu tun? Das hatte er ihr gerade quasi gestanden, oder? Und alles hing mit diesem jungen Mädchen zusammen, Arielle. Ein junges Mädchen, dem Wolf Kerner offenbar früher Böses angetan hatte. Aber was? Tödliches Doping? Was wusste Henry darüber? Und wieso war Kerner nie dafür belangt worden? Andererseits wurde Kerner auch mit dem Tod eines jungen Radsportlers in Verbindung gebracht. Auch dafür war er nie belangt worden.

Die Badtür öffnete sich und Henry Brandt kehrte zurück. Nora riss die Augen auf, als sie in sein grotesk verziertes Gesicht sah. Was zum ...?

»Ja, da staunen Sie, was«, sagte Henry hämisch und setzte sich wieder auf sein Bett. Seine Lippen waren mit dunkelrotem Lippenstift bemalt, glänzten fett und cremig. Seine Augen hatte er mit dicken schwarzen Kajalstrichen umrandet.

»Bin ich nicht ein Monster?« Henry zeigte auf sein Gesicht. »Bin ich nicht ein Monster?«

Nora hatte es die Sprache verschlagen. Fast bekam sie Angst vor dieser merkwürdigen Kreatur vor ihr.

»Henry ...?« Sie hatte einfach keine Worte.

»Ein *Monster* bin ich, sagen Sie es ruhig, Frau Heyden!«

Hatte sie es hier mit einem Psychopathen zu tun? Nora blickte nervös zur Tür. »Was ist hier los, Henry? Sie machen mir ja Angst. Erklären Sie mir bitte, was es auf sich hat, mit Wolf Kerner und diesem Mädchen, Arielle.«

»Ich bin Arielle. *Ich.*«

»Wie ...?«

»Ich-bin-Arielle.« Sein bizarr verziertes Gesicht wurde verzweifelt. »Arielle hieß in Wirklichkeit Henrike. Henrike Loos. Sehen Sie mich genau an, sehen Sie, was aus der hübschen jungen Henrike geworden ist. Ein Monster.«

Noras Blick schoss zwischen dem Mädchen auf dem Foto und dem Mann vor ihr hin und her. Noch immer verstand sie nicht.

»Henrike wurde gedopt. Ich wurde gedopt. Mit Anabolika – mit männlichen Hormonen. Ein Monster hat man aus mir gemacht.«

Sehr langsam begann Nora nun, zu begreifen. Unglaublich. Das war ja unglaublich. »Sie sind ...?«

»Ja. Ich war einst das süße junge Mädchen da.« Henry schüttelte die Fotografie. »Das ist die ganze Wahrheit. Ich sehe, Sie halten mich für verrückt. Aber das ist die schreckliche Wahrheit. Ich war eine junge Schwimmerin, in der DDR. Die süße kleine Arielle. Und ich wurde gedopt, gegen meinen Willen. Von Wolf Kerner. Ich war noch nicht mal zwanzig, da war meine Karriere schon vorbei und mein restliches Leben ruiniert. Durch die Hormone, die man mir jahrelang gab, sah ich mittlerweile aus wie ein junger Mann. Bei mir waren die Veränderungen so auffällig, dass ich sogar auf der Straße als Mann angesprochen wurde. Man hatte einen Mann aus mir gemacht!«

»Gott, Henry ...«

»Das ist die Wahrheit! Ich fühlte mich nie wieder als Frau. Und so habe ich mich in mein Schicksal gefügt und als Mann gelebt. Ich ließ Henrike sterben und wurde Henry. Aber ich war nie glücklich. Nie.«

Nora hörte ihm sprachlos zu.

»Ich wurde gegen meinen Willen zum Mann gedopt«, wiederholte Henry resigniert. »Jeder weiß, was männliche Hormone mit Frauen anrichten. Auch früher wusste man bereits darum, aber es war ihnen egal, den Ärzten. Den Funktionären. Den Trainern. Leuten wie Wolf Kerner. Man verleugnete das Offensichtliche.«

Henry öffnete die Nachttischschublade und nahm ein Taschentuch heraus. Dann begann er, sich die Schminke von den Lippen zu wischen, von den Augen.

»Die Veränderungen an meinem Körper wurden immer stärker. Der Haarwuchs. Die breiten Schultern. Und meine Stimme. Ich hatte mit siebzehn eine solch tiefe Stimme, dass man mir verboten hat, Interviews zu geben. Sie hatten Angst, die Leute könnten misstrauisch werden, eventuell

genauer hinschauen ... Ich wurde vom süßen jungen Mädchen zu einem Mann gemacht. Ich sah aus wie ein Mann, aber ... aber ich wollte nie einer sein.«

*

Es klopfte energisch an der Tür und Nora und Henry fuhren herum.

Die Krankenschwester kam geschäftig herein. »Na, Henry. Ich messe eben deinen Blutdruck. Oh – du hast ja Besuch.« Sie blieb stehen und sah verwundert von Henry zu Nora. Ihr schien die merkwürdige Spannung im Raum aufzufallen. »Störe ich?«

»Ja«, sagte Nora nur.

»Klar. Okay. Kein Problem.« Die Krankenschwester verschwand wieder.

Henry sah verwirrt auf die Tür. Die Unterbrechung hatte ihn aus dem Konzept gebracht.

»Wolf Kerner hat Ihnen in Ihrer Kindheit und Jugend schädliche Dopingsubstanzen verabreicht ...«, sagte Nora leise. Henry stieg sofort wieder darauf ein.

»Ja. Wolf Kerner hat Henrike auf dem Gewissen. So ist es. Er hat Schuld, dass ich nie das Leben als Frau leben konnte, das mir bestimmt war. Ich war zwanzig, als ich beschloss, ›Arielle‹ sterben zu lassen. Ich fühlte mich nicht mehr wohl in meinem Körper, der gar nicht aussah wie der einer Frau. Ich war zu groß, zu muskulös, die Stimme zu tief, das Gesicht zu markant. Nicht nur am Telefon wurde ich für einen Mann gehalten. Ich war so unglücklich!« Henry starrte Nora an. »So unglücklich! Ich fühlte mich wie

ein Monster, und dieses Gefühl ist nie vergangen. So wurde aus Henrike also Henry. Von einem Tag auf den anderen beschloss ich, mein Leben als Mann zu führen. Auch den Nachnamen änderte ich von Loos zu Brandt – das ist der Mädchenname meiner Mutter -, weil ich nicht wollte, dass es Gerede gibt. Tja, meine Eltern haben sich von mir abgewandt, als sie davon erfuhren. Es war eine andere Zeit damals, wissen Sie. Da ging das alles noch nicht so einfach. Da gab es noch nicht mal einen Begriff für das, was ich war. Heute nennt man mich wohl ›divers‹. Divers, das klingt für mich genau so schlimm! Nicht Mann, nicht Frau, sondern irgendetwas anderes ... Ich wollte immer nur ›normal‹ sein.« Er lachte wieder, aber es klang so kläglich, dass Nora tiefstes Mitgefühl bekam.

»Das wird nicht leicht gewesen sein«, sagte sie, nur um irgendetwas zu sagen.

»Ach, Frau Heyden. Eigentlich hat es niemanden interessiert. Kaum jemand hat später danach gefragt, was eigentlich aus der talentierten Schwimmerin Henrike Loos geworden ist, aus dem Publikumsliebling Arielle. Man hatte mich schnell vergessen, als ich mich aus dem Leistungssport zurückzog. Dadurch, dass ich so viele Jahre abgeschirmt im Internat gelebt hatte, hatte ich in der ›normalen‹ Welt keine Freunde. Dann kam die Wende, und erst recht interessierte sich niemand mehr für mich. Oder für all die anderen ehemaligen Sportler, die mit einer ruinierten Gesundheit allein gelassen wurden.«

Nora ließ ihm Zeit, während sie ihre Gedanken sortierte. Die Geschichte war so unglaublich tragisch. Doch eine wesentliche Frage war noch nicht beantwortet. »Was ist an jenem Abend geschehen, als Wolf Kerner starb?«

Henry nickte langsam. Er nahm noch einen Schluck von seinem Wasser, dann stellte er das Glas bedächtig zurück auf den Tisch. »Ich wollte Wolf Kerner nicht umbringen. Aber als ich ihn hier so überraschend an Bord wiedertraf ... Wie Sie wissen, Frau Heyden, müssen sich die Passagiere zu den Veranstaltungen anmelden. Wolf Kerner hatte sich für eines meiner Motivationsseminare eingetragen, und als ich seinen Namen auf der Liste las ... Sie glauben gar nicht, was da in meinem Kopf los war.« Er griff sich mit beiden Händen an die Schläfen. »Alle Gefühle stürzten plötzlich auf mich ein. Die Angst von damals war wieder da, die große Angst vor ihm. Dann die Wut. Und ... und der Hass.«

»Verstehe.«

»Ich hatte Wolf Kerner seit Jahrzehnten nicht mehr gesehen. Aber ich habe ihn sofort erkannt.« Henry Augen flackerten unruhig. »Ich ... ich wollte eigentlich nur mit ihm reden. Wollte ihm zeigen, was aus mir geworden ist. Was für ein *Monster* er geschaffen hat. Wissen Sie, Frau Heyden, nach dem Ende meiner Karriere hat er nie versucht, Kontakt mit mir aufzunehmen. Jahrelang hat er mich tagtäglich trainiert, mich heranwachsen sehen – aber letztlich war ich ihm völlig egal. Menschlich habe ich ihn nicht interessiert. Er hat sich nie gefragt, wie es mir wohl ergangen ist. Oder all den anderen.« Henry wirkte nun traurig. »Nicht, dass ich mir gewünscht hätte, von ihm zu hören. Aber diese Gleichgültigkeit ... Diese Gleichgültigkeit mir gegenüber, die verletzte mich, ob ich wollte, oder nicht.«

Henry zuckte resigniert mit den Schultern. »Ich wollte einfach nur mit ihm reden. Vielleicht hoffte ich insgeheim auf eine Entschuldigung. Hoffte, er würde mir sagen, wie sehr ihm leidtäte, was in der Vergangenheit geschehen sei. Dass er sich wünschte, er könnte alles ungeschehen

machen. Ich hatte schon den ganzen Tag nach ihm Ausschau gehalten, seit ich wusste, dass er an Bord war. Am Abend dann sah ich ihn endlich. Er stand an der Außenbar und kaufte sich eine Flasche Wein, aber es saßen noch ein paar Ehepaare dort beisammen, deshalb wollte ich ihn nicht ansprechen. Ich ...« Er räusperte sich. »Ich ging ihm hinterher, hoch, auf das Sonnendeck. Er hatte Mühe, die Treppe hochzukommen. Ja, auch sein Körper war ruiniert, das ist mir immerhin eine kleine Genugtuung. Nun ja. Ich sprach ihn an. Erst erkannte er mich nicht. Was ja auch kein Wunder ist.«

Nora bemerkte, wie Henry beim Erzählen immer mehr in sich zusammensackte. Jeder Satz schien ihm schwerer zu fallen.

»Wir waren allein. Ich stand also vor ihm. Gab mich zu erkennen. Und ... mein Gott, ich fühlte mich Jahrzehnte zurückversetzt.« Sein Blick war schmerzerfüllt. »Es war ein Scheißgefühl. Er sah mich mit der gleichen Abfälligkeit an wie damals, ich war wieder das kleine Mädchen, das er schikanierte. Für ihn schien sich nichts geändert zu haben.« Henry schloss einen Moment die Augen. »Ich habe so sehr an mir gearbeitet. Ich habe Psychologie studiert. Habe mir in all den Jahren immer wieder vorgeredet, dass ich ein wertvoller Mensch bin – egal, wie ich aussehe. Dass ich kein Monster bin. Ich habe mir mein Selbstwertgefühl mühsam erarbeitet. Ich bin ein recht erfolgreicher Lebensberater geworden, ich habe es zu etwas gebracht. Ich kann stolz auf mich sein. Aber als ich da vor ihm stand ...« Gequält sah er Nora an. »Da war ich wieder ein *Nichts*. Da war ich wieder dieses hilflose kleine Ding, das nicht wagen durfte, den Mund aufzumachen. Wolf Kerner hatte sogleich wieder Macht über mich.«

»Hm«, machte Nora wieder.

»Es war ein Schock für mich. Ich glaubte, ich hätte all das überwunden, wäre gestärkt aus meiner Vergangenheit hervorgegangen. Ich hatte ihm so richtig den Marsch blasen wollen! Aber in dem Moment wurde mir klar: Ich hatte mir nur etwas vorgemacht. All die Jahre, die ich an mir gearbeitet hatte ... Von einer Sekunde auf die andere war all das wie ausgelöscht. Sein verächtlicher Blick, als er mich erkannte ... Genau die gleiche Geringschätzung wie damals. Kerner war inzwischen ein alter Mann und ich ebenfalls längst erwachsen, aber in dem Moment wurde ich wieder zum furchtsamen Kind. Er hatte nichts von seiner Autorität über mich eingebüßt. Diese Erkenntnis versetzte mir einen Schock.«

Nora nickte verständnisvoll.

»Doch glücklicherweise hatte ich mich schnell wieder im Griff. Ich sagte mir, dass ich mich kein zweites Mal von ihm wie Dreck behandeln lassen würde. Ich bin kein machtloser kleiner Wurm mehr.«

Nora nickte wieder. Henrys Stimme klang so gepeinigt. All das Leid, dass er in seiner Kindheit und Jugend erlitten haben musste, schwang darin mit.

»Ja, und dann ... dann stieß ich ihn.« Er blickte betrübt vor sich hin und schien selbst nicht ganz begreifen zu können, was er getan hatte. »Ich habe keine Ahnung, was über mich gekommen ist. Ich bin ein friedfertiger Mensch, habe noch nie die Hand erhoben. Es muss eine Sicherung durchgebrannt sein. Aber, ich werde mich meiner Verantwortung stellen, Frau Heyden.« Er sah sie entschlossen an. »Ich bin kein Feigling wie Wolf Kerner. Menschen wie Wolf Kerner haben in der DDR Straftaten begangen, für die sie nie belangt wurden. In das Doping waren so viele verwickelt. Ärzte, Trainer, Politiker. Sie alle wussten Bescheid, sie alle haben sich schuldig gemacht. Doch kaum

einer von ihnen wurde je zur Rechenschaft gezogen. Die Ärzte praktizieren sogar weiter, die Trainer trainieren sogar weiter, und Wolf Kerner machte sogar eine Fernsehkarriere. Das ist doch nicht richtig, Frau Heyden, oder? Das ist doch nicht richtig.«

Nora schüttelte den Kopf, aber Henry sah sie gar nicht an.

»Wolf Kerner hat mein ganzes Leben zerstört. Erst hat er mir meine Kindheit genommen, durch schier unmenschliche Trainingsmethoden, und dann meine Zukunft als ganz normale Frau. Seitdem sind viele Jahre vergangen, aber Wolf Kerner hat sich keinen Deut gebessert. Er hat weiter mit Dopingmitteln gehandelt, darauf möchte ich wetten. Und wenn ich jetzt höre, dass er auch noch versucht hat, die Familie Uhrmacher mit skandalösen Fotos zu erpressen ...« Henry fuhr sich mit zitternder Hand über die Augen. »Ich habe ihn getötet, und ja, Frau Heyden, ich stehe dazu. Ich weiß, es war falsch. Ich habe ein Verbrechen begangen – aber dafür werde ich geradestehen.« Henry sah sie nun fest an. »Deshalb erzähle ich Ihnen das alles. Ich bin nicht wie die. Ich werde die Verantwortung übernehmen für das, was ich getan habe.«

*

Nora stand auf. »Ich muss den Kapitän informieren.«

Henry nickte ergeben. Er wirkte nun völlig ruhig. »Natürlich.«

Nora verließ das Krankenzimmer und blieb vor Dr. Birnbaums Schreibtisch stehen.

»Henry hat Wolf Kerner umgebracht. Er hat ihn die Treppe hinunter gestoßen. Er hat es soeben gestanden.«

Dr. Birnbaum setzte langsam seine Brille ab. »Was sagen Sie da?«

»Sie wussten, dass Henry biologisch eine Frau ist, oder? Das meinten Sie mit ›mein besonderer Patient‹.«

»Natürlich wusste ich das«, sagte Dr. Birnbaum verdutzt. »Was hat das mit Wolf Kerner zu tun?«

»Viel«, seufzte Nora und rieb sich die Stirn. »Henry war in der Jugend eine erfolgreiche Schwimmerin. Henrike. Wolf Kerner war ihr Trainer und hat sie gedopt, hat ihr furchtbare Präparate gegeben. Die starken körperlichen und psychischen Veränderungen haben Henrike dazu bewogen, ab dem zwanzigsten Lebensjahr als Mann zu leben. Und deshalb hat Henry Kerner nun umgebracht. Ich hole Lehmann.«

Nora ließ den entgeisterten Schiffsarzt zurück und ging zur Tür.

*

Eine halbe Stunde später.

Als sich die Tür hinter Kapitän Lehmann und dem Sicherheitsoffizier schloss, fühlte Arielle sich ganz ruhig. Sie hatte ihre Geschichte erzählt, die ganze Geschichte, zum allerersten Mal, und ihr war, als habe sie Verständnis in den Augen der Zuhörer gesehen.

Nein, kein Verständnis dafür, dass sie getötet hatte. Aber Verständnis dafür, warum sie sich plötzlich in dieser Situation befunden hatte. Und sich ihr Leben lang als Monster gefühlt hatte.

Nora Heyden hatte Kapitän Lehmann und den Sicherheitsoffizier ins Hospital gebracht, und auf dem Weg hierher hatte sie die beiden bereits über alles ins Bild gesetzt, denn viele Fragen stellten sie nicht mehr.

Kapitän Lehman fragte nur, was an jenem Abend geschehen war, und Henry gestand offiziell, Wolf Kerner die Treppe hinabgestoßen und dann einfach liegengelassen zu haben.

Kapitän Lehmann hatte nicht viele Worte verloren, sondern ihm erklärt, dass er ihn bei der Polizei anzeigen müsse und er bis dahin unter Arrest stünde. Sobald er das Hospital verlassen könne, würde er in eine Sicherheitskabine verlegt werden.

Sicherheitskabine? Henry hätte fast gelacht. Von ihm ging ganz bestimmt keine Gefahr mehr aus. Jetzt nicht mehr.

Henry Brandt sah wieder auf das Foto der jungen Frau, dass er nicht mehr aus der Hand legen mochte. Arielle. Nun war die Wahrheit raus. Endlich. Ihm traten Tränen in die Augen. Ein wenig war es, als sei Arielle wieder zum Leben erweckt worden.

Wie lange hatte er nicht mehr über sie gesprochen.

Nora Heyden hatte die Tatsache, dass er als Frau geboren worden war, ganz gelassen zur Kenntnis genommen. Er hatte mit Abscheu gerechnet, mit Ekel, mit Ablehnung. Aber nein. Weder Nora Heyden, noch Kapitän Lehmann, noch der Sicherheitsoffizier hatten auch nur eine Miene verzogen.

Er war doch ein Monster! Sahen sie das denn nicht? Er konnte es kaum glauben. Sie hatten ihn wie einen ganz normalen *Menschen* behandelt. Er hatte wirklich alles erwartet, aber nicht das.

Henry seufzte und streichelte beinahe zärtlich über das Foto von Arielle. Manchmal fragte er sich, wie er wohl heute aussehen würde, als erwachsene Frau, wenn er sich nicht vor Jahrzehnten dazu entschieden hätte, als Mann zu leben.

Er erinnerte sich so gut, wie er in seiner frühen Jugend plötzlich bemerkte, dass etwas nicht mit ihm stimmte. Wie er langsam zum Monster wurde. Arielle verstand nicht, was mit ihr passierte. Sie veränderte sich auf unheimliche Weise. Manchmal stand sie staunend vor dem Spiegel und betrachtete ihren Körper, der immer fremder aussah. Sie war immer schlank und sehnig gewesen. Aber plötzlich wuchsen die Muskeln in den Oberarmen und den Schenkeln. Das Kreuz wurde plötzlich so breit! Ihr Gesicht bekam einen markanten Ausdruck, dass Kinn so kräftig ... Sie dachte, das läge am vielen Training.

Irgendwann mochte sie gar nicht mehr in den Spiegel schauen. Denn das, was sie da sah, gefiel ihr nicht. Sie sprach mit niemandem darüber, nicht mal mit ihren Teamkolleginnen, die sich ebenfalls veränderten. Es war irgendwie ein Tabu.

»Arielle, was ist denn mit deiner Stimme passiert«, rief eine Tante aus, die sie längere Zeit nicht gesehen hatte. »Du klingst ja wie ein Junge.«

Arielle erschrak, aber sie musste sich eingestehen, dass die Tante recht hatte.

Ihre Stimme war so tief, dass der Trainer ihr verbot, im Fernsehen oder im Radio Interviews zu geben.

Erst Jahre später begriff sie, was man ihr angetan hatte. Die Mittel, die man ihr ohne ihr Wissen gegeben hatte. Die Mittel, die sie langsam, aber sicher umbrachten.

*

Nora saß wieder an ihrem Schreibtisch, noch immer fassungslos. Was für eine traurige Geschichte. Ein Kind, jahrelang zu sportlichen Höchstleistungen getrieben. Eine junge Frau, die gegen ihren Willen mit männlichen Hormonen zugeballert worden war, so dass sich ihr Körper dauerhaft verändert hatte. *Ich bin ein Monster.* Sie hatte Henrys traurige Stimme noch immer im Ohr.

All die Medikamente, die an ahnungslose junge Sportler vergeben wurden. Giftstoffe, die ihren Körper zerstörten. Nora fühlte, wie ihr das Blut in die Wangen stieg, als ihr etwas einfiel. Sie öffnete die Schreibtischschublade und kramte den Blister mit den Tabletten hervor. Auch das Zeug war toxisch für Leber und andere Organe. Man fügte sich Schaden zu, wenn man es nahm. Es machte abhängig. Es war eine Schande. Sie sollte diesen Mist sofort entsorgen. Nora legte den Blister zurück und schloss die Lade wieder ab. Später. Später würde sie sich um die Entsorgung kümmern.

Jetzt war es Zeit, Feierabend zu machen. Das Abendessen mit Lehmann ... Ihr Herz schlug ungewohnt nervös.

Kaum jemals in all den Jahren hatte sie so früh ihre Bürotür abgeschlossen.

Nora duschte schnell und überlegte währenddessen, was sie anziehen sollte.

Sollte sie ein Kleid anziehen? Sie hatte nur eines in ihrem Gepäck, für besondere Anlässe. War dies ein besonderer Anlass?

Aber was, wenn sie im Kleid käme und Lehmann in Uniform? Das wäre sehr peinlich.

Beinahe verzweifelt inspizierte sie den spärlichen Inhalt ihres Kleiderschrankes: Sie hatte nur wenige ›brauchbare‹ Kleidungsstücke im Gepäck. Tagsüber trug sie nur Uniform. Nach der Arbeit war es meist schon so spät, dass sie direkt ins Bett ging und sich nicht mehr umziehen brauchte. Bei Landgängen behielt sie immer ihre Uniform an, da sie auch in ihrer Freizeit von den Passagieren als Hoteldirektorin wahrgenommen werden wollte. Sie fand es einfach unpassend, vor den Gästen in T-Shirt oder Sommerkleidchen herumzulaufen. Schlicht: Sie brauchte auf dem Schiff keine große Garderobe und besaß auch nicht viel. Das wichtigste Kleidungsstück neben ihrer Uniform war ihr Trainingsanzug. Noch nie hatte sie ihre Garderobe vor solche Probleme gestellt wie heute Abend. Dann wiederum ärgerte sie sich, dass sie sich so viele Gedanken machte.

Erst hatte sie überlegt, einfach in Uniform zu gehen. Andererseits würde Lehmann sicher keine Uniform tragen – das tat er in der Freizeit nie. Er bevorzugte viel mehr einen lässigen Tarnlook, sobald er das Schiff verließ, damit die Passagiere ihn auch ja nicht erkannten.

Nora nahm schließlich eine relativ neue schwarze Jeans heraus und dazu ein leichtes Oberteil mit locker fallenden Ärmel und einer breiten Kordel am Ausschnitt. Diese Kleidungsstücke hatte sie auf ihrer Anreise zur *Blue Ocean* getragen – und seitdem nie wieder.

Plötzlich klopfte es, und Nora sah erschrocken auf die Uhr. War das Lehmann? War sie zu spät?

Doch zu ihrer Überraschung stand Sasha vor der Tür. Nachdem Henry Brandt vorhin die Tat gestanden hatte, hatten sie darüber beraten, was nun mit Sasha geschehen sollte. Sollte man sie weiterhin in der Sicherheitskabine festhalten? Immerhin hatte sie eine Frau mit einem Messer bedroht. Lehmann hatte beschlossen, Sasha wieder laufen zu lassen – mit der Auflage, sich aus den Passagierbereichen fernzuhalten. Sie durfte den Crewbereich für den Rest der Reise nicht mehr verlassen. Ob ihr Verhalten zur Anzeige gebracht werden würde, wollte Lehmann noch durchdenken.

»Hallo, Sasha«, sagte Nora kühl.

»Man sagte mir, Sie hätten heute eher Dienstschluss.« Sasha sah völlig fertig aus. Die roten Locken glänzten fettig und die Augen waren verquollen. Ihr ohnehin blasser Teint war nun krankhaft bleich. »Ich muss unbedingt mit Ihnen reden. Störe ich?«

Und ob, wollte Nora sagen, aber sie nahm sich zusammen. »Ich habe nicht viel Zeit. Was ist denn?« Nora blieb an der Tür stehen und bat Sasha nicht hinein. Sie empfing generell niemanden in ihrer privaten Kabine – außer Lehmann und gelegentlich Kreuzfahrtdirektorin Elsa.

»Ich wollte mich entschuldigen.« Sasha leckte sich über die spröden Lippen. »Es tut mir leid. Ich weiß nicht, was heute in mich gefahren ist. Ich wollte Frau Petri nie etwas tun, wirklich nicht.«

»Sie hatten ein Messer dabei, Sasha. Sie können froh sein, dass Kapitän Lehmann Sie nicht für den Rest der Reise wegsperrt.«

Sashas Gesicht wurde noch fahler. Die Sommersprossen wirken wie grelle Blutspritzer auf ihrer Haut. »Ich ... ich weiß nicht, was mit mir los war. Bei mir hat irgendetwas ausgeklinkt.« Sasha sah auf Noras dicken Verband. »Sind Sie schwer verletzt?«

»Eine Schnittwunde, die genäht werden musste.«

»Es tut mir so unendlich leid ... Ich stand unter solchem Druck. Was geschieht jetzt mit mir?«

»Der Kapitän überlegt, welche Konsequenzen das für Sie haben wird. Wenn Sie Glück haben, meldet er den Vorfall nicht der Polizei.«

Sasha nickte. »Ja, das verstehe ich, wirklich. Wie gesagt, es tut mir alles sehr, sehr leid.«

Nora wartete, aber Sasha machte keine Anstalten, wieder zu gehen. »Kann ich sonst noch etwas für Sie tun?«

»Das Handy ...?«

Aha. Deshalb war sie also hier. »Das Handy ist dort, wo es hingehört. In Wolf Kerners Gepäck. Es wird seinen Angehörigen übergeben, wie all seine übrigen Sachen auch.«

»Bitte nicht!« Sasha faltete beschwörend die Hände. »Frau Heyden, wenn die Fotos in falsche Hände geraten ... Wolf Kerner hat die Fotos doch unrechtmäßig gemacht! Es sind illegale Bilder! Bitte, geben Sie mir das Handy, ich flehe Sie an!«

»Ich kann nichts für Sie tun.« Nora seufzte. Sie verstand es ja. Und dennoch waren ihr die Hände gebunden. Sie durfte Sasha nicht Wolf Kerners Handy geben. »Vielleicht kann die Polizei da was machen, die Fotos beschlagnahmen, oder ... Ich weiß auch nicht. Sie sollten Strafanzeige stellen. Das hätten Sie vielleicht schon längst tun sollen.«

»Ich will doch nur verhindern, dass andere meinen Bruder so sehen.« Sasha machte einen Schritt auf Nora zu. Ihre Stimme wurde noch eindringlicher. »Frau Heyden, was ich Ihnen jetzt sage, habe ich noch nie jemandem erzählt. Mein Bruder ist ein Wrack. Er erlitt ein schweres Schädel-Hirn-Trauma. Künstliches Koma über mehrere Wochen, um das Gehirn zu entlasten. Sein Leben hing am seidenen Faden, wir haben um ihn gezittert, Tag für Tag. Niemand konnte uns sagen, ob Mario wieder aufwachen wird. Und wenn, in was für einem Zustand er sein wird. Uns wurde gesagt, sein Gehirn sei beschädigt – in welchem Ausmaß, das konnte uns jedoch niemand sagen. Man bereitete uns auf das Schlimmste vor.«

»Das muss schrecklich gewesen sein.«

»Es war schrecklich. Ist es immer noch. Mario ist noch immer schwer beeinträchtigt, körperlich und geistig. Die Rehabilitation schreitet nur langsam voran. Die besten Ärzte kümmern sich um ihn. Er war in Spezialkliniken, hatte Untersuchungen bei den renommiertesten Professoren. Aber man kann nichts erzwingen. Es dauert. Wir sind froh, dass er überhaupt lebt. Er würde nicht wollen, dass sein Gesundheitszustand öffentlich wird. Man soll ihn so in Erinnerung behalten, wie er früher war. Er wird nie wieder in den Spitzensport zurückkehren. Vielleicht wird er sogar nie wieder eigenständig laufen können. Das ist jetzt sein Leben. Und wir schützen ihn.«

Nora seufzte. »Sasha, es ehrt mich, dass Sie mir das alles erzählt haben. Aber ich kann wirklich nichts für Sie tun. Das Handy bleibt hier.«

*

Lehmann trug die dicksten Backhandschuhe, die sie je gesehen hatte. Die Fäustlinge wirkten beinahe wie Boxhandschuhe. Ungeschickt versuchte er damit, dass heiße Backblech aus dem Ofen zu ziehen, aber es gelang ihm nicht auf Anhieb, da er nicht richtig zugreifen konnte.

»Soll ich ...« Soll ich das mal machen?, wollte Nora gerade sagen, verkniff es sich dann aber. Lehmann mühte sich so rührend, sie wollte ihm keinesfalls das Gefühl geben, er mache sich gerade lächerlich. Was er nicht im geringsten tat. Er wirkte allenfalls ein wenig unbeholfen. Außerdem war sie durch ihre bandagierte Hand selbst gehandicapt.

»Was sagst du?« Lehmann sah von der geöffneten Backofentür auf, die heiße Luft wirbelte seine Haare zurück.

»Soll ich schon mal was zu trinken holen?«, beendete Nora ihren Satz.

»Nein. Du bleibst schön da sitzen und machst gar nichts.«

»Okay.« Nora lehnte sich bequem im Stuhl zurück. Der kleine Besprechungstisch in Lehmanns Kapitänszimmer war ungewöhnlich festlich hergerichtet: Lehmann hatte eine der schneeweißen Tischdecken aus dem Ocean-Restaurant besorgt, darauf stand das edle Geschirr, das beim Kapitänsdinner verwendet wurde, sogar zu Fächern gefaltete Stoffservietten zierten die Teller. Lehmann war heute Koch, Butler und Gastgeber in einem.

Lehmanns Kapitänszimmer besaß eine simple Küchenzeile – zwei Herdplatten und ein winziger Backofen -, die er vermutlich noch nie zu etwas anderem benutzt hatte, als sich einen Tee zu kochen. Im Hintergrund lief leise Musik.

Nora war gespannt, was Lehmann ihr servieren würde. Im ganzen Kapitänszimmer duftete es schon nach exotischen Gewürzen. Auf einer der beiden Herdplatten blubberte es geheimnisvoll in einem Töpfchen, im Backofen schmurgelte etwas in einer Auflaufform und auf dem Tisch neben Lehmann erkannte Nora drei kleine, abgedeckte Schüsseln und auf einem Holzbrett ein indisches Naanbrot.

Lehmann hatte es nun geschafft, die Auflaufform aus dem Ofen zu holen und auf der schmalen Anrichte zu platzieren. Nora konnte gar nicht hinschauen, sie befürchtete, die Schüssel könnte ihm aus den klobigen Handschuhen rutschen und am Boden zerschmettern.

»So.« Stolz stellte Lehmann die dampfende Schüssel auf den Tisch. Er trug eine Schürze über seinem Hemd. Er trug Jeans und helles Hemd, das sie noch nie an ihm gesehen hatte. Nora war froh, dass er so leger gekleidet war und an ihrer Kleiderwahl schien er auch nichts auszusetzen zu haben. Sie meinte sogar, vorhin einen anerkennenden Blick geerntet zu haben, als sie vor nicht mal einer Viertelstunde bei ihm geklopft hatte.

»Na dann!« Lehmann warf die Boxhandschuhe von sich. »Es ist so weit.«

Er hantierte nun an zwei Tellern herum, tat aus den verschiedenen Schüsseln auf. Einmal seufzte er und putzte mit einem Küchentuch über die Teller. »Der Rand gehört dem Gast«, hörte sie ihn murmeln.

Schließlich stellte er einen dampfenden Teller erst vor ihr, dann an seinem eigenen Platz ab und setzte sich selbst.

»Vorsicht mit dem Teller. Der Chefkoch hat mir geraten, die Teller vorzuwärmen. Ich hab sie in paar Minuten mit in den Backofen gestellt. Sie sind jetzt etwas ... nun, etwas heiß geworden.« Lehmann blies sich eine Locke aus der Stirn und sagte: »Indisches Curry an Süßkartoffel aus dem Ofen, mit Joghurtdip. Ach, Moment.« Er sprang noch einmal auf und holte zwei Gläser aus seinem Kühlschrank. »Und Mangolassi.«

»Lehmann, klingt lecker«, sagte Nora anerkennend.

»Kannst du mit deiner Hand überhaupt essen?« Er betrachtete skeptisch den Verband.

Nora wackelte mit den Fingern, die herausschauten. »Sicher. Hat mir jedenfalls den perfekten Vorwand geliefert, heute früher Schluss zu machen. Dein Handgelenk sieht auch schon besser aus.«

Tatsächlich war der einst feuerrote Streifen bereits deutlich weniger rot.

Lehmann verzog den Mund. »Dr. Birnbaum rief mich vorhin an und sagte, er wollte mir dringend raten, Wollwachsprodukte zu meiden.«

Nora verdrehte die Augen. »Ach. Sieh an. Plötzlich kommt ihm diese glorreiche Idee.«

Sie stießen mit ihrem Mangolassi an und Nora probierte. Der Geschmack überraschte sie. »Schmeckt echt gut, Lehmann, wirklich.«

»Nun übertreib mal nicht.«

Errötete er etwa?

»Was glaubst du, wird mit Henry passieren?«, fragte Nora, während sie darauf warteten, dass das Essen auf den glühenden Teller etwas abkühlte. »Ich kann es noch gar nicht glauben, dass er Wolf Kerner umgebracht hat.«

Lehmann brach ein Stück Naanbrot ab. »Die Polizei ist bereits informiert und wird ihn Ende der Reise abholen. Wenn er Pech hat, wird man versuchen, ihn wegen Mordes dranzukriegen. Ich würde ihm aber wünschen, dass es als Totschlag angesehen wird.«

»Das ist eine so tragische Geschichte«, sagte Nora. »Er tut mir richtig leid. Ich glaube ihm, dass er Kerner nicht töten wollte, sondern dass es im Affekt passiert ist. Im Grunde ist Henry doch das Opfer, oder?«

Lehmann zuckte mit den Schultern. Sein Gesicht konnte sie nicht deuten.

»Henry sagt, er sei früher sehr bekannt gewesen. Sagt dir der Name Arielle eigentlich was?«, fragte Nora.

Lehmann zupfte an seinem Naanbrot, ohne zu essen. »Ja. Arielle war eine Leistungsschwimmerin, in der DDR. Der Name ist mir durchaus ein Begriff. Sie war ein so hoffnungsvolles Talent, hat viel gewonnen. Sie war eine kleine Berühmtheit, bis sie irgendwann von der Bildfläche verschwand.«

Nora wunderte sich nicht, dass Lehmann so etwas wusste. »Und du hast nicht mitbekommen, was aus ihr geworden ist? Es hat tatsächlich nie jemand darüber berichtet, dass aus Henrike Henry wurde?«

»Soweit ich weiß, wurde nie darüber berichtet. Sie wurde einfach vergessen, als sie aus dem Leistungssport zurückgetreten war. So, wie viele andere ehemalige Topathleten auch. Ich schätze aber, dass auch Henry nicht freiwillig die Öffentlichkeit gesucht hat, sondern sich zurückgezogen hat.«

Nora nickte. Genau so hatte Henry es erzählt. Sie nahm einen Schluck Mangolassi und sagte: »Wolf Kerner muss als Trainer ein Tyrann gewesen sein. Er hat die Kinder schikaniert und gedopt und sich nicht im Geringsten für die

gesundheitlichen Folgen interessiert. Und nie wurde er dafür bestraft. Er ist ungeschoren davongekommen, hat sogar weitergemacht, bis heute, wenn die Gerüchte stimmen. Höchstwahrscheinlich hat er sogar den jungen Radsportler auf dem Gewissen. Schrecklich. Früher hat er seinen Schützlingen Anabolika gegeben, später dann ist er auf moderne Mittel wie Epo umgestiegen ...«

»Immer auf der Höhe der Zeit«, sagte Lehmann trocken.

Nora schwenkte leicht ihr Glas und beobachtete, wie die dicke Flüssigkeit langsam am Rand herunter lief. »Und zu guter Letzt ist er auch noch unter die Erpresser gegangen. Schändlich, was er mit Sashas Familie gemacht hat. Ehrlich, Lehmann, ich kann Henry verstehen. Wolf Kerner war durch und durch gewissenlos.«

»Ich hätte ihn lieber im Gefängnis gesehen, als tot.«

»Hast recht«, gab sie zu. Sie aßen eine Weile schweigend. Es schmeckte wirklich, wirklich gut. Außergewöhnlich, mit einer dezenten Schärfe, aber nicht zu scharf. Nora meinte, Kokosmilch zu schmecken, Kurkuma und Kreuzkümmel. Als sie die Teller, fast geleert hatten, fragte sie: »Hast du das Handy hier?«

Nora hatte Lehmann gebeten, Wolf Kerners Handy aus dem Koffer in der Abstellkammer mitzubringen.

»Was willst du denn damit?«, fragte er zurück.

»Ich wollte nur ...« Sie verriet nicht, was sie wollte, sondern sah zu, wie er sich reckte und aus dem Regal rechts das Handy nahm. Er reichte es ihr, und Nora startete es sofort. Es dauerte beinahe eine Minute, ehe das alte Gerät endlich betriebsbereit war. Sie rechnete damit, dass die Simkarte durch ein Passwort geschützt war und sie gar keinen Zugriff hätte, aber dem war nicht so. Wolf Kerner schien auf Datenschutz keinen Wert gelegt zu haben.

»Zum Glück«, sagte sie. »Ich hatte schon befürchtet, das Handy sei nur durch ein Passwort zu entsperren. Oder schlimmer noch, durch einen Fingerabdruck. Dann hätten wir jetzt in den Kühlraum gehen müssen, Kerners Leiche aus dem Kühlschrank ziehen müssen, um seinen toten Zeigefinger auf das Display zu drücken ...«

»Heyden!«, stöhnte Lehmann und ließ die Gabel sinken. »Ich esse!«

»Sorry.« Nora begann, das Handy zu durchsuchen.

»Was machst du da eigentlich?«

Nora tippte weiter. »Nichts.«

Lehmann beugte sich weit über den Tisch, um auf den Bildschirm zu spähen. »Du guckst dir seine Fotos an? Ich muss dir nicht sagen, dass sich das nicht gehört?«

»Ich bin zufällig in der Fotogalerie gelandet.« Nora blätterte unbekümmert weiter, bis sie fand, was sie gesucht hatte. Ihr stockte kurz der Atem, als das erste Foto auf dem Display erschien. Es stimmte also tatsächlich. Wolf Kerner hatte gut ein Dutzend Fotos geknipst, und sie waren sogar relativ scharf. Man erkannte das große Anwesen der Uhrmachers, den Garten, der durch den Zaun hindurch fotografiert worden war. Und Mario Uhrmacher, der im Rollstuhl saß. Erst allein, als sei er einfach auf der kurzgeschorenen Rasenfläche abgestellt worden. Auf den nächsten Fotos dann wurde er geschoben. Und man sah Mario Uhrmacher deutlich an, dass irgendetwas an ihm nicht richtig war. Der Gesichtsausdruck, die Kopfhaltung, die Art, wie er die Hände zu Klauen formte ...

Keine Frage, mit diesen Fotos hätte Wolf Kerner sich ein goldenes Näschen verdient, wenn er sie an die *Tageszeit* weiterverkauft hätte. Und genau das hatte Sasha verhindern wollen. Diese Fotos waren nicht für die Öffentlichkeit bestimmt.

»Das sind unautorisierte Aufnahmen. Wir sollten uns diese Bilder nicht anschauen«, mahnte Lehmann. »Leg das Handy weg. Sasha würde sicher nicht wollte, dass wir uns das anschauen.«

»Ja, du hast recht«, sagte Nora und tippte weiter. Dann rief sie: »Upps. Oh.«

»Was ist?«, fragte Lehmann alarmiert.

»Ich glaube ... Ich glaube, ich habe gerade die Fotos gelöscht.«

»Was hast du ...?«

»O je ... Ich weiß gar nicht, wie das passieren konnte.«

Lehmann runzelte die Stirn. »Alle weg?«

»Alle weg.«

»Das hast du doch mit Absicht gemacht«, schimpfte er.

»Was denkst du von mir!«

»Gib das Handy her. Man kann die Fotos wiederherstellen, mit dem richtigen Programm.« Er streckte die Hand aus.

Nora lehnte sich zurück, außer seiner Reichweite. »Wenn die Speicherkarte überschrieben wird, ist das gar nicht mehr so einfach. Huch! Jetzt hab ich doch glatt ein paar Fotos gemacht.« Nora drückte wieder und wieder den Auslöser. »Mein Finger hört gar nicht mehr auf damit. O je, jetzt sind die Fotos wohl unwiderruflich zerstört.«

Lehmann nahm entschlossen ihr das Handy aus der Hand. »Jetzt lass den Unfug, Heyden.« Er schaltete das Gerät aus und brachte es in dem Regal in Sicherheit.

Mit finsterer Miene sah er sie an. »Jetzt hast du also deinen Willen bekommen.«

Nora blickte ihn treuherzig an. »Ich will nur nicht, dass die Fotos in falsche Hände geraten. Niemand soll sie sehen. Sie mussten gelöscht werden.«

»Sicher«, murrte Lehmann. »Und nun iss, bevor es kalt wird.«

Nora häufte eine Gabel voll und grinste ihn an. »Hab ich dir schon gesagt, wie toll es schmeckt?«

*

Nora Heyden hatte sich für heute Abend abgemeldet – das kam äußerst selten vor. Normalerweise hätte sich Anna-Lena darüber sehr gewundert, aber heute ... Heute war sie abgelenkt. Anna-Lena sah auf ihr Smartphone. Sie konnte kaum glauben, als eben das Nachrichtensymbol geblinkt hatte. Julian hatte ihr geschrieben. Einfach nur »Hey, alles klar?«.

Ihr Herz hatte sofort begonnen, qualvoll zu rasen, als sie nur seinen Namen las.

Zuerst das große Schweigen, der Kerl tauchte einfach ab, und jetzt schickte er ihr ein: »Hey, alles klar?« – als sei nie etwas gewesen. Auch hatte er alle Blockierungen in den sozialen Netzwerken aufgehoben, wie sie gesehen hatte. Der Herr war also wieder auf der Bildfläche erschienen.

Anna-Lena fröstelte im kalten Nachtwind. Sie stand an der Reling, das Handy in der Hand, und starrte auf seinen Namen über der Nachricht. Sofort waren die tausend Fragen wieder da. Die Gefühle. Der Schmerz.

Aber sie wollte keine Antworten mehr. Sie hatte eine Antwort für sich gefunden. Julian war gegangen, hatte sie mit Fragezeichen im Kopf einfach stehen lassen – und er würde es womöglich immer wieder tun. Ihr Vertrauen in ihn war weg. Sie würde sich nicht mehr auf ihn einlassen.

Aber Menschen ändern sich, sagte eine kleine, flehentliche Stimme in ihr. *Jeder hat doch eine zweite Chance verdient.*

Nein. Sie drückte auf Löschen. Nun würde Julian vergeblich auf eine Antwort warten, und diese kleine Rache erfüllte sie mit Genugtuung. Entschlossen steckte sie das Smartphone in ihre Jackentasche, dann stieß sie mit einer Hand die Tür zum Brückdeck auf. Es war schon spät, Zeit, endlich ins Bett zu gehen. Anna-Lena trat durch jenen Ausgang ein, der rechts zu den Luxussuiten und links zur Brücke führte. Der Korridor war leer, keine Passagiere oder Butler waren mehr unterwegs – wobei von den Luxussuiten hier oben ohnehin nur drei belegt waren.

Als sie sich nach links wandte, sah sie, dass am Ende des Ganges die Tür zur Brücke geöffnet war – und es standen zwei Personen in der Tür. Sie konnte nicht erkennen, wer es war, da die Innenräume der Brücke nachts nie beleuchtet wurden. Aber – es sah nach einer Umarmung aus. Einer innigen Umarmung. Malik mit einer neuen Flamme?, war ihr erster Gedanke. Der Sicherheitsoffizier hatte früher nichts anbrennen lassen.

Dann löste sich die eine Person aus der Umarmung, trat zur Gänze hinaus, drehte sich um und verschwand im Treppenhaus. Nora Heyden, wie Anna-Lena verblüfft erkannte. Und noch verblüffter war sie, als die zweite Person nun ebenfalls hinaustrat und mit verschränkten Armen nachdenklich ins Treppenhaus schaute. Kapitän Lehmann.

Kapitän Lehmann?

Und Nora Heyden?

Anna-Lena wich zurück, um die Ecke, um nicht entdeckt zu werden. Dann musste sie schmunzeln.

6 Tage später

Die Reise war beendet. Mit gemischten Gefühlen beobachtete Dr. Eschweiler, wie Sasha Uhrmacher das Schiff verließ. Er hatte sie in den letzten Tagen kaum noch gesehen, seit ihrer Suspendierung hatte sie sich in ihre Kabine zurückgezogen. Dr. Eschweiler war fassungslos gewesen, als er die ganze Geschichte erfahren hatte. Die Erpressung, die Fotos, die Presse, die Bedrohung mit dem Messer ... Wie entsetzlich. Gern hätte er Sasha getröstet, aber sie hatte nicht mit ihm sprechen wollen, als er vor einigen Tagen zaghaft an ihre Tür geklopft hatte. Auch nicht, als er es ein weiteres Mal versuchte. Beim dritten Klopfen hatte sie gar nicht mehr reagiert und sich tot gestellt.

Mittlerweile hatte er schmerzhaft erkannt, dass ihr Interesse an ihm nur gespielt gewesen war. Sie hatte ihn nie »faszinierend« gefunden. Sie hatte ihn als Informationsquelle gebraucht. Sasha hatte gewusst, dass er engen Kontakt zu Nora Heyden, Elsa und dem Kapitän hatte. Sie hatte ihn benutzt, um stets über alles auf dem Laufenden zu sein. Ob Nora Heyden von der Verbindung zwischen ihr und Wolf Kerner gewusst hatte, ob sie von den erpresserischen Fotos wussten ...

Nur deshalb hatte Sasha seine Nähe gesucht. Um ihn, den Trottel, auszuhorchen. Um ihren über alles geliebten Bruder zu schützen.

Dr. Eschweiler seufzte schwer. Egal, sagte er sich. Dafür hatte er gestern Abend eine erstaunliche E-Mail bekommen: Karoline hatte ihm geschrieben, jene Dame, die er einst bei »Paar de luxe« kennengelernt hatte und die so plötzlich abgetaucht war. Ja, Karoline hatte sich wieder

gemeldet. Sie würde ihm gern in einem Telefonat den so plötzlichen Kontaktabbruch erklären ... Nun, heute Abend würde er sie anrufen. Er war gespannt.

*

»Auf Wiedersehen. Gute Heimreise. Bis bald.« Nora und Kreuzfahrtdirektorin Elsa standen an der Gangway und verabschiedeten die letzten Passagiere. Die »Kreuzfahrt ins Nirgendwo« war beendet, der Heimathafen in aller Frühe erreicht worden. Laut Bordcomputer befand sich nur noch eine Handvoll Passagiere an Bord. Die Kabinen mussten bis neun Uhr geräumt werden, damit mit den Reinigungsarbeiten begonnen werden konnte. Aber wer wollte, durfte sich noch für eine gewisse Zeit in den öffentlichen Bereichen aufhalten, vom Schiff geschmissen wurde niemand. Vor einer halben Stunde dann waren die letzten Passagiere per Durchsage gebeten worden, das Schiff nun langsam, aber sicher zu verlassen.

Henry Brandt war gleich nach dem Anlegen von der Polizei in Empfang genommen worden. Zwei Ermittler befanden sich noch bei Lehmann auf der Brücke, um die Geschehnisse an Bord zu Protokoll zu bringen. Nora hatte vorhin aus den Augenwinkeln gesehen, wie Malik die Polizisten hoch auf das Sonnendeck geführt hatte, zur Unglücksstelle. Nora wäre selbst zu gern dabei gewesen, um die Polizei bei der Arbeit zu beobachten. Doch bislang hatten die Beamten nicht einmal mit ihr gesprochen – keine einzige Frage hatte sie beantworten müssen. Zugegeben,

das ärgerte sie ein wenig. Schließlich wäre ohne ihre Hartnäckigkeit der Tod von Wolf Kerner als bedauerlicher Unfall durchgegangen.

Der Leichnam war gleich nach dem Anlegen von einem Bestattungsinstitut abgeholt worden. Zu Noras Überraschung war Wolf Kerners Bruder persönlich angereist, um das hinterlassene Gepäck abzuholen. Kurt Kerner hatte bekümmert reagiert, als er erfuhr, dass sein Bruder keines natürlichen Todes gestorben war. Leise hatte er gesagt: »Mein Bruder hat immer mit dem Feuer gespielt.«

Auch Sasha Uhrmacher hatte das Schiff eben verlassen. Der Vorfall mit dem Messer würde keine weiteren Konsequenzen haben, Lehmann hatte ihn nicht der Reederei gemeldet. Offiziell hatte Sasha ›auf eigenem Wunsch‹ hin gekündigt.

Nora warf erneut einen Blick in den Bordcomputer. Nur drei Personen hatten noch nicht ausgecheckt – das Ehepaar Petri und Paulina Link.

»So langsam wird es Zeit«, sagte Nora. »Wir sind ja immer sehr großzügig, aber jetzt sollten auch die letzten das Schiff verlassen.«

»Soll ich noch mal eine Durchsage machen?«, fragte Elsa.

»Ja, das wäre gut. Wer weiß, wo die stecken.« Bei der Abreise gab es immer wieder Passagiere, die ihren Urlaub bis zur letzten Sekunde auskosteten – und darüber hinaus.

»Ich habe das Ehepaar Petri schon länger nicht mehr gesehen«, fügte Elsa nachdenklich hinzu.

Doch gerade, als Elsa die Durchsage machen wollte, kamen die drei endlich zum Ausgang. Paulina Link lief neben Hanno Petri, und ein paar Schritte dahinter folgte Maybrit Petri. Zwischen den dreien herrschte eine schier greifbare Anspannung, wie Nora fand.

Kurz darauf verließen auch die Polizisten das Schiff. Nora, die gerade auf dem Weg zum Chief Purser war, änderte sofort die Richtung und bog ab zur Brücke, um Lehmann auszuhorchen.

»Hey, Heyden«, grüßte Lehmann freundlich.

»Hey, Lehmann«, antwortete sie ebenso freundlich. Sie lächelten sich zu, ganz entspannt. Seit dem Abendessen, das nun schon einige Tage zurücklag, gingen sie überaus freundlich miteinander um. So locker, dass es schon wieder anstrengend wurde. Der Abschiedskuss im Korridor hatte schließlich nichts zu bedeuten. Nora war es ein Rätsel, wie es überhaupt dazu hatte kommen können, und Lehmann wusste es garantiert ebenso wenig. Es musste einfach der Situation geschuldet gewesen sein, das lauschige Essen, die Musik, die späte Stunde und die Flasche Weißwein, die Lehmann nach dem Mangolassi aus dem Kühlschrank gezaubert hatte ... Sie waren nicht ansatzweise betrunken gewesen, natürlich nicht, sie hatten nicht mal ein Glas jeder getrunken. Aber der Wein hatte die Stimmung doch sehr ... sehr aufgelockert.

Wie dem auch sei. Kein Wort mehr hatten sie seitdem über den Abend verloren, es war, als habe es ihn nie gegeben. Nora war froh darüber. Ja, wirklich. Auch wenn sie sich fragte, warum Lehmann den Abend eigentlich nicht mehr erwähnte. Hatte es ihm nicht gefallen? Also, zumindest ein, zwei Sätze hätte er ruhig darüber verlieren können. Oder? Oder war das Abendessen eine reine Pflichterfüllung gewesen, weil es schließlich ein Geburtstagsgeschenk gewesen war? So war Lehmann eben, er blieb einem nichts schuldig. Und jetzt verschwendete er keinen Gedanken mehr daran. Warum dachte sie selbst eigentlich noch darüber nach?

Sie würde jedenfalls den Teufel tun, und den Abend ihrerseits erwähnen.

»Hatten die Polizisten denn gar keine Fragen an mich?«, fragte sie ihn nun.

»Nein, es ist soweit alles geklärt. Nun guck nicht so enttäuscht.« Lehmann blinzelte ihr zu. »Du weißt doch, wie das ist. Für alles, was auf einem Schiff auf See passiert, fühlt sich ohnehin niemand wirklich zuständig. Anna-Lena, als einzige Augenzeugin des Vorfalls, wird eventuell vor Gericht aussagen müssen. Aber erst mal werden nun die Ermittlungen aufgenommen.«

»Verstehe ...« Noras Blick fiel auf Lehmanns Handgelenk. Der Ausschlag war vollständig verschwunden, stattdessen blinkte unter dem Ärmel nun eine Uhr hervor. »Die ist doch neu?«

Nora kannte sich nicht sonderlich gut aus, aber die Uhr wirkte sehr teuer.

Lehmann nahm die Uhr kommentarlos ab und reichte sie ihr.

»Hier steht ja ›Rolex‹«, lachte sie. »Sei froh, dass dich die Polizei nicht damit erwischt hat. Markenpiraterie ist doch verboten.«

Lehmann hob nur die linke Augenbraue.

Noras Lachen erstarb. »Die ist doch nicht etwa echt?«

»Wenn ich unserer fachkundigen Beraterin aus dem Bordjuwelier glauben darf: doch. Diese Uhr ist echt und hat einen Wert von über zehntausend Euro. Und sie wurde uns vorhin geschenkt. Beziehungsweise den Crewmitgliedern, als Trinkgeld.«

»Nein«, staunte Nora.

»Doch.«

Nora wiegte die Uhr in der Hand. »Ist das etwa die Uhr von Wolf Kerner?«

»Ja, genau. Der Bruder hat doch vorhin seine Koffer in Empfang genommen. Er wollte uns unbedingt die Rolex schenken.«

»Einfach so?«

»Ja. Er war froh, dass wir Nachforschungen angestellt und den Tod nicht als Unfall abgetan haben. Außerdem weiß er, dass Kerner sein Geld oft auf unlautere Weise verdient hat. Auch deshalb wollte er die Uhr nicht annehmen.«

»Hm ...«, sagte Nora. »Mir ist, ehrlich gesagt, auch nicht wohl dabei, diese Uhr anzunehmen. Die Uhr hat Sasha doch als Schweigegeld an Kerner gezahlt. Sollten wir sie nicht Sashas Familie zurückgeben?«

Lehmann nickte. »Genau das habe ich Sasha angeboten, bevor sie das Schiff verlassen hat. Sie will die Uhr nicht zurück. Sie will all das am liebsten vergessen. Und sie ist froh, dass wir keine rechtlichen Schritte gegen sie einleiten.«

»Verstehe ...« Nora zuckte mit den Schultern. »Also, wenn wirklich keiner diese Uhr haben will, dann verteilen wir den Gegenwert halt unter der Crew. Da bekommt jeder ein hübsches Sümmchen.«

Lehmann nickte. »Genau das denke ich auch. Unser Abendessen war übrigens ziemlich gelungen, findest du nicht?«

Vor Schreck brauchte sie ein paar Sekunden für die Antwort. Damit hatte sie nun nicht gerechnet. »Ja, äh, fand ich auch.«

»Das sollten wir bei Gelegenheit mal wiederholen Oder was meinst du?«

»Also ... Ja, warum nicht.«

»Schön. Vielleicht in ein paar Tagen? Vielleicht ... nächsten Mittwoch?«

»Nächsten ...?« Uff, ging das hier schnell. »Ja, nun ... Klar!«

»Schön. Ich freu mich. Ich hab schon ein neues Rezept, das ich gern ausprobieren würde.« Er zwinkerte ihr zu. »Ich muss weiter. Bis später, Heyden.«

»Bis ... später«, murmelte sie und sah ihm verwirrt nach.

*

»Nett von dir, dass du uns mit zurücknimmst«, sagte Hanno, als sie auf der Autobahn Richtung Heimat waren.

»Das ist doch selbstverständlich«, sagte Paulina. »Ich hätte euch ja auch schon auf dem Hinweg mitgenommen, aber das wolltest du ja nicht, Hanno, um nicht die schöne Überraschung zu verderben.«

Die schöne Überraschung. Maybrit konnte nicht mal müde lächeln.

Paulina hatte darauf bestanden, sie in ihrem Wagen mit zurück nach Hause zu nehmen. »Das ist doch Blödsinn, warum solltet ihr denn mit Bahn und Taxi fahren. Ich habe mein Auto in der Mietgarage stehen.«

Natürlich war eine Autofahrt wesentlich bequemer, als eine Bahnfahrt mit dreimaligem Umsteigen, aber Maybrit hätte das liebend gern auf sich genommen, um nicht in Paulinas Wagen sitzen zu müssen.

Sie sah Paulinas Gesicht im Rückspiegel, am Hinterkopf klebte noch immer das schneeweiße Pflaster auf der Platzwunde, obwohl Paulina ihre Haare hätte drüber kämmen können, damit man nichts mehr davon sah. Aber Maybrit

hatte den Verdacht, dass Paulina das Pflaster als eine Art Mahnmal verwendete: damit man auch ja nicht vergaß, was Maybrit ihr angetan hatte.

»Schade, dass die Reise schon vorbei ist«, sagte Paulina gerade, »es war wirklich schön mit euch. Ich fühle mich so richtig erholt.«

»Ja, wir fanden es auch sehr schön«, sagte Hanno. Er saß auf den Beifahrersitz, Maybrit hinten. Die Gepäckstücke hatten nur mit einigem Drücken und Quetschen in den Kofferraum gepasst, ein Koffer und zwei Handgepäcktaschen stapelten sich nun neben Maybrit auf dem Rücksitz.

Endlich geht es nach Hause, dachte Maybrit. Gleich würde sie erst mal einen langen Spaziergang mit Bessy machen, um den Kopf wieder freizubekommen. Seit drei Tagen hatte sie nicht mehr bei Jenna angerufen – was ihr sehr schwergefallen war, aber ihr war aufgegangen, wie peinlich sie sich verhielt. Bessy war kein Kleinkind, und tägliche Kontrollanrufe waren einfach unangemessen, da hatte Hanno völlig recht. Falls wirklich etwas sein sollte, so konnte Jenna ihrerseits ja anrufen – was sie nicht getan hatte, folglich war zu Hause also alles in Ordnung.

Was Jenna wohl dazu sagen würde, dass Paulina nun in die Einliegerwohnung zog? Maybrit versuchte, sich zu erinnern, ob sie sich Jenna gegenüber je abfällig über Paulina geäußert hatte. Hoffentlich nicht. Denn Jenna und Paulina würden sich sicherlich miteinander anfreunden – das konnte sie sich richtig gut vorstellen. Wie die beiden tratschend bei einem Kaffee im Garten saßen, und sobald Maybrit sich ihnen näherte, würde das Gespräch abrupt abbrechen. Vielleicht würden auch Hanno und Jennas Mann dabei sitzen, grillen, eine lustige Vierergruppe. Und Maybrit wäre die Außenseiterin, die, die sich abkapselte.

»Ich möchte so schnell wie möglich umziehen«, plapperte Paulina fröhlich. Mittlerweile spielte sie sogar mit dem Gedanken, die Wohnung zu kaufen und nicht nur zu mieten. »Ich halte es keine Minute länger aus in meinem leeren Haus. Ich beginne gleich morgen, die ersten Sachen rüberzubringen.«

»Aber ja«, nickte Hanno. »Wenn ich dir beim Umzug helfen soll, sag nur Bescheid.«

»Das brauchst du nicht. Obwohl, wenn du mir meinen Kleiderschrank abbauen könntest ...«

Maybrit wurde es ganz kalt. Hanno schien völlig akzeptiert zu haben, dass Paulina von nun an fester Bestandteil ihres Lebens sein würde. Sie mochte sich die Zukunft gar nicht vorstellen.

Schweigend schaute Maybrit aus dem Fenster. Die Fahrt dauerte fast drei Stunden. Das Geplauder von Hanno und Paulina plätscherte an ihr vorbei, ohne dass sie sich beteiligte. Irgendwann kamen die beiden auf das Thema Henry Brandt. Auf dem Schiff war das Gerücht herumgegangen, dass der Motivationstrainer etwas mit dem Tod von Wolf Kerner zu tun haben könnte.

»Dabei war er so nett, richtig sympathisch«, sagte Paulina nun. »Ich war ja mal bei ihm im Motivationsseminar. Ich kann gar nicht glauben, dass er ein Mörder sein soll.«

Hanno nickte eifrig. Maybrit sah, wie sein Hinterkopf auf und ab ging. »Man sieht es den Menschen einfach nicht an. Ich habe mich auch mal mit ihm unterhalten. Er ist ja ein erfahrener Psychologe.« Maybrit hörte, wie Hannos Stimme eine verlegene Färbung bekam.

Inzwischen hatten sie die Autobahn verlassen und waren auf eine Landstraße abgebogen. Sie näherten sich der Heimat. Auf der linken Seiten lagen weite Felder, rechts standen vereinzelt Bäume und Höfe.

»Wo fährst du hin, Paulina?«, wollte Hanno irritiert wissen, als Paulina plötzlich in eine ruhige Straße abbog, die in ein dichter bewaldetes Gebiet führte.

»Eine Abkürzung.«

»Abkürzung? Wenn ich mich nicht irre, ist das hier eher ein Umweg.«

»Mag sein. Aber ich möchte diese Strecke fahren.«

»Warum?«

Denk doch mal nach, Hanno, dachte Maybrit und verdrehte innerlich die Augen. Wenn sie der anderen Straße weiter gefolgt wären, wären sie irgendwann an der Unfallstelle vorbeigekommen. An der Stelle, wo jetzt drei kleine Holzkreuzchen standen. Verständlich, dass Paulina das vermeiden wollte.

»Jedenfalls war meine Unterhaltung mit Henry Brandt wirklich aufschlussreich«, nahm Hanno das Gespräch wieder auf.

Maybrit hob spöttisch die Augenbrauen. »*Du* hast mit einem Psychologen gesprochen? Das ist ja ein Ding.«

Hanno ignorierte ihre Stichelei. »Wie ihr wisst, habe ich schlimme Albträume, seit ich als Ersthelfer an der Unfallstelle war. Ich habe Henry davon erzählt, und er sagte, meine Albträume würden erst dann aufhören, wenn ich den Grund dafür aufarbeite.«

»Das sage ich schon lange«, murmelte Maybrit. Sie sah, wie Hanno sich auf dem Vordersitz versteifte. Sein Blick war nun stur nach geradeaus gerichtet. Er räusperte sich. Ohne seinen Blick von der Straße abzuwenden, sagte er: »Paulina, du solltest etwas wissen.«

»Was ist denn? Du klingst plötzlich so ernst.«

Hanno seufzte schwer und sagte mit Grabesstimme: »Ich bin kein Held.«

»Wie, kein Held?«

»Ich ... ich habe mich in der Unfallstelle nicht so heldenhaft verhalten, wie ich immer gesagt habe.«

Paulinas Kopf zuckte zu ihm, ehe sie wieder nach von sah.

»Aber das haben wir doch geklärt, Hanno. Du hast gedrängelt – ja, aber das verzeihe ich dir. Ich weiß doch, du hast nicht gewollt, dass jemand zu Schaden kommt.«

Hanno atmete schwer. »Ich meine nicht mein Drängeln.«

Maybrit bekam eine Gänsehaut. Diesen Tonfall hatte sie bei ihm noch nie gehört.

»Was meinst du denn dann?«, fragte Paulina. »Warum bist du kein Held? Natürlich bist du ein Held. Du hast sofort angehalten und geholfen, als du gesehen hast, was passiert ist!«

»Ich ... Ich bin nicht zur Unfallstelle geeilt. Im Gegenteil. Ich wäre fast weiter gefahren.« Maybrit hörte, wie er schluckte. »Mein erster Impuls war, einfach weiterzufahren.«

Paulina lachte unsicher auf. »Aber du hast es nicht getan. Nur das zählt. Du hast angehalten und geholfen. Du ... du hast meine Tochter im Arm gehalten, als sie starb.«

»Ehrlich gesagt ...« Hannos Stimme war kaum noch vernehmbar. »Ehrlich gesagt, habe ich gelogen.«

»Was?«

»Ich ... ich konnte es nicht.« Er wandte nun den Kopf und grinste Maybrit verlegen an. Ein völlig unpassendes Grinsen. Maybrit starrte ihn sprachlos an. Auch Paulinas Blick im Rückspiegel war fassungslos.

»Maybrit, du weißt doch, ich kann einfach kein Blut sehen, und ...«

»Du ... du hast doch gesagt, du bist gleich zum Wagen hingelaufen«, stotterte Paulina. »Die Tür hat geklemmt, und du ... du hast sie weinen hören. Du hast sie getröstet, und ... und beruhigt ...«

»Ich habe sie weinen hören, ja.« Hanno fuhr sich durchs Haar. »Erst herrschte eine Totenstille, und dann war da dieses zarte Weinen.«

»Du bist hingegangen«, sagte Paulina tonlos. »Du bist hingegangen. Oder?«

Sie sah so lange zu ihm herüber, dass der Wagen gefährlich nach links auf die Gegenfahrbahn geriet.

»Pass auf«, schrie Maybrit auf, und Paulina lenkte den Wagen ruckartig zurück in die Spur.

»Ich ... ich hatte Angst, die Tür zu öffnen.« Hanno seufzte auf. »Ich konnte mir ausmalen, was für ein Anblick mich erwartet, und ich fühlte mich dem nicht gewachsen.«

»Nein«, flüsterte Paulina.

»Ich ... ich konnte es einfach nicht. Das Blut, und ... ich hatte Angst ... Mein Gott.« Er raufte sich wieder durchs Haar. »Ich bin nun mal kein Sanitäter. Ich hatte mit mir selbst zu tun. Ich hatte Angst, was mich in diesem völlig zerstörten Wagen erwartet.«

»Du hast immer erzählt, du hättest meine Tochter im Arm gehalten, als sie starb ...« Paulinas Stimme kippte. »War das eine Lüge? Das stimmte gar nicht?«

»Herrje. Ich stand unter Schock. Ich saß neben dem Unfallwagen auf dem Boden und ... und konnte einfach nichts tun.« Hannos Mund verzog sich nun trotzig. »Ich war wie gelähmt. Erst, als ich die Sirenen der Rettungskräfte hörte, erwachte ich aus meiner Starre und konnte endlich die Tür öffnen. Aber da war die Kleine schon tot.«

»Du hast immer erzählt ...« Paulina schüttelte leichenblass den Kopf. »Du hast gelogen ...«

»Gelogen ... es war eine Notlüge. Zu deinem Schutz, Paulina. Ich wollte dich trösten.« Er lachte hilflos. »Ich wollte dir die tröstliche Vorstellung mitgeben, dein Mädchen sei nicht allein gestorben. Deshalb habe ich geschwindelt.«

Paulina nickte mechanisch.

»Aber Hanno ...« Maybrit traute ihren Ohren kaum. »Du hast nicht geholfen? Einfach nichts gemacht? Du hast neben dem Auto gesessen, in dem drei Personen schwer verletzt steckten – und hast einfach nichts gemacht?«

»Das sind doch Bilder, die wird man nie wieder los«, verteidigte er sich nun. »Entschuldigt, dass ich mir das nicht geben wollte. Man hört immer wieder, wie schrecklich Unfallopfer zugerichtet sind, und dem nach zu urteilen, wie sich der Wagen am Baum verkeilt hatte, dürfte der Anblick kein schöner gewesen sein.«

Maybrit sah im Rückspiegel, wie Paulinas Augen sich immer mehr weiteten. Ihr Blick zuckte hin und her, in ihrem Kopf schienen sich die Gedanken zu überstürzen.

»Ich bin nun mal kein Sanitäter, und ich war von der Situation einfach überfordert. Ich habe noch nie tote Menschen gesehen ...«

»Sei still, Hanno«, fauchte Maybrit. »Sei doch um Himmels willen still.«

Aber Hanno sprach unbeirrt weiter. »Es tut mir leid, Paulina. Ich hätte gern anders reagiert. Ich wäre gern der starke, mutige Held, den du in mir gesehen hast.«

»Als den du dich ausgegeben hast«, murmelte Maybrit fassungslos.

»Jedenfalls ...« Hanno holte tief Luft. »Der Psychologe meinte, ich müsste das alles zugeben, damit endlich meine Albträume aufhören. Mein Unterbewusstsein kommt mit

dem schlechten Gewissen nicht zurecht, sagt Henry Brandt. Das ist der Grund, warum ich dir all das nun erzähle, Paulina.«

Paulina war ganz still geworden. Ihr Blick irrte nicht mehr zwischen Straße und Hanno hin und her, sondern sie sah nun ganz ruhig und konzentriert nach vorne.

»Verzeihst du mir, Paulina?«, fragte Hanno vorsichtig. »Es tut mir sehr leid. Ich wünschte, ich hätte anders reagiert ... Aber Menschen sind in Schocksituationen nun mal ...« Seine Stimme klang nun flehentlich. Es war offenkundig, dass er Paulinas Absolution wollte.

Maybrit verspürte in diesem Moment eine unglaublich tiefe Abneigung gegen ihren Mann. Sie konnte kaum glauben, was er da erzählte. Monatelang ließ er sich von Paulina und ihr als couragierter Ersthelfer feiern, und in Wahrheit ... in Wahrheit hatte er den Unfall mitzuverantworten, weil er gedrängelt hatte. Und dann war er auch noch zu feige gewesen, einem sterbenden Kind zu helfen. Und nun wollte er nur um Verzeihung bitten, damit seine Albträume aufhörten. *Seine.*

Hatte er überhaupt eine Vorstellung davon, wie schrecklich seine Offenbarung für Paulina sein musste? Paulina hatte sich mit dem Gedanken getröstet, dass ihre Tochter in ihren letzten Minuten nicht allein gewesen war, und nun ... Maybrit sah Paulinas schneeweißes Gesicht im Rückspiegel. Sie fuhr inzwischen leicht über der erlaubten Geschwindigkeit. Es war alles eine Lüge gewesen.

»Ich wusste schon lange, dass du der Drängler warst«, sagte Paulina schließlich heiser. »Aber ich habe dir verziehen, weil ich glaubte, dass du in ihren letzten Minuten bei meiner Tochter warst.«

»Es tut mir leid, wirklich.«

»Sie hat geweint. Und du hast nicht reagiert, hast sie einfach allein sterben lassen.«

»Ich ... Du fährst zu schnell, Paulina.«

»Alles Lüge«, murmelte Paulina. »Alles Lüge.«

»Nun fahr bitte langsamer!« Hanno klang angespannt.

Paulina minderte das Tempo nicht, sondern schien noch zu beschleunigen. Von der umsichtigen Fahrweise war nichts mehr zu spüren.

»Paulina!«

Paulina hörte nicht. Der Wagen schnitt die nächste Kurve, und man konnte nur von Glück sagen, dass kein Gegenverkehr herrschte. Nun gab Paulina richtig Gas.

»Langsamer«, fluchte Hanno. »Mensch, Paulina, mach langsam!«

Maybrit bekam Angst. Von jetzt auf gleich raste ihr Herz panisch. Sie klammerte sich an die Vorderlehne. »Paulina! Halt an.«

Inzwischen hatten sie das Waldgebiet erreicht. Die Tachonadel kletterte und kletterte.

»Hanno!«, schrie Maybrit.

»Paulina halt an!«, brüllte Hanno zeitgleich. »Halt an!«

In der nächsten Kurve schoss der Wagen geradeaus, über eine schmale Wiese, flog eine kleine Böschung hinunter und stürzte kopfüber in einen kleinen, aber tiefen Waldsee. Fünf Minuten später war er versunken.

Jenna,
3 Wochen später

Angler finden versunkenes Auto – 3 Tote

Angler haben in einem Waldsee vor der Stadt Froschhügel einen versunkenen Wagen entdeckt. Im Wageninneren befanden sich drei Leichen – zwei Frauen und ein Mann. Das Auto ist aus bislang ungeklärter Ursache in den Waldsee geraten und untergegangen, ohne dass sich die Insassen befreien konnten. Ersten Angaben zufolge hat der Wagen bereits zwei bis drei Wochen in dem Gewässer gelegen. Mutmaßlich handelt es sich bei den Toten um die 33-jährige Wageninhaberin und ein befreundetes Ehepaar. Die Ermittlungen dauern an.

Tote im See – Hintergründe geklärt

Die Hintergründe des tödlichen Autounfalls im Waldsee bei Froschhügel sind offenbar geklärt. Vor mehr als drei Wochen war ein Wagen mit drei Personen in den Waldsee gerollt und versunken, es konnten nur noch die Leichen geborgen werden. Die Obduktionen ergaben, dass die Fahrerin sowie die beiden Mitfahrer durch den Aufprall bewusstlos gewesen sein müssen und daraufhin ertrunken sind. Ein toxikologisches Gutachten ergab keine Auffälligkeiten. Es wird von einem tragischen Unfall ohne Fremdverschulden ausgegangen. Die Fahrerin (33) hatte offenbar die Kontrolle über den Wagen verloren.

Laut Polizeisprecher waren die drei Personen auf der Rückreise von einer Kreuzfahrt, als sich der Unfall ereignete.

Jenna stand zögernd am Eingangstor und starrte durch Gitterstäbe des Metallzauns, der das karge Gelände umgab. Es wirkte wie ein Gefängnis, und genau das war es auch. Ein Tiergefängnis.

Bessy lag zu ihren Füßen und winselte leise. Die Hündin schien zu wissen, was nun geschah.

Jenna atmete tief durch und umklammerte die Hundeleine fester. Vor ihnen lag das Froschhügler Tierheim. Jenes Tierheim, aus dem Maybrit die Hündin vor einigen Jahren geholt hatte. Und jetzt musste Bessy hierher zurück.

Vielleicht fand Bessy ein neues Herrchen, eines, das ebenso gut zu ihr war, wie Maybrit es immer gewesen war. Man konnte über Maybrit denken, wie man wollte, aber zu Bessy war sie immer gut gewesen.

Jenna wischte sich verstohlen über die Augen. Sie konnte noch immer kaum glauben, was geschehen war. Maybrit und Hanno, tot. Fast drei Wochen lang hatten sie tot in einem Auto unter Wasser gelegen, ehe man sie fand.

Ich habe doch geahnt, dass etwas nicht stimmt, als die beiden nicht aus dem Urlaub zurückgekommen sind.

Jenna hatte ein schlechtes Gewissen, weil sie bei der Polizei nicht mehr Druck gemacht hatte. Niemand hatte sie ernst genommen, als sie gesagt hatte, mit dem Verschwinden der beiden stimme etwas nicht. Man hätte Maybrit und Hanno viel eher finden können ... *Hätte ich nur.*

Das Nachbarhaus stand seitdem leer, wahrscheinlich würde es in naher Zukunft verkauft werden. Jenna wusste nicht, wer es wohl erben würde. Sie hatte einmal Hannos Eltern dort gesehen – sie hatte zumindest angenommen, dass das ältere Ehepaar, das mit eingefallenen, grauen Gesichtern ins Haus gegangen war, Hannos Eltern waren. Jenna hatte hinter der Gardine am Küchenfenster gestanden und beobachtet, wie die beiden ein paar Sachen aus

dem Haus geholt hatten. Vielleicht irgendwelche Papiere. Jenna hatte keine Ahnung, welcher Papierkram anstand, wenn Eheleute zeitgleich verstarben, und sie wollte es auch gar nicht genauer wissen. Als die Eltern wieder in ihr Auto steigen wollten, war sie rasch zu ihnen gegangen, um sie zu fragen, was mit Bessy geschehen sollte.

»Bringen Sie sie ins Tierheim. Ich bin allergisch gegen Tierhaare«, hatte die Mutter gesagt, dann waren sie einfach davon gefahren.

Tierheim! Jenna hatte das herzlos gefunden und Bessy erst mal mit zu sich genommen, aber auf Dauer musste eine andere Lösung her. Und als sich auf ihre Anzeige: »Hündin in gute Hände abzugeben« keine ›guten Hände‹ gemeldet hatten, hatte sie einsehen müssen, dass leider wirklich nur das Tierheim blieb.

»Na komm«, sagte Jenna zu der Hündin und zupfte leicht an der Leine. Bessy blieb auf dem Boden sitzen. Wieder winselte sie. Sie kannte diesen Ort, natürlich. Sie hatte es gleich gewusst, als sie aus dem Auto steigen sollte. Bessy hatte sich schlicht geweigert, aus dem Kofferraum zu klettern, so dass Jenna die schwere Hündin hatte tragen müssen.

Bessy wollte nicht hierher zurück.

»Komm. Man wartet auf uns.«

Jenna hatte ihr Kommen telefonisch angekündigt. Man war nicht gerade freundlich gewesen.

Jenna hatte erklärt, dass Bessy doch aus diesem Tierheim stamme, und das die Besitzer überraschend verstorben seien. Sie selbst könne sich nicht um den Hund kümmern, weil sie absolut keine Zeit und keinen Platz habe.

Beides war gelogen. Zeit hätte sie genug, platzmäßig wäre auch alles machbar. Es waren viel mehr die Kosten, die einen Strich durch die Rechnung machten. Ein großer

Hund wie Bessy war teuer. Hundesteuer, Versicherung, Tierarztkosten und vor allem das Futter. Grob geschätzt kostete Bessy bestimmt an die hundert Euro im Monat. Geld, das Jenna und Steffen einfach nicht übrig hatten, auch wenn Steffen mehrmals gesagt hatte: »Von mir aus kann sie bei uns bleiben.« – nein, es ging einfach nicht. Hundert Euro pro Monat, das waren tausendzweihundert Euro im Jahr!

»Na komm.« Noch mal zupfte Jenna an der Leine. Sie standen unmittelbar vor dem Eingang. Der hohe Gefängniszaun umrandete das karge Gelände, weiter hinten konnte man das Gebäude erkennen, in dem die Hundezwinger untergebracht waren. Ein kleineres, separates Gebäude stand rechts daneben, hier waren Katzen und andere Kleintiere untergebracht.

Es wirkte so trostlos.

Aus dem kleineren Gebäude trat nun eine Person und kam eilig auf sie zu. Schon von weitem hörte Jenna einen gewaltigen Schlüsselbund klimpern – wie bei einer Gefängniswärterin.

Bessy winselte wieder.

Bessy weinte.

Jenna ging in die Knie und streichelte dem Hund über den Kopf.

»Sind Sie die Frau, die den Hund abgeben will?«, fragte die Mitarbeiterin, als sie sie erreicht hatte. Sie schloss das Tor auf. Sie war klein und drahtig und streckte schon die Hand nach der Leine aus.

Bessy zuckte bei der Bewegung zurück.

Jenna räusperte sich. »Nein. Bin ich nicht. Ich gehe hier nur spazieren. Komm, Bessy, weiter. Wir gehen.«

Sie zupfte an der Leine und sofort war Bessy neben ihr. Es würde schon irgendwie gehen, das mit dem Geld.

Jenna sah hinab auf die Hündin, und sie könnte schwören, dass Bessy lächelte.

Mildes Urteil im Dopingopfer-Prozess

Gestern ist der spektakuläre und von großem Medieninteresse begleitete Prozess gegen Henry B. zu Ende gegangen. Nach mehrwöchiger Gerichtsverhandlung fiel das Urteil milde aus. Henry B. tötete auf einer Kreuzfahrt seinen ehemaligen Schwimmtrainer Wolf K.. Die Staatsanwaltschaft plädierte auf Mord, doch das Gericht befand nun anders. Der Angeklagte wurde wegen fahrlässiger Tötung zu einer Gesamtfreiheitsstrafe von zwei Jahren verurteilt, deren Vollstreckung zur Bewährung ausgesetzt wurde. Die Staatsanwaltschaft hatte zuvor beantragt, den Angeklagten wegen Mordes zu einer lebenslangen Freiheitsstrafe zu verurteilen. Das Gericht folgte der Auffassung der Verteidigung, wonach Henry B. in einer Affektsituation handelte. Der Affekt sei hervorgerufen durch die äußerst tragischen Lebensumstände von Henry B.: Henry B. wurde in der DDR als Henrike L. geboren und erlangte Weltruhm als Schwimmerin. Henrike L. wurde gegen ihren Willen von Wolf K. mit schädlichen Substanzen gedopt und hat bis heute an den körperlichen und psychischen Folgen zu leiden.

*

Managerin verrät: So geht es Mario Uhrmacher aktuell!

Vor mehr als zwei Jahren verunglückte der Fußballstar Mario Uhrmacher beim Skifahren schwer. Und seit mehr als zwei Jahren wird der Star von der Familie rigoros abgeschirmt und geschützt.

Wie geht es ihm?

Die Frage ist bis heute unbeantwortet. Seine Managerin verriet nun, Marios Zustand sei unverändert.

Über Einzelheiten hingegen ist nach wie vor nichts bekannt. Seine Fans brauchen weiterhin Geduld. Wie der Gesundheitszustand von Mario Uhrmacher tatsächlich ist, wird wohl weiter ein Geheimnis bleiben.

Die »Auf dem Ozean«-Reihe

Bislang erschienen:

Verraten auf dem Ozean
Verloren auf dem Ozean
Der letzte Hafen
Das bittere Ende
Sorgenkind
Der Wassermann

IMPRESSUM

Kontakt: c.daniels@gmx.net
Coverdesign by Ina Glahe
Claudia Daniel
Öwerhook 4
46395 Bocholt

Printed in Germany
by Amazon Distribution
GmbH, Leipzig

25186515R00315

**Du liebst das Scheinwerferlicht.
Aber glaube mir, kleiner Schmetterling,
es offenbart auch deine dunkelsten Geheimnisse.**

Zwei Jahre ist es her, dass Detective Walkers kleine Schwester einen grausamen Drogentod starb. Dieser Verlust treibt ihn an, härter als jeder andere daran zu arbeiten, die Verantwortlichen zur Strecke zu bringen. Dafür braucht er ausgerechnet sie: Vivien Sweeney, Schwester eines berüchtigten Drogenkochs. Die verführerische Poletänzerin steht nicht nur im Rampenlicht auf der Bühne, sondern auch auf der Blacklist der Kriminalpolizei. Doch Neros Herz sieht in ihr viel mehr als nur eine Verdächtige.

Weil die Vergangenheit ihr gefährlich wird, muss er sich zwischen dem Gesetz und seinen Gefühlen entscheiden. Ungeachtet der Folgen flüchtet er mit ihr in die schottischen Highlands, um sie zu beschützen. Es folgt eine prickelnde Zeit zwischen Leidenschaft und Gefahr. Nur ist Viviens Vergangenheit noch schwerwiegender, als Nero zunächst vermutet hat. Wird er so noch seinen Gefühlen folgen können?

Erlebt mit dem spannenden Debütroman von Martha Mae eine Geschichte, die die Grenzen zwischen Verbrechen und Gesetz zu Fall bringt.

Mein Auftrag ist klar. Er lautet Provokation. Nur deshalb trete ich die Stelle als Tanzlehrer am Ballettinternat an.
Doch ihn auszuführen, ist schwerer als gedacht,
sobald mein Blick auf sie fällt.
Meine Schülerin Odette.

Auch im Abschlussjahr steht Odette im Schatten der anderen Tänzerinnen, hat keine Chance auf die Hauptrolle und damit genauso wenig auf einen festen Platz in einem Ballettensemble. Tag für Tag kämpft sie gegen ihre quälende innere Dunkelheit.

Als Dorian Pécheur, der junge Tänzer mit der düsteren Ausstrahlung, eine Lehrstelle an der Schule antritt, fühlt sie sich sofort zu ihm hingezogen. Doch beide wissen, dass sie der Versuchung nicht nachgeben dürfen, selbst wenn sie noch so groß ist.
Gleichzeitig spürt Odette, dass am Internat nicht alles so ist, wie es scheint, und ahnt nicht, in welche Gefahr sie sich mit ihren Nachforschungen begibt.
Bis Dorian sie rettet und die beiden sich dadurch viel näher kommen, als es erlaubt wäre. Doch auch er verbirgt Geheimnisse, die Odette an ihre Grenzen treiben. Wird ihre Liebe die Dunkelheit überwinden?

Für seinen attraktiven Boss zu schwärmen, ist eine Sache. Aber plötzlich mit ihm zusammenzuwohnen, eine komplett andere.

Pearl Bennett könnte nicht glücklicher sein. Immerhin arbeitet sie bei einem beliebten New Yorker Modelabel. Ihr Ziel nach monatelanger, enger Zusammenarbeit mit ihrem Boss: Ihm endlich ihre Gefühle zu gestehen. Doch nachdem Reece Cooper ihren Annäherungsversuch falsch deutet und ihr stattdessen kündigt, ist sie am Boden zerstört. Um Kraft zu tanken, gönnt sie sich bei ihren Eltern eine kleine Auszeit, die allerdings nicht lange währt. Denn zurück in ihrer WG steht auf einmal Pearls millionenschwerer Ex-Chef vor ihr und stellt sich als neuer Mitbewohner vor. Zudem bietet er an, sie unter gewissen Umständen wieder einzustellen …
Doch weshalb besteht er darauf, bei ihr zu wohnen? Und noch wichtiger: Wie kann sie es schaffen, einen kühlen Kopf zu bewahren und ihm nicht erneut zu verfallen?

Mit eurem jeweiligen Spezialgebiet habt ihr die Story geschärft und mir Sicherheit gegeben. Darüber hinaus möchte ich mich bei meinen Alphaleseherzen bedanken: Fiona, Hanna, Jenni, Pia und Sandra Z. Ihr habt mich mit eurem positiven Feedback zur ersten Hälfte motiviert, mich bei der zweiten Hälfte noch zu übertreffen. Eure Kommentare haben meinen Schreibprozess versüßt! Genauso wie die hilfreichen Rückmeldungen meiner Testleseherzen, die Amira und Enrico nach einer ersten Überarbeitung in den Regenwald begleiten durften. Danke für eure Anregungen, Ideen und Mühe: Eleonora, Stefanie, Dshamila, Manja, Yvonne, Julia, Doreen, Melissa, Birgit, Martina, Bibi und Steffi.

Nicht zuletzt möchte ich mich bei Eva und Anika vom Federherz Verlag sowie Dir, liebes Leseherz, bedanken. Danke für Euer Vertrauen, Eure Unterstützung und Euren Mut!

Alles Liebe
Eure Clea

Danksagung

Mut steht am Anfang des Handelns, Glück am Ende (Demokrit, griech. Philosoph) – liebe:r Leser:in, hast Du ein furchtloses Herz? Während meiner Recherchen zu diesem Roman ging mir besonders folgende Aussage eines Überlebenden eines traumatischen Ereignisses nicht mehr aus dem Kopf: »Ich gehe weiterhin raus, unternehme Dinge. Ich könnte natürlich daheim in völliger Sicherheit sein, aber, was wäre das für ein Leben?«

Wie definieren wir Leben? Was ist uns wichtig, was tut uns gut? Amira findet im Laufe der Geschichte ihre persönliche Antwort darauf. Sie überwindet ihre Ängste und nimmt damit ihre Zukunft selbst in die Hand. Und das ist etwas, das ich jedem, der von Furcht und Sorgen geplagt ist, von Herzen wünsche. Nach einem einschneidenden negativen Erlebnis gibt es sowohl gute Tage als auch viele schlechte. Lass die guten überwiegen, sei so mutig, gewohnte, vermeintlich sichere Pfade zu verlassen und dein Glück zu finden.

Nach meinen bisherigen Romance-Büchern wie Mr. Dealmaker, Sweet Secret oder Unexpected Roommate habe ich mich mit Fearless Heart an meine erste Suspense-Geschichte im Federherz Verlag gewagt. Um nicht zweifelnd mein Ziel aus den Augen zu verlieren, haben mich viele wunderbare Menschen auf meinem neuen Weg begleitet.

Ein großes Dankeschön geht daher zunächst an meine Expertenherzen: Jessica, Sandra C. und Brenda.